운명과 분노

FATES AND FURIES
by Lauren Groff

Copyright ⓒ Lauren Groff, 2015
Korean Translation Copyright ⓒ MUNHAKDONGNE Publishing Corp., 2017

This Korean edition is published by arrangement with
The Clegg Agency through Duran Kim Agency, Seoul.
All Rights Reserved.

이 책의 한국어판 저작권은 듀란킴 에이전시를 통해
The Clegg Agency와 독점 계약한 (주)문학동네에 있습니다.
저작권법에 의해 한국 내에서 보호를 받는 저작물이므로
무단 전재 및 무단 복제를 금합니다.

이 도서의 국립중앙도서관 출판예정도서목록(CIP)은
서지정보유통지원시스템 홈페이지(http://seoji.nl.go.kr)와
국가자료종합목록 구축시스템(http://kolis-net.nl.go.kr)에서 이용하실 수 있습니다.
(CIP제어번호: CIP2017006309)

FATES

운명과 분노

AND

로런 그로프 장편소설

LAUREN GROFF

정연희 옮김

FURIES

문학동네

클레이에게
〔당연히〕

차례

FATES

AND

FURIES

운명

FATES

AND

FURIES

1

갑자기 커튼이 드리워지듯 하늘에서 부슬비가 자욱하게 내렸다. 끼룩끼룩 음을 고르던 바닷새들은 입을 다물고 바다도 잠잠해졌다. 객석 조명처럼 바다를 비추던 빛은 회색으로 흐릿해졌다.

두 사람이 해변으로 다가왔다. 여자는 아름답고 영리해 보였고, 초록색 비키니를 입고 있었다. 하지만 이곳은 메인 주라, 5월이라도 추운 날씨였다. 남자는 키가 크고 인상이 강렬했다. 그의 안에서는 사람들의 시선을 사로잡아 눈을 떼지 못하게 만드는 빛이 깜빡거렸다. 그들의 이름은 로토와 마틸드였다.

그들은 잠시 조수 웅덩이를 지켜보았다. 그 안에는 가시로 뒤덮인 생물들이 가득했는데, 그것들이 사라지면서 모래 소용돌이를 일으켰다. 이윽고 남자가 여자의 얼굴을 두 손으로 감싸고 그녀의 파리한 입술에 키스했다. 그는 행복해서 당장이라도 죽을 수 있을 것 같았다. 그는 바다가 들고일어나 그들을 삼키고 그들의 살을 핥아 없앤 뒤, 그들의 뼈를 바다 깊이 산호 어금니 위로 넘실넘실 흘러가게 하는 환시幻視를 보았다. 그녀만 옆에 있다면 노래하며 바다를 떠돌 수도 있겠다고, 그는 생각했다.

그는 스물둘, 어린 나이였다. 그날 아침 그들은 은밀한 결혼식을 올렸다. 그런 상황을 참작하면 이런 사치쯤은 용서될 수 있었다.

그녀가 손가락으로 그의 수영복 엉덩이 쪽을 쓸어내리자 그의 살이 뜨겁게 달아올랐다. 그녀는 그를 밀어 뒷걸음질치게 하면서 갯완두 줄기로 뒤덮인 모래언덕 위로, 이어 아래로 걷게 했다. 모래언덕 아래는 모래벽이 바람을 막아주어 더 따뜻했다. 비키니 상의 아래 소름 돋은 그녀의 살은 달빛을 받아 푸르스름했고 추워서 젖꼭지는 쏙 들어갔다. 모래 때문에 살갗이 따갑고 아팠지만 그들은 지금 무릎을 꿇고 있었다. 그런 것쯤 상관없었다. 그들의 몸은 줄어들어 입과 손만 남았다. 그는 그녀의 다리를 자신의 골반에 감고 몸으로 눌러 그녀를 눕혔고, 그녀의 떨림이 멈출 때까지 자신의 체온으로 그녀를 덮어주었다. 그의 등이 모래언덕이 되었다. 그녀의 따끔거리는 무릎은 하늘을 향했다.

그는 말이 없는, 강렬한 일이 일어나길 갈망했다. 어떤 일이? 그는 그녀를 옷처럼 입고 싶었다. 그녀의 따뜻함 속에서 영원히 사는 삶을 상상했다. 그의 삶에 존재했던 사람들은 도미노처럼 하나둘씩 쓰러져 사라졌다. 모든 움직임은 그녀가 그를 버리지 못하도록 그녀를 더 깊이 묶어두기 위한 것이었다. 그는 아침마다 반질반질한 호두 속살 같은 피부를 드러낸 채 스피드워킹을 하는 노부부가 될 때까지 해변에서 둘이 같이 평생 섹스를 즐기는 모습을 상상했다. 늙어서도 그는 그녀를 모래언덕으로 늠름하게 데리고 가, 그녀의 섹시하고 부서질 듯한 새뼈 같은 뼈와 말랑말랑한 엉덩이, 더없이 튼튼한 무릎을 취할 것이다. 하늘에 느닷없이 드론 라이프가드들이 나타나 빛을 번쩍이며 간음자! 간음자! 하고 붕붕거리면서 그들의 죄의식을 부추길 것이다. 영원히, 지금처럼만. 그가 눈을 감고 소망했다. 그녀의 속눈썹이 그의 뺨에, 그녀의 허벅지가 그의 허리에 닿았다. 그들이 그 끔찍한 일을 저지른 뒤 처음 나누는 육체적 관계. 결혼은 영원을 의미했다.

〔원래 그의 계획은 이날에 걸맞은 침대에서, 기념하는 기분을 내는 것이었다. 룸메이트 새뮤얼의 바닷가 별장을 몰래 사용한 것은 꽤 오래전부터였다. 그 집 열쇠가 정원의 대모거북 등껍데기 아래 숨겨져 있다는 것을 알게 된 열다섯 살 때부터 그는 여름만 되면 이곳에 와서 대부분의 시간을 보냈다. 타탄체크무늬, 리버티무늬*, 피에스타웨어**로 꾸며진 그 집은 먼지가 두껍게 내려앉아 있었다. 밤이면 손님방엔 등대가 쏘아 보내는 세 줄기 불빛이 깜박거렸고, 그 아래는 바위 해변이었다. 마법처럼 아내로 맞아들인 이 아름다운 여인과 보낼 최초의 시간에 대해 로토가 상상했던 것은 이것이었다. 하지만 결혼 후 첫 관계는 야외에서 하자고 주장했던 마틸드가 옳았다. 그녀는 언제나 옳았다. 그는 곧 이 사실을 알게 된다.〕

그것은 너무 빨리 끝났다. 그녀가 비명을 지르자, 산탄총을 쏜 듯, 모래언덕에 가려져 보이지 않던 갈매기들이 나지막이 드리운 구름을 뚫고 날아올랐다. 나중에 그녀는 그에게 보여줄 것이다. 그

---

* 영국 리버티 사 특유의 작은 꽃이 전면에 깔려 있는 무늬를 말한다.

** 불투명한 유약을 입힌 갖가지 색의 도기.

가 그녀 안으로 더 깊이, 좀더 깊이 파고들었을 때 홍합 껍데기 때문에 벗겨진 제8번 척추뼈 쪽을. 그들의 몸은 단단히 밀착되어 있어서 그들이 웃자 그의 웃음이 그녀의 배에서, 그녀의 웃음이 그의 목에서 솟구쳐올랐다. 그가 그녀의 광대뼈에, 쇄골에, 나무뿌리 같은 푸른 정맥이 비치는 파리한 손목에 키스했다. 물리도록 채워질 줄 알았던 그의 지독한 허기는 채워지지 않았다. 처음부터 명백한 결말.

"내 아내." 그가 말했다. "당신은 내 거야." 어쩌면 그는 그녀를 옷처럼 입는 대신, 그녀 전체를 삼킬 수도 있었을 것이다.

"뭐?" 그녀가 말했다. "맞아. 나는 우리 가족의 재산이니까. 왕족의 혈통인 우리 가족이 노새 세 마리하고 버터 한 통하고 나를 맞바꿨어."

"너희 가족의 버터를 사랑해." 그가 말했다. "지금은 내 버터지만. 아주 짭조름하고. 아주 달콤하고."

"그만해." 그녀가 말했다. 그녀의 얼굴에서 웃음기가 사라졌는데, 아주 수줍어하면서도 더없이 차분한 표정이어서, 그는 웃지 않는 그녀를 가까이에서 바라보며 깜짝 놀랐다. "어느 누구도 누군가의 소유가 될 수는 없어. 우리는 더 대단한 일을 했어. 이건 새로운 거야."

그는 생각에 잠겨 그녀를 바라보다 그녀의 코끝을 가볍게 깨물었다. 그는 지난 두 주 동안 있는 힘을 다해 그녀를 사랑했고, 그렇게 사랑하면서 그녀가 투명한 유리판 같다고 생각했다. 그는 그녀 안에 존재하는 선함을 단번에 꿰뚫어볼 수 있었다. 하지만 유리는 깨지기 쉬우니 조심해야 한다. "자기 말이 맞아." 말은 그렇게 했지만, 그는 그들이 서로를 얼마나 깊이 소유하고 있는지를 생각하면서 속으로는 아니, 라고 생각했다. 그들은 얼마나 분명하게 서로를 소유하고 있는가.

그의 살과 그녀의 살 사이에는 공기가 들어갈 틈도 없을 만큼, 이제 차갑게 식어가는 미끈거리는 땀이 찰 자리도 없을 만큼 아주 작은 공간만 있을 뿐이었다. 그럼에도 불구하고 결혼생활이라는 제삼자가 끼어들었다.

2

그들이 그 집을 나섰을 때는 아직 밝은 황혼녘이었지만, 돌아갈 때는 바위를 지나 기다시피 해야 했다.

결혼, 서로 다른 부분들이 만나는 결합. 로토는 소란스럽고 빛으로 가득했다. 마틸드는 조용하고 신중했다. 로토 쪽이 더 나은 반쪽, 분위기를 만들어가는 쪽이라고 믿기 쉽다. 그가 지금껏 경험한 모든 것이 마틸드를 향해 차곡차곡 쌓여간 것은 사실이다. 그의 삶이 그녀가 나타난 그 순간에 대비해 그를 준비시키지 않았다면, 그들이란 존재하지 않았을 것이다.

부슬부슬 흩날리던 빗방울이 굵어졌다. 그들은 서둘러 해변을 빠져나왔다.

[마음의 눈으로 잠시 그들을 그곳에 멈춰보자. 늘씬하고, 젊고, 추운 모래벌판과 바위를 지나 어둠을 통과해 따뜻한 곳으로 날아가는 그들을. 나중에 우리는 두 사람에게 되돌아올 것이다. 하지

만, 지금 우리가 눈을 뗄 수 없는 쪽은 그다. 지금 빛나는 사람은 그다.]

　로토는 그 이야기를 좋아했다. 자신은 허리케인이 불어닥칠 때 고요한 폭풍의 눈에서 태어났다고, 그는 늘 말하곤 했다.
　[처음부터 타이밍 감각이 기가 막혔다.]
　그때는 그의 어머니도 아름다웠고, 그의 아버지도 살아 있었다. 1960년대 후반, 여름. 플로리다 주, 햄린. 그 농장저택은 완전히 새집이라 가구에 붙은 가격표도 아직 떼지 않은 상태였다. 덧창들의 나사가 고정되어 있지 않아서, 처음 허리케인이 거센 바람과 함께 통과할 때는 덜컹덜컹 몹시 시끄러웠다.
　지금, 잠시, 햇볕이 들었다. 광귤나무에서 빗방울이 똑똑 떨어졌다. 이곳에선 폭풍우가 잠잠해진 사이, 집안의 관목지를 가로질러 5에이커 떨어진 곳의 생수공장에서는 우르르 쾅쾅 천둥이 쳤다. 저택 복도에서는 가정부 둘, 요리사, 조경사, 공장 감독이 나무문에 귀를 바짝 대고 있었다. 방안에서는 앤트워넷이 하얀 시트를 덮은 채 허우적거렸고, 거구의 거웨인은 아내의 뜨거운 머리를 붙잡고 있었다. 로토의 고모 샐리가 아기를 받으려고 허리를 굽혔다.
　로토가 나오기 시작했다. 아기는 팔다리가 길고 손발이 큰 고블린* 같았고, 폐가 엄청나게 튼튼했다. 거웨인이 창문으로 들어오는

---

* 유럽의 전설이나 동화에 등장하는 존재. 작은 키에 기형인 외모로 묘사되며, 사람을 현혹하고 괴롭힌다고 알려져 있다.

햇살을 향해 아기를 들어올렸다. 바람이 또다시 거세졌고, 살아 있는 오크나무들이 이끼 낀 팔로 폭풍우를 지휘했다. 거웨인은 눈물을 흘렸다. 그에게는 생애 최고의 날이었다. "거웨인 주니어." 그가 말했다.

앤트워넷은 어쨌거나 할 일을 모두 끝냈고, 남편에게 느꼈던 열정의 절반이 이미 아들에게로 옮겨가 있었다. "싫어요." 그녀가 말했다. 그녀는 거웨인과 데이트를 한 어느 날을 떠올렸다. 극장에 깔려 있던 적갈색 벨벳과 스크린에서 상영되던 〈캐멀럿〉. "랜슬럿." 그녀가 말했다. 이렇게 되면 그녀의 남자들을 아우르는 테마는 기사騎士가 된다.* 그녀에게는 그녀만의 유머가 없지 않았다.

폭풍우가 다시 몰아치기 전, 의사가 앤트워넷의 그곳을 꿰매기 위해 도착했다. 샐리는 올리브유에 적신 탈지면으로 아기를 닦아주었다. 그녀는 마치 자신의 팔딱거리는 심장을 손에 든 기분이었다. "랜슬럿." 그녀가 나직이 말했다. "그 이름 참. 맞고 다니기 딱 좋겠어. 하지만 떨 건 없단다. 너는 로토라고 불리게 될 테니까." 그녀는 자신과 닮은 쥐처럼 남의 눈에 띄지 않게 은근슬쩍 수를 쓰는 재주가 있어, 아기는 로토라고 불리게 되었다.

아기는 자꾸 보챘다. 앤트워넷은 몸이 죽을 맛이었고, 젖은 잘근잘근 씹혔다. 아기는 모유를 잘 먹지 않았다. 하지만 로토가 방싯거리기 시작하고 그 모습에서 보조개나 매력 같은 그녀 자신의

---

* 거웨인과 랜슬럿은 아서왕의 기사들로, 왕의 총애를 받았다.

작은 모습이 보이자 그녀는 대번에 아기를 용서했다. 거기에 자신의 아름다움이 존재함을 알자 그녀는 안도했다. 남편 집안 사람들은 아름답지 않았다. 그들은 원주민 티무쿠아족에서 시작해 스페인인, 스코틀랜드인, 도망친 노예, 세미놀족, 카펫배거*까지 플로리다에 사는 모든 혈통의 후손이었다. 그들의 외모는 대체로 지나치게 바싹 구운 크래커 같은 느낌이었다. 샐리의 얼굴은 뼈가 도드라져 날카로워 보였다. 거웨인은 털이 많고 거구에 말수가 적었다. 햄린 주민들은 거웨인을 두고 반쪽짜리 인간이라며, 그의 어머니가 옥외 변소로 가던 길에 몰래 기다리던 곰에게 당해 낳은 곰의 자식이라고 농담을 했다. 앤트워넷은 겉이 번지르르하고 포마드 기름을 바른 남자, 상냥한 댄서, 떵떵거릴 만큼 돈이 많은 남자들에게 마음을 빼앗겨온 역사가 있었지만, 결혼한 지 일 년이 지났는데도 남편을 보면 여전히 마음이 설레서 그가 밤에 돌아오면 최면에 걸린 듯 옷을 다 입은 채 그를 따라 샤워실로 가곤 했다.

앤트워넷은 뉴햄프셔 해안의 솔트박스**에서 자랐다. 여동생이 다섯 명 있었고, 겨울에는 외풍이 너무 심해 아침이면 옷을 입기도 전에 죽을 거라고 생각했다. 서랍에는 살려낸 단추와 죽은 건전지들을 모아놓았다. 구운 감자를 여섯 끼 내리 먹었다. 그녀는 스미스까지 가는 기차표를 샀지만 그곳에 도착해서도 내릴 수가 없었다. 옆좌석에 펼쳐진 잡지가 플로리다를 보여주고 있었기 때문이다. 황금빛 과일이 떨어지는 나무, 태양, 화려하고 아름다운 곳. 뜨

* carpetbagger. 미국 남북전쟁 직후 정치적·경제적 이득을 위해 남부로 간 북부 사람들을 일컫는 말.
** 앞에서 보면 2층, 뒤에서 보면 1층인 집을 일컫는 말.

거운 열기. 알록달록한 녹색 물에서 물고기 꼬리를 달고 파도처럼 몸을 흔드는 여자들. 그 길이 운명이었다. 그녀는 가진 돈이 데려다줄 수 있는 끝인 그 노선의 끝까지 갔고, 거기서부터 위키와치까지는 히치하이크를 했다. 관리자 사무실로 들어갔을 때 담당자는 허리까지 내려오는 그녀의 불그스름한 금발과 나올 데 나오고 들어갈 데 들어간 몸매를 보고는 좋아, 하고 중얼거렸다.

인어가 된다는 것의 패러독스. 인어 일은 더 유유해 보일수록 더 많이 힘들다는 것. 앤트워넷은 나른한 미소를 지었고 눈부시게 빛났다. 바다소들이 그녀를 스치고 지나갔다. 블루길*이 그녀의 머리카락을 잘근거렸다. 물은 23도로 차가웠고, 물살은 강했으며, 폐에 담기는 공기의 양은 뜨거나 가라앉는 것을 통제할 수 있도록 정확히 조절되어야 했다. 인어들이 극장으로 헤엄쳐 들어가는 터널은 길고 컴컴했고, 이따금 머리카락이 걸리면 두피째 붙잡혀 있을 때도 있었다. 그녀는 관람객을 볼 수는 없었지만 유리를 통해 그들이 바라보는 시선의 무게가 느껴졌다. 보이지 않는 관람객을 위해 그녀는 열과 성을 다했다. 진짜라고 믿게 만들었다. 하지만 가끔은 활짝 웃으면서 그녀가 알고 있는 세이렌**을 떠올렸다. 지금 그녀가 연기하는 발랄한 인어공주가 아니라, 혀와 노래와 꼬리 그리고 집을 포기하고 불멸의 존재가 된 인어. 노래로 사내들이 가득 탄 배를 바위로 유인해, 그 사내들이 홀린 채 깊은 바다로 빠지는 것을 잔인하게 지켜보는 인어.

---

* 검정우럭과의 물고기.
** 그리스신화에 나오는 바다의 요정. 아름다운 노랫소리로 뱃사람들을 홀려 죽게 했다.

물론 그녀는 누가 부르면 교외 별장으로 갔다. 거기서 텔레비전 연기자, 코미디언, 야구선수를 만났다. 한번은 엉덩이를 과장되게 흔드는 가수를 그가 영화배우로 활약하던 시절에 만나기도 했다. 그들은 이런저런 약속을 했지만 지켜진 것은 없었다. 그녀를 데리러 온다던 제트기는 오지 않았다. 감독들과 마주앉는 일도 없었다. 베벌리힐스에 있는 주택에 들어가 살게 될 일은 없을 것이었다. 그렇게 삼십대가 되었다. 서른둘. 서른다섯. 촛불을 후 불어 끄면서, 그녀는 자신이 촉망받는 스타 배우가 될 수 없다는 사실을 깨달았다. 그녀 앞에 남은 건 차가운 물과 느린 발레 동작뿐이었다.

그때 샐리가 물속 무대가 만들어진 극장으로 들어왔다. 나이는 열일곱이었고, 피부는 햇볕에 타서 가무잡잡했다. 그녀는 집을 나온 가출 소녀였다. 그녀는 삶을 원했다! 생수공장에서 하루 열여덟 시간을 보내고 집에 돌아와 곧장 잠이 드는 과묵한 오빠 이상의 뭔가를 원했다. 하지만 인어 관리자는 가소롭다는 듯 웃었다. 샐리는 너무 말라서 물의 요정보다는 차라리 장어가 어울렸다. 그녀가 가슴께에 팔짱을 끼고 사무실 바닥에 철퍼덕 주저앉았다. 관리자가 그녀를 일으켜세우려고 핫도그 판매대에서 일하게 해주겠다고 했다. 그녀는 어두운 원형극장에 들어갔고, 반짝거리는 유리를 본 순간 그 자리에 선 채 너무 놀라 아무 말도 하지 못했다. 빨간색 비키니 상의와 꼬리를 입은 앤트워넷이 한창 공연중이었다. 모든 빛이 앤트워넷에게로 쏟아졌다.

열렬했던 샐리의 관심은 유리에 보이는 여자의 크기만큼으로 줄었고, 그때부터 영원히 그만큼에 머물고 만다.

샐리는 없어서는 안 될 존재가 되었다. 그녀는 특유의 각도로 꺾인 인어 꼬리에 스팽글을 달았고, 산소호흡기를 쓰고 수족관 안쪽 물이 솟아나는 곳의 녹조를 긁어내는 법도 배웠다. 한 해가 지나고 어느 날, 앤트워넷이 튜브형 방 안에 앉아 허리를 굽히고 축축한 꼬리를 벗고 있는데 샐리가 슬그머니 다가왔다. 그녀는 앤트워넷에게 올랜도에 새로 생긴 디즈니월드 광고지를 건넸다. "신데렐라는 언니 거야." 샐리가 속삭였다.

그때까지 앤트워넷은 누군가로부터 제대로 이해를 받았다고 느껴본 적이 한 번도 없었다. "신데렐라는 내 거야." 그녀가 말했다.

신데렐라는 그녀의 것이었다. 스커트 밑에 후프를 착용하는 새틴 드레스와 지르코늄으로 만든 티아라는 그녀에게 꼭 맞았다. 그녀는 오렌지 과수원에 있는 아파트에서 새 룸메이트 샐리와 살게 되었다. 앤트워넷이 검은색 비키니 차림에 빨간 립스틱을 바른 채 발코니에서 햇볕을 쬐며 누워 있을 때 거웨인이 그의 집에 있던 흔들의자를 들고 계단을 올라왔다.

그는 입구를 꽉 메웠다. 2미터 3센티미터. 털이 아주 많아 턱수염이 귀까지 올라왔고, 어쩌나 외로워 보이는지 여자들은 그가 지나간 자리에서 외로움의 냄새를 맡을 수 있을 정도였다. 그는 좀 모자란 아이로 여겨졌지만, 그의 나이 스무 살에 부모님이 일곱 살 된 여동생만 남기고 자동차 사고로 숨졌을 때 집안 토지의 가치를 파악한 사람은 그 혼자뿐이었다. 그는 부모가 저축해둔 돈을 착수금으로 삼아 그 토지에서 나오는 차갑고 깨끗한 물을 병에 담는 생수공장을 지었다. 플로리다 천혜의 권리를 원래 주인에게 되파는 것이 어쩌면 부도덕함의 경계에 있는 일일지도 모르지만 그것이 미국적으로 돈을 버는 방식이었다. 그는 재산을 모으기만 했지

한푼도 쓰지 않았다. 아내를 얻고 싶은 갈망이 걷잡을 수 없이 커졌을 때, 그는 거대한 코린트식 흰색 기둥이 사방에 우뚝 선 농장 저택을 지었다. 그가 듣기로 아내들은 큰 기둥을 좋아한다고 했다. 그는 기다렸다. 하지만 아내가 되겠다고 찾아오는 사람은 없었다.

그때 동생의 전화가 걸려왔고, 동생은 집에 있는 이런저런 물건들을 새로 옮긴 아파트로 가져와달라고 부탁했다. 그래서 거웨인이 이곳에 오게 됐고, 앤트워넷을, 그녀의 매력적인 몸매와 하얀 피부를 보고는 숨쉬는 법조차 잊어버리게 된 것이었다. 앤트워넷은 지금 자기 눈앞에서 벌어지고 있는 상황이 이해되지 않았지만, 그게 놀라울 것은 없었다. 불쌍한 거웨인, 엉겨붙은 머리, 지저분한 작업복. 그녀는 방긋 웃은 뒤 다시 태양의 애무를 받으려고 누웠다.

샐리는 자신의 친구를, 그리고 오빠를 보았다. 흩어진 조각들이 딱 맞춰지는 것 같았다. 샐리가 말했다. "오빠, 이쪽은 앤트워넷. 언니, 이쪽은 거웨인이야. 오빠의 은행 계좌에는 몇백만 달러가 있어." 앤트워넷은 일어서서 사뿐사뿐 걸어갔고, 선글라스를 머리에 올려 썼다. 거웨인과 그녀의 거리는 아주 가까워졌다. 그녀의 동공이 홍채를 완전히 덮고 그 검은 동공에 그 자신의 모습이 비치는 것이 보일 만큼.

결혼식까지는 순식간이었다. 앤트워넷의 인어 친구들이 교회 계단에 앉아 꼬리를 반짝이며 방금 결혼한 부부에게 물고기 먹이를 한 움큼씩 뿌려주었다. 무뚝뚝한 북부 사람들은 더위 때문에 고생을 했다. 샐리는 인어 공연의 그랑피날레인 아다지오 장면을 보여주는, 누워 있는 앤트워넷을 오빠가 한 팔로 들어올린 모습을 마지팬 반죽으로 빚어 케이크 위를 장식했다. 일주일도 지나지 않아 가구들이 주문되었고, 가정부가 고용되었고, 불도저들이 땅을 파서 수영장이 만들어졌다. 안락한 생활에 정착하자, 앤트워넷은 더이상 그 돈을 어떻게 쓸지에 대해 상상하지 않았다. 모든 것이 카탈로그를 보고 우편 주문하는 수준의 품질이었고, 그 정도면 그녀에게 충분했다.

앤트워넷은 그 안락함을 자신이 누려도 되는 권리로 받아들였다. 사랑은 기대하지 않았다. 하지만 거웨인의 명확하고 다정한 태도에 그녀는 감동을 받았다. 그녀는 그를 관리하기 시작했다. 면도를 깔끔히 하자 섬세한 얼굴과 친절한 입이 나타났다. 맞춤 양복을 입히고 뿔테안경을 사주자 잘생기지는 않아도 눈에 띄는 외모가 되었다. 그가 싹 달라진 모습으로 방 저편에서 그녀를 향해 미소를 지었다. 그 순간 그녀 안에서 멈칫거리던 감정에 불이 확 지펴졌다.

열 달 뒤 허리케인이 찾아왔고, 아기가 태어났다.

그들 세 어른이 로토를 특별한 아이로 생각하는 건 당연했다. 황금 같은 아기.

거웨인은 오랫동안 꾹꾹 삼켰던 모든 사랑을 로토에게 모조리 쏟아부었다. 아기는 희망으로 만들어진 살덩이였다. 평생 멍청이라는 말을 듣고 살았던 거웨인은 아들을 품에 안고 천재의 무게를 느꼈다.

샐리도 살림을 꾸준히 하면서 자신의 역할을 다했다. 그녀는 유모를 고용했다가도 아기를 자기처럼 돌보지 않는다는 이유로 해고

하곤 했다. 아기가 음식을 먹기 시작하자, 그녀는 바나나와 아보카도를 씹어 병아리에게 먹이를 주듯 아기의 입에 넣어주었다.

앤트워넷은 자신의 웃음에 아기도 웃음으로 답하기 시작하자 로토에게 온 정성을 기울였다. 하이파이 기기로 소리를 있는 대로 키워 베토벤을 틀었고, 책에서 읽은 음악 용어를 큰 소리로 들려주었다. 미국 건국 초기의 가구, 그리스신화, 언어학에 관련된 통신강좌를 들었고, 그녀가 쓴 보고서를 처음부터 끝까지 아기에게 읽어주었다. 그녀는 오줌이나 묻힐 나이의 이 아기가 높은 아기 의자에 앉아 그녀가 쓴 내용을 12분의 1 정도나 받아들였을까 생각했지만, 얼마나 많은 양이 아기의 뇌에 들어갔을지는 아무도 모를 일이었다. 그녀는 자신의 아기가 훌륭한 인재라고 확신했고, 이왕 그런 인물이 될 거라면 지금부터 그렇게 키울 거라고 결심했다.

로토가 기억력에 두각을 나타내기 시작한 건 두 살이 되던 해였고, 앤트워넷은 대단히 기뻐했다. [검은 선물. 이 선물 덕에 로토는 모든 것을 쉽게 해낼 수 있겠지만, 그 대신 게을러질 것이다.] 어느 밤 로토가 잠들기 전에 샐리가 동시를 읽어주었는데, 아침에 로토가 식사실로 내려오더니 의자 위에 올라서서 큰 소리로 그 시를 암송했다. 거웨인은 놀라서 박수를 쳤고, 샐리는 커튼에 눈물을 훔쳤다. "브라보." 앤트워넷은 별일 아니라는 듯 말하고는 커피를 더 마시려 컵을 잡았지만, 사실은 손의 떨림을 감추려고 그런 것이었다. 밤이 되자 샐리는 더 긴 시를 읽어주었다. 아침이 되자 로토는 완벽하게 그 시를 암송했다. 성공할 때마다 아이의 자신감은 자라났고, 보이지 않는 계단이 한 칸씩 위로 그려졌다. 급수 관계자들이 아내들과 함께 농장에 와서 긴 주말을 보내는 동안 로토는 살금

살금 아래층으로 내려가 손님용 식탁 아래 어둠 속으로 기어들어 갔다. 동굴 같은 그곳에서 그는 발등이 튀어나올 듯 불거진 남자들의 모카신을, 파스텔 색의 축축한 조개껍데기처럼 생긴 여자들의 팬티를 보았다. 그는 키플링의 『만약에』를 큰 소리로 암송하면서 밖으로 나왔고 우레와 같은 박수가 쏟아졌다. 앤트워넷은 칭찬 대신 옅은 미소를 지은 채 부드러운 목소리로 "가서 자야지, 랜슬럿" 하고 말함으로써 낯선 사람들의 박수를 받는 기쁨에 마침표를 찍었다. 자신이 칭찬을 하면 로토가 노력하지 않을 거라는 사실을 그녀는 알고 있었던 것이다. 청교도인은 만족감을 지연시키는 것의 가치를 안다.

로토는 센트럴 플로리다의 습한 날씨와 퀴퀴한 냄새, 다리가 긴 들새와 나무에서 딴 과일과 더불어 자랐다. 걸음마를 뗀 순간부터 그는 오전 시간을 앤트워넷과 함께 보냈고, 오후에는 관목이 자란 모래벌판, 땅에서 찬물이 콸콸 흘러나오는 샘, 악어들이 갈대숲에서 그를 주시하는 늪지를 돌아다녔다. 로토는 자기 생각을 또박또박 말하는, 햇살처럼 밝은 작은 어른이었다. 로토의 어머니는 그의 입학을 한 해 늦추었고, 그때까지 그는 다른 아이는 아무도 몰랐다. 그 작은 타운에 살기엔 앤트워넷이 너무 훌륭했기 때문이었다. 현장감독의 딸들은 우락부락하고 거칠었고, 그게 어떤 결과를 가져올지 잘 알았던 앤트워넷은 그런 아이들이라면 고맙지만 사양이었다. 집에는 묵묵히 로토를 섬기는 사람들이 있었다. 로토가 땅에 수건을 집어던지면 누군가가 집어올려주었다. 로토가 새벽 두시에 뭔가를 먹고 싶다고 하면 마법을 부린 듯 그의 앞에 음식이 차려졌다. 모두 아이를 즐겁게 해주려 노력했고, 다른 생활에 대해서 알지 못하니 로토 역시 즐거웠다. 그는 앤트워넷의 머리를 빗겨주었고, 몸집이 거의 샐리만큼 커졌을 때에도 샐리가 자신을 안고 다니도록 내버려두었으며, 오후 내내 거웨인의 사무실에서 아버지 옆에 조용히 앉아 있었다. 아버지의 차분하고 선량한 기질은 로토의 마음을 달래주었다. 이따금 아버지가 구름 사이로 내비치는 햇살 같은 우스갯소리를 하면 모두 눈부신 듯 눈을 끔벅거렸다. 그의 아버지는 로토의 존재를 떠올리는 것만으로도 행복감을 느꼈다.

로토가 네 살이던 어느 밤, 앤트워넷은 침대에서 자고 있는 그를 깨워 부엌으로 데려갔다. 그녀는 컵에 코코아 가루를 넣었지만 물 붓는 것을 잊었다. 그는 포크로 코코아 가루를 찍어서 핥아먹었다. 그들은 어둠 속에 앉아 있었다. 앤트워넷은 일 년 동안 통신강좌는 방치하고, 어린아이가 스티로폼을 깎아 수채화 물감으로 칠한 흉상처럼 생긴 전도사의 강론을 텔레비전으로 들었다. 전도사의 아내는 아이라인을 영구 시술하고 머리는 대성당처럼 정교하게 틀어올렸는데, 앤트워넷은 이 머리 모양을 그대로 따라 했다. 그녀는 선교 내용이 담긴 테이프를 주문해 수영장 옆에서 8트랙 플레이어*에 커다란 이어폰을 연결해 들었다. 나중에 앤트워넷은 어마어마한 액수를 적은 수표까지 보내려고 했지만 샐리가 번번이 개수대에서 태워버렸다. "아들아," 앤트워넷이 그날 밤 로토에게 소곤거렸다. "우리가 여기 있는 건 네 영혼을 구원하기 위해서야. 심판의

---

* 카세트, CD 플레이어와 비슷한 전자제품으로, 1970년대에 많이 사용되었다.

날이 되었을 때 아빠나 고모처럼 하느님을 믿지 않는 사람들에게 어떤 일이 생기는지 아니?" 대답을 바라고 한 말이 아니었다. 오, 그녀가 거웨인과 샐리에게도 빛을 보여주려고 얼마나 노력했던가. 그녀는 그들도 함께 천국에 가기를 간절히 바랐지만, 그들은 겸연쩍게 웃으며 뒷걸음질칠 뿐이었다. 그녀는 구름 속에 마련된 자신들의 자리에서 아들과 함께 슬픔에 잠겨 지켜보게 될 것이다. 그 두 사람이 저 아래에서 영원히 불타는 것을. 로토만큼은 기필코 구원해야 했다. 그녀는 성냥을 켠 뒤 조용하고 떨리는 목소리로 묵시록을 읽기 시작했다. 불이 꺼지자 성냥을 또하나 켠 뒤 계속 읽어나갔다. 로토는 불길이 가느다란 나무막대기를 삼켜들어가는 것을 지켜보았다. 불길이 거의 어머니의 손가락까지 타들어갔을 때 그는 그 자신이 불에 타는 사람이 된 것처럼 뜨거운 열기를 느꼈다. 〔암흑, 나팔, 바다 생물, 용, 천사, 기사, 눈이 여러 개인 괴물. 이런 것들이 그의 꿈속을 수십 년 동안 채우게 된다.〕그는 어머니의 아름다운 입술이 움직이는 것을, 어머니의 눈동자가 망연히 멈춰 있는 것을 지켜보았다. 아침에 눈을 뜨면 누군가가 자신을 지켜보고 있다는 확신에 사로잡혔고, 자신이 항상 심판을 받고 있는 듯 느껴졌다. 하루종일 교회에 가 있기도 했다. 나쁜 생각이 들 때는 순진한 표정을 지었다. 혼자 있을 때조차 그는 연기를 했다.

로토의 시간이 계속 그렇게 흘러갔다면 그는 그저 밝고 평범한 아이로 살았을 것이다. 특권을 가졌으나 평범한 아이의 슬픔을 지닌 또 한 명의 아이로.

하지만 그날이 왔다. 거웨인은 평소처럼 세시 반에 휴식을 취하려고 일터에서 집까지 길고 푸른 잔디밭을 걸어왔다. 그의 아내는 수영장의 깊은 쪽 밖에서 입은 벌리고 손바닥은 태양을 향한 채 잠들어 있었다. 그는 아내가 햇볕에 화상을 입지 않도록 시트를 조심스레 덮어준 뒤 손목의 맥박 뛰는 자리에 키스했다. 부엌에서는 샐리가 오븐에서 쿠키를 꺼내고 있었다. 거웨인은 집 건물을 빙 돌다가 비파를 한 알 따서는 그 시큼한 과일을 입안에 굴려넣었다. 그러고는 야생 로젤 옆에 자리한 펌프에 앉아 흙길을 바라보았다. 그의 아들이 각다귀, 집파리, 사마귀 같은 형체로 자전거를 탄 채 나타났다. 7학년의 마지막날이었다. 여름이 느리게 흐르는 넓은 강처럼 로토 앞에 펼쳐져 있었다. 학교에 가느라 보지 못한 프로그램을 재방송으로 실컷 볼 것이다. 〈해저드 마을의 듀크 가족〉과 〈해피데이즈〉를 볼 것이다. 한밤중에는 호수에서 개구리들의 공연이 펼쳐질 것이다. 소년의 기쁨이 길을 빛으로 가득 채웠다. 자신의 아들이 있다는 사실이 그에겐 감동이었지만, 아들이 실제로 어떤 사람인지는 그야말로 기적이었다. 아들은 크고 유쾌하고 아름다웠으며, 아들을 만든 사람들보다 더 나았다.

그런데 갑자기 세상이 그의 아들을 둘러싼 만큼으로 축소되었다. 놀라웠다. 모든 것이 극도로 선명해져 거웨인은 원자까지 꿰뚫어볼 수 있을 것 같은 기분이었다.

얼핏 아버지가 낡은 펌프에 앉아 낮잠을 자는 것처럼 보여 로토는 자전거에서 내렸다. 이상했다. 거웨인은 낮에는 잠을 자지 않았다. 소년은 선 채 움직이지 않았다. 딱따구리가 목련나무를 시끄럽게 쪼아댔다. 아놀도마뱀이 아버지의 발 위로 잽싸게 지나갔다. 로토는 자전거를 툭 떨어뜨린 뒤 달려가 거웨인의 얼굴을 붙잡고 아버지의 이름을 큰 소리로 불렀다. 그가 고개를 들자 뛰어오는 어머니가 보였다. 절대 뛰는 법이 없는 그 여인은 하얗게 질린 채 비명을 지르며 하강하는 새처럼 한달음에 달려오고 있었다.

세상이 본래의 모습을 드러냈다. 저 아래에서 어둠이 위협했다.
로토는 예전에 갑자기 싱크홀이 생겨 그 구멍 속으로 낡은 옥외 변소가 집어삼켜지는 광경을 본 적이 있었다. 어디나 싱크홀들이었다.
그는 피칸나무 사이로 난 모랫길을 서둘러 걸으면서, 발아래 땅이 벌어져 자신이 어둠 속으로 굴러떨어질 거라는 공포를, 한편으로는 그런 일이 일어나지 않을 거라는 공포를 동시에 느꼈다. 예전의 기쁨은 차츰 색이 바랬다. 냉동실에서 생닭을 훔쳐 먹였던 16피트 길이의 늪지 악어도 지금은 그저 도마뱀일 뿐이었다. 생수공장도 하나의 커다란 기계일 뿐이었다.
동네 사람들은 과부가 진달래나무를 잡고 구역질하는 모습을, 과부의 잘생긴 아들이 그녀의 등을 두드려주는 것을 지켜보았다. 똑같이 붉거진 광대뼈에 불그스름한 금발. 슬픔 위로 아름다움이 고운 점처럼 뿌려져, 보는 사람은 심장이 명중된 듯 가슴이 미어졌다. 햄린 사람들은 과부와 그녀의 아들을 위해 울 뿐 햄린의 토박이 아들, 거구의 거웨인을 위해서는 울지 않았다.
하지만 그녀의 구역질은 슬픔 때문만은 아니었다. 앤트워넷은 둘째를 임신했고, 침대에서 휴식을 취하라는 처방을 받았다. 몇 달 동안 동네 사람들은 검은색 정장을 입고 서류가방을 든 구애자들이 값비싼 차를 타고 드나드는 것을 지켜보았고, 그녀가 누구를 선택할지 추측했다. 그토록 돈 많고 아름다운 과부와 누가 결혼하고 싶어하지 않겠는가?

로토는 침몰하고 있었다. 그는 학교에서 문제아가 되려 해보았지만, 교사들이 그를 모범생으로 여기는 데 익숙해서 그마저 뜻대로 되지 않았다. 그는 어머니의 퉁퉁 부은 손을 붙잡고 앉아 같이 종교방송을 들으려 해보았지만, 그와 신의 관계는 이미 틀어져 있었다. 그가 받아들인 건 오로지 기본적인 것들이었다. 이야기, 도덕적 엄격함, 순수함을 갈구하는 광적인 열정.

앤트워넷은 바다소처럼 침대에 평온하게 누워, 아들의 손바닥에 키스한 뒤 그를 방으로 보냈다. 그녀의 감정은 땅속에 묻혔다. 그녀는 모든 것을 엄청난 거리를 두고 지켜보았다. 그녀의 배가 점점 불러왔다. 그리고 마침내 그녀는 커다란 과일처럼 쩍 벌어졌다. 아기 레이철이 씨앗처럼 툭 떨어져나왔다.

레이철이 밤중에 깨면 로토는 가장 먼저 달려가 의자에 앉아 동생을 안고 흔들면서 우유를 먹였다. 그는 동생 덕에 그 첫해를 무사히 넘겼다. 여동생이 굶주린 존재였다면, 그는 그 허기를 채워주는 사람이었다.

그의 얼굴에 화농성 여드름이 퍼졌다. 여드름은 피부밑에서 뜨겁게 불끈거리다 툭툭 올라왔다. 그는 더이상 아름다운 소년이 아니었다. 상관없었다. 여자들이 그에게 키스하려 앞다투어 몰려들었는데, 연민 때문일 수도 있었고 그가 부자이기 때문일 수도 있었다. 여자들의 부드러운 잔모래 같은 입술, 포도 같은 잇몸과 뜨거운 혀에 집중하면 그도 자신을 휘감은 공포를 녹일 수 있었다. 그는 레크룸*에서, 밤에는 공원에서 음악을 틀어놓고 파티를 하며 여자들과 어울렸다. 그러고는 플로리다의 어둠 속에서 자전거를 타고 집으로 돌아갔다. 슬픔을 앞서려는 듯 최대한 빠르게 페달을 밟았지만, 슬픔은 늘 더 빨라서 금세 그를 다시 앞질렀다.

거웨인이 죽고 일 년하고 하루가 지난 날 새벽녘, 열네 살이 된 로토가 아침 식사실로 들어왔다. 삶은 달걀을 몇 개 챙겨 자전거를 타고 시내에 가는 도중에 먹을 생각이었다. 시내에서는 트릭시 딘이 주말 동안 부모님이 집을 비운다며 그를 기다리고 있었다. 그의 호주머니에는 WD-40이 들어 있었다. 윤활제가 중요하다고, 학교에서 남자애들이 그에게 말해주었다.

어둠 속에서 어머니의 목소리가 들렸다. "아들, 새 소식이 있어." 그가 깜짝 놀라 불을 켜자 검은색 정장 차림을 한 어머니가 저만치 식탁 끝에 앉아 있었다. 빗지 않은 머리가 그녀의 머리 주변을 불꽃의 왕관처럼 드리우고 있었다.

불쌍한 엄마, 그는 생각했다. 너무 망가졌다. 너무 살이 쪘다. 엄마는 레이철을 낳은 뒤 먹기 시작해 끊지 못한 진통제가 자기만의 비밀이라고 생각했다. 하지만 아니었다.

몇 시간 뒤 로토는 눈을 깜박이며 해변에 서 있었다. 서류가방을 들고 들락거렸던 남자들은 사실 구애자들이 아니라 변호사들이었다. 모든 것이 사라졌다. 하인들도 가버렸다. 일은 누가 하지? 농장

---

* 레크리에이션룸의 줄임말로, 파티나 게임 등 여러 목적으로 사용되는 방. 아이들이 친구들과 놀 수 있도록 거실과 떨어진 지하에 만드는 경우가 많다.

저택도, 그의 어린 시절도, 생수공장도, 수영장도, 조상이 터를 잡고 살아온 햄린도 다 사라져버렸다. 아버지의 유령마저 사라졌다. 엄청난 액수의 돈과 바꾼 것이었다. 크레센트 비치, 지역은 좋았다. 하지만 모래언덕 위쪽 미사微砂 위에 지어올린 작은 분홍색 집은, 말뚝 위에 세워올린 콘크리트 레고 박스 같았다. 그 아래로는 어지러이 뒤엉켜 자란 팰머토 야자수들과 뜨겁고 짭조름한 바람 속에서 구슬피 울어대는 펠리컨들뿐이었다. 이 해변은 차가 달릴 수 있는 곳이었다. 스래시메탈*을 시끄럽게 틀어놓고 달리는 픽업트럭은 모래언덕에 가려 보이지 않아도 그 소리는 집에서 다 들렸다.

"여기예요?" 그가 말했다. "엄마, 그 돈이면 이런 해변을 살 수도 있었어요. 어째서 이런 보잘것없고 작은 집에서 살아야 해요? 어째서 여기예요?"

"쌌거든. 압류된 집이라서. 그 돈은 내 돈이 아니야, 아들." 어머니가 말했다. "그 돈은 너와 네 동생의 돈이야. 너희를 위해 모두 신탁해뒀어." 순교자의 미소.

하지만 그에게 돈이 다 뭔가? 그는 돈이 싫었다. 〔그는 평생 자신에게는 돈이 충분히 있다고 생각하면서 돈 걱정은 다른 사람들에게 미루고 회피한다.〕돈은 아버지도, 아버지의 땅도 될 수 없었다.

"이건 배신이에요." 로토가 격분에 차 울면서 말했다.

그의 어머니는 여드름을 건드리지 않으려고 조심하면서 아들의 얼굴을 두 손으로 감싸 잡았다. "그렇지 않단다, 사랑하는 아들." 그녀가 말했다. 그녀의 미소는 찬란했다. "이건 자유야."

---

* 헤비메탈의 하위 장르로, 빠른 템포와 강력한 사운드의 록.

로토는 못마땅했다. 그는 혼자 모래벌판에 앉았다. 막대기로 죽은 해파리를 들쑤셨다. A1A* 고속도로 편의점 바깥에서 슬러시를 마셨다.

그리고 잘나가는 아이들이 점심을 사먹는 햄버거 노점에 타코를 사러 갔다. 그곳은 여자애들은 비키니 상의를 입고 남자애들은 구릿빛으로 근육을 태우려고 셔츠를 집에 벗어두고 오는 그런 곳이었지만, 이 어린 여피족은 폴로 셔츠와 마드라스 반바지에 캐주얼한 구두를 신고 왔다. 그는 키가 벌써 180센티미터였고, 7월 말이면 열네 살에서 열다섯 살로 넘어갔다. (사자자리, 그는 그걸로 전부 설명된다.) 팔꿈치와 무릎은 피부가 까졌고, 뒤통수 쪽은 머리털이 덥수룩했다. 터진 여드름 자국이 가득한 불쌍한 피부. 어리벙벙한 채 눈을 깜박이는 절반의 고아. 누군가는 그를 끌어안고 위로하고 싶어했다. 여자애들 몇 명이 그에게 매력을 느껴 이름을 물었지만, 그는 완전히 주눅이 들어 관심조차 보이지 못했고, 여자애들은 그를 떠나갔다.

그는 야외 테이블에서 혼자 먹었다. 고수잎 조각이 그의 입술에 붙었고, 그걸 보고 날렵하게 생긴 아시아계 소년이 웃음을 터뜨렸다. 아시아계 소년 옆에는 머리를 풀어헤치고 아이라인을 그리고 빨간색 립스틱을 바르고 한쪽 눈썹 위에 안전핀 피어싱을 하고 코에는 모조 에메랄드가 반짝이는 여자애가 앉아 있었다. 그녀가 로

---

* 대서양을 따라 플로리다의 남북을 연결하는 고속도로.

토를 하도 강렬한 눈빛으로 쳐다봐서 로토는 발이 따끔거리는 것만 같았다. 어째선지는 몰랐지만 그녀는 섹스를 잘할 것 같았다. 여자애 옆에는 안경을 쓴 교활한 표정의 뚱뚱한 남자애가 앉아 있었는데, 그녀와 쌍둥이였다. 아시아계 소년의 이름은 마이클이었다. 강렬한 여자애의 이름은 그웨니였다. 훗날 뚱뚱한 남자애가 가장 중요해진다. 그의 이름은 콜리였다.

그날 타코 노점에는 랜슬럿이라는 이름의 또다른 소년이 있었는데, 그는 랜스라고 불렸다. 이런 우연이 있을까? 랜스는 비쩍 말랐고, 채소를 잘 먹지 않아서 안색이 파리했고, 걸을 때는 일부러 건들건들 걸었다. 모자를 삐뚜름하게 썼고, 티셔츠는 너무 길어 오금 위로 자루처럼 늘어졌다. 그가 비트박스를 하며 화장실로 갔다가 구린내를 풍기며 돌아왔다. 그의 뒤에 있던 남자애가 그의 셔츠를 발로 찼더니 작은 똥 덩어리가 하나 떨어졌다.

누군가가 소리를 질렀다. "랜스가 셔츠에 똥쌌어!" 이 말이 한참을 떠돌다가, 또다른 누군가가 랜슬럿이 한 명 더 있다는 사실을 기억해냈다. 이 랜슬럿은 상처를 잘 받을 것 같았고, 처음 보는 얼굴에 생김새가 이상했다. 아이들이 로토에게 물었다. "이봐, 햇병아리, 우리가 너를 똥줄 빠지게 겁줬냐?" "네 전체 이름은 뭐야? 러브설롯 경?" 그는 구부정한 자세로 침울하게 일어섰다. 그러고는 먹던 음식을 남기고 터덜터덜 그 자리를 떠났다. 쌍둥이 남매와 마이클이 대추야자나무 아래에서 그를 따라잡았다. "그거 진짜 폴로야?" 콜리가 로토의 셔츠 소매를 만지작거리며 물었다. "그거 가게에서 사려면 80달러는 할 텐데." "콜." 그웨니가 외쳤다. "그런 소비주의적인 발언은 그만." 로토는 아닌 게 명백한데도 "싸구

려 짝퉁일 거야, 아마" 하고 말하며 어깨를 으쓱했다. 그들이 로토
를 한참 빤히 쳐다보았다. "재미있는 녀석이네." 콜리가 말했다.
"귀여운 녀석이야." 마이클이 말했다. 그들은 그웨니 쪽을 보았고,
그녀는 눈을 가느스름히 뜨더니 엉겨붙은 마스카라만 보이는 실눈
이 될 때까지 로토를 쳐다보았다. "뭐, 좋아." 그녀가 한숨을 쉬었
다. "우리가 이애를 받아주지 뭐." 그녀가 웃자 한쪽 뺨에 보조개
가 팼다.

그들은 로토보다 나이가 좀더 많아, 이제 11학년에 올라갈 예정
이었다. 그들은 그가 모르는 것을 알았다. 로토는 모래사장과 맥주
와 약에 빠진 생활을 시작했다. 어머니의 진통제를 훔쳐서 아이들
과 나눠 먹었다. 낮에는 아버지를 잃은 슬픔이 희미해졌지만, 밤에
는 여전히 울면서 잠에서 깼다. 그의 생일이 되었다. 카드를 펴보니
열다섯 살 소년이 받기엔 터무니없는 액수의 일주일 치 용돈이 들
어 있었다. 긴 여름이 지나고 새 학기가 시작되었다. 이제 그는 9학
년이 되었지만 그의 기억력이면 문제될 게 없었다. 방과후부터 밤
까지는 늘 해변에서 보냈다.

"이거 들이마셔봐." 친구들이 말했다. "이거 피워봐." 그는 들이
마셨고, 피웠으며, 잠시 동안 모든 걸 잊었다.

새로 사귄 세 친구 중에서 그웨니가 가장 재미있었다. 그녀는 어
딘지 고장난 느낌을 주었지만, 어디가 고장났는지 말해주는 사람은
아무도 없었다. 그녀는 차들이 달리는 사차선 도로를 걸어서 건너
고, 퀴키스톱 편의점에서 백팩에 휘핑크림 캔을 슬쩍했다. 그가 보
기에 그녀는 들짐승 같았지만, 쌍둥이 남매는 랜치 하우스에서 살
았고 부모도 양쪽 다 있었다. 그웨니는 고등학교 3학년*이었는데,

36

대학 과정 세 과목을 미리 듣고 있었다. 그녀는 마이클을 열렬히 좋아했지만, 마이클은 다른 아이들이 보지 않을 때 로토의 무릎에 손을 올렸고, 로토는 밤에 그웨니의 옷을 벗기고 그녀를 몸부림치게 하는 꿈을 꾸었다. 한번은 늦은 밤에 그가 그녀의 차가운 손을 잡았고, 그녀는 그가 손을 꽉 쥐었다가 놓아줄 때까지 잠시 그대로 가만있었다. 로토는 이따금 새처럼 하늘을 맴돌며 그들을 내려다보는 상상을 했다. 그들은 둥글게 둥글게 원을 그리며 서로를 쫓았고, 콜리만이 외따로 떨어져 침울한 표정으로 나머지 친구들이 만드는 끝없는 원을 지켜보았다. 그는 그 안으로 끼어들려는 시도는 거의 하지 않았다.

"저기 말이지," 한번은 콜리가 로토에게 말했다. "너를 만나기 전까지 나한텐 진정한 친구가 없었던 것 같아." 그들이 쇼핑 아케이드에서 비디오게임을 하고 철학을 논하고 있을 때였다. 콜리는 구세군에서 받아온 카세트테이프가 한 무더기 있어 줄줄 읊어낼 수 있었고, 로토는 9학년 교과서에 있는 내용을 이해는 못해도 암기해서 인용할 수 있었다. 로토는 콜리를 쳐다봤다. 기름기로 번질번질한 혈색 좋은 콜리의 이마와 턱에 팩맨**이 비쳐 보였다. 콜리는 코 위로 안경을 쓱 밀어올리더니 시선을 돌렸다. 로토는 마음이 약해졌다. 그는 "나도 네가 좋아" 하고 말했고, 소리 내어 말하고 나서야 정말로 그렇다는 걸 깨달았다. 콜리, 그의 투박함, 외로움, 돈에 대한 순수한 허기를 보면 아버지가 떠올랐다.

---

* 미국은 고등학교 과정이 4학년까지다.
** 1980년 일본 게임회사 남코에서 발매된 게임 캐릭터.

로토의 방탕한 생활은 10월의 어느 시점까지만 이어졌다. 큰 변화가 일어나는 데는 몇 달이면 족하다.

이날의 사건이 축이 될 것이다. 토요일, 늦은 오후였다. 그들은 아침부터 해변에 나가 있었다. 콜리와 그웨니와 마이클은 빨간 담요 위에 잠들어 있었다. 모두 햇볕에 심하게 탔고 바다 소금기가 배었으며, 입에서는 시큼한 맥주 냄새가 났다. 도요새와 펠리컨들이 보였고, 바다 바로 앞에서는 낚시꾼이 1피트 길이의 황금빛 물고기를 낚아올리고 있었다. 로토는 어떤 책에서 읽었던 하나의 이미지가 서서히 또렷한 형상으로 자리잡을 때까지 한참 동안 그 풍경을 바라보았다. 벌새의 날름 내민 길고 꼬부라진 혀 같은 좁은 돌길이 다다르는 붉은 바다. 로토는 어떤 꼬마가 놓고 간 삽을 들고 모래를 파기 시작했다. 피부가 고무풀을 바른 듯 팽팽해졌다. 햇볕에 타는 건 좋지 않았지만 그 아래 근육은 그 움직임을 좋아하는 것 같았다. 강인한 몸은 찬란한 아름다움이다. 파도가 쏴쏴 밀려오며 철썩거렸다. 나머지 셋도 천천히 잠에서 깼다. 그웨니가 일어서자 비키니에 감싸인 살이 툭툭 흔들렸다. 오, 세상에, 로토는 그녀를 정수리에서 엄지발가락까지 핥고 싶었다. 그녀는 로토가 만들고 있던 것을 내려다보았다. 뭔지 알 것 같았다. 펜과 핀으로 직접 문신을 하고 피어싱을 한 터프한 여자, 그웨니의 눈동자는 아이라이너 밖으로 흘러넘칠 것 같았다. 그녀는 무릎을 꿇고 팔꿈치 아래쪽을 써서 모래를 팠다. 콜리와 마이클은 해변 순찰대의 트럭 짐칸에서 삽을 훔쳤다. 마이클이 그의 어머니에게서 훔쳐온 각성제 병을 흔들어 손바닥에 쏟자 그들은 혀로 알약을 집어 먹었다. 그들은 입을 헤벌린 채 번갈아 모래를 팠다. 이른 10월, 네 명의 문제아는 땅거미가 지고 밤이 깊도록 모래를 팠다. 달이 추레하게 떠올라 오줌을 싸듯 바다 위에 흰 빛을 뿌렸다. 마이클이 유목流木을 모아 불을 피웠다. 퍼석거리는 샌드위치는 먹어치운 지 오래였다. 손에 물집이 잡히고 피가 났다. 그래도 상관없었다. 가장 안에 위치한 공간, 즉 나선형 구조물의 출발점을 만들기 위해 그들은 라이프가드의 의자를 옆으로 눕힌 뒤 그 위에 모래를 덮고 단단히 다졌다. 그들은 한 명씩, 로토가 어떤 구조물을 만들고 싶어서 이 작업을 시작했는지에 대해 자신이 추측한 바를 돌아가며 말했다. 앵무조개, 배 이물의 소용돌이 장식, 은하수. 굴대에서 풀려나오는 실. 자연의 힘, 완벽한 아름다움, 완전한 허무. 이런저런 추측이 이어졌다. 로토는 수줍어서 차마 시간이라고 말하지 못했다. 깔깔한 혀를 느끼며 잠에서 깼을 때 그는 추상적 개념을 구체적 형태로 만들고 싶은 충동, 새로 이해하게 된 어떤 것을 하나의 형태로 만들고 싶은 충동을 느꼈다. 시간이란 이런 것, 나선형이라는 사실을. 그는 이 모든 노력의 부질없음이, 이 작업의 허무함이 좋았다. 바다가 조금씩 더 밀고 들어왔다. 파도가 그들의 발을 핥았다. 바다는 나선형 구조물의 외벽을 여기저기 밀어댔고, 손가락처럼 꼼지락꼼지락 파고들었다. 파도가 라이프가드의 의자에서 모래를 퍼내 실어가자 파묻혔던 흰색이 뼈처럼 드러났다. 뭔가가 부서지면서 그 파편이 미래로 빙글빙글 날아갔다. 〔이날이 제 몸을 뒤로 젖혀 모든 것에 빛을 비추게 된다.〕

바로 다음날 밤, 모든 것이 끝났다. 몹시 흥분한 콜리는 과대망상에 빠져, 어둠 속에서 다시 바로 세워져 있는 라이프가드 의자에 올라 높이 비상했다. 보름달을 배경으로 한순간 그의 형체가 떠오르는가 싶더니 이내 떨어졌고, 그는 정강이를 부딪혀 그쪽에 심하게 금이 갔다. 마이클이 그를 급히 병원으로 데려갔고, 차가운 가을바람과 어둠 속에서 그웨니와 로토 두 사람만 해변에 남겨졌다. 그웨니가 그의 손을 잡았다. 로토는 피부에서 찌릿한 전기를 느꼈고—그의 순간이 온 것이다—곧 동정童貞을 잃게 될 거라고 생각했다. 그는 그녀를 자신의 자전거 핸들바에 태웠고, 파티가 열리는 늪지 폐가로 갔다. 그들은 더 나이 많은 아이들이 엄청난 규모로 피운 불 주변에 흩어져 서로 뒤엉키는 것을 바라보며 맥주를 마셨다. 마침내 그웨니가 로토를 데리고 집안으로 들어갔다. 창턱에는 봉헌초가 놓여 있고, 매트리스에는 팔다리, 엉덩이, 손들이 은은한 빛을 반사하고 있었다. 〔욕망! 그 오래된 이야기가 젊음의 살에서 다시 시작되었다.〕 그웨니가 창문을 열었고, 두 사람은 그리로 빠져나가 포치 지붕에 앉았다. 그녀는 울고 있었던가? 아이섀도가 번져 광대뼈 위에 검고 무시무시한 선이 지그재그로 그려졌다. 그녀가 그의 입술에 자신의 입술을 갖다댔고, 해변으로 온 뒤로 여자와 키스한 적이 없었던 그는 하얗고 뜨거운 액체가 뼛속을 관통하는 그 익숙한 감각을 느꼈다. 파티는 시끄러웠다. 그녀가 그를 모래 묻은 타르지 위로 밀었고, 그는 달빛 속에서 그녀의 얼굴을 올려다보았다. 그녀가 스커트를 들고 팬티 아래쪽을 옆으로 밀었다. 그는 늘, 여자에 관한 아주 추상적인 상상—도요새의 발자국을 보면 여자의 사타구니가 생각났고, 우유를 보면 여자의 젖가슴이 떠올랐다—속에서 그 순간을 맞을 준비를 해왔지만, 오, 지금 같은 이런 급작스러운 시작에는 준비가 되어 있지 않았다. 상관없었다. 그웨니의 거기는 아직 말라 있었지만 그녀가 거기 안으로 그를 밀어넣었다. 그는 눈을 감고 망고를, 쪼개진 파파야를, 시큼하고 달콤하고 즙이 똑똑 떨어지는 과일을 생각했다. 다시 그것이 밖으로 나왔고 그는 신음했다. 온몸이 달콤해진 것 같았다. 그웨니는 아래를 내려다보았다. 그녀의 깨문 입술에 떠오른 미소가 점점 커졌다. 그녀는 눈을 감고 그에게서 멀어졌고, 그녀가 멀어질수록 로토는 그녀에게 더 가까이 가려고 애썼다. 꼭 숲속에서 님프를 뒤쫓는 것처럼. 그는 몰래 봤던 포르노 잡지를 기억해내곤 그웨니가 몸을 돌려 손과 무릎을 짚어 엎드리게 했고, 그녀는 어깨 너머로 그를 쳐다보며 웃었다. 그는 눈을 감고 반복적으로 움직여 그녀 안으로 들어갔고, 그녀가 등을 고양이처럼 구부리는 것을 느끼며 그녀의 머리카락 속에 손을 집어넣었다. 그가 창밖으로 불길이 날름거리는 것을 목격한 것은 그 순간이었다. 하지만 멈출 수가 없었다. 그렇게 되지 않았다. 다 끝날 때까지 그 집이 버텨주기를 바랄 뿐이었다. 더 없이 좋은 기분, 그는 그렇게 할 수밖에 없었다. 사방에서 우지끈하는 소리가 들리고, 맹렬한 태양 같은 열기가 느껴졌다. 그웨니는 그의 몸 아래에서 몸서리를 쳤고, 하나-둘-셋, 그는 그녀 안에서 폭발했다.

그는 그녀의 귀에 대고 여기를 떠나야 한다고, 떠나야 한다고, 떠나야 한다고 소리질렀다. 그는 그걸 바지 안에 집어넣지도 않고 지붕 가장자리로 허둥지둥 달려가, 그 아래 사고야자나무들 속으로 뛰어내렸다. 그웨니도 그가 뛰어내린 쪽으로 날아서 떨어졌다. 스커트가 튤립 꽃잎처럼 들려 올라갔다. 그들은 관목 숲에서 기어나왔다. 그의 거기가 지퍼 밖으로 나와 있었다. 소방관들이 가소롭다는 듯 박수를 보내며 그들을 맞았다. "잘했어, 로미오." 누군가가 말했다.

"랜슬럿이에요." 그가 작게 대꾸했다.

"나는 돈 후안이라고 불러줘." 경찰관이 로토의 손목에, 이어 그웨니의 손목에 철커덕 수갑을 채우며 말했다. 차를 타고 이동한 거리는 짧았다. 그녀는 그를 쳐다보지 않았다. 그는 그녀를 다시는 보지 못하게 된다.

그리고 그는 구석에 지저분한 트롤 같은 변기가 있는 유치장으로 보내졌다. 로토는 칼 대신 쓸 유리 조각을 찾았고, 픽픽거리던 전구가 새벽녘에 마침내 터져 유리 비를 뿌렸다.

집. 샐리의 암울한 얼굴. 로토의 가슴에 기대 엄지를 빠는 레이철. 이제 겨우 한 살인데 얼굴에는 벌써 불안의 그림자가 가득했다. 결정이 내려졌다. 그를 그 비행 청소년들로부터 떼어놓아야 했다. 앤트워넷은 자기 방으로 들어가 문을 닫고 엄지의 관절을 뚝뚝 꺾은 뒤 전화기를 들었다. 돈만 있으면 녹슨 바퀴도 굴릴 수 있다. 오후가 되자 모든 처리가 끝났다. 저녁이 되자 로토는 탑승 통로에 올라서서 발을 끌며 비행기에 탔다. 그는 뒤를 돌아보았다. 샐리가 레이철을 안고 있었고, 둘 다 야단스럽게 울어댔다. 앤트워넷은 양손으로 허리를 짚고 서 있었다. 표정은 일그러져 있었다. 화가 난 거라고, 그는 생각했다. [틀렸다.]

죄를 지어 추방된 로토, 그를 마지막으로 승강구가 닫혔다.

그는 북쪽을 향해 날아간 그 여정은 결코 기억하지 못하지만 그 충격은 기억한다. 아침에 눈을 뜬 곳은 햇빛 찬란한 플로리다였지만, 같은 날 잠이 든 곳은 춥고 음울한 뉴햄프셔였다. 소년들의 발냄새가 나는 기숙사. 그는 너무 허기가 져서 배가 아플 정도였다.

그날 저녁 학교 식당에서 저녁식사를 하는데 삼각형 모양의 펌킨 파이 한 조각이 그의 이마에 날아와 부딪혔다. 그가 고개를 들자 아이들이 그를 보고 웃고 있었다. 한 명이 소리쳤다. 아, 불쌍한 펀킨 파이. 또 한 명이 말했다. 불쌍한 플로리다 파이. 또다른 한 명이 말했다. 범블퍽* 파이. 이 말이 가장 큰 웃음을 끌어냈고, 그뒤로 그것은 그의 별명이 되었다. 지금까지 무더위 속에서 어디를 가든 주인(실제로 주인이었다) 같았던 그가, 춥고 단단한 땅을 종종걸음치며 걸어가려니 어깨가 귀에 붙는 것 같았다. 범블퍽 파이. 보스턴이나 뉴욕에서 태어난 이 아이들에게 그는 촌뜨기였다. 어린 시절의 사랑스러운 모습은 사라지고, 여드름쟁이에 키는 너무 컸고 몸은 너무 말랐다. 어딘가 모자란 남부 촌놈. 한때는 그를 돋보이게 했던 부유함도 돈 많은 아이들 속에서는 아무것도 아니었다.

그는 새벽이 오기 전에 잠에서 깼고, 침대 모서리에 걸터앉아 몸을 떨며 유리창이 환해지는 것을 지켜보았다. 쿵-덕, 쿵-덕 심장이 뛰었다. 카페테리아에서 식은 팬케이크와 반숙 달걀을 먹었고, 꽁꽁 언 땅을 걸어 예배당으로 갔다.

그는 매주 일요일 저녁 여섯시에 전화를 걸었지만, 샐리는 소소한 잡담을 즐기는 성격이 아니었고, 앤트워넷은 요즘 들어 통 외출

---

* Bumblefuck. '외딴곳'을 의미하는 속어.

을 하지 않아 텔레비전 프로그램 말고는 할 얘기가 거의 없었다. 레이철은 너무 어려 문장을 조합하는 것조차 서툴렀다. 통화는 오 분이면 끝났다. 다음 통화 때까지 또다시 어두운 바다를 헤엄쳐 가야 했다. 뉴햄프셔에서는 어떤 것에서도 온기가 느껴지지 않았다. 하늘조차 양서류의 서늘함을 머금고 있었다. 다섯시 반에 체육관이 문을 열면 로토는 곧바로 그리로 가서 수영장 옆 뜨거운 욕탕에 몸을 담가 뼛속 깊이 박힌 얼음을 끓여 없애려고 했다. 그는 물속에 몸을 담근 채, 햇볕을 받으며 담배를 피우고 있을 친구들을 그려보았다. 그웨니가 그의 옆에 있었다면 지금쯤 그들은 그가 아는 모든 방식의 성교를, 출처가 불분명한 것까지 시도해봤을 것이다. 편지를 보내온 사람은 콜리뿐이었는데, 그마저도 포르노그래피 엽서에 농담을 휘갈긴 것 이상은 아니었다.

로토는 체육관 기둥에 대한 공상을 하기 시작했다. 높이가 적어도 50피트는 되는 기둥. 물이 얕은 쪽으로 스완 다이브*를 하면 모든 게 끝장날 것이다. 아니, 관측소 꼭대기로 올라가 목에 밧줄을 감고 뛰어내릴 것이다. 그것도 아니다. 설비실로 잠입해 화장실 청소에 쓰는 흰 가루를 슬쩍해 온 뒤 창자에서 부글부글 거품이 날 때까지 아이스크림을 먹듯 먹을 것이다. 그의 상상 속에는 이미 연극적인 요소가 존재했다. 그는 추수감사절에도, 크리스마스에도 집에 와도 좋다는 허락을 받지 못했다. "아직 벌을 받는 거예요?" 그가 물었다. 남자다운 목소리를 유지하려 했지만 그의 목소리는 불안하게 떨렸다. "오, 이런." 샐리가 말했다. "이건 벌이 아니야.

---

* 양팔을 벌렸다가 입수할 때는 머리 위로 뻗는 다이빙 방식.

네 엄마는 네가 더 잘 살기를 바라는 거야." 더 잘 산다고? 이곳에
서 그는 범블퍽 파이였다. 그는 여태 욕을 해본 적이 없어서 자신
의 별명에 대해 항의할 수도 없었다. 그의 외로움은 더 요란하게
울부짖었다. 모든 학생들이 운동을 했으므로, 그도 에이트* 초보팀
에 들어가 노를 저었다. 그의 손은 물집이 잡혔다가 굳은살로 변하
더니 조개껍데기처럼 되었다.

　학생처장이 그를 불렀다. 랜슬럿이 힘들어한다는 말을 들었던
것이다. 그의 성적은 완벽했다. 그는 바보가 아니었다. 행복하지
않은가? 학생처장의 눈썹은 밤새 사과나무를 씹어 먹은 애벌레 같
았다. 네, 로토가 대답했다. 그는 행복하지 않았다. 음, 학생처장이
말했다. 로토는 키가 크고 똑똑하고 부자였다. 〔백인이었다.〕 로토
같은 아이는 리더감이었다. 혹시 세안비누를 사서 써보면 이 아이
가 더 높은 곳에 터를 잡을 수 있을까? 학생처장이 섣부르게 제안
했다. 그에게는 처방전을 써줄 수 있는 친구도 있었다. 그가 전화
번호를 적어줄 메모장을 찾았다. 열린 서랍에서 로토는 흘끗 권총
이 내뿜는 익숙한 광채를 보았다. 〔거웨인의 침실 테이블, 가죽 권
총집.〕 그날 이후 로토가 다시 비틀비틀 하루하루를 보낼 때 그의
눈앞에 떠오르는 건 그것뿐이었다. 잠시 흘끗 쳐다본 권총. 그 무
게가 손에 느껴지는 것 같았다.

---

* 여덟 명의 선수와 콕스가 노를 젓는 조정 종목.

2월이 되었고, 영문학 수업 교실의 문이 열리자 붉은 망토를 걸친 두꺼비가 걸어들어왔다. 유충 같은 얼굴. 창백한 낯빛, 듬성듬성한 머리카락. 킬킬거리는 웃음이 아이들 사이에서 한 차례 돌았다. 그 작은 사내는 망토를 획 돌려 벗더니 칠판에 덴턴 스래셔라고 썼다. 사내는 눈을 감았고, 다시 눈을 떴을 때 그의 얼굴은 고통으로 일그러지고 두 팔은 무거운 것을 들고 있는 것처럼 앞으로 내밀어져 있었다.

울부짖어라, 울부짖어라, 울부짖어라, 울부짖어라! 그가 속삭이듯 말했다. 오, 너희는 돌로 만들어진 인간.
내게 너희의 혀와 눈이 있었다면, 그것으로 저 하늘의
둥근 천장을 쪼개버릴 것이다. 이 아이는 영원히 떠났구나!
사람이 죽었는지 살았는지는 나도 알지.
이 아이는 흙처럼 죽었구나. 거울을 빌려다오.
이 아이의 숨결로 거울에 김이 서리거나 돌이 뿌얘진다면
오, 그러면 이 아이는 아직 살아 있는 것이다.[*]

침묵이 흘렀다. 비웃는 소리는 들리지 않았다. 소년들은 가만히 있었다.
로토 안의 미지의 공간에 불이 켜졌다. 여기, 모든 것에 대한 답이 있었다. 자기는 남겨두고, 자기가 아닌 다른 사람으로 변신하면

---

[*] 셰익스피어의 『리어왕』 5막 3장에 나오는 리어왕의 대사.

되는 것이었다. 그러면 세상에서 가장 무서운 것—교실 가득 앉아 있는 소년들—을 힘껏 때려 침묵시킬 수 있었다. 아버지가 돌아가신 뒤로 로토는 계속 흐리멍덩했다. 그 순간, 그의 예리함이 번쩍하고 다시 살아났다.

그 작은 사내는 깊은 한숨을 내쉰 뒤 원래의 자기로 되돌아왔다. "담임선생님이 병에 걸리셨다. 흉막염, 수종증이던가? 내가 그 자리를 대신하게 됐다. 나는 덴턴 스래셔라고 한다. 자," 그가 말했다. "말해봐라, 애송이들, 어떤 책을 읽고 있지?"

"『앵무새 죽이기』요." 아널드 캐벗이 작게 말했다.

"맙소사." 덴턴 스래셔는 그렇게 말하더니, 쓰레기통을 집어들고 줄 맞춘 책상들 사이를 휩쓸고 지나가며 소년들의 페이퍼백 책을 그 안에 획획 던져넣었다. "에이번의 시인*도 독파하지 못했는데 그에 못 미치는 인간들에게 눈을 돌려서는 안 돼. 나와 함께하는 시간 동안 셰익스피어를 읽느라 땀깨나 빼게 될 거다. 이것이 바로 좋은 교육이다. 이십 년 안에 일본이 우리 제국의 지배자가될 것이다." 그는 책상에 걸터앉아 두 손으로 사타구니 앞쪽을 짚고 몸을 지탱했다. "우선," 그가 말했다. "비극과 희극의 차이를 말해봐라."

프랜시스코 로드리게스가 말했다. "엄숙함과 유머의 차이, 장중함과 가벼움의 차이요."

"틀렸다." 덴턴 스래셔가 말했다. "속임수 질문이었어. 차이는 없다. 그건 관점의 문제지. 스토리텔링은 하나의 풍경이고, 비극

---

* 셰익스피어를 말한다.

은, 희극은 극적인 사건이다. 간단히 말해서 자기가 보는 것을 어떤 틀에 가두는지에 달렸지. 여길 봐라." 그가 말한 뒤 손으로 상자 모양을 만들었고, 그 손 모양 그대로 교실 안을 가로질러 가더니 젤리 롤 앞에 멈춰 섰다. 칼라 위로 목이 삐죽이 나온 슬픈 소년이었다. 덴턴은 하려던 말을 꿀꺽 삼키고 새뮤얼 해리스 앞으로 손상자를 가져갔다. 동작이 날쌔고 인기 많은 갈색 피부의 소년으로, 로토가 속한 보트의 콕스*를 맡고 있었다. 덴턴이 말했다. "비극." 학생들이 웃음을 터뜨렸고, 새뮤얼이 가장 크게 웃었다. 그의 자신감은 바람을 막아주는 장벽과 같았다. 덴턴 스래셔가 다시 손 상자의 틀을 옮겨 마침내 로토의 얼굴 앞에 이르렀고, 로토는 그의 부릅뜬 눈이 자신에게 고정되어 있는 것을 보았다. "희극." 그가 말했다. 로토도 다른 아이들과 함께 웃었는데, 자신이 웃음을 유발한 장본인이 되었기 때문이 아니라, 연극의 세계를 보여준 덴턴 스래셔에게 고마운 마음이 들어서였다. 마침내 로토는 이 세상에서 살아갈 유일한 길을 찾은 것이었다.

그는 봄에 올린 연극에서 폴스타프** 역을 맡았다. 그러나 분장을 지우자 그는 비참한 자신으로 되돌아왔다. "브라보!" 수업중에 로토가 낭독한 『오셀로』의 독백에 덴턴 스래셔가 외쳤지만, 로토는

---

* 에이트 종목에서 방향타를 조종하고 팀의 리듬을 조정하며 주행을 책임지는 선장 격인 선수.
** 셰익스피어의 『헨리 4세』와 『윈저의 즐거운 아낙네들』에 등장하는 인물. 호색가이며 허풍쟁이로 겁이 많고 재치가 있다.

웃는 둥 마는 둥 제자리로 돌아갔다. 조정에서는 로토가 소속된 에이트 초보팀이 연습 경기에서 대표팀을 물리쳤고 그는 리듬을 조정하는 정조수로 격상되었다. 나무에 움이 트고 새들이 돌아왔지만 세상은 더욱 쓸쓸하게 느껴졌다.

4월에 샐리가 전화를 걸어 눈물을 흘렸다. 여름에도 로토는 집으로 돌아갈 수 없다고 했다. "아직은 위험……" 그녀가 말했고, 그는 샐리의 말이 그의 친구들이 아직 거기서 어슬렁거린다는 의미라는 것을 알아차렸다. 그는 샐리가 고속도로를 걸어가는 그들을 목격하고 그 두 손이 제멋대로 작당해 그들을 짓밟아버리려 운전대를 꺾는 장면을 상상했다. 오, 그는 동생을 안아주고 싶은 마음이 간절했다. 동생은 커가고 있었다. 그를 기억하지도 못할 것이다. 샐리가 만든 음식을 맛보고 싶었다. 어머니의 향수 냄새를 맡고 싶었다. 마치 모세나 욥과 알고 지내는 것처럼 그들에 대한 이야기를 들려주던, 어머니의 꿈결 같은 목소리를 듣고 싶었다. 제발, 제발, 집에서 한 발짝도 나가지 않겠다고, 그는 작은 목소리로 말했고, 샐리는 그를 위로하며 그들 셋이 로토를 찾아가 보스턴에서 함께 여름을 보내자고 말했다. 플로리다는 이제 그의 마음속에서 그저 햇살 좋은 화창한 곳일 뿐이었다. 그는 플로리다를 똑바로 쳐다보면 눈이 멀 것만 같았다. 어린 시절은 눈부신 햇살 속에 흐려져 보이지 않았다.

그는 절망적인 심정으로 전화를 끊었다. 친구도 없다. 버림받았다. 그는 자기 연민에 빠져 히스테릭해졌다.

저녁식사 때 민트브라우니 때문에 한바탕 싸움이 벌어진 뒤 그는 마음을 굳혔다.

날이 저물고 나무에 핀 꽃들이 희끄무레한 나방처럼 보일 때 로토는 밖으로 나갔다.

본부 건물에 학생처장실이 있었고, 그곳 서랍에 총이 들어 있었다. 그는 학생처장이 아침에 문을 열었다가 사방에 튄 피를 발견하고 몸서리를 치며 뒤로 물러서는 장면을 상상했다.

샐리와 어머니는 걷잡을 수 없는 슬픔에 빠질 것이다. 좋아! 그는 그들이 남은 삶을 울면서 보내기를 바랐다. 그들이 그에게 한 짓을 슬퍼하며 울면서 죽음을 맞기를 바랐다. 동생을 생각할 때만 마음이 흔들렸다. 오, 하지만 그애는 너무 어렸다. 그애는 자기가 잃은 것이 뭔지도 모를 것이다.

건물은 불빛 없는 덩어리였다. 그는 더듬더듬 문을 찾았고—잠겨 있지 않았다—손을 대자 문은 스르륵 열렸다. 행운은 그의 편이었다. [누군가가 그의 편이었다.] 그는 불을 켜는 위험까지 감수하고 싶지 않았다. 벽을 짚어가며 걸었다. 게시판, 코트 걸이, 게시판, 문, 벽, 문, 모퉁이. 지금 그는 아주 넓은 홀인 크고 검은 공간의 가장자리에 있었다. 그는 한낮의 햇살이 비쳤을 때의 그곳을 마음의 눈으로 그려보았다. 저쪽 끝의 계단은 두 번 꺾이는 나선형으로 되어 있었다. 2층의 좁은 통로에는 유화로 그린 뚱뚱한 백인 남자들의 초상화가 나란히 걸려 있었다. 서까래에는 오래된 보트가 걸려 있었다. 낮에는 높은 채광창들이 햇살을 옆으로, 또 옆으로 보냈다. 하지만 오늘밤은 그저 암흑의 구덩이였다.

그는 눈을 감았다. 용감히 끝까지 걸어갈 것이다. 한 발, 한 발, 그가 걸음을 옮겼다. 슥슥 밟히는 카펫의 감촉을, 앞에 놓인 아찔한 공허를 즐기며, 뛰는 걸음으로 즐겁게 세 걸음을 옮겼다.

얼굴에 뭔가가 탁 부딪혔다.

그는 무릎을 짚으며 넘어져 카펫 위를 엉금엉금 기었다. 이번엔 코를 맞았다. 손을 위로 뻗어보았지만 아무것도 없었다. 아니, 또 부딪혔고, 또 넘어졌다. 그 물체가 위에서 그를 응시하는 것 같았다. 팔을 휘둘렀더니 천이 만져졌다. 나무에 덮어씌운 천, 아니, 나무는 아니고, 속에 강철을 넣은 발포고무, 아니, 발포고무도 아니고 겉이 단단한 푸딩? 펠트의 보드라운 털. 펠트 가죽. 끈? 구두? 그의 이에 뭔가가 살짝 스쳤다.

그는 두 손을 뒤로 짚은 채 엉금엉금 뒷걸음질을 쳤다. 어디선가 구슬픈 고음의 곡소리가 들려오는 것 같았다. 그는 벽을 따라 허둥대며 이동하다 영원할 것 같던 시간을 지나 스위치를 찾아냈다. 그리고 무섭도록 환한 불빛 아래서 천장에 걸려 있는 보트를 올려다보았다. 보트의 한쪽이 기울어져 있었고, 거기 끔찍하기 이를 데 없는 크리스마스 장식이 매달려 있었다. 한 소년. 죽은 소년. 파란 얼굴. 내밀어진 혀. 삐뚜름하게 걸쳐진 안경. 그는 대번에 알 것 같았다. 오, 가여운 젤리 롤. 완승을 거둔 에이트팀 보트의 뱃머리 공에 그가 매달려 있었다. 그 위로 기어올라 밧줄을 묶은 것이었다. 그리고 뛰어내렸다. 저녁식사의 흔적인 민트브라우니가 셔츠 여기저기에 묻어 있었다. 로토의 가슴속에서 들리던 소리가 서서히 사라졌다. 그는 내달렸다.

경찰, 구급차, 이어 학생처장이 도착했다. 학생처장은 로토에게 도넛과 코코아 한 잔을 갖다주었다. 그가 소송이니 모방 자살이니

언론 유출이니 우려의 말을 쏟아내는 동안 그의 눈썹은 온 얼굴에서 춤추듯 씰룩거렸다. 그가 로토를 기숙사에 데려다주었지만, 차의 미등이 깜박깜박 멀어지자 로토는 다시 밖으로 나왔다. 그는 다른 학생들과 가까이에 있을 수가 없었다. 이 순간 그들은 여자나 여름 인턴십에 대한 순진하고 불안한 꿈을 꾸고 있을 것이었다.

강당 무대 위에 앉아 있는데 예배당 종이 세시를 알렸다.

긴 곡선으로 배열된 좌석들은 육체의 기억을 간직하고 있었다. 그가 아까부터 피우고 싶었던 마리화나를 꺼내 물려는 찰나였다.

머릿속이 뒤죽박죽이었다. 무대 오른쪽에서 가벼운 휘파람 소리가 들렸다. 덴턴 스래셔가 안경도 쓰지 않은 채 나달나달한 격자무늬 파자마를 입고 무대를 가로질러 왔다. 손에는 세면도구가 담긴 작은 가죽가방을 들고 있었다.

"덴턴 선생님?" 로토가 말했다.

남자는 가방을 가슴에 끌어안은 채 그림자 속을 빤히 바라보았다. "거기 누구지?" 그가 물었다.

"아니, 내 말에부터 답하라. 멈추고, 신원을 밝혀라."* 로토가 말했다.

덴턴이 발소리도 없이 무대로 걸어왔다. "오, 랜슬럿. 너 때문에 혼 빠지게 놀랐구나." 그가 기침을 하더니 말했다. "매캐한 것이 마리화나 냄새 같은데?"

로토가 그의 내밀어진 손가락에 마리화나를 끼워주자 덴턴이 한 모금 빨았다.

---

* 『햄릿』 1막 1장에 나오는 프랜시스코의 대사.

"파자마 차림으로 어쩐 일이세요?" 로토가 물었다.

"문제는 얘야, 네가 여기서 뭘 하고 있는가지." 그가 로토 옆에 앉더니 곁눈질을 하고 싱긋 웃으면서 말했다. "나를 찾고 있었던 거냐?"

"아니요." 로토가 말했다.

"오." 덴턴이 말했다.

"하지만 여기 계시잖아요." 로토가 말했다.

더 태울 마리화나가 남지 않자 덴턴이 말했다. "푼돈을 모으느라고. 의상실에서 잠을 자거든. 궁핍한 노년을 체념하고 받아들였지. 그래도 최악은 아니야. 침대에 벌레는 없으니까. 게다가 나는 한결같은 종소리도 좋아하고."

그 말이 끝나자마자 세시 삼십분 종이 울렸고, 그들은 웃었다.

로토가 말했다. "오늘밤에 목을 매서 죽은 아이를 발견했어요. 자기 목을 맸어요. 목을 매서 죽은 거예요."

덴턴이 잠잠해졌다. "오, 얘야." 그가 말했다.

"잘 모르는 애예요. 다른 애들은 그애를 젤리 롤이라고 불렀어요."

"해럴드 말이구나." 덴턴이 말했다. "그 아이 이름이지. 나도 말을 시켜보려고 했었지만 그애의 슬픔이 너무 컸어. 너희 사내놈들은 끔찍해. 야만인들이지. 오, 로토, 너는 아니야. 너는 절대 아니라는 걸 나는 알지. 그애를 발견한 사람이 너라니 무척 유감이로구나."

뭔가가 로토의 목구멍으로 울컥 치밀어올랐다. 누군가가 문을 열고 불을 켤 때까지 자신이 조정 보트에 매달려 흔들리는 장면이 로토의 눈앞에 보이는 듯했다. 문득, 아까 계단을 올라가 학생처장실의 문이 잠기지 않은 사실을 발견하고 안으로 들어가 서랍을 연 뒤 권총의 무게를 손에 느꼈다 해도, 자기 안의 무언가가 저항했을 거라는 생각이 들었다. 절대 그런 식의 끝은 아니었을 것이다. 〔사실이었다. 아직은 그의 때가 아니었다.〕

덴턴 스래셔가 로토를 감싸안고 털이 많은 하얀 배를 드러내며 파자마 상의 밑단으로 그의 얼굴을 닦아주었다. 로토는 헤이즐 향과 리스테린 냄새와 자주 빨지 않은 파자마 냄새를 맡으며 그에게 안긴 채 무대 가장자리에서 가만가만 흔들렸다.

덴턴의 무릎 위에 앉은 이 아이 랜슬럿. 그는 지극히 어렸고, 그의 울음은 당면한 슬픔에서 더 깊은 슬픔으로 옮겨갔다. 덴턴은 그것이 무서웠다. 네시가 되었다. 재능이 뛰어난 사랑스러운 랜슬럿, 덴턴이 그에게서 흔치 않은 불꽃을 봤다 하더라도 이건 좀 지나쳤다. 그의 외모는 앞날이 유망한 듯했지만, 한편으론 중요하고 창창한 그 미래는 어디론가 달아나고 잔해만 남겨진 듯 보였다. 이 아이가 고작 열다섯 살인 걸 감안하면 이상한 일이었다. 그래, 어쩌면 아름다움은 되살아날 수도 있었다. 십 년 뒤에는 그 엉성한 몸에 멋이 붙고 매력이 드러나 더없이 아름다운 모습이 될지도 몰랐다. 근사하지만 우스꽝스러운 육체로 자신의 매력을 발산할지도 몰랐다. 무대에서 그는 벌써 진짜 배우처럼 커 보였다. 슬퍼라, 덴턴은 알고 있었다. 세상에는 진짜 배우들이 차고 넘친다는 것을. 젠장, 네시 삼십분을 알리는 종이 울렸고, 덴턴은 머리가 터질 것 같았다. 이 슬픔을 견딜 수가 없었다. 그는 너무도 나약한 사람이었다. 〔슬픔은 강한 자의 것. 강한 자는 슬픔을 자신을 불사르는 연료로 사용한다.] 이 아이와 함께 이곳에 영원히 붙들려 있게 될 거야, 그는 생각했다. 그는 그치지 않는 이 눈물을 멈출 수 있는 한 가지 방법을 알고 있었다. 그는 겁에 질린 채 아이를 밀어 똑바로 앉힌 뒤 두 허벅지 사이를 더듬었다. 그리고 청바지에서 깜짝 놀란 듯한 허여스름한 벌레 같은 그것을 꺼냈다. 그것은 그의 입안에서 감동적일 만큼 커졌고, 감사하게도 그것만으로도 아이의 울음은 그쳤다. 청춘의 지휘봉. 청춘답게, 역시 빨랐다. 오, 너무도, 너무도 단단한 그 살은 이제 녹고 있었고, 해빙되고 풀어져 원기 왕성한 이슬을 뿜어냈다. 덴턴 스래셔가 입을 닦고 일어나 앉았다. 그는 무슨 짓을 했는가? 소년의 눈이 그림자 속으로 사라졌다. "이만 자러 갈게요." 소년이 속삭여 말한 뒤 통로를 달려갔고, 문을 통과해 밖으로 나갔다. 창피하게 됐어. 덴턴은 생각했다. 밤중에 달아나게 생겼으니 참으로 극적이로군. 그는 이곳을 그리워할 것이다. 랜슬럿의 성장을 지켜보지 못하는 것을 후회할 것이다. 그가 똑바로 서서 고개 숙여 인사했다. "축복이 있기를." 그는 텅 빈 극장을 향해 이렇게 말한 뒤 짐을 꾸리러 의상실로 갔다.

조정팀 연습 때문에 일찍 일어나 창밖을 바라보고 있던 새뮤얼 해리스는 불쌍한 범블퍽 파이가 어두운 안뜰을 울면서 달려가는 것을 보았다. 저 아이는 가을학기 중간에 전학을 왔는데, 어찌나 우울하게 지내는지 그 푸른 슬픔이 무지갯빛처럼 영롱해 보일 지경이었다. 범블퍽이 속한 팀의 콕스인 새뮤얼은 사실상 날마다 그의 무릎에 안기다시피 했다. 따돌림을 좀 받는 아이이긴 했지만 새뮤얼은 그가, 190센티미터 키에 몸무게는 고작 68킬로그램이고 표정은 굳어 있고 뺨은 두들긴 안심 고기 같은 그가 걱정이 됐다. 그가 그 자신을 해칠 작정인 건 분명해 보였다. 로토가 급히 계단을 올라오는 소리가 들리자 새뮤얼은 자기 방 문을 연 뒤 그를 힘껏 방안으로 끌어당겼다. 그러고는 집에서 어머니가 보내온 오트밀 쿠키를 먹었고, 그렇게 자초지종을 알게 되었다. 맙소사, 젤리롤이! 로토는 경찰이 도착한 뒤 마음을 진정시키려고 몇 시간 동안 극장에 앉아 있었다고 말했다. 로토는 하고 싶은 말이 더 있어 보였지만 곰곰이 생각한 뒤 하지 않기로 결정한 듯했다. 새뮤얼은 궁금했다. 그러나 상원의원인 그의 아버지라면 어떻게 할지 생각한 뒤 남자다운 근엄한 표정을 지었다. 그는 로토의 어깨에 손을 얹고 진정될 때까지 토닥여주었다. 그는 그들이 붕괴되기 직전의 다리를 건넌 듯한 기분이 들었다.

한 달 동안, 새뮤얼은 로토가 캠퍼스를 기운 없이 돌아다니는 것을 지켜보았다. 방학이 되자 새뮤얼은 로토를 메인 주에 있는 여름 별장으로 데려갔다. 그곳에서 로토는 상원의원인 새뮤얼의 아버지와 애틀랜타 흑인들의 최상류 사교모임의 스타 데뷔탄트*인 휘핏**처럼 생긴 새뮤얼의 어머니와 함께 요트, 해산물 파티, 릴리 퓰리처***나 브룩스 브라더스**** 니트웨어를 입은 친구, 샴페인, 창턱에 놓고 식혀 먹는 파이, 래브라도레트리버 들을 경험했다. 새뮤얼의 어

---

* 처음으로 사교계에 나가는 여자.
** 그레이하운드 계통의 작고 날쌘 개.
*** 미국의 패션 디자이너.
**** 미국의 패션 브랜드. 화이트칼라 계층이 즐겨 입는 캐주얼로 유명하다.

머니는 로토에게 세안비누와 좋은 옷을 사주고 좋은 음식을 먹여 자신감을 불어넣어주었다. 로토는 자신을 성장시켜나갔다. 그는 보트 창고에서 그를 꼼짝 못하게 밀어붙인 새뮤얼의 마흔 살 된 사촌과 성공적으로 그걸 해냈다. 갈색 피부에서도 분홍색 피부와 같은 맛이 난다는 사실을 알게 되어 그는 기뻤다. 그들이 다시 학교로 돌아와 2학년이 되었을 때, 로토의 피부는 황금빛으로 타서 뺨에 남은 여드름 자국은 잘 보이지 않았다. 그의 금발은 더 짙어졌고, 그는 더 여유로워졌다. 그는 웃었고, 농담을 했고, 무대 위에서나 밖에서나 자신을 당당하게 드러내는 법을 배웠다. 절대 욕설을 내뱉지 않는 의연함을 보였다. 크리스마스 즈음엔 새뮤얼의 친구가 회오리바람 같은 자신감과 크고 반짝이는 갈색 눈을 가진 새뮤얼보다 더 큰 인기를 얻게 되었지만, 이미 손을 쓰기에는 늦었다. 새뮤얼은 그들의 우정이 이어지는 긴 세월 동안 자신의 친구를 바라볼 때마다, 자신이 얼마나 큰 기적을 이뤄냈는지, 그가 어떻게 로토를 다시 살려냈는지 보게 될 것이다.

그러던 2학년의 어느 날, 추수감사절이 되기 직전, 수학 공부를 끝내고 돌아온 로토는 그의 방 앞 복도에 밀랍처럼 창백한 얼굴로 지저분한 냄새를 풍기며 주저앉아 있는 콜리를 발견했다. "그웨니가." 콜리는 그 말만 내뱉고는 신음하며 푹 쓰러졌다. 로토는 그를 끌고 방으로 들어갔다. 콜리가 횡설수설 이야기를 늘어놓았다. 그웨니가 약을 과다 복용했다. 그웨니가 죽었을 리 없다. 위험한 그웨니, 생명력이 넘치던 그웨니. 하지만 죽었다. 콜리가 그녀를 발견했다. 그는 달아났다. 로토 말고는 찾아올 곳이 없었다. 베이지색 리놀륨 바닥이 바다로 변하더니 파도가 밀려와 로토의 정강이를 때리고 또 때렸다. 그는 앉았다. 세상은 얼마나 빠르게 돌아가는가. 이 분 전만 해도 그는 닌텐도 시스템에 대해 생각하고 접근선이나 사인, 코사인에 대해 걱정하던 어린애였다. 이제 그는 무거워졌고, 어른이 되었다. 나중에, 두 사람이 마음을 진정시킨 뒤 함께 작은 타운에 피자를 먹으러 갔을 때, 로토는 불이 났던 밤 이후로 그웨니에게 하고 싶었던 말을 콜리에게 했다. "내가 돌봐줄게." 그는 자신이 용감해진 것을 느꼈다. 로토는 남은 학기 동안 콜리를 침대에서 재웠다. 자기는 바닥에서 자도 상관없었다. 〔로토의 남은 고등학교 시절 동안, 그리고 대학 시절까지 콜리는 로토가 주는 돈을 기꺼이 받았고, 세상으로 나갔다가도 결국 돌아왔다. 콜리는 가능한 한 모든 수업을 도강했다. 학위는 받지 못했지만 충분하고도 남을 만큼 배웠다. 사람들이 그 일로 로토를 학교에 일러바치지 않았다면 그건 그들이 콜리에 대해 조금이라도 신경을 써서가 아니라 로토를 사랑해서였다. 콜리를 참아낼 수 있는 사람은 로토밖에 없었다.〕

세상이 위태로운 곳임을 로토는 이미 배워서 알고 있었다. 한순간 몹쓸 계산에 휘말리면 뺄셈의 대상이 되어버린다. 누군가는 어느 순간 죽겠지만, 누군가는 살아야 한다!

그리하여 여자들의 시대가 시작되었다. 도시로 놀러가고, 나이트클럽에서 폴로 셔츠를 입은 채 땀을 흘리고, 세기 중반의 모던한 커피테이블에 코카인을 줄 맞춰 쏟아놓는다. 부모들은 집을 비운다. 괜찮아, 놀라지 마, 가정부는 신경 안 써. 누군가의 욕실에서 여자

두 명과 동시에 한다. "이번 여름에는 집에 와도 될 것 같아." 앤트 워넷이 말했다. "오, 이제야 엄마가 저를 원하네요." 로토는 냉소적으로 말하며 거절했다. 라크로스 경기장에서 교장의 딸과 어울렸다. 목에 남은 키스 자국들. 메인 주로 다시 가서는, 허름한 모텔에서 마흔한 살의 그 사촌과, 해먹에서 이웃집 여자애와, 밤중에 요트로 헤엄쳐 가서 관광 온 여자애와 어울렸다. 새뮤얼은 부러워서 눈알을 굴렸다. 로토는 넉넉한 용돈으로 볼보 스테이션왜건을 구입했다. 9월이 되자 7센티미터가 더 자라 197센티미터가 되었다. 〈오셀로〉에서 오셀로를 맡았고, 열일곱 살인 타운 출신의 데스데모나*와 어울렸다. 로토는 그애가 거기 아래를 사춘기 전의 소녀처럼 면도한 것을 보았다. 봄이 지나고, 메인 주에서 여름을 보냈다. 가을에는 찰스 강 조정대회에 출전하는 에이트 대표팀으로 선발되었다. 추수감사절은 새뮤얼의 뉴욕 집에서 보냈다. 크리스마스에는 샐리가 그와 레이철을 데리고 몬트리올에 갔다. "엄마는 안 와요?" 로토가 상처입은 마음을 들키지 않으려고 애쓰면서 묻자 샐리의 얼굴이 붉어졌다. "지금 모습이 부끄러운가봐." 그녀가 다정하게 말했다. "엄마가 살이 많이 쪘어, 우리 강아지. 집에서 나가질 않는구나." 로토는 바사**에서 일찌감치 입학 허가를 받았다. 배짱을 부려 이 학교에만 지원했다. 거기에선 멋진 파티가, 다른 모든 파티를 다 눌러버릴 멋진 파티가 열릴 거라는 이유 말고 그곳을 선택한 다른 이유는 없었다. 주말에는 새뮤얼의 열다섯 살 여동생과

---

* 〈오셀로〉의 여주인공.

** 뉴욕 주에 있는 유명 사립대학 바사 칼리지를 말한다. 1861년에 여자대학으로 개교했으나, 1969년부터 남학생도 받아들였다.

장애인 화장실에서 축하 행사를 벌였다. 새뮤얼에게는 절대, 절대 말하면 안 돼. 불같은 응시. 내가 뭐 바보야? 서프라이즈! 새뮤얼도 바사에 가게 됐다. 새뮤얼은 지원한 모든 대학에서 입학 허가를 받았지만, 로토와 재미를 즐길 기회를 놓치느니 차라리 죽고 말겠다고 생각했다. 로토의 졸업식에는 빼빼 마른 샐리와 네 살이 된 레이철만 참석했다. 레이철은 오빠가 바닥에 내려놓으려고 해도 도무지 내려가려 하지 않았다. 엄마는 오지 않았다. 슬픔을 지우기 위해 로토는 어머니를, 그녀를 집어삼킨 뚱뚱한 여인이 아닌 한때 그녀였던 인어의 모습으로 상상했다. 메인 주에 다시 갔지만 새뮤얼의 마흔세 살 된 사촌은 스위스에 있었으니 안타까운 일이었다. 오렌지색 비키니를 입은 새뮤얼의 여동생은 그녀의 뒤꽁무니를 쫓아다니는 더벅머리 남자친구와 함께였으니 감사한 일이었다. 그해 여름에는 내내 한 명의 여자하고만 어울렸다. 혀를 살무사처럼 움직이는 발레리나. 그 여자애가 다리로 어떤 걸 할 수 있었는지! 크로케 경기. 불꽃놀이. 해변에서 진탕 마시는 술. 요트 경주.

그리고 여름의 마지막 주가 되었다. 새뮤얼의 부모는 새로 키우기 시작한 래브라도 강아지를 테이블에서 풀어주면서 눈시울이 촉촉해졌다. "우리 애들이." 그의 어머니가 바닷가재 레스토랑에서 말했다. "우리 애들이 한창 커가네." 소년들은 지난 사 년 동안 자기들이 다 컸다고 생각했는데 하! 하지만 친절하게도 그녀 앞에선 천연스러운 얼굴을 했다.

남학생 사립학교의 숨막히는 교정에서 대학이라는 원더랜드로. 남녀 공용 욕실: 비누칠한 젖가슴. 대학 식당: 소프트 아이스크림

을 핥아먹는 여자들. 두 달 만에 로토는 남근의 마스터라는 별명
을 얻었다. 호그마이스터Hoagmeister. 그에게 기준이 없다는 말은
사실이 아니었다. 그는 그저 어느 여자에게서든 매력을 찾아낼 뿐
이었다. 복숭아 같은 귓불. 관자놀이 주변의 보드라운 황금빛 솜
털. 그런 것들이 덜 매력적인 다른 부분보다 더 빛나 보였다. 로토
는 자신의 삶을 성직자의 삶과 반대되는 것이라고, 영혼을 섹스에
헌납했다고 생각했다. 그는 고대의 사티로스*처럼 살다 죽을 것이
다. 집안을 가득 채운 멋진 님프들과 희희낙락 놀다가 무덤으로 갈
것이다. 그의 가장 뛰어난 재능이 침대에서 쓰는 그 재능이면 어쩌
지? (망상이다! 키 큰 남자는 팔다리가 길어서 피를 펌프질해 아랫
도리로 보내려면 심장의 부담이 크다. 로토의 매력에 빠진 사람들
은 그를 본모습보다 더 나은 사람으로 믿었다.)

그의 룸메이트들은 여자들이 퍼레이드하듯 몰려오는 것이 믿기
지 않았다. 젖꼭지에 링을 한, 여성학을 전공하는 지저분한 여자.
물 빠진 청바지 밖으로 군살이 삐져나온, 도시 출신의 여자. 고지
식하고 두꺼운 안경을 쓴, 돌아앉아 남자 위에 올라타는 체위가 전
문인 신경과학을 전공하는 여자. 룸메이트들은 휴게실에서 그 과
정을 지켜보다가 로토가 여자를 데리고 자기 방으로 사라지면 그들
이 분류해 기록하는 노트를 집어들었다.

오스트랄리아노피테쿠스**: 앞머리가 눈을 찌르는 오스트레일리아

---

* 그리스신화에 나오는 반인반수의 괴물. 술의 신 디오니소스를 쫓아다니며 광란의
축제를 즐기기로 유명하다.
** Australianopithecus. 일종의 언어유희. Australiano는 이탈리아어로 '오스트레
일리아 사람'이라는 뜻.

여자. 나중에 유명한 재즈바이올리니스트가 된다.

비라고 스트리덴티카*: 로토가 시내에서 데려온 성별이 모호한 펑크족 여자.

시레나 웅굴라티카**: 졸업생 대표. 136킬로그램의 몸에 벨벳 같은 얼굴이 얹혀 있다.

여자들은 절대 알 리가 없었다. 룸메이트들은 자기들이 하는 짓이 잔인하다는 생각은 하지 않았다. 하지만 두 달 뒤 그 기록장을 로토에게 보여주자 그는 격노했다. 그는 그들을 여성혐오자라고 부르며 고함을 질렀다. 그들은 어깨를 으쓱했다. 그렇게 놀아나는 여자들은 그런 조롱을 받아도 쌌다. 로토가 하는 짓은 남자라면 누구나 할 법한 행동이었다. 그들이 그런 규칙을 만든 건 아니었다.

로토가 남자를 데려오는 일은 결코 없었다. 남자는 어떤 기록에도 남지 않았다. 남자는 보이지 않는 존재로, 그의 침대 위에서나 밖에서나 굶주린 유령으로 남았다.

로토가 대학 연극에 출연한 마지막 밤이었다. 〈햄릿〉. 종이 댕댕 울리며 공연의 시작을 알렸고, 그후에 극장에 도착한 사람들은 흠뻑 젖어 있었다. 하루종일 계곡에 무겁게 드리웠던 구름이 흩어진 것이다. 오필리어는 알몸 연기를 했는데, 거대한 젖가슴에 스틸턴

---

* Virago stridentica. virago는 '말참견을 잘하는 여자'라는 뜻이고, strident는 '시끄럽다'는 뜻.
** Sirena ungulatica. sirena는 이탈리아어로 '인어'라는 뜻이고, ungula는 '동물의 발굽'이라는 뜻.

치즈처럼 푸른 실핏줄이 비쳐 보였다. 햄릿은 로토, 로토는 햄릿이었다. 매 무대에서 그는 기립 박수를 받았다.

무대의 어두운 한쪽 끝에서 그는 목을 툭툭 꺾어 풀고 배에 숨을 집어넣으며 심호흡을 했다. 누군가는 훌쩍거렸고, 누군가는 담배에 불을 붙였다. 황혼녘 작은 극장에서 발을 끄는 소리. 소곤거리는 소리. 응, 은행에 취직했어…… 그녀는 그의 딸꾹질을 불리하게 모방하는 한편 그를 우호적으로 환영하면서 발코니에 서 있었습니다*…… 행운을 빌어. 진짜로!

정적이 퍼져나간다. 막이 올랐다. 파수병들이 터벅터벅 무대로 나왔다. "거기 누구냐?" 로토의 내면에서 스위치가 딸깍 켜지면서 그의 삶은 뒤로 물러났다. 안도감.

로토의 껍데기는 무대 한쪽 끝에서 그가, 햄릿이 여유롭게 무대에 나서는 것을 지켜보았다.

또하나의 자기가 땀에 흠뻑 젖어 허리 숙여 인사할 때 그는 본래의 자신으로 되돌아왔다. 관객의 환호 소리는 그가 마지막 기립 박수를 받을 때까지 계속 커졌다. 앞줄에 앉은 머거트로이드 교수는 양옆으로 그의 애인과 애인의 애인의 부축을 받으며 빅토리아시대 블루스타킹**의 말투로 "브라보, 브라보"를 외쳤다. 한아름의 꽃다발. 그와 잤던 여자들이 한 명씩 그를 끌어안고 그의 혀에 번질거리는 립글로스를 묻혔다. 이 여자는 누구지? 스패니얼종 강아지처

---

* She stood upon the balcony, inimically mimicking him hiccupping while amicably welcoming him in. 입 근육을 풀기 위해 연습하는 발음하기 어려운 문장.
** 18세기 중엽 런던의 지식층 여성들이 조직한 문예협회 'Blue Stocking Society' 의 회원을 말한다.

럼 생긴 브리짓이, 맙소사, 그를 꽉 끌어안는다. 뭐? 그들이 두 번이나 잤다고? [여덟 번.] 브리짓이 자기 입으로 그의 여자친구라고 말하는 걸 그도 들었다. 가엾어라. "파티에서 보자, 브리짓." 그가 난처한 상황을 모면하며 다정하게 말했다. 관객이 하나둘씩 빗속으로 사라졌다. 오필리어가 그의 팔을 꽉 잡았다. 나중에 만나자고? 리허설을 하는 동안 둘이 장애인 화장실에서 했던 그 두 번은 정말 좋았다. 그녀를 꼭 다시 만날 거라고, 그가 중얼거리듯 말했고, 그녀는 실성한 여자의 육신을 이끌고 총총 사라졌다.

그는 화장실 칸에 들어가 문을 닫았다. 건물은 비워졌고, 앞문은 잠겼다. 그가 나왔을 때 분장실은 싹 치워져 있었다. 사방이 캄캄했다. 그는 번들거리는 분장을 천천히 닦아냈고, 어두운 조명 속에서 자신을 바라보았다. 그러고는 파운데이션을 다시 발라 얼굴의 여드름 자국을 매끈하게 덮었다. 아이라이너는 자신의 우울을 선명히 드러내는 게 마음에 들어 그대로 두었다. 이 신성한 장소에 마지막 남은 사람이 된다는 건 기분좋은 일이었다. 여기 아닌 다른 곳에서는 혼자 남겨지는 것이 싫었다. 하지만 오늘밤은 청춘의 마지막 영광이, 살면서 경험한 모든 것이 마음을 가득 채웠다. 그가 떠나온 무더운 플로리다, 아버지가 차지했던 마음 한구석의 아픔, 그에 대한 어머니의 지극한 믿음, 그를 지켜보는 하느님, 안으로 들어가는 순간 잠시 자신을 잊게 해주는 아름다운 육체들. 파도처럼 덮쳐오는 모든 것을 그는 내버려두었다. 그는 불길 같은 감정을 끌어안고 어두운 빗속을 통과해 종파티 장소로 향했다. 반 마일 떨어진 곳에서도 파티의 소음이 들렸다. 그가 들어가자 박수갈채가 쏟아지며 누군가가 그의 손에 맥주를 들려주었다. 몇 분, 혹은 몇 영겁의 시간이 흐른 뒤 그가 창턱에 올라섰고 그의 뒤 세상엔 번개가 번쩍였다.

나무들은 번득이는 뉴런 형태의 윤곽으로만 보였다. 캠퍼스는 빠르게 잉걸불처럼 변했다가 느리게 재가 되어갔다.

그의 발치에서 파티장은 1990년대 초반의 최첨단 패션, 배꼽티, 피어싱, 물러나는 이마 선을 가리는 야구모자, 블랙라이트 조명 때문에 자주색으로 보이는 치아, 갈색 아이라이너와 갈색 립스틱, 이어커프, 바이커 부츠, 바지 밖으로 드러내 보인 사각팬티, 골반을 심하게 흔드는 춤, 솔트 엔 페파의 음악, 초록색으로 반짝이는 비듬과 데오도런트를 바른 줄무늬 흔적, 하이라이트를 주어 광채가 나는 광대뼈가 한데 어우러진 광란의 장소로 보였다.

어쩌다 그는 빈 생수병을 머리에 매달게 되었는데, 누군가가 에이스 붕대로 감아준 것이었다. 사람들이 소리쳤다. "물의 군주 만세." 오, 이건 좋지 않았다. 친구들이 그의 돈이 어디서 나오는지 알아낸 것이다. 그는 그 사실을 숨기면서, 모쪼록 들키지 않기를 바라면서 고물 볼보를 몰았다. 자신은 근육을 드러내는 편이 더 멋있다는 걸 알아서 웃통을 드러낸 채였다. 그는 실내에선 자기가 어떤 각도에서 어떻게 보이는지를 속속들이 알고 있었고, 생수병이 품위의 측면은 뺏어가지만 군국주의적인 활달함의 측면은 살려놓는다는 것도 알고 있었다. 그가 가슴을 내밀었다. 이제 그는 진이 담긴 술병을 들고 있었고, 그가 술병을 기울여 길게 쭉 들이켤 때 친구들은 "로토! 로토! 로토!" 하고 외쳤다. 아침이 오면 그 술이 그의 뇌 속에서 납땜 용제처럼 변해, 그의 생각은 뚫을 수도 갈라놓을 수도 없이 엉겨붙을 것이다.

"세상의 끝이 다가왔다." 그가 목청껏 소리쳤다. "섹스를 즐기지 않을 이유가 있는가?"

그의 발치에서 춤추던 사람들이 환호성을 질렀다.

그가 두 팔을 들어올렸다. [고개를 드는 이 치명적인 동작.]

입구에 불쑥, 그녀가 나타났다.

실루엣을 보면 키가 컸고, 젖은 머리에 현관 조명이 후광을 비추고 있었다. 그녀 뒤 계단으로 사람들이 줄지어 들어오고 있었다. 그녀는 그를 보고 있었지만, 그는 그녀의 얼굴을 제대로 볼 수가 없었다.

그녀가 고개를 돌리자 얼굴 반쪽이 강렬하고 환하게 보였다. 불거진 광대뼈, 플러시 천 같은 입술. 앙증맞은 귀. 빗속을 걸어왔는지 몸에서는 물방울이 똑똑 떨어지고 있었다. 그는 쿵쾅거리는 음악 소리와 춤추는 사람들 너머 저멀리 빛나는 찬란한 매력에 홀려, 첫눈에 그녀에게 반했다.

그는 이전에도 그녀를 본 적이 있어서 그녀가 누군지는 알았다. 마틸드 뭐였더라. 그녀처럼 아름다운 여자가 뿜어내는 은은한 빛은 캠퍼스를 가로질러 저 먼 벽에도 가 닿았고, 그녀가 만지는 것은 뭐든 인광의 빛을 발했다. 그녀는 지금까지 로토가 닿을 수 없는 훨씬 높은 곳—지금까지는 그 학교에 다니는 어느 학생보다도 더—에 있는, 그야말로 신화적인 존재였다. 친구도 없었다. 얼음장 같았다. 주말이면 도시로 갔다. 그녀는 모델로 일했는데, 그래서 비싼 옷을 입고 다녔다. 파티에는 얼굴을 비추는 법이 없었다. 올림포스 산의 신처럼, 높은 곳에서 우아하게 존재했다. 맞다—마틸드 요더였다. 하지만 오늘밤 성공적으로 공연을 끝낸 그는 그녀에게 다가설 마음의 준비가 되어 있었다. 여기, 그녀가 그를 보러 나타난 것이다.

그의 뒤에서는 세상을 박살낼 듯한 폭풍우가 몰아쳤고, 그의 안에서는 뭔가가 이글이글 타올랐다. 그가 서로 몸을 비벼대는 사람들 속으로 뛰어내렸다. 새뮤얼은 그의 무릎에 눈을 맞았고, 어느 몸집 작은 여자는 가엾게도 그에게 짓눌려 바닥에 쓰러졌다.

로토는 헤엄치듯 사람들을 헤집고 그 공간을 가로질러 마틸드에게 다가갔다. 그녀는 발목양말을 신었고 키가 182센티미터였다. 하이힐을 신어 눈이 그의 입술 높이에 있었다. 그녀는 그를 태연히 올려다보았다. 그는 어느 누구도 보지 못하는, 그녀 안에 숨겨진 그 웃음을 이미 사랑하고 있었다.

그는 그 장면이 연극처럼 느껴졌다. 게다가 얼마나 많은 사람들이 그들을 지켜보고 있는가. 그와 마틸드가 함께 있는 모습은 얼마나 아름다운가.

순식간에 그는 새사람이 되었다. 그의 과거는 사라졌다. 그는 무릎을 꿇고 마틸드의 손을 잡아 그의 심장에 갖다댔다. 그가 그녀를 올려다보며 소리쳤다. "나와 결혼해줘!"

그녀는 고개를 뒤로 젖혀 뱀 같은 하얀 목을 드러내고 웃으며 뭐라고 말했다. 그녀의 목소리가 소음에 묻혔다. 로토는 그 아름다운 입술로 말하는 입 모양을 읽었다. "그래." 그는 앞으로 블랙라이트 조명과 첫눈에 반한 사랑을 들먹이며 이 이야기를 수십 번은 할 것이다. 그 세월 동안 친구들은 모두 몸을 숙인 채 활짝 웃으며 그 은밀하고 로맨틱한 이야기를 들을 것이다. 하지만 식탁 맞은편에서 그를 바라보는 마틸드의 마음은 읽을 길이 없다. 그는 그 이야기를 할 때마다 그녀가 이렇게 대답했다고 말할 것이다. "기꺼이"라고.

기꺼이. 그래. 하나의 문이 그의 뒤에서 닫혔다. 그리고 다른 문이, 더 좋은 문이 활짝 열렸다.

3

어떤 시각에서 보느냐의 문제. 태양의 위치에서 보면 결국 인류란 추상에 지나지 않는다. 지구는 그저 회전하며 깜박거리는 빛일 뿐이다. 가까이서 보면 도시는 다른 매듭들 사이에 위치한 하나의 빛의 매듭이고, 더 가까이서 보면 건물들이 서서히 분리되고 희미한 빛을 뿜는다. 새벽녘의 창문에는 변함없이 사람들의 모습이 나타난다. 구체적인 것은 한곳에 초점을 맞출 때에야 보인다. 콧구멍 옆의 점, 잠자는 동안 건조해진 아랫입술에 들러붙은 치아, 겨드랑이의 종잇장 같은 피부.

로토는 커피에 크림을 부은 뒤 아내를 깨웠다. 테이프덱으로 노래를 틀고, 달걀을 부치고, 설거지를 하고, 바닥을 쓸었다. 얼음통에 맥주를 담아 들고 들어왔고, 간식거리를 준비했다. 오후 중반이 되자 모든 것이 반짝였고, 준비는 끝났다.

"아직 아무도 안 왔어. 우리……" 로토가 마틸드의 귓가에 속삭였다. 그가 그녀의 목덜미에 내려온 긴 머리카락을 들고 거기 톡 튀어나온 뼈에 키스했다. 그 목은 그의 것, 그의 것이 된 아내의 것이었다. 그 목이 그의 손 아래 반짝반짝 빛났다.

육체에서 강렬하게 시작된 사랑은 모든 것으로 풍성하게 퍼져 나갔다. 그들이 함께한 지 오 주가 지났다. 첫 주는 섹스 없이 지나갔고, 그는 마틸드 때문에 애를 태웠다. 그리고 캠핑 여행을 떠나는 주말이 왔고, 첫 섹스에 흠뻑 빠져 지냈다. 아침에 소변을 볼 때 그는 거기에 위부터 아래까지 피가 묻은 것을 보고 그녀가 숫처녀였음을 깨달았다. 그와 잠자리를 피했던 이유가 거기 있었던 것이다. 세수를 하려고 얼음장 같은 개울물에 얼굴을 담근 그녀를 그는 새로운 눈으로 돌아보았다. 그녀가 고개를 들자 볼은 빨갰고 물기가 남은 얼굴에는 광채가 흘렀다. 그녀는 그가 지금껏 만난 사람들 중에 가장 순수한 사람이었고, 그는 그 순수함을 맞이할 준비가 된 사람이었다. 그는 그 순간 그들이 눈 맞아 달아나는 사람들처럼 몰래 결혼할 것이고, 졸업한 뒤에는 도시로 가서 행복하게 살 것임을 알았다. 아직은 서로가 낯설었지만 둘은 행복했다. 어제 그는 그녀에게 초밥 알레르기가 있다는 사실을 알아냈다. 오늘 아침 고모와 통화를 하다가, 샤워를 마친 마틸드가 수건으로 몸을 닦으며 나오는 것을 보면서 그는 문득 그녀에게 가족이 없다는 사실이 크게 와 닿았다. 그녀는 자신의 어린 시절에 대해 아주 조금 말해줬을 뿐이지만 거기에는 학대의 그림자가 어른거렸다. 그의 상상은 생생하게 펼쳐졌다. 가난, 고물 트레일러, 악의적인—그녀는 더 나쁜 사람임을 암시했다—삼촌. 어린 시절에 대한 그녀의 가장 또렷한 기억은 한 번도 꺼진 적이 없었던 텔레비전이었다. 학교가 구원이었

다. 그녀는 장학금을 받았고, 용돈을 벌기 위해 모델로 일했다. 각
자에게 일어난 이야기들이 뒤섞이기 시작했다. 작은 아이였을 때,
그녀는 외딴 시골에 살면서 너무 외로웠던 나머지 일주일 동안 허
벅지 안쪽에 거머리를 살게 한 적이 있었다. 그녀가 모델로 발탁된
건 기차에서 가고일*처럼 생긴 남자를 만나면서였다. 마틸드가 슬
프고 어둡고 텅 빈 과거에 등을 돌리기까지는 엄청난 의지가 필요
했을 것이다. 이제 그녀에게는 로토뿐이었다. 그는 자신이 그녀에
게 전부라는 사실에 감동했다. 그는 그녀가 스스로 알려주는 것 이
상은 묻지 않았다.

　뉴욕의 6월, 밖이 후끈후끈한 날이었다. 파티 시간이 다 되었으
니 수십 명의 대학 친구들이 집들이를 하러 그들의 집으로 올 것이
다. 여름이라 집은 벌써부터 찔 듯이 더웠다. 지금 그들은 집안에
있으니, 안전했다.

　"지금 여섯시야. 친구들한테 다섯시 삼십분에 오라고 했잖아. 이
러면 안 돼." 마틸드가 말했다. 하지만 그는 아랑곳없이 그녀의 공
작무늬 스커트 속으로 손을 집어넣었고, 그 손은 그녀의 면 팬티
고무줄 아래로 파고들어갔다. 사타구니에 땀이 차 있었다. 그들은
결혼한 사이였다. 그는 그럴 자격이 있었다. 그녀는 엉덩이를 뒤로
빼서 그에게 밀착하고, 양쪽 손바닥으로 기다란 싸구려 거울을 짚
었다. 거울은 매트리스와 지구라트**처럼 쌓여 있는 옷가방과 함께
그들의 침실에 있는 몇 안 되는 물건 중 하나였다. 채광창에서 흘러

---

* 유럽 기독교 사원의 벽에 붙어 있는, 괴물을 본뜬 석조상.
** 고대 메소포타미아 각지에서 발견되는 계단식 피라미드 신전.

들어오는 햇살이 깨끗한 소나무 바닥을 호랑이처럼 어슬렁거렸다.

그가 그녀의 팬티를 무릎까지 끌어내리며 말했다. "금방 끝낼게." 이 말에 대해서는 논쟁의 여지가 있다. 그는 그녀가 눈을 감는 것을, 그녀의 뺨이, 입술이, 목덜미의 오목한 곳이 서서히 붉어지는 것을 거울로 지켜보았다. 그녀의 축축해진 다리 뒤쪽이 그의 무릎에 닿은 채 떨고 있었다.

로토는 호사를 누리는 것 같았다. 어떤 것에서? 모든 것에서. 완벽한 정원이 있는 웨스트빌리지의 아파트, 위층에 사는 성미 고약한 영국인 여자가 가꾸는 정원. 지금도 창문을 통해 참나리 사이로 그 여자의 살찐 허벅지가 보였다. 그들이 사는 아파트는 지하층이고 침실이 하나였지만 아주 널찍했다. 집세는 정부의 통제를 받았다. 부엌 혹은 욕실에서는 지나가는 행인의 발이 보였다. 건막류가 있는 발도 문신한 발목도 지나갔다. 하지만 여기 아래는 안전했다. 지하라서 재앙을 피할 수 있었고, 허리케인이 불고 폭탄이 떨어져도 흙과 튼튼히 닦은 길로 보호받았다. 그토록 오랜 유목생활 끝에 그는 이곳에, 이 아내에게 뿌리를 내린 것이었다. 섬세한 얼굴, 고양이 눈같이 생긴 슬픈 눈, 주근깨, 호리호리한 몸, 아내에게는 뭔가 금지된 것의 짜릿한 느낌이 있었다. 결혼했다는 소식을 전하려고 그가 전화했을 때 어머니가 쏟아낸 지독한 말. 정말 끔찍했다. 그 말만 떠올려도 그는 눈에 눈물이 맺혔다. 하지만 오늘은 이 도시조차 시식을 기다리는 음식처럼 놓여 있었다. 새롭고 찬란한 90년대였다. 여자들은 광대뼈에 반짝이는 화장품을 발랐고 옷들은 은색 실이 섞여 만들어졌다. 모든 것이 섹스와 부를 약속했다. 로토는 그 전부를 게걸스레 먹어치울 것이었다. 모든 것이 아름답고,

모든 것이 풍요로웠다. 그는 랜슬럿 새터화이트였다. 그의 안에서 태양이 이글거렸다. 그는 지금 이 찬란한 모든 것에 자신의 그것을 밀어넣고 있는 것이었다.

달아올라 헐떡이는 마틸드의 얼굴 뒤로 그 자신의 얼굴이 그를 쳐다보고 있었다. 그의 아내, 붙잡힌 토끼. 그녀의 맥박과 심장 뛰는 소리. 그녀는 팔꿈치가 꺾이고 얼굴이 하얘지면서 거울을 향해 쓰러졌고, 거울은 쩍 소리를 내며 금이 갔다. 그 금이 그들의 머리를 불균등하게 반으로 갈라놓았다.

초인종의 지저귐 소리는 길고 느렸다.

"잠시만!" 로토가 외쳤다.

콜리가 여기로 오는 길에 쓰레기 수거함에서 발견한 엄청나게 큰 황동 부처상을 현관으로 옮기면서 말했다. "둘이 섹스를 하고 있었다는 데 백 달러 걸겠어."

"돼지." 다니카가 말했다. 졸업 후 그녀는 모래주머니 몇 개 분량의 체중을 감량했다. 지금 그녀는 거즈를 둘둘 감아놓은 막대기 같았다. 그녀는 로토와 마틸드가 문을 열어주자마자—제기랄, 문을 열어줘야 말이지—자기는 콜리와 같이 온 게 아니라 건물 밖 보도에서 만났다고, 이 트롤같이 생긴 땅딸보 콜리하고 자기가 같은 장소에 둘만 있게 된 상황이 말 그대로 죽도록 싫었다고 말할 참이었다. 콜리의 안경에는 브리지 부분에 테이프가 붙어 있었다. 그의 짓궂은 입은 까마귀 주둥이처럼 끊임없이 깍깍거리며 노래를 부르듯 얄미운 말을 조잘거렸다. 그녀는 콜리가 학교로 로토를 찾아왔을 때부터 그를 미워했다. 콜리의 방문이 몇 달로 길어지자 사람들은 그를 바사 학생으로 오해하게 되었다. 사실 그는 로토가 어렸을 때 알고 지낸 친구일 뿐 고등학교도 졸업하지 못했다. 지금 그녀는 그를 더 미워했다. 뚱뚱하고 젠체하는 놈. "너한테서 쓰레기 냄새 나." 그녀가 말했다.

"쓰레기 수거함에 다이빙을 했거든." 그가 말하고는 승리의 표시처럼 부처상을 들어올렸다. "내가 쟤들이었다면 맨날 섹스만 하겠어. 마틸드 생긴 게 좀 이상하긴 해도 나는 할 거야. 로토는 여자들하고 잘 만큼 잤지. 지금쯤은 전문가가 되어 있을걸."

"그래? 로토가 가장 문란하긴 했지." 다니카가 말했다. "하지만 그게 가능했던 건 로토가 사람을 쳐다보는 방식 때문이야. 만약 그애가 진짜 잘생겼다면 그렇게 치명적이지는 않았을걸. 하지만 로토랑 한방에서 오 분만 있으면 같이 하고 싶다는 생각밖에 안 들어. 로토가 남자라는 이유도 있지. 여자가 로토처럼 놀아난다면, 뭐랄까, 병자 취급 받을걸. 손도 대면 안 될 것처럼. 하지만 남자는 여자 백만 명한테 찔러넣고 다녀도 사람들은 그게 당연하다고 생각하지." 다니카는 초인종을 빠르게, 계속해서 눌러댔다. 그녀가 목소리를 낮췄다. "아무튼 이 결혼은 길어야 일 년이야. 그러니까 누가 스물두 살에 결혼을 하느냐고? 광부나 그러지. 아니면 농부나. 우리는 그러지 않아. 한 여덟 달 후면 로토는 저 무서운 위층 여자하고도 잘 거야. 폐경을 맞은 성질 더러운 연출가는 로토를 리어왕으로 만들어줄 거고. 그애랑 눈을 마주치는 여자라면 누구든 다 그래. 그러니까 마틸드는 곧 이혼해서 트란실바니아의 왕자랑 결혼하든가 그럴 거야."

그들은 웃었다. 다니카가 모스부호로 전신을 치듯 초인종을 눌렀다. SOS. "지금 한 말, 내기로 받아들일게." 콜리가 말했다. "로토는 바람 피우지 않을 거야. 나는 로토가 열네 살이었을 때부터 그애를 알았어. 지랄같이 오만하지만, 충실한 친구야."

"백만 달러 걸게." 다니카가 말했다. 콜리가 부처상을 내려놓고 다니카와 악수했다.

문이 활짝 열렸고, 로토가 관자놀이에 굵은 땀방울을 흘리며 번들번들한 얼굴로 나타났다. 텅 빈 거실을 통해 욕실로 들어가 문을 닫는 마틸드의 모습이 살짝 보였다. 날개를 접는 푸른색 모르포나비 같았다. 다니카는 로토에게 키스하면서 그의 뺨을 핥고 싶은 욕망을 억눌러야 했다. 로토의 뺨은 뜨겁고 부드러운 프레첼처럼 짭조름하고, 오, 어쩜, 맛있었다. 그의 곁에서 그녀는 언제나 마음이 좀 약해졌다.

"수만 번이라도 환영하오. 울음이 날 것도 같고 웃음이 날 것도 같고, 마음이 가벼워지기도 하고 무거워지기도 하고 그렇습니다. 환영합니다."* 로토가 말했다. 오, 맙소사. 그들의 집에는 세간이 거의 없었다. 책장은 콘크리트 블록과 합판으로 만든 것이고, 카우치는 대학 휴게실에서 가져온 것이었다. 삐걱거리는 식탁과 의자는 원래 테라스용이었다. 하지만 이 집에는 행복이 깃든 듯했다. 다니카는 질투가 나서 심장이 벌렁거렸다.

"스파르타식인데."** 콜리가 말하고는 거대한 불상을 벽난로 선반에 올려놓았다. 불상이 흰 공간 전체를 내려다보며 환히 웃는 듯했다. 콜리가 조각상의 복부를 쓰다듬고는 부엌으로 들어가더니,

---

* 셰익스피어의 희곡 『코리올레이너스』 2막 1장에서 메네니우스가 코미니우스에게 하는 대사.
** 금욕적이리만치 간소하다는 뜻.

새가 목욕을 하듯 몸에 묻은 쓰레기 냄새를 주방용 세제와 손바닥에 받은 물로 대충 씻어냈다. 그리고 거기서 허세꾼들이, 위선자들이, 로토가 기숙학교에, 곧이어 대학에 간 뒤로 줄곧 그의 경쟁 상대였던 사립 고등학교 시절의 유쾌한 동창들이 속속 물밀듯이 도착하는 것을 지켜보았다. 콜리에게 아무도 없을 때 그의 친구는 그를 받아들여주었다. 로토의 가장 친한 친구인 척하는 저 재수없는 새뮤얼. 잘못 안 거지. 콜리가 아무리 모욕해도 새뮤얼은 끄떡도 하지 않았다. 콜리는 자기가 너무 미천한 놈팡이라 새뮤얼이 자기한텐 관심도 없다는 걸 잘 알고 있었다. 로토는 누구보다 키가 큰 데다 기분좋고 따뜻한 레이저 광선을 쏘아서, 들어오는 사람들 모두 그의 환한 웃음에 눈이 부셔 눈을 깜박였다. 친구들은 접란을 심은 테라코타 화분, 여섯 개들이 맥주 팩, 책, 와인을 선물로 가져와 건넸다. 배아 단계의 여피족들이 부모의 방식을 모방하고 있는 것이었다. 이십 년쯤 지나면 그들은 시골집을 가질 것이고, 허세가 느껴지는 문학적인 이름을 가진 아이들을 키울 것이고, 테니스 레슨을 받을 것이고, 흉물스러운 차를 몰면서 섹시한 젊은 인턴과 정사를 벌일 것이다. 허리케인 같은 특권을 누리겠지만, 온통 소용돌이와 소음과 파괴뿐 그들의 중심에는 아무것도 없을 것이다.

이십 년 안에 내가 너희 전부를 패배시킬 테다, 콜리는 속으로 선언했다. 그는 코웃음을 쳤지만 속은 타들어갔다.

냉장고 앞에 선 마틸드는 콜리의 발 주변에 고인 물과 그의 카키색 반바지에 묻은 물 얼룩을 보고 얼굴을 찡그렸다. 화장으로 가렸어도 그녀의 턱에는 산딸기 색깔의 긁힌 자국이 환히 비쳐 보였다.

"안녕, 거기, 찡그린 아줌마." 그가 말했다.

"안녕, 찡그린 거시기." 그녀가 말했다.

"그 험한 입으로 내 친구한테 키스를 한단 말이야?" 그가 말했지만, 그녀는 그저 냉장고를 열고 후무스* 한 그릇과 맥주 두 캔을 꺼낸 뒤 그에게 한 캔을 건넸다. 그는 그녀의 실크 같은 금발에서 나는 로즈메리 향과 몸에서 나는 아이보리 비누 향, 그리고 섹스의 표시인 것이 분명한 녹말 냄새를 맡을 수 있었다. 아, 그랬다. 그의 짐작이 맞았던 것이다.

"가서 좀 어울려." 그녀가 자리를 옮기며 말했다. "누구한테 한 대 맞는 일 없게 조심하고, 콜리."

"이 완벽한 걸 망가뜨릴 위험을 내가 무릅쓸 것 같아?" 그가 말하면서 자신의 얼굴을 가리켰다. "절대."

수족관 물고기처럼 육체들은 더운 공간을 요리조리 뚫고 다녔다. 침실에서는 여자들이 빙 둘러 서 있었다. 그들은 머리 위로 난 유리창을 통해 줄지어 심은 아이리스를 쳐다보고 있었다.

"이런 집에서 살 돈은 어떻게 감당한대?" 내털리가 중얼거렸다. 그녀는 이곳에 오는 것에 너무 신경이 과민해져서—로토와 마틸드는 너무 화려했다—집에서 나오기 전에 독한 술을 몇 잔 마셨다. 사실 지금 그녀는 제법 얼근히 취해 있었다.

"정부에서 집세를 통제한대." 가죽 미니스커트를 입은 여자가 자신을 구해줄 누군가를 찾아 두리번거리며 말했다. 아까 내털리가 끼어들었을 때 다른 친구들은 눈 녹듯 사라진 뒤였다. 내털리는 대학 파티 같은 곳에서 알딸딸하게 취했을 때 만나면 즐거운 친구

---

* 병아리콩 으깬 것과 오일, 마늘을 섞어 만든 중동 지역의 음식.

였지만, 그들이 진짜 세상에 나온 지금도 그녀는 오로지 돈에 대한 불평만 늘어놓았다. 그런 말은 상대를 지치게 했다. 그들은 모두 가난했고, 대학을 졸업한 뒤에는 으레 가난할 수밖에 없어서, 그런 고민은 접어둬야 했다. 미니스커트가 지나가던 주근깨 여자를 붙잡았다. 그들 셋 모두 한때 로토와 잔 적이 있었다. 각자 속으로는 로토가 자기를 가장 좋아했다고 믿었다.

"그런가." 내털리가 말했다. "하지만 마틸드가 직장이 있는 것도 아니잖아. 아직 모델 일을 한다면 집세를 낼 수도 있겠지. 하지만 남편을 잡았으니 그 일은 그만뒀을 테고, 그러면 뻔한 이야기잖아. 나라면 누가 나를 원하더라도 모델 일을 그만두지는 않을 거야. 게다가 로토는 배우야. 우리 모두가 그를 굉장하게 여겨도 로토가 다음번 톰 크루즈 영화나 뭐 그런 데 출연할 것 같진 않잖아? 피부가 저렇게 안 좋아서는 어렵다는 말이야. 기분 나쁘라고 하는 말이 아니고! 내 말은, 로토가 전적으로 뛰어난 재능을 가진 건 맞지만, 배우조합에 속한 배우들도 먹고살기 힘든 판에 그는 그마저도 아니라는 거지."

두 여자는 내털리를 아주 멀리에서 보듯 바라보다가 그녀의 툭튀어나온 눈과 뽑지 않은 콧수염을 발견하고는 한숨을 쉬었다. "그거 몰라?" 미니스커트가 말했다. "로토는 막대한 재산을 상속받았어. 생수회사. 햄린 스프링스 생수 알지? 그 회사가 개네 거야. 말하자면 로토의 엄마는 플로리다 전체를 소유한 거지. 개네 엄마는 어마어마한 부자야. 어퍼이스트사이드*의 침실 세 개에 수위 딸린

---

* 맨해튼을 대표하는 부촌.

아파트를 사도 그들에겐 푼돈이라고."

"둘이 이렇게 사는 건 솔직히 겸손이지." 주근깨가 말했다. "로토는 최고의 남자야."

"반면 마틸드는," 내털리가 목소리를 낮추며 말했다. 두 여자는 무슨 말인지 들으려고 한 걸음 다가가 머리를 맞댔다. 가십의 성찬식. "마틸드는 미스터리에 둘둘 싸인 수수께끼야. 대학에서는 친구도 없었어. 내 말은, 누구든 대학에 다닐 땐 친구가 있잖아. 그애는 어디 출신이지? 아무도 몰라."

"내가 알기로는," 미니스커트가 말했다. "마틸드는 침착하고 조용한 애야. 얼음여왕이지. 로토는 가장 시끄러운 애고. 따뜻하고 섹시하지. 둘은 정반대야."

"솔직히 이해가 안 돼." 주근깨가 말했다.

"뭐. 첫 결혼이니까." 미니스커트가 말했다.

"이 결혼이 완전히 깨졌을 때 누가 캐서롤 요리를 해서 찾아올지 추측해봐!" 주근깨가 말했다. 그들은 웃음을 터뜨렸다.

음, 내털리는 생각했다. 이제 분명해졌다. 아파트도, 로토와 마틸드가 그들 자신의 물살을 타고 흘러가는 방식도. 창조적인 일을 하면서 살겠다고 선언하기 위해서는 용기가 필요하지만, 정말로 그렇게 하는 건 자기도취였다. 내털리는 한때 조각가가 되고 싶었고 재능도 뛰어났다. 그녀가 나온 고등학교 과학실 건물에 설치된 9피트 높이의 스테인리스스틸 DNA 나선형 구조도 그녀가 만든 것이었다. 바람에 의해서만 돌아가는, 자이로스코프나 대형 바람개비 같은 거대한 움직이는 구조물을 만드는 것은 예전부터 그녀의 꿈이었다. 하지만 취업을 하라는 부모님의 말이 옳았다. 그녀는 바사에서 경제학과 스페인어를 전공했으니 그렇게 하는 것은 지극히 사리에 맞는 일이었지만, 인턴십이 끝날 때까지는 퀸스 지역에서 누군가의 좀약 냄새 나는 옷방을 빌려 살아야 했다. 한 켤레 있는 하이힐은 구멍이 나서 밤마다 초강력 접착제로 고쳐 신었다. 고달픈 삶이었다. 약속된 것과는 다른 삶이었다. 바사에 지원했을 때 교외의 집 침대에 누워 포르노 잡지처럼 들춰보던 대학 안내서에 분명히 나와 있었다. 바사에 입학만 하면 황금빛 삶을 살게 될 거라고, 안내서에 나온 웃고 있는 잘생긴 아이들이 약속한다고. 그런데 이런 우중충한 아파트에서 싸구려 맥주나 마시는 게 그녀가 살게 될 가장 높은 수준의 삶이었다.

거실로 이어지는 문을 통해 그녀는 로토가 새뮤얼 해리스의 농담을 웃음으로 중단시키는 것을 보았다. 워싱턴 D. C.에서 가장 구린내가 나는 상원의원의 아들. 그 상원의원은 자신이 지닌 공감 능력을 의외의 인물과 결혼하는 데 모조리 쏟아부은 뒤, 다른 사람들에 대해서는 그 누구도 자기 삶을 스스로 선택하지 못하게 했다. 그는 이민, 여성주의, 동성애에 반대했는데, 그건 시작일 뿐이었다. 가상하게도 새뮤얼은 캠퍼스 진보당을 창당했지만, 그와 로토 모두 새뮤얼의 허영기 많은 어머니로부터 배운 귀족같이 거들먹거리는 태도가 배어 있었다. 내털리가 새뮤얼과 잠시 데이트를 하던 시절에 그녀는 그의 집에서 저녁식사를 하다가 냅킨에 코를 풀었다는 이유로 그의 어머니로부터 뭣 같은 대우를 받았다. 로토의 매력은, 적어도 상대가 스스로를 흥미로운 존재라고 느끼게 한다는 것이었다. 새뮤얼은 상대에게 그저 열등감만 들게 했다. 내털리는 돈이 남아도는 이 멍청한 두 면상을 닥터마틴 부츠로 짓밟아버리고 싶은 충동을 느꼈다. 그녀가 깊은 한숨을 내쉬었다. "생수가 환경에 얼마나 안 좋은데." 그녀가 말했지만, 두 여자는 이미 사라져 아직 로토를 잊지 못해 구석에서 울고 있는 브리짓이라는 계집애를 위로하고 있었다. 내털리는 키 크고 마른 금발의 마틸드 옆에 있는 한 여자를 발견하고는 당황했다. 금이 간 거울 속에 갈라져 비친 여자는 신랄한 말을 쏟아내는 자신이었고, 그녀는 그런 자신의 모습에 얼굴을 찌푸렸다.

로토는 유유히 돌아다니고 있었다. 누군가가 엔 보그* CD를 틀어놓았다. 아이러니하지만 그는 확실히 그런 여자들의 목소리를 좋아했다. 아파트는 지옥처럼 뜨거웠고, 늦은 오후의 태양은 관음증 환자처럼 빛을 비추고 있었다. 문제될 것은 전혀 없었다. 그의 대학 친구들 모두가 다시 모인 것이었다. 그는 맥주를 들고 입구 쪽에 서서 잠시 그들을 바라보았다.

내털리가 저 아래 길가 커피숍에서 온 남자들에게 발목을 잡힌 채 케그 스탠드**를 하고 있었다. 그녀의 셔츠가 뒤집혀 뽀얀 배가 드러났다. 새뮤얼은 눈 밑이 푸르죽죽한 얼굴로 지난주 투자은행에서 구십 시간을 근무했다며 큰 소리로 떠들어대고 있었다. 아름다운 수재나는 냉동실 안에 얼굴을 넣어 식히고 있었는데, 샴푸 광고를 따낸 덕에 그녀는 찬란하게 빛났다. 그는 부러운 마음을 삼켜야 했다. 그녀는 연기는 서툴렀지만 이슬이나 사슴 같은 분위기를 풍겼다. 두 사람은 3학년 때 한 번 같이 잤다. 그녀는 생크림 맛이

---

* 1990년대에 인기가 많았던 여성 R&B 그룹.
** 미국 대학생들의 파티 놀이로, 거꾸로 매달린 채 술통에 꽂힌 호스로 술을 마시는 것.

낫었다. 조정팀에서 그와 공동 캡틴을 맡았던 아니는 칵테일 학교에서 배웠다면서 우쭐대며 셰이커를 흔들어 핑크 스쿼럴을 만들고 있었다. 태닝 로션을 바른 그의 피부 위에 땀이 흘러 기다란 살구색 줄무늬가 생겼다.

로토의 뒤에서 생소한 목소리가 들렸다. "체스에 관한 수수께끼에 금기어가 딱 하나 있는데 뭔지 알아?"

그러자 또 한 사람이 잠시 뜸을 들이다 대답했다. "체스?"

그러자 처음의 목소리가 말했다. "우리가 1학년 때 들었던 보르헤스 세미나* 기억하는구나!" 로토는 이 젠체하는 정자 덩어리들에 대한 사랑을 느끼며 큰 소리로 웃었다.

그는 이 파티를 매년 열겠다고 결심했다. 해마다 열리는 6월의 축제로 삼을 것이다. 친구들을 불러모아, 격납고를 빌려야 할 정도가 될 때까지 규모를 키울 것이다. 그러면 모두 밤새 술 마시고 소리지르고 춤을 출 수 있을 것이다. 종이로 만든 등, 삶은 새우, 친구의 자녀들로 결성된 블루그래스** 밴드. 로토의 경우가 그런 것처럼, 가족의 버림을 받은 사람은 자신의 가족을 새로 만든다. 이처럼 북적거리고 땀을 흘리며 휘청거리는 순간이 로토가 삶에 바라는 전부였다. 이것이 절정이었다. 제기랄, 그는 행복했다.

무슨 일이지? 정원 쪽 열린 창문으로 물방울이 쏟아져들어왔다. 늙은 여인이 미친듯이 날뛰는 그들에게 호스를 겨눈 채 아래를 내려다보며 뭐라고 꽥꽥거렸다. 그러나 여인의 목소리는 음악 소리

* 보르헤스는 '체스'라는 제목의 시를 발표한 바 있다.
** 기타와 밴조로 연주하는 미국의 전통적인 컨트리 음악.

와 고함소리에 파묻혀 거의 들리지 않았다. 여자들이 빽 비명을 질렀다. 그들의 여름 드레스는 아름다운 피부에 들러붙어 있었다. 부드럽다. 촉촉하다. 그는 그들 모두를 먹을 수 있을 것 같았다. 여러 개의 팔다리와 젖가슴에 파묻힌 자신의 모습을 그려보았다. 빨간 입술이 벌어져 그의 입술을 덮친다—하지만 오, 그랬다. 그럴 수는 없었다. 그는 결혼한 몸이었다. 그가 아내를 향해 싱긋 웃었다. 그 순간 마틸드는 창문으로 아래를 내려다보며 소리를 질러대는 뚱뚱한 여인을 향해 부리나케 달려가고 있었다. "야만인들아! 정신 차려! 소리 좀 낮춰! 야만인들아!"

마틸드는 뭐라고 말해 그 여인을 달랜 뒤 정원 쪽 창문 손잡이를 돌려 창문을 닫고, 거리 쪽 창문을 밀어 열었다. 어쨌거나 그쪽이 그늘이라 더 시원했다. 아직 햇살이 들어오고 있었지만 친구들은 벌써 키스를 하고 몸을 비비고 있었다. 소음도 더 커졌고, 목소리도 더 시끄러워졌다.

"……혁명의 끝이자 새로운 시작인 거지. 동독과 서독이 통일됐으니 자본주의에 대한 엄청난 반발이 일어날걸."

"엘렌 식수*는 섹시해. 시몬 드 보부아르나 수전 손택도."

"페미나치**, 그 사실 때문에 섹시할 수가 없어."

"……그 뭐지, 인간의 근본적 조건은 외로움이라는 거."

"냉소주의자! 그런 말을 이렇게 먹고 마시고 노는 파티에서 할 건 뭐야."

---

* 프랑스의 페미니스트 사상가.
** 페미니즘에 나치를 붙인 말로, 극단적인 페미니스트를 비난하고자 사용하는 말.

로토의 심장이 그의 가슴팍에서 개구리처럼 팔딱거렸다. 눈부신 파란색 스커트 차림으로 그를 향해 미끄러지듯 다가오는 여자, 마틸드. 그의 하늘색 사자가 날뛰었다. 그녀는 긴 머리칼을 땋아서 왼쪽 가슴 위로 내려뜨렸다. 그녀, 이 세상 온갖 좋은 것을 다 합쳐 놓은 여자. 그가 그녀를 향해 다가가는데, 그녀가 방향을 틀어 그를 앞문 쪽으로 이끌었다. 문은 열려 있었다. 거기 몸집이 아주 작은 사람이 서 있었다. 서프라이즈! 양 갈래로 머리를 땋고 멜빵바지를 입은 귀여운 아기 동생 레이철이 침례교 아기 신자가 느낄 법한 공포를 느끼며 술을 마시고 몸을 비비고 담배를 피우는 장면을 지켜보고 있었다. 불안한지 아이는 몸을 바들바들 떨고 있었다. 레이철은 이제 겨우 여덟 살이었다. 목에는 보호자 미동행 미성년자라는 목걸이가 걸려 있었다. 레이철 뒤에는 중년의 부부가 등산화를 맞춰 신고서 얼굴을 찡그린 채 아파트 안을 들여다보고 있었다.

"레이철!" 로토는 소리를 지른 뒤 백팩의 고리를 잡아 동생을 안아올려 집안으로 데리고 들어왔다. 친구들이 그가 지나갈 수 있게 비켜주었다. 적어도 그 공간에서는 키스가 멈추었다. 침실에서 무슨 일이 일어나고 있는지는 알 길이 없었다. 마틸드가 레이철의 외투 단추를 풀어주었다. 두 사람은 이전에 한 번, 몇 주 전 졸업식에 로토의 고모가 레이철을 데리고 왔을 때 만난 적이 있었다. 레이철은 마틸드가 그날 저녁식사 때 목에서 풀어 충동적으로 선물했던 에메랄드 목걸이를 만지작거렸다. "여긴 어떻게 왔어?" 로토와 마틸드는 파티 소음보다 더 크게 고함을 질렀다.

마틸드에게서 무슨 냄새가 나는지 레이철이 고개를 살짝 돌렸다. 발한억제제가 자기한테 알츠하이머를 일으킨 거야*, 마틸드가 말했다. 향수가 레이철에게 두드러기를 일으켰다. "오빠? 나를 초대한 거 맞아?" 레이철의 눈에서 눈물이 글썽였다.

레이철은 세 시간 동안 공항에서 기다린 이야기나, 친절하지만 근엄한 여행자들이 울고 있는 레이철을 보고 차에 태워 데려다주겠다고 한 이야기는 한마디도 하지 않았다. 로토는 마침내 레이철이 오기로 한 것을 기억해냈고, 그 순간 그의 하루는 흐려졌다. 귀여운 동생이 주말 동안 와서 지내기로 한 것을 까맣게 잊었다는 사실, 그것도 샐리 고모와 통화중에 그러기로 얘기를 끝내자마자 잊었다는 사실, 심지어 그 사실이 그의 마음에서 빠져나가기 전에 다른 방에 있던 마틸드에게 가서 전하지도 않았다는 사실 때문이었다. 가슴속에서 창피함이 파도처럼 일어났다. 그는 수하물 찾는 곳에서 혼자 그를 기다렸을 동생의 두려움과 아픔을 상상했다. 오, 맙소사. 나쁜 사람이 데려가기라도 했으면 어쩔 뻔했는가. 레이철이 목에 반다나**를 두르고 허리에 카라비너***를 매단 채 술통 옆에 서서 웃는 얼굴로 젊은 날의 흥겨운 파티를 떠올리는 이 따뜻한 부부가 아니라, 다른 끔찍한 사람을 믿고 따라나섰다면 어쩔 뻔했는가. 레이철이 변태를 믿고 쫓아갔으면 어쩔 뻔했는가. 백인 노예의 이미지가 휙휙 스쳐갔다. 무릎을 꿇고 부엌 바닥을 닦고, 누군가의 침대 밑 상자에 갇혀 지내는 레이철. 동생의 눈이 빨간 걸 보니 울고 있었던 것 같았다. 공항에서 이곳까지 낯선 사람들의 차를 타고 오는 길은 무서웠을 것이다. 그는 레이철이 이 이야기를 어머니

---

* 발한억제제에 포함된 성분이 알츠하이머를 일으킨다는 말이 퍼진 적이 있다.
** 스카프 대용으로 쓰이는 큰 손수건.
*** 암벽등반에 쓰이는 타원 혹은 D자형의 고리.

에게 하지 않기를 바랐다. 이미 그에게 실망한 어머니를 더 실망시키고 싶지 않았다. 그들이 알리지 않고 결혼식을 올린 후 어머니가 그에게 했던 말도 지금은 누그러져 그의 가슴속에서 잠잠해져 있었다. 그도 어쩔 수 없는 사내였다.

하지만 레이철이 그의 허리를 꽉 끌어안고 있었다. 마틸드의 얼굴에 몰아쳤던 폭풍우도 걷혀 있었다. 그의 주변을 지키며 상황을 바로잡아주는 이 여자들은 그에게 과분했다. 〔어쩌면 아닐지도 모른다.〕 소곤소곤 회의가 열렸고 결정이 내려졌다. 파티는 그들 없이 계속될 것이고, 그들은 레이철을 데리고 모퉁이 식당에 가서 저녁을 먹을 것이다. 돌아오면 레이철을 침대에 눕히고 아홉시까지 침실 문을 잠가놓는다. 음악 소리는 줄인다. 주말에는 하루종일 그들이 어긴 약속을 보상해준다. 브런치, 영화와 팝콘, FAO 슈워츠 장난감 가게로 가서 바닥 피아노에서 춤을 춘다.

레이철은 가져온 짐을, 비옷을 포함한 캠핑 장비와 함께 옷방으로 옮겼다. 레이철이 돌아서자 키가 작고 까무잡잡한 남자―새뮤얼?―가 다가와 말을 붙였다. 그는 몹시 피곤해 보였는데, 은행인가 어딘가에서 자기가 굉장히 중요한 일을 하고 있다고 떠들어댔다. 수표를 현금으로 바꿔주고 잔돈을 거슬러주는 게 그렇게나 어려운 일이라는 듯이. 이제 겨우 초등학교 3학년인 레이철도 할 수 있는 일이었다.

레이철은 그 자리를 슬그머니 빠져나와 오빠 뒤로 가서 뒷주머니에 자신이 준비한 집들이 선물 봉투를 슬쩍 찔러넣었다. 그녀는 오빠가 봉투를 열어보고 얼굴이 변하는 순간을 상상 속에서 음미했다. 여섯 달 동안 모은 용돈이 거의 2천 달러였다. 여덟 살 된 소녀가 받기에는 터무니없이 큰 액수의 돈이었다. 그 돈을 다 어디에 쓰겠는가? 엄마는 기겁하겠지만 레이철은 불쌍한 로토와 마틸드 걱정에 애를 태웠다. 레이철은 두 사람이 결혼하면서 가족으로부터 떨어져나간 것을 믿을 수가 없었다. 돈 때문에 두 사람이 발걸음을 멈춰버린 것 같았다. 마틸드와 로토는 태어날 때부터 한 서랍에 넣어진 스푼들처럼 함께 둥지를 틀 운명이었다. 하지만 그들에게는 돈이 필요했다. 가구가 없는 건 말할 것도 없이, 이 작고 어두운 소굴 같은 곳을 보라. 이렇게 아무것도 없는 집은 본 적이 없었다. 텔레비전도, 심지어 주전자나 러그도 없었다. 그들은 가난해진 것이었다. 레이철은 다시 마틸드와 오빠 사이로 슬그머니 끼어들어 로토에게 코를 갖다댔다. 그에게서는 따뜻한 로션 냄새가 났다. 하지만 마틸드한테서는 뭐랄까, 걸스카우트 대원들이 모이는 고등학교 레슬링장 같은 냄새가 났다. 숨쉬기도 힘들었다. 공항에서 내리누른 두려움이 마침내 떨어져나갔고, 이제 사랑의 파도가 레이철을 덮쳤다. 여기 있는 사람들은 몹시 섹시했고, 몹시 취해 있었다. 레이철은 그들의 입에서 걸핏하면 튀어나오는 좆나나 씨팔 같은 말에 충격을 받았다. 어머니에게서 욕은 언어의 박약아나 쓰는 말이라는 소리를 귀에 못이 박히도록 들었다. 로토는 절대 욕설을 입에 담는 법이 없었다. 로토와 마틸드는 건실한 어른이었다. 레이철도 그들처럼 도덕적으로, 깨끗하게, 사랑하며 살 것이다. 술과 음악이 있는 6월의 숨막힐 듯 답답한 아파트에서, 레이철은 이우는 햇살 속에 빙빙 돌아가는 육체들을 바라보았다. 아름다움, 우정, 행복. 그녀가 삶에서 원하는 건 이것이 전부였다.

해가 뉘엿뉘엿 지고 있었다. 저녁 여덟시였다.

고즈넉했다. 온화했다. 가을의 끝. 공기 중에는 예고처럼 한기가 감돌았다.

수재나가 정원으로 난 문을 통과해 들어왔다. 황저포 러그를 새로 간 아파트는 고요했다. 주방에서 마틸드 혼자 비브레티스*에 비네그레트 드레싱을 뿌려 샐러드를 만들고 있었다.

"들었어?" 수재나는 속삭이는 목소리로 묻다가 마틸드가 자기 쪽으로 고개를 돌리자 깜짝 놀라 입을 다물었다. 지난번 수재나는 밝은 노란색 페인트를 새로 칠한 이 아파트에 들어오면서 햇빛 속으로 들어서는 것처럼 눈부시다고 생각했었다. 지금 그 색깔은 마틸드의 얼굴에 계피색 주근깨를 뿌려놓고 있었다. 마틸드는 금발 머리를 비대칭으로 잘랐는데, 오른쪽은 턱뼈까지, 왼쪽은 옷의 칼라까지 내려왔고 그 때문에 광대뼈가 도드라져 보였다. 수재나는 가슴 설레는 매력을 느꼈다. 이상했다. 지금까지 마틸드는 소박해 보였고 남편의 빛에 가려져 있었다. 하지만 지금 이 한 쌍은 서로 짝이 딱 맞는 느낌이었다. 마틸드는 정말이지 황홀했다.

"뭘 들어?" 마틸드가 말했다.

"오, 마틸드. 그 머리," 수재나가 말했다. "정말 예뻐."

마틸드가 머리에 손을 올리며 말했다. "고마워. 그런데 내가 뭘 들었느냐고?"

"참," 수재나가 말하면서 마틸드가 턱짓으로 가리킨 와인 두 병

---

* 양상추의 일종.

88

을 집어들었다. 그러고는 출입구를 빠져나가 뒤쪽 계단을 올라가는 마틸드를 뒤쫓으며 말했다. "우리하고 같이 수업 들었던 크리스티나 알지? 아카펠라 그룹 재프톤스에서 활동했었잖아? 머리는 잉크색이고, 그, 글래머였던 애. 내 생각에 로토하고 그애가……" 수재나가 얼굴을 일그러뜨렸다. 오, 이 바보. 마틸드가 계단에서 걸음을 멈추고는 아, 알아, 로토는 보노보*처럼 어느 여자하고나 다 잤지, 하고 말하듯 손을 내둘렀다. 그가 그랬다는 건 수재나도 인정할 수밖에 없는 사실이었다. 그들은 정원으로 들어섰다. 둘은 가을의 정취에 반해 걸음을 멈추었다. 로토와 마틸드는 중고품 매장에서 구입한 침대 시트를 풀밭에 펼쳐놓았고, 친구들은 각자 음식을 가져와 그 한복판에 차려놓았다. 모두들 가을 해의 마지막 선선한 햇살 속에서 조용히 눈을 감고 한가로운 한때를 즐겼다. 그들은 차가운 화이트와인과 벨기에산 맥주를 마셨고, 누가 먼저 손을 뻗어 음식을 먹기 시작하기를 기다렸다.

마틸드가 샐러드 그릇을 내려놓고 말했다. "어서들 먹어." 로토가 그녀를 올려다보며 미소 짓고는 따뜻한 미니 스파나코피타**를 덜어갔다. 그러자 열두어 명쯤 되는 나머지 친구들이 음식에 몰려들었고, 다시 대화가 시작되었다.

수재나는 발끝으로 서서 마틸드의 귀에 소곤거렸다. "크리스티나 말이야. 그애가 자살했대. 욕실에서 목을 매서. 난데없이, 그것도 어제. 그애가 얼마나 우울한 상태였는지 아무도 몰랐어. 남자친

---

* 영장목 성성잇과의 포유류. 과거에는 피그미침팬지로 불렸으며, 자유로운 성생활을 하는 것으로 알려졌다.

** 시금치를 넣어서 구운 그리스식 파이.

구도 있었고 없는 게 없었잖아. 직장도 시에라클럽*이었고, 아파트도 할렘의 괜찮은 지역에 있었어. 이해가 안 돼."

마틸드는 잠잠해졌고, 그녀가 언제나 머금고 있던 작은 미소마저 사라졌다. 수재나가 무릎을 꿇고서 수박을 가져와 큰 조각을 잘게 쪼갰다. 그녀는 텔레비전 드라마에서 새 배역을 맡게 되어 음식다운 음식은 먹지도 않았다. 로토 앞에서는 너무 창피해서 그 배역에 대해 말하지 않았다. 우선은 그 작품이 〈햄릿〉이 아니기 때문이었다. 대학 마지막 학기에 로토는 〈햄릿〉에서 찬란히 빛났다. 돈버는 직업 이상은 아닌, 텔레비전 드라마의 십대 역할이었고, 이건 자신의 신념을 버리는 행위라는 걸 그녀는 알았다. 그리고 그럼에도 그 역할은 그들이 졸업한 뒤 로토가 맡은 어떤 역할보다 나은 것이었다. 그는 오프오프브로드웨이** 연극 몇 편에서 대역을 맡았다. 루이빌의 액터스 시어터에서 아주 작은 역을 맡기도 했다. 일년 반 동안 그게 전부였다. 〈햄릿〉이 끝난 뒤 무대의상이 젖을 만큼 땀을 흘리며 허리 숙여 인사하던 로토의 모습이 그녀의 머릿속에 되살아났다. 연못 장면에서 거대한 젖가슴을 드러내며 알몸 연기를 한 여자애에게 오필리어 역을 빼앗긴 그녀는 관객석에서 경외감을 느끼며 "브라보!" 하고 외쳤었다. 걸레 같은 년이었지. 수재나는 수박을 베어물며 두근거리는 승리의 기쁨을 삼켰다. 그녀는 로토를 측은히 여기면서 더욱 사랑하게 되었다.

마틸드는 스크럼을 짜듯 모여앉은 사람들을 내려다보면서 몸을

---

* 미국에서 시작된 세계적인 민간 환경운동단체.
** 오프브로드웨이 연극보다 더 전위적인 실험 연극을 말한다.

떨며 카디건을 바짝 여몄다. 단풍나무에서 떨어진 버건디색 단풍잎이 시금치아티초크 딥에 수직으로 꽂혔다. 나무 그늘은 쌀쌀했다. 곧 긴 겨울이 시작될 것이다. 춥고 하얀 겨울이. 이 밤도, 이 정원도 지워질 것이다. 그녀는 머리 위 나뭇가지에 감아놓은 크리스마스 줄전구의 플러그를 꽂았고, 그러자 나무에 반짝 불이 켜지면서 신경세포의 수상돌기처럼 보였다. 그녀는 숨고 싶어져서 남편 뒤에 앉았다. 그의 등이 어찌나 아름답고 넓고 탄탄한지 거기 얼굴을 대자 편안해졌다. 그녀는 그의 흉곽을 통과해 나오는 목소리에, 그의 부드러운 남부 억양에 귀를 기울였다.

"……포치에 두 노인이 앉아 시시껄렁한 이야기를 나누고 있는데……" 로토가 이야기를 시작했다. 그러니까 우스갯소리였다. "이 늙은 사냥개가 나타나서는 빙글빙글 돌면서 먼지바람을 일으키더니 바닥에 앉는 거야. 그러더니 자기 거시기를 핥기 시작했어. 작은 분홍색 거시기가 좋은지 쪽쪽 스릅스릅 맛있게도 핥았지. 그러니까 그게 립스틱처럼 쫙 늘어나는 거야. 그걸 보고 한 노인이 다른 노인에게 눈을 찡긋하며 말했어. 맙소사, 나도 저렇게 할 수 있으면 얼마나 좋을까. 그러자 다른 노인이 말했지. 염병할, 그러면 저 개가 자네를 '물어버릴' 거야."

모두가 웃음을 터뜨렸는데, 우스갯소리 때문이라기보다 로토가 이야기를 전달하는 방식과 그가 거기서 느끼는 즐거움 때문이었다. 마틸드는 이 우스갯소리가 로토의 아버지가 좋아하던 것임을 알고 있었다. 로토가 이 이야기를 하면 거웨인은 번번이 입을 막고 웃음을 터뜨리며 얼굴이 벌게졌었다. 에메랄드색 폴로 셔츠를 통해 느껴지는 남편의 온기에 마틸드의 가슴속에 뭉쳐 있던 공포가 부서지기 시작했다. 크리스티나는 기숙사 1학년 층에 살았었다. 한 번은 마틸드가 샤워실로 들어갔는데, 크리스티나가 남녀 공용 샤워부스에서 울고 있었다. 마틸드는 그녀의 아름다운 알토 목소리를 알아듣고 다시 밖으로 나왔다. 위로를 하는 것보다는 사생활을 지켜주는 쪽이 나을 것 같아서였다. 하지만 돌이켜보면 그렇게 한 것이 더 나쁜 선택이었다. 마틸드의 가슴속에서 크리스티나에 대한 분노가 서서히 끓어올랐다. 그녀는 그 감정을 가라앉히기 위해 로토의 등에 대고 심호흡을 했다.

로토가 뒤에 앉은 마틸드를 돌아보더니 그녀의 옆구리를 한 손으로 잡아 그의 무릎에 앉혔다. 그는 뱃속이 꾸르륵거렸지만 한두 입 이상은 먹을 수가 없었다. 그는 일주일째 합격 전화를 기다리고 있었다. 전화를 못 받을까봐 집 밖으로도 거의 나가지 못했다. 마틸드가 이 포트럭 파티를 열자고 한 건 그가 그 모든 생각에서 벗어나게 하기 위해서였다. 그 역할은 내년 여름 센트럴파크에서 공연되는 셰익스피어의 희곡 〈자에는 자로〉의 클라우디오 역할이었다.* 그는 더블릿**을 입고 수천 명의 관객 앞에 선 자신의 모습이 보이는 것만 같았다. 획획 날아다니는 박쥐들. 머리 위에서 붉게 타오르는 황혼. 졸업 후 그는 작은 역할일지라도 꾸준히 맡아왔다. 배우조합에도 이름을 올렸다. 이번이 하늘로 올라가는 다음 단계였다.

그는 창문을 통해 아파트 안을 보았지만, 벽난로 선반 위에 놓인 전화기는 집요하게 침묵을 지켰다. 그 뒤쪽에는 몇 달 전 마틸드가

---

* 뉴욕 센트럴파크의 델라코트 극장에서는 매년 여름 셰익스피어의 작품을 공연한다.
** 14~17세기에 남성들이 입던 짧고 꼭 끼는 상의.

지난 한 해 동안 일했던 갤러리에서 가져온 그림이 세워져 있었다. 화가가 화를 내며 캔버스를 벽에 던져 나무틀까지 부수고 뛰쳐나간 뒤, 갤러리 대표인 에어리얼이 마틸드에게 그 그림을 쓰레기 수거함에 내다버리라고 했다. 하지만 마틸드는 부서진 그림을 집으로 가져와 다시 잘 펴서 액자에 넣고는 황동 부처상 뒤에 놓았다. 푸른색 추상화였는데, 로토는 그 그림을 보면 매일 새벽이 오기 전의 한순간이 떠올랐다. 두 세계 사이에 존재하는 부옇고 어둑한 세계. 그 단어가 뭐였더라? 소슬하다. 마틸드, 그녀 같았다. 그가 며칠에 걸쳐 오디션을 보고 집에 돌아오면 그녀는 어둠 속에 앉아 두 손으로 레드와인 잔을 감싸쥐고 그 그림을 바라보고 있었다. 얼굴에 모호한 표정을 떠올린 채.

"내가 걱정해야 하는 문제가 있어?" 한번은 그가 출연하고 싶지도 않은 연극의 오디션을 보고 집으로 돌아와 어둠이 내리는 거실에 앉아 있는 그녀를 발견하고 이렇게 물었다. 그는 그녀의 귀 뒤에 키스했다.

"아니야. 그냥 행복해서." 그녀가 말했다.

그는 그날 하루가 참 길었다는 말도, 비가 부슬부슬 내리는 거리에서 두 시간을 기다렸다는 말도, 마침내 안으로 들어가 대사를 읽은 뒤 문을 열고 나오는데 연출자가 "스텔라, 덩치가 너무 커서 안타까워" 하고 말하는 소리를 들었다는 말도 하지 않았다. 에이전트가 그의 전화 요청에 응답하지 않았다는 말도 하지 않았다. 이번만큼은 맘 편히 맛있는 저녁식사를 할 수 있었을 거라는 말도. 솔직히 어떻게 되든 상관없었기 때문이었다. 그녀가 행복하다면, 그건 그녀가 그를 떠나지 않을 거라는 뜻이었다. 그리고 짧은 결혼생활동안, 그의 가치는 그녀가 흘린 땀의 소금기만큼도 되지 않는다는 사실은 비참할 정도로 자명해졌다. 이 여자는 성녀였다. 그녀는 절약하고 조바심을 쳤지만, 그가 한푼도 벌어오지 못했을 때에도 어찌어찌 생활을 꾸려나갔다. 그는 날이 완전히 저물 때까지 그녀 옆에 앉아 있었다. 그녀가 사각거리는 실크 소리를 내며 몸을 돌리더니 느닷없이 그에게 키스했다. 그리고 그는 저녁도 먹지 않고 그녀를 침대로 데려갔다.

마틸드가 연어버거 한 조각을 포크로 찍어 로토의 입에 대주었다. 그는 먹고 싶지 않았지만 자신을 보는 그녀의 눈동자가 금빛으로 아롱거리는 것을 보고는 포크에 찔린 조각을 베어물었다. 그러고는 주근깨가 박힌 그녀의 콧잔등에 키스했다.

"뭐야, 구역질나게." 아니가 멀리 떨어진 자리에서 외쳤다. 그는 자신이 운영하는 술집에서 만나 데이트를 하고 있는 문신한 어린 여자에게 팔을 두르고 있었다. "결혼한 지 일 년이나 지났잖아. 신혼은 끝났어."

"절대." 로토와 마틸드가 동시에 외쳤다. 그들은 새끼손가락으로 액운을 막는 표시를 한 뒤 다시 키스했다.

"그건 어떤 거야?" 내털리가 조용히 물었다. "결혼 말이야."

로토가 대답했다. "끝나지 않는 향연. 먹고 또 먹어도 배부르지 않은 것."

마틸드가 말했다. "키플링은 그걸 아주 긴 대화라고 했어."

로토는 그의 아내를 바라보며 그녀의 뺨을 어루만졌다. "맞아." 그가 말했다.

콜리가 다니카에게 몸을 기울였고, 다니카는 몸을 빼며 피했다.

그가 소곤거렸다. "나한테 백만 달러 빚졌어."

"무슨 말이야?" 그녀가 발끈했다. 그녀는 닭다리가 먹고 싶어 죽을 지경이었지만, 살이 찌는 음식은 먼저 수북이 쌓아올린 샐러드를 먹어치운 뒤의 순서였다.

"작년에, 애들 집들이 때," 콜리가 말했다. "지금쯤 두 사람이 이혼한다는 데 백만 달러를 걸었잖아. 네가 졌어."

둘은 로토와 마틸드를 쳐다보았다. 두 사람은 아주 아름다웠고, 여전히 이 정원의, 빙글빙글 돌아가는 세상의 축이었다. "글쎄. 어디까지가 연기일까?" 다니카가 말했다. "뭔가 어두운 그림자가 느껴져. 로토는 충실한 척하고, 마틸드는 신경쓰지 않는 척하는 건지도 모르지."

"야비하기가 저리 가란데." 콜리가 감탄하듯 말했다. "로토한테 무슨 감정 있어? 너도 쟤한테 정복된 백만 명 중 하나였어? 그애들 전부 아직 로토를 사랑하잖아. 대학에서 자기 입으로 로토 여자친구라고 말하고 다니던 브리짓이라는 여자애를 우연히 만났는데, 쟤 안부를 묻다가 눈물을 흘리더라. 평생 잊지 못할 사랑이라면서."

다니카의 눈과 입이 팽팽해졌다. 콜리가 입안에 든 라사냐가 훤히 보이도록 웃어댔다. "아니, 그 반대지." 그가 말했다. "로토가 너한텐 들이댄 적이 없었지."

"그 입 다물어. 그러지 않으면 입에 샐러드를 쑤셔넣어줄 테니까." 그녀가 말했다.

그들은 한동안 앉아서 먹기만, 먹는 척만 했다. 이윽고 다니카가 말했다. "좋아. 두 배, 아니면 없던 일로. 대신 시간을 좀더 길게 해. 육 년. 1998년까지. 그때까지 둘이 이혼하면 네가 나한테 2백만 달러를 주는 거야. 그리고 나는 파리에 아파트를 얻는 거지. 마침내."

콜리는 휘둥그레진 눈을 깜박였다. "너 내가 그때쯤이면 그 돈을 줄 수 있을 거라고 생각하는구나."

"당연하지. 너는 간사한 소인배라 삼십대가 되면 1억 달러는 벌었을 거야." 다니카가 말했다.

콜리가 말했다. "누가 나한테 해준 말 중에 최곤데."

손동작을 감출 수 있을 만큼 그림자가 짙어지자 수재나가 내털리의 엉덩이를 꼬집었다. 그들은 컵에 입을 댄 채 웃었다. 암묵적인 합의가 이루어졌다. 또다른 어느 밤에 그들은 수재나의 집에서 결국 같이 자게 될 것이다. 내털리만이 수재나가 드라마에서 악당의 반항아 딸 역을 새로 맡은 것을 알고 있었다. 내털리만이 그들 사이에 새로 일어나는 감정의 물결을 알고 있었다. "내가 덩치 크고 뚱뚱한 레즈비언이었다는 사실이 알려지면 내 연기 인생은 시작도 하기 전에 끝장이야." 수재나는 말했었다. 자신과는 어딘가 잘 맞지 않았지만, 내털리는 그런 생각은 속으로만 간직한 채 따분한 회색 데스크 앞에 서서 상품을 거래했고, 온종일 그녀의 가슴속에선 수재나 생각이 불타올랐고, 그녀의 은행 잔고는 시시각각 불어났다.

로토는 마지막 박하사탕에 손을 가져가는 내털리를 보면서 그녀가 예전보다 더 예뻐 보인다고 생각했다. 입가 털은 탈색했고, 살도 빠졌고, 옷차림에 멋도 부렸다. 그는 줄곧 알고 있었던 그녀의 아름다움을 그녀 자신도 알아차린 것이었다. 그가 그녀를 보며 웃자, 그녀도 얼굴을 붉히며 마주 웃었다.

음식을 먹는 속도가 느려졌다. 다들 말이 없어졌다. 캐러멜 브라우니가 한 바퀴 돌았다. 친구들 몇몇은 어스레한 하늘에 크림색 비행운이 그려지는 것을 지켜보았는데, 그것이 사라지는 모습에 가슴이 미어지는 아픔을 느꼈다. 그들 대부분이 죽은 검은 머리 여자를 떠올렸던 것이다. 이제 그들은 그들의 목을 끌어안는 그녀의 두 팔을 두 번 다시 느끼지 못할 것이다. 그녀한테서는 오렌지 냄새가 났다.

"사립 고등학교에 다닐 때 어떤 남자애가 목매달아 죽은 걸 내가 발견했지." 로토가 불쑥 말을 꺼냈다. "목을 매서 죽었어." 그들이 그의 얼굴을 흥미롭게 쳐다보았다. 그의 얼굴은 창백하고 비장해 보였다. 로토는 늘 이야기보따리를 푸는 쪽이라 그들은 기다렸지만, 그는 더이상 말이 없었다. 마틸드가 그의 손을 잡았다.

"그 이야기는 처음 듣네." 그녀가 속삭였다.

"나중에 해줄게." 그가 말했다. 아주 잠시 여드름이 숭숭 난 불쌍한 젤리 롤이 정원에 유령처럼 매달려 있는 모습이 보였다. 로토가 자신의 얼굴을 손으로 쓱 비비자 소년은 사라졌다.

누군가가 말했다. "봐! 달이야!" 감청색으로 물든 하늘을 배경으로 달이 돛단배처럼 떠 있었다. 달은 모두의 가슴을 갈망으로 가득 채웠다.

레이철이 오빠 옆에 앉아 그의 따뜻한 몸에 기댔다. 레이철은 가을방학을 맞아 이곳에 와 있었는데, 귓바퀴를 빙 둘러 귀를 뚫었고 앞머리는 길게 기르고 뒤는 짧게 밀었다. 나이가 열 살인 걸 감안하면 과감했지만, 뭐라도 해야 했다. 그러지 않으면 초조하게 손을 떠는 여섯 살쯤으로 보였다. 레이철은 또래 집단을 관찰한 뒤

깜찍해 보이는 것보다는 괴짜로 보이는 게 더 낫다는 것을 깨달았
다. [똑똑한 계집애. 아무렴.] 레이철은 방금 침실로 들어와 마틸드
의 옷장 서랍을 연 뒤, 실크 속옷들 사이에 손을 집어넣고 물장난
을 치듯 어루만지다가 그 안에 작년에 모은 용돈 봉투를 집어넣었
다. 오빠의 캐비닛이 텅 비었다는 사실도, 마틸드가 지난달에 샐리
고모한테 전화를 건 뒤 고모가 돈을 부쳐주었다는 사실도 레이철
은 그냥 지나치지 않았다. 레이철은 지금 1층 창문을 쳐다보고 있
었다. 펄럭이는 커튼 자락과 주먹의 절반과 눈 한쪽이 보였다. 레
이철은 천장에 벽지가 발라진 실내를 상상해보았다. 병에 걸린 고
양이, 애꾸눈 고양이, 꼬리가 뭉툭한 고양이, 통풍에 걸려 발이 부
은 고양이. 관절연고의 지독한 냄새가 떠돈다. 전자레인지에서는
미네스트로네 수프가 데워지고 있다. 집안에는 슬퍼하는 늙은 여
인이 있다. 엄마도 같은 미래를 향해 빠른 속도로 나아가고 있었
다. 아담한 분홍색 비치하우스, 그곳은 작은 조각상들과 피규어와
친츠 꽃무늬로 가득한 무덤이었다. 엄마는 바다 소리를 좋아한다
고 말했지만, 레이철은 엄마가 모래사장에 나가는 것을 본 적이 없
었다. 엄마는 분홍색 수족관 같은 작은 집에, 게걸스레 유리를 쪽
쪽거리는 빨판상어처럼 머물러 있기만 했다. 불쌍한 엄마.
　나는 절대 늙지 않을 거야, 레이철은 다짐했다. 절대 슬퍼하지도
않을 거야. 모두가 울먹거리며 안타까워하는 오빠의 그 친구처럼
청산가리 캡슐을 꿀꺽 삼키고 자살할 거야. 젊지 않다면, 한 해의
마지막 날씨 좋은 밤에 흙과 꽃과 낙엽의 향기를 머금은 춥고 아름
다운 정원에서 젊은 사람들에게 둘러싸인 채 반짝이는 줄전구 불
빛을 바라보며 고요한 도시의 소리를 들을 수 없다면, 삶이란 살아

갈 가치가 없는 것이었다.

죽어가는 천사의 나팔꽃 아래에서 늙은 여인의 얼룩 고양이가 지켜보고 있었다. 죽은 짐승으로 배를 불린 거대한 고양이들처럼 음식 주변에 느긋이 둘러앉은 이 사람들을 보고 있으려니 레이철은 혼란스러웠다. 슬그머니 끼어들어 더 알아보고 싶었지만 그들은 수가 너무 많은데다 너무 갑작스럽고 변덕스러웠다. 바로 그때였다. 그들이 갑자기 비명을 지르며 일어서더니 늘어놓은 음식들을 허둥지둥 집어들었다. 고양이가 놀라서 그들도 따라 놀란 것이었는데, 고양이는 비가 오는 소리를 듣기 한참 전에 냄새부터 맡을 수 있기 때문이었다. 타불리 그릇에서 떨어진 스푼이 땅에서 빙그르르 돌더니 처음 떨어진 빗방울에 튀어오른 진흙으로 더러워졌다. 사람들은 사라졌다. 지면 높이의 창문에서 손 하나가 쑥 나오더니 나무에 감은 줄전구의 플러그를 뽑았다. 갑작스러운 어둠 속에서 노란색 전기선이 뱀처럼 꿈틀꿈틀 창문 안으로 들어갔다. 고양이는 굶주린 듯 그것을 쫓아갔지만 전기선도 사라지고 창문도 닫혔다. 고양이는 앞발로 나뭇잎 가장자리에 떨어진 굵은 빗방울 하나를 살짝 건드려보더니 마당을 쏜살같이 달려 건물 안으로 들어갔다.

아파트 안으로 들어가는 문은 열려 있었다. 고블린이 펄쩍 뛰어 나타났다. 밤 아홉시, 계절에 어울리지 않는 추운 날씨였다. 고블린에 이어 미스 피기, 해골, 유령이 들어왔다. 알베르트 아인슈타인이 문워킹을 하며 들어왔다. 새뮤얼은 모자 대신 전등갓을 쓰고

판지상자에 침실 테이블 비슷한 그림을 그린 뒤 그 위에 잡지 한 권과 포장된 콘돔 두 개를 접착제로 붙인 것을 입고 들어왔다.

토가*를 입고 금박 입힌 월계관을 쓴 로토는 새뮤얼의 테이블 위에 맥주를 내려놓으며 말했다. "안녕하신가! 자네는 나이트스탠드로군. 원나이트스탠드. 하하."

살해된 프롬 퀸**이 사락사락 옷자락 스치는 소리를 내며 지나가면서 "희망사항" 하고 중얼거렸다. 새뮤얼이 "내 옛날 여자친구 같은데" 하고 말하며 싱긋 웃은 뒤 맥주를 가지러 냉장고로 갔다.

"언제부터 핼러윈에 눈이 왔지? 지구온난화가 문제야, 지구온난화가." 루앤이 등나무 매트에 발을 쿵쿵 굴려 부츠를 털면서 말했다. 마틸드가 갤러리에서 일하면서 알게 된 친구였는데, 그녀는 기발하게도 피카소가 한쪽 뺨을 베어문 사과로 표현해 그린 도라 마르***로 분장하고 왔다. 루앤은 "오, 와우 그렇지, 카이사르"라고 말하고 로토에게 키스를 하더니 머뭇대며 떨어지지 않았다. 로토는 그녀를 떼어내면서 과장되게 웃었다. 루앤은 골칫거리였다. 마틸드는 거의 매일 집에 돌아오면 루앤이 갤러리 대표를 유혹하려 했던 이야기를 늘어놓았다. 대표의 이름은 에어리얼로, 툭 튀어나온 눈에 보드빌 배우****같은 눈썹을 한 구역질나는 남자였다. "왜 자꾸 그런대?" 로토는 물었다. "그 여자 예쁘잖아. 젊고. 더 좋은 사람을 만날 수도 있을 텐데." 마틸드가 그를 힐끗 본 뒤 말했다. "왜

---

* 고대 로마인들이 몸에 둘러 입었던 긴 겉옷.

** 고등학교 졸업 댄스파티에서 퀸으로 선정된 학생을 말한다.

*** 1930년대에서 40년대까지 약 십 년간 피카소의 연인이었던 인물.

**** 통속적인 희극, 춤, 곡예, 노래 등을 섞은 쇼에 출연하는 배우.

긴. 그 남자 돈이 많거든." 물론 그 말이면 다 설명이 됐다. 로토와 루앤이 함께 마틸드에게 다가갔다. 클레오파트라 의상을 완벽하게 갖춰 입은 마틸드는 눈부신 자태로, 벽난로 선반 위에 선글라스와 화환으로 장식해놓은 커다란 황동 부처상 옆에서 컵케이크를 먹고 있었다. 로토가 마틸드를 자기 쪽으로 살짝 끌어당겨 마틸드가 웃을 때 그 입술에 묻은 부스러기를 핥아먹었다.

"우웩." 루앤이 말했다. "어지간히 하라고." 그러고는 부엌으로 가 냉장고에서 지마 음료수를 꺼낸 뒤 울적하게 홀짝거리며 얼굴을 찡그렸다. 루앤은 로토의 배가 얼마나 나왔는지와 집에 중고 책이 얼마나 많은지로 그의 심리 상태가 별로임을 짐작했다. 기분이 가라앉은 시기에는 독서가 로토가 할 수 있는 전부였다. 그가 엄청 멍청해 보인다는 점을 감안하면 우스운 일이었다. 게다가 그는 입만 열면 비트겐슈타인인가 뭔가 하는 사람이 했다는 말을 줄줄 쏟아냈다. 그가 보여주는 겉모습과 그가 내면에 간직한 진짜 모습 사이의 간극, 그것이 그녀를 불안하게 했다.

누군가가 너바나 CD를 틀었고, 로토가 보도에서 주워온 가죽 카우치에 앉아 있던 여자들이 일어섰다. 그들이 춤을 추려다 말고 다시 〈Thriller〉로 음악을 바꿨다.

녹색 고블린으로 분장한 콜리가 로토와 마틸드에게 쭈뼛쭈뼛 다가와, 술에 취해 혀 꼬부라진 소리로 말했다. "예전에는 네 양미간이 이렇게 좁은지 몰랐어, 마틸드. 네 양미간은 이렇게 넓은지 몰랐고, 로토." 그가 두 손가락으로 마틸드를 찌르는 시늉을 했다. "포식자." 그러고는 로토를 찌르며 "먹이" 하고 말했다.

"내가 먹이고 마틸드가 포식자라고?" 로토가 말했다. "뭐야, 내가 마틸드의 포식자야. 섹스 포식자." 그가 말하자 모두가 끙 소리를 냈다.

루앤은 거실 저쪽에 있는 아니를 응시하고 있었다. 그녀가 안달이 난 듯한 손짓을 했다. "조용히, 좀." 그녀가 말했다. "지금 추파를 던지는 중이란 말이야."

마틸드는 한숨을 쉬며 뒤로 물러섰다.

"잠깐. 누구? 오, 아니." 콜리가 악의를 담은 말투로 말했다. 실망한 걸까? "뭐야. 저런 멍청한 놈을."

"터진 알전구처럼 멍청하지." 루앤이 말했다. "그게 바로 핵심이야."

"아니?" 로토가 불렀다. "아니는 대학에서 신경과학을 전공했어. 멍청하지 않아. 너처럼 하버드에 가지 않았다고 해서 멍청한 건 아니지."

"모르겠는데. 어쩌면 자기 뇌를 술로 절였는지도 모르지." 루앤이 말했다. "지난번에 너희 집에서 했던 그 파티에서, 그애가 스팅이 자신의 스피릿 애니멀*이라고 말하는 걸 어쩌다 듣게 됐거든."

로토는 거실 저쪽을 향해 휘파람을 불었다. 헐크 분장을 한 아니가 바다처럼 그를 둘러싼 여자들에게 초콜릿 마티니를 만들어주다가 고개를 들었다. 그가 다가와 로토의 어깨를 툭툭 쳤다. 콜리와 아니 둘 다 녹색으로 칠해져 있었다. 나란히 서 있는 모습이 꼭 비포 앤드 애프터 같았다. 아니는 공기가 빵빵하게 채워진 타이어, 콜리는 펑크난 타이어.

---

* 자기 자신을 상징하거나 자기 자신이 되고 싶은 존재를 상징하는 사람이나 사물.

로토가 아니에게 말했다. "루앤이, 네가 '해석학'을 만족스럽게 설명해줄 수 있으면 너하고 하고 싶다는데." 그러고는 두 사람을 침실로 들여보낸 뒤 문을 닫았다.

"맙소사," 콜리가 말했다. "나도 급해."

"둘이 아직 방에서 나오지도 않았어." 로토가 말했다. "어떤 큐피드는 화살을 쏘고, 어떤 큐피드는 덫을 놓지."*

"또 셰익스피어야?" 콜리가 말했다.

"영원히." 로토가 말했다.

콜리가 성큼성큼 걸어 그 자리를 떠났다. 로토 혼자 남았다. 고개를 들자 컴컴해진 밤의 유리창에 자신의 모습만 비쳐 보였다. 올해 우울한 여름을 보내는 동안 배는 나왔고, 관자놀이 부근은 머리숱이 빠져 반짝였다. 대학을 졸업한 지 삼 년 반, 여전히 마틸드가 생활비를 벌고 있었다. 로토는 부처상의 머리를 슬프게 쓰다듬은 뒤, 머리를 맞대고 누군가의 폴라로이드 사진을 내려다보고 있는 마녀들 무리를 지나갔다. 어둠에서 소환된 얼굴들.

마틸드는 등을 돌린 채 수재나에게 나지막한 목소리로 얘기하고 있었다. 로토가 슬그머니 앞으로 걸어갔다. 그는 그녀가 자신의 이야기를 하고 있는 걸 들었다. "……좋아지고 있어. 9월엔 커피 광고를 찍었어. 동틀 무렵 아빠와 아장아장 걷는 아기가 낚싯배를 타고 바다로 나가는데, 아기가 물에 빠지고 로토가 노로 아기를 건져내 목숨을 구한다는 뻔한 내용이야. 우리의 영웅인 거지!"

둘은 함께 웃었다. 수재나가 말했다. "나도 알아! 폴저스 광고지?

---

* 셰익스피어의 『헛소동』 3막 1장에 나오는 대사.

나도 봤어. 동틀 무렵, 숲속의 오두막, 보트에서 눈뜨는 아기. 로토는 정말 매력적이었어. 턱수염을 기르니까 특히 그렇더라."

"네가 아는 감독들한테 말 좀 해줘. 로토한테 배역 좀 주라고." 마틸드의 말에 수재나가 물었다. "어떤?" 마틸드가 말했다. "어떤 거든." 수재나는 입을 살짝 벌려 웃더니 말했다. "한번 알아볼게."

로토는 마음이 착잡해져서 들키지 않으려 그 자리를 황급히 피했다.

마틸드는 다정하지 않은 건 절대 아니었지만, 수동적 공격성을 옷처럼 입고 있는 사람이었다. 그녀는 레스토랑에서 요리에 불만이 있으면 음식에는 손도 대지 않고 눈만 내리깐 채 아무 말도 하지 않았다. 그러면 어쩔 수 없이 로토가 종업원에게 음식이 너무 짜다거나 좀 덜 익혔다거나 다른 요리를 먹을 수 있겠느냐고 부탁하고 감사의 말까지 해야 했다. 마틸드는 밤새 예비 신부 옆에 서서 말 한마디 없이 오로지 다정한 미소를 짓는 것만으로 마서스비니어드*에서 열리는 결혼식에 초대를 받아낸 적도 있었다. 신부는 크게 성공한 브로드웨이 배우였는데, 그 자리에서 충동적으로 마틸드 부부를 초대했다. 그들은 그 결혼식에 참석해 춤을 추었다. 로토는 목소리가 좋은 편은 아니었지만 연출자를 매료시켜 뮤지컬 〈마이 페어 레이디〉 리바이벌 공연 출연에 대한 연락을 받았다. 결국 배역은 따내지 못했지만. 그들은 그 여자 배우에게 중고 매장에서 구입한 뒤 값비싸 보이게 잘 닦은, 품질이 썩 좋은 앤티크 실버 그레이프프루트 스푼 세트를 보냈다.

---

* 매사추세츠 주 남동쪽에 있는 섬. 고급 휴양지로 유명하다.

로토는 자기가 백 개의 빛나는 줄에 묶여 있는 환시를 보았다. 줄은 로토의 손가락에, 눈꺼풀에, 발가락에, 입 근육에 묶여 있었다. 모든 줄이 마틸드의 집게손가락으로 이어졌고, 그녀의 미묘한 손가락 움직임에 따라 그는 춤을 추었다.

콜리 고블린이 마틸드 옆에 와서 섰고, 두 사람은 저만치 로토가 남자들 무리에 둘러싸여 있는 것을 보았다. 그의 두 손가락 사이에는 버번 술병이 걸려 있었고, 뒤통수에서는 금색 월계관이 팔락거렸다.

"무슨 고민 있어?" 콜리가 물었다. "좀 겉도는 것 같네."

마틸드가 한숨을 쉬며 말했다. "로토가 좀 이상해."

"내가 보기엔 괜찮은 것 같은데." 콜리가 말했다. "걱정은 로토의 기분이 아주 좋을 때나 아주 안 좋을 때만 하면 돼. 여름 동안 살짝 가라앉았다가 다시 올라오고 있어." 그는 잠시 말을 멈추고 로토를 보았다. "적어도 뱃살은 빠지고 있잖아."

"다행이네." 마틸드가 말했다. "여름 내내 로토가 기찻길에 뛰어들지나 않을까 걱정했거든. 배역을 따내야 해. 며칠 내내 집밖에 나가지 않을 때도 있어." 그녀가 마음을 다잡듯 몸을 부르르 떨었다. "그건 그렇고, 중고차 비즈니스는 어때?"

"그만뒀어." 콜리가 말했다. "지금은 부동산 쪽에서 일해. 십오 년 뒤에는 맨해튼의 절반이 내 것이 될 거야."

"그렇겠지." 마틸드가 말했다. 그러더니 불쑥 "갤러리를 그만두려고 해" 하고 말했다. 두 사람 다 놀란 표정이 되었다.

"그렇구나." 콜리가 말했다. "그럼 이 천재는 누가 후원하지?"

"내가 일을 해야지. 인터넷 신생 기업에 직장을 구했어. 데이트 사이트야. 일주일 뒤부터 시작해. 아직 아무한테도 말 안 했어. 루앤한테도, 에어리얼한테도, 로토한테도. 그냥. 변화가 필요했어. 내 미래는 미술 쪽이라고 생각했었어. 하지만 아니었어."

"그렇다면 인터넷 쪽이야?"

"우리의 미래 전체가 인터넷에 달려 있지." 그녀가 말했다. 그들은 함께 웃으며 술을 마셨다.

"어째서 나한테 말하는 거야?" 콜리가 잠시 뒤에 물었다. "그러니까, 속을 털어놓는 상대가 나인 건 좀 이상한데. 안 그런가?"

"나도 모르겠어." 마틸드가 말했다. "나는 네가 착한 사람인지 나쁜 사람인지 몰라. 하지만 지금 당장은 너한테 내 모든 비밀을 털어놓을 수 있을 것 같은 기분이야. 그런다 해도 너는 아무한테도 말하지 않을 것 같거든. 그걸 폭로하기에 가장 좋은 순간을 기다리면서 말이지."

콜리는 그녀를 주시하면서 아주 조용해졌다. "네 모든 비밀을 말해봐." 그가 말했다.

"내가 설마." 그녀는 그렇게 말하고는 콜리를 두고 남편에게로 걸어가 그의 귀에 대고 뭐라고 속삭였다. 로토의 눈이 커지더니 그는 웃음을 간신히 참았다. 그는 아내가 파티가 벌어지고 있는 실내를 빙 돌아 아파트 문 밖으로 나가면서 불빛을 어둡게 조절하는데도 쳐다보지 않았다. 조명은 이제 깜박이는 호박등만 남았다.

잠시 뒤 로토도 아무 일 없다는 듯 태연히 밖으로 나갔다.

그는 계단을 올라갔고, 늙은 여인의 집 밖에 있는 마틸드를 발견했다. 밑에서 들리는 파티 소리는 요란하기 짝이 없었다. 집안에서는 그렇게 시끄러운지 미처 알지 못했다. 평소대로라면 경찰을 불렀을 텐데 위층 노파가 그러지 않은 이유가 궁금했다. 아마 아직 열시가 안 된 모양이었다. 아파트 공동 현관문이 열리며 찬 공기가 훅 밀려왔고 한 무리의 광대들이 우당탕탕 그들의 아파트로 내려 갔다. 로토의 노출된 엉덩이에 오스스 소름이 돋았다. 하지만 공동 현관문은 닫혔고, 그들의 아파트 문이 열리면서 광대들을 집어삼 켰다. 그는 마틸드의 뷔스티에*에서 왼쪽 젖가슴을 끄집어냈고, 그 녀의 목의 곡선에 입술을 갖다댔다.

그가 그녀를 돌려세워 그녀의 뺨을 문짝에 댔지만 그녀는 눈빛 을 번쩍이며 저항했다. 그는 선 자세에서 섹스를 시작했다. 열정적 이지는 않았지만 그럼에도 사랑의 신들에게 바치는 기도였다.

2층 아파트에서는 축제 같은 아래층 분위기 때문에 잠들지 못하 는 벳이 어둠 속에서 홀로 노른자가 줄줄 흐르는 달걀 샌드위치를 먹고 있었다. 지금 계단에서 삐걱거리는 소리가 들린 건 확실했다. 강도가 들었다고 생각하자 벳은 오싹했다. 양치류 화분 받침대에 작은 총이 있었다. 그녀는 샌드위치를 내려놓고 귀를 문에 바짝 갖 다댔다. 또 한번 삐걱거리는 소리, 이어 중얼거리는 소리. 뭔가 준 비를 하는 것 같은 쿵쿵 소리. 설마! 그걸 하고 있었다. 휴와의 마 지막 이후 아주 오랜 시간이 지났다. 하지만 그들 사이에 있었던 일은 방금 깨문 복숭아처럼 아직도 생생했다. 그 모든 육체적 기쁨 이 어제 일처럼 느껴졌다. 그들은 아주 어린 나이에 만나서 자신들 이 뭘 하는지도 몰랐고, 그만둘 생각도 없었다. 나이를 먹을 만큼 먹었을 때 결혼식을 올렸다. 결혼생활을 중심으로 삶을 꾸려나간

---

* 어깨끈이 없는 캐미솔 형태의 간편한 톱.

다는 건 그리 나쁘지 않았다. 달콤한 활력이 되어주었다. 신혼 때는 어쩔 줄 모를 만큼 좋았고, 나중에는 그냥 행복한 정도였다.

층계참에 있는 여자가 가슴이 짓눌린 듯한 신음 소리를 냈다. 남자가 뭐라고 중얼거렸지만 알아들을 만큼 분명하지는 않았다. 여자의 신음 소리가 점점 커지다가 뭔가를 물기라도 했는지 소리가 작아졌다—남자의 어깨를 깨물었나? 덜컹거리는 소리가 격렬함을 말해주었다. 벳은 들썩거리는 나무문에 자신의 몸을 지그시 눌렀다. (누가 그녀의 몸을 만진 건 아주 오래전이었다. 그녀는 식료품점에서 잔돈을 낼 때도 점원이 손가락으로 그녀의 손을 스치도록 손바닥에 올려 내밀었다). 꼭 운동선수들 같아. 벳은 일요일에 동물원에 놀러갔을 때 본 원숭이 우리가 떠올랐다. 흥분한 카푸친 원숭이들의 즐거운 난교.

몸을 섞은 그들 중 한쪽이 소리를 지르자, 벳은 8자를 그리며 자신의 발목 주변을 도는 얼룩 고양이에게 소곤거렸다. "과자를 안 주면 장난 칠 거야*, 고양이 아가씨. 진짜야."

층계참에서 거친 숨소리, 사각거리는 소리, 어리석은 인간들의 소리가 들려왔다. 오, 이제 그들이 누군지 알아챘다. 아래층에 사는 이상하게 생긴 거인 남자와 그의 키 크고 평범한 아내. 하지만 건물 입구에서 서로 마주쳐도 어색하지 않도록 이 일을 아는 척하지는 않을 것이다. 곧 발소리가 계단 아래로 멀어지더니 음악 소리가 크게 들렸다가 문이 닫히면서 다시 잠잠해졌다. 벳은 다시 혼자가 되었다. 지금은 독한 스카치를 마시고, 착한 여자가 된 것처럼

---

* 핼러윈에 아이들이 집집마다 다니며 하는 말.

순하게 침대로 가서 잠들 시간이었다.

  열시였고, 마틸드는 무릎을 꿇은 채 오 년 전 이 형편없는 아파트에 와서 살기 시작한 뒤로 백만번째 깨진 와인잔 조각을 줍고 있었다. 이토록 오랜 시간이 지났는데도 여전히 허접한 굿윌 아파트를 벗어나지 못했다. 언젠가 로토가 일을 구하면 더 나은 집에서 살 수 있을 것이다. 오, 그녀는 피곤했다. 오늘밤에는 콘택트렌즈도 끼기 귀찮았고, 안경알에는 지문이 묻어 있었다. 그녀는 모두 집으로 돌아가주기만을 바랐다.
  로토가 카우치에서 말하는 소리가 그녀의 귀에 들어왔다. "세상을 뒤흔들겠다는 시도. 적어도 그건 레몬헤즈 캔디를 한입 가득 털어넣는 것만큼 환하고 밝지 않을걸."
  레이철은 새로 페인트칠이 된 벽을 어루만지면서 중얼거렸다. "이 색깔은 뭐지? 황혼녘의 자살? 겨울 오후에 본 교회? 여태 본 푸른색 중 가장 어두운 색이야." 레이철은 평소보다 더 초조해 보였다. 아까 거리에서 차의 폭발음이 들렸을 때 그녀는 잔을 떨어뜨렸다. "제발, 내가 치울게요." 레이철이 미안해서 어쩔 줄 몰라하며 마틸드에게 말했다. "나 정말 어디가 모자란가봐요."
  "내가 치울게. 그리고 새로 칠한 페인트 색에 대해 네가 하는 말 다 들었어. 하지만 나는 이 색깔이 정말 좋거든." 마틸드가 유리 조각을 주르륵 쓰레기통에 쏟아부으며 크게 말했다. 유리 조각 위로 피 한 방울이 톡 떨어졌다─집게손가락을 벴는데 몰랐던 것이다. "젠장." 그녀가 작게 말했다.

"나도 그 색깔 좋은데." 루앤이 말했다. 그녀는 지난 한 해 동안 두번째로 내려치기 전의 밀가루 반죽처럼 포동포동 살이 올랐다. "음, 내 말은 적어도 훔친 그림의 배경으로는 멋지다는 뜻이야."

"그 소리 좀 그만해." 마틸드가 말했다. "피트니가 부쉈고, 에어리얼이 내다버리라고 했어. 나는 시킨 대로 했고. 나중에 쓰레기 수거함에서 다시 꺼낸 거니까 문제될 건 없지."

루앤은 어깨를 으쓱했지만 미소는 딱딱했다.

"예의를 갖출 만큼 갖춰 말하는데," 콜리가 말했다. "이번 파티는 파티 역사상 최악이야. 문제는 벽이야. 수재나와 내털리는 사랑을 나누고 있고, 다니카는 러그에 누워 잠들었어. 무슨 생각으로 와인 시음 파티를 하자고 한 거야? 스물몇 살이 와인에 대해 뭘 안다고? 고등학교 때 파티가 더 재미있었어."

로토가 미소를 지었고, 그 웃음은 동틀 무렵 같은 효과를 냈다. 다른 친구들의 기분도 밝아졌다. "우리 정말 멋대로 놀았었지." 로토가 말하고는 다른 친구들을 돌아보았다. "내가 크레센트 비치에서 살았던 건 고작 몇 달이었어. 그뒤로 콜리가 나를 타락의 길로 이끌었고, 우리 엄마가 나를 사립학교에 보내버린 거지. 하지만 그 시절이 최고였어. 우린 거의 매일 밤을 새웠어. 그때 우리가 약을 얼마나 많이 했는지. 콜, 늪지 옆의 폐가에서 했던 파티 기억나? 지붕 위에서 여자애하고 한참 그 짓을 하고 있는데, 그 집에 불이 난 걸 알게 된 거야. 서둘러 끝내고 여자애한테서 떨어져나와 2층 높이에서 나무 위로 떨어졌어. 밖으로 기어나왔더니 그게 지퍼 밖으로 나와 있는 거야. 소방관들이 박수를 보내줬지." 친구들이 웃음을 터뜨리자 로토는 이야기를 계속했다. "그날이 내가 플로리다에서 보낸 마지막 밤이었어. 엄마가 바로 그다음날 나를 멀리 보내버렸거든. 그 학교에 엄청난 걸 기부하겠다고 약속해서 입학 조건 따윈 깡그리 무시할 수 있었던 거지. 그뒤로 집에 돌아간 적이 없어."

콜리가 캑캑거리는 소리를 냈다. 그들이 그를 쳐다보았다. "내 쌍둥이 누이였어." 그가 말했다. "그 여자애. 너하고 섹스를 했던."

"아차," 로토가 말했다. "정말 미안해, 콜. 나 정말 멍청인가봐."

콜리가 숨을 깊이 들이마셨다가 내쉬었다. "그날 밤 파티가 시작되기 전에 우리는 해변에서 놀았고, 그때 내가 나선형 구조물에서 뛰어내리는 바람에 다리가 부러졌지. 그날 그 모든 일이 벌어졌을 때 나는 수술을 받고 있었어."

긴 침묵이 흘렀다.

"정말 미안하고 부끄럽다." 로토가 말했다.

"괜찮아." 콜리가 말했다. "그때쯤 그애는 축구팀 애들 전부하고 잔 뒤였을걸." 콜리의 데이트 상대가 놀라는 소리를 냈다. 그녀는 어느 소련 국가 출신의 앳된 모델이었는데, 예쁘기로는 마틸드의 미모를 덮을 만큼이라는 사실을 로토도 인정할 수밖에 없었다. [요즘은 어렵지 않게 보인다.] 로토는 저만치 부엌에 서 있는 아내를 쳐다보았다. 안경을 쓴데다 운동복 차림에 머리도 감지 않은 아내는 얼마나 추레해 보이는가. 결혼하자고 매달리지 말았어야 했다. 하지만 그는 그녀가 걱정스러웠다. 몇 주 동안 그녀는 말이 없었고 어디 먼 곳에 가 있는 듯했다. 뭔가 이상했다. 그가 무슨 말을 해도 시큰둥했다. 우스갯소리에도 반응이 없었다. 직장 때문인가? 마침내 그가 물었다. 거기서 일하는 게 싫으면 그만두고 아기를 갖자고 했다. 앤트워넷에게 손주를 안겨주면 그들도 틀림없이 제자리로 돌아갈 수 있을 것이다. 돈도 충분해질 테고, 그러면 오, 마틸드도 좀 쉬면서 정말로 하고 싶은 일이 뭔지 알아낼 수 있을 것이다. 그가 보기에 그녀는 자신의 표현 수단을 찾지 못한 예술가 같았다. 조바심을 치며 이것저것 시도해보지만 자신의 절박함을 풀어낼 방법을 찾지 못한 예술가. 어쩌면 아이한테서 그것을 찾을 수 있을지도 모른다. 하지만, 오, 맙소사, 로토, 그만, 제발, 그 소리 좀 그만해, 그 얘기만 끝없이 늘어놓잖아, 그만 좀 해, 아기를 갖자는 말은 그만 좀 하라고. 그녀가 씩씩거리며 말했다. 그들은 아직 한창 젊은데다 친구들 중 적어도 계획해서 아기를 낳은 경우는 거의 없어서, 그는 그 문제에 대해서는 일단 논의를 유보하고 비디오와 술로 그녀의 관심을 돌렸다. 그는 와인 시음 파티를 하면 그녀의 기분이 좋아질 거라고 생각했다. 하지만 그녀가 원하는 건 오로지 새 매트리스로, 자수 커튼을 쳐놓은 그들의 침실로, 앤티크 에칭 작품으로 꾸민 그들의 둥지로 가서 푹 쉬는 것뿐이었다. 오늘밤 파티는 그가 그녀에게 열자고 조른 것이었다.

두려움이 커졌다. 그녀가 그를 떠나려는 거면 어쩌지? 이 어둠의 기간이 그녀 때문이 아니라 그 때문이면 어쩌지? 그는 자신이 그녀를 실망시켰음을 알았다. 그녀가 더 나은 선택을 할 수 있다는 것을 알고 있으면 어쩌지? 그는 그녀를 향해 두 팔을 벌렸지만 그건 오히려 자신을 위로하기 위해서였다. 하지만 그녀는 키친타월을 가져왔고, 그는 피가 흐르는 그녀의 손가락을 나비 모양으로 묶어주었다.

"잘 모르겠지만. 난 이거 재밌는데." 레이철이 말했다. 날카로운 작은 얼굴에 굶주린 눈빛을 한 충직한 레이철. 사립학교에 다니는

데 주말 동안 여기 도시에 놀러온 것이었다. 겨우 열네 살이었지만 벌써 고단해 보였다. 레이철의 손톱이 자라기가 무섭게 물어뜯겨 있다는 것을 로토는 알아차렸다. 그가 알아야 할 무슨 일이 레이철에게 일어나고 있는 건 아닌지 샐리에게 물어봐야 했다. "배우는 게 많은걸. 확실히 금요일 밤 기숙사에서 열리는 파자마 파티보다는 훨씬 재미있어."

"알 만해. 페퍼민트 슈냅스를 병째 마시겠지. VCR로 영화 〈브랙퍼스트 클럽〉을 볼 테고. 누구는 밤새 화장실에서 울고 한밤중에 벌거벗고 안뜰을 질주하겠지. 여학생 전체가 병 돌리기 게임을 할 거고. 우리 레이철은 바닷가재가 그려진 파자마를 입고 구석에서 책을 읽으면서 작은 여왕처럼 그 모두를 평가하겠지." 로토가 말했다. "레이철이 일기장에 쓴 리뷰는 굉장할 거야."

레이철이 말했다. "실망스러움, 진부함, 김빠짐. 절대 비추." 그들은 낄낄거렸고, 아파트 안을 옭아매고 있던 절망적인 분위기가 스르르 풀렸다. 이렇게 부드러워진 건 레이철의 효과였다. 번득일 정도는 아니지만 훌륭한 재능이었다.

뒤따른 침묵 뒤에 루앤이 말했다. "전문가 윤리에 의하면 그 그림은 당연히 가져오면 안 되는 거야, 마틸드."

"이제 좀 작작해." 마틸드가 말했다. "나 말고 다른 사람이 이 그림을 쓰레기 수거함에서 꺼내 갔다면, 그럼 괜찮았겠지? 너였다면? 안 그래, 루앤? 질투하는 거니?"

루앤이 얼굴을 찌푸렸다. 물론 질투가 났다. 로토는 마틸드가 갤러리에서 일하던 그때가 루앤에게는 무척 힘든 시기였을 거라고 생각했다. 마틸드가 늘 이인자였기 때문이다. 그녀는 박식하고 똑똑하고 우아했다. 에어리얼은 당연히 마틸드를 더 좋아했을 것이다. 모두가 마틸드를 좋아했다.

"하," 루앤이 말했다. "참 웃기는 소리네. 내가 너를 질투해?"

"그만 좀 하지." 콜리가 말했다. "가령 피카소의 그림이었다면 모두 마틸드의 선견지명을 칭찬했을 거야. 당신 완전 계집애처럼 굴고 있어."

"당신, 나를 계집애라고 불렀어? 나는 당신이 누군지도 몰라." 루앤이 말했다.

"우리가 만난 게 백만 번은 될걸. 만날 때마다 그 말을 하시는군." 콜리가 말했다.

다니카는 탁구 게임을 구경하듯 말싸움을 지켜보고 있었다. 다니카는 살이 더 빠진 모습이었다. 그녀의 팔과 뺨에 러그에서 묻은 털이 붙어 있었다. 그녀는 웃고 있었다.

"그만 좀 싸워요." 레이철이 조용히 말했다.

"내가 왜 이런 빌어먹을 바보 같은 파티에 오는지 모르겠네." 루앤이 일어서며 말했다. 그러더니 분한지 울기 시작했다. "너는 완전 사기꾼이야. 내가 무슨 말을 하는지는 너도 잘 알 거야." 그녀는 로토를 돌아보며 표독스럽게 말했다. "당신은 아니야, 로토. 당신은 그냥 빌어먹을 한 마리 밤비 같은 동물이지. 지금쯤 당신만 빼고 다른 사람들 모두 당신이 무대에 설 만큼의 재능은 없다는 걸 알고 있을걸. 어느 누구도 당신에게 그 말을 해서 상처를 주고 싶지 않은 것뿐이지. 당신 아내는 더더욱 말 안 할 거야. 당신을 평생 빌어먹을 젖먹이로 살게 하면서 희희낙락할 테니까."

로토는 머리에서 피가 달아날 만큼 빠르게 의자에서 일어섰다.

"그 돼지 면상은 좀 치워주시지, 루앤. 내 아내는 지구상에서 최고의 인간이고, 당신도 그 사실은 잘 알고 있어."

레이철이 "오빠!" 하고 말했고, 마틸드도 나지막이 "로토, 그만해" 하고 말했다. 내털리와 수재나도 동시에 말했다. "좀!"

콜리만이 높은 음으로 웃음을 터뜨렸다. 그들이 까맣게 잊고 있던 올가가 홱 돌아보며 콜리의 어깨를 세게 때린 뒤 일어섰고, 또 각또각 하이힐 소리를 내며 걸어갔다. 그러고는 아파트 문을 활짝 열고 "이 괴물들아!" 하고 소리를 지른 뒤 폭풍처럼 계단을 올라가 거리로 나섰다. 건물 앞문에서 계단으로 찬바람이 불어내려와 그들에게 스팽글 같은 눈송이를 뿌렸다.

한동안 아무도 말이 없었다. 이윽고 마틸드가 말했다. "쫓아가 봐, 콜리."

"싫어." 그가 말했다. "외투를 놓고 갔으니 멀리 가지도 못할걸."

"영하 10도야, 이 못된 자식아." 다니카가 말하고는 콜리의 얼굴에 올가의 인조모피 외투를 던졌다. 그가 투덜투덜 일어섰고, 아파트 문과 건물 문을 쾅쾅 닫으며 밖으로 나갔다. 마틸드가 일어서더니 황동 부처상의 빛나는 정수리 위 벽에서 그림을 떼어내 루앤에게 건넸다.

루앤이 그림을 들고 바라보았다. 그리고 말했다. "내가 이걸 가질 수는 없어." 거기 있는 나머지 사람들은 침묵 속에서 맹렬한 싸움이 벌어지고 있음을 느꼈다.

마틸드는 팔짱을 낀 채 눈을 감고 앉아 있었다. 루앤이 그림을 마틸드의 무릎에 기대놓았다. 그러고는 밖으로 나갔고, 그 순간 그녀의 문은 영원히 닫혔다. 루앤이 없으니 방안이 더 밝게 느껴졌고 머리 위 불빛마저 더 부드러워졌다.

친구들이 하나둘씩 떠났다. 레이철이 욕실로 들어갔고, 목욕물 받는 소리가 들렸다.

로토와 둘만 남자, 마틸드는 그 앞에 무릎을 꿇고 안경을 벗은 뒤 그의 가슴에 얼굴을 묻었다. 그는 무력하게 그녀를 안은 채 토닥이며 달래주었다. 그는 생각의 갈피를 잡을 수 없어 속이 메슥거렸다. 견딜 수가 없었다. 아내의 가녀린 어깨가 흔들렸다. 마침내 그녀가 고개를 들었고, 그는 깜짝 놀랐다. 얼굴은 발갛게 부어 있었지만, 그녀는 웃고 있었다. 웃는 거야? 로토는 그녀의 눈 밑에 눌린 자두색 자국에, 파리한 피부에 퍼진 주근깨에 키스했다. 그는 어질어질한 경외심을 느꼈다.

"자기가 루앤한테 돼지 면상이라고 했잖아." 그녀가 말했다. "다정한 사람 같으니! 안 지려고 무모하게 덤비긴. 하!"

이 여자는 경이로웠다. 그는 그녀가 그와 나눌 수도 없을 만큼 지독했던 질긴 번민의 시기를 넘겼음을 깨달으며 따스함이 밀려오는 것을 느꼈다. 그녀는 돌아올 것이다. 다시 그를 사랑할 것이다. 그를 떠나지 않을 것이다. 그리고 그때부터 그들이 살게 되는 모든 장소에서 그 그림은 공기를 푸른색으로 물들일 것이다. 그 그림이 증거가 될 것이다. 그들의 결혼생활은 쓰러졌다가 다시 일어섰고, 기지개를 켜고 허리에 손을 짚은 채 그들을 바라보고 있었다. 마틸드가 로토에게 돌아오고 있었다. 할렐루야.

"할렐루야." 콜리가 에그노그*를 단숨에 비우며 말했다. 에그노그라고 해도 브랜디가 거의 다였다. 열한시였다. "예수님이 탄생하셨네." 그와 로토는 침묵 속에 경쟁하면서 누가 더 취하는지 지켜보고 있었다. 로토가 취하지 않은 척 더 잘 숨겼지만, 사실은 눈을 깜박여 정신을 똑바로 차리지 않으면 방안이 빙글빙글 돌았다.

밖에서는 밤이 깊어갔다. 가로등 불빛은 환한 눈*으로 만든 막대사탕 같았다.

샐리 고모는 몇 시간 동안 쉴새없이 떠들다가 지금은 이렇게 말하고 있었다. "……물론, 나는 너희 대학 졸업자들만큼 지적이지 않으니까 아무것도 모르지. 그러니까 로토, 내가 너한테 어떻게 하라는 말은 당연히 해줄 수 없겠지만, 만약 나였다면, 물론 너는 내가 아니지만 나였다면 이렇게 말하겠어. 내 모든 걸 쏟아부었으니 지난 세월 동안 출연한 서너 편의 연극에 대해 굉장히 자랑스럽게 생각한다고. 음, 모두가 리처드 버턴 같은 배우가 될 수는 없다, 앞으로 내가 할 수 있는 다른 일이 있을 거다, 하고. 가령, 그렇지, 신탁금을 찾는다거나. 앤트워넷의 너그러운 품으로 돌아간다거나. 상속권을 되찾는다거나. 너도 엄마 건강이 안 좋다는 건 알고 있겠지. 심장에 문제가 있어. 레이철과 너는 엄마가 돌아가시면 막대한 재산을 물려받게 될 거야. 그런 일이 너무 빨리 일어나지는 않기를 바라지만." 그녀가 카나리아 주둥이 같은 입 위에서 로토의 눈치를 살폈다.

벽난로 선반에서 부처상이 말없이 웃고 있었다. 부처상 주위로 포인세티아가 풍성했다. 그 아래 벽난로에는 로토가 공원에서 주

---

* 우유, 달걀에 브랜디와 럼주를 섞은 칵테일 음료.

워 온 나뭇가지로 피운 불이 활활 타오르고 있었다. 나중에는 굴뚝에 불이 붙을 테고, 바람은 질주하는 화물차 소리를 낼 거고, 밤중에 소방차들이 도착할 것이다.

"기를 쓰고 노력하고 있어요." 로토가 말했다. "그 말도 맞겠죠. 하지만 보세요, 저는 부자에 백인 남자로 태어났어요. 조금이라도 힘든 일을 겪지 않는다면 제가 할 수 있는 일은 없을 거예요. 저는 제가 사랑하는 일을 하고 있어요. 이건 의미 없지 않아요." 자신이 듣기에도 좀 기계적인 말이었다. 연기가 서툴러, 로토. 〔하지만 연기는 그의 가슴속에서 서서히 뒤로 물러나지 않았는가.〕 그의 가슴은 더이상 그 싸움 속에 있지 않았다.

"아무튼 성공이란 게 뭐야?" 레이철이 물었다. "나는 성공이란 뭐든 자신을 빛내주는 일에서 자신이 원하는 만큼 할 수 있는 거라고 말하겠어. 오빠는 지금까지 그 일을 꾸준히 해왔잖아."

"사랑한다." 로토가 동생에게 말했다. 레이철은 고등학생이었고, 샐리처럼 비쩍 말랐다. 그녀는 새터화이트 집안 쪽을 닮아서, 까무잡잡하고 머리숱이 많고 못생긴 얼굴이었다. 그녀의 친구들은 그녀와 로토가 같은 핏줄이라는 사실을 믿을 수 없어했다. 로토만이 동생의 얼굴이 평면적이긴 해도 굉장히 예쁘다고 생각했다. 그 야윈 얼굴을 보면 로토는 자코메티의 조각이 떠올랐다. 동생은 이제 더이상 미소를 짓지 않았다. 그는 동생을 끌어당겨 키스하면서 그 내면의 심지가 얼마나 단단한지를 느꼈다.

"성공은 돈이야." 콜리가 말했다. "쳇."

"성공은 자신의 훌륭한 점을 찾는 거야, 우리 강아지들." 샐리가 말했다. "로토, 너는 훌륭한 점을 타고났어. 네가 허리케인이 몰아치는 가운데 응애 울면서 앤트워넷한테서 태어나는 순간 나는 그걸 봤어. 너는 단지 그것에 귀를 기울이지 않는 거야. 네 아빠는 네가 미국 대통령이나 우주비행사가 될 거라고 나한테 말했었어. 거물보다 더한 거물이 될 거라고. 네 별자리에 그게 있어."

"실망시켜드려서 죄송해요." 로토가 말했다. "제 별자리에도 미안하네요."

"흠. 돌아가신 아빠까지 실망시키다니." 레이철이 웃으며 말했다.

"돌아가신, 실망한 아빠를 위하여." 로토가 말했다. 그러고는 여동생을 향해 잔을 들어올리고 씁쓸함을 삼켰다. 그건 동생의 잘못이 아니었다. 동생은 아빠에 대해 전혀 몰랐고, 그 말이 그에게 어떤 고통을 되살려놓았는지도 알지 못했다.

마틸드가 쟁반을 들고 다시 문을 통과해 들어왔다. 히치콕 영화에서의 반전처럼, 은색 드레스에 백금색 머리, 그녀의 모습은 황홀했다. 육 개월 전에 승진한 뒤로 그녀는 더 고급스러워졌다. 로토는 그녀를 침실로 데리고 들어가 격렬한 몸부림 속에서 좌절감을 누그러뜨리고 싶었다.

나 좀 구해줘, 그가 입을 벙긋거렸지만, 아내는 쳐다보고 있지 않았다.

"걱정스럽네요." 마틸드가 쟁반을 조리대에 내려놓은 뒤 그들을 돌아보았다. "오늘 아침에 뱃의 집 앞에 이걸 놓고 왔는데, 지금 열한시인데 손도 안 댔어요. 지난 며칠 동안 누구 뱃 본 사람 없어요?"

침묵. 샐리가 더플백에 휴대용으로 가져온, 집안의 가보인 시계가 째깍거리는 소리만 들릴 뿐이었다. 그들은 모두 천장을 올려다보았다. 겹겹이 발라진 회반죽과 바닥판자, 카펫을 뚫고 저 위의 춥고 어두운 아파트 안이 보이기라도 하는 것처럼. 〔윙윙거리는 냉장고 소리 말고는 정적만 흐른다. 침대 위에는 차갑게 식은 커다란 몸뚱이, 숨쉬는 생명은 창문에 몸을 비비는 배고픈 얼룩 고양이뿐.〕

"M.," 로토가 말했다. "오늘은 크리스마스잖아. 아마 어제 친척 집에 가면서 우리한테 말한다는 걸 깜빡했겠지. 크리스마스에 혼자 지내는 사람은 없어."

"왜, 엄마가 그렇잖아." 레이철이 말했다. "엄마는 작고 습한 비치하우스에서 혼자 망원경으로 고래를 구경하고 있어."

"그런 소리 하지 마. 그건 엄마의 선택이야. 엄마는 예수님의 생일을 자식들과 함께 보내는 대신 광장공포증을 선택한 거야. 진짜야. 그게 병인 줄은 나도 알아. 허구한 날 그 병을 지켜보는걸. 그런데도 내가 왜 해마다 너희 엄마 비행기표까지 사는지 그 이유를 모르겠네. 올해 앤트워넷은 짐까지 꾸렸어. 외투를 입고 향수도 뿌렸지. 그런데 카우치에 주저앉아버렸어. 차라리 안 쓰는 욕실에서 사진 상자나 정리하겠대. 너희 엄마는 스스로 선택한 거야. 엄마는 어른이야. 우리가 기분 나빠할 수는 없어." 샐리 고모가 말했지만 쑥 나온 작은 입술은 정말로 하고 싶은 말을 숨기고 있었다. 로토에게 안도감이 밀려왔다. 오늘밤 샐리가 그를 긁고 후비고 찔러댄건 샐리 자신의 죄책감에서 비롯한 것이었다.

"나는 기분 나쁘지 않은데." 말은 이렇게 했지만 레이철의 얼굴 역시 일그러져 있었다.

"나는 기분 나빠." 로토가 조용히 말했다. "엄마를 못 본 지 한참 됐어. 기분 정말 별로야."

콜리가 비아냥거리는 한숨을 쉬었다. 샐리가 그를 쏘아보았다.

"너희가 가서 엄마를 만날 수 없는 것도 아니잖니." 그녀가 말했다. "엄마가 너희와 인연을 끊은 건 알지만, 너희가 찾아가 오 분만 같이 시간을 보내면 엄마는 다시 너희 둘을 사랑할 거야. 약속할게. 내가 그렇게 만들 테니까."

로토는 입을 뗐지만 할말이 너무 많았고, 그것도 죄다 어머니를 향한 불만뿐이었다. 그건 크리스마스답지 않았다. 그는 입을 다물고 할말을 삼켰다.

마틸드가 레드와인 병을 세게 탁 내려놓았다. "저기 있잖아요. 앤트워넷은 이 아파트에는 발걸음도 하지 않았어요. 저를 만난 적도 없어요. 어머니의 선택은 화를 내는 것, 화난 상태를 유지하는 거예요. 우리가 어머니의 선택을 안타깝게 여길 이유는 없어요." 로토는 그녀의 손이 떨리는 것을 보았다. 분노 때문이라는 걸, 그는 알아차렸다. 그녀는 자신의 잔잔한 표면이 얼마나 얇은지 좀처럼 들키지 않았지만, 그녀가 그걸 보여주는 드문 순간들을 로토는 사랑했다. 표면 아래의 그녀는 펄펄 끓고 있었다. 로토에게 괴팍한 면이 있는 건 사실이어서, 그는 마틸드와 어머니를 한방에 가둬놓고 두 사람이 서로 할퀴며 묵은 감정을 긁어내도록 하고 싶기도 했다. 하지만 마틸드를 그런 상황에 몰아넣지는 않을 것이다. 그녀는 너무 착해서 어머니와 함께 두면 일 분도 안 되어 불구가 되어 나올 것이다. 그녀가 샹들리에를 끄자 꼬마전구와 유리 고드름을 매단 크리스마스트리가 방안 분위기를 바꾸었다. 그가 마틸드를 끌어당겨 자기 무릎 위에 앉혔다.

"숨 좀 쉬어." 로토가 아내의 머리카락에 대고 부드럽게 말했다. 레이철은 반짝이는 트리 전구를 보며 눈을 깜박였다.

그도 샐리가 말하기 어려운 진실을 말했다는 걸 알았다. 그가 더 이상은 자신의 매력에 기댈 수 없다는 사실은 지난 한 해 동안 명백해졌다. 그의 매력은 희미해졌다. 그는 커피숍 바리스타들에게, 오디션 도전자들에게, 지하철에서 독서를 하는 사람들에게 자기 매력을 시험해보았지만, 이제 그에게 돌아오는 것은 적당히 매력적인 여느 젊은 남자를 돌아보는 시선 이상은 아니었다. 요즘은 그를 보면 고개를 돌릴지도 몰랐다. 오랫동안 그는 언제든 스위치만 켜면 매력이 발산된다고 생각했었다. 하지만 이제 상실한 것이었다. 그의 마력과 주술과 광채를. 쉬운 말로, 사라져버렸다. 술에 취하지 않고 잠든 밤이 언제였는지 기억도 나지 않았다.

그래서 그는 입을 열고 노래를 부르기 시작했다. "징글벨." 그가 싫어하는 노래였고, 어쨌거나 그는 결코 세계 최고의 테너도 아니었다. 하지만 뚱뚱한 어머니가 색전구를 매단 거대한 종려나무 화분 옆에 혼자 앉아 있는 모습을 떠올리면 마음이 착잡해졌다. 그럴 때 노래를 부르는 것 말고 달리 뭘 할 수 있겠는가? 이제 다른 사람들도 노래를 따라 부르기 시작했다. 기적처럼, 그들 모두가, 마틸드만 빼고. 마틸드는 아직 화가 가라앉지 않아 표정이 굳어 있었지만 그녀조차 표정이 부드러워지며 입술에 미소가 떠올랐다. 마침내 그녀도 노래를 따라 부르기 시작했다.

로토를 쳐다보자 샐리는 가슴이 미어지는 것 같았다. 그녀의 아이. 그 무엇보다 소중한 아이. 그녀도 보는 눈이 있어서 레이철이 제 오빠보다 더 훌륭한 도덕성을 지녔다는 것을, 더 친절하고 더 겸손해서 자신의 사랑을 로토보다 더 많이 받아야 마땅하다는 것을 잘 알고 있었다. 하지만 샐리는 눈만 뜨면 로토를 위해 기도했다. 그와 멀리 떨어져 있던 시간을 그녀는 견디기 힘들었다. [……
썰매를 타고……] 지금 그녀는 그때가 다시 떠올랐다. 로토가 대
학을 졸업하기 전, 마틸드를 만나기 전, 보스턴에서 샐리와 레이철
을 만나 으리으리한 오래된 호텔에 묵으면서 1미터 가까이 쌓인 눈
때문에 꿈속에 붙들린 듯 꼼짝없이 갇혀 지내던 때가. 로토는 저녁
식사 때 다른 테이블에 앉아 있던 여자에게 데이트 약속을 받아냈
다. 로토의 부드러운 태도는 젊고 사랑스러웠던 시절의 제 엄마와
꼭 닮아서 샐리는 숨이 멎는 것 같았다. 앤트워넷이 파도처럼 출렁
이며 로토와 한순간 겹쳐 보였다. 나중에 샐리는 그들의 방이 있는
복도 끝의 다이아몬드 모양 창문 앞에서 한밤중까지 숨어 기다렸
다. 그녀의 등뒤로 보이는 공원에는 하염없이 눈이 내리고 있었다.
[……상쾌도 하다……] 반대쪽 저멀리, 메이드 세 명이 청소카트
를 밀며 지나가면서 웃고 속닥거리는 모습이 조그맣게 보였다. 마
침내 문이 열렸고, 그녀의 아이가 운동복 반바지만 입은 모습으로
나타났다. 그의 등이 얼마나 길고 아름답던지. 그의 어머니의 등,
적어도 날씬했을 때의 그 등과 같았다. 목에는 수건을 두르고 있었
다. 수영장에 가려는 것이었다. 그가 그 죄를 고통스러울 만큼 격
렬하게 범하려 했음이 분명해 보여, 샐리는 아침에 여자의 엉덩이
에 타일 자국이 남고 로토의 무릎에 딱지가 생긴 것을 상상하며 얼
굴을 붉혔다. 그런 자신감은 어디서 배운 걸까. 메이드들 쪽으로
향하면서 점점 형체가 작아지는 그의 모습을 지켜보며 그녀는 생
각했다. 그가 무슨 말을 했는지 세 여자 모두 크게 웃음을 터뜨렸
다. 한 명은 헝겊 같은 걸로 그를 가볍게 쳤고, 또 한 명은 은은하
게 반짝이는 것, 초콜릿을 그의 가슴에 내밀었다. [……장단 맞

추니……하, 하, 하!〕그가 그들의 마음을 사로잡은 것이었다. 그의 웃음소리가 샐리에게도 와르르 굴러왔다. 저 아이도 보통 남자가 되어가는구나, 그녀는 생각했다. 지극히 평범한 남자가 되어가는 것이다. 조심하지 않으면 예쁘장한 여자애가 찰싹 달라붙을 게 훤히 보였다. 로토는 결혼생활을 시작할 테고, 보수는 좋지만 시시한 일을 하는 직장에 다닐 테고, 자식을 낳을 것이다. 그리고 크리스마스카드, 비치하우스, 중년의 군살, 손주, 넘치는 돈, 권태, 죽음이 이어진다. 노년의 로토는 자신의 특권에는 아랑곳없이 충실하고 보수적인 생활을 할 것이다. 샐리가 울음을 그쳤을 때 그곳에는 그녀 혼자뿐이었다. 창문으로 들어오는 차가운 바람이 목에 느껴졌다. 복도 양옆으로 방들이 하나둘 끝없이 이어지며 점점 크기가 줄어들다가 끝내 아무것도 남지 않았다. 〔……흥겨워서 소리 높여 노래 부른다. 오!〕하지만 하느님께 영광을! 마틸드가 나타났다. 처음에는 얼핏 샐리가 줄곧 두려워하던 그런 예쁘장한 여자처럼 보였지만, 그렇지 않았다. 샐리는 마틸드에게서 부싯돌 같은 면모를 발견했다. 샐리는 마틸드가 로토를 그만의 나태함에서 구해낼 수 있다고 생각했지만, 여러 해가 지나 이곳에 함께 모인 지금도 그는 여전히 평범했다. 후렴 부분이 목구멍에 걸렸다.

꽁꽁 언 보도 위로 바삐 걸음을 옮기던 한 낯선 사람이 집안을 들여다보았다. 크리스마스트리 주변에 사람들이 둘러선 채 트리를 감은 하얗고 깨끗한 불빛 속에 잠겨 노래하는 모습이 보였다. 그는 심장이 한 바퀴 공중제비를 넘은 듯한 충격을 받았고, 그 이미지가 그의 가슴에 남았다. 그 장면은 이미 잠자리에 든 아이들과, 그가 급히 빌리러 나가야 했던 드라이버 없이 뿌루퉁하게 세발자전거를 조립중인 아내가 기다리는 집으로 돌아간 그 순간에도 그의 가슴에 머물러 있었다. 또한 아이들이 선물을 뜯어본 뒤에도, 장난감을 신문지 더미 속에 내다버린 뒤에도, 아이들이 다 자라 집도, 부모도, 유년 시절도 다 떠난 뒤에도, 그래서 아내와 함께 이 모든 일이 어쩌면 이렇게 순식간에 일어났는지 어리둥절해서 입을 벌리고 서로 마주봤던 그 순간 이후로도 오랫동안 남아 있었다. 그 세월 동안 그의 마음속에는 지하층 아파트에서 은은한 불빛에 잠겨 사람들이 노래하던 장면이 하나의 결정체로 굳어져, 행복이란 어떤 모습이어야 하는지를 말해주는 표상이 되었다.

자정이 다 되었지만 레이철은 천장에 대한 생각을 떨칠 수가 없었다. 도대체 마틸드는 어떻게 천장을 금색으로 칠할 생각을 다 했지! 그들의 몸이 머리 위 환한 천장에 반사되어 방울방울 맺힌 것처럼 보였다. 천장은 어두운 벽과 대비를 이루어 우아하게 빛나면서 방 분위기를 완전히 바꿔놓았다. 이 얼어붙을 듯 추운 한 해의 마지막날에, 마치 손 하나가 정어리 캔 뚜껑을 따듯 지붕을 들어내 그들은 마치 8월의 태양 아래 서 있는 것만 같았다.

칠 년도 더 전에 집들이 파티를 하던 그날 본 그 하얗고 텅 빈 공간과 이 방이 같은 곳이라니 레이철은 믿을 수가 없었다. 그날 사람들은 미친듯이 놀았고, 맥주 냄새를 풍겼고, 땀이 날 만큼 즐거운 열기를 뿜어냈다. 창밖으로 보이는 정원은 초여름의 햇빛 속에서 찬란하게 빛났었다. 지금 그곳은 가로등에 고드름이 매달려 반짝이고 있었다. 부처상 주변에는 난초 화분들이 놓여 있었고, 구석에는 크라슐라 오바타가 무성하게 자라 있었다. 루이 14세풍 의자에는 프랑스 밀가루 포대를 씌워놓았다. 그것은 우아하고 푹신했으며, 지나치게 아름다웠다. 금색을 입힌 새장 같아, 레이철은 생각했다. 마틸드는 저녁 내내 로토에게 짜증을 부렸다. 로토를 봐도 웃지 않았다. 뭐, 그를 거의 쳐다보지도 않았다. 레이철은 자신이 누구보다도 아끼고 사랑하는 마틸드가 요란한 날갯짓으로 모든 것을 훌훌 떨치고 날아가버리려는 것은 아닌지 걱정이 되었다. 불쌍한 로토. 마틸드가 그를 떠나면 그들 모두가 불쌍해진다.

레이철의 새 여자친구인 엘리자베스는 머리카락과 피부가 아주 하얘서 종이로 만들어진 것 같았다. 엘리자베스는 레이철의 불안이 슬금슬금 몸을 타고 올라가 레이철의 어깨를 내리누르는 것을 느꼈다. 긴장감이 레이철을 빠져나갔다. 레이철이 고르지 않은 숨을 쉰 뒤 엘리자베스의 목에 수줍게 키스했다.

바깥에서는 보도 위로 고양이 한 마리가 잽싸게 지나갔다. 위층 노파가 키우던 얼룩 고양이일 리는 없었다. 그 고양이는 로토와 마틸드가 이곳으로 이사 왔을 때부터 나이가 많았다. 작년 크리스마스에 로토와 마틸드가, 영국령 버진아일랜드에서 휴가를 보내고 있던 집주인과 연락해 사람을 시켜 위층을 살펴보게 할 때까지 그 고양이는 사흘을 굶었다. 불쌍하게도 벳은 죽어서 썩어 있었다. 사람들이 와서 훈증소독을 했고, 로토는 히스테릭해진 마틸드를 새 뮤얼의 아파트로 보내 그곳에서 일주일간 마음을 진정시키게 했다. 한결같이 침착하던 마틸드가 평정을 잃은 모습은 낯설었다. 그 일로 레이철은 보나마나 마르고 눈이 컸을 어린 마틸드를 상상하며 그녀에 대한 애정을 더욱 키웠다. 이제 위층에는 갓난아기를 키우는 부부가 살았다. 오늘밤 새해 전야 파티가 소박한 이유가 그것이었다. 갓난아기는 소음을 싫어한다.

"아이를 키우는 여자." 사람들의 속마음을 잘 읽는 마틸드가 불쑥 말했다. 그녀는 레이철의 놀란 얼굴을 보고 웃고는, 부엌으로 돌아가 유리잔을 은색 쟁반에 놓고 샴페인을 따랐다. 로토는 위층 아기를 생각하고, 임신한 마틸드는 어떤 모습일지를 상상했다. 뒤에서 보면 아가씨처럼 날씬하고, 옆에서 보면 조롱박을 삼킨 것처럼 보일 것이다. 그 생각에 웃음이 나왔다. 어깨끈은 내려오고 젖가슴은 굶주린 그의 입도 감당하지 못할 만큼 커지고 늘어질 것이다. 하루하루 지나면서 깨끗하고 따뜻한 피부도 팽창하고 젖도 불어날 것이다. 그것이야말로 그가 원하는 것이었다.

콜리, 다니카, 수재나, 새뮤얼은 파리한 안색에 약간 심각한 표정으로 조용히 앉아 있었다. 그들은 모두 파티에 혼자 왔다. 올해는 모두에게 애인과 헤어진 불운의 한 해였다. 새뮤얼은 수척해지고 입가가 부르텄다. 오늘이 고환암수술 이후 첫 외출이었다. 그가 작아 보인 건 이번이 처음이었다. "아이를 키운다고 하니 말인데, 지난주에 대학 때 네가 사귀었던 여자를 봤어, 로토. 그애 이름이 뭐더라? 맞아, 브리짓." 수재나가 말했다. "소아종양학 전임의. 임신해서 배가 산만하더라. 진드기에 물린 것처럼 컸어. 행복해 보이던데."

"대학 때 여자하고 사귄 적 없어." 로토가 말했다. "마틸드만 빼고. 두 주 동안 사귀었지. 그리고 결혼했고."

"여자하고 사귀지 않았다고? 허드슨밸리에 있던 그 여자들 전부하고 잠만 잤단 거네." 새뮤얼이 웃었다. 화학치료를 받은 뒤로 그는 갑자기 대머리가 되었다. 곱슬머리가 사라지자 그는 흰담비처럼 오히려 참신해 보였다. "미안해, 레이철. 하지만 네 오빠가 좀 문란했거든."

"네, 뭐, 나도 들었어요." 레이철이 말했다. "오빠가 처음 여기로 이사 왔을 때 브리짓이라는 여자가 여기 파티에 왔었던 것 같은데. 정말 재미없는 여자였어. 이 방에 늘 백만 명은 모였잖아. 그 시절이 그리워."

그 말에 파티의 유령들, 더 젊었을 때는 너무 어리석어 자신들이 무아지경이었다는 사실도 깨닫지 못했던 그들 자신의 유령들이 그 자리에 되살아났다.

그 시절의 친구들에게는 어떤 일이 일어났을까? 로토는 궁금했다. 아주 중요했던 사람들이 어느새 사라져버렸다. 유모차에 쌍둥이를 태우고 가는 너드 왕자들, 파크슬로프*와 수제 맥주. 술집 제국의 주인이 된 아니는 귀에 구멍을 뚫어 금속 원판을 끼우고 조악한 방법으로 문신을 한 여자들과 여전히 자고 다녔다. 내털리는 현재 샌프란시스코에서 인터넷 스타트업 기업의 자금관리이사로 일하고, 나머지 백 명은 서서히 사라졌다. 친구들은 하나둘씩 떨어져 나갔다. 남은 친구들은 심재心材, 골수 같은 존재들이었다.

"글쎄," 수재나가 부드럽게 말했다. "나는 혼자 사는 게 좋은 것 같아." 그녀는 드라마에서 아직 십대 역할을 맡았다. 그녀는 드라마에서 그녀를 죽여 없앨 때까지 십대 역할을 할 것이고, 그뒤에는 엄마나 아내 역할을 할 것이다. 이야기 속 여자들은 늘 누구와 어

---

* 뉴욕 브루클린의 부유한 지역.

떤 관계인지로 규정되었다.

"나는 혼자 자니까 참 슬프던데." 다니카가 말했다. "섹스돌이라도 사서 아침에 누군가의 옆에서 깨어나는 기분을 느끼고 싶어."

"모델하고 사귀어봐. 같은 느낌일걸." 콜리가 말했다.

"네 얼굴은 꼴도 보기 싫어, 콜리." 다니카가 웃지 않으려고 애쓰면서 말했다.

"알아, 알아, 됐어." 콜리가 말했다. "똑같은 옛날 노래를 맨날 불러 뭐해. 우리 둘 다 진실이 뭔지 알잖아."

"볼이 떨어지는 데는 일 분도 안 걸려."* 마틸드가 샴페인 잔을 올린 쟁반을 들고 들어오며 말했다.

모두 새뮤얼을 쳐다보았지만 그는 어깨만 으쓱했다. 암도 그의 자신감을 훼손시키지는 못했다.

"불쌍한 원 볼 새뮤얼." 로토가 말했다. 저녁을 먹은 뒤부터 버번을 마시기 시작한 그는 아직 술이 깨지 않았다.

"올드 싱글 딩글**은 어때?" 콜리가 제안했다. 이번에는 못된 심보로 한 말은 아니었다.

"반쪽 주머니 샘." 마틸드는 이렇게 말하고, 카우치에 몸을 쭉 펴고 누워 있는 로토를 발로 가볍게 찼다. 그가 일어나 앉으며 하품하고는 바지 단추를 풀었다. 서른, 청춘의 끝자락이었다. 그는 어둠이 다시 자신에게 내려앉는 것을 느끼며 말했다. "이제부터야,

---

* 여기서 볼(ball)은 새해를 기념해 뉴욕 타임스스퀘어에 설치되는 타임스스퀘어볼을 말한다. 새해 전날 141피트 높이에서 특수 제작된 봉을 타고 바닥까지 떨어지는데, 떨어짐과 동시에 새해가 시작된다. ball에는 고환이라는 뜻도 있다.
** Old Single Dingle. dingle에는 음경이라는 뜻이 있다.

친구들. 인류의 마지막 해가 됐어. 다음 새해는 Y2K라서 비행기는 하늘에서 추락하고, 컴퓨터는 폭발하고, 원자력 발전소는 작동을 멈출 거야. 우리 모두 번쩍하는 빛을 보게 될 테고, 그뒤에는 거대하고 텅 빈 백색이 우리 모두를 덮칠 거야. 끝인 거지. 인간의 실험도 피니토*. 그러니 맘껏 즐겨! 우리가 누리는 마지막 해야!"

농담이었지만, 로토는 자신이 한 말에 대한 신념이 있었다. 그는 인간이 없는 세상, 마주보는 엄지를 가진 쥐, 안경 쓴 원숭이, 바다 밑에서 궁전을 짓는 돌연변이 물고기 등 이상한 생물이 우글거리는 그런 세상이 더 찬란하고 더 짙푸를 거라고 생각했다. 더 큰 우주의 질서로 보자면 인간이라는 목격자가 없는 편이 더 나을지도 몰랐다. 그는 계시의 순간에 촛불 속에서 일렁이는 어머니의 젊은 얼굴을 떠올렸다. "나는 그 여인이 성자들의 피에, 예수를 위해 죽은 순교자들의 피에 취한 걸 봤어. 그 여인의 모습은 경이로우면서도 놀라웠지." 로토가 소곤소곤 말했고, 친구들은 그를 쳐다보더니 뭔가 끔찍한 걸 봤는지 고개를 돌려버렸다.

젠장, 그가 레이철의 마음을 아프게 했다. 젠장, 가족 전체가 레이철의 마음을 아프게 했다. 엄마는 고독 속에, 불행 속에 자신을 묻어버렸다. 샐리는 개처럼 충실하게, 노예처럼 일했다. 그녀는 자존심을 내세우는 로토를 이해하지 못했다. 화난 채 그토록 오래 버틸 수 있는 건 어린아이뿐이다. 상황을 바로잡으려고 용서하지 않는 건 어린아이뿐이다. 마틸드는 레이철의 눈에 가득한 연민을 보며 살며시 고개를 저었다. 그렇지 않아. 그도 알게 될 거야.

---

* '끝'이라는 뜻의 이탈리아어.

"삼십 초." 마틸드가 말했다. 컴퓨터에서는 물론 프린스의 음악이 흘러나오고 있었다.[*]

콜리가 자정의 키스를 받으려고 다니카 쪽으로 몸을 기울였다. 키 작고 끔찍한 남자. 이번 여름 어느 밤에 햄프턴스에서 택시를 타고 돌아오는 길에 그가 몸을 더듬도록 허락한 건 다니카의 실수였다. 도대체 무슨 생각을 했던 거지? 남자친구와 헤어지고 아직 새 남자친구가 없던 시기였다. 아무리 그랬어도. "절대 안 돼." 그녀가 말하는데 그가 뭐라고 말하고 있었다.

"……나한테 2백만 달러 빚졌어." 그가 말했다.

"무슨 말이야?" 그녀가 물었다.

그가 씩 웃었다. "1999년까지 이십몇 초 남았어. 두 사람이 1998 년까지는 이혼한다는 데 네가 내기를 걸었잖아."

"엿이나 먹어." 그녀가 말했다.

"너나 먹어, 떼먹으려고?" 그가 말했다.

"아직 올해 안 끝났어." 그녀가 말했다.

"이십 초." 마틸드가 말했다. "굿바이, 1998년. 너, 느리고 진흙탕 같았던 한 해여."

"나쁘거나 좋은 건 없어. 그렇게 만드는 건 생각이야." 로토가 취해서 말했다.

"자기는 별것 아닌 걸 끝도 없이 말해." 마틸드가 말했다. 로토는 움찔해서 입을 열려다가 도로 다물었다.

"봤어?" 다니카가 중얼거렸다. "둘이 싸우잖아. 한 명이 화를 내

---

[*] 1982년에 프린스는 '1999'라는 타이틀의 앨범을 발표했다.

고 밖으로 나가면 내가 이긴 걸로 하겠어."

마틸드가 쟁반에서 샴페인 잔을 홱 낚아채며 말했다. "십 초."
그리고 손에 흘린 샴페인을 핥아먹었다.

"나하고 사귀면 빚을 없애줄게." 콜리가 다니카의 귀에 뜨거운
숨결을 내뿜으며 말했다.

"뭐?" 다니카가 말했다.

"나는 부자야. 너는 비열하고." 콜리가 말했다. "안 될 이유가 뭐
야."

"팔 초." 마틸드가 말했다.

"네가 진절머리나게 싫으니까." 다니카가 말했다.

"육. 오. 사." 나머지 사람들이 외쳤다. 콜리가 눈썹을 치켰다.

"좋아. 그렇게 해." 다니카가 한숨을 쉬었다.

"일! 해피 뉴 이어!" 그들이 외쳤고, 위층에서 누군가가 발을 세
번 구르자 아기가 울어대기 시작했다. 타임스스퀘어에서 수정 같
은 밤하늘 위로 질러대는 사람들의 함성 소리가 들릴락 말락 작게
들려왔고, 곧 거리에서 불꽃놀이가 시작되었다.

"해피 1999년, 여보." 로토가 마틸드에게 말하며 키스했다. 이
런 키스는 아주 오랜만이었다. 적어도 한 달은 되었다. 그는 그녀
의 귀여운 코에 박힌 주근깨에 대해서도 잊고 있었다. 어떻게 그런
걸 잊을 수 있었단 말인가? 사랑을 나눌 분위기를 질식시킬 정도로
죽어라 일만 하는 아내를 갖는 것만큼 비참한 건 없었다. 죽어가는
꿈과 실망감만큼 비참한 건 없어, 그는 생각했다.

얼굴을 뒤로 빼자 마틸드의 동공은 더 작아져 있었다. "올해는
당신한테 돌파구가 되는 한 해가 될 거야." 그녀가 말했다. "브로

드웨이에서 햄릿을 맡게 될 거야. 당신의 재능을 살릴 일을 찾게 될 거야."

"당신이 낙천적이라서 좋아." 말은 그렇게 했지만 그는 가슴이 아팠다. 수재나가 몹시 외로워 보였는지 엘리자베스와 레이철이 수재나의 양볼에 키스하고 있었다. 새뮤얼도 얼굴을 붉히며 그녀에게 키스했지만, 그녀는 그의 키스를 웃음으로 물리쳤다.

"나 완전 취했나봐." 다니카가 콜리와 키스를 하다가 얼굴을 뒤로 뺐다. 그녀는 놀란 듯 보였다.

친구들이 둘씩 짝을 지어 떠나자 마틸드는 불을 끄고 하품을 한 뒤 아침에 치울 음식과 유리잔을 조리대에 쌓았다. 로토는 그녀가 침실에서 몸을 흔들어 드레스를 벗은 뒤 끈팬티만 입고 이불 속으로 기어드는 것을 지켜보았다.

"예전에는 새해 첫날에 침대로 가기도 전에 섹스했던 거 기억나? 몸으로 새해를 축복했잖아." 그가 침실 안으로 들어오며 그녀에게 말했다. 그는 더 말할지 말지 고민했다. 올해는, 가능하면, 아기가 생기면 좋겠다고. 로토가 집에서 육아를 전담하면 된다고. 만약 그가 적절한 해부학적 기관을 가진 사람이었다면 이미 피임에 실수가 있었을 것이고, 틀림없이 지금쯤 아기 로토가 그의 뱃속에서 발길질을 하고 있을 것이었다. 그런 원시적인 기쁨을 여자만 누리고 남자는 누릴 수 없는 건 불공평했다.

"자기, 우리는 쓰레기 버리는 날에도, 식료품을 사온 날에도 섹스했어." 그녀가 말했다.

"뭐가 달라진 거지?" 그가 말했다.

"우리가 늙은 거지." 그녀가 말했다. "우리는 지금도 다른 결혼한 친구들 대부분보다 많이 하는 편이야. 일주일에 두 번, 나쁘지 않아."

"충분하지 않아." 그가 중얼거렸다.

"그 말은, 당신이 나한테 접근하지 못하도록 내가 당신을 막은 것처럼 들리는데." 그녀가 말했다.

발기할 준비가 된 그는 한숨을 내쉬었다.

"좋아." 그녀가 말했다. "지금 침대로 오면 하게 해줄게. 하지만 내가 잠들어도 화내지 마."

"영광인데. 참 유혹적이야." 로토가 말하고는 어둠 속에 병을 들고 다시 앉았다.

그는 아내가 코를 골 때까지 그녀의 숨소리를 들었고, 어쩌다가 이 지경이 됐는지 생각했다. 그는 술에 취했고, 외로웠고, 좌절감에 속을 끓였다. 애초에 성공은 보장되어 있었다. 어쩌다보니 그의 잠재력을 중요하지 않은 일에 허비하며 살았다. 이건 죄였다. 서른 살인데 아직 이룬 것이 없었다. 자신을 서서히 죽여갔다. 실패자. 샐리가 말하듯, 그는 이미 열정을 탕진했다.

〔어쩌면 우리는 이 때문에 그를 더욱 사랑한다. 겸손해졌다.〕

오늘밤 그는 비치하우스에 산 채로 묻혀 지내는 어머니를 이해했다. 사람들과 부딪치며 받는 상처에 대해 더이상 위험을 무릅쓸 필요가 없는 것이다. 그는 자신의 생각 아래 어둠이 둥둥 고동치는 소리에 귀를 기울였다. 아버지가 돌아가신 이래 줄곧 듣는 소리였다. 해방. 비행기 기체가 떨어져 그를 땅에 박아버리면 된다. 뇌 안의 스위치를 딸깍 끄면 전원이 나간다. 마침내 느껴지는 행복한 안도감, 그런 느낌일 것이다. 집안에 동맥류 병력이 있었다. 아버지의 죽음은 너무 급작스러웠다. 마흔여섯, 너무 젊은 나이. 로토가 원하는 것은 오직 하나, 눈을 감으면 아버지가 그의 곁에 있는 것, 아버지의 가슴에 머리를 묻고 아버지의 냄새를 맡고 아버지의 따스한 심장이 쿵쾅쿵쾅 뛰는 소리를 듣는 것이었다. 이 요구가 너무 과했나? 그래도 그에게는 그를 사랑해준 부모가 한쪽은 있었다. 마틸드는 그에게 해줄 만큼 해주었지만 그는 그녀를 오랫동안 힘들게 했다. 뜨거웠던 그녀의 믿음도 식었다. 그녀는 고개를 돌려버렸다. 그에게 실망했다. 오, 어쩌나, 그는 그녀를 잃을 것이다. 그가 그녀를 잃는다면, 그녀가 그를 떠난다면—그녀의 손에는 가죽가방이 들려 있고 그녀의 가녀린 등은 돌아설 생각이 없다—차라리 죽는 편이 나았다.

로토는 울고 있었다. 얼굴에서 느껴지는 추위로 알 수 있었다. 그는 조용히 하려고 애썼다. 마틸드는 잠이 부족했다. 하루 열여섯 시간, 일주일에 육 일씩 일했다. 그렇게 해야 먹고살 수 있었다. 그가 결혼생활에 기여한 건 실망과 지저분한 빨랫감뿐, 그 이상은 아무것도 없었다. 그는 카우치 밑에 넣어둔 노트북을 꺼냈다. 오늘 밤 마틸드가 그에게 사람들이 오기 전에 청소를 해달라고 부탁했는데 그때 넣어둔 것이었다. 그는 그저 인터넷이 필요했고, 세상의 또다른 슬픈 영혼들이 필요했다. 하지만 대신 그는 빈 문서를 열고 눈을 감은 뒤 그가 잃어버린 것들을 떠올렸다. 고향 플로리다, 어머니, 한때 그가 낯선 사람들의 가슴속에, 그리고 아내의 가슴속에 밝혔던 불. 아버지. 사람들 모두 말수 적고 글을 모른다는 이유로 거웨인을 얕봤지만, 그만이 척박한 집안 토지 아래 흐르는 물의 가치를 알아보고 그 물을 퍼올려 팔았다. 로토는 어머니의 사진을 떠올렸다. 젊은 시절 인어로 일하며 스타킹 신듯 다리에 꼬리를 꿰어 입고 차가운 샘물 속에서 출렁거리는 사진을. 그는 그 물에 자신의 작은 손을 담갔던 것을, 그 손이 감각을 잃는 느낌 이상으로 뼛속까지 시렸던 것을, 그 통증을 얼마나 사랑했는지를 떠올렸다.

통증! 아침 햇살이 검처럼 그의 눈을 찔렀다.

마틸드는 창문에 매달린 고드름의 후광을 둘러 눈부셔 보였다. 가운을 입은 그녀의 옷매무새는 흐트러져 있었다. 추위 때문에 발가락 마디가 빨갰다. 그리고 얼굴―얼굴이 왜 이렇지? 어딘지 모르게 이상했다. 눈은 퉁퉁 붓고 빨갰다. 로토가 뭘 어쩼길래? 틀림없이 뭔가 안 좋은 일이 일어난 것이었다. 어쩌면 로토가 노트북에 포르노 영상을 넣어두었는데, 마틸드가 일어나서 그걸 봤는지도 몰랐다. 아마도 끔찍한 포르노일 것이고, 최악의 상황은 그가 엄청난 호기심에 이끌려 클릭클릭 벌레구멍들을 지나 점점 더 극악한 것까지 파고들다가 결국 용서할 수 없는 수준까지 이르렀을 것이었다. 그녀는 그를 떠날 것이다. 이제 그는 끝장이었다. 뚱뚱하고 고독한 실패자. 지금 호흡하는 공기를 들이마실 자격도 없는 사람이었다. "나를 떠나지 마." 그가 말했다. "내가 더 잘할게."

그녀가 고개를 들고 일어서더니 러그를 가로질러 카우치로 걸어왔다. 그러고는 커피테이블에 노트북을 내려놓은 뒤 차가운 두 손으로 그의 뺨을 감싸 잡았다.

가운이 벌어져 허벅지가 드러난 모양새가 꼭 사랑스러운 분홍색 푸토* 같았다. 실제로 날개가 달려 있는 듯한 모습이었다.

---

* 통통한 남자아이의 발가벗은 조각상으로, 날개가 달려 있는 것도 있다.

"오, 로토." 마틸드가 말했다. 커피를 마신 그녀의 숨결이 죽은 사향쥐 냄새 같은 그의 입냄새와 뒤섞였다. 그는 관자놀이에 그녀의 속눈썹이 내려와 닿는 게 느껴졌다. "자기, 자기가 해냈어." 그녀가 말했다.

"뭘?" 그가 물었다.

"정말 훌륭해. 내가 왜 그렇게 놀랐는지 이유를 모르겠네. 자기가 뛰어난 건 당연한 건데. 너무 오랫동안 고생했어."

"고마워." 그가 말했다. "미안해. 무슨 일인데?"

"글쎄! 희곡, 그 때문일걸. '샘'이라는 제목의 희곡. 당신이 지난밤 한시 사십칠분부터 쓰기 시작했잖아. 그 전부를 다섯 시간 안에 써냈다는 게 믿기지가 않아. 3막이 필요해. 교정도 좀 봐야 하고. 내가 이미 시작했어. 당신은 맞춤법이 서툴지만, 그건 우리가 이미 아는 사실이고."

그의 머릿속에 그 일이 되살아났다. 그는 지난밤에 글을 쓴 것이었다. 깊이 파묻혀 있던 도토리 같은 감정, 아버지에 대한 것. 오.

"지금까지 줄곧." 그녀가 말했다. "여기 이렇게 잘 보이는 곳에 숨겨져 있었던 거야. 당신의 진정한 재능이."

그녀는 말을 타듯 그의 몸에 올라타고는 그의 청바지를 골반 아래로 끌어내렸다.

"내 진정한 재능." 그가 천천히 말했다. "그게 숨어 있었다고."

"당신의 천재성. 당신의 새로운 삶." 그녀가 말했다. "당신은 극작가가 될 운명이었어, 여보. 우리가 그걸 알아내다니 얼마나 감사한 일인지."

"우리가 알아냈다고." 그가 말했다. 그는 안개에서 빠져나오듯,

소년에서 성인 남자가 되었다. 등장인물들은 그이기도 했지만 그가 아니기도 했다. 전지적 시점에 의해 변형된 로토. 아침에 그 인물들을 바라보자 힘이 샘솟는 것 같았다. 그 인물들 속에 삶이 있었다. 불현듯 그는 그 세상으로 돌아가 한동안 그 안에서 더 살고 싶은 허기를 느꼈다.

그때 아내의 말소리가 들렸다. "안녕하세요, 거기 랜슬럿 경, 용맹한 기사님. 밖으로 나와 말을 타고 창 시합을 해요." 잠을 완전히 깨우는 참으로 아름다운 방법이었다. 아내가 말을 타듯 그의 몸 위에 올라앉아, 새로 기사 작위를 받은 그의 귀두에 속삭이고 그녀의 숨결로 그를 따뜻하게 데워주며 그에게 뭐라고 말해주는 거지? 천재. 로토는 자기 뼛속에 천재성이 있다는 걸 오래전부터 알았다. 그가 의자에 올라가 외치면 어른들이 얼굴을 붉히며 눈물을 흘리던 그 어린 소년 시절부터. 이런 확신을 갖는다는 건 얼마나 좋은 일인가. 게다가 이런 형태라니. 황금색 천장 아래, 황금 같은 아내 아래. 그렇다면, 좋다. 극작가가 되는 것이다.

그는 자신이라고 생각했던, 땀이 배어나온 저킨*과 더블릿을 입은 분장한 로토가 숨을 헉헉거리며 일어서는 것을 보았다. 관객이 기립 박수를 보낼 때 그의 안에 있던 울부짖음이 밖으로 빠져나왔다. 육신에서 빠져나온 그는 유령이 되어 허리를 굽히며 정성스레 인사하고 아파트의 닫힌 문을 통과해 다시는 돌아오지 않는다.

그렇다면 아무것도 남지 않았어야 했다. 하지만 아직 남은 로토가 있었다. 지금 그의 배 위로 천천히 얼굴을 밀어올리는 아내, 끈

---

* 16~17세기에 남자들이 입던 가죽 조끼.

팬티의 뒤쪽 끈을 한쪽으로 밀어젖힌 아내, 그의 몸을 덮고 있는 아내, 그 아내의 몸 아래 또다른 그가, 새로운 그가 존재했다. 그의 손이 그녀의 가운을 벌리자 어린 새 같은 젖가슴이 드러났다. 그녀의 턱은 그들의 몸이 희미하게 비치는 천장을 향해 약간 들려 있었다. 그녀가 말했다. "오, 하느님." 그녀의 주먹이 그의 가슴팍을 세게 때렸다. "이제 당신은 랜슬럿이야. 더이상 로토가 아니야. 로토는 어린애 이름인데, 당신은 어린애가 아니잖아. 당신은 정말이지 천재 극작가, 랜슬럿 새터화이트야. 우리가 그 일을 이루어낼 거야."

그것이 그의 아내가 다시 그에게 금빛 속눈썹을 깜박이며 웃는 것을 의미한다면, 그의 아내가 상을 받은 기수처럼 그의 몸 위에 올라앉는 것을 의미한다면, 그는 달라질 수 있었다. 그는 그녀가 원하는 것이 될 수 있었다. 더이상 실패한 배우는 없었다. 장래의 극작가가 있을 뿐. 그의 안에서 어떤 감정이, 빛 한 점 들지 않는 잠긴 옷방 안에서 등뒤에 창문이 있다는 걸 발견했을 때 느껴질 법한 그런 감정이 일었다. 고통 같은 감정, 상실감은 여전히 남아 있었다. 그는 그것을 느끼지 않으려고 눈을 감아버렸다. 그리고 어둠 속에서, 지금은 마틸드의 눈에만 분명하게 보이는 그것을 향해 걸음을 옮겼다.

4

샘, 1999년

그는 아직 취해 있었다. "내 인생에서 가장 멋진 밤이야." 그가 말했다. "커튼콜을 백만 번은 받았을 거야. 친구들이 전부 와줬어. 그리고 자길 봐, 정말 아름다워. 기립 박수. 오프브로드웨이. 술집! 집까지 걸어가자, 하늘에 별이 떴어!"

"사람들의 말은 당신 기대에 못 미칠 거야, 여보." 마틸드가 말했다.

〔틀렸다. 오늘밤 사람들의 말은 기대에 못 미치지 않았다. 눈에 띄지는 않았지만 극장 구석에 힘있는 비평가들이 모여 앉아 있었다. 그들은 지켜봤고, 곰곰이 생각했고, 좋게 평가했다.〕

"지금 내 몸을 주체 못하겠어." 그는 이렇게 말하면서 그녀를 사냥감으로 노렸지만, 그녀가 욕실에서 돌아왔을 때 그는 이불 위에 알몸으로 잠들어 있었다. 그녀는 그에게 이불을 덮어주고 그의 눈꺼풀에 입을 맞춘 뒤 거기 머물러 있는 그의 영광을 맛보았다. 그 맛을 음미했다. 그리고 잠들었다.

애꾸눈 왕, 2000년

"여보, 이번 연극은 에라스무스에 관한 거야. '오네이로이'라는 제목은 곤란해."

"왜 안 돼?" 로토가 말했다. "좋은 제목인데."

"그 제목을 기억하는 사람은 아무도 없을 테니까. 그게 무슨 뜻인지도 모를 거야. 나도 무슨 뜻인지 잘 모르겠어."

"오네이로이는 닉스 여신의 아들들이야. 닉스는 밤. 오네이로이는 꿈이지. 아들들의 이름은 히프노스, 타나토스, 게라스. 잠, 죽음, 노년이라는 뜻이야. 이건 에라스무스의 꿈에 관한 연극이고, 여보. 인문주의자들의 왕자! 가톨릭 신부의 사생아. 그는 1483년 흑사병이 돌 때 고아가 됐어. 다른 남자와 절박한 사랑에 빠지고……"

"당신이 쓴 거 읽어서 그 사실은 이미 알고 있지만……"

"그리고 오네이로이라는 말 좀 웃겨. 눈먼 자들의 땅에서는 애꾸눈이 왕이다, 라고 말한 사람이 에라스무스잖아. 애꾸눈 왕. 루아 뵝 외유*. 오네이로이."

"오." 그녀가 말했다. 마틸드는 그가 프랑스어만 하면 얼굴을 찡

---

* '애꾸눈 왕'이라는 뜻의 프랑스어.

그렸다. 대학 때 그녀는 프랑스어, 미술사, 고전학을 전공했다. 정원 쪽으로 난 창문 밖으로 짙은 자주색 달리아가 보였고, 그 너머 가을 햇살이 투명하게 반짝거렸다. 그녀는 그에게 다가가 그의 어깨에 턱을 올리고 그의 바지 거기에 손을 갖다댔다. "음, 그거 섹시한 연극이네." 그녀가 말했다.

"맞아." 그가 말했다. "당신 손은 정말 부드럽군요, 나의 아내여."

"나는 그저 당신의 애꾸눈 왕하고 악수하는 것뿐이야."

"오, 여보." 그가 말했다. "당신 정말 훌륭해. 그 제목이 더 좋은데."

"나도 알아." 그녀가 말했다. "그 제목을 써도 좋아."

"너그럽기도 해라." 그가 말했다.

"하지만 거기 당신 왕이 나를 쳐다보는 방식은 마음에 안 드는데. 나를 사악한 애꾸눈으로 바라보고 있어."

"그자의 머리를 베어버려."* 이렇게 말한 뒤 그는 그녀를 침실로 데려갔다.

섬들, 2001년

"내가 그들의 말에 동의한다는 게 아니야." 그녀가 말했다. "하지만 보스턴에서 눈보라가 휘몰아칠 때 거기 호텔에서 일하는 카리브 해 출신의 메이드 세 사람에 대해 쓴 건 제법 배짱 있는 일이

---

* Off with his head. 셰익스피어의 희곡에 자주 나오는 표현이다.

었어."

그는 자신의 팔오금에 괸 머리를 들지 않았다. 새로 구입한 2층 아파트 거실에는 신문지들이 흩어져 있었다. 집은 장만했지만 아직 러그를 깔 형편이 못 되었다. 그는 바닥에 깔린 오크 목재의 소박한 광채를 보면 아내가 떠올랐다.

"피비 델마, 알겠어." 그가 말했다. "그 여자는 내 작품이라면 뭐든 다 싫어했어. 내가 앞으로 어떤 걸 쓰건 다 싫어할 거야. 문화적 전유니 뭐니 하면서 공격적이고 신랄하게 퍼부어댈 거라고. 하지만 〈타임스〉에 리뷰를 쓴 기자는 어쩌자고 우리 엄마 돈 이야기를 끄집어낸 거지? 그게 이거랑 무슨 상관이 있다고? 나는 지금 난방을 할 형편도 안 되는데, 그런 데 왜 관심을 두는 거야? 내가 유복하게 자랐다고 해서 가난한 사람들 이야기를 쓰지 말아야 할 이유는 뭐지? 그 사람들은 픽션이 뭔지도 몰라?"

"우린 난방을 할 형편은 돼." 그녀가 말했다. "케이블 티브이는 아마 안 될 거고. 그것만 빼면 좋은 비평이잖아."

"뒤죽박죽이야." 그가 신음하듯 말했다. "죽고 싶은 기분이라고."

〔일주일 뒤 1마일 떨어진 곳에서 비행기들이 충돌한다. 그때 직장에서 일하던 마틸드는 바닥에 컵을 떨어뜨려 산산조각 낸다. 집에 있던 로토는 허겁지겁 운동화를 신고 북쪽으로 마흔세 개의 블록을 달려 그녀의 회사로 간다. 그는 회전문을 통과해 건물 안으로 들어가다가 그와 평행한 유리 칸에서 밖으로 나오는 그녀를 본다. 지금 그녀는 밖에서, 그는 안에서, 유리를 통해 창백하게 서로를 응시한다. 그는 패닉의 감정에 사로잡힌 가운데 혼란스러운 수치심을 느끼지만 그 원인—바로 그 순간 그의 작디작은 절망감의 강

렬함―은 이미 잊었다.]

"당신 너무 드라마틱해." 그녀가 말했다. "당신이 죽으면 피비 델마가 이기는 거야. 새 작품을 써봐."

"무엇에 대해?" 그가 말했다. "나는 고갈됐어. 서른세 살의 나이에 끝났다고."

"당신이 알고 있는 걸로 되돌아가." 그녀가 말했다.

"나는 아는 게 없어." 그가 말했다.

"나를 알잖아." 그녀가 말했다.

그는 신문지의 검은 잉크가 묻은 얼굴로 그녀를 쳐다보았고, 이어 미소가 떠올랐다. "알지." 그가 말했다.

숲속의 집, 2003년

2막 1장

(농장저택의 포치. 하얀 테니스복을 입은 올리비아는 조지프가 나오기를 기다리고 있다. 조지프의 어머니는 흔들의자에 앉아 화이트와인 스프리처가 담긴 잔을 손에 들고 있다)

레이디버드: 이리 와서 좀 앉으렴. 잠시 얘기를 나눌 기회가 생겨서 다행이구나. 조지프가 여자친구를 데려오는 일은 좀처럼 없어서. 추수감사절은 대부분 우리끼리 보냈어. 가족끼리. 아가씨에 대한 이야기도 좀 해줄 수 있을까? 고향은 어디지?

부모님은 뭘 하시고?

올리비아: 고향은 없어요. 부모님은 아무것도 안 하시고요. 부모
님이 안 계시거든요, 더턴 부인.

레이디버드: 말도 안 되는 소리. 부모가 없는 사람은 없어. 아가
씨는 누군가의 머리에서 태어났나? 유감스럽지만 아가씨가
미네르바는 아니잖아. 뭐, 부모를 좋아하지 않을 수는 있겠
지. 선하신 주님은 내가 우리 부모님을 좋아하지 않는 것도
알고 계시니까. 하지만 부모가 없을 수는 없어.

올리비아: 저는 고아예요.

레이디버드: 고아. 아무도 아가씨를 입양하고 싶어하지 않았어?
아가씨 같은 미인을? 믿을 수가 없네. 뚱한 아이였던 게지.
오, 그거야. 뚱한 어린아이가 보이는 것 같아. 까다롭고. 저
혼자 잘난 줄 아는 아이.

올리비아: (긴 침묵이 흐른 뒤) 조지프가 정말 안 나오네요.

레이디버드: 사내아이의 허영이란. 거울 앞에 서서 이런저런 표
정을 짓거나 멋부린 머리를 들여다보고 있겠지. (둘 다 웃는
다) 어쨌거나 아가씨는 그 문제에 대해선 말하고 싶지 않은
것 같네. 그걸 탓할 수는 없지. 틀림없이 쓰라린 상처가 있을
거야, 쯧쯧. 세상에서 가장 중요한 게 가족인데. 가장 중요하
지. 뭐랄까, 자신이 누군지 말해주는 게 바로 가족이거든. 누
구라도 가족이 없으면 아무것도 아니지.

(올리비아가 깜짝 놀라 눈을 치뜬다. 레이디버드가 활짝 웃으며 그녀를
바라보고 있다)

올리비아: 전 아무것도 아니지 않아요.

레이디버드: 아가씨 기분을 상하게 하고 싶지는 않지만 그 점에 대해서는 좀 걱정이 많아지네. 아가씨는 예뻐, 확실히. 하지만 조이 같은 남자한테 많은 걸 줄 수 있는 여자는 아니야. 맞아, 그애는 지금 사랑에 빠져 있지. 하지만 그애는 사랑에는 타고났어. 그애가 느낄 실연의 아픔에 대해서는 걱정하지 않아도 좋아. 금세 새 여자를 사귈 테니까. 아가씨는 그냥 떠나주면 돼. 그렇게만 해주면 우리 둘 다 시간을 아낄 수 있어. 그애가 더 적절한 상대를 찾을 수 있게 해줘.

올리비아: (느리게) 적절한 상대. 부잣집 여자 말인가요? 재미있군요, 더턴 부인. 저한테도 가족이 있어요. 왕처럼 부자예요.

레이디버드: 아가씨 거짓말쟁이야? 지금 하는 말이 거짓말이거나, 고아라고 한 게 거짓말이었거나. 어느 쪽이건 아가씨가 여기 온 뒤로 그 입에서 나온 말은 한마디도 못 믿겠어.

조지프: (환하게 웃는 얼굴로 휘파람을 불며 밖으로 나온다) 안녕하세요, 미녀분들.

올리비아: 저는 거짓말은 절대 하지 않아요, 더턴 부인. 병적으로 진실만을 말하죠. 괜찮으시면 여기 제 귀여운 신랑과 테니스 좀 치고 올까 하는데요. (싱긋 웃는다)

조지프: 올리비아!

레이디버드: (일어선다) 네, 네 뭐라고, 네 신랑? 신랑? 남편 말이니? 조지프!

"가슴을 후벼파는데." 마틸드가 고개를 들며 말했다. 입가에 슬픔이 묻어 있었다.

"언젠가 우리 엄마를 만나게 될 거야." 로토가 말했다. "당신 마음의 준비가 빨리 되면 좋겠어. 엄마는 아직도 나더러 언제 괜찮은 여자하고 정착할 거냐고 물어보셔."

"아야," 마틸드가 말했다. 그녀가 커피와 먹다 만 베이글이 놓인 식탁 너머로 그를 바라보았다. "병적으로 진실을 말하는 사람?"

그가 그녀를 바라보았다. 기다렸다.

"그래." 그녀가 수긍했다.

게이시, 2003년

"젊은 극작가 랜슬럿 새터화이트를 사로잡은 것은 무엇인가. 지금껏 그가 보여준 유일하고 진정한 재능은 소아성애자인 연쇄살인범 얼뜨기 존 웨인 게이시를 미화하는 희곡을 써서 남부에서의 경험을 거칠게 재상상한 것 아닌가? 경직된 대화, 게이시가 노래하는 끔찍한 아카펠라 곡들, 살인과 아수라장을 세밀히 그린 장면들만으로는 충분히 불쾌하지 않다는 듯 관객들은 세 시간 뒤에 마음을 내리누르는 무거운 질문을 안고 극장을 떠난다. 이유는? 이 연극은 지독히 형편없을 뿐 아니라 취향마저 지독히 형편없기 때문이다. 이 작품은 새터화이트의 더 좋은 작품에 대한 예고가 될 수도 있고 〈스위니 토드〉에 대한 오마주가 될 수도 있겠지만, 안타깝게도 랜슬럿 새터화이트는 스티븐 손드하임*이 아니며, 결코 그와 같은 사람이 되지도 않을 것이다." 마틸드가 읽었다.

그녀가 신문을 내동댕이쳤다.

"이미 예상했잖아. 빌어먹을 피비 델마." 그녀가 말했다.

"다른 비평가들은 다 좋다고 했어." 그가 말했다. "보통 안 좋은 리뷰를 접하면 창피해지는데 이 여자 건 완전히 허튼소리라 신경도 안 쓰여."

"나는 이번 연극 재미있던데." 마틸드가 말했다.

"재미있지." 로토가 말했다. "관객 전부가 배꼽 잡고 웃었잖아."

"피비 델마. 다섯 편의 작품에 다섯 번의 혹평. 그 여자는 아무것도 몰라." 마틸드가 말했다.

그들은 서로 바라보다 웃기 시작했다.

"또 쓰라고." 그가 말했다. "알아."

마법서, 2005년

"당신은 천재야." 그녀가 원고를 내려놓으며 말했다.

"하자." 그가 말했다.

"좋지." 그녀가 말했다.

---

* 미국의 무대음악과 영화음악 작곡가이자 작사가로. 대표작으로는 〈스위니 토드〉 〈숲속으로〉 〈딕 트레이시〉 등이 있다.

겨울의 햄린, 2006년

첫 공연이 있던 날 밤, 샐리, 레이철, 레이철의 새 남편이 연극을 보러 왔다. 남편? 남자? 엘리자베스는 어쩌고? 택시를 타고 브런치를 먹으러 가는 길에 마틸드와 로토는 서로 손을 잡은 채 말없이 대화를 나누고 있었다.

레이철의 남편은 다람쥐처럼 조잘거렸다. "곰살궂은 얼간이." 마틸드가 나중에 내린 평가였다.

"무식한 뱀." 로토의 평가였다. "레이철은 뭐지? 레즈비언인 줄 알았는데. 나는 엘리자베스가 좋았어. 엘리자베스는 가슴이 정말 끝내줬거든. 레이철은 그 메테드린* 중독자 같은 녀석을 어디서 만난 거야?"

"목에 문신을 했다고 해서 메테드린 중독자는 아니지." 마틸드가 말했다. 그녀가 잠시 생각했다. "내 생각은 그래."

그들은 에그베네딕트를 먹으면서 그 이야기를 나누었다. 레이철은 대학을 졸업한 뒤 힘든 한 해를 보냈다. 지금은 기운이 넘치는지 레이철의 손은 접시에서 포크로, 유리잔으로, 머리카락으로, 무릎으로 벌새처럼 쉴새없이 옮겨다녔다.

"힘든 한 해를 보냈으니 스물세 살에는 결혼하면 안 돼." 로토가 말했다.

"오빠는 왜 스물셋에 했는데?" 레이철이 말했다. "말해봐."

"정곡을 찔렀네." 마틸드가 중얼거렸다. 로토가 마틸드를 쳐다

---

* 각성제의 일종.

보았다. "사실 우리는 스물둘에 했어." 마틸드가 말했다.

아무튼 레이철이 말한 대로 그녀는 한 해를 힘들게 보냈다. 엘리자베스와는 레이철이 한 어떤 행동 때문에 헤어지게 되었다. 어떤 일이었는지는 몰라도 그건 레이철이 얼굴을 붉히고 그녀의 남편이 테이블 아래로 그녀의 무릎을 꽉 잡을 만큼 좋지 않은 일이었다. 레이철은 해변의 집으로 돌아갔고, 샐리가 그녀를 보살폈다. 그리고 이 자리에 있는 피트가 머린랜드에서 일하고 있었다.

"과학자인가요, 피트?" 마틸드가 물었다.

"아니요, 돌고래들한테 먹이를 줘요." 그가 대답했다.

피트는 정확히 적절한 순간에 정확히 그곳에 있었어, 레이철이 말했다. 오, 그리고 그녀는 로스쿨에 다닐 거라고 했다. 로토만 괜찮다면 공부를 마친 뒤 신탁금을 받아가겠다고 했다.

"엄마가 너하고도 인연을 끊었니?" 로토가 물었다. "참으로 가련한 분이야. 너도 엄마가 그렇게 바라던 성대하고 거품 같은 결혼식을 거부했구나. 엄마는 누구를 초대할지도 모르고 어쨌거나 참석하지도 않았겠지만, 그래도 즐겁게 준비했을 텐데. 레이철 너한테는 위가 불룩하고 아래는 좁은 소매의 드레스를 입혔을 거야. 치첸이트사*처럼 생긴 케이크를 준비했을 거고. 꽃을 든 여자애들한테 후프 스커트를 입혔겠지. 엄마의 양키 친척들 전부 햇볕에 피부가 타면서 질투에 속을 끓였겠지. 엄마가 신탁금 수령자를 어디서 구조된 그악스러운 정신분열병 환자로 바꿨다 해도 나는 놀라지 않을 거야."

---

* 멕시코 유카탄 주 중부에 있는 고대 마야족 도시의 유적.

잠시 정적이 흘렀다. 샐리는 움찔 놀라서 냅킨만 만지작거렸다. "엄마는 나하곤 인연을 끊지 않았어." 레이철이 조용히 말했다.

긴 침묵이 흘렀다. 로토는 눈을 깜박여 가슴을 찌르는 아픔을 몰아냈다.

"하지만 혼전서약서에 서명을 했어요. 2백만 달러만 받기로." 피트가 우스꽝스럽고 슬픈 표정을 지으며 말했고, 그들 모두 블러디메리가 담긴 잔을 내려다보았다. 이윽고 그가 얼굴을 붉히며 말했다. "아, 좋지 않은 일이 일어날 때를 대비해서요. 아무 일도 없을 거야, 자기." 그러자 레이철이 작게 고개를 끄덕였다.

피트가 잠시 얼굴을 붉혔던 일은 사실로 드러난다. 여섯 달 뒤, 풍만하고 부드러운 젖가슴에 고양이 눈 모양의 안경을 쓰고 밝은 머리색에 창백한 피부를 한 엘리자베스가 되돌아와 영원히 레이철 곁에 머물게 되었으니.

극장에서 로토는 고모와 동생을 지켜보았다. 십 분이 지나자 그들의 마스카라가 흘러내리기 시작했다. 그제야 그는 한숨을 쉬며 마음을 놓았고, 손으로 얼굴을 쓸어내렸다.

여러 차례의 커튼콜과 축하 인사와 포옹과 그의 배우들에게, 로토를 사랑하는 배우들에게, 바라보는 눈빛에서 분명히 드러나듯 그를 정말로 사랑하는 배우들에게 하는 소회의 말까지 다 끝난 후, 마틸드는 마침내 로토를 뒷문으로 빼돌려 술집으로 데려갔다. 술집에는 마틸드가 어시스턴트를 시켜 보살피게 한 그의 가족이 있었다.

샐리는 달려들어 눈물을 터뜨리며 그의 목에 매달렸다. 레이철은 그의 허리를 꼭 끌어안았다. 피트는 번번이 끼어들어 로토의 팔을 토닥여주었다. 샐리가 로토의 귓가에 속삭였다. "네가 그렇게 아기를 간절히 바라는지 몰랐구나."

로토가 놀라서 그녀를 보았다. "이 연극에서 깨달은 게 그거에요? 제가 아기를 바란다는 거요?"

"글쎄. 그래." 레이철이 말했다. "이 연극은 가족에 관한 거야. 한 세대에서 다음 세대로 어떻게 넘어가는지, 태어난 순간 어떻게 가족이라는 땅의 일부가 되는지에 관한. 분명히 보이던데. 게다가 도로시는 임신한 여자잖아. 줄리는 위층에서 아기를 키우고. 심지어 후버도 가슴에 아기를 안고 다녀. 오빠가 의도한 거 아니야?"

"아니야." 마틸드가 웃으며 말했다.

로토는 어깨를 으쓱했다. "어쩌면." 그가 말했다.

아키텐의 엘레오노르*, 2006년

VIP 리셉션이 한창인 가운데 작은 체구의 남자가 블랙박스**로 쏜살같이 달려들어왔다. 숱이 많이 빠진 그의 머리는 백발이었다. 그는 빛바랜 녹색 망토를 입고 있었는데, 팔락거리는 망토 자락 때문에 산누에나방처럼 보였다. "오, 우리 로토, 오, 이런, 네가 해냈구나. 네가 해냈어. 나는 늘 네가 해낼 줄 알고 있었지. 네 피에 흐르고 있어, 연극의 피가. 오늘밤 탈리아***가 네 뺨에 키스를 하는구나."

---

* 프랑스왕 루이 7세의 왕비였으나 이혼하고 영국왕 헨리 2세의 왕비가 되었다.
** 공연을 올리는, 장식이 되어 있지 않은 사각의 공간으로 벽 색깔이 검은색이라 이런 이름이 붙었다. 실험극장이라 부르기도 한다.

152

랜슬럿은 탈리아를 흉내내어 그의 뺨에 키스하는 작은 체구의 남자에게 미소를 지어 보였다. 그가 지나가는 쟁반에서 샴페인 잔을 집어들었다. "정말 감사합니다. 제가 아키텐의 엘레오노르를 정말 좋아하거든요. 그녀는 천재이자 현대시의 어머니였어요. 그런데 죄송합니다만, 우리가 아는 사이인 건 알겠는데, 정확히 어떻게 아는 사이인지요?"

로토는 미소를 머금은 채 작은 체구의 남자에게서 시선을 떼지 않았다. 남자는 고개를 재빨리 들며 눈을 깜박였다. "오. 맙소사. 미안합니다. 나는 당신이 걸어온 길을 아주 기쁜 마음으로 주시해왔어요. 당신의 연극을 통해 당신을 아주 잘 알게 돼서 당연히 당신도 나를 알 거라고 생각했지 뭐예요. 케케묵은 권위적인 오류지요. 당황스러워서 어쩔 줄 모르겠군요. 당신이 사립학교에 다녔을 때 난 그 학교 교사였어요. 덴턴 스래셔. 이 이름을 듣고 생각나는 게……" 그가 숨을 들이쉬었다가 연극적인 느낌으로 내뱉었다. "……생각나는 게 없나요?"

"정말 죄송합니다, 스래셔 선생님." 랜슬럿이 말했다. "기억이 나지 않네요. 기억력이 감퇴하고 있어서요. 하지만 여기 오셔서 그 사실을 상기시켜주셔서 정말 감사합니다."

그는 미소를 지은 채 작은 체구의 남자를 내려다보았다.

"그럴 거 없습니다." 남자가 말했지만 목소리는 흔들리고 있었다. 그는 얼굴이 벌게졌고, 그 자리에서 사라져버릴 것만 같았다.

그러는 동안 내내 남편 곁에 서 있던 마틸드는 의아했다. 로토의

***

*** 그리스신화에 나오는 아홉 뮤즈 중 하나로, 희극을 주관한다.

기억력은 다이아몬드 커터만큼이나 날카로웠다. 누군가의 얼굴을 잊어버리는 일도 없었다. 두 번 본 연극도 연기하듯 대사를 줄줄 읊었다. 그녀는 로토가 돌아서서 전설적인 여자 뮤지컬 스타의 손등에 키스하며 인사하는 것을 지켜보았다. 그의 매력적인 모습과 편안한 웃음 뒤로 가시 같은 기운이 흘렀다. 덴턴 스래셔는 떠나버렸다. 마틸드가 남편의 팔을 잡았다. 뮤지컬 스타가 자리를 옮기자 로토는 아내를 돌아보았고, 잠시 그녀의 어깨에 머리를 기대고 말없이 서 있었다. 그는 자신을 재충전한 뒤 돌아서서 다시 사람들을 상대했다.

벽, 천장, 바닥, 2008년

"〈벽, 천장, 바닥〉?" 연출자가 말했다. 그는 살집 좋은 가슴팍에 맹렬한 심장을 숨긴, 부드럽고 졸린 눈을 한 남자였다.

"집을 빼앗긴 사람들에 대한 3부작 중 1부예요." 로토가 말했다. "집안은 동일하고 주인공만 달라요. 그들은 집안 대대로 살아온 집을 빼앗겨요. 한 집안의 모든 것이 간직된 집이죠. 가족사, 가구, 유령까지. 비극이에요. 3부작 전체를 동시에 올릴 수 있으면 좋겠어요."

"동시에. 맙소사. 야심이 엄청난데요." 연출자가 말했다. "이건 3부작 중 어떤 부분인가요?"

"정신 건강에 관한 부분이요." 로토가 대답했다.

마지막 한 모금, 2008년

"〈마지막 한 모금〉, 생각 좀 해보죠." 연출자가 말했다. "알코올 중독."

"재산 압류." 로토가 말했다. "3부작 중 마지막인 〈은혜〉는 귀향한 아프가니스탄 참전 용사의 이야기가 될 거예요."

은혜, 2008년

"'은혜'라는 제목의 전쟁 이야기?" 연출자가 말했다.

"아프가니스탄에 해병대로 파견된 적이 있어요." 로토가 말했다. "두 주 동안이었는데, 매 순간 내가 곧 죽을 거라는 생각이 들었죠. 하지만 매 순간 죽지 않았고, 나는 축복을 받은 것 같았어요. 비록 어릴 때 종교를 버리긴 했지만요. 믿거나 말거나, 제목과 내용은 잘 맞아요."

"정말 미치겠군요." 연출자가 눈을 감았다. 다시 눈을 떴을 때 그가 말했다. "좋아요. 읽어보고 마음에 들면 하겠습니다. 〈샘〉을 할 때도 머리가 돌 것 같았는데, 〈마법서〉를 할 때도 그랬고요. 작가님 머릿속에는 뭔가 기발한 게 들어 있는 모양입니다."

"그럼 하기로 하는 거죠?" 마틸드가 부엌에서 방금 구운 스페큘러스를 접시에 담으며 말했다.

"하지만 오프오프브로드웨이에서만 가능할 겁니다." 연출자가 단서를 달았다. "어쩌면 뉴저지 어디에서 올릴 수도 있겠고요."

"첫 공연은 그렇겠죠." 마틸드가 쿠키 접시와 차를 식탁에 내려놓으며 말했다. 연출자는 웃었지만 두 사람은 웃지 않았다.

"진심이군요." 연출자가 말했다.

"읽어보세요. 그럼 알 거예요." 마틸드가 말했다.

일주일 뒤 연출자에게서 전화가 왔다. 마틸드가 전화를 받았다.

"알겠더군요." 연출자가 말했다.

"그럴 줄 알았어요." 마틸드가 말했다. "대부분의 사람들이 결국 그러거든요."

"당신도 그랬나요?" 연출자가 물었다. "작가님은 겉보기엔 정말 광대 같잖아요. 우스갯소리로 사람들의 혼을 빼놓고. 당신은 그 재능을 도대체 어떻게 알아봤나요?"

"단번에 알아봤죠. 그이를 만난 첫 순간에요." 그녀가 말했다. "기막히게 눈부신 초신성 같았어요. 그뒤로도 날마다." 그녀는 거의라고 말하려다가 그 말은 하지 않았다.

연출자와 통화를 끝낸 뒤 그녀는 로토에게 말하기 위해, 새로 이사한 시골집의 베란다로 나갔다〔아직 보기 흉한 외장용 자재와 석고판으로 가려져 있었지만 그 흉한 모습 아래 아름다운 것—자연석, 오래된 들보—이 감춰져 있음을 그녀는 알고 있었다〕. 앞쪽에는 체리 과수원이 있었고, 뒤쪽에는 수영장을 만들 완벽한 평지가 있었다. 그녀는 몇 달 전 직장을 그만두고 그의 비즈니스 쪽을 맡

았다. 도시에 있는 침실 하나짜리 집은 임시 숙소로 그대로 두었
다. 그녀는 이 집을 그들에게 완벽한 공간으로 만들 것이다. 삶은
가능성으로 풍요로웠다. 혹은 삶이 풍요로워지는 것이 가능했다.
어쩌면 곧 전화요금 걱정을 하지 않아도 될 날이, 신용카드를 돌려
막지 않아도 될 날이 올 것이었다. 그녀는 그 소식에 환한 빛이 쏟
아지는 것 같았다.

차가운 태양 아래 아직 얼어 있는 진흙에서 천남성류 식물이 코
를 내밀었다. 로토는 누워서 세상이 조금씩 깨어나는 것을 지켜보
았다. 그들이 결혼한 지 십칠 년째였다. 그녀는 그의 가슴속 가장 깊
숙한 방에서 살았다. 그 말은 가끔 마틸드보다 아내가 먼저, 그녀라
는 존재보다 배우자가 먼저 떠오른다는 의미이기도 했다. 본능적
인 존재에 앞서 추상적인 면이 먼저 떠오르는 것이다. 하지만 지금
은 그렇지 않았다. 그녀가 베란다로 걸어오는 순간, 그는 마틸드를
보았다. 그녀의 중심에 자리한 어두운 채찍. 그녀는 어떻게 그 채찍
을 그토록 부드럽게 휘둘러 그를 계속 움직이게 할 수 있었을까.

그녀는 그가 하얀 겨울 피부를 추방하려고 햇볕에 태우고 있던
배 위에 자신의 찬 손을 올렸다.

"헛된 욕망이야." 그녀가 말했다.

"극작가의 가죽을 뒤집어쓴 배우니까." 그가 슬프게 말했다. "난
영원히 이런 헛된 욕망을 끊지 못할걸."

"오, 그래. 그게 당신이지." 그녀가 말했다. "당신은 타인들의 사
랑을 간절히 원하니까. 그들이 당신을 봐주기를 바라지."

"당신이 나를 봐주면 되지." 그가 말했고, 그러자 방금 한 생각
이 메아리처럼 들려와 기분이 좋아졌다.

"그래." 그녀가 말했다.

"자. 이제. 말해봐." 그가 말했다.

그녀가 긴 팔을 머리 위로 올리며 기지개를 켰다. 겨울이라 겨드랑이에 새둥지처럼 털이 조금 자라 있었다. 그 둥지에 아기 울새의 알을 부화시켜도 될 것 같았다. 그녀는 그를 바라보면서 자신은 알지만 그가 모르는 것을 음미했다. 그녀는 숨을 내쉬며 팔을 내린 뒤 물었다. "듣고 싶어?" 그러자 그가 말했다. "나 참, M., 궁금해서 미치겠어." 그러자 그녀가 말했다. "하기로 했어. 3부작 모두." 그는 웃었고, 집을 허무는 공사를 하느라 못이 박인 그녀의 손을 잡아 그 손에 키스했다. 찍힌 손톱, 찍힌 손가락, 팔, 그리고 목까지. 이어 그는 그녀를 어깨 위로 번쩍 들어 땅이 휘청거릴 때까지 빙빙 돌았고, 날이 환하고 새들이 지켜보고 있었기에, 배에서 아래로 내려가며 쭉 키스한 뒤 그녀의 바로 거기를 벗겼다.

5

이해할 수 없는 언어 그리고 날생선과 함께한 시간을 보낸 뒤, 긴 비행, 이어 짧은 비행을 마쳤다. 마침내 집에 온 것이었다. 그는 기내에 앉아 창문을 통해, 비행기 계단이 햇살 부서지는 아스팔트 위를 이동해 기체로 다가오는 것을 지켜보았다. 비행기가 착륙해 땅 위를 달릴 때 바람에 흩날리던 봄비는 언제 그랬나 싶게 그쳐 있었다. 그는 어서 마틸드의 목에, 위로가 되는 그녀의 머리카락에 얼굴을 묻고 싶었다. 극작가로서 초청을 받아 이 주간 오사카에서 지내다 온 길이었는데, 지금껏 아내와 이만큼 오래 떨어져 있어본 적이 없었다. 너무 긴 시간이었다. 눈을 떠도 곁에 마틸드는 없고 그녀의 체온이 느껴져야 할 자리에서 싸늘함만 느껴질 때 그는 슬픔에 잠겼다.

비행기 계단은 세 번이나 기체를 헛짚은 뒤에야 문과 탈칵 연결되었다. 그는 처녀처럼 설렜다. 작은 올버니 공항의 기름과 거름과 오존 냄새를 음미하며, 뺨에는 태양을 느끼며, 예쁜 시골집으로 그를 데려가 이른 저녁을 차려줄 아내가 공항 건물 안에서 기다리고 있다고 생각하며, 긴 몸을 쭉 펴 기지개를 켜고 계단 맨 위에 서서 잠시 숨을 고르면 기분이 얼마나 좋을까. 뼛속에 스민 호사스러운 피로를 차가운 프로세코 와인으로, 뜨거운 샤워로, 마틸드의 보드라운 피부로, 이어 잠으로 쫓아낼 것이다.

그의 행복이 날개를 펴고 몇 번 파닥이며 날갯짓을 했다.

그는 다른 승객들의 조급한 마음을 헤아리지 못했다. 등 한복판을 거세게 떠미는 손을 느꼈을 때 그의 몸은 이미 공중에 붕 떠올라 있었다.

무슨 무례한 짓이야, 그가 생각했다. 나를 떠밀다니.

지금 보도는 휙 털어낸 식탁보처럼 그를 향해 출렁거리며 다가왔고, 멀리 보이는 풍향계 하나가 동쪽으로 혀를 날름거리고 있었다. 공항 건물의 총안銃眼으로 장식된 지붕, 햇빛을 받아 반짝거리는 사포 같은 계단, 그의 시야에 들어온 비행기의 코, 창문 안에서 두 팔을 올려 기지개를 켜는 조종사의 모습. 몸을 휙 돌리는 순간 랜슬럿의 오른쪽 어깨가 계단 모서리에 부딪히고, 그를 민 게 틀림없는 남자의 모습이 계단 꼭대기 어두운 동굴의 입구에서 뿌옇게 형체를 드러냈다. 남자의 머리칼과 얼굴은 토마토색이었고, 이마 주름은 마치 돋을새김을 한 것처럼 보였고, 무엇보다도 추한 건 마드라스 반바지를 입었다는 것이었다. 랜슬럿이 계단 발판에 엉덩이와 다리를 부딪히는 순간 좀더 아래쪽 발판에 머리도 함께 찧었다. 눈앞이 어질어질했다. 남자 뒤에는 로토가 배우로서의 옛 매력을 얼마간 발휘하자 그에게 미니 버번 두 병을 슬쩍 갖다준 승무

원―플라스틱 화장실에서 그녀의 스커트를 걷어올리고 그의 허리에 그녀의 다리를 감는 판타지를 잠깐 즐겼지만 곧 그 이미지를 추방했다. 그는 결혼한 몸! 충실한 남자인 것이다!―이 서 있었다. 그의 몸이 소리도 시원하게 쿵쿵쿵 미끄러져 내려갈 때 그녀는 느린 동작으로 두 손을 입에 가져갔다. 그는 굴러떨어지지 않으려고 본능적으로 난간을 향해 발을 차올렸지만, 정강이 쪽에서 뭔지 모를 딱 소리와 함께 날카로운 감각이 느껴졌고 그쪽 부위 전체에 마비가 일어났다. 그의 몸은 감질날 만큼 느린 속도로 얕은 웅덩이에 빠졌고, 그의 어깨와 귀는 태양에 데워진 물에 흠뻑 젖었다. 그의 다리는 여전히 계단 위쪽을 향해 뻗어 있었지만, 두 발은 주인의 품위와는 전혀 어울리지 않게 바깥쪽으로 비스듬히 벌어져 있었다.

이제 토마토색 머리의 남자가 내려왔다. 마치 이동하는 정지신호 표지 같았다. 그의 발걸음에 랜슬럿은 통증을 느끼는 부위가 흔들렸다. 남자가 가까워지자 랜슬럿은 마비되지 않은 쪽의 손을 들어올렸지만 남자는 그냥 그를 넘어갔다. 랜슬럿이 그의 반바지 안을 흘끗 올려다보니 털이 북슬북슬한 하얀 허벅지에 성기 쪽의 거무스름한 털이 엉켜 있었다. 남자는 반짝거리는 아스팔트 위로 달려갔고, 터미널 문 안으로 삼켜졌다. 떠밀었다? 그런데 달아났다? 누가 그런 짓을 한 걸까? 어째서? 어째서 그에게? 그가 뭘 어쨌길래?

〔대답은 없다. 남자는 가버렸다.〕

승무원의 얼굴이 시야에 들어왔다. 부드러운 뺨, 콧김을 내뿜는 말 같은 콧구멍, 그녀가 그의 목을 만지고 어디선가 누가 소리를 지르기 시작할 때 그는 눈을 감았다.

배면광에 비춰본 결과, 골절은 지구의 지각변동처럼 골판이 겹친 형태로 일어났다. 그는 두 곳에 깁스를 하고 팔걸이 붕대를 걸고 정수리에 거즈를 붙였다. 약을 먹었더니 몸에 3인치 두께의 고무를 씌워놓은 기분이 들었다. 굴러떨어질 때 이 약을 먹은 상태였다면 아스팔트에 부딪혀도 기분좋게 튕겨져 올라가 공중에서 비둘기를 놀래준 뒤 공항 지붕에 내려앉아 안식을 취했을 것이다.

그는 도시로 가는 내내 '어스, 윈드 앤드 파이어'의 노래를 가성으로 따라 불렀다. 마틸드가 도넛 두 개를 주자 그의 눈에 눈물이 그렁그렁 차올랐다. 그 도넛은 글레이즈드 도넛 역사상 가장 훌륭한 도넛, 신들의 음식이었기 때문이다. 그는 가슴이 벅차올랐다.

그들은 시골에서 여름을 보내야 했다. 애통해라! 그의 작품 〈벽, 천장, 바닥〉이 연습중이었으니 그도 가서 봐야 했지만, 간다 해도 그가 할 수 있는 일은 거의 없었다. 리허설 장소로 가려면 계단을 올라가야 하는데 그건 불가능했고, 드라마투르그*에게 그를 들어 옮기게 하는 건 권력 남용 같았다. 그는 그들의 작은 아파트로 가는 계단도 올라갈 수가 없었다. 그는 아파트 건물 계단에 앉아 검은색과 흰색으로 된 예쁜 타일을 보았다. 마틸드가 오르락내리락, 그들의 2층 아파트에서 이중 주차를 해놓은 그들의 차로 음식이며 옷이며 그 밖의 필요한 것을 날랐다.

---

* 극작술을 연구하는 사람으로 극단에 상주하는 비평가를 말한다. 희곡의 창작 과정에서부터 제작, 캐스팅, 공연 후 평가에 이르기까지 공연의 전 과정에 관여한다.

건물 관리인의 아이가 수줍은 갈색 머리를 문밖으로 내밀고 그를 쳐다보았다.

"왜 그러니, 꼬마야!" 그가 아이에게 말했다.

아이가 손가락을 입에 넣었다가 뺐다. 침이 잔뜩 묻어 있었다. "저 정신 나간 보보족*이 계단에서 뭘 하고 있지?" 아이가 누군가 어른이 했을 법한 말을 메아리처럼 뱉어냈다.

랜슬럿이 크게 웃자 건물 관리인이 얼굴을 빠끔 내밀었다. 평소보다 혈색이 더 좋아 보이는 그가 랜슬럿의 깁스와 팔걸이 붕대, 정수리를 쳐다보았다. 그러고는 그를 향해 고개를 까딱한 뒤, 자신의 아이를 끌어당겨 머리를 집어넣고 얼른 문을 닫았다.

차 안에서 랜슬럿은 마틸드를 보며 감탄했다. 그녀의 얼굴은 참으로 매끄러워 바닐라아이스크림처럼 핥고 싶었다. 몸 왼쪽이 느닷없이 콘크리트를 들이받는 일만 없었다면 그는 핸드브레이크 너머로 펄쩍 옮겨가 소가 소금덩이를 핥듯 그녀를 핥았을 것이다.

"아이들이 다 그렇게 바보 같지 뭐." 그가 말했다. "아이들의 마음에 축복이 내리길. 우리도 아이를 가져야지, M. 어쩌면 지금이 딱 좋을 때야. 당신이 남은 여름 동안 나를 간호할 테니까 내 몸을 당신 뜻대로 사용할 수 있잖아. 욕망과 열정을 불사르다보면 우리한테도 예쁘고 귀여운 아기가 생길 거야." 그들은 피임을 하지 않고 있었고, 누구 한 명에게 문제가 있을 리도 없었다. 명백히 운과 시간의 문제였다. 약에 취한 상태가 아닐 때 그는 더 조심스럽게

---

*bobos. 부르주아와 보헤미안의 합성어로 IT 기업을 중심으로 한 전문직 종사자를 말한다. 지나치게 유행을 좇거나 유명 브랜드에 열광하지 않고 나름의 기호와 취향을 즐긴다.

말을 아끼며 그 이야기를 꺼냈고 그럴 때는 그녀가 욕망을 절제하는 것도 더 예민하게 느꼈다.

"당신이 먹는 약이 그렇게 굉장해?" 그녀가 물었다. "정말 굉장한 것 같아서."

"지금이 그때야." 그가 말했다. "이보다 더 좋을 때는 없어. 지금은 돈도 있고, 집도 있고, 당신도 아직 괜찮고. 당신 난자가 좀 쭈그러들었는지는 나도 모르지만. 마흔이잖아. 좀 덜떨어진 애가 나올 각오도 해야겠지. 하지만 바보 같은 아이를 키우는 것도 그렇게 나쁘지는 않을 거야. 똑똑한 아이는 달아날 능력만 갖추면 금세 달아나버리잖아. 좀 모자란 아이들이 우리 옆에 더 오래 머물러. 하지만 더 늦어지면 우리가 아흔셋이 될 때까지 그 아이의 피자를 잘라줘야 할지도 모르지. 그건 안 돼, 되도록 빨리 아이를 가져야 해. 집에 도착하자마자 당신을 반드시 임신시키고 말 거야."

"당신이 나한테 해준 말 중에서 가장 로맨틱하네." 그녀가 말했다.

차는 흙길을 내려갔다가 자갈길을 올라갔다. 체리나무가 우아하게 가지를 늘어뜨리고 있었다. 오, 그렇지, 그들은 '체리 과수원'*에 살고 있는 것이다. 그는 뒷문에 서서 마틸드가 베란다로 통하는 프렌치도어를 열고 풀밭을 걸어 새로 만든 반짝거리는 수영장으로 가는 것을 지켜보았다. 가무잡잡한 피부의 근육질 남자 두 명이 마지막 햇살을 받으며 잔디 뗏장을 깔고 있었다. 하얀 드레스에 백금색 머리를 짧게 자른 마틸드, 날씬한 몸매, 구름 사이로 햇살이 눈부신 하늘, 반짝반짝 빛이 나는 근육질 남자들. 참을 수가 없었다.

---

* 원어는 'The Cherry Orchard'. 안톤 체호프의 『벚꽃 동산』의 영어 제목과 같다.

타블로 비방.*

그는 갑자기 주저앉았다. 뜨겁고 축축한 공기가 눈을 덮었다. 이
모든 아름다움, 느닷없이 찾아온 행운. 게다가, 이제 막 표면으로
올라온 고통, 깊은 바다에서 밖으로 나온 원자력 잠수함.

그는 평소대로 다섯시 이십육분에 타피오카 푸딩이 가득 든, 그
의 몸보다 조금 더 클락 말락 한 욕조 안에 있는 꿈속에서 표류하
다 깨어났다. 허우적거렸지만 빠져나올 수가 없었다. 통증 때문에
욕지기가 올라왔고, 신음 소리 때문에 마틸드가 잠에서 깼다. 그녀
는 지독한 입냄새를 풍기며 그를 굽어보았다. 그녀의 머리카락이
그의 뺨을 간질였다.

그녀가 스크램블드에그와, 골파와 크림치즈를 곁들인 베이글,
블랙커피, 이슬이 가득 맺힌 장미꽃 한 송이를 꽃병에 담아 들고
들어왔을 때 그는 그녀의 얼굴에서 흥분을 읽었다.

"당신은 내가 환자인 걸 더 좋아하는 것 같아." 그가 말했다.

"우리가 같이 살기 시작한 뒤로 당신이 검은 우울에 사로잡혀 있
지도 않고 조증 같은 에너지에 휩싸여 있지도 않은 건 이번이 처음
이야." 그녀가 말했다. "좋아서 그래. 당신이 내 옆에 있으니까 둘
이 같이 영화 한 편을 끝까지 볼 수도 있어. 어쩌면," 그녀가 숨찬
목소리로 얼굴을 붉히며〔불쌍한 마틸드!〕말했다. "소설 같은 걸
같이 써볼 수도 있고."

---

* 살아 있는 사람이 정지된 모습으로 명화나 역사적 장면 등을 연출하는 것.

그는 웃으려 해보았지만 밤새 세상이 바뀌어 있었다. 오늘 그녀의 투명함은 설탕이나 정제 버터로 만들어진 것 같지 않고, 빈혈처럼 보였다. 달걀 요리는 너무 기름졌고, 커피는 너무 진했고, 심지어 아내가 정원에서 따온 장미꽃마저 물릴 만큼 향이 강해서 가까이 가기도 싫었다.

"싫으면 말고." 그녀가 말했다. "그냥 해본 생각이야."

"미안, 여보." 그가 말했다. "식욕이 사라진 모양이야."

그녀가 그의 이마에 키스한 뒤 서늘한 뺨을 그 이마에 댔다. "뜨겁네. 마법의 약을 한 알 가져올게." 그녀가 말했다. 그녀가 물을 따르고, 병뚜껑을 연 뒤 솜을 헤집어 그의 혀에서 아름답게 녹을 알약을 찾는 동안, 그는 조바심을 억눌러야 했다.

그녀는 해먹을 걸어둔 곳으로 나왔다. 햇살은 밝은 나뭇잎 속에서 아롱거리고 수영장은 배수로에서 물을 꼴깍거리고 있었지만 그는 어두운 표정으로 생각에 잠겨 있었다. 버번 세 잔이 한 병이 되었다. 네 잔이 넘었지만, 그런들 어떤가? 갈 곳도 없고, 할 일도 없었다. 그는 깊은 우울감, 빌어먹을 우울감에 빠져 있었다. 그의 가장 깊은 내면까지 산산이 부서져 있었다. 그는 페르골레시의 〈슬픔의 성모〉를 틀어놓았고, 음악은 다이닝룸에 설치해둔 특별한 스피커를 통해 그가 누워 있는 해먹까지 크게 울려퍼졌다.

그는 어머니에게 전화를 걸어 그 다정한 목소리에 포근히 감싸이고 싶었지만, 그러는 대신 노트북으로 크라카타우*에 관한 다큐멘터리를 보았다. 그는 화산재에 뒤덮인 세상을 상상했다. 어디선가 미친 아이가 나타나 풍경에 검은색과 회색으로 낙서를 한 것처럼 보일 것이다. 개울은 기름투성이가 되고, 나무는 재 파우더를 바른 것 같고, 풀밭은 기름이 묻어 번들거릴 것이다. 하데스**의 이미지. 처벌의 벌판, 한밤의 비명, 아스포델 풀밭***. 망자들의 뼈가 덜거덕거린다.

그는 공포를 탐닉하고 있었다. 부서진 몸의 불행을 탐닉하고 있었다. 거기에 뒹구는 쾌락의 탐닉은 없었다.

"여보." 그의 아내가 부드럽게 말했다. "아이스티를 좀 가져왔어."

"아이스티는 싫어." 그가 대답하는데, 놀랍게도 혀가 평소처럼 잘 움직여지지 않았다. 혀가 두꺼웠다. 그는 눈동자를 가운데로 모아 혀를 내려다보고 말했다. "날씨가 춥건 덥건, 어떤 날씨건, 우리가 그 날씨를 좋아하건 말건 우리는 함께할 거야."

"지당한 말씀." 마틸드가 말했다. 그는 지금 그녀가 오래된 푸른색 스커트를 입고 있는 것을 보았다. 그들이 서로에게 아직 신선하던 시절, 그가 그녀 위에 하루에 네 번씩 올라타던 시절 그녀가 입던 백만 년 전의 히피 치마였다. 그녀는 여전히 매혹적이었고 그의 아내다웠다. 그녀가 해먹 위로 조심스럽게 기어올라왔다. 그 동작에 그는 부러진 뼈에 백만 개의 송곳니가 깊숙이 박히는 느낌이 들었다. 신음 소리가 났지만 비명은 지르지 않으려고 이를 악물었다.

---

* 인도네시아 자바 섬과 수마트라 섬 사이에 있는 화산섬으로, 1883년 엄청난 규모의 분화가 일어나 3만 6417명의 사망자가 발생했다.

** 그리스신화에서 죽음을 관장하고 지하세계를 다스리는 신.

*** 고대 그리스인이 믿었던, 선하지도 악하지도 않은 삶을 살았던 평범한 영혼이 죽은 뒤에 가는 지하세계.

하지만 아내가 치마를 허리까지 걷어올리고 탱크톱을 벗는 것은 볼 수가 없었다. 예외 없이 그의 구미를 당겼던 자극이 한풀 흥미가 꺾였다. 통증이 또다시 그것을 파괴한 것이었다. 그녀가 유혹했지만 소용없었다.

그녀가 단념하며 농담했다. "자기 거기, 단단해지는 그것도 부러졌나봐."

그녀를 해먹 밖으로 밀어내지 않고 참는 것이 그가 할 수 있는 최선이었다.

블랙홀에 관한 흥미진진한 PBS 스페셜. 빨아들이는 힘과 끌어당기는 힘이 너무 강해 빛마저 꿀꺽 삼킨다. 빛마저! 그는 그 프로그램을 보며 술에 흠뻑 취했다. 그는 속마음을 다른 누구에게 말하지 않았다. 리허설에 문제가 좀 있었다. 그들은 그가 필요하다고 했다. 보스턴에서 〈샘〉의 상연은 순탄치 않았지만, 세인트루이스에서 〈벽, 천장, 바다〉은 연이은 성공을 거두었다고 보도되었다. 대체로 그는 초대받은 곳에는 어디에나 갔지만, 지금은 옥수수밭과 소떼의 한가운데 있는 이 시골집에서 움직일 수가 없었다. 그들은 랜슬럿 새터화이트가 필요하다고 했다. 하지만 랜슬럿 새터화이트는 그 자리에 있을 수가 없었다. 그가 그럴 수 없었던 적은 한 번도 없었다. 차라리 이미 죽은 사람인 편이 나았다.

서재에서 들리는 따각따각 소리. 집에 말이 들어왔나? 아니, 마틸드가 사이클 신발에 바보같이 생긴 두툼한 사이클 바지를 입고 들어오는 소리였다. 그녀는 건강미와 땀으로 빛났다. 그녀에게서 겨드랑이 냄새와 마늘 냄새가 났다.

"여보." 마틸드가 그의 잔을 뺏으며 텔레비전을 껐다. "이 주 만에 블랜턴을 네 병이나 마셨어. 재앙에 관한 다큐멘터리는 이제 그만 봐. 당신도 시간을 보낼 다른 일을 찾아야 해."

그가 한숨을 내쉬고는 다치지 않은 손으로 얼굴을 비볐다.

"뭔가 써봐." 그녀가 명령하듯 말했다.

"영감이 떠오르지 않아." 그가 말했다.

"에세이를 쓰든가." 그녀가 말했다.

"에세이는 얼간이들이나 쓰는 거지." 그가 말했다.

"당신이 세상을 얼마나 미워하는지에 대한 희곡을 쓰든가." 그녀가 말했다.

"나는 세상을 미워하지 않아. 세상이 나를 미워하지." 그가 말했다.

"흥흥." 그녀가 웃었다.

그녀는 알 리가 없을 거야, 그는 생각했다. 그녀를 벌하지 말라. 희곡이 머리에서 그냥 나오는 게 아니다. 제대로 써내려면 가슴속에 뜨거운 절박함이 있어야 한다. 그는 고통스러운 미소를 짓고는 병째 한 모금 마셨다.

"슬퍼서 마시는 거야, 아니면 당신이 얼마나 슬픈지 나한테 과시하려고 마시는 거야?" 그녀가 물었다.

직통으로 한 방. 그가 웃었다. "독사 같으니." 그가 말했다.

"폴스타프." 그녀가 말했다. "당신 점점 살이 쪄. 그렇게 뛰었던 게 다 헛수고잖아. 그리고 나는 우리가 술은 영원히 추방했다고 생각했는데. 자, 꼬마 아저씨, 기운 내고 술은 그만 마시고 정신 좀 차려."

"말이야 쉽지." 그가 말했다. "당신은 팔팔하고 건강하니까. 당신은 하루에 두 시간씩 운동하잖아! 나는 해먹으로 나가서 바람 좀 쐴게. 미개한 내 뼈가 잘 붙어 견고한 외관을 갖출 때까지 나는 취하고 분노하고 멍하니 지낼 권리나 누려야겠어."

"7월 4일 파티는?" 그녀가 물었다.

"안 해." 그가 대답했다.

"질문이 아니야." 그녀가 말했다.

그리고 사흘 뒤, 마법처럼 그는 시시케밥*과 아이들에게 둘러싸이게 된다. 아이들은 마틸드가 시끄러운 잔디깎이 기계로 직접 깎은 넓은 잔디밭 위를 달리며 어여쁜 짐승의 앞발 같은 손에 색색의 폭죽을 쥐고서 터뜨렸다. 그는 기적을 만드는 이 여자가 못하는 건 아무것도 없을 거라고 생각했고, 이어 방금 깎은 이 풀의 냄새는 식물들이 내지르는 후각적인 비명이라고 생각했다.

맥주통에는 맥주가 한가득 담겨 있었고, 음식으로는 통옥수수, 채소로 속을 채운 소시지, 수박이 차려졌다. 마틸드는 목선이 깊이 파인 하얀 빛깔의 드레스를 입었는데, 말할 수 없이 아름다웠다. 그녀는 머리를 그의 턱 밑에 묻고 목에 키스했고, 그는 상처처럼 목에 빨간 립스틱을 묻히고 밤새 돌아다녔다.

그의 친구들 모두 황혼녘에, 밤에 몰려왔다. 콜리는 다니카와 함께 왔다. 빨간 드레스를 입어 원통형 폭죽처럼 보이는 수재나는 새 여자친구 조라를 데려왔다. 조라는 굉장히 아름다운 아프로 헤어

---

*양념한 고기나 야채를 꼬치에 끼워 석쇠에 구운 요리.

스타일을 한 젊은 흑인이었는데, 두 사람은 수양버들 아래에서 키스를 했다. 새뮤얼은 아내와 세쌍둥이와 함께 왔다. 그의 아이들은 수박 껍질을 손에 들고 뒤뚱뒤뚱 돌아다녔다. 아니는 신참인 십대 바텐더 보조 크산티페를 데려왔는데, 검은색 단발머리에 노란색 드레스를 입은 그녀는 전성기 때의 마틸드처럼 굉장히 아름다웠다. 드레스 길이가 어찌나 짧은지, 아장아장 걷는 아기라면 그녀의 끈팬티와 사타구니에 맺힌 이슬을 틀림없이 볼 수 있을 터였다. 로토는 풀밭에 드러누워 실컷 그 밑을 보는 자신을 상상했지만, 자세를 바꾸는 건 엄청난 고통을 의미했으므로 똑바로 앉은 자세를 유지했다.

하늘에서는 불꽃이 팡팡 터졌고, 파티 소리는 시끌벅적했다. [죽음이 예정된 인간들이 하늘에 폭탄을 터뜨리며 평화를 기념한다.] 로토는 멀리서 지켜보듯, 익살스러운 광대 역할을 하는 뻣뻣한 자신을 지켜보았다. 그는 머리가 깨질 듯이 아팠다.

그는 욕실로 갔다. 밝은 불빛, 붉어진 뺨, 공기부목 때문에 정신이 멍했다. 그의 얼굴에서 미소를 지우자 축 늘어진 광대 얼굴만이 남았다. 인생길의 절반을 왔다. 그가 읊조렸다. "넬 메초 델 캄민 디 노스트라 비타, 미 리트로바이 페르 우나 셀바 오스쿠라, 케 라 디리타 비아 에라 스마리타."* 바보같이 살았다. 침울하지만 한편 잘난 체하는 삶이었다. 침울한 잘남. 잘난 침울함. 그는 육 개월 된 아기를 가진 듯한 자기 뱃살을 찔러보았다. 콜리는 그를 보고 말했

---

* 단테의 『신곡』 '지옥' 편에 나오는 구절로, '인생길의 절반에 이르렀을 때 나는 어두운 숲속을 헤매고 있었고 올바른 길은 어디에도 없는 것 같았네'라는 뜻.

었다. "괜찮아, 친구? 살이 좀 찐 것 같은데."

"안녕, 배불뚝이." 랜슬럿은 대꾸했다. "처참해 보이는데." 그건 사실이었다. 콜리의 배는 400달러짜리 셔츠의 단추를 팽팽히 긴장시킬 정도였다. 하지만 다시 생각해보면, 콜리는 잘생겼던 적이 없었다. 아무리 추락한들 랜슬럿은 그 정도까지 되지는 않을 것이었다. 콜리의 돈으로 샀을 디자이너 원숄더 드레스로 멋을 부린 다니카가 말했다. "로토는 그냥 뭐, 콜. 머리에서 발끝까지 다 부러졌잖아. 남자의 인생에서 살이 쪄도 되는 시기가 있다면 바로 지금이야."

그는 더러는 자신이 미워하기도 했을 그들을 차마 볼 엄두가 나지 않아 다시 밖에 나가지 않고 집안에 있기로 했다. 그는 침실로 들어가 혼자 할 수 있는 만큼 옷을 벗고 침대로 올라갔다.

잠시 후 그가 뿌연 잠의 대기실에 들어갔을 때 문이 열리고 통로 불빛이 쏟아져들어와 그를 깨웠다. 이어 문이 닫혔고, 방에는 그의 몸이 아닌 몸이 보태졌다. 그는 공포에 휩싸인 채 기다렸다. 그는 거의 움직일 수조차 없었다! 누가 그가 누운 침대로 들어와 강간을 하더라도 달아날 수 없었다! 누군지는 몰라도 그들은 둘이었다. 나지막이 웃는 소리, 속닥거리는 소리, 옷자락 스치는 소리로 짐작건대 그들은 침대에는 아무런 관심이 없었다. 그들은 욕실 문에 리드미컬하게 몸을 부딪치기 시작했다. 타악기 같은 놀라운 억억 소리와 동시에 쿵쿵 부딪치는 소리.

그 문이 정말로 떨어져나가고 있다고, 랜슬럿은 생각했다. 내일 손잡이를 더 조여야 할 것이다.

그 순간 그 생각이 떠올랐고, 그러자 심장이 슬픔의 칼에 찔린 것 같았다. 한때는 여자를 데리고 들어와 그걸 하는 사람이 그였을 텐데, 이 여자가 지금 즐기는 것보다 훨씬 더 좋았을 텐데. 불쌍한 것, 저 여자는 지금 즐거운 시간을 보내고 있는 것 같지만. 그럼에도 여자의 신음 소리에서는 약간의 가식이 느껴졌다. 벌떡 일어나 초대를 받은 듯 매끄럽게 끼어들어 난교를 할까 생각도 한번 해보았다. 하지만 지금 그는 비몽사몽중에 소라게 껍데기처럼 연약한, 부러진 뼈의 갑각 안에서, 그들의 행위를 비평하며 누워 있을 뿐이었다. 어둠을 확신하고 그는 수염 난 소라게처럼 얼굴을 찡그리고는 다치지 않은 손으로 딸깍딸깍 집게발 흉내를 냈다.

여자가 소리를 질렀다. "아아아아아!" 남자가 신음을 토했다. "으어어어!" 그리고 더 숨죽인 웃음소리가 들렸다.

"맙소사, 이게 필요했어." 남자가 소곤거렸다. "애들을 데려오면 이런 파티는 완전 망친다니까."

"그러게." 여자가 말했다. "불쌍한 로토, 아기를 쳐다볼 때 간절함이 가득하더라. 그리고 마틸드는 요즘 너무 말라서 점점 못생겨지는 것 같아. 그렇게 계속 가다간 마녀 할망구처럼 될 텐데. 뭐랄까, 잘 모르지만, 보톡스가 존재하는 것도 다 이유가 있어서야."

"사람들이 어째서 마틸드를 매력적이라고 생각하는지 늘 잘 이해가 안 갔어. 키 크고 금발이고 말랐긴 하지만 예쁘지는 않거든." 그가 말했다. "내가 보는 눈이 얼마나 높은데." 찰싹 맞는 소리. 엉덩이를 때렸나? 로토가 생각했다. 〔허벅지였다.〕

"마틸드는 흥미롭게 생겼어. 1990년대 초반에 그게 얼마나 유행이었는지 기억나? 우리 모두 엄청 질투했지. 그때 로토와 마틸드의 러브스토리 굉장했잖아? 그리고 두 사람이 열었던 파티들! 엄청났지! 지금은 두 사람이 좀 안됐어."

문이 열렸다. 지금은 대머리가 되어가는 호박색 머리. 아하, 아니였다. 따라 나가는 여자의 드러낸 한쪽 어깨뼈가 앙상했다. 다니카였다. 잠시 되살아난 옛 관계. 불쌍한 콜리. 어떤 사람들에게는 결혼이 그렇게 하찮은 것이라는 사실이 로토는 역겹게 느껴졌다.

넌더리가 났다. 넌더리가. 죽을 만큼 역겨웠다. 랜슬럿은 일어서서 다시 옷을 입었다. 저런 인간들은 지쳐 죽을 때까지 토끼 짓이나 하겠지. 하지만 저들이 마틸드와 자신에 대해 겉 다르고 속 다른 말을 하도록 놔두지는 않을 것이었다. 저런 각다귀들에게 동정받다니 끔찍했다. 더욱이 간통하는 각다귀들에게라면. 더더욱 끔찍했다.

그는 아래층으로 다시 내려가 아내와 함께 문 앞에 서서 친구들에게 작별인사를 했다. 아이들은 부모의 품에서 깊이 잠들었고, 만취한 어른들은 차에 태워져 돌려보내졌으며, 알딸딸하게 취한 어른들은 직접 운전을 해서 떠났다. 그가 아니와 다니카에게 매력적이라는 말을 넘치도록 해주었더니, 둘 다 얼굴을 붉히며 수줍은 듯 서로 수작을 부리기 시작했고, 다니카는 아니에게 작별 키스를 할 때 그의 벨트 고리에 손가락을 걸기까지 했다.

"다시 우리 둘만 남았어." 마틸드가 마지막 미등이 깜박깜박 사라지는 것을 지켜보며 말했다. "한동안 당신을 잃어버린 줄 알았어. 그랬다면 지금이 정말로 힘든 상황이라는 걸 알았을 거야. 로토 새터화이트가 일부러 파티에 나타나지 않는 건, 로토 새터화이트가 다리 하나를 잘라냈다는 것과 같으니까."

"솔직히, 간신히 버틴 거야." 그가 말했다.

그녀가 눈을 가느스름히 뜨고 그를 돌아보았다. 그러고는 어깨에서부터 아래로 드레스를 벗었다. 바닥에 떨어진 드레스가 웅덩이를 만들었다. 드레스 아래는 알몸이었다. "그냥 벗었어." 그녀가 말했다.

"지겹지 않은데." 그가 말했다.

"자기, 나를 뚫어봐." 그녀가 말했다. "드릴로 뚫듯이."

"멧돼지처럼."* 그가 말했다. 하지만 그의 동작은 젖을 빨다 잠들어버린 고단한 새끼 돼지 같았고, 그녀는 실망했다.

추락은 더 빠른 속도로 일어났다. 모든 것이 그 맛을 잃어갔다. 깁스는 풀었지만, 몸의 왼쪽은 흐느적거렸고 색깔은 연분홍색에 질감은 너무 익힌 에그누들 같았다. 마틸드가 자신 앞에 벌거벗고 선 그를 쳐다보았다. 그러고는 한쪽 눈을 감았다. "반신반인." 그녀가 말했다. 이번에는 반대쪽 눈을 감았다. "반푼이." 그는 웃었지만, 그의 허영심은 제대로 한 방 맞았다. 그는 아직 많이 쇠약해서 도시의 집으로는 갈 수 없었다. 공해도, 소음도, 불빛도 그리웠다.

그가 인터넷에서 찾아낸 것들도 시들해졌다. 어쨌거나 사람들이 올리는 영상의 대부분은 귀여운 아기나 높은 데서 떨어지는 고양이를 찍은 것이었다. 태양의 찬란함마저 그 광채를 잃었다! 예전에는 의문의 여지조차 없던 아내의 아름다움이 짜증이 났고, 이제는 그 아름다움마저 희미해졌다. 아내의 허벅지는 짧조름하고 지나치게 단단해서 꼭 하몽 세라노** 같았다. 아침 햇살을 받은 그녀의 얼

---

* bare(벌거벗은), boring(지겨운), bore(뚫다), boar(멧돼지)로 말장난을 하는 장면.

굴선은 힘을 잔뜩 주어 그린 에칭 같았다. 그녀의 입술은 얇아졌고, 머그컵이나 수프 스푼에 입을 댈 때 보이는 긴 송곳니를 보면 그는 왠지 모르게 움츠러들었다. 그리고 그녀는 늘 그의 주위를 맴돌았다! 참을 수 없는 입김을 그에게 뿜어댔다! 그는 일어날 시간이 지나도 침대에서 버티면서, 마틸드가 달리기를 하러 가거나 요가 수업에 가거나 자전거를 타고 시골을 돌아다니기를 기다렸다가 다시 잠이 들었다.

정오가 거의 다 되었다. 그는 마틸드가 침실 문을 열고 살그머니 들어오는 소리를 듣고도 가만히 있었다. 이내 이불이 걷혔고, 뭔가 부드럽고 북슬북슬한 것이 그의 몸 위로 올라와 턱에서 코까지 그를 핥았다.

눈이 동그랗고 펠트 천 같은 삼각형 귀에 방한용 귀마개를 연상시키는 사랑스러운 얼굴을 보자 그는 웃음이 나왔다.

"오, 너였구나." 그가 강아지에게 말했다. 그러고는 마틸드를 쳐다보았다. 참을 수 없는 뜨거운 눈물이 차올랐다. "고마워." 그가 말했다.

"시바이누종이야." 마틸드가 말하고는 그의 옆을 파고들었다. "이름은 뭐로 할까?"

도그, 그는 그렇게 말하고 싶었다. 그는 늘 개는 개, '도그'라고 부르고 싶었다. 일종의 메타로. 그게 재미있었다.

하지만 알 수 없는 전율을 느끼며 튀어나온 이름은 고드god였다.

** 하몽은 돼지 뒷다리의 넓적다리 부분을 통째로 잘라 소금에 절여 건조·숙성시켜 만든 스페인의 대표적인 생햄으로, 하몽 세라노는 흰돼지로 만든다.

176

"고드. 만나서 반가워, 고드." 그녀가 말했다. 그러고는 강아지를 들어올려 얼굴을 유심히 들여다보았다. "이렇게 감각적인 인식론은 처음 들어봐."

아주 짧은 기간이었지만 강아지가 고칠 수 없는 건 거의 없는 듯 보였다. 일주일 동안 그는 정말로 다시 행복해졌다. 고드의 굶주림이 순식간에 해결되는 것을 보며, 고드가 그릇에서 건사료를 한 알씩 꺼내 그의 발등에 올려놓고 먹는 것을 보며 그는 얼마나 큰 기쁨을 느꼈던가. 불편한 자세로 뒷다리에서 앞다리까지 조물조물 깨물 때, 꼬리를 요리조리 움직일 때, 귀여운 똥구멍이 벌어지고 부풀 때, 그러다 똥을 싸는 순간 철학자처럼 눈을 찡그릴 때도 마찬가지였다. 그가 잔디밭에 담요를 깔고 누워 꿈을 꿀 때 고드는 가만히 옆에 앉아 그의 바짓단을 물어뜯었다. 그가 "고드!"라고 부르면 대번에 그의 손바닥 아래 보드라운 털이 만져졌다. 고드라는 발음은 그가 평생 내뱉어본 적이 없는 욕설처럼 들렸지만, 고유명사니 그렇지는 않았다. 바늘 같은 작은 이빨이 그의 엄지에 닿을 때는 기쁨이라는 보상이 주어졌다. 목줄이 엉켰을 때나 밤 동안 개집에 가둬뒀을 때 캉캉 짖는 날카로운 소리마저 그를 웃음 짓게 했다.
  그가 개에 대한 사랑을 버린 건 아니라고 하면 대충 맞을 것이다. 다만 단조로운 일상 속에서 그 광채가 흐려졌다. 고드가 다친 남자의 은둔적인 삶과 그가 다시 누리고 싶어하는 도시의 삶 사이에 다리를 놓아줄 수는 없었다. 그는 인터뷰도 하고, 외식도 하고, 지하철을 타면 사람들이 알아봐주기도 하는 그런 삶이 그리웠다.

고드가 그의 부러진 뼈를 더 빨리 붙여줄 수도 없었다. 고드의 작고 재빠른 혀가 그의 모든 상처에서 흘러나오는 피를 멎게 할 수도 없었다. 개들은 말을 할 수 없어 인간의 거울이 될 뿐이다. 개의 주인에게 치명적인 결함이 있다고 해서 그것이 개의 잘못은 아니다.

일주일도 채 지나지 않아 로토는 다시 내리막을 달리는 기분이 되었다. 그는 마틸드가 정원의 정자에 놓은 쥐약으로 수플레를 만드는 상상이나, 마틸드가 그를 식료품점으로 데려갈 때 그녀의 손에서 운전대를 낚아채 절벽으로 차를 몰아 단풍나무 군락지에 차를 들이받는 상상을 했지만, 그 생각이 심각한 수준은 아니었다. 심각하진 않았지만 그 생각은 점점 더 자주 수면 위로 떠올랐고, 마침내 그의 내면이 어두운 생각들로 검게 변하는 느낌이 들었다. 그는 또다시 침몰하고 있었다.

그리고 로토의 생일이 되었다. 마흔이라는 대단한 나이. 그는 차라리 하루종일 잠을 자고 싶었지만, 그의 가슴팍 위에서 잠들었던 고드가 사부작사부작 내려와 투둑투둑 발소리를 내며 계단을 내려가자 잠이 깼다. 아래층에서는, 마틸드가 새벽이 되기 전부터 일어나 소리를 내지 않으려고 애쓰면서 부엌에서 뭔가를 하고 있었다. 뒷문이 열렸다가 닫혔다. 곧 그녀가 들어와 그의 여름옷 중에서 가장 고급인 정장을 옷방에서 꺼냈다.

"샤워 좀 해." 마틸드가 말했다. "이 옷 입어. 불평은 하지 말고. 깜짝 놀래줄 선물이 있어."

그는 그녀가 시킨 대로 했지만 기분은 별로였다. 허리가 너무 조여 거들을 입은 느낌이 들었기 때문이었다. 그녀는 그를 차 안으로 밀어넣었고, 그들은 새벽빛을 받아 아직 희미하게 반짝이는 이슬을 통과하며 차를 출발시켰다. 그녀는 맛좋은 고트치즈, 텃밭에서 딴 토마토와 바질을 넣고 만든 뜨거운 에그머핀을 그에게 건넸다.

"고드는?" 그가 물었다.

그녀가 팔을 크게 휘두르며 기쁨에 넘쳐 말했다. "신은 늘 우리 곁에 계시지."

"푸하하." 그가 웃었다.

"당신 강아지는 이웃집 여자한테 맡겼어. 목욕을 시키고 애지중지 잘 돌봐주다가 귀에 작은 분홍색 나비 리본을 묶어서 돌려줄 거야. 맘 편히 있어."

그는 상황을 받아들인 뒤 쏟아지는 풍경에 자신을 내맡겼다. 그곳은 외딴 시골이라 그의 기분에 완벽하게 잘 맞았다. 그는 꾸벅꾸벅 졸다가 주차하는 소리에 눈을 떴다. 화창한 아침, 잔잔한 호수, 저멀리 지나치게 짙은 갈색의 덩치 큰 건물이 보였다. 아내가 피크닉 바구니를 호숫가로 가져가 너무 늙어 이제 더 흐느끼지도 않는, 점점 굳건해진 평정심으로 제 운명을 견디는 버드나무 아래 자리를 잡았다. 그녀는 데블드에그와 샴페인, 채소로 만든 테린, 마틸드가 직접 구운 포카치아, 만체고치즈, 그들의 과수원에서 딴 선홍색 체리를 꺼냈다. 바닥이 검은색인 작은 컵케이크 두 개는 각각 초콜릿과 크림치즈로, 그의 컵케이크에 그녀가 초를 꽂고 불을 켰다.

그는 말로 표현할 수 없는 무언가를 바라며 촛불을 껐다. 그에게 더 좋은, 더 가치 있는 무언가를.

누군가가 종을 댕댕 치며 그 건물을 돌자, 마틸드가 펼쳤던 것을 천천히 다시 싸기 시작했다. 그루터기와 들쥐뿐인 풀밭을 가로질러 오페라하우스까지 걸어가면서 그는 아내를 목발처럼 의지했다.

건물 내부는 시원했고, 그들 주위는 온통 백발의 바다였다. "조심해." 마틸드가 그의 귀에 소곤거렸다. "노인병. 전염력이 강하고 치명적이야. 심호흡은 하지 마."

그는 몇 주 만에 처음으로 웃은 것 같았다.

현을 조율하는 길고 부드러운 불협화음. 그는 공연을 시작하기 전의 음악 아닌 그 소리를 몇 시간이나 들을 수 있을 것 같았고, 그렇게 재충전된 기분으로 이 장소를 떠나도 괜찮겠다고 생각했다.

한낮의 햇살을 막기 위해 오페라하우스의 측면이 스르륵 닫혔고, 사람들의 중얼거림도 잦아들었다. 이어 지휘자가 나오더니 팔을 들어올렸다. 그녀가 팔을 휙 내렸다가 뭔가를 확 끌어올렸는데, 이게 뭐지? 음악이라고 할 수는 없었다. 소리. 톡 쏘는, 오묘한, 거친. 그 소리는 서서히 불협화음에서 벗어나 하나의 멜로디로 녹아들어갔다. 그는 몸을 앞으로 내밀고 눈을 감았다. 몇 주 사이 그라는 존재에서 자라난 곰팡이가 그 소리에 의해 서서히 씻겨나가는 것이 느껴졌다.

오페라의 제목은 '네로'였다. 불타는 로마에 대한 내용이었지만, 불이 난 것은 무대 밖이었고, 이 네로가 네로 황제도 아니었다. 도플갱어 네로, 와인 저장실 관리자 네로. 어쩌면 그는 황제의 쌍둥이 형제로 궁전에서 왕이 사는 곳 아래에 살았을지도 모른다. 이것은 한 편의 이야기라기보다는 심연에서 불쑥 모습을 드러낸 하나의 위대한 피조물이었다. 내러티브라기보다는 돌연 귓가에 밀어닥친 파도였다. 랜슬럿은 머리가 빙빙 도는 것 같았다. 진정한 인식은 이런 식으로 일어난다. 어질어질한 현기증과 함께.

　휴식 시간에 그는 아내를 돌아보았고, 그녀는 애써 아주 높은 곳에서 내려다보듯 그를 바라보면서 미소 지었다. 지켜보면서, 기다리면서. 그가 속삭였다. "오, M., 숨도 제대로 쉴 수 없어."

　그들은 전원으로 나갔다. 햇살과 포플러나무 사이로 불어오는 부드럽고 서늘한 바람이 기분좋은 놀라움을 선사했다. 마틸드가 탄산수를 사왔다. 카페 테이블에 혼자 앉아 있는데, 한 여자가 그를 알아보았다. 이런 일은 점점 더 자주 일어났다. 그는 사람의 얼굴에 대해 그 나름의 일반적인 분류 방법이 있어서 보통 얼굴을 알아보는 데 일 초도 걸리지 않았다. 이 여자는 모르는 얼굴이었다. 그녀는 웃으면서 아는 사이가 아니라며 그를 안심시켰다. 〈에스콰이어〉에서 그의 프로필을 봤다고 했다. "멋져." 여자가 화장실에 갔을 때 마틸드가 말했다. "여기저기서 조금씩 알아보네." 물론 이 사람들은 그의 사람들, 극장에 가는 사람들이었다. 그들 중 그에 관해 아는 사람이 있을 거라는 예상은 가능했지만, 그럼에도 스타에게 반하듯 얼굴을 붉히는 그 여자의 모습은 그의 굶주린 허기를 채워주었다.

　푸른 하늘에 비행운이 그려졌다. 그의 안에서 뭔가가 부서지기 시작했다. 좋은 의미의 부서짐. 이번에 부서진 건 뼈가 아니었다.

　2막에서 이야기는 훨씬 더 부차적인 것이 되었다. 음시音詩. 불이 난 것을 표현하기 위해 무용수들이 밧줄을 들고 등장했다. 혀에 뜨거운 쇳물이 느껴지자 그는 자신이 입술을 깨물었음을 깨달았다.

막이 내린다. 끝.

마틸드가 그의 얼굴에 차가운 손을 댔다. "오." 그녀가 말했다. "당신 우네."

집으로 돌아가는 길 거의 내내 그는 눈을 감고 있었다. 아내의 얼굴이나 녹색과 푸른색과 황금색이 어우러진 그날의 풍경을 보고 싶지 않아서가 아니라, 오페라를 차마 놓아버릴 수가 없었기 때문이었다.

그가 눈을 떴을 때 마틸드는 얼굴에 생기가 없어 보였다. 그는 얼굴에 미소가 없는 아내를 마지막으로 본 게 언제였는지도 기억나지 않았다. 환한 햇살 속에 그녀의 눈가와 코 주변에 생긴 잔주름과 부스스하게 들고 일어난 가는 회색 머리카락이 보였다.

"중세의 마돈나 같아." 그가 말했다. "구아슈*로 그린. 금색 잎이 후광처럼 에워싼. 고마워."

"생일 축하해. 내 심장의 벗." 그녀가 말했다.

"정말 좋았어. 지금도 좋고. 그 오페라가 나를 바꿔놓았어."

"그럴 거라고 생각했어." 그녀가 말했다. "그랬다니 기뻐. 당신이 슬럼프에 빠지는 것 같았거든."

태양이 그레이프프루트가 터지듯 제 몸을 불살라 장관을 연출했다. 그들은 베란다에서 샴페인 한 병을 더 마시며 그 광경을 지켜보았다. 로토가 고드를 안아올려 머리 위에 키스했다. 그는 춤을

---
* 수용성 고무를 섞은 불투명한 물감.

추고 싶어져 안으로 들어가 라디오헤드의 음악을 틀었다. 그러고
는 튼튼한 한쪽 몸으로 마틸드를 의자에서 끌어내 품으로 끌어당
겼다.

"알아맞혀볼게." 마틸드가 뺨을 그의 어깨에 갖다대며 말했다.
"이제 오페라를 쓰고 싶은 거지."

"맞아." 그가 그녀의 향기를 들이마시며 말했다.

"당신은 야망이 부족했던 적이 없었어." 그녀가 말하며 웃었다.
그 말은 슬프게 들렸고, 바닥의 판돌과 머리 위로 휙휙 날아다니는
박쥐들에 부딪혀 메아리가 되었다.

기운 없이 지내고, 해설을 들으며 파멸의 장면을 지켜보고, 일꾼
들이 벌건 알몸을 드러낸 채 땀흘리며 일하는 모습을 지켜보던 시
간들은 이제 조사에 열광적으로 몰두하는 시간으로 바뀌었다. 그
는 밤을 꼬박 새우며 그 작곡가에 대한 자료를 찾아 읽었다.

레오 셴이라는 이름이었다. 셴. 남아시아 출신임을 의미하는 셴
은 산스크리트어로 군대를 뜻하는데, 영예로운 행위를 한 자에게
내려지는 성姓이었다. 셴이 사는 곳은 노바스코샤였다. 그는 신진
예술가에 속했고, 작품을 발표하기 시작한 지 육 년 정도밖에 되지
않았고, 상당히 젊었다. 온라인에서 레오 셴의 이미지를 전혀 찾을
수 없어 정말 그런지는 확실하지 않았다. 이 년 전에 올려놓은 이
력서와 작품을 칭찬하는 글이 조금 있을 뿐이었다. 〈뉴욕 타임스〉
의 촉망되는 외국인 작곡가 명단에 이름이 올라가 있었고, 〈오페라
뉴스〉에는 그의 작품 〈파라셀수스〉에 대한 두 문단짜리 기사가 있

었다. 아마추어가 만든 듯한 웹사이트에 작업중인 그의 오디오 클립이 몇 개 올라와 있었지만, 날짜가 2004년으로 아주 오래전이라 학생 시절의 작품일 가능성이 높았다. 인터넷에서는 누구든 유령이 될 수 있다는 점을 고려한다면 레오 셴도 그런 유령이 되어버린 것이었다.

은둔한 천재. 랜슬럿은 머릿속에 그려보았다. 편집광적이고, 눈동자는 고뇌에 빠져 있고, 그 자신의 찬란한 재능에 미쳐버린 사람. 아니, 자폐적인 성향이 있을 것이다. 덥수룩한 수염. 로인클로스.* 사교력은 없다. 심장은 야수 같다.

랜슬럿은 혹시 그를 아는 사람이 있는지 알아보려고 거의 모든 지인들에게 이메일을 보냈다. 아는 사람은 아무도 없었다.

그는 소 방목장에 세워진 오페라하우스의 페스티벌 감독에게 이메일을 보내 그의 연락처를 알려줄 수 있는지 물어보았다.

그녀의 대답을 요약하면: 우리한테 어떤 이득이 있나요?

그의 대답을 요약하면: 공동 작품이 탄생하면 먼저 기회를 드릴까요?

그녀의 대답을 요약하면: 행운을 빕니다. 여기 연락처예요.

9월? 벌써? 나뭇잎이 허물 벗듯 떨어졌다. 고드의 속털이 북슬북슬 자랐다. 랜슬럿은 한쪽 다리가 아직 약해서 걸을 때 여전히

---

* 한 장의 천을 치마 모양으로 하거나 살을 싸서 허리에 감아 고정시키는 원시적인 형태의 옷.

절룩거렸다. 그의 나르시시즘은 아주 대단해서 세상이 그의 몸을 모방하여 머뭇거리고 비틀거렸던 것만 같았다.

그들은 주중에는 도시로 가서 머물렀고, 주말에는 시골집으로 돌아왔다. 매일 밤 그는 레오 센에게 짧은 이메일을 보냈다. 아직은 답장이 없었다.

마틸드는 주의깊게 지켜보았다. 그가 마침내 침대로 오면, 자는 동안에는 누가 건드리는 걸 그렇게 싫어하던 그녀였지만 잠을 자다가도 그에게 돌아누워 그를 꼭 끌어안아주었다. 그가 눈을 뜨면 그녀의 머리카락이 그의 입안에 들어가 있었고, 그는 한 팔이 저려서 얼마간 똑바로 앉아 있어야 다시 고통스럽게 피가 돌기 시작했다.

이른 10월의 어느 날, 공기 중에 쌀쌀한 기운이 감돌기 시작할 무렵 마침내 레오 센과의 통화가 이루어졌다. 그가 예상하던 목소리는 아니었다. 부드럽고 망설이는 목소리와 영국식 억양에 그는 처음에 놀랐다. 하지만 다시 생각하자, 인도는 식민지였던 것이다. 교육받은 계급은 틀림없이 BBC의 고급 억양을 구사할 터였다. 이건 인종차별적인 생각인가? 확신은 없었다.

"랜슬럿 새터화이트라고 했나요?" 레오 센이 말했다. "흥분되는데요."

"저도 흥분됩니다." 어색한 탓에 랜슬럿은 목소리가 너무 크게 나와버렸다. 그는 이 순간을 너무 자주 상상해서 그 부드러운 목소리를 듣자, 더욱이 그를 존경하고 있었다는 레오의 말을 먼저 듣자 기분이 이상했다. 그는 레오 센이 자신의 천재성에 갇혀 외부 접촉을 성가시게 여길 거라고 예상했었다. 레오 센은 해명했다. 그가 거주하는 섬에서는 인터넷을 쓸 수 없고 전화는 받을 사람이 전화기 주변에 있어야만 쓸 수 있다고. 그곳은 목적에 따라 만들어진 공동체 사회였다. 겸허한 하루 일과와 명상에 오롯이 바쳐진 곳.

"수도원 같은데요." 랜슬럿이 말했다.

"수녀원일 수도 있죠." 레오가 말했다. "가끔은 그렇게도 느껴지거든요."

랜슬럿이 웃었다. 오! 레오에겐 유머 감각이 있었다. 얼마나 다행스러운가. 랜슬럿은 기쁜 마음으로 여름에 오페라하우스에서 레오의 작품을 봤을 때 자신의 반응이 어땠는지, 그때 그의 가슴속 뭔가가 어떻게 흔들렸는지 술술 풀어놓기 시작했다. 위대한, 급변, 고유한 같은 단어를 써가면서.

"정말 기쁜데요." 레오 센이 말했다.

"선생님과 같이 오페라 작업을 할 수만 있다면 무슨 일이든 할 겁니다." 랜슬럿이 말했다.

침묵이 길어지자 랜슬럿은 낙담해서 전화를 끊을 뻔했다. 흠, 시도는 좋았어, 랜슬럿. 이건 내 별자리에 예정된 일이 아니야, 가끔 일이 잘 안 풀리기도 하지. 어서 말에 올라타 고개를 숙이고 바람을 향해 돌진하는 거야, 계속 달려, 애마야.

"당연히 해야죠." 레오 센이 말했다. "네, 그럼요."

전화를 끊기 전에 그들은 11월에 삼 주 동안 예술가 마을에서 같이 지내며 작업하는 데 동의했다. 랜슬럿은 자신이 두 사람에 대한 비용을 감당할 수 있을 거라 생각해서 그렇게 하기로 했다. 처음 하루이틀 정도 레오는 현악사중주단이 의뢰한 작곡을 마쳐야 했지만, 어떻게 할지에 대한 구상이나 대화는 함께 해볼 수 있을 것이었다. 그러고 나면 그다음 삼 주 동안 발상이 떠오를 때까지, 가능하다면 대본 작업을 시작할 수 있을 때까지 끊임없이 치열하게 작업에 몰두할 것이었다.

"생각하는 건 있으세요?" 레오의 목소리가 전화선을 타고 들려왔다. "저는 콘셉트를 잡는 게 가장 어려워서요."

랜슬럿은 자기 작업실의 게시판을 쳐다보았다. 거기에 적어도 백 개, 천 개의 아이디어가 꽂혀 있었다. "우리한테 콘셉트가 문제될 것 같지는 않군요."

아침에 마틸드는 자전거를 타러 나가고 없었다. 그녀는 자전거로 80마일을 달리곤 했다. 랜슬럿은 옷을 벗고 거울 속에 비친 자신의 모습을 보았다. 오, 중년이란 얼마나 끔찍한가. 그는 얼굴을 보면서 자신의 잃어버린 아름다움을 찾는 데 익숙해져 있었지만, 평생 키가 크고 건장했던 터라 몸을 보면서는 그러는 게 잘 되지 않았다. 이제 그의 음낭은 피부가 쭈글쭈글했고, 가슴에 난 소용돌이 모양의 털은 회색으로 변해 있었고, 태아 같던 목은 칠면조의 늘어진 목처럼 되었다. 갑옷에 금이 가* 죽음이 스며들고 있었다. 그는 봄에 느닷없이 계단에서 굴러떨어졌던 그 사건 이전처럼 보이는 각도를 찾으려고 몸을 이리저리 돌려보았다.

어깨 너머로, 침대 위에서 앞발에 턱을 괴고 그를 지켜보는 고드의 모습이 보였다.

그는 눈을 깜박거렸다. 그러고는 거울 속의 랜슬럿을 향해 환하

---

* chink in the armor에는 '아킬레스건처럼 취약한 점'이라는 뜻도 있다.

게 웃으며 윙크한 뒤 고개를 끄덕였고, 옷을 입으면서 휘파람을 휘휘 불었고, 스웨터 어깨에 묻은 상상의 먼지도 툭툭 털어냈고, 약을 먹었고, 만족스러운 신음 소리를 낸 뒤, 급히 처리할 일이 생각난 듯 서둘러 거울 앞을 떠났다.

마침내 11월이 되었다. 그리고 그들은 회색으로 변해가는 드넓은 들판을 지나 허드슨 강을 건너고, 버몬트, 뉴햄프셔까지 속도를 냈다. 대기는 고요한 가운데 에너지를 모으고 있었다.

랜슬럿은 열정을 불사르며 준비하느라 몸무게가 10파운드나 빠졌다. 그는 몇 시간씩 자전거 운동기구의 페달을 밟았는데, 움직일 때만 아이디어가 떠올랐기 때문이었다. 지금 그의 무릎은 운전중인 마틸드에게는 들리지 않는 음악에 맞춰 까딱거렸다.

"아이디어를 다섯 개로 좁혔어, M.," 그가 말했다. "들어봐. 모파상의 『목걸이』를 다시 쓰는 거야. 아니면 『인어공주』를. 디즈니 것과는 정반대로. 안데르센 걸로 하는데, 더 극단적으로 이상하게 바뀌서. 아니면 욥의 시련을 다루는데 괴상한 느낌으로, 우습지만 암울하게. 아니면 아프가니스탄 참전 병사들의 이야기들을 엮어서 하나의 긴 이야기로 만드는 거야. 『예고된 죽음의 연대기』처럼. 아니면 『소리와 분노』를 오페라 형식으로 바꾸든가."

마틸드는 긴 앞니로 아랫입술을 깨문 채 길만 바라보았다.

"괴상한 느낌으로?" 그녀가 말했다. "우습지만 암울하게? 사람들은 오페라와 웃긴 걸 연관시켜 생각하지 않아. 뚱뚱한 여자, 비장함, 라인 강의 처녀들, 훌륭한 남자에 대한 사랑 때문에 자기 목숨을 끊는 여자들을 생각하지."

"오페라의 유머는 그 역사가 길어. 오페라부파*는 대중을 위한 주된 오락거리였잖아. 그걸 다시 대중화해서 인기 있는 오락거리로 만들면 괜찮을 거야. 집배원이 우편배달을 다닐 때 그 노래를 부르게 만드는 거지. 파란 유니폼 아래 아름다운 목소리를 감추고 있는 것처럼 보일 거야."

"그래." 그녀가 말했다. "하지만 당신은 서정성으로 알려져 있잖아. 당신은 진지해, 로토. 가끔은 활기가 넘치지만, 웃기지는 않아."

"내가 웃기지 않다고?"

"나는 당신이 유쾌하다고 생각해. 하지만 당신 작품이 정말로 웃기지는 않아."

"〈게이시〉도 그랬어?" 그가 물었다.

"〈게이시〉는 어두웠어. 풍자적이고. 암울하게 유머러스했어. 작품 자체가 웃기지는 않아."

"당신은 내가 웃기는 건 못 쓸 거라고 생각하는구나?" 그가 말했다.

"어둡고 풍자적일 수는 있다고 생각해. 암울하게 유머러스하거나." 그녀가 말했다. "그건 확실해."

"훌륭한 의견이야. 하지만 당신이 틀렸다는 걸 증명해 보일 거야. 그런데 내 아이디어에 대해서는 어떻게 생각해?"

그녀는 얼굴을 찡그리며 어깨를 으쓱했다.

"오," 그가 말했다. "다 별로군."

---

* 가벼운 내용의 희극적인 오페라.

"원작을 다시 쓰는 아이디어만 너무 많아." 그녀가 말했다.

"음, 아프가니스탄 건은 아닌데."

"그건 아니지." 마틸드가 말했다. "그래. 그거 하나만 괜찮아. 너무 직접적일 수는 있지만. 너무 뻔하고. 좀더 우화적인 걸 생각해봐."

"네 혀에 금속 재갈을 물릴지니, 너 마녀 아니여." 그가 말했다.

마틸드가 웃었다. "어쨌거나 두 사람이 합의할 문제겠지. 당신하고 그 레오 센이라는 사람하고."

"레오. 내가 비단 허리띠와 보타이까지 갖춰 입고 겨울 댄스파티에 춤추러 가는 십대가 된 것 같아." 그가 말했다.

"음, 여보, 사람들이 당신을 만날 때의 기분도 비슷해." 마틸드가 더없이 부드럽게 말했다.

그의 숙사는 돌로 지은 작은 집으로, 벽난로가 있었다. 저녁식사와 아침식사가 차려지는 본관과 그리 멀지 않았다. 그는 아직 허약한 다리로 걷다가 넘어지는 건 아닌지, 처음으로 빙판 때문에 걱정을 했다. 집안에는 책상과 의자, 보통 크기의 침대가 있었는데, 그 말인즉 정강이 어디쯤부터는 침대 밖으로 나온다는 의미였다.

마틸드는 침대 가장자리에 앉아 엉덩이를 튕겨보았다. 침대 틀이 쥐처럼 끽끽 소리를 냈다. 랜슬럿은 그녀 옆에 앉아 엇박으로 엉덩이를 튕겼다. 그는 손을 그녀의 다리에 올리고 한 번 튕길 때마다 손을 조금씩 움직여 그녀의 허벅지 위까지 올라갔고, 손가락을 더 밀어올려 그녀의 사타구니까지 파고들었다. 그러고는 손가락을 그녀의 팬티 고무줄 밑에 넣어 예상대로 풍성한 그곳을 발견했다. 그녀가 일어섰고, 그는 튕기기를 멈추었다. 그녀가 커튼을 치지도 않고 팬티 밑부분을 옆으로 밀더니 그의 몸 위에 올라탔다. 그는 그녀의 셔츠 안에 자신의 머리를 밀어넣었고, 그 안의 친구 같은 어둠을 애무했다.

"안녕, 이등병." 그녀가 그의 거기 끝을 만지작거리며 말했다. "차-렷."

"삼 주야." 그녀가 그를 에스코트해 그녀의 안으로 인도할 때 그가 말했다. 그녀는 카우걸처럼 엉덩이를 움직였다. 그가 말했다. "해방시켜주지 않기에는 긴 시간인데."

"나는 괜찮아. 바이브레이터를 샀거든." 그녀가 숨을 헐떡거리며 말했다. "이름을 랜슬리틀이라고 지었어."

그 말은 하지 말았어야 했다. 그는 심리적인 압박을 느껴 그 행위를 완벽하게 하고자 그녀의 몸을 돌려 손과 무릎을 짚게 했지만, 절정은 시들고 보잘것없는 오르가슴이라 그에게 불만족스러운 느낌만 남기고 끝나버렸다.

그녀는 욕실에서 세면대에 물을 받아놓고 비누칠을 하다가 소리를 질렀다. "당신을 여기 두고 가려니까 좀 불안해. 지난번에도 잠시 떨어져 있었는데 당신이 다쳐서 돌아왔잖아." 그녀가 다시 그에게 다가와 그의 뺨을 두 손으로 감싸잡았다. "하늘을 날 수 있다고 생각하는 우리 괴짜 남편."

"이번에는 내가 쓰는 글만 하늘을 날 거야." 그가 비장하게 말했다. 둘 다 웃음이 터졌다. 거의 이십 년을 함께 살다보니 불타오르던 열정은 따뜻한 온기로 변했고, 유머는 덜 과격해졌지만 지속시키기는 더 쉬워졌다.

그녀가 주저하며 말했다. "이곳에 멋진 여자들이 있을 거야, 로토. 그리고 나는 당신이 여자를 얼마나 좋아하는지 알아. 좋아했었다고 해야 하나. 한때. 그러니까, 나를 만나기 전에."

그가 얼굴을 찡그렸다. 그들이 함께해온 시간 동안 그녀가 질투심을 보인 적은 한 번도 없었다. 그건 그녀의 품위를 떨어뜨리는 일이었다. 또한 그의 품위를, 그들의 결혼생활의 품위를 떨어뜨리는 일이었다. 그가 약간 물러났다. "오, 그만." 그가 말하자, 그녀는 그 이야기를 털어버리고 그에게 진한 키스를 했다. 그리고 말했다. "내가 필요하면 언제든 올게. 네 시간 거리지만 세 시간이면 올 수 있을 거야." 그녀가 문을 열고 나갔다. 그리고 떠났다.

혼자다! 황혼에 물든 숲이 창문을 통해 그를 지켜보았다. 아직 저녁식사 시간이 되지 않아 그는 호기롭게 팔굽혀펴기를 했다. 그는 공책과 펜을 꺼냈다. 그리고 자신의 숙사를 빙 에워싼 원형 도로로 산책을 나가 양치류 식물을 뿌리째 뽑아 하얀 물방울무늬가 있는 감청색 머그잔에 심은 뒤 벽난로 선반에 올려두었다. 식물은 예상치 못한 실내의 열기에 벌써 가장자리가 말려올라가기 시작했다. 저녁식사 종이 울리자 그는 어스름한 흙길을 절뚝거리며 걸어갔다. 가는 길에 사슴 조각상이 있는 풀밭을 지났다. 혹은 진짜 사슴이 껑충껑충 뛰어갔는지도 몰랐다. 닭들의 집이 되어버린 나무 딸기밭의 건초 더미를 지나고 주렁주렁 열린 호박이 어슴푸레 빛나고 싹양배추가 무성하게 자란 어둑한 텃밭을 지나, 맛있는 음식 냄새가 솔솔 흘러나오는 낡은 농가에 다다랐다.

두 개의 테이블에는 벌써 음식이 잔뜩 차려져 있었다. 그가 프렌

치도어 앞에 서자 누군가가 빈 의자를 만지며 그에게 오라고 손짓
했다. 그가 그 의자에 앉자 테이블에 앉아 있던 사람들 전부가 그
를 돌아보며 갑자기 불이 환하게 켜진 것처럼 눈을 깜박거렸다.

이 사람들은 아주 아름다웠다! 자신이 왜 그렇게 긴장했었는지
모를 일이었다. 곱슬머리의 유명한 시인은 손바닥에 흠 없이 완벽
한 매미 껍질을 올려놓고 사람들에게 보여주고 있었다. 독일인 커
플은 똑같이 무테안경을 썼는데, 머리 모양도 그들이 잠든 사이 휙
던진 낫이 베고 지나간 것처럼 똑같이 짧은 걸 보면 둘은 쌍둥이일
지도 몰랐다. 대학을 졸업했을까 말까 한 나이의 빨간 머리 청년은
수줍은지 나서지는 못하고 얼굴만 벌겋게 달아올랐는데, 틀림없는
시인이었다. 금발에 건강미가 흐르는 소설가는 둥그스름한 배와
보랏빛 다크서클에도 불구하고 나쁘지 않아 보였다. 마틸드에 비
할 수는 없지만, 마틸드를 잠시 잊게 할 만큼은 충분히 젊었다. 그
소설가의 하얀 팔은 광을 낸 가문비나무 목재로 깎아낸 듯 아름다
웠다. 모든 여자들이 각자의 고유한 아름다움으로 그를 황홀하게
만들던 시절이었다면, 그녀의 팔이면 그에게는 충분했을 것이다.
젊은 날의 로토가 잠시 돌아왔다. 난잡한 파티의 섹시한 사냥개.
소설가의 둥근 배에 임신선이 보였다. 아름다웠다. 그는 그녀에게
물주전자를 건네면서 그 이미지를 털어냈다.

아주 젊은 아프리카계 미국인 영화감독이 랜슬럿을 유심히 쳐다
보더니 말했다. "새터화이트? 난 얼마 전에 바사를 졸업했어요. 거
기 새터화이트 홀이 있어요." 랜슬럿은 약간 움츠러들며 한숨을 내
쉬었다. 올해 봄에 모교인 바사에서 특강을 했을 때 학생처장이 일
어서서 그를 소개하며 이런저런 찬사를 늘어놓다가 랜슬럿의 집안

이 학교에 기숙사를 기증했다는 말이 나왔는데, 그 순간 그는 불쾌한 충격을 받았었다. 돌이켜 생각해보니 졸업식이 있던 주말에 불도저가 흙을 파고 있는 거대한 구덩이 앞에 샐리가 서 있는 걸 본 기억이 났다. 비쩍 마른 다리에는 바람에 펄럭이는 스커트 자락이 스쳤고, 표정은 굳어 있었다. 그녀는 랜슬럿의 팔에 팔짱을 끼고는 그 자리를 떠났었다. 그가 지원한 학교는 그곳뿐이었고, 입학 허가서는 플로리다에 있는 집으로 부쳐졌었다. 그는 입학 허가서를 본 적이 없었다. 부정행위가 있었다면 앤트워넷의 소행이라는 낙인이 사방에 찍혀 있었다. "오." 그가 자신을 이상하다는 듯 쳐다보는 영화감독에게 말했다. 랜슬럿의 표정이 그의 예상을 빗겨간 게 틀림없었다. "나하고는 무관한 일입니다."

바깥 포치의 불이 켜졌다. 너구리 한 마리가 센서를 작동시킨 것이었다. 불이 꺼지자 하늘은 감청색 벨벳을 이중으로 깔아놓은 듯했다. 그들은 케일과 레몬을 깔고 반짝반짝 빛나는 연어 한 마리를 올린 접시와 퀴노아 샐러드를 돌렸다.

랜슬럿은 말을 멈출 수가 없었다. 여기 와 있다는 사실 자체에 흥분됐다. 누군가가 그에게 와인을 자꾸자꾸 따라주었다. 예술가 몇몇은 디저트를 먹을 때쯤 사라졌지만, 대부분은 그의 테이블로 의자를 당겼다. 그는 실패로 돌아간 비행기 계단에서의 비상飛上에 대해 이야기했고, 배우였을 때 오디션을 망친 이야기도 했다. 누군가가 그에게 허리까지 벗어보라고 요구했고, 그는 그날 아침 마틸드가 샤워를 하면서 면도기로 가슴 털을 스마일 모양으로 만들어놓은 것을 깜박 잊고 말았다.

"선생님이 괴짜라는 말은 들었지만 말이에요." 시인이 크렘브륄레를 먹으며 말하고는 그의 팔에 손을 올렸다. 어찌나 심하게 웃었는지 눈에 눈물이 그렁그렁했다. "이 정도로 괴짜인 줄은 몰랐어요."

다른 테이블에 인도인인지 아닌지 애매한 튜닉 차림의 여자가 있었는데, 그녀를 보자 랜슬럿은 가슴이 파닥였다. 레오가 레오나를 줄여 부른 이름은 아닐까? 남자 목소리를 가진 여자도 있지 않은가. 그녀의 검은 머리에는 흰머리가 섞여 있었는데, 그게 지난여름에 본 오페라를 만든 사람에 걸맞은 괴짜의 느낌을 주었다. 그녀의 손은 아기 부엉이처럼 정말 아름다웠다. 하지만 그녀는 갑자기 일어서서 접시와 식기를 부엌에 반납하더니 횡하니 사라졌다. 그는 쓴맛을 삼켰다. 그녀는 그를 만나고 싶어하지 않았던 것이다.

이제 그들이 있는 곳은 당구대와 탁구대가 있는 메인룸이었다. 그는 시합을 했다. 술을 마신 뒤였지만 그의 동작은 날랬다. 여름에 깁스를 했었지만 그의 운동 실력은 완전히 녹슬지 않았고, 그 사실에 그는 기분이 좋아졌다. 누가 위스키를 가져왔다. 그는 헉헉거리며 동작을 멈췄다. 면발처럼 힘없이 흐느적거리는 왼팔에 약간의 통증이 느껴졌다. 예술가들이 조그맣게 원을 그리며 그를 둘러쌌다. 랜슬럿의 매력이 자동적으로 발산되기 시작했다. "이름이 뭐예요? 어떤 일을 해요?" 그가 한 명씩 돌아가며 물었다.

예술가들! 나르시시스트들! 그 사실을 좀더 잘 감추는 사람들이 있기는 하지만, 그들은 운동장 가장자리에서 손가락을 입에 물고 서 있는 아이들과 같았다. 다른 아이들이 한 명씩 설득되어 같이 놀 때 그들은 눈을 크게 뜨고 그 광경을 지켜보기만 한다. 대화에 초대되자 그런 예술가들은 내심 누군가가 자신을 자기가 보는 것만큼 중요하게 봐준다는 사실에 마음이 놓이는 듯했다. 그 공간에 있는 가장 중요한 누군가가 그들을 똑같이, 그 공간에서 가장 중요한 사람으로 봐주는 것이다. 잠재적으로 그럴지라도. 훗날에 그럴지라도.

왜냐하면 랜슬럿은 알고 있었기 때문이다. 지금 환한 미소를 지으며 다른 모두를 다정하게 대하는 그가 이곳에서 유일한 진짜 예술가임을.

생기가 넘치고 얼굴을 붉히는 빨간 머리 청년이 자기 차례가 되었을 때 어찌나 이름을 작게 말하는지 랜슬럿은 몸을 앞으로 숙이고 다시 말해달라고 부탁해야 했다. 청년은 어떤 기색—고집스러움과 흥미—을 내비치며 그를 쳐다보더니 말했다. "레오."

랜슬럿이 입을 움직였고 마침내 말이 나왔다. "당신이 레오라고요? 레오 센? 작곡가 레오 센?"

"보시다시피." 레오가 대답했다. "반갑습니다."

랜슬럿이 여전히 말문이 막혀 있자 빨간 머리 청년은 짐짓 진지하게 말했다. "인도인일 거라고 예상하셨죠? 그런 말을 종종 듣는답니다. 아버지가 절반은 인도인이고 외모도 그렇게 보여요. 아버지의 유전자가 어머니의 유전자에 밀렸죠. 하지만 제 누이는 발리우드 영화에 나올 법한 외모라서 아무도 우리가 한 핏줄이라는 걸 믿지 않아요."

"그 시간 내내 거기 그렇게 서 있기만 했다는 거죠?" 랜슬럿이 말했다. "나를 이렇게 바보로 만들면서?"

레오가 어깨를 으쓱했다. "재미있었어요. 제 오페라 대본을 써줄 분이 인간적으로는 어떤지 알고 싶었거든요."

"하지만 어쩌죠. 당신을 작곡가라고 하기는 어렵겠어요. 유치원

196

에 가 있어야 할 것 같은데." 랜슬럿이 말했다.

"스물여섯이에요." 레오가 대꾸했다. "기저귀 찰 나이는 지났죠." 얼굴을 붉히는 사람치곤 하는 말에서 날카로움이 느껴졌다.

"내 예상과는 딴판이에요." 랜슬럿이 말했다.

레오가 눈을 심하게 끔벅거렸다. 그의 발그레하던 얼굴이 벌겋게 익은 바닷가재처럼 붉어졌다. "음, 제 생각에는 그게 바로 굉장한 일인 거죠. 누가 뻔히 예상한 바를 바라겠어요?"

"나라면 안 바라죠." 랜슬럿이 말했다.

"저도 마찬가지예요." 레오가 말했다. 그러고는 랜슬럿을 바라보며 잠시 가만있다가, 마침내 긴장을 풀고 기이한 미소를 지었다.

레오 센은 손이 손바닥으로 농구공을 덮을 만큼 컸지만 몸은 호리호리했고, 키는 180센티미터였지만 구부정했다. 그들이 카우치에 앉아 술을 마시면서 대화를 나눈 건 이번이 처음이었다. 다른 사람들은 탁구나 당구를 치러 가거나, 작업을 좀더 하려고 헤드램프의 가녀린 불빛으로 길을 밝히며 어두운 땅을 지나 각자의 숙사로 돌아갔다.

지난여름 로토가 본 오페라는, 세상이 성난 파도처럼 밀려왔을 때 레오가 자신을 침몰시키려는 슬픔, 그 패닉의 감정과 싸우면서 탄생시킨 것이었다. "나는 대체로 곡을 쓰면서 그런 감정에서 벗어나요." 레오가 말했다. "음악과 나, 둘 다 지쳐 아무것도 느껴지지 않을 때까지 음악과 싸우죠."

"무슨 말인지 정확히 알겠어요. 야곱이 신과 씨름하는 것과 비숫한 거네요." 랜슬럿이 말했다. "예수가 악마와 그러거나."

"나는 무신론자예요. 하지만 그건 멋진 신화 같네요." 레오가 말하며 웃었다.

그는 노바스코샤의 공동체 섬에 있는 자신의 집은 건초와 진흙으로 지어졌고, 거기서 그가 하는 일은 배우고 싶어하는 사람에게 음악을 가르치는 것이라고 했다. 그는 가진 것도 별로 없었다. 흰색 버튼다운 셔츠 열 벌, 청바지 세 벌, 양말, 속옷, 부츠 한 켤레, 모카신 한 켤레, 재킷 한 벌, 악기들, 그게 전부였다. 물질은 음악을 만드는 데 필요한 것 이상으로는 그의 흥미를 끈 적이 없었다. 책은 필요했지만 빌려서 읽었다. 그의 유일한 사치는 축구였는데, 그는 그걸 풋볼이라고 불렀고 물론 토트넘을 응원했다. 그의 어머니는 유대인이었다. 그녀는 토트넘이 반유대주의적 비방에 맞서 싸우고 그들을 자칭 유대인 군대라고 일컫는 것을 좋아했다. 더 이도스.* 레오에게 그 이름은 의미심장하면서도 운율적인 느낌을 주었다. 토트넘 홋스퍼Tottenham Hotspur, 그들의 짧은 응원가였다. 섬의 공동주택에는 텔레비전이 있고 지붕 위엔 쫑긋 선 귀 같은 위성 안테나가 있었는데, 텔레비전을 보는 것은 대체로 위급한 사태가 일어났을 때에 한했지만 축구 경기에 대한 레오 셴의 열렬한 사랑은 예외로 쳐주었다.

"어렸을 때는 바이올린을 싫어했어요." 그가 말했다. "어느 날 텔레비전에서 축구 시합을 중계해주고 있는데 아버지가 곡을 쓰라고 했을 때까지는 말이죠. 토트넘 대 맨체스터 경기였는데, 우리 편이

---

* The Yiddos. 유대인을 말하기도 하고, 토트넘 팬을 말하기도 한다.

지고 있었어요. 바이올린을 켜고 있는데, 불현듯 지금껏 내가 음악 없이 깊이 느꼈던 모든 것이 더욱 깊어진 느낌을 받았어요. 공포, 기쁨. 그 순간 깨달았어요. 그 순간을 재창조하는 것이 내가 원하는 전부라는 걸요. 나는 그 작품에 '아우데레 에스트 파체레'라는 제목을 붙였어요." 그가 웃었다.

"도전하는 것은 행동하는 것이다?" 로토가 말했다.

"토트넘의 모토예요. 사실 예술가가 되기에 나쁜 방법은 아니죠."

"당신의 삶은 단순한 것 같군요." 랜슬럿이 말했다.

레오 센이 말했다. "내 삶은 아름다워요."

랜슬럿은 그 말이 사실임을 알 수 있었다. 그는 엄격한 생활의 매력을, 그런 생활이 내면의 황폐함을 얼마나 해방시킬 수 있는지를 이해할 만큼 충분히 형식을 사랑하는 사람이었다. 레오는 바닷새가 하늘을 나는 차가운 바다 저멀리 새벽이 밝아오면 눈을 떴다. 그리고 아침식사로 신선한 베리와 염소우유 요구르트를 먹고, 직접 키우는 허브를 달여 마셨다. 그리고 검은 조수 웅덩이 속에 꽃게가 기어다니고 매서운 바람 소리와 바위에 부딪히는 리드미컬한 파도 소리가 들리는 가운데 잠이 들었다. 남쪽으로 난 창문으로는 은은하게 반짝거리는 양배추 싹이 보였다. 레오는 적어도 표면적으로는 한결같은 냉정함을 유지하며 독신의 삶, 절제되고 온건한 삶을 살아갔다. 하지만 그의 안에는 열정적인 음악의 삶이 있었다.

"당신이 금욕주의자일 거라는 생각은 했어요." 랜슬럿이 말했다. "다만 턱수염을 덥수룩하게 기르고 창으로 물고기를 잡는 사람일 거라고 생각했죠. 로인클로스를 입고 사프란색 터번을 두르고." 그가 미소를 지었다.

"한편 당신은 늘 방탕하게 살았어요." 레오가 말했다. "작품을 보면 분명히 드러나요. 당신이 모험을 할 수 있는 건 특권 때문이에요. 굴과 샴페인을 즐기는 삶, 해변의 집. 애지중지 키워졌고. 당신은 귀한 알 같아요."

랜슬럿은 가슴이 쓰렸지만 이렇게 말했다. "맞아요. 하고 싶은 대로 하면서 살 수 있었다면 160킬로그램까지 살을 찌우면서 쾌락과 재미에 빠져 살았을 거예요. 하지만 아내가 늘 내 발꿈치를 따라다녔죠. 날마다 운동을 시키고요. 아침에는 술도 못 마시게 해요."

"아." 레오가 자신의 큼지막한 손을 물끄러미 내려다보며 말했다. "그러니까, 아내가 있으시군요."

그가 그 말을 한 방식은, 뭐랄까. 랜슬럿의 머릿속에서 레오에 대한 생각의 카드들이 다시 한번 뒤섞였다.

"아내가 있지요." 랜슬럿이 말했다. "마틸드. 성녀 같은 여자예요. 내가 만난 가장 순수한 사람 중 하나고요. 도덕적으로 곧고, 거짓말은 절대 하지 않고, 바보는 못 견디죠. 결혼 직전까지 처녀성을 유지한 여자는 만난 적이 없었는데, 마틸드는 그런 여자였어요. 아내는 자기가 더럽힌 걸 다른 사람이 청소하는 건 공평하지 않다고 생각해서 청소는 직접 해요. 전부 다요. 우리 형편이면 가정부를 둘 수도 있는데. 그리고 내가 쓰는 작품은 전부 아내에게 먼저 보여줘요."

"굉장한 러브스토리군요." 레오가 가볍게 말했다. "하지만 성녀와 같이 살면 힘들 텐데요."

랜슬럿은 키가 크고 눈부신 백금발 머리의 아내를 생각했다. "그렇지요." 그가 말했다.

200

이윽고 레오가 말했다. "이런. 시간이 벌써. 가서 작업 좀 해야 겠어요. 유감스럽게도, 제가 야행성 동물이라서요. 오후에 만날 수 있을까요?" 랜슬럿은 그곳에 남은 사람은 그들 둘뿐이며, 불은 대부분 다 꺼졌고, 시간은 그가 평소 자는 시간보다 세 시간을 넘긴 것을 깨달았다. 또한 그는 취해 있었다. 그는 레오에게 얼마나 친근감을 느끼는지 말하고 싶었지만 적당한 말을 찾을 수가 없었다. 그는 자기에게도 이해심 깊은 좋은 아버지가 있었다고, 자기도 단순하고 청결한 삶을 갈망했었다고, 자기도 작품을 쓰면서 완전한 기쁨을 발견한다고 말하고 싶었다. 하지만 레오의 작업실은 들판을 지나 숲속을 통과해야 했고, 본관 저택에서 나왔을 때 레오는 어둠에 가려진 채 숨결만 하얗게 내뿜으며 황급히 작별인사를 했다. 랜슬럿은 칠흑 같은 어둠 속을 느릿느릿 발을 끌며 걸어가면서 내일에 대한 생각에 아쉬움을 달래야 했다. 양파 껍질이 벗겨지듯 진실도 한 꺼풀씩 드러난다. 그는 같은 길을 함께 걸어가는 친구를 발견하게 될 것이었다.

그는 벽난로 불꽃이 날름거리는 것을 지켜보다가 잠이 들었다. 길고 느린 잠수, 자욱한 연기 같은 만족감. 그는 수년 동안 언제 이런 잠을 잤는지 기억조차 나지 않는 그런 깊은 잠 속으로 빠져들었다.

세상이 자신의 피부인 아침 안개로 창문을 감싸면, 세상이 내주는 뜨거운 우유를 한 잔 마신다. 점심에는 포치에서 바구니에 담긴 야채수프와 포카치아, 맛좋은 체다치즈, 셀러리, 당근, 사과, 쿠키로 식사를 한다. 하늘이 청회색으로 눈부신 날에는 집안에 머물러 있을 수 없었다. 그도 작품을 쓰고 싶었다. 오후 늦게 그는 부츠를 신고 바버 재킷을 입은 뒤 숲속으로 산책을 하러 갔다. 얼굴에 닿는 냉기는 피부 안으로 스미자 뜨거워졌고, 그는 점점 더워졌다. 몸의 열기가 욕정을 낳았고, 욕정은 이끼로 뒤덮인 바위로 그를 이끌었다. 녹색 벨벳 같은 따스한 융단 밑의 차디찬 기운. 그는 바지를 무릎까지 내리고 열정적인 자위행위에 빠져들었다. 마틸드에 대한 생각은 점점 자력을 잃다가 마침내 그녀를 튕겨내며 점점 빠르게 밖으로 날아갔고, 판타지가 으레 그렇듯 교복 치마를 입고 달콤하게 속삭이는, 성적 매력이 넘치는 아시아계 여자아이에 대한 가망 없는 생각에 엉켜들었다. 머리 위 나뭇가지는 회색 지붕널 같았고, 까마귀들은 움직이는 물방울무늬 같았다. 사타구니 부위에서 정신없이 손을 움직이다 마침내 불가피하게 당겨올리는 스핀 동작, 이어 손바닥 안에 미끈거리는 액체.

˙그의 발치에 있는 호수는 더없이 잔잔했다. 흩뿌리는 비의 손길이 닿은 호수는 매독에 걸린 것처럼 보였다.

자리에서 일어섰을 때쯤 그의 가슴속에서는 불안이 짙어지고 있었다. 이런 기분일 때는 작업을 미루는 것이 싫었다. 뮤즈들이 노래를 부르는데[허밍에 가깝지만] 귀를 막고 있는 기분이었다. 그는 레오의 숙사가 있는 방향으로 걸어갔다. 숲의 침묵에 오싹한 기분이 들자 유아기 때 암송한 옛 시들이 다시 그를 찾아왔다. 그는 그 시들을 노래처럼 자신에게 불러주었다. 레오의 숙사—옅은 분홍색 치장벽토를 바르고 튜더 양식을 흉내낸 건물로, 건물 옆에는 어두운 회색 햇살 속에서 양치식물이 은은하게 반짝이고 있는—에 도착했을 때, 그는 자신이 내심 그의 동료도 포치에서 빈둥거리고 있기를 기대했음을 깨달았다. 하지만 어디를 봐도 기척은 느껴지지 않았고 실내 커튼도 움직이지 않았다. 랜슬럿은 자작나무 뒤에 앉아 어떻게 할지 고민했다. 날이 충분히 어두워졌을 때 그는 창문 근처로 기어가 그 안을 들여다보았다. 불은 켜져 있지 않았지만 커튼은 걷혀 있었고, 누군가가 집안에서 돌아다니고 있었다.

레오였다. 그가 앙상한 하얀 가슴을 드러낸 채 눈을 감고 서 있었다. 주근깨가 돋은 얼굴은 거의 십대처럼 어려 보였고, 머리카락은 전체적으로 모래색 짚단처럼 조금씩 뭉쳐 있었다. 그는 팔을 위아래로 흔들었다. 그러다가 이따금 피아노에 놓인 악보로 이동했고, 뭔가 끼적인 뒤 원래 자리로 돌아와 다시 눈을 감았다. 그의 맨발은 그의 손처럼 큼지막했고, 발가락 마디 역시 손처럼 추위로 빨개져 있었다.

다른 누군가가 창작의 물마루 위로 들려 올라가는 모습이 랜슬럿에게는 참 낯설게 느껴졌다.

그는 지금껏 자신이 창작하면서 보냈던 시간들을 생각했고, 다른 누가 그런 그를 몰래 봤다면 얼마나 바보같이 보였을지 생각했다. 먼저 그의 작업실로 바꾼 도시 아파트의 창문 없는 옷방을, 그다음에는 독서대에 셰익스피어 개요서가 놓여 있고 창문을 통해 마틸드가 돌아다니는 텃밭이 보이는 시골집의 그럴듯한 다락 작업실을 들여다본다면. 그 다락 작업실에서 여러 달을 지내는 동안 그는 아래를 내려다보며 해바라기의 생애가 인간의 삶을 얼마나 잘 반영하는지를 생각했다. 희망에 부풀어, 예쁘게, 즐겁게 싹을 틔운다. 듬직하고 강인하게 자라 한창때의 충직한 얼굴로 태양을 바라본다. 무르익은 생각들로 무거워진 머리를 땅을 향해 숙이고, 갈색으로 변하고, 밝은색 머리칼이 빠지고, 줄기는 점점 쇠약해진다. 긴 겨울이 되기 전에 베어진다. 그곳에서 그는 목소리를 바꿔가며 말했고, 점잔을 빼며 걸었고, 의기소침해졌고, 씩씩하게 걸었고, 종종거렸다. 돌이켜보니 대작 열한 편, 그만큼은 아닌 작품을 두 편 썼다. 그 모든 작품을 쓰면서 그는 직접 연기를 했다. 관객은 텅 빈 벽, 해바라기들, 그리고 잡초를 뽑으려고 허리를 숙인 마틸드의 가냘픈 등이었다.

그가 정신을 차려보니, 레오가 셔츠 단추를 잠그고 있었다. 레오는 이어 스웨터와 재킷을 입고, 발에 모카신을 신었다. 랜슬럿은 다시 길로 돌아갔고, 곧장 레오의 숙사 앞으로 가서 그가 밖으로 나와 자물쇠를 채울 때 그의 이름을 불렀다.

"오, 안녕하세요." 레오가 말했다. "저를 보러 오신 건가요? 정말 기쁘군요. 선생님에 대해 약간의 죄책감을 느끼고 있었거든요. 맡은 일을 일찍 끝내고 우리 프로젝트에 대해 얘기하고 싶었는데, 지금 작업하고 있는 곡이 무례하게도 지독하게 저를 놓아주질 않네요. 그럼 저녁 먹으러 갈까요? 어쩌면 걸으면서 이야기를 해볼 수 있겠네요."

"갑시다." 랜슬럿이 말했다. "아이디어가 백만 개는 있어요. 아이디어가 끓어넘쳐요. 거기서 벗어나기 위해 좀 걸어야 했어요. 하지만 아이디어란 녀석이 많이 걸으면 걸을수록 더 많이 떠오른다는 게 문제지요. 두개골 안에서 번식하거든요."

"굉장한데요." 레오가 말했다. "그 말을 들으니 기쁘네요. 어서 말씀해보세요."

그들이 저녁을 먹으려고 앉았을 때, 랜슬럿은 가장 좋다고 생각되는 아이디어 다섯 개를 말했다. 레오는 추위 때문에 벌게진 얼굴을 찡그렸다. 그가 구운 채소 토르테를 옆으로 건네며 말했다. "아니요. 그중에는 없는 것 같습니다. 아시겠지만, 저는 불이 확 붙는 불꽃같은 걸 기다립니다. 유감스럽지만 그 아이디어들은 불꽃을 일으키지 않네요."

"알겠어요." 랜슬럿이 또 다섯 개를 말하려고 하는데, 그의 어깨에 손 하나가 내려오더니 귓가에 "로토!" 하고 외치는 뜨거운 목소리가 들렸다. 영문을 모른 채 고개를 들어보니 거기 내털리가 있었다. 내털리! 하고많은 사람 중에! 입가의 가느다란 검은 털 위에 감자 코가 있는 내털리. 그녀는 인터넷 붐이 일 때 크게 성공해 지금은 주식을 현금으로 바꾼 게 분명했다. 자기가 가장 하고 싶었던 일로 되돌아올 만큼 부자가 된 것이었다. 그 일은—정말 뜻밖에도—하고많은 것들 중 조각이었다. 그녀는 회반죽 가루를 뒤집어썼는지 하얬고, 몸집이 더 불어나 있었다. 그랬다, 그들 모두 몸집이 더 불어났다. 눈가에는 잔주름이 새겨져 있었는데, 아주 묘하게도 뭔가에 분개하는 듯한 느낌을 주었다. 부둥켜안고 또 부둥켜안고, 축하의 말을 나누고 또 나눈 뒤 내털리는 랜슬럿 옆에 앉아 자신이 어떻게 살았는지 들려주었다. 랜슬럿이 레오에게 내털리를 소개해주려고 돌아보자 레오는 이미 자기 접시와 포크를 치우고 사라진 뒤였다. 랜슬럿의 우편함에 사과의 편지가 들어 있었다. 지금은 맡은 일을 끝내야 한다는 중압감이 커서 그 곡을 마친 뒤에야 오페라에 오롯이 몰두할 수 있을 거라는 내용이었다. 그러니 아주, 아주 미안하다고. 그의 글씨체는 타자기로 친 듯 작고 또박또박했다.

그러고도 끊임없는 사과가 이어졌다. 나흘 연속으로. "압니다. 알아요. 정말 끔찍해요, 랜슬럿. 미안해서 어찌해야 할지 모르겠지만 맡은 곡은 끝내야 해서요. 사실 미치겠어요." 레오의 얼굴은 랜슬럿을 보자마자 불꽃처럼 타올랐고, 부끄러운 마음에 새로운 불안이 일었다. 랜슬럿이 잠복하면서 숲속 창문을 통해 지켜보면 레오는 열띤 표정으로 뭔가를 끼적이며 열심히 곡을 쓰고 있었다. 쓸데없는 일로 허송세월하지도 않았고, 낮잠을 자는 것도 아니었고, 나무늘보처럼 몸이나 긁으면서 시간을 보내는 것도 아니어서 랜슬럿은 그에게 화를 낼 수도 없었다. 그 때문에 기다림이 더욱 힘들게 느껴졌다.

본관 저택의 지하층 세탁실 아늑한 곳에서 그는 마틸드에게 전화를 걸었고—이곳에서는 휴대전화를 쓸 수 없어 그들은 정말로 세상과 단절되어 있었다—소곤소곤 자신의 좌절감을 털어놓았다. 그녀가 허스키한 목소리로 가만가만 토닥이고 달래주었지만, 새벽 다섯시는 마틸드에게 최상의 시간이 아니었다. "전화 섹스를 해보면 어떨까?" 마침내 그녀가 말했다. "전화선을 가로지르며 열정적으로 해보는 건 어때? 당신이 좀 진정될 수도 있고."

"아니, 됐어." 그가 말했다. "지금 나 몹시 심란하다고."

길고 긴 침묵, 전화선 저편에서 들리는 그녀의 숨소리. "이건 문제가 있어, 안 그래?" 그녀가 말했다. "이 새로운 위기 상황 말이야. 당신이 폰섹스를 퇴짜놓은 적은 없었어." 그녀의 목소리는 슬펐다.

그는 그녀가, 아내가 그리웠다. 아침에 눈을 떠도 그녀에게 우유를 탄 커피를 갖다줄 필요가 없다는 사실이 낯설었다. 그의 옷을 세탁해준다거나, 그의 눈썹을 정리해준다거나, 그를 보살펴주는 그녀의 소소한 손길의 부재가 느껴졌다. 이곳의 그에게는 뭔가가 결핍되어 있었다.

"집에 가서 당신 옆에 있고 싶어." 그가 말했다.

"나도 그래, 여보. 집에 와." 그녀가 말했다.

"며칠만 더 있어보고." 그가 말했다. "그러고 나서 밤에 어둠 속의 밀회를 즐기자."

"전화기 옆에 있을게." 그녀가 말했다. "숨죽이고 기다릴게. 늘 시동을 걸어놓을게."

그날 저녁을 먹은 뒤 그는 예술가들과 함께 손전등을 창처럼 들고 어둠을 무찌르며 독일인 조각가의 작업실로 갔다. 3층 건물은 무거운 조각품을 운반할 수 있도록 한쪽 벽을 붙였다 뗐다 할 수 있게 만들어졌고 수압 기중기가 설치되어 있었다. 뒤쪽 개울에는 차갑게 보관해둔 보드카가 있었고, 음악 소리는 징징거리며 전기 불꽃을 튀겼다. 불은 꺼져 있었다. 응접실에는 두 층으로 된 펄럭거리는 구조물이 있었다. 거기에 독일 여인의 첫 결혼 상대가 보낸 연애편지들이 바람이 불면 움직이도록 간당간당하게 묶여 있었고, 연애편지마다 직접 제작한 동영상이 작은 화면으로 상영되고 있었다. 결혼의 조각물, 되살아난 결혼.

랜슬럿은 눈물이 날 것 같았다. 정확히 그런 느낌이었다. 독일인 커플이 그의 아롱거리는 눈물을 봤는지, 둘이 같이—횃대에 올라앉은 작은 앵무새들처럼—쭈뼛쭈뼛 다가와 랜슬럿의 허리를 끌어안았다.

예술적인 궁지에 몰린 뒤 닷새째 되던 날, 가는 비가 흩뿌리는 새벽에 참담한 기분으로 잠에서 깬 랜슬럿은 자전거를 타고 언덕을 내려가 시내 체육관에 있는 수영장으로 갔다.

물속에 들어가니 기분이 한결 나아졌다. 그는 수영을 잘하지 못했지만 팔다리를 휘두르는 것은 도움이 되었다. 물속을 미끄러지듯 나아가며 한 번 왕복할 때마다 조금씩 더 오래 버텼다. 밀려오는 물살이 그의 마음을 차분하게 만들어 처음 이곳 예술가 마을로 올 때의 그 마음으로 되돌려놓았다. 어쩌면 산소 결핍 때문이었을 것이다. 어쩌면 길쭉한 그의 몸이, 특히 어쩔 수 없는 금욕생활을 했다는 점을 고려할 때, 마침내 필요한 운동을 한 것인지도 몰랐다. 어쩌면 지칠 만큼 몸을 썼더니 불안이 떨어져나간 것인지도 몰랐다. 〔틀렸다. 선물을 보면 그게 선물이란 걸 알아야 한다.〕 수영장 반대쪽 끝에 다다라 거기 벽을 치며 몸을 일으켜세웠을 때, 그는 이번 오페라가 어떤 모습이어야 할지 깨달았다. 오페라가 그의 눈앞에, 그 위를 덮은 물보다 더 생생하게, 환한 빛을 반짝이며 떠올랐다.

그는 넋을 놓고 수영장 가장자리에 한참 앉아 있었다. 고개를 들어 레오가 옆에 서 있는 걸 봤을 때는 피부가 다 말라 있었다. 레오는 여전히 청바지와 흰색 버튼다운 셔츠 차림에 모카신을 신고 있었다. "여기서 수영을 즐기고 있다고 해서요. 선생님을 모셔가려고 작은 차를 빌려왔어요. 이토록 오래 기다리게 해서 정말 죄송합니다. 하지만 당장이라도 시작할 수 있다는 의미인 건 눈치채셨겠죠.

지금도 괜찮다면 저는 준비가 됐습니다." 레오가 말했다. 그가 자리를 옮겨 서자, 창문으로 곧장 들어오는 햇빛 때문에 윤곽만 보이던 얼굴이 마침내 드러났다.

"안티고네." 랜슬럿이 말하고는 그를 올려다보며 싱긋 웃었다.

"네?" 레오가 말했다.

"안티고네." 랜슬럿이 말했다. "불꽃 말이에요."

"안티고네?" 레오가 말했다.

"지하세계의 안티고네. 우리 오페라요. 목매달아 죽지 않은 안티고네, 아니면 시도는 했지만 성공하기 전에 신들의 저주를 받아 불멸의 운명을 살게 된 안티고네. 처음에 신들이 불멸의 운명을 내려준 건 안티고네가 인간의 법에 맞서 신들의 법을 따른 것에 대해 주는 선물이었어요. 하지만 그녀가 신들에게 분노를 표출하자 선물이 비웃음거리가 되는 거예요. 그녀는 오늘날에도 동굴에 갇혀 있어요. 천 년을 살았다는 쿠마이의 시빌레*를 생각하고 있어요. 그 세월 동안 그녀는 쪼그라들어 항아리에 넣어졌어요. 엘리엇이 페트로니우스 아르비테르**의 『사티리콘』에서 그걸 읽고 『황무지』의 제사題詞에서 인용했죠. '나는 한때 쿠마이의 시빌레가 항아리에 넣어져 매달려 있는 것을 내 눈으로 직접 보았다. 청년들이 그녀에게 "시빌레여, 무엇을 원하나요?" 하고 묻자, 그녀는 "나는 죽

---

* 그리스신화에 등장하는 무녀. 아폴론이 그녀에게 구애하면서 소원을 들어주겠다고 하자, 모래알을 집어들며 이만큼 살게 해달라고 하여 얻은 수명이 천 년이라고 한다.

** 로마 네로 시대의 정치가이자 문인. 집정관을 지내며 황제의 총애를 받아 '우아의 심판관'이라 불렸다.

음을 원한다"고 대답했다.'"

긴 침묵과 함께 수영장 배수로에서 물이 철썩거렸다. 한 여자가
물위에 누워 천천히 개구리 발길질을 하면서 노래를 흥얼거렸다.

"오, 저런." 레오가 말했다.

"그래요." 랜슬럿이 말했다. "게다가 원작을 보면 안티고네는 신
의 편이고 인간과는 맞서고 있었어요. 인간의 명령, 그러니까 안티
고네의 오빠의 명예가 지켜지는 걸 막으려고 그의 매장을 금지한
크레온 왕의 명령에서 보면 알 수 있듯이요. 이 의미를 조금 더 확
장시키면……"

"남성혐오."

"아니. 남성혐오는 아니고, 인간혐오로 볼 수는 있겠군요. 안티
고네는 신도 조롱하고 인간도 조롱해요. 그녀를 떠난 것에 대해 신
을 조롱하고, 본래의 결함에 대해 인간을 조롱하죠. 그녀는 아주
조그맣게 쪼그라들어 인간 세계의 밑에서 살아요. 말 그대로 인간
의 발밑이죠. 하지만 그녀는 인간 위에 존재해요. 시간이 그녀를
정화시키죠. 그녀는 인간애의 정신이 되고요. 제목은 바꿔야 해요.
'안티-곤Anti-gone'은 어때요? 그녀가 아직 여기 있다는 사실에 대
한 말장난으로. 별로예요?"

랜슬럿은 레오를 탈의실로 데려간 뒤 수건으로 야단스레 자기
몸을 닦았다. 그러고는 수영복을 벗었다. 그가 고개를 들자 레오의
눈이 어마어마하게 커져 있었다. 레오는 벤치에 앉아 무릎에 손을
포개 올리고 벌거벗은 랜슬럿을 쳐다보고 있었다. 레오의 얼굴이
발그레해졌다.

"안티고니스트Antigonist." 레오가 아래를 내려다보며 말했다.

"잠깐. 디 안티고나드The Antigonad." 랜슬럿이 말했다. 처음에는 농담으로 던진 말이었다. 그때 그는 사각팬티를 올려 입고 있었다. 그렇다, 그가 실오라기 하나 걸치지 않은 채 조금 지체한 건 사실이었다. 누가 그렇게 쳐다보는 것에 대한 허영과 감사의 마음이 그의 안에서 뜨겁게 번쩍였다. 잘 모르는 사람이 그의 벗은 몸을 쳐다본 것도 꽤 오래전 일이었다. 언제였더라, 1990년대 중반에 〈에쿠우스〉에서 연기를 했었지만 열이틀 밤 동안이었고, 극장 좌석도 이백 석뿐이었다. 그가 그 제목을 말했을 때는 농담이었지만, 말하고 나니 마음에 들었다. "디 안티고나드." 랜슬럿이 다시 말했다. "러브스토리가 될 수도 있겠는데요. 러브스토리인데, 동굴에 갇힌 채로 사랑하는 거죠. 연인들은 서로 만질 수도 없고."

"일단은 그렇게 하기로 해요." 레오가 말했다. "우리 자신이 프로-고나드*란 걸 알게 되면 언제든 바꿀 수 있겠죠." 외설적인 농담을 한 건가? 이 청년에 대해서는 뭐라고 규정해서 말하기가 어려웠다.

"레오, 레오." 랜슬럿이 말했다. "당신은 베르무트**처럼 드라이하군요."

이어서, 지겨울 만큼 많은 말을 주고받는 시기가 왔고, 그들은 서로 대화를 멈추지 않았다. 나흘, 이제 닷새, 이제 이레가 되었다.

---

* '안티'(반대)와 '프로'(찬성)를 대비시킨 것이며, 고나드(gonad)는 생식샘이라는 뜻이다.
** 포도주에 향료를 넣어 우려 만든 술로, 흔히 다른 음료와 섞어 칵테일로 마신다.

아직 딱히 쓴 것은 없었다. 그들은 황혼이 물드는 오묘하고 어중간한 시간대에 일했다. 랜슬럿은 항상 일찍 일어났고, 레오는 밤을 새운 뒤 오후 두시까지 잠을 잤다. 그들은 레오가 깨어 있는 시간에 랜슬럿의 집에서 만나기로 합의했다. 그들은 랜슬럿이 옷을 다 입은 채 잠이 들 때까지 일했고, 랜슬럿은 레오가 떠날 때 문을 통해 찬바람이 훅 들어오는 순간에만 잠시 정신이 들었다.

랜슬럿이 소포클레스의 원작을 소리 내어 읽으면, 레오는 벽난로 근처 기분좋게 타오르는 장작불 앞에 누워 그 목소리를 들으며 꿈을 꾸었다. 맥락을 더 잘 이해하기 위해 랜슬럿은 3부작 중 나머지 두 작품인 『오이디푸스 왕』과 『콜로누스의 오이디푸스』도 소리 내어 읽었다. 에우리피데스가 쓴 것도 부분적으로 낭독했다. 셰이머스 히니가 각색한 것도 소리 내어 읽었다. 앤 카슨이 쓴 건 머리를 맞대고 읽었다. 함께 침묵 속에서 오르프의 오페라를, 장 콕토가 대본을 쓴 오네게르의 오페라를, 테오도라키스의 오페라를, 트라에타의 오페라를 들었다. 저녁을 먹으면서도 그들은 다른 것이 끼어들지 못할 만큼 완전히 몰두해 있었다. 안티고네에 대해 말할 때는 자신들의 친구라도 되는 것처럼 '고'라고 불렀다.

레오는 아직 곡을 쓰기 시작한 건 아니었지만, 부엌에서 고기 싸는 종이를 슬쩍 가져와 악상을 그렸다. 복잡하게 끼적인 종잇장들이 그의 숙사 벽을 빙 둘러 다닥다닥 붙었다. 그 종이는 야위고 왜소한 청년의 몸이 확장된 것이나 다름없었다. 옆에서 본 레오의 턱선은 굉장히 인상적이었다. 초승달 같은 하얀 부분까지 바싹 물어뜯은 손톱이나 목 뒤쪽 한복판에서 반짝반짝 빛나는 가는 머리카락도 인상적이었다. 그에게 가까이 다가가면 순수하고 깨끗한, 표백제 같은 냄새가 났다. [음악의 운명을 타고난 사람은 누구보다 사랑스럽다. 그들의 몸은 영혼을 담은 그릇이다. 그들이 지닌 최고는 음악이고, 그 나머지는 육체와 뼈로 된 도구에 불과하다.]

날씨도 공모자였다. 창문에 눈발이 부드럽게 날렸다. 너무 추워서 오래 나가 있을 수가 없었다. 무채색의 세상, 꿈의 풍경, 빈 페이지. 혀 뒤쪽에서 장작 땔 때의 연기 맛이 났다.

두 공동 창작자들은 작업에 너무 몰두한 나머지, 내털리가 같이 앉아 저녁을 먹으려고 하면 랜슬럿은 웃는 둥 마는 둥 하고 다시 레오를 보았다. 그러고는 방금 자신이 말하던 것을 아무 종이에나 대충 썼다. 그러면 내털리는 의자에 기대앉은 채 차오르는 눈물을—그들의 우정은 거의 과거의 것이었지만, 오! 그는 아직도 무관심으로 그녀의 마음에 상처를 입힐 힘을 지닌 것이다—웃음으로 눌러 참았다. 그녀는 로토를 지켜보았다. 그들이 무슨 말을 하는지 들었다. 그곳에는 전류가 흘렀다. 두 남자가 상기된 얼굴로 어깨를 맞대고 있었다. 로토가 내털리에게 주의를 기울이고 있었다면 그녀가 나중에 하고 싶은 이야기가 있다는 것을 알아차렸을 것이다. 그녀가 두 남자 사이에서 주목한 바를 말해주면서 옛 우정에 다시 불을 켤 수 있었을 것이다. 마침내 그녀는 고개를 끄덕인 뒤 식사 쟁반을 들고 그 자리를 떠났다. 그날 밤이 그녀가 이곳에서 보내는 마지막이었고, 그뒤로 그는 그녀를 다시는 보지 못한다. [그녀는 얼마 지나지 않아 느닷없는 죽음을 맞는다. 스키를 타다 굴러떨어졌다. 사인은 색전증.]

독일인 조각가들이 뉘른베르크로 돌아갔지만 랜슬럿은 알아차리지 못했다. 지금 그 숙사를 쓰는 사람은 창백한 얼굴의 젊은 여자였다. 그녀는 사물이 아니라 사물의 그림자를 1층 높이의 유화로 그렸다. 금발의 소설가는 아들들이 기다리는 가정으로 돌아갔다. 예술가 마을은 겨울에는 사람 수가 줄었다. 지금은 저녁식사 때도 식탁 하나면 충분했다. 곱슬머리 시인은 밤이면 밤마다 식당에 와서 두 사람이 함께 있는 걸 보고 실망의 표정을 지었다. "랜슬럿, 있잖아요. 이제 그 청년 말고 다른 사람한테는 말도 안 걸어요?" 한번은 레오가 식탁에 앉은 사람들을 위해 디저트 쟁반을 가지러 갔을 때 그녀가 랜슬럿에게 몸을 바짝 붙이며 말했다.

"미안해요." 그가 말했다. "곧 돌아갈게요, 에밀린. 지금은 시작 단계라서요. 푹 빠져 있는 시기거든요."

그녀가 종잇장 같은 뺨을 그의 어깨 아래 팔에 갖다대며 말했다. "이해해요. 하지만 말예요, 그렇게 오래 빠져 있는 건 건강에 좋지 않아요. 밖으로 나와 공기도 좀 쐬야죠."

그러던 어느 날 사무실에 아내의 편지가 와 있었다. 내용이 가슴 아플 만큼 짤막했다. 랜슬럿은 가슴이 철렁해 서둘러 세탁실로 내려가 마틸드에게 전화를 걸었다.

"M.," 그녀가 전화를 받자 그가 말했다. "미안해. 프로젝트 때문에 다른 덴 전혀 신경을 못 썼어. 거기 정신을 완전히 빼앗겼어."

"일주일 동안 아무 소식이 없었어, 여보." 그녀가 말했다. "전화도 없고. 나를 잊은 거야."

"아니야." 그가 말했다. "아니야. 그럴 리가 있나. 그냥 빠져 있었던 것뿐이야."

"빠져 있었다고." 그녀가 천천히 반복했다. "당신이 뭔가에 빠져 있었단 거네. 그렇다면 질문이 있어. 무엇에 빠져 있었어?"

"미안해." 그가 말했다.

그녀가 한숨을 쉬며 말했다. "내일이 추수감사절이야."

"아." 그가 말했다.

"그날 밤에는 당신이 돌아와서 같이 파티를 하기로 계획했었잖아. 시골에서 하는 첫 추수감사절 파티가 될 거야. 내일 아침 여덟 시에 데리러 갈 생각이었어. 레이철과 엘리자베스, 그리고 쌍둥이가 오기로 했어. 샐리는 비행기를 타고 올 거고. 콜리와 다니카도 오기로 했어. 새뮤얼은 세쌍둥이를 데리고 오지만 피오나는 안 온대. 피오나가 이혼소송한 거 알았어? 충격적이지. 난데없이 무슨 일이래. 새뮤얼한테 전화해봐. 당신을 보고 싶어해. 아무튼 내가 파이를 만들었어."

침묵의 의미가 질문에서 힐문으로 바뀌었다.

마침내 그가 말했다. "이번 한 번은 내가 사랑하는 사람들이 나 없이 추수감사절을 축하할 수 있을 거라고 생각해. 나는 일을 열심히 하는 걸로 당신을 위해 감사를 드릴게. 그러면 앞으로 당신 요리에 들어갈 토퍼키*를 수십 년은 쓸 만큼 살 수 있을 거야."

"정말 매정해. 그리고 슬퍼." 그녀가 말했다.

"매정한 게 아니야. 그리고 나 때문에 슬퍼하지 마." 그가 말했

---

* 두부로 만든 칠면조 고기 대용 음식 상표.

다. "이번 여름을 이렇게 보내고 나니까, M., 일하는 게 미치도록 좋아."

"미치도록 좋다고." 그녀가 말했다. "뉴햄프셔에서 영국식으로 말하는 줄은 몰랐네."*

"레오 때문인가봐." 그가 말했다.

"레오." 그녀가 말했다. "레오. 레오. 레오. 레오. 잘 들어. 사람들 모두한테 파티를 취소한다고 알린 뒤에 차를 몰고 그쪽으로 가서 민박집을 구할게." 그녀가 말했다. "우리 같이 파이를 배불리 먹자. 그리고 끔찍하게 재미없는 영화를 보고. 그리고 섹스를 하는 거야."

긴 침묵이 흐른 뒤 그녀가 말했다. "안 될 것 같네."

그가 한숨을 쉬었다. "안 된다고 말해도 나를 미워하면 안 돼, 마틸드. 이건 내 일이야."

그녀는 아무 말도 하지 않았고, 그 침묵의 소리는 컸다.

"이 문제로 길게 이야기하기에는 때가 좋지 않은 것 같아." 그가 말했다.

"그런 것 같네." 그녀가 말했다.

"레오하고 나는 체류 기간을 두 주 더 연장했어. 크리스마스 전에는 돌아갈게. 약속해."

"아주 잘했네." 그녀는 그렇게 말하고 전화를 끊었다. 그가 전화를 하고 또 하고 세 번이나 했지만, 그녀는 받지 않았다.

---

* 원문에서는 좋다는 것을 강조하기 위해 bloody라는 단어를 썼는데, 영국식이라는 말은 이를 두고 하는 말이다.

그가 마틸드와의 말다툼을 잊은 건 아니었지만, 밖으로 나가보니 이미 떠오른 해가 눈과 얼음을 눈부시게 반사해 세상은 돌과 대리석과 운모를 깎아 조각한 것처럼 보였다. 지극히 부드럽고 신선했던 것들이 드러낸 원시적 광물성은 그를 고Go의 동굴로 되돌려보냈다. 지금은 그가 무엇을 보고 듣고 느끼건 고의 세계로 직결되는 것만 같았다. 이틀 전 저녁을 먹은 뒤 서로 작품에 대한 의견을 나누는 동안, 한 비디오아티스트가 손으로 그려 제작한 영화가 그들의 프로젝트에 전적으로 부합하고 필요한 것 같다고 뜻이 모아졌다. 시간의 경과에 따라 한 마을이 건립되고 화재로 파괴되고 재건되는 내용을 다룬 영화였다. 불붙인 실크 조각을 움직이는 사람처럼 연출한 인형극이 〈디 안티고나드〉에 깊은 인상을 남긴 것과 마찬가지였다.

로토가 아내를 잊을 수 있다는 건 아니었다. 그녀는 한결같고 변하지 않는 차원에 존재하고 있었고, 그녀의 리듬은 그의 뼈에 새겨져 있었다. 그는 모든 순간에 그녀가 어디 있는지 예측할 수 있었다. (지금 그녀는 오믈렛을 만들기 위해 달걀 거품을 내고 있다. 지금 그녀는 화났을 때 늘 그러듯 법으로 금지된 걸 피우려고 선선한 들판을 지나 연못으로 가고 있다.) 하지만 지금 이 순간 랜슬릿이 존재하는 세계는 그가 알고 있는 모든 것, 그 자신을 구성했던 모든 것이 전복된 차원, 예측 가능한 것이 폭발해버린 차원이었다.

그가 낮잠을 자고 일어났더니 레오가 침대 위 그의 옆에 앉아 있었다. 하루의 마지막 햇살이 창문으로 일렁이며 들어와 맑은 피부와 아름다운 눈썹을 환하게 비추었다. 그의 어깨에 놓인 청년의 큼지막한 손은 따스했다. 랜슬럿은 졸린 눈을 깜박이며 미소를 지었다. 랜슬럿은 충직한 개처럼 그 손에 자신의 뺨을 갖다대고 싶은 충동을 느꼈다. 그래서 그렇게 했다.

레오는 얼굴을 붉히며 손을 뺐지만, 빼기 전에 손이 미세하게 움찔했다.

랜슬럿은 벽에 팔이 닿고 발은 대롱거릴 만큼 길게 기지개를 켠 뒤 일어나 앉았다. 방안에 부드럽고 푸른 정전기가 일어났다.

"난 준비됐어요." 레오가 말했다. "먼저 고의 아리아를 쓰고 싶어요. 사랑의 아리아. 지금은 그 곡만요. 그 곡이 나머지 음악 전체를 결정할 거예요. 괜찮다면 며칠 동안 얼굴을 보이지 않을 거예요."

"그러지 마요." 랜슬럿이 말했다. 마음이 무거워졌다. "당신이 곡을 쓸 때 나는 구석에 가만히 앉아 있으면 안 될까요? 대본 스케치를 좀더 할게요. 고가 쓸 언어의 문법과 단어도 좀 고민하고요. 일 초도 괴롭히는 일은 없을 거예요. 내가 거기 있다는 것도 모르게 할게요."

"제발요. 한 시간이라도 말을 참을 수 있을 것 같아요?" 레오가 말했다. 그러고는 일어서서 창문 쪽으로 걸어가, 이제 완전히 잠에서 깬 랜슬럿에게 등을 보이며 섰다. "잠시 떨어져 있는 게 우리한테 좋을 거예요." 레오가 말했다. "적어도 나한테는. 당신이 여기 있는 걸 알지만 당신을 볼 수는 없다는 사실. 그게 음악에 오롯이 나타날 거예요."

랜슬럿은 좀 놀라서 그를 쳐다보았다. 강철 빛깔 숲을 배경으로 창틀에 담긴 그의 모습은 너무 왜소했다. "하지만 레오," 랜슬럿이 말했다. "당신이 없으면 쓸쓸할 거예요."

레오는 돌아서서 랜슬럿을 힐끔 본 뒤 말없이 문밖으로 나갔고, 숲을 통과해 작은 길로 걸어갔다. 랜슬럿은 담요를 어깨에 두르고 포치로 나가 그가 사라지는 모습을 지켜보았다.

나중에 그는 어두운 나무들 사이를 걸어 저녁을 먹으러 본관 저택으로 갔다. 하지만 부엌에는 전등 하나만 달랑 켜져 있었다. 아직 그곳에는 여덟 명의 예술가가 있었는데, 지금은 대부분이 더 따뜻한 곳에 가서 가족과 친구들 사이에서 정을 나누거나 식사를 하거나 어깨나 뺨에 그들의 손길을 느끼고 있을 것이었다. 애정을 느끼는 시간. 하지만 랜슬럿은 떨어져 있는 것을 선택했다. 레오가 그렇게 혼자 틀어박힐 걸 알았다면 그도 다른 방식을 택했을 것이다. 혼자만 남겨졌다는 오래된 불편함이 그를 괴롭혔다.

랜슬럿은 그레이비소스를 끼얹은 두부와 으깬 감자, 깍지콩을 접시에 담아 데웠다. 반쯤 데워졌을 때 냄새가 좀 나고 귀가 좀 먼, 월트 휘트먼*처럼 기른 턱수염이 늘 침에 축축하게 젖어 있는 작곡가가 합류했다. 그는 핏발이 벌겋게 선 눈을 하고 끊임없이 코를 킁킁거렸으며, 사나운 염소처럼 랜슬럿을 쏘아보았다. 랜슬럿은 그와 게임을 하듯 일방적인 대화를 나누었다.

"크랜베리소스요?" 킁킁 소리에, 랜슬럿이 국자로 크랜베리소스를 조금 퍼서 자기 접시에 덜며 말했다.

킁킁 소리에, "설마. 1932년 추수감사절에 리츠 호텔에서 먹어

---

* 19세기 미국의 시인. 민중의 대변인으로, 혁신적인 작품들을 통해 미국의 민주주의 정신을 표현했다.

본 그 맛이 최고였다고요?"

"누구하고?" 킁킁. "정말로요? 굉장해요. 지금 왕족이라고 했어요?" 킁킁. "전쟁중에 마거릿 공주와 뭘 했다고요? 그게 그 당시에 이미 발명되어 있었다는 것도 나는 전혀 몰랐는걸요." 크롱크롱 킁킁.

디저트는 펌킨 파이였다. 범블퍽 파이. 그들은 파이 전체를 둘로 나누었고, 랜슬럿은 슬픔이 빠져나오지 못하게 하려고 더 달콤한 쪽을 가져갔다. 그 작곡가는 맹렬한 정의감에 사로잡힌 사람처럼 랜슬럿이 한 입씩 먹을 때마다 자기도 한 입씩 먹었다. 랜슬럿은 작곡가가 거울처럼 자신을 따라 하는지 보려고 일부러 아주 크게 한입 베어물었다. 작곡가는 입안에 쥐를 문 뱀처럼 보였다. 랜슬럿이 파이를 삼키며 말했다. "당신이 마음에 들어요, 월트 휘트먼."

적어도 그 말은 들었는지 작곡가가 "오, 당신은 자기가 재미있는 사람인 줄 아는군요" 하고 쏘아붙이더니, 음식을 먹은 접시와 바닥에 떨어진 부스러기를 랜슬럿더러 치우라는 듯 그대로 놓고 일어섰다.

"당신은 속에 많은 것을 담아만 두는군요." 랜슬럿이 딱정벌레 같은 그의 등에 대고 말했다.

작곡가가 돌아서서 그를 쏘아보았다. "당신을 위해 감사를 드리는 중입니다." 랜슬럿이 근엄하게 말했다.

아, 외롭구나, 외로워. 시골집에도, 아파트에도, 휴대전화에도 전화를 걸어봤지만, 마틸드는 받지 않았다. 전화를 받을 리 없었다. 그녀는 지금쯤 손님들을 접대하고 있을 것이었다. 그의 가족들, 그의 친구들. 그들 모두 틀림없이 그에 대해 이런저런 말을 하고 있을 것이다. 〔정말로 그랬다.〕 그는 매우 천천히 이를 닦았고, 문에 괴는 데나 쓸 두꺼운 표지의 지루한 소설책을 들고 침대로 갔다. 편집증 환자같이 굴지 마, 로토, 괜찮을 거야, 그는 혼잣말을 했다. 너에 대한 말을 하더라도 틀림없이 좋은 말일 거야. 하지만 그의 상상 속에서 그들은 기괴한 동물 형태로 일그러진 얼굴을 하고서 그를 비웃고 있었다. 레이철은 쥐, 엘리자베스는 코가 길고 예민한 코끼리, 마틸드는 알비노 매였다. 사기꾼이야, 무식쟁이지, 얼뜨기라니까, 그들은 그를 두고 그런 말을 하고 있었다. 예전엔 남창이었잖아. 나르시시스트!

이 순간 그들은 그 없이 멋진 시간을 보내면서 잔뜩 취해 있을 것이다. 머리를 뒤로 젖히고 뾰족한 치아와 와인으로 얼룩진 잇몸을 드러낸 채 웃고 또 웃을 것이다. 그는 저만치 책을 휙 던졌다. 어찌나 세게 던졌던지 책등이 땅에 부딪혀 쩍 갈라지는 소리가 났다.

그의 침울한 기분은 밤을 지나 아침까지 이어졌다. 오후가 되자 집에 돌아가고 싶은 마음이 간절해졌다. 뜨거운 코를 비벼댈 고드에게로, 자신의 베개로, 사랑하는 마틸드에게로.

레오가 고독한 감금생활을 하러 들어간 지 나흘째 오후가 되자 랜슬럿도 더는 참을 수가 없었다. 거절을 당할 게 뻔했지만 그는 그날 오후에 숲을 통과해 비듬이 떨어진 것처럼 보이는 자작나무 막대를 지팡이 삼아 먼길을 걸어갔고, 마침내 또다시 레오의 숙사에 이르렀다.

실내가 어둑해 레오가 어디 있는지 알아보기까지는 얼마간의 시간이 걸렸다. 요즘 바깥 날씨는 레오에게도 너무 추운지 실내에는 불이 피워져 있었다. 희미하게 일렁이는 장작불 속에서, 레오의 머리는 피아노의 앞부분에 기대어져 있었는데, 이따금 한 음이나 화음을 누르기 위해 무릎에 놓여 있던 손이 올라가지 않았다면 자는 줄 알았을 것이다. 긴 정적이 흐른 뒤 들리는 그 소리는 주변 공기를 깨워 깜짝 놀라게 했고, 나무 뒤에 숨은 랜슬렷마저 그 소리에 놀랐다.

이 느린 소리 작업이 랜슬렷의 마음을 진정시켜주었다. 그는 다음 음을 기다리는 매번의 시간 동안 작은 황홀경에 빠져들었다. 마침내 소리가 들리면, 그 소리는 벽과 유리창과 공기 덩어리를 통과하며 작아진 채 랜슬렷의 귀에 불시에 다다랐다. 마치 혼자 방에 있다고 생각하고 잠이 들려는 찰나 어두운 구석에서 조그맣게 들리는 재채기 소리 같았다.

오들오들 떨리는 추위가 참을 수 없어지자 랜슬렷은 그 자리를 떠났다. 어둠은 평소와는 다른 불길한 느낌을 주었다. 눈보라를 몰고 오는 어두컴컴한 기운이 서쪽 하늘에서 빠른 속도로 하강하고 있었다. 그는 컵라면으로 저녁식사를 대신했고 핫초콜릿을 마시고 버번 반병을 비웠다. 그리고 불꽃을 타닥거리며 방안을 불타는 8월 중순의 플로리다로 바꾸어놓은 장작불 앞에서 알몸으로 춤을 추었다. 창문을 열자 눈이 비스듬히 방안으로 들이쳤고, 바닥 판자에 떨어진 눈은 물로 변했다가 되튀어 수증기가 되었다.

그는 한결 기분이 좋아져 술에 취한 채 침대 위에서 땀을 흘리며 잠들었다. 몸이 위로 들려 올라가는 것 같았다. 연에 묶인 채 땅에서 30피트 높이로 떠서 까마득한 저 아래 자그마한 필멸의 존재들이 느리고 조그맣게 움직이는 것을 지켜보는 느낌이었다.

그는 평소와 같은 시간에 부들부들 떨면서 눈을 떴다. 커피 물을 끓이려고 보니 전기가 들어오지 않았고 난방도 꺼져 있었다. 커튼 뒤로, 숲은 유리로 만들어진 듯 마지막 달빛 속에서 황홀한 자태를 드러냈다. 깊은 밤에 얼음이 얼어 들판과 나무에 에폭시를 발라놓은 듯했다. 어둠 속에 커다란 나무의 가지들이 매복 공격을 당해 실신한 병사들처럼 부러진 채 여기저기 흩어져 있었다. 그러나 그는 술에 너무 취한 나머지 눈 한 번 뜨지 않고 잤던 것이다. 랜슬렷은 숙사 방충문을 간신히 열었다. 그러고는 자신 있게 얼음 위에 한 걸음 내디뎠다. 그리고 한동안 주르륵 우아하게 미끄러졌고, 약한 발이 아라베스크 동작처럼 뒤로 뻗쳐졌다. 오른쪽 발가락을 바위에 갖다대서 더 미끄러지는 것은 막았지만, 몸이 앞으로 쏠려버려 빙그르르 돌다가 빙판에 꼬리뼈를 너무 세게 찧는 바람에 옆으로 나동그라져 이를 악물어야 했다. 그는 아파서 한참 동안 끙끙거렸다. 다시 일어서려는데 뺨이 얼음에 들러붙어 억지로 떼려다가 피부가 벗겨졌다. 손끝을 대보니 피가 좀 묻어났다.

그는 등산가처럼 손을 엇갈아 짚으며 엉거주춤 다시 포치로 올라갔고, 숙사로 들어간 뒤 바닥에 지친 몸을 누인 채 거친 숨을 몰아쉬었다.

로버트 프로스트의 좋은 시가 있었지, 그는 생각했다. 세상이 얼음이 되어 끝날 것*이라고 말했던 이들이 옳았다. 〔틀렸다. 불이었다.〕

---

* 로버트 프로스트의 시 「불과 얼음」을 말한다.

그는 여기서 굶어 죽을 것이다. 선반에는 점심때 가져온 사과 한 알, 마틸드가 챙겨준 다이어트 그래놀라바 한 박스, 그리고 컵라면이 하나 남아 있었다. 그는 뺨의 출혈 때문에 죽을 것이다. 꼬리뼈 골절이 패혈증을 일으킬 것이다. 지금 전기도 들어오지 않는데, 어젯밤 그는 게걸들린 듯 미친 열정에 사로잡혀 장작을 다 태워버렸다. 그는 얼어죽을 것이다. 커피도 없으니 이 순간 진정한 비극은 카페인 금단증상이었다. 그는 찾을 수 있는 옷은 죄다 꺼내 입고 무릎담요를 망토처럼 둘렀다. 노트북 케이스를 모자 위에 덧썼다. 이제 그는 럭비 유니폼을 입은 것처럼 큼직해진 몸으로 침대 위에 다리를 세우고 앉아 그래놀라바 한 박스를 다 먹어치웠다. 다 먹고 난 뒤에야 실수였음을 깨달았는데, 누군가 잃어버려 계절이 세 번 바뀌는 동안 숲속에서 뒹군 테니스공 같은 맛이 났기 때문이었다. 또한 바 하나에 하루에 필요한 섬유소의 83퍼센트가 함유되어 있다니 그는 하루 권장량의 498퍼센트를 섭취한 셈이었다. 출혈이나 추위로 죽기 전에 장 섬유질 때문에 죽을 수도 있었다.

게다가 어제저녁에 노트북 충전지가 다 닳았지만, 아침에 당연히 전기가 들어올 줄 알고 플러그를 꽂아놓을 생각도 하지 않았다. 손으로 쓰는 습관은 없어진 지 오래였다. 어째서 아무것도 손으로 쓰지 않았던가? 가장 필수적인 이 기술을 그는 왜 없애버린 건가?

그가 밀턴처럼 머릿속에서 글을 쓰고 있는데 엔진 소리가 들렸다. 커튼을 열어보니 천만다행으로 블레인이 와 있었다. 그의 픽업트럭 바퀴에는 체인이 감겨 있었다. 차가 문 앞에 잠시 서 있더니 블레인이 차창 밖으로 모래를 뿌렸다. 그러고는 차에서 내려 징이 박힌 빙벽화를 신은 발로 우지끈 소리를 내며 걸어와 문을 두드렸다.

"생명의 은인이세요." 랜슬럿은 자신의 기괴한 옷차림도 잊은 채 문을 열며 말했다. 그를 머리부터 발끝까지 훑어본 블레인의 사랑스러운 얼굴이 활짝 펴졌다.

본관 저택에 간이침대가 꺼내졌고, 발전기가 가동되었다. 난로는 가스난로였고, 음식은 충분했다. 그들 말로는 하루이틀이면 전화선도 살아날 거라고 했다. 모든 것이 편안했다. 예술가들은 재난의 생존자로서 서로 웃음을 나누는 동지가 되었다. 작곡가 월트 휘트먼은 모두에게 슬리보비츠*를 따라주었고, 랜슬럿은 그와 잔을 부딪치며 고개를 끄덕였다. 두 사람은 지나간 일은 지나간 일로 훌훌 털면서 서로 마주보며 웃었다. 랜슬럿은 월트 휘트먼을 위해 냉장고에서 진저브레드를 더 가져왔고, 작곡가는 랜슬럿에게 두꺼운 캐시미어 양말을 빌려주었다. 친구 같고 화기애애한 분위기가 둘을 감쌌다.

오후 내내 랜슬럿은 기다리고 또 기다렸지만 레오는 오지 않았다. 급기야 랜슬럿은 한 달 동안 버틸 장작을 들여놓은 뒤 자기 집에 얼었을 얼음을 깨기 위해 돌아갈 채비를 하는 블레인을 몰아세웠다.

"오." 블레인이 말했다. "레오는 자기는 괜찮다고, 장작도 충분하다고 했어요. 피넛버터와 빵 한 덩이, 물통을 보여주면서 거기서 작업을 계속하겠다고 그러던데요. 그런다고 큰일이 생길 것 같지는 않았어요. 이런. 내가 잘못한 건가요?"

아니, 아니요, 그럴 리가요. 랜슬럿은 거듭 말했다. 하지만 속으

---

* 슬라브 민족의 전통주로, 자두를 발효시켜 만든 와인을 다시 증류시켜 만든 브랜디.

로 생각했다. 그럼, 끔찍한 잘못을 한 거지, 누구든 혼자 추위를 버티도록 내버려두고 오면 안 되지, 섀클턴*이나 'HMS 인듀어런스호'**에 대해 읽어보지도 않았나? 빙하와 식인 행위. 혹은 숲에서 얼음 고블린이 나와 문을 두드리는 동화도 있었다. 한밤중에 레오가 작업을 하다 문 앞에서 뭔가가 움직이는 소리를 듣고 맨발로 뭔지 알아보려는데, 무리 지은 나무들 너머 기괴하고 부드러운 노랫소리가 들리는 것이다. 호기심이 든 레오가 잠시 문을 열고 추운 바깥으로 나가는데 그 순간 문이 닫혀버린다. 얼음 고블린들이 슬쩍 안으로 들어와 문을 잠가버린 것이다. 아무리 애를 써도 그는 악마처럼 뜨거운 불이 타오르는 집안으로 들어갈 수가 없다. 안에서는 야만적인 고블린들이 벌거벗고 춤추고, 그는 성냥팔이 소녀처럼 웅크린 채 문에 등을 기댄다. 저멀리 보이는 행복한 세상을 꿈꾸며 의식을 잃어갈 때 그의 호흡도 느려지다 멎는다. 꽁꽁 언 채로. 죽은 것이다! 불쌍한 레오는 푸르스름한, 뻣뻣한 시체가 되었다. 본관 안은 안도한 예술가들의 훈훈한 분위기와 벽난로가 뿜어내는 열기로 열대기후 같았지만 랜슬럿의 몸은 부들부들 떨렸다.

등유 램프의 불이 꺼지고 소설가의 기타가 치워진 뒤에도, 모든 사람들이 슬리보비츠로 속을 덥힌 채 공동 침실의 아늑하고 안전한 분위기에서 잠이 든 뒤에도, 랜슬럿은 사방이 꽁꽁 얼어붙은 숲속에 혼자 있을 불쌍한 청년이 염려되었다. 그는 간이침대의 삐걱

---

* 영국 출신의 남극 탐험가. 1909년 당시 인류가 도달할 수 있었던 최남단에 이르렀다.
** 섀클턴이 1914년 남극 탐험을 할 때 탔던 배의 이름. 1967년 영국 해군이 덴마크로부터 사들여 'HMS 인듀어런스호'라고 이름 붙였다.

거리는 스프링 소리나 부스럭거리는 담요 소리에 다른 예술가들이 깰까봐 뒤척이지 않고 가만히 누워 있으려 해보았지만, 결국 꼭두새벽에 잠들기를 포기했다. 그는 전화선이 살아났으면 마틸드에게 전화를 하려고 얼어붙을 듯이 추운 공중전화 부스로 내려갔다. 하지만 전화선은 여전히 죽어 있었고 지하층은 몹시 추웠다. 그는 도서관으로 올라가 뒤쪽 들판이 내려다보이는 창가에 앉아 밤이 서서히 걷히는 것을 지켜보았다.

그리고 거기 안락의자에 앉아 순식간에 발갛게 달아오르던 레오의 얼굴을, 그 부스스한 머리를 생각하며 설핏설핏 잠이 들었지만, 꿈속에서 그는 깨어 있었다.

의식이 돌아온 뒤 밖을 내다보니 저멀리 조그마한 형체가 조심조심 숲에서 걸어나오는 것이 보였다. 얼음이 반사하는 희미한 빛과 달빛이 비치는 어둠 속에서 그 형체는 음산한 이야기 속에 등장하는 전령처럼 보였다. 랜슬럿은 가만히 지켜보았고, 워치캡을 쓴 하얀 얼굴이 뚜렷해지자 그 사람이 틀림없는 레오임을 깨달았다. 그의 가슴속에서 서서히 동이 트는 것이 느껴졌다.

그는 레오를 반기며 말없이 부엌문을 열어주었다. 서로 몸을 만지는 건 암묵적으로 금지되어 있었지만, 랜슬럿은 참을 수가 없어 레오의 왜소하지만 강인한 어깨를 두 팔로 끌어안으며 격렬하게 포옹했다. 레오의 귀 뒤에서는 감냄새가 났고, 랜슬럿의 얼굴에 닿은 머리카락은 아기 머리카락처럼 가늘었다.

"얼마나 걱정했는데요." 랜슬럿이 다른 사람들을 깨우지 않으려고 나지막이 말하며 마지못해 그를 놓아주었다.

레오는 눈을 감고 있었고, 다시 뜰 때는 억지로 떴다. 피곤해서 죽기 직전 같았다. "고의 아리아를 끝냈어요." 그가 말했다. "물론 사흘 밤을 새웠어요. 완전히 지쳤어요. 집에 가서 눈 좀 붙이려고 요. 하지만 음. 블레인이 밤에 자기 집으로 돌아가기 전에 저녁 도 시락을 챙겨 당신을 내 숙사에 데려다줄 수 있다면 내가 만든 곡을 들려드리고 싶어요."

"그럽시다." 랜슬럿이 말했다. "당연히 들어야죠. 소풍 삼아 먹 을 걸 좀 준비하면 꼭두새벽까지 대화를 나눌 수 있을 거예요. 하 지만 일단은 여기서 같이 아침을 먹어요."

레오가 고개를 가로저었다. "지금 돌아가지 않으면 몸이 부서질 것 같아요. 나는 그저 내 작업실로 당신을 초대하고 싶었어요. 그 러고 나면 오, 축복받은 망각의 잠에 빠져 그 속에 머물 수 있을 만 큼 오래 머물러야죠." 그가 빙그레 웃었다. "아니면 당신이 와서 나를 깨울 때까지."

레오가 문 쪽으로 걸어갔고, 랜슬럿은 그를 막을 방법을 궁리하 며 말했다. "내가 깨어 있는 건 어떻게 알았어요?"

랜슬럿은 서 있는 자리에서도 레오의 얼굴이 뜨겁게 달아오르는 것을 느낄 수 있었다. "당신을 아니까요." 그가 말했다. 그러고는 무모하게 덧붙였다. "아침에 잠을 자러 집에 돌아가기 전에, 길에 서서 당신의 숙사 전등이 다섯시 이십이분에 켜지는 걸 지켜본 날 이 얼마나 많았는데요." 그러고는 문이 열렸다 닫혔다. 레오는 어 두운 길 위로 낙서를 하듯 사라졌고, 이어 길은 하얀 눈의 빈 페이 지가 되었다.

랜슬럿은 데오도런트를 두 번 발랐고 면도도 두 번 했다. 뜨거운 물로 샤워를 하면서 온몸을 구석구석 문질러 씻었다. 그는 정색을 하고 거울에 비친 자신을 꼼꼼히 살폈다. 별일 아니었다. 그의 공동 창작자가 그들의 프로젝트를 위해 쓴 첫 음악을 연주하는 것뿐이었다. 비즈니스, 으레 거치는 과정이었다. 그는 속이 메슥거렸는데, 하루종일 아무것도 먹지 않은 탓이었다. 팔다리는 뼈가 녹았다가 제멋대로 다시 붙은 것처럼 느낌이 이상했다. 이전에도 이런 느낌을 받은 적이 있었는데, 너무 어렸을 때라 그때의 그가 지금 그 자신에겐 낯설게 느껴졌다. 달 같은 얼굴에 코에는 피어싱을 한 여자아이, 해변에서의 어느 밤, 그들이 들어간 집은 불길에 휩싸였다. 그가 처음으로 사랑의 행위를 온전히 경험한 날이었다. 지금 긴장을 많이 했는지 그는 잠시 그녀의 이름이 떠오르지 않았다. 〔그웨니.〕 오, 그래, 그웨니. 그의 기억력은 뇌에 강철 올가미가 씌워져 있었던 옛날과는 딴판으로 가장자리가 나달나달해져 있었다. 하지만 그녀의 유령이 그에게 하고 싶었을 말이 지금 이 순간에 해당될 리는 없었다.

그의 내면에서 무슨 일인가가 일어나고 있었다. 열리기만 하면 그를 태워버릴 용광로가 안에 있는 것만 같았다. 마틸드조차 알지 못하는, 의식되지 않은 어떤 비밀들이.

그는 레오를 방문하는 것을 블레인에게 알리고 싶지 않아서 직접 수프와 샌드위치를 만들어 바구니에 담았다. 그리고 어디로 가는지 아무한테도 알리지 않고 녹고 있는 빙판 위로 비틀비틀 걸음을 옮기기 시작했다. 황혼 속에서, 빙판이 강둑에서 많이 물러난 풍경은 치아의 뿌리가 드러난 잇몸처럼 보였다. 나무는 불어오는 바람에 옷이 다 벗겨진 야윈 몸 같았다. 예상했던 것보다 움직이기가 훨씬 더 힘들었다. 그는 팔을 벌린 채 한쪽 팔에 피크닉 바구니를 달랑달랑 걸고서 게처럼 옆으로 걸어갔고, 레오가 지내는 튜더양식의 작은 숙사에 도착했을 때는 호흡이 거칠어져 있었다. 장작불에 창문이 발갛게 물들어 보였다.

그가 그 안에 들어간 건 처음이었다. 누가 살고 있다는 흔적이 거의 없어 그는 깜짝 놀랐다. 모든 것이 깔끔하게 치워져 있었다. 레오가 살고 있다는 표시는 침대 밑에 단정히 놓인, 딱정벌레처럼 반짝거리는 검은 구두 한 켤레, 그리고 피아노 위에 놓인 악보뿐이었다.

욕실에서 물 흐르는 소리가 들렸고, 곧 레오가 수건에 손을 닦으며 욕실 입구에 나타났다.

"왔군요." 그가 말했다.

"안 올 줄 알았어요?" 랜슬럿이 말했다.

레오가 랜슬럿에게 다가오더니 한복판에서 걸음을 멈췄다. 그는 자신의 목, 이어 다리를 만진 뒤 두 손바닥을 맞댔다. 그가 헛기침을 했다. "먼저 뭘 좀 먹으려고 했는데 그러지 못할 것 같아요." 레오가 말했다. "이 곡을 들려드리고 싶은 마음이 정말로 크지만, 한편으로 당신 앞에서 연주하려니 무척 불안하네요. 좀 웃기죠."

랜슬럿은 주방에서 슬쩍해온, 뚜껑을 돌려 여는 말벡 한 병을 바구니에서 꺼낸 뒤 말했다. "자, 마십시다. 〈와인 애드버킷〉에서 93점 받은 거예요. 복잡 미묘하고, 과일향이 강하고, 용감함과 위트가 배어 있는 맛이죠. 당신이 준비되면 우리 연주해봅시다." 랜슬럿이 하려던 말은 당신이 피아노로 연주한다, 였던 터라 그는 자신의 실수를 감추려고 헛기침을 했다.

랜슬럿은 물방울무늬가 있는 푸른색 머그컵 두 개에 와인을 따랐다. 그의 숙사에는 똑같은 컵에 죽은 양치식물이 심겨 있었다. 레오는 꿀꺽 삼키다 목에 걸리자 웃으면서 화장지로 얼굴을 닦아냈다. 그러고는 랜슬럿에게 머그컵을 다시 건네면서 손을 살짝 스쳤다. 그가 피아노로 걸어갔다. 랜슬럿은 레오의 침대에 걸터앉는 것이 금기를 어기는 것처럼 느껴졌지만, 서늘한 매트리스와 하얀 시트, 그 밑으로 단단한 촉감을 느끼며 조심스럽게 앉았다.

레오가 괴물 같은 손을 풀자, 랜슬럿은 처음 보는 것처럼 이루 말할 수 없이 아름다운 그 손을 보았다. 쫙 펴면 건반 열세 개 거리를 짚을 수 있는 손, 라흐마니노프의 손이었다. 레오가 건반 위에서 물 흐르듯 손가락을 움직였고, 손가락이 내려왔을 때는 이미 고의 아리아가 흘러나오고 있었다.

마디 하나가 끝나고 랜슬럿은 눈을 감았다. 이렇게 하면 음악을 분리시켜 듣기가 더 쉬웠다. 이렇게 하면 소리가 부드러운 노래로 바뀌어 들렸다. 하늘로 올라가는 소리, 자연스러운 화성. 너무 아름다워 이가 다 욱신거렸다. 가슴속이 뜨거워지기 시작했고, 그 열기는 바깥으로, 위로, 아래로, 목구멍으로, 대퇴골로 뻗어나갔다. 몹시 낯선 감정이라 어떤 감정인지 규정하기조차 힘들었다. 하지만 레오의 연주가 시작된 지 채 일 분도 되지 않아 랜슬럿은 그 감정에 이름을 붙였다. 두려움. 그는 두려워하고 있었다. 창백하면서 농밀한 감정. 이 곡은 아니었다. 그들의 프로젝트에는 결코 어울리지 않았다. 랜슬럿은 숨이 막힐 것처럼 답답해졌다. 그가 원한 건 천상의 음악, 낯선 음악이었다. 그리고 약간의 추함이 느껴지는 음

악. 바라건대, 유머가 담긴 음악! 가슴을 저미는 음악! 마음을 허물
고 더 깊이 파고드는 음악, 그악스럽고 괴이한 안티고네의 원래 신
화에 포개지는 음악. 레오가 지난여름 그 오페라에 쓴 곡을 그대로
옮겨오기만 했어도. 하지만 이 곡은, 아니었다. 지나치게 달콤했
다. 유머가 없었다. 이 곡은 아팠다. 이 곡은 떨고 있었다. 이 곡은
너무도 잘못되어 모든 것을 바꿔버렸다.

　모든 것이 이미 바뀌어 있었다.

　그는 눈을 감은 채 레오 쪽으로 주의깊게 돌려져 있던 얼굴에 단
단히 가면을 썼다.

　그는 욕실로 달아나 울고 싶었다. 연주를 그만두라고 레오의 코
에 주먹을 날리고 싶었다. 하지만 어느 것도 하지 않았다. 그저 그
자리에 그대로 앉아 마틸드의 미소를 머금은 채 가만히 듣고만 있
었다. 마음속 부두에서 큰 배가 나지막이 뱃고동을 울렸다. 그는
그 배에 올라타고 멀리 나아가고 싶었다. 밧줄이 던져졌다. 배는
조용히 만으로 이동했지만, 랜슬럿은 혼자 해변에 남았다. 그리고
그 배가 저만치 수평선 아래로 선체를 담그는 것을, 이윽고 사라지
는 것을 그는 지켜보았다.

　음악이 끝났다. 랜슬럿은 미소를 머금은 채 눈을 떴다. 하지만
레오는 그의 얼굴에서 뭔가를 읽었는지 겁에 질린 표정으로 그를
바라보고 있었다.

　랜슬럿은 입을 벌렸지만 아무 말도 나오지 않았다. 레오는 일어
서서 문을 열더니, 재킷도 입지 않은 채 맨발로 나가 어두운 숲속
으로 걸어갔다.

　"레오?" 랜슬럿이 불렀다. 그는 문으로 달려가 외쳤다. "레오?

레오?" 하지만 레오의 소리는 들리지 않았다. 이미 사라진 뒤였다.

그들은 바깥에는 주의를 기울이지 않고 있었다. 겨울의 시간은 더없이 보드라운 고양이 발걸음처럼 흘러 어느새 땅거미가 내려와 있었다.

숙사에서 랜슬럿은 고민에 빠졌다. 왼쪽이 허약하긴 했지만 레오를 뒤쫓아갈 수 있었다. 하지만 붙잡으면? 놓치면? 여기 숙사 안에서 레오가 돌아오기를 기다릴 수도 있었다. 하지만 청년의 자존심이 심하게 상처를 입었다. 랜슬럿이 기다리는 숙사에는 돌아가지 않겠다고 버티다가 금방이라도 추위 때문에 신체적인 손상을 입을 수도 있었다. 동상에 걸려 발을 잘라내야 할지도 몰랐다. 유일하게 바람직한 일, 유일하게 인간적인 일은 랜슬럿이 떠나는 것이었다. 혼자 슬그머니 돌아와, 누가 보지 않는 데서 자신의 상처를 핥게 하는 것. 두 사람 모두 잠시 마음을 식힐 시간을 가진 뒤 내일 다시 와서 사태를 바로잡으면 됐다.

그는 편지를 남겼다. 뭐라고 쓰는지에는 주의를 기울이지 않았고, 마음이 어지러워 연필이 종이를 떠난 순간 이후로는 뭘 썼는지 알지도, 기억하지도 못했다. 시를 썼을지도 몰랐다. 식료품 구입 목록을 적었을 수도 있었다. 그는 추운 바깥으로 쓸쓸하게 나섰고, 마흔 인생의 하루하루를 느끼며 꽁꽁 언 흙길을 힘들게 걸어 본관으로 비틀비틀 돌아갔다. 다 왔을 때 그의 몸은 땀에 흠뻑 젖어 있었다. 안으로 들어가보니 그를 빼고 다들 저녁을 먹기 시작한 뒤였다.

눅어진 눈의 들판 위로 해가 떠오르기 한참 전, 랜슬럿은 연한 차 한 잔을 마시며 본관 저택의 도서관을 이리저리 서성였다. 세상이 곁길로 빠져버렸다. 모든 것이 심각하게 틀어졌다. 그는 서둘러 밖으로 나왔다. 전날보다는 걸어다니기가 더 쉬웠다. 빙판은 강둑에서 더 물러나 레오의 숙사로 가는 내내 길이 질펀거렸다. 랜슬럿은 문을 세게 두드렸지만 문은 잠겨 있었다. 창문 쪽으로 돌아갔지만 커튼이 완전히 쳐져 있어 안을 들여다볼 틈조차 없었다. 밤새 그의 마음속에는 사립학교에서 목매달아 죽은 아이를 발견했던 그 순간이 끔찍한 메아리처럼 되살아났다. 푸르스름한 얼굴, 지독한 냄새. 어둠 속에서 그의 얼굴에 죽은 아이의 청바지가 스쳤고, 손을 올리자 시체의 차가운 다리가 만져졌다.

그는 한쪽 창문의 잠금 고리가 풀어져 있는 것을 발견하고 어깨를 집어넣어 안으로 들어가려고 해보았다. 몸이 뱀처럼 따라 들어가다가 꽈당 넘어지며 허약한 쇄골을 부딪쳤다. 머리가 빙빙 돌고 천장에 불꽃이 번쩍였다. "레오." 목멘 목소리로 불렀지만, 레오가 숙사에 없다는 사실은 까치발로 안을 들여다보기 전부터 알고 있었다. 침대 밑의 구두는 사라졌고 옷방도 텅 비어 있었다. 하지만 여전히 레오의 냄새가 났다. 써놓은 편지는 없는지 살펴보았지만 편지는 없었고, 피아노 의자 위에 레오가 연필로 꼼꼼히 기보한 깨끗한 고의 아리아 악보만 동그마니 놓여 있었다. 음악 없이도 음악을 틀에 가두는 예술. 글은 검은 잉크로 써놓은 '격정적으로'가 전부였다.

랜슬럿은 성치 않은 몸으로 최대한 빨리 본관 저택으로 달려갔고, 차를 대고 있는 블레인을 발견하곤 내리라고 손짓을 했다.

"오," 블레인이 말했다. "아참, 레오가 집에 안 좋은 일이 생겼다며 한밤중에 비행기를 타고 떠나야 한댔어요. 지금 하트퍼드에서 돌아오는 길이에요. 얼굴이 많이 상한 것 같던데요. 좋은 사람이었는데, 안 그래요? 안됐어요."

로토는 미소를 지었다. 눈물이 차올랐다. 이런 자신이 어처구니없었다.

블레인이 난감한 듯 로토의 어깨에 손을 올렸다. "괜찮아요?" 그가 물었다.

랜슬릿이 고개를 끄덕였다. "유감스럽지만 나도 오늘 집에 돌아가야겠어요." 그가 말했다. "직원들이 출근하면 그렇게 전해주세요. 운전기사를 구해주고요. 내 걱정은 하지 말아요."

"알겠어요." 블레인이 조용히 말했다. "걱정은 하지 않을게요."

리무진이 쉭쉭 흙탕물을 튀기며 집 앞에 도착했고, 랜슬릿은 시골집 부엌의 입구에 들어섰다. 집에 온 것이었다.

고드가 잽싸게 투둑투둑 계단을 내려왔다. 마틸드는 비스듬히 비쳐드는 햇살에 눈을 감은 채 식탁에 앉아 있었다. 앞에는 김이 모락모락 나는 찻잔이 놓여 있었다. 집안의 냉랭한 공기 중엔 쓰레기 냄새가 떠다녔다. 랜슬릿의 심장이 공중제비를 돈 듯 가슴이 철렁했다. 쓰레기를 내놓는 것은 집에서 그가 맡은 일이었다. 그러니 그가 부재한 시간에 마틸드는 쓰레기를 쌓아두었던 것이다.

그는 그녀가 그의 얼굴을 쳐다보려고 할지조차 알 수 없었다. 그녀가 그를 쳐다보지도 않을 만큼 화가 났던 적은 여태 없었다. 그녀의 표정은 완전히 굳어 있었다. 나이가 더 들어 보였다. 슬퍼 보였다. 비쩍 말랐다. 머리카락에는 기름때가 끼어 있었다. 그녀 자신의 외로움에 절여진 것처럼 피부색도 갈색이 되어 있었다. 그의 안에서 뭔가가 부서지려고 했다.

그 순간 고드가 그의 무릎으로 뛰어오르더니 그를 봐서 반가운지 오줌을 쌌고, 캉캉 반쯤 비명 같은 소리를 내며 짖었다. 마틸드가 눈을 떴다. 그는 그녀의 커다란 동공의 홍채가 줄어드는 것을 보았다. 그리고 그녀가 그를 보았다. 표정으로 보건대 그녀는 그가 거기 서 있는 것을 여태 모르고 있었던 것 같았다. 그가 보기에 그녀는 그가 온 것을 무척 반가워하는 것 같았다. 여기 그녀가 있었다. 그의 단 하나의 사랑이.

그녀는 의자가 뒤로 넘어갈 만큼 재빠르게 일어서서는 두 손을 벌린 채 그에게 다가왔다. 그녀의 얼굴이 환하게 펴졌고, 그는 그녀의 머리카락에 얼굴을 묻고 냄새를 맡았다. 지구가 그의 목구멍을 막고 자전하는 느낌이었다. 그녀의 마르고 건강한 몸이 그의 몸에 맞닿자, 그의 코에는 그녀의 냄새가, 입에는 귓불 맛이 느껴졌다. 그녀는 그에게서 조금 떨어져 그를 격정적으로 바라보더니 발로 부엌문을 쾅 닫았다. 그는 무슨 말인가 하려 했지만 그녀가 그의 입을 손으로 세게 막았다. 그녀는 절대적인 침묵 속에서 그를 2층으로 이끌었다. 그녀가 그를 어찌나 거칠게 다뤘는지 다음날 일어났을 때 그의 골반 뼈 쪽에 자두색 멍이 들어 있었고 옆구리에는 손톱자국이 남아 있었다. 욕실에서, 고통에 굶주린 듯 그가 밀어붙여 생긴 자국이었다.

그리고 크리스마스가 되었다. 현관 샹들리에에는 겨우살이가 걸렸고, 계단 난간은 푸른 전나무로 장식됐다. 시나몬 냄새와 사과 굽는 냄새가 풍겼다. 랜슬럿은 계단 아래쪽에 서서 거칠어진 얼굴을 거울에 비추어보고 미소를 지으며 타이를 고쳐 맸다. 스스로의 모습을 보며 올해 자신이 이렇게 망가졌단 사실을 아무도 알아채지 못할 거라고 생각했다. 그는 힘든 시간을 보냈고, 그 모든 과정을 거치며 더욱 강해졌다. 심지어 더 매력적이 된 것 같았다. 남자는 그게 가능했다. 나이가 들수록 더 멋진 사람이 될 수 있었다. 여자들은 그저 나이만 먹는다. 불쌍한 마틸드. 이마에는 고랑처럼 주름살이 팼다. 이십 년 뒤면 그녀는 머리가 은회색으로 셀 것이고, 얼굴에는 주름이 자글자글할 것이다. 오, 하지만 그녀는 여전히 아름다울 거고 골수까지 충실할 거야, 그는 생각했다.

갑자기 엔진 소리가 들려 밖을 내다보니 진녹색 재규어가 차도에서 빠져나와 헐벗은 체리나무들이 양옆으로 늘어선 자갈길로 들어서고 있었다.

"도착했어." 그가 계단 위를 올려다보며 마틸드에게 소리를 질렀다.

그의 얼굴에 미소가 떠올랐다. 그의 여동생과 엘리자베스, 두 사람이 입양한 쌍둥이를 마지막으로 본 게 몇 달 전이었다. 그애들이 흔들거북과 흔들올빼미를 얼마나 좋아할까. 그가 조카들에게 주려고 주 북부의 깊은 숲속에서 은거생활을 하는 괴짜 목공예사에게 부탁해 깎은 것들이었다. 올빼미는 깜짝 놀란 학자의 표정을 하고 있었고, 거북은 쓴 뿌리를 씹고 있는 것 같았다. 오, 활기 넘치는 아이들의 몸을 품에 안을 수 있다면. 동생의 위로를 곁에서 느낄 수 있다면. 그는 흥분해서 활기차게 걸음을 옮겼다.

그 순간 그는 보았다. 현관에 놓은 체리색 테이블 위로, 페퍼민트 바크*를 담은 그릇 아래, 신문지 귀퉁이가 삐죽 나와 있었다. 이상했다. 마틸드는 대체로 아주 깔끔한 성격이었다. 집의 모든 것이 제자리에 있어야 했다. 그가 뭔지 보려고 그릇을 옆으로 밀었다. 그의 다리가 액체처럼 흐늘흐늘해졌다.

거친 화질의 사진, 수줍게 웃는 레오 센이었다. 그의 얼굴 밑에 실린 짧은 기사.

전도유망한 영국 출신의 작곡가가 노바스코샤의 어느 섬에서 익사했다. 비극이었다. 그는 가능성이 무궁무진했다. 이튼과 옥스퍼드를 졸업했고, 어릴 때부터 바이올린 신동으로 이름을 떨쳤다. 비非하모니적이나 매우 주정적主情的인 음악을 작곡하는 것으로 유명했다. 배우자는 없었다. 부모와 지역사회가 그를 그리워할 것이다. 그리고 유명 작곡가들의 코멘트. 레오는 랜슬럿이 생각했던 것보다 더 많이 알려진 사람이었다.

말하지 않고 남겨진 것은 너무 무거워 견디기가 힘든 법이었다. 또하나의 싱크홀. 누군가가 존재하다 갑자기 사라진다. 그토록 차가운 물속에서 수영을 했다는 레오. 12월, 격랑, 거친 파도가 일으키는 물보라는 대번에 얼음 총알이 된다. 랜슬럿은 차고 검은 물이 살에 닿을 때의 충격을 상상하며 몸서리를 쳤다. 그 일과 관련된 모든 것이 이상했다.

그는 두 발로 서 있기 위해 심호흡을 해야 했다. 테이블을 꽉 잡

---

* 견과가 든 초콜릿 캔디.

았다가 눈을 뜨니 거울 속 자신의 얼굴이 하얗게 질려 있었다.

그의 왼쪽 어깨 위로, 마틸드가 계단 꼭대기에서 그를 내려다보고 있었다. 그녀는 그를 지켜보고 있었다. 웃지 않는 표정으로 진지하게, 빨간 드레스를 입고서 칼날처럼. 12월의 여린 햇살이 유리창을 통해 머리 위로 쏟아져 그녀의 어깨를 어루만졌다.

부엌문이 열렸고, 집 뒤쪽에서 아이들이 로토 삼촌을 부르는 목소리가 들렸다. 레이철이 "아무도 없어요?" 하고 소리를 지르자 개가 컹컹 즐겁게 짖었고 엘리자베스는 웃음을 터뜨렸다. 레이철과 엘리자베스는 티격태격 가벼운 말다툼을 시작했지만, 랜슬럿과 아내는 여전히 거울 속에서 서로를 바라보고 있었다. 이윽고 마틸드가 한 계단 또 한 계단 내려왔고, 그녀의 얼굴에 익숙한 작은 미소가 다시 떠올랐다. "메리 크리스마스!" 그녀가 깊고 맑은 목소리로 명랑하게 외쳤다. 그는 뜨거운 난로 위에 손을 내려놓았을 때처럼 움찔 놀라 물러섰고, 그녀는 거울 속의 그에게서 눈을 떼지 않은 채 느리게, 느리게 내려왔다.

6

"레오와 같이 작업한 거 내가 읽어봐도 될까?" 어느 밤 마틸드
가 침대에서 물었다.

"어쩌면." 랜슬럿이 대답하며 그녀 위로 올라가 그녀의 셔츠 밑
에 손을 집어넣었다.

잠시 후, 그녀는 시트 밑에 한참 잠수해 있다가 그의 열기로 후
끈 달아오른 채 다시 올라왔다. "어쩌면, 은 내가 읽어도 된다는 말
이지?"

"M.," 그가 부드럽게 말했다. "나는 내 실패작이 싫어."

"안 된다는 말이야?" 그녀가 물었다.

"안 된다는 말이야." 그가 말했다.

"알았어." 그녀가 말했다.

하지만 다음날 그는 에이전트를 만나러 도시로 가야 했고, 그녀
는 집 꼭대기에 있는 그의 요새로 올라갔다. 종이가 흩어져 있고

커피 컵에서 솜털 같은 것이 자라는 그곳에서, 그녀는 의자에 앉아 서류철에 끼워져 있는 그것을 읽었다.

그녀는 일어서서 창가로 갔다. 그리고 얼음장 같은 검은 물에 빠져 죽은 청년을, 인어를, 그녀 자신을 생각했다. "안타까워." 그녀가 개에게 말했다. "아주 위대한 작품이 될 수 있었는데."

디 안티고나드

(초안, 음악에 대한 구상을 곁들여)

등장인물

고: 무대 밖에서는 카운터테너. 무대 위에서는 물속에 있는 꼭두 각시 인형, 또는 오페라가 상연되는 내내 유리 탱크 안에 홀로그램으로 처리

로스: 테너, 고의 애인

코러스 열둘: 신들, 굴 파는 일꾼들, 통근자들

무용수 네 명

1막: SOLIP*

막은 없다. 무대는 암전. 한복판에 실린더처럼 생긴 불 켜진 수

---

* 각 막의 제목은 고의 언어로 추정된다.

조. 혹은 동굴처럼 보이게 만들어져 있다. 그 안에 고가 있다. 긴 영겁의 세월이 지난 지금 그녀가 여전히 인간인지는 말하기 어렵다. 그녀는 깎일 만큼 깎여 꼭 필요한 부분만 남았다.

(레오: 음악은 앰비언트 사운드*로 착각할 만큼 조용히 시작된다. 물방울 떨어지는 소리, 저멀리 우르르 쾅쾅 울리는 소리. 쉭쉭거리는 소리, 바람 같은 휘파람 소리. 질질 발 끄는 소리. 심장이 뛰는 소리. 짐승의 날갯짓 소리. 여과된 음악의 파편은 더이상 음악 같지 않다. 사람들의 목소리는 바위를 통과한 잡음 같다. 관객의 말소리가 들리면 더 좋다. 사람들이 내는 소리가 음악 속으로 깊이 스며든다. 소리는 점점 커지면서 리듬이 되고 하모니가 된다.)

동굴의 빛이 의식하지 못할 만큼 서서히 밝아지면서 객석은 어두워진다. 마침내 객석이 조용해진다.

고가 일어나 앉는다. 동굴 안을 돌아다니며 첫 아리아를 부르기 시작한다. 탄식의 노래.

앞무대의 아치 위로 영어 자막이 띄워진다. 고가 하는 말은 그녀만의 언어다. 해체된 고대 그리스어로, 동사에는 시제도, 격 변화도, 성에 따른 변화도 없다. 또한 그녀의 언어는 고독한 천 년을 거치며 형태가 비틀어졌고, 동굴 위 세상으로부터 여과된 단어 파편들의 영향을 받아 변화가 일어났다. 독일어, 프랑스어, 영어의 파편들. 그녀는 미칠 만큼 화가 났고, 정말로 미쳤다.

고는 돌아다니면서 자신이 어떻게 살고 있는지를 이야기한다. 이

---

* 사람이나 자동차의 소음처럼 촬영 현장에서 자연적으로 발생하는 소리를 일컫는 용어.

끼와 버섯이 자라는 정원을 가꾸고, 젖을 짜 마실 벌레를 키우고, 머리카락과 거미줄로 날마다 조금씩 옷을 짠다. 종유석에서 똑똑 듣는 물로 샤워를 한다. 지독한 외로움. 그녀가 키우는 아기 얼굴을 한 박쥐들은 열 단어 이상은 할 줄 모른다. 만족스러운 대화 상대는 아니다. 고가 체념하고 자신의 운명을 받아들인 건 아니다. 그녀는 자신에게 불멸의 저주를 내린 신을 욕한다. 목을 매서 죽으려고도 해보았지만 실패했다. 수의를 입고 목에 벌건 밧줄 자국이 난 채 눈을 떴고, 옆에는 하이몬*이 죽어 있었다. 그녀는 그의 뼈를 스푼과 그릇 삼아 음식을 먹는다. 그녀는 그 그릇, 그의 두개골을 들고 또다시 분노하고 신들에 대한 불경스러운 말을 외친다.

조명이 고의 동굴에서 걷히고, 신의 의상을 입은 코러스에게로 옮겨간다. 그들의 의상에는 작은 전구들이 달려 있어 그 환함에 보는 사람들의 눈이 아플 정도다. 처음 등장할 때 그들은 여섯 개의 기둥이 되어 수조를 반원형으로 둘러싸고, 관객은 곧 각각의 정체를 나타내는 상징을 알아본다. 헤르메스의 발꿈치에 달린 날개, 마르스의 무기를 나타내는 총, 미네르바의 올빼미 등.

그들은 영어로 노래한다. 그들은 고에게 불멸의 운명을 선물로 주었으나 감사의 마음을 보일 때까지 그녀를 동굴에 가둬놓았다. 아직 그녀는 감사의 마음을 보이지 않았다. 분노한 고. 오만한 고.

회상. 안티고네의 이야기, 춤으로 표현된다. 무용수들의 위치는 수조 뒤, 따라서 물이 그들의 몸을 확대하여 그들은 더 야성적이고

---

* 안티고네의 약혼자. 안티고네가 감옥에 갇힌 뒤 목매 자살하자, 약혼자의 시신 위에서 스스로 목숨을 끊었다.

낯설게 느껴진다. 그들은 안티고네의 오빠인 폴리네이케스와 에테오클레스가 어떻게 서로 적이 되어 싸웠는지를, 어떻게 둘 다 죽음을 맞았는지를, 안티고네는 어떤 연유로 크레온 왕의 명령을 어기고 폴리네이케스를 두 번 묻게 되는지를, 이어 크레온 왕과 신들의 대립에서 어떻게 스스로 목을 매게 되었는지를 짧은 마임으로 보여준다. 하이몬은 자살하고, 에우리디케도 자살하고, 크레온 왕은 죽는다. 엄청난 피바다.

하지만 신들 중 하나인 미네르바가 줄을 끊어 안티고네를 살려낸다. 그녀를 동굴에 가두고 봉해버린다.

신들은 썩은 가문의 최후의 뿌리인 그녀를, 근친상간으로 태어난 딸인 그녀를 살려놓을 생각이었다고 노래한다. 그녀는 그저 그들 앞에서 겸손하게 머리를 조아리면 된다. 하지만 천 년이 지나고 또 천 년이 지나도 그녀는 머리를 숙이지 않는다. 머리를 조아려라, 고, 그러면 풀려날 것이다. 친절하지 않다면 그 신은 아무것도 아니기에.

고: 하!

조명이 다시 고를 비춘다. 그녀가 그녀만의 언어로 더 빠른, 새로운 아리아를 부른다. 신들은 고를 잊었다. 고는 자기 손으로 신들을 죽일 것이다. 신들보다 혼돈이 더 낫다. 신들을 저주하라. 고는 신들을 저주한다. 인간들은 화산처럼 뜨거워진다는 걸, 고는 잘 알고 있다. 그들은 폭발한 뒤 가라앉아 무無로 돌아갈 것이다. 종말이 다가왔으나 그들은 자축한다. 누가 더 나쁜가. 신인가, 인간인가? 고는 신경쓰지 않는다. 고는 알지 못한다.

(막간: 무대에 십 분짜리 비디오를 띄운다. 올리브나무 한 그루 뿐인 황량한 갈색 벌판. 시간이 획획 지나간다. 나무들이 자라고 시들고 죽는다. 벌판에 새 나무들이 자라고 시들고 죽고, 집들이 들어선다. 지진이 일어나고, 집들이 붕괴된다. 고의 동굴은 원래 자리에서 떨어져나와 땅 밑을 이동하기 시작한다. 이제 비디오는 파노라마처럼 흘러간다. 도시가 세워지고, 군대가 돌아다니면서 도시를 불태운다. 몇 박자 동안 지중해 아래로 상어가 지나간다. 고의 동굴이 이탈리아 아래로 이동할 때 땅에는 수로가 놓이고 농업이 발전하는 로마제국이, 이어 재건된 로마가 보인다. 다시 늑대들이 보이는 알프스산맥 아래를 통과하여 암흑시대의 프랑스—시간이 빠르게 흘러간다—로 이동한 뒤, 파리에서 아키텐의 엘레오노르가 보인다. 이어, 영국해협 아래를 이동하여 1666년의 불타는 영국으로 간다. 거기서 동굴의 이동이 멈춘다. 런던이 1979년까지 유기체처럼 성장하는 장면이 보인다.)

2막: DÉMO

(비디오 화면은 크기가 줄어들어 고의 동굴 위쪽이자 자막 아래에서 가느다란 띠처럼 변한다. 시계꽃이 실시간으로 꽃잎을 편다. 사십오 분, 봉오리가 꽃을 피우기까지 걸리는 시간)

고가 동굴 안에서 턱걸이를 한다. 그리고 플랭크 자세로 버틴다. 그녀는 거미줄과 석순으로 만든 러닝머신에서 메아리가 되어 퍼지는 유령 같은 무조음악에 맞춰 달린다. 거꾸로 매달린 아기 얼굴의 박쥐들이 박수를 보낸다.

그녀는 천천히 옷을 벗어 알몸이 되고, 선 자세로 종유석에서 느리게 흐르는 물로 샤워를 한다.

그녀가 무슨 소리를 듣는다. 무대 밖, 목소리들이 점점 커진다. 고는 동굴 벽에 귀를 갖다대고, 조명은 안전모를 쓴 채 합창을 하며 나타나는 굴 파는 일꾼들을 비춘다. 굴을 파는 리듬과 소리는 그들의 목소리를 활용하고, 멜로디는 악기인 톱으로 표현한다. 일꾼들 중 한 명인 로스가 일어서서 잠시 휴식을 취한다. 젊고 아주 잘생겼으며, 1970년대 후반의 옷차림인데 다른 사람들보다 더 말쑥하다. 키가 매우 크고 턱수염을 풍성하게 길렀다. 일꾼들은 런던 지하철의 주빌리 노선에 대해, 영광스러운 인간이 신들을 어떻게 죽였는지에 대해 노래한다.

신들은 죽었다고, 그들은 영어로 노래한다. 우리가 신들을 죽였다. 인간이 신들을 이겼다.

고는 그들의 목소리를 아주 가까이, 아주 또렷이 들으면서 기분 좋게 웃는다.

그 순간 로스가 대위선율로 노래하며 끼어든다. 우리는 두더지들. 생각도 없고 눈도 멀었다. 어둠 속에서 성장을 멈췄다. 태양을 볼 수 없다면 선한 사람이 될 수 없다. 삶을 시작할 때보다 더 나은 사람이 되어 인생을 끝낼 수 없다면 인간으로 산다는 게 무슨 의미가 있는가?

고는 몸 전체를 벽에 갖다댄다. 그녀의 몸짓에는 약간 에로틱한 면이 있다.

휴식 시간. 무대 밖에서 소프라노가 점심시간을 알리는 호각 소리를 노래한다. 일꾼들의 노래가 끝난다. 모두 옹기종기 모여 점심을 먹지만 로스만은 책과 샌드위치를 들고 떨어져 앉는다. 고가 있는 바위 동굴의 바깥이다.

그녀는 그가 불렀던 노래를 조용히 불러본다. 그가 그 소리를 듣고 바위에 귀를 바짝 갖다댄다. 그의 표정은 놀라움에서 두려움으로 변한다. 그가 느리게, 그녀에게 다시 노래를 불러준다. 그녀는 그의 노래를 수정하여 자신의 노래로 만들고, 그와 그녀는 묘하게 화음이 맞지 않는 노래를 주고받는데, 고는 가사를 그동안 다듬어온 자기만의 언어로 바꾸어 완전히 새로운 의미의 노래를 부른다. (자막이 두 쪽으로 갈라져, 한쪽에는 영어로 번역된 그녀의 말이, 한쪽에는 그의 말이 그대로 띄워진다.) 그리고 그들은 같은 높이에서 얼굴을 맞대는데, 고는 쪼그라들 대로 쪼그라들어 있다. 로스가 무릎을 꿇는다. 그러고는 자신을 소개한다. 그녀는 그윽하게, 자신의 이름은 고라고 말한다.

고와 로스가 더 크게, 더 힘차게 노래를 부를 때 다른 일꾼들은 조용히 일어나 일을 시작하고, 소프라노는 하루 일과가 끝났음을 알리는 호각 소리를 노래해 두 사람의 듀엣을 중단시킨다. 로스는 그 자리에 남으려 해보지만 공사장 감독이 허락하지 않는다. 일꾼들은 떠나면서 그들이 부르던 노래를 로스를 조롱하는 노래로 바꾸어 부른다. 로스는 몽상가라고, 그들이 노래한다. 주변 바위처럼 멍청하다고. 쓸데없이 책이나 읽는다고. 진짜 사나이가 아니라고, 로스는.

고가 사랑의 노래를 부른다. 아리아, 대체로 아름답다. 그녀의 뒤에서 들리는 동굴의 음악은 불협화음이 심하지는 않고, 그녀와 함께 노래하는 것 같다.

　로스가 돌아와 미친듯이 동굴 벽을 파려고 하지만, 그 바위는 저주가 걸려 부서지지 않는 바위라는 사실을 그는 모른다. 하루하루의 경과는 길을 내려가는 일꾼들과 하루의 끝을 암시하는 톤으로 노래하는 소프라노에 의해 상징된다. 하지만 로스는 여전히 벽을 판다. 그들의 에로틱한 몸짓은 동굴 벽과의 노골적인 사통私通으로 변한다. (레오: 음악에 갈망의 아픔이 드러난다.) 로스는 날이 갈수록 더욱 미친듯이 노래한다. 나는 당신을 떠나지 않을 거예요, 고. 내가 당신을 나오게 해줄게요. 이제 그는 자신의 행위를 숨기지 않고 드러내고, 일꾼들이 그를 에워싼 뒤 환자복을 입혀 끌고 간다. 그는 그들을 이해시키려고 하지만 그들은 악랄하다. 그는 정신병원으로 끌려가면서 고에게 사랑의 노래를 불러주고, 그녀는 그 노래에 화답한다. 다른 일꾼들 중에도 고의 노래가 들리는—어느 순간 번쩍 알아차린다—사람이 한 명 더 있는 것 같지만 그 또한 어깨를 으쓱한 뒤 로스를 끌고 가는 일에 동참하다.

　고 혼자 노래를 부른다. 사랑의 노래를 부른다. 그녀가 서서히 웨딩드레스를 짜기 시작한다. 빨간색 웨딩드레스.

　바깥의 세상에는 지하철역이 완성되었다. 사람들이 타고 내린다. 그들은 거리의 옷차림을 한 신들이다. 그들이 신이라는 사실은 다른 승객들과 달리 그들에게서 뿜어져나오는 빛으로 알 수 있다. 우리는 작아졌다고, 신들은 노래한다. 신은 이제 이야기에나 등장할 뿐이다. 아직은 불멸의 존재이나 무력하다.

　그들이 노래를 부르며 지하철을 타고 내린다.

248

로스가 추저분한 옷차림으로 나타난다. 다급해 보이고 덥수룩하고 노숙자 같다. 그가 고의 동굴 벽에 얼굴을 대고 사랑의 노래를 부른다. 그들은 안도하며 둘만의 듀엣을 조금 부르는데, 고의 노래는 또다시 달라져 있다. 로스가 판지로 작은 집을 지은 뒤 그 안에 신문지를 깔고 침낭을 놓아 정착하는 동안, 고는 주먹으로 치고 발로 차며 동굴 벽에 대항한다. 그러는 동안 그녀의 노래는 더욱 어두워지고, 점점 더 광적이며 격정적으로 변한다.

나는 당신을 떠나지 않을 거예요, 로스가 노래한다. 당신 혼자 두는 일은 두 번 다시 없을 거예요.

(막간: 아까처럼 오 분짜리 비디오 화면을 띄운다. 그들 위로 런던이 커지고 부푼다. 거킨*, 올림픽 빌리지. 이어, 극도의 혼잡, 폭동, 화재, 어둠, 재앙이 뒤따른다.)

3막: ESCHAT

3막이 시작된다. 로스는 2막 끝에 있던 자리에 그대로 누워 있지만 이제 늙었다. 지하철역은 지저분하고, 벽에는 꼬리표가 붙듯 그래피티가 그려져 있으며, 악몽 같다. 세상의 종말이 다가왔다. 고는 예전과 똑같지만, 하늘거리는 멋진 빨간색 웨딩드레스를 입어

---

* 2003년 완공된 30 세인트메리 액스 빌딩의 별칭. 런던 금융지구에 있는 초고층 건물로 자연광이 최대한 많이 들어오도록 설계했다.

더욱 아름답다. 박쥐들은 더욱 섬뜩하다. 날개 달린 분홍색 피부의 대머리 아기들이 거꾸로 매달려 있다. 무자크*, 혹은 이 행성에서 가장 영혼 없는 음악이 흘러나온다. (미안, 레오.) 멀리서 잡음처럼 우르르 쾅쾅 울리는 이상한 소리가 끼어들고, 그 소리는 점점 커진다.

로스는 고에게 지나가는 사람들에 대한 노래를 불러준다. 그는 그녀의 언어를 배웠다. 우리는 그가 추한 세상을 아름답게 바꾸려 한다는 걸 알 수 있다.

플랫폼에서 싸움이 벌어지고, 관객은 싸움꾼 하나가 신이라는 것을 서서히 깨닫는다. 그들에게서 뿜어져나오던 빛은 약해졌고, 그들은 로스만큼이나 후줄근하고 나이들어 보인다. 헤르메스다. 운동화에 흐릿한 빛의 날개가 비친 걸 보면 알 수 있다. 로스가 입을 벌리고 바라본다.

태양에 대해 말해봐요, 고가 말한다. 당신은 나의 눈, 나의 피부, 나의 혀예요.

하지만 로스는 지금 자신이 목격한 장면 때문에 마음이 어지럽다. 신들은 자기들이 누군지도 잊었다고, 로스는 자신에게인 듯 노래한다. 그가 갑자기 통증을 느낀 것처럼 두 손으로 가슴을 누른다. 뭔가가 잘못됐어요, 고. 내 안의 뭔가가 잘못됐어요.

그녀는 아니라고 한다. 그녀는 그가 자신의 젊고 잘생긴 남편이라고 한다. 그로 인해 그녀는 다시 인간을 사랑하게 된 것이다. 그의 내면은 그저 선할 뿐이다.

나는 늙었어요, 고. 나는 병들었어요. 미안해요, 그가 노래한다.

---

* 상점이나 식당, 공항 등에서 배경음악처럼 내보내는 녹음된 음악.

신들이 모여들고, 자신들의 근심과 세상의 근심에 대해 불평하며 노래한다. 애초에 그들의 모습은 장엄하고 찬란하게 빛났으며 무겁고 진지했으나, 지금은 말로 하기도 뭣한 거의 우스꽝스럽고 작아진 모습으로만 남았다. 고는 몹시 당황하여 두 손으로 양쪽 귀를 덮는다.

로스가 쓰러진다. 세상은 당신이 생각하는 그런 곳이…… 그는 말을 시작하지만 끝내지 못한다.

고가 그에게 사랑의 노래를 불러준다. 비디오가 로스의 몸에 투사된다. 그의 영혼이 하늘로 올라간다. 그의 영혼은 젊고 두 눈에는 동전이 붙어 있다.* 영혼이 비스듬한 빛 위를 걸어 사라진다. 노래하는 사람의 엎드린 몸에는, 공기가 빠지듯 몸의 크기가 줄어들고 살은 깎여 뼈만 남는 영상이 투사된다.

로스? 고가 노래한다. 그 한마디만 자꾸 되뇌고, 음악은 없다. 그녀가 외친다.

마침내 그녀는 신들에게 도와달라고 비명을 지른다. 그 순간은 영어로 말한다. 도와주세요, 신들이여. 도와주세요.

하지만 신들은 자신들의 문제에 사로잡혀 있고, 열차가 들어오는 소리는 이제 매우 크고 가깝다. 그들의 빛기둥은 비워졌고, 모두 떠돌이 일꾼들처럼 싸운다. 슬랩스틱 코미디 같은 난잡한 싸움. 하지만 치명적이다. 미네르바가 아프로디테를 노트북 코드로 교살한다. 더럽고 벌거벗은 거구의 늙은이 사투르누스는 눈먼 사람처

---

* 그리스에서는 전통적으로 죽은 자의 눈이나 입에 동전을 붙여주었는데, 이는 영혼이 스틱스 강을 건널 때 나루지기 카론에게 지불할 삯이다.

럼 그의 아들 유피테르를 향해 손을 뻗고, 고야의 그림에서처럼 게 걸스레 쥐를 먹어치운다.* 헤파이스토스가 커다란 강철 로봇들을 데리고 들어온다. 프로메테우스가 그에게 화염병을 던진다. 끔찍하고, 피가 낭자하다. 마침내 유피테르가 즐겨 사용하는 커다란 빨간 버튼을 꺼낸다.

하데스가 자신의 유령들을 소환하고 빨간 버튼을 꺼낸다.

교착상태를 암시하는 노래가 흐르고 각각이 상대를 속여넘긴다.

(고는 동굴 주변을 빙글빙글 돈다. 처음에는 천천히, 이어 속도를 높인다.)

정적 속에서 고가 신음하는 소리가 들린다. 로스, 로스, 로스.

갑자기 두 신이 빨간 버튼을 누른다. 빛의 거대한 번쩍임, 불협화음. 이어지는 침묵, 어둠.

고가 서서히 빛나기 시작한다. (극장의 모든 다른 조명—통로 조명과 출구 조명—이 꺼진다. 어둠이 공포감을 더욱 키운다.)

제발, 그녀가 소리친다, 한 번, 영어로.

아무도 대답하지 않는다.

침묵.

(레오, 견디기 힘들어질 때까지 침묵 상태를 유지한다. 적어도 일 분.)

고는 혼자예요, 그녀가 노래한다. 죽지 못하는 고는 죽은 세상에 살고 있다. 이보다 더 지독한 운명은 없다. 고는 혼자다. 혼자 살아

---

* 사투르누스는 아들에게 자리를 빼앗길 것을 두려워해 아들들을 차례로 잡아먹었고, 고야가 이 장면을 그림으로 그렸다.

있다. 유일하게 살아 있는 존재. 그녀는 목소리가 갈라질 때까지 마지막 음을 길게 뽑아내고, 그 소리는 아스라이 사라진다.

고는 우리가 그녀를 처음 발견했던 그 자세가 될 때까지 몸을 구부려 엎드린다.

유일한 소리는 바람 소리, 물 소리. 심장이 뛰는 느리고 오래된 소리가 점점 커지고, 마침내 바람과 물의 소리를 완전히 덮어, 그 소리가 우리 귀에 들리는 유일한 소리가 된다. 이 소리는 아주 강렬해서 박수조차 뒤따르지 않는다. 막이 내리지도 않는다. 고는 관객이 줄지어 나갈 때까지 그 자리에 그대로 쓰러져 있다.

끝

7

연극의 미래에 관한 심포지엄에 극작가 네 명이 참석했다. 돈이 많은 대학이라 그들 모두를 한꺼번에 초청했다. 이십대의 천재 여성, 삼십대의 열정 넘치는 북미 원주민 남성, 최고작이 사십 년 전 지난 세기의 작품인 연극계의 원로, 그리고 내심 짐작으로는 중년 대표인 듯한 마흔네 살의 로토. 쌀쌀한 바람이 불고 부겐빌리아의 네온핑크색 햇빛이 비치는 화창한 아침이었으므로, 그리고 정도는 달랐지만 모든 극작가가 서로의 작품에 찬사를 보냈으므로, 네 명의 극작가와 사회자는 행사의 시작을 기다리는 동안 대기실에서 버번과 이런저런 이야기에 흠뻑 취해 무대에 올라갈 때쯤에는 다들 얼근한 상태가 되어 있었다. 오천 명을 수용하는 객석은 물론 LED 화면을 볼 수 있는 별실까지 가득차서 통로에 앉은 사람들도 있었다. 조명이 너무 밝아 무대 위에서는 맨 앞줄 말곤 잘 보이지도 않았다. 그 앞줄에 그들의 아내들이 모여 앉아 있었다. 마틸드는 줄 끝에 앉아 우아한 백금색 머리를 주먹으로 받친 채 그를 올려다보며 미소를 짓고 있었다.

랜슬럿은 박수 소리와 긴 소개에 기분이 아주 좋아졌다. 각 극작가를 소개할 때마다 큰 극장에 올린 작품들에서 따온 장면들도 함께 보여졌다. 그는 따라가기가 힘들었다. 생각보다 버번을 더 많이 마신 것이 틀림없었다. 그래도 그 자신의 작품은 알아들을 수 있었다. 〈샘〉에 나오는 미리엄은 완벽했다. 옷을 입은 채 하는 섹스, 가슴팍에서 들리는 그르릉 소리, 골반, 윤기가 흐르는 구리색 머리칼. 그녀는 영화에서도 주목받을 것임을 그는 알고 있었다. 〔그랬다. 작은 역할이었지만, 그녀의 역할은 작은 불꽃을 일으켰다.〕

이제 토론 시간. 연극의 미래! 처음 말씀해주실 분은? 영감태기가 가짜 영국 억양으로 불평을 늘어놓기 시작했다. 라디오는 연극을 죽이지 않았고, 그뒤에 나타난 영화도 연극을 죽이지 않았어요. 텔레비전도 연극을 죽이지 않았고요. 그러니까 인터넷이 아주 매력적이긴 해도 연극을 죽일 거라고 믿는 건 약간 바보스럽지 않나요? 다음으로 전사가 나섰다. 전사는 변방의 목소리, 유색인의 목소리, 예로부터 억압된 자들의 목소리가 어느 누구의 목소리보다 크게 들릴 거라고, 가부장적인 사고를 가진 따분하고 늙은 백인 남자의 목소리를 몰아내야 한다고 말했다. 랜슬럿은 온화한 목소리로, 심지어 가부장적 사고를 가진 따분하고 늙은 백인 남자들도 하고 싶은 이야기가 있다고, 연극의 미래는 연극의 과거와 같다고 말했다. 그것은 스토리텔링에서 혁신을 일으키는 것, 내러티브에 대한 예상을 뒤엎는 것이라고. 그는 미소 지었다. 지금까지 박수를 받은 사람은 그뿐이었다. 사람들 모두 여자를 쳐다보자, 그녀는 어깨를 으쓱하며 손톱을 깨물었다. "글쎄요. 제가 점쟁이는 아니니까요." 그녀가 말했다.

테크놀로지 시대의 영향력은? 어쨌거나 지금 우리가 있는 여기가 실리콘밸리잖아요. 객석에서 웃음이 터졌다. 전사가 불쑥 나서서 끝난 이야기를 다시 끄집어냈다. 유튜브와 대중을 대상으로 한 온라인 공개강좌, 다른 모든 혁신 매체로 인해 지식이 민주화되었다고. 전사는 자기편을 찾아 여자를 쳐다보았다. 페미니즘의 영향으로 가사일을 동등하게 나누게 되면서 여자들도 출산과 고된 집안일로부터 자유를 얻었다. 캔자스에 사는 농부의 아내가 과거에는 단순한 가정주부로서 과일을 준비하고 냄비를 씻고 버터를 만들었다면, 가사일을 분담하게 되면서부터는 아내의 역할에서 벗어나 창의적인 일을 할 수 있게 되었다. 컴퓨터로 획기적인 최신 정보를 접할 수 있게 되었고 집에서 편안하게 새 연극을 볼 수 있게 되었다. 혼자 작곡하는 법을 배울 수도 있게 되었다. 뉴욕이라는 영혼 없는 제3계의 지옥에 거주하지 않으면서 브로드웨이의 신작 공연을 창작할 수 있게 되었다.

랜슬럿의 가슴속에서 부글부글 짜증이 일었다. 한 가지밖에 생각할 줄 모르고 잘난 척이나 해대는 이 작자는 누구이며, 그는 무슨 권리로 다른 사람들이 선택한 삶의 방식에 침을 뱉는가? 랜슬럿은 자신이 살아가는 그 지옥의 세계를 사랑했다!

"이 세상의 아내들을 깔보지 맙시다." 랜슬럿이 말했다. 객석에서 웃음이 터졌다. "창작을 한다는 사람들은 나르시시즘에 빠져 있어 우리가 살아가는 방식이 인류라는 왕관에 박힌 보석이라고 생각하는 경향이 있어요. 하지만 내가 아는 극작가들 대부분은 터무니없는 아집 덩어리일 가능성이 높지요"—영감태기의 찬성의 고함—"아내들은 훨씬 나은 존재입니다. 더 친절하고, 더 관대하고, 두루두루 더 뛰어나죠. 삶을 매끄럽고 깨끗하고 편안하게 만들어주는 일에는 고결함이 있습니다. 아내로 살겠다는 선택은, 적어도 생계를 위해 자기 탐닉적인 성찰에 빠지기로 하는 선택과 동일합니다. 아내란 결혼생활을 창작하는 드라마투르그예요. 기여한 바가 곧바로 인식되는 일은 없지만 아내가 하는 일은 그 결과물에 핵심적이죠. 이 역할은 영예로운 겁니다. 제 아내 마틸드만 보더라도, 제 일을 더 매끄럽게 관리하기 위해 예전에 자기 일을 그만뒀습니다. 아내는 요리와 청소와 제 원고를 교정하는 일을 아주 좋아하고 그런 일을 하면서 행복을 느낍니다. 어떤 바보 같은 사람이 아내는 가정을 창작할 수 없으니 모자란 존재라고 거들먹거릴 수 있겠습니까?"

그는 자신의 입에서 말이 술술 나온다는 사실에 기분이 좋아졌다. 그는 유창한 언변을 가능하게 해준 자신의 능력에 감사했다. 〔그것과는 아무 상관이 없었다.〕

여자 극작가가 신랄하게 쏘아붙였다. "나한테는 아내가 있고, 나 자신이 아내이기도 한데요. 지금 이 자리에서 젠더 본질주의에 대해 듣고 있으려니 불편하네요."

"제가 말한 아내는 당연히 성별을 따지지 않은 배우자라는 의미에서입니다." 랜슬럿이 말했다. "남자 아내도 가능하죠. 제가 배우였을 때, 일 없이 지낸 기간이 길어서 기본적으로 가사일은 제가 도맡았고 마틸드는 나가서 돈을 벌었어요. 〔그가 설거지는 했다. 그 부분은 사실이다.〕 이 시대에 언급하기에는 차별적인 말이겠지만 남녀의 성에는 본질적인 차이가 존재합니다. 어쨌거나 아기를 낳는 사람도 여자고, 젖을 먹이는 사람도 여자고, 전통적으로 아기를 보살피는 사람도 여자예요. 그건 엄청난 시간이 소모되는 일입니다."

그는 박수를 기다리며 미소를 지었지만 뭔가가 어긋났다. 청중은 싸늘한 침묵을 지켰다. 강당 뒤쪽에서 누군가가 큰 소리로 뭐라고 말하고 있었다. 그가 무슨 짓을 한 거지? 그는 겁에 질려 마틸드를 바라보았지만 그녀는 자기 신발만 내려다보고 있었다.

여자 극작가가 랜슬럿을 쏘아보며 간결하고 명확하게 자신의 생각을 밝혔다. "방금 여자는 아기를 낳기 때문에 창의적인 천재는 될 수 없다고 말씀하셨나요?"

"아닙니다." 그가 말했다. "아이고, 그런 뜻이 아니에요. 아기를 낳기 때문이 아니라요. 그런 말을 했을 리가요. 저는 여자를 사랑합니다. 모든 여자가 아기를 낳는 것도 아니고요. 제 아내만 봐도 그렇습니다. 적어도 아직은 아기를 낳지 않았어요. 하지만 잘 들어보세요. 우리가 태어날 때 수명이 제한되어 있듯 창의성의 양도 제한되어 있어요. 만약 여자가 자신의 창의성을 가상의 삶이 아니라 실제의 삶을 창작하는 데 쓰기로 한다면 그건 영예로운 선택이라는 말입니다. 여자가 아기를 낳는다는 건 종이 위에 허구의 세상을 써 내려가는 것보다 훨씬 더 많은 걸 창작하는 겁니다! 단지 삶의 복제품이 아니라 진짜 삶을 창작하는 거니까요. 셰익스피어가 어떤 작품을 남겼건, 그건 같은 나이의 평균적이고 학식 없는 여자가 아기를 낳은 것보다 훨씬 못한 일입니다. 그 아기들이 이 자리에 있는 우리 모두를 만드는 데 필요한 조상이니까요. 어느 누구도 연극한 편이 인간의 한 생명만큼 가치 있다고 진지하게 주장하진 못할 겁니다. 무대의 역사가 지금 이 말을 뒷받침합니다. 역사적으로 여자가 남자보다 창의적인 천재성을 덜 드러냈다면, 그건 여자가 창의적인 에너지를 삶 그 자체에 쏟아부어 그들의 창작을 내면적인 것으로 만들었기 때문일 겁니다. 그걸 신체적인 천재성이라고 부를 수 있겠지요. 적어도 그것이 상상력을 발휘하는 천재성만큼 가치 있지 않다는 말은 할 수 없을 겁니다. 여자가 남자만큼 잘한다는 점에 대해서는—여러 면에서 더 낫습니다만—모두 동의할 겁니다. 하지만 창작에서 남녀 차이가 나는 이유는 여자는 자신의 창의적인 에너지를 외부가 아닌 내부로 돌렸기 때문일 겁니다." 웅성거림에 점점 분노의 감정이 실렸다. 그는 깜짝 놀라 귀를 기울였지만 들릴락 말락 박수 소리만 조그맣게 들릴 뿐이었다. "네?" 그가 말했다.

영감태기가 불쑥 맞장구를 치고 나와 리엄 니슨이나 폴 뉴먼, 아일오브와이트를 들먹이며 장황하고 자기 본위적인 이야기를 늘어놓은 덕에 랜슬럿의 식은땀이 마르고 울렁거리던 가슴도 진정되었다. 그는 마틸드와 눈을 마주쳐 위안을 얻으려고 그쪽을 다시 봤지만 그녀가 앉아 있던 자리는 비어 있었다.

이 세상에 어마어마한 균열이 일어난 것 같았다. 랜슬럿은 기우뚱거리고 있었다. 마틸드가 떠나버렸다. 마틸드가 일어서서 공개적으로 강당을 떠났다. 마틸드는 견딜 만큼 견뎠고 엄청나게 화가 났다. 뭘 충분히 견뎠지? 영영 끝일 만큼 충분히? 어쩌면 그녀는 팰로앨토*의 강렬한 햇살 속에 들어섰을 때 얼굴에 쏟아지는 햇빛과 함께 진실을 깨달았을지도 모른다. 그 없이 훨씬 잘 지낼 거라는 진실, 성녀인 그녀가 개의 크로트** 같은 남편을 위해 끌어내려졌을 뿐이라는 진실을. 그는 그녀에게 전화를 하고 싶어 손이 근질거렸다. 남은 토론 시간 동안 젊은 패널 두 명과 사회자는 랜슬럿 쪽은 쳐다보지도 않았다. 랜슬럿은 그 자리에 계속 앉아 있는 데만도 온 정신을 집중해야 했기 때문에 그들이 그렇게 해주는 게 어쨌거나 그에겐 최선이었다. 그는 끝날 때까지 불편하게 자리를 지켰고, 이어지는 만남과 인사의 자리에 대해 사회자에게 이렇게 말했다. "지금으로선 치즈와 크래커를 먹는 자리에는 빠져야 할 것 같습니다. 정신을 잃고 쓰러지고 싶지는 않아서요." 사회자가 움찔하며 대답했다. "잘 생각하신 것 같네요." 랜슬럿은 마틸드를 찾아 얼른 대기실로 갔지만 그녀는 없었다. 사람들이 쓰나미처럼 로비로 쏟아져나오자 그는 그녀에게 전화를 걸려고 장애인 화장실로 부리나케 들어갔다. 신호음이 울리고 또 울려도 그녀는 전화를 받지 않았다. 그는 바깥에서 사람들의 소리가 커졌다가 서서히 잦아드는 것에 귀를 기울였다.

그는 거울에 비친 자신의 모습을 한참 동안 바라보았다. 이마는 하도 넓어서 광고판을 이고 다니는 것 같았고, 코는 이상하게 나이가 들수록 점점 커지는 것 같았다. 귓불에 돋은 가는 털은 펴면 길이가 1인치는 될 것 같았다. 이제까지 그는 이 추함이 아름다움인 줄 알고 줄곧 자신만만하게 돌아다닌 것이었다. 얼마나 웃기는 일인가. 그는 휴대전화로 솔리테르 카드 게임을 했다. 열다섯 번 넘

---

* 캘리포니아 주 서부에 있는 도시로 실리콘밸리가 형성된 뒤로 급성장했다.
** '똥'이라는 뜻의 프랑스어.

게 했고 한 번 끝날 때마다 마틸드에게 전화를 했다. 하지만 휴대전화는 수치스러운 삐 소리를 내더니 방전되어버렸다. 뱃속에서 꾸르륵 소리가 나자, 그는 샌프란시스코에 있는 호텔에서 아침을 먹은 뒤로 아무것도 먹지 않았음을 깨달았다. 거기서 점심식사를 할 수 있었을 것이다. 그는 평소 디저트로 즐기던 쌉쌀한 아이스티와 초콜릿 타르트를 떠올렸다. 맥이 풀렸다. 벌써 세시가 다 되었으니 점심시간은 끝난 지 오래였다. 통로로 머리를 내밀었다. 아까 화장실로 들어왔을 때는 북적거리던 사람들이 이제는 싹 빠져나가고 없었다. 그는 벽에 바짝 붙어 걷다 모서리에서 다시 고개를 빼꼼 내밀었지만 정문까지 깨끗이 비어 있었다.

그는 밖으로 나가 광장을 바라보며 섰다. 광장에는 학생들이 커다란 백팩을 메고 세계의 패권을 쥐기 위한 걸음을 바삐 옮기고 있었다. 얼굴에 닿는 바람이 기분좋게 느껴졌다.

"창피한 줄 알아야지." 그의 오른쪽에서 목소리가 들려 고개를 돌리자 한 여자가 서 있었다. 숱이 별로 없고 검게 염색한 푸석푸석한 머리칼. "나 또한 당신 작품을 늘 좋아했던 걸 생각하면 나 원 참. 그런 여성혐오자인 줄 알았다면 당신 연극표는 단 한 장도 사지 않았을 거예요."

"나는 여성혐오자가 아닙니다! 나는 여성을 사랑해요!" 로토가 말하자 그녀는 콧방귀를 뀌었다. "여성혐오자라면 누구나 하는 말이에요. 그저 여자와 자는 걸 좋아한다는 거겠죠."

소용없는 일이었다. 결혼한 뒤로 한 여자하고만 잤다 해도 그가 여자와 자는 걸 좋아하는 건 사실이었다. 그는 치장벽토를 바른 벽을 따라 걸음을 재촉했다. 그늘을 황망히 지나 발밑에 베리 덤불이 바스러지는 유칼립투스 숲 지대를 통과했고, 길을 몰라 두리번거리다 '엘 카미노 레알'*이라는 이름의 거리로 들어섰다. 하지만 그가 느끼는 기분은 왕의 기분과는 정반대였다. 그는 대강 샌프란시스코 방향으로 짐작되는 도로로 들어섰다. 셔츠가 땀에 흠뻑 젖었고 햇볕은 그가 예상했던 것보다 훨씬 더 뜨거웠다. 길은 끝없이 이어졌고 머리는 어질어질했다. 그는 특이하게 생긴 작은 집들이 늘어선 동네를 헤매며 통과했다. 집들은 경사진 땅에 지어져 바닥 높이가 차이 났고, 으리으리한 대문 뒤로 선인장 정원이 보이고 분홍색 협죽도가 자라고 있었다. 그는 또다른 큰 도로로 들어섰고, 길을 건너 카페테리아풍의 멕시칸 레스토랑에 들어갔다. 그곳에서라면 당연히 자신이 먹고 싶은 음식을 구입해 주린 배를 채울 수 있었다. 그는 돈을 내려고 줄을 서 있는 동안 칠리 렐레노 부리토의 절반을 먹어치웠다. 지갑을 찾아 주머니를 뒤지는 동안에도 여전히 음식물을 씹고 있었다. 순간 겁이 더럭 나면서 호텔방에 지갑을 놓고 온 것이 생각났다. 이런 짧은 여행에서 그는 돈을 낼 필요가 없었고, 그럴 필요가 있을 때에도 지갑을 든 마틸드가 곁에 있었다. 게다가 솔직히, 그는 거대한 궤양을 과시하듯 엉덩이 쪽에 지갑을 불룩하게 넣고 다니는 걸 싫어했다. 그는 지갑 없는 매끈한 뒤태를 더 좋아했다.

그가 계산대 여자를 보며 어깨를 으쓱했고, 그녀는 눈살을 찌푸리며 스페인어로 뭐라고 협박조로 말했다. 그는 접시를 내려놓고 문쪽으로 걸어가면서 "미안합니다, 로 시엔토"라는 말만 되풀이

---

* '왕의 길'이라는 뜻의 스페인어.

했다.

마침내 그는 말발굽 모양의 쇼핑센터에 다다랐다. 눈가로 흘낏 뭔가가 보였는데, 그걸 보자 놀라서 가슴이 두근거렸다. 공중전화 부스, 그걸 본 게 몇십 년 만이던가? 그는 이 휴대전화의 시대에 지금도 외우는 유일한 번호로 수신자부담전화를 걸었다. 손에 수화기의 묵직한 무게가 느껴지면서 다른 사람들의 숨과 기름 냄새가 맡아지자 그는 한결 마음이 놓였다. 전화선 저 끝에서 불쑥 어머니의 목소리가 들렸다. 수신자부담전화? 무슨 일이지, 무슨 일이야, 여보세요? 어머니가 전화를 받더니 말했다. "랜슬럿? 우리 아들? 무슨 일이 생겼니? 아내 때문이니? 어머나, 그애가 너를 떠났니?"

그가 침을 꼴깍 삼켰다. 전에도 이런 순간을 경험한 것 같은 묘한 기분이 메아리처럼 느껴졌다. 언제였더라? 대학에 다닐 때였는데, 토요일에 결혼식을 올리자마자 기숙사 방으로 뛰어올라갔었다. 철부지 시절의 유치함이 고스란히 남아 있던 그 기숙사 방이 그 순간 갑자기 얼마나 작게 느껴지던지. 메인 주 해안으로 은밀한 신혼여행을 떠나려고 더플백에 옷을 쑤셔넣은 뒤 그는 기쁨을 누르며 수화기를 들었다. 그러고는 어머니에게 전화를 걸어 결혼 소식을 알렸다. "아니, 결혼한 게 아니야." 어머니가 말했다. "결혼했어요. 결혼식도 올렸는걸요." 그가 말했다. "취소해라. 빨리 이혼해버리면 돼." 어머니가 말했고, 그는 "싫어요" 하고 대답했다. 어머니는 "어떤 여자가 너하고 결혼하고 싶어하겠니, 랜슬럿? 생각해봐. 이민자? 돈이 목적인 여자?" "어느 쪽도 아니에요." 그가 말했다. "마틸드 요더라는 여자예요. 지구상에서 최고의 여자예요. 엄마도 좋아하실 거예요." "아닐걸." 어머니가 말했다. "나는 그애를 만나지 않을 거다. 그 결혼을 취소하지 않으면 유산은 없어. 더이상 용돈도 없을 거다. 돈 없이 그런 험한 대도시에서 어떻게 버텨내려고? 배우를 해서 어떻게 먹고살려고?" 어머니가 말했고, 랜슬럿은 빈정거리는 말투에 속이 상했다. 그는 마틸드 없는 인생에 대해 생각해보았다. 그리고 말했다. "차라리 죽겠어요." 그러자 어머니는 말했다. "아들아, 그 말을 후회하게 될 거야." 그가 한숨을 쉬며 말했다. "엄마, 그렇게 속 좁게 평생 잘사시길 바랄게요." 그러고는 전화를 끊었다. 그뒤로 두 사람 사이에 깊은 골이 생겼다.

지금 그는 캘리포니아의 따가운 햇살을 느꼈다. 속이 메슥거렸다. "뭐라고 하셨어요?" 그가 말했다.

"엄마가 정말 미안해." 어머니가 말하고 있었다. "정말 미안하다. 지난 세월 동안 혀를 깨물고 후회했다, 아들아. 우리가 서로 얼마나 힘들었고 또 얼마나 소원했니? 다 쓸데없는 일이었어. 그 몹쓸 계집애. 그애가 너한테 이런 상처를 주고 끝나리란 걸 나는 알고 있었다. 그냥 집으로 돌아와라. 레이철과 엘리자베스와 꼬마들이 여기 와 있어. 다시 너를 아기처럼 돌봐줄 수 있다면 샐리는 달까지 날아오를 것처럼 좋아할 거야. 집에 돌아오면 우리 여자들이 너를 돌봐줄게."

"아," 그가 말했다. "고맙군요. 하지만 괜찮아요."

"뭐라 그랬니?" 그녀가 말했다.

"휴대전화를 잃어버려서 전화를 드린 거예요." 그가 말했다. "마틸드가 저를 찾아 미친듯이 전화를 돌릴지도 몰라서 고모한테 미리 알려드리려고요. 샴페인과 치즈를 준비해서 파티를 하러 곧 집에 갈 거라고 고모한테 전해주세요." 그가 말했다.

"내 말 좀 들어봐, 얘야……" 앤트워넷이 말하기 시작했지만 랜슬럿이 가로막았다. "끊을게요." 어머니가 "사랑해" 하고 말했지만 전화는 끊긴 뒤였다.

앤트워넷은 수화기를 내려놓았다. 아닐 거야, 그녀는 생각했다. 아들이 어머니를 제치고 또다시 그 아내란 여자를 선택한 것은 아닐 것이다. 앤트워넷이 모든 것을 다 줬는데, 그러지는 않았을 것이다. 앤트워넷이 없었다면 그는 결코 지금의 그가 되지 못했을 것이다. 그녀가 키워낸 대로 자라, 그가 그녀를 작품 속에 영원히 살아남도록 글로 쓰지도 않았을 것이다. 아들은 어미의 품을 벗어나지 못한다. 탯줄은 예전에 끊어졌지만 그들은 언제나 그가 따뜻하고 어두운 자궁 속에서 헤엄치던 그때를 공유할 것이다.

창문 밖에서는, 바다가 하얀 모래벌판에 파도의 그물을 던졌다가 얻은 것 하나 없이 다시 그물을 걷어갔다. 앤트워넷은 모래언덕 위의 작은 분홍색 집이 귀를 종긋 세우고 있다는 걸 알고 있었다. 시누이는 부엌에서 피넛버터 쿠키를 만들 반죽을 하고 있었고, 딸과 손주들은 해변에서 방금 돌아왔다. 그녀가 앉아 있는 자리 아래쪽 바깥에서는 옥외 샤워기가 물을 뿜어내고 있었다. 신은 그녀에게 강인함을 주었고, 그녀는 어둡고 작고 두려움 많은 이 사람들이 지긋지긋했다. 아들은 자신처럼 크고 황금빛이었으니 그녀가 이들을 아들보다 덜 사랑하는 것은 지극히 자연스러운 일이었다. 생쥐는 착하지만, 사자는 포효한다.*

샐리는 부엌에서 기름 바른 손바닥으로 반죽을 하며 속을 태웠

---

* 생쥐와 사자에 관한 이솝우화에서 비롯한 말.

다. 전화벨이 울렸고, 침실에서 전화를 받은 앤트워넷의 목소리가 날카로워졌다. "아내 때문이니?" 그렇게 말했다. 샐리는 올케에 대해 생각해보았다. 앤트워넷은 설탕과 공기로 만들어진 사람처럼 보였지만 그 한복판에는 쓰디쓴 검은 호두가 들어 있었다. 샐리는 랜슬럿을 걱정했다. 불쌍한 아이, 그 아이의 다정함은 한결같았다. 그녀는 마틸드에게 전화를 해서 무슨 일인지 알아보려다가 그만두었다. 즉각적인 반응에서 얻어지는 것은 없다. 그녀의 방식은 느리게, 거리를 두고 움직이는 것이었다.

얼마의 시간이 지난 뒤 앤트워넷이 일어섰고, 일어서다 화장거울에 비친 자신의 얼굴을 보았다. 입가와 눈가에 주름이 졌고, 얼굴은 지치고 퉁퉁 부었다. 뭐, 놀랄 건 없었다. 아들을 무사히 지켜내기 위해 들인 노력의 대가였다. 그녀가 잠시라도 경계를 늦추면 세상은 한순간 더 위험해져 와해될 수 있었다. 그녀가 지금껏 랜슬럿을 위해 무엇을 해왔는지를 생각하면, 그 희생을 생각하면! 그녀는 자기가 죽으면 어떤 엄청난 진실이 폭로될지를, 그녀가 이 세상을 뜰 때까지 아들은 절대로 알아내지 못하겠지만 어떻게 그녀가 그의 뒤에서 그를 도와주었는지를, 그녀가 그를 위해 어떤 공포를 견뎌냈는지를 생각했다. 그녀가 이 허름한 분홍색 집에 뿌리내린 것은 자신의 선택이었는가? 아니었다. 거웨인이 남긴 돈이면 그녀는 흥청망청 사치를 부리며 살 수 있었다. 마이애미의 만다린 오리엔탈 호텔 꼭대기 층에서 룸서비스를 받고, 내키면 스틸 밴드*도 부를 수 있었다. 이 초라한 집과 같은 크기의 대리석 욕실을 쓸 수도

---

* 드럼통을 잘라 드럼 모양으로 만든 타악기를 연주하는 밴드.

있었다. 저 아래 바다에 다이아몬드 같은 햇살이 떨어졌다. 하지만 그녀는 먹고사는 데 필요한 만큼 이상은 거웨인의 돈에 손대고 싶지 않았다. 다 자식들을 위해서였다. 그녀가 아이들을 위해 얼마만큼 애썼는지를 알게 되면 아이들의 얼굴에 충격의 표정이 떠오를 것이다. 자신을 위로해주는 그 오래된 이미지를 그녀는 또다시 눈앞에 떠올렸고, 그 이미지는 너무 선명해서 마치 텔레비전 재방송을 보는 것 같았다. 그녀의 아들은 검은색 정장을 입었는데—아들을 못 본 지 수십 년이 되어 떠오르는 아들은 여전히 북부로 보냈을 때의 키 크고 흐느적거리는 여드름쟁이 아이였다—셔츠는 올이 다 드러났고, 아들의 아내는 조잡하고 값싼 검은색 옷을 입어 천박해 보였다. 그녀의 상상 속에서 아들의 아내는 푸른색 아이섀도에 갈색 립라이너를 바르고 페더드 스타일* 머리를 하고 있었다. 샐리가 그에게 편지가 담긴 봉투를 건넬 것이다. 앤트워넷은 그 편지에 모든 진실을, 그녀가 아들을 위해 애썼던 모든 것을 밝혀두었다. 그는 돌아서서 목이 멘 채 그 편지를 읽을 것이다. "아니야!" 그는 소리를 지를 것이다. 그러면 그의 아내가 머뭇머뭇 그의 어깨에 손을 올리겠지만 그는 어깨를 흔들어 그녀의 손을 물리칠 테고, 자신의 손에 얼굴을 묻고 어머니에게 감사한 줄 모르고 지낸 지난 긴 세월을 슬퍼할 것이다.

레이철이 침실 앞을 지나다가 방안에 서 있는 앤트워넷을 보았다. 앤트워넷이 고개를 들자 거울 속에 딸이 보였다. 근엄한 앤트

---

* 1970년대와 80년대 초반에 유행했던 스타일로, 뒤로 날리듯 빗은 머리카락이 새 깃털처럼 보여 이런 이름이 붙었다.

워넷의 얼굴 위로 가면처럼 웃는 얼굴이 스르르 씌워졌다. 그녀의 치아는 여전히 아름다웠다. "샐리가 우리 꼬마들을 위해 쿠키를 구운 것 같던데, 레이철." 앤트워넷이 말했다. 그러고는 거구를 이끌고 느릿느릿 힘겹게 통로를 지나 자신의 의자로 가서 풀썩 내려앉았다. "내가 한두 개 맛본다고 해도 크게 폐가 되지는 않겠지." 그녀가 애교를 떨듯 웃으며 말했다. 그 순간 레이철은 자기도 모르게 예전 습관대로 쿠키 접시를 든 채 복종하는 자세로 허리를 숙였다. 어머니의 심기를 이렇게 건드릴 수 있는 사람은 로토뿐이었다. 오빠도 참! 이제 레이철은 휴가의 나머지 시간 전부를 늙은 암짐승을 달래는 데 바쳐야 할 것이다. 오빠에 대한 해묵은 분노가 가슴속 깊은 곳에서 울컥 올라왔다. 〔귀하게 자란 사람도 평범한 우리와 마찬가지로 강렬한 감정을 느낄 수 있다. 차이는 그들이 어떤 행동을 선택하는가다.〕 로토의 세상에 엄청난 파장을 일으킬 몇 마디 파괴적인 말을 내뱉고 싶은 충동이 일었지만 다시 가라앉고 자물쇠가 채워졌다. 그녀는 아이들이 우당탕탕 계단을 뛰어올라오는 소리를 듣고 숨을 들이마신 뒤 허리를 더 숙였다. "몇 개 더 드세요, 엄마." 레이철이 권하자 어머니가 말했다. "고맙구나, 우리 딸. 내가 좀 먹어도 괜찮겠지?"

어머니와 통화를 끝내고 랜슬럿은 마음을 진정시키기 위해 버스 정류장 지붕 아래 불안한 청춘들이 지껄이는 소리를 들으면서 이십 분 동안 서 있었다. 버스가 한숨을 토하고 카니발 코끼리처럼 승객들을 내려준 뒤에야 돈이 없으면 BART*도 탈 수 없다는 사실

---

* 미국 샌프란시스코의 고속 통근 철도.

이 떠올랐다. 마틸드 생각을 하자 속이 불편해졌다. 그가 한 말이 더욱 큰 소리가 되어 메아리쳤고, 지금은 독을 품은 것처럼 들렸다. 여자는 창의적인 천재성을 아기에게 쏟는다고 말했을 때, 아기가 없는 마틸드는 그 말을 어떤 의미로 받아들였을까? 그녀는 더 모자란 존재라고? 아기를 낳은 여자들보다 더 못한 존재라고? 창작을 하는 그보다 더 못한 존재라고? 하지만 그가 그런 생각을 했던 건 아니었다. 단연코! 그는 그녀가 어느 누구보다 더 뛰어난 존재라는 걸 알고 있었다. 그는 그녀를 차지할 자격이 없었다. 그녀는 이미 노브힐 호텔로 돌아가 짐을 꾸려 노란 택시를 탔을 것이고, 비행기에 올라타 그에게서 멀리 떠났을 것이다. 그날이 마침내 온 것이다. 그녀는 그를 떠나고, 그에게 남은 것은 아무것도 없다. 모든 것을 상실한 것이다.

그녀 없이 어떻게 살아갈까? 요리는 해봤지만 욕실 청소는 해본 적이 없었다. 요금 청구서를 납부해본 적도 없었다. 그녀 없이 글은 어떻게 쓸 것인가? 〔그녀의 손길이 그의 작품 전체에 닿아 있었던 사실을 그도 은연중에 인식하고 있었다. 직접 쳐다보지 마라, 로토. 태양을 바라보는 느낌일 것이다.〕

그의 셔츠를 적신 땀이 말랐다. 뭐라도 해야 했다. 어떻게든 힘을 내야 했다. 도시까지 30마일이 넘지는 않을 것이다. 길은 북쪽으로 뻗은 길 하나뿐이었다. 날은 아름다웠다. 그는 다리가 길었고 인내심도 많았다. 그는 시속 5마일로 빠르게 걸을 수 있었다. 자정께에는 호텔에 도착할 것이다. 그때까지는 그녀도 아직 떠나지 않았을 것이다. 어쩌면 그때는 화가 좀 풀렸을지도 모르고, 어쩌면 마사지나 얼굴 관리를 받으려고 스파에 갔을지도 몰랐다. 룸서비스를 시켜 야한 영화를 보는 방식으로 앙갚음을 할지도 몰랐다. 수동적 공격. 그녀의 방식.

그는 해를 왼쪽에 두고 출발했고, 도그 파크*가 나타날 때마다 물을 마셨다. 그걸로는 충분하지 않았다. 계속 목이 탔다. 황혼녘에 공항을 지났고, 바람에 실려오는 해수 소택지의 냄새를 맡았다. 교통은 끔찍했다. 어둠 속에서 걷다가 한 무리의 자전거와 세 대의 세미트레일러, 어떤 남자가 모는 세그웨이에 거의 치일 뻔했다.

그는 걸으면서 패널 토론에서 무슨 일이 일어났는지 곱씹어 생각했다. 그때 일을 다시 바라보고, 다시 바라보고, 또다시 바라보았다. 몇 시간이 지나자 그 일은 한 편의 이야기로 만들어져 그는 그 이야기를 술집에서 친구들에게 들려주고 있는 기분마저 들었다. 그렇게 몇 번을 거치면서 상상의 술집 친구들은 알딸딸하게 취한 채 그 이야기에 웃음을 터뜨렸다. 그렇게 반복하면서 그곳에서 일어난 일은 그의 마음에 상처를 입힐 힘을 상실했다. 더이상 수치스럽지 않았고 오히려 코믹했다. 그는 여성혐오자가 아니었다. 그가 여성혐오자가 아니라는 사실을 증명해줄 여자들을, 마틸드 이전부터 수백 명은 불러낼 수 있었다. 간단히 말해서 그는 오해를 받은 것이었다! 이야기가 저항력을 가지면서 마틸드가 그를 떠날 거라는 두려움도 희미해졌다. 그녀는 지나친 반응을 보였다고 스스로를 부끄럽게 여기고 있을 것이다. 사과는 오히려 그녀가 해야 할 것이다. 그녀는 자신의 주장을 분명히 보여주었다. 이번에는 그녀에게 그가 보여줄 차례다. 그는 그녀를 탓하지 않았다. 그녀는

---

* 개가 주인의 감시하에서 줄을 풀고 놀 수 있는 공원.

그를 사랑했다. 그는 본질적으로 낙천주의자였다. 다 잘될 것이다.

그는 도시로 들어서자마자 더 단단해진 시멘트 블록에, 보도에, 이 거리 저 거리로 친절하게 인도하는 가로등에 감사의 마음이 북받쳐 거의 울음이 터질 지경이었다.

발에서 피가 흐르는 것이 느껴졌다. 햇볕에 탄 몸이 화끈거렸고, 입안이 말랐고, 배가 고파 속이 뒤틀리는 것 같았다. 땀의 연못에 몸을 담근 것처럼 고약한 냄새가 났다. 쉬엄쉬엄 언덕길을 올라 호텔로 들어갔고 다행스럽게도 하루 전날 체크인을 도와준 데스크 직원이 그를 보더니 "저런! 새터화이트 씨, 무슨 일인가요?" 하고 물었다. 로토가 가쁜 숨을 몰아쉬며 "강도를 당했어요" 하고 말했다. 그 말은 어떤 의미에서 사실이기도 했다. 청중이 그의 품위를 강탈한 것이었다. 직원이 벨보이를 부르자, 벨보이가 호텔 휠체어를 밀고 와 로토를 태운 뒤 엘리베이터로, 이어 그의 방으로 데려갔다. 카드키를 꺼냈고, 그는 휠체어에 태워진 채 안으로 밀어넣어졌다. 방에는 마틸드가 침대에 앉아 있었다. 그녀는 알몸을 시트로 가린 채 그에게 미소를 지어 보였다.

"오, 당신 왔구나, 여보." 그녀가 말했다. 그녀의 침착함은 감동적이기까지 했다. 정말로 그녀는 이 세상의 신비였다.

벨보이가 곧 무료 룸서비스를 준비하겠다는 말을 중얼거리며 인사를 하고 나갔다.

"물 좀 갖다줄래?" 로토가 거칠한 목소리로 말했다. "부탁할게."

마틸드가 일어서서 가운을 걸친 뒤 욕실로 가서 유리잔에 물을 따라 매우 느린 걸음으로 그에게 돌아왔다. 그는 단숨에 비웠다. "고마워. 좀더 부탁해." 그가 말했다.

"기꺼이 대령해야지." 그녀가 환하게 웃으며 말했다. 하지만 움직이지는 않았다.

"M.," 그가 말했다.

"응, 우리 창의적인 천재?" 그녀가 말했다.

"벌은 이제 그만. 나는 인간 사회에는 어울리지 않는 멍청이야. 내 특권을 투명 망토처럼 걸치고 다니면서 그게 나한테 엄청난 권한을 준다고 착각했어. 하루 동안 차꼬를 찬 채 얼굴에 썩은 달걀 몇 개를 맞아도 싸. 미안해."

그녀가 침대 모서리에 걸터앉아 그를 침착하게 바라보았다. "그 말이 진심이었다면 더 좋았을 텐데. 당신은 오만한 사람이잖아."

"나도 알아." 그가 말했다.

"당신 말은 다른 사람들 대부분의 말보다 더 무게가 있어. 그들을 이리저리 흔들 수도 있고, 많은 사람들을 다치게 할 수도 있어." 그녀가 말했다.

"나는 내가 당신을 다치게 하면 어쩌지 하는 걱정뿐이야." 그가 말했다.

"당신은 나에 대해 너무 많은 걸 가정해. 당신이 나를 대변할 필요는 없어. 나는 당신의 소유물이 아니니까." 그녀가 말했다.

"당신을 기분 나쁘게 하는 건 뭐든 안 할게. 제발 부탁이야. 물 좀 갖다주겠어?"

그녀가 한숨을 쉬더니 그에게 물을 더 갖다주었다. 노크 소리가 들렸고, 그녀가 문을 열자 벨보이가 바퀴 테이블을 밀고 와서 기다리고 있었다. 테이블에는 아이스버킷에 담긴 샴페인, 연어와 아스파라거스 요리, 부드럽고 따뜻한 롤빵이 담긴 바구니, 디저트로 초콜릿 케이크가 놓여 있었다. 강도를 당한 것에 대한 사과의 표시로 호텔에서 무료로 제공하는 서비스였다. 샌프란시스코는 대체로 친절한 도시라서 이런 일은 좀처럼 일어나지 않는다, 의료적 처치가 필요하면 호텔에 전담 의사가 있다 등등. 호텔에서는 더 도울 일이 있다면 뭐든 말해달라고 했다.

로토는 음식에 달려들었고, 그녀는 지켜보았다. 하지만 겨우 몇 입 먹었을 때 그는 속이 메슥거리기 시작했다. 도끼에 발이 잘려나간 느낌이었지만 그는 비틀비틀 욕실로 갔다. 그리고 옷과 구두를 사정없이 쓰레기통에 쑤셔넣은 뒤 오래오래 뜨거운 목욕을 하면서 상처에서 피가 흘러나와 넝쿨처럼 뻗어나가는 것을 지켜보았다. 발톱 열 개가 다 빠졌거나, 빠지는 중이었다. 그는 햇볕에 타서 물집이 잡힌 얼굴과 팔에 차가운 물을 끼얹었다. 그리고 개운해진 기분으로 일어섰고, 아내의 족집게로 귓불에 난 긴 털을 뽑아낸 뒤 주름살을 지우려고 아내의 값비싼 로션을 발라 이마 깊숙이 스며들도록 마사지를 했다.

그가 욕실에서 나왔을 때 마틸드는 아직 잠들지 않고 손에 든 책을 들여다보고 있었다. 그녀가 책을 내려놓더니 안경을 머리 위로 올려 쓰며 그에게 얼굴을 찡그려 보였다.

"내일은 걷지 않는 게 좋을 것 같아." 그가 말했다.

"그럼 하루종일 나하고 침대에 있는 거네." 그녀가 말했다. "그러니까 당신이 이겼어. 어떤 일이 일어나건 당신이 이겨. 결국에는 다 당신한테 유리하게 풀린다니까. 항상. 누군지, 뭔지는 몰라도 당신을 지켜주고 있어. 화딱지 나는 일이야."

"내 일이 잘 풀리지 않기를 바라는 거야? 내가 트럭에 치인다거나?" 그가 시트 속으로 파고들며 말했다. 그는 손을 그녀의 배 위에 올려놓았다. 그녀의 배에서 작게 꾸르륵 소리가 났다. 남은 케이크가 쟁반에서 사라져 있었다.

그녀가 한숨을 쉬었다. "아니, 바보 같긴. 나는 그저 몇 시간 동안 당신한테 겁을 주고 싶었을 뿐이야. 사회자가 여태 사무실을 지켰어. 우리는 누구든 당신을 사회자한테 데려다줄 줄 알았거든. 정신이 멀쩡한 사람이라면 그렇게 할 테니까, 로토. 샌프란시스코까지 그 먼 길을 걸어오다니 완전히 미쳤어. 당신이 여기 나타났다고 사회자한테 방금 전화해줬어. 아직 거기 있더라고. 똥줄이 탔던 모양이야. 당신이 억센 페미니스트 일당한테 납치돼서 희생양으로 비디오를 찍었을 거라고 생각했대. 거세 시나리오가 머릿속에서 계속 맴돌았다던데." 랜슬럿은 마체테*가 휘둘러지는 장면을 상상하며 몸서리를 쳤다.

"흥." 그녀가 말했다. "점심을 먹을 때쯤 당신 이야기는 거품처럼 싹 사라졌어. 오늘 작년 노벨상 수상자의 연설 절반이 표절이라는 사실이 밝혀졌대. 소셜미디어가 엄청 들썩거렸어. 내가 고개를 들었더니 테이블마다 사람들이 입을 쩍 벌리고 스마트폰만 들여다보고 있더라고. 여보, 당신은 오늘의 작은 물고기였어."

그는 속아넘어간 기분이었다. 그보다 훨씬 더 선동적으로 말했어야 했다. [끝까지 고집 부리기는!]

그는 잠들 때까지 속을 끓였고, 그녀는 이 생각 저 생각 하면서 한동안 그를 보다가, 불도 끄지 않은 채 이윽고 잠이 들었다.

---

* 외날의 큰 칼.

8

뼛속의 얼음, 2013년

남자 기숙학교의 학생처장. 벽에는 해질녘 폭포수가 떨어지는 장면의 포스터가 붙어 있고, 그 아래 산세리프체로 ENDURANCE인내라는 단어가 쓰여 있다.

학생처장: 눈썹이 얼굴의 절반을 차지하는 남자.
올리: 최근에 아버지를 잃은 비쩍 마른 남학생. 청소년 범죄 때문에 집에서 내쫓겼다. 남부 억양을 쓰지 않으려고 노력한다. 얼굴에는 농양 여드름이 가득하다. 하지만 눈빛만큼은 날카롭고 모든 것을 간파한다.

1막에서 발췌

학생처장: 올리버, 적응을 잘 못하는 것 같다는 말을 들었는데. 친
　　　구도 없고. 별명이 (인덱스카드를 들여다보며 눈을 깜박인다) 범
　　　블퍽 파이라고?

올리: 그런가봅니다. 선생님.

학생처장: 올리버, 과도기를 힘들게 보내고 있군.

올리: 그렇습니다. 선생님.

학생처장: 성적은 더할 나위 없이 좋지만 학급에서는 말이 없고.
　　　나를 너무 깍듯하게 대하지 말게. 이 학교 학생들은 지적 호
　　　기심이 많은, 이 세상의 기둥이 되는 시민이야. 자네는 지적
　　　호기심이 많은, 이 세상의 기둥이 되는 시민인가?

올리: 아닙니다.

학생처장: 왜 아니지?

올리: 행복하지 않으니까요.

학생처장: 이곳에서 어떻게 행복하지 않을 수가 있지? 그렇다면
　　　머리가 이상한 놈이야.

올리: 춥습니다.

학생처장: 신체적으로? 아니면 정신적으로?

올리: 둘 다입니다. 선생님.

학생처장: 왜 울고 있나?

올리: (힘들어한다. 말은 한마디도 없다)

학생처장: (서랍을 연다. 흩어진 서류 아래 뭔가가 올리의 눈길을 끈다.
　　　그는 누가 엉덩이를 움켜잡은 것처럼 허리를 세워 앉는다. 학생처

장이 서랍을 닫고, 꺼낸 고무줄을 엄지에 걸어 뒤로 당긴다. 그것으로 올리의 코를 겨냥해 날린다. 올리가 눈을 깜박인다. 학생처장이 의자에 등을 기댄다)

학생처장: 우울하지 않은 사람이라면 피했을 거야.

올리: 그랬을 것 같네요.

학생처장: 이 친구, 자네는 투정이 심하군.

올리: (……)

학생처장: 하! 잘난 체하는 빨간 코의 루돌프처럼 보이는데.

올리: (……)

학생처장: 하하!

올리: 학생처장님, 질문을 드려도 괜찮다면 말입니다. 서랍에 왜 총을 넣어두시죠?

학생처장: 총? 총은 없어. 미친 소리로군. 자네 지금 무슨 말을 하는 건가. (뒤로 기대며 두 팔을 머리 뒤에서 깍지 낀다) 여하간 들어보게, 올리버. 내가 이 일을 한 게 십억 년은 될 거야. 한때는 나도 이 학교에서 자네 같은 학생이었지. 믿거나 말거나지만, 나도 다른 아이들한테 시달림을 당했어. 그런데도 자네가 이런 꼴을 당하는 이유를 모르겠어. 자네는 모든 걸 가진 것 같은데. 돈도 많고, 키도 크고, 세수만 한두 번 하면 잘생겨 보일 거야. 여드름 연고만 조금 바르면 체격도 외모도 좋아. 게다가 착한 것 같고. 똑똑하고. 저 대책 없는 머저리들처럼 냄새가 나는 것도 아니고. 젤리 롤 알지? 구제불능이야. 고약한 냄새가 나는데다 늘 질질 짜고 다니지. 얼굴만 봐도 지저분해. 몇 안 되는 친구 놈들도 죄다 '던전 앤드 드

래곤' 게임에 빠져 지내는 녀석들인데, 그애들조차 브리지 게임 같은 걸 하면서 인원이 모자랄 때나 간신히 젤리 롤을 참아줄 뿐이지. 하지만 자네는? 자네는 이 학교의 왕이 될 수도 있어. 하지만 지금 그렇지 않은 이유는 단 하나, 자네가 전학을 와서 그래. 그 문제는 시간이 지나면 싹 없어져. 누메로 도스[*], 자네는 겁을 집어먹고 있는데, 그런 태도는 바꿔야 해. 하루속히! 이런 학교에 다니는 아이들은 죄다 상어들이야, 이 친구야! 전통 있는 상어 가문에서 태어난 새끼 상어들이라고. 하나같이 다. 상어는 수십 마일 떨어진 바다에서 나는 피냄새도 맡을 수 있는 족속이야. 물속의 피가 이 특별한 상어들한테는 어떤 의미일까? 두려움. 그들은 물속에서 피냄새를 맡으면 피를 흘린 놈을 끝까지 추격할 거야. 그들도 어쩔 수가 없어! 공격하지 않는 상어가 어디 상어겠어? 돌고래나 그렇지. 누가 돌고래를 원하지? 돌고래는 맛이 좋아. 맛좋은 간식이 되지. 그러니 내가 하려는 말 잘 듣게. 자네는 상어가 되는 법을 배울 필요가 있어. 이 녀석들의 아빠들한테 고소를 당하면 안 되니까, 코에 주먹을 날리되 깨지는 마. 장난도 좀 쳐. 소변을 볼 때 오줌이 바지에 튀게 변기에 셀로판지를 붙여놔. 하! 누가 얼굴에 삶은 달걀을 던지거든 그놈 얼굴에는 스테이크를 던져버려. 여기는 감옥이나 마찬가지야. 강한 자만이 살아남을 수 있어. 존경을 받으려면 노력해야 해. 필요한 일은 하고 보는 거지. 카피케?

---

[*] numero는 '숫자', dos는 '2'라는 뜻.

올리: 카피케.*

학생처장: 좋아, 올리버. 올리버는 대체 어떤 이름인가? 군이 말하자면 돌고래 이름 같은데. 계집애 이름 말이야. 자넨 계집애인가?

올리: 아니요. 하지만 여자는 좋아합니다.

학생처장: 하! 알아듣기 시작했군. 집에서는 자네를 뭐라고 불렀나?

올리: 올리요.

학생처장: 올리. 그렇지. 이제야 말이 통하는군. 올리는 상어 이름이야. 대왕 상어. 다음에 누가 자네를 범블퍽 파이라고 부르거든, 그 녀석들 파차**에 대고 자네 이름은 올리라고 똑똑히 말해주게. 알아들었나?

올리: 똑똑히 알아들었습니다.

학생처장: 자네 이빨이 날카로워지는 걸 느끼나? 물속에서 피냄새가 나나? 상어가 된 것 같나?

올리: 어쩌면 그런 것도 같습니다. 아니면 등지느러미에 면도날을 단 돌고래가 된 것도 같아요.

학생처장: 그게 시작이야. 가서 그 녀석들을 슥 베어버려, 칼잡이.

올리: 슥. 알겠습니다.

학생처장: 물론 정말로 베라는 건 아니야. 맙소사. 상상이 되나?

---

* Capiche. 이탈리아어 capire(알다, 이해하다)의 2인칭 단수형. '카피케(알겠어)?'라고 물어보았기 때문에 올리는 1인칭인 '카피스코(capisco)'라고 대답해야 하지만 학생처장의 말을 반복했다.
** '얼굴'이라는 뜻의 이탈리아어.

학생처장이 아이들을 전부 죽여버리라고 했어요! 내 말은 은유
적인 거야. 누구든 베어버리는 건 안 돼. 나한테서 그런 소릴
들은 게 아니야.

올리: 물론입니다. 안녕히 계십시오, 선생님. (퇴장한다)

학생처장: (혼자가 되자, 서랍에서 총을 황급히 꺼내 카우치 밑에 집어
넣는다)

감응유전*, 2013년

"가면. 마술. 키르케와 페넬로페와 오디세우스, 부친 살해와 근
친상간. 음악과 영화와 춤. 당신은 정말 놀라운 남자야." 마틸드가
말했다.

"게잠트쿤스트베르크."** 로토가 말했다. "극장 예술의 모든 형
태를 한데 합치는 거야. 우리는 그걸 무대에 올려줄 바보만 찾으
면 돼."

"걱정하지 마." 마틸드가 말했다. "우리가 아는 사람은 다 바보
니까."

---

* 암컷이 다른 계통의 수컷과 교미 후, 같은 계통의 수컷과 교미하여 새끼를 낳더라
도 새끼에게 먼젓번 수컷의 형질이 나타난다는 설.

** '총체예술'이라는 뜻의 독일어로 바그너가 사용한 개념.

바보들의 배, 2014년

1막 1장

핵폭발 이후의 황무지, 적조의 바다에 배를 드러낸 고래가 보이고, 파괴된 잔해 사이에 두 여자가 서 있다.

피트: 강단 있는 작은 체구에 비쩍 말랐고, 털이 많은 침팬지 같
      은 여자

미란다: 빨간색 머리 위에 뒤바리 백작부인*처럼 불에 탄 파랑새
      둥지 같은 것을 올려 높이가 3피트는 되는 헤어스타일을 한
      매우 뚱뚱한 여자. 검게 변한 해골 같은 야자나무 두 그루에
      걸어놓은 해먹에 누워 흔들리고 있다

피트: (죽은 악어를 캠프로 끌고 간다) 오늘 저녁식사는 악어 꼬리
      야, 미란다.

미란다: (모호하게) 멋진데. 딱 먹고 싶던 거야. 음. 내가 음, 고래
      스테이크를 기대하긴 했지만. 고래 스테이크를 구하는 게
      가능하다면 말이지. 그렇다고 너무 고민할 건 없어. 오늘밤
      내가 소화시킬 수 있는 게 그거밖에 없긴 해도, 악어도 조금
      은 먹을 수 있을 거야. 꼭 먹어야 한다면 말이지.

---

* 루이 15세의 정부로, 막후에서 정치적 영향력과 실권을 행사했다. 프랑스혁명 당
시 단두대에서 처형당했다.

피트: (쇠톱을 들고 나갔다가 젖은 채 돌아온다. 품에 고깃덩이를 안고 있다) 저녁식사로 악어 꼬리와 고래 스테이크야, 미란다.

미란다: 놀라운걸! 피트! 넌 못하는 게 없구나! 말이 나온 김에, 네가 서 있으니까 부탁하는데, 칵테일 한 잔만 더 따라줄래? 다섯시쯤 된 것 같은데!

피트: 아닐걸. 이제 시간 같은 건 없어. (드럼통에서 등유를 따른 뒤 이럴 때 쓰려고 모아둔 페퍼민트 가지로 저어서 건넨다)

미란다: 굉장해! 자, 이제 드라마를 봐야 할 시간일 텐데? 〈당신 눈동자에 어린 스타〉?

피트: 시간은 죽었어, 우리 미란다. 텔레비전도 죽었어. 전기도 죽었어. 장담하건대 배우들도 죽었어. 수소폭탄이 터져서 L.A.를 완전히 날려버렸잖아. 아니면 뒤따른 흑설병에 감염 돼서. 혹은 지진 때문에. 인간의 실험이 파멸을 가져온 거야.

미란다: 그렇다면 나를 죽여, 피티. 그냥 나를 죽여줘. 살아봤자 뭐해. 그 쇠톱으로 내 머리를 잘라버려. (커다랗고 하얀 손에 얼굴을 묻고 운다)

피트: (한숨을 쉰다. 켈프 해초를 집어 머리 위에 올린다. 실비아 스타 처럼 뺨을 쪽 빨아들인 뒤 걸걸한 목소리로 말한다. 실비아 스타 는 연속극 〈당신 눈동자에 어린 스타〉에 등장하는 주인공이다) 오, 그 악랄한 악당 버턴 베일리하고 우리가 뭐든 할 수만 있다 면……

미란다: (입을 벌리며 다시 주저앉는다. 두 사람 다 황홀감에 깊이 빠져 쿠렁쿠렁 돌아가는 기계 소리를 듣지 못한다. 마침내 무대 오른쪽 에 부서진 선체가 나타나고, 배 위에서 생존자들이 여자들을 내려

다본다)

　레이철은 오빠만 남기고 다 빠져나간 블랙박스 극장 안을 심란
하게 서성이고 있었다. 문 뒤에서 첫 상연을 축하하는 파티 소리가
쿵쾅쿵쾅 들렸다. "어쩜, 오빠. 이걸 어떤 식으로 봐야 할지 모르겠
어." 그녀가 손바닥으로 눈을 꾹꾹 누르며 말했다.

　로토가 잠잠해졌다. "미안해." 그가 말했다.

　"내 말을 오해하지는 마. 내 일부는 세상의 종말에 엄마와 샐리
고모가 어떻게 끝까지 버텨내는지를 지켜보면서 잔인한 기쁨을 느
끼니까. 고모는 못 참고 폭발할 때까지 굽실거릴 거야." 레이철이
웃더니 로토 쪽으로 빙그르르 돌아섰다. "오빠는 우리를 바보로 만
드는 데 선수야. 그렇지? 우리를 그렇게 만들려면 오빠의 내면은
연쇄살인자가 돼야 하는데, 오빠는 너무 매력적이어서 우리는 그
사실조차 잊어버리지. 오빠는 무사마귀든 뭐든 우리 결점까지 일
일이 다 오빠의 작품 속에 집어넣어 우리를 사이드쇼*의 괴물처럼
바깥세상에 알리지. 관객은 그걸 덥석 받아들이고."

　그는 충격을 받아 얼음처럼 굳었다. 레이철, 다른 사람도 아닌
여동생이 등을 돌린 것이었다. 하지만 아니었다. 레이철은 등을 돌
린 게 아니었다. 레이철은 그러지 않는다. 지금 그녀는 그의 뺨을
만지려고 발끝으로 서 있었다. 조명 불빛에 아기 여동생의 눈가에
생긴 가는 주름살이 보인다. 오, 젠장, 시간은 어디로 가버린 걸까?
[시계는 빙빙 돌며 소용돌이칠 뿐 어디로도 가지 않는다.] "적어도

───────────────

* 서커스 등에서 손님을 끌기 위해 따로 보여주는 소규모 공연.

엄마는 더 좋게 그렸어. 적어도 끝에 가서 자식들을 위해 짐승에게 자기 목숨을 내놓으니까. 주님을 찬양할지어다." 그녀가 샐리의 목소리로 말하고는 공중에서 반짝반짝 별처럼 손을 흔들었다. 그들은 웃었다.

〔한편 플로리다에서는, 서랍 속에 쓰다 만 편지가 들어 있었다. 사랑하는 아들아. 너도 알겠지만 네가 쓴 연극을 내가 직접 가서 본 적은 없구나. 내 평생 큰 슬픔이지. 하지만 네 작품은 전부 다 읽었고, DVD나 인터넷으로 전부 다 봤단다. 내가 너를 얼마나 자랑스러워하는지는 말할 필요도 없겠지. 물론 놀랍지는 않았단다. 네가 태어난 그날부터 나는 너를 지금의 예술가로 만들기 위해 엄청난 노력을 기울였으니까! 하지만 랜슬럿, 네가 어떻게 감히〕

박쥐, 2014년

"잘 썼네." 마틸드가 말했다.

로토는 그녀의 목소리에서 뭔가 감지했지만, 그 뭔가에 마음의 준비가 되어 있지는 않았다. 그가 말했다. "심포지엄에서 사람들이 모두 나를 여성혐오자로 보는 것 같아서 마음이 아팠어. 당신도 알잖아. 내가 여성을 사랑하는 거."

"알지." 그녀가 말했다. "당신은 여자를 거의 너무 지나치다 싶을 정도로 사랑하지." 하지만 마틸드의 목소리에는 냉기가 감돌았고, 그녀는 그를 일부러 쳐다보지 않고 피하는 것 같았다. 뭔가가 잘못된 것이다.

"내 생각엔 리비가 상당히 잘 그려진 것 같아. 당신을 리비 캐릭터의 모델로 사용한 걸 기분 나빠하지 않았으면 좋겠어."

"글쎄. 리비는 살인자잖아." 마틸드가 딱 잘라 말했다.

"M., 그냥 당신의 성격을 빌렸다는 뜻이야."

"살인자의 성격." 그녀가 말했다. "이십 년 넘게 같이 산 남편이 내 성격을 살인자의 성격이라고 하네. 알았어!"

"여보," 그가 말했다. "히스테리 부리지 마."

"히스테리. 로토, 제발 부탁인데. 그 말의 기원을 알아? 히스테라. 자궁. 당신은 방금 음부 때문에 징징거린다고 나를 보지라고 부른 거야."

"도대체 뭐가 문제야? 당신 지금 흥분했어."

그녀가 개를 보며 말했다. "저 사람이 내 성격을 살인자한테 줘놓고 나한테 지금 흥분한 이유를 묻고 있구나."

"저기. 나 좀 봐. 당신은 지금 억지를 부리고 있어. 그리고 그것과 당신이 여성의 성기를 가진 것과는 상관없어. 리비는 두 멍청이 악당에 의해 궁지에 몰려서 그중 하나를 죽인 거야. 덩치 큰 못된 개가 고드를 물어 반으로 갈라버린다면 당신도 그 개를 발로 차서 숨통을 끊어버리지 않겠어? 나보다 당신을 더 잘 아는 사람이 누가 있어? 당신은 성녀야. 하지만 성녀한테도 한계점은 있어. 내가 당신을 누굴 죽일 사람이라고 생각하는 것 같아? 아니야. 하지만 우리한테 아이가 있다고 가정하고, 어떤 남자가 나쁜 의도를 가지고 우리 아이의 몸에 자기 물건을 들이댄다고 가정하면 당신은 망설

임 없이 손톱으로 그 남자의 목을 따버릴걸. 나도 그럴 거고. 그런
다 해도 당신이 선하지 않다는 의미는 전혀 아니야."

"뭐라는 거야. 지금 당신이 나를 작품 속에서 살인자로 그렸다는
이야기를 하고 있는데 난데없이 또 엉뚱한 아이 이야기를 꺼내네."

"엉뚱한?"

"……"

"마틸드? 왜 그렇게 숨을 쉬어?"

"……"

"마틸드? 어디 가는 거야? 알았어, 좋아. 욕실로 들어가 문을 잠
그겠단 거지. 당신 마음을 아프게 해서 미안해. 나하고 얘기 좀 할
수 있을까? 여기 이대로 앉아서 기다릴게. 이렇게 마냥 기다리면
당신도 지치겠지. 곁길로 샌 건 미안해. 작품에 대한 이야기 좀 할
수 있을까? 내가 당신 성격을 살인자한테 부여한 걸 빼면 어떻게
생각해? 4막은 좀 어설픈 것 같아. 한쪽 다리가 흔들리는 테이블처
럼. 생각을 다시 해봐야겠어. 당신이 좀 도와주면 어때? 오. 목욕을
한다고? 대낮에? 좋아. 당신한테 필요한 걸 해. 그러면 기분이 풀
릴 거야. 아무렴. 따뜻한 물에 라벤더 향을 풀고. 와우, 그거 좋겠
네. 우리, 문을 사이에 두고 얘기하면 안 될까? 전반적으로는 정말
로 탄탄한 것 같은데. 안 그래? 마틸드, 이러지 마. 나한테 정말 중
요한 거란 말이야. 오, 좋아. 그러든가. 나는 아래층으로 내려가 영
화나 한 편 봐야겠어. 당신도 같이 보겠다면 환영이야."

종말 신학, 2014년

그들의 차가 진입로로 들어와 멈췄을 때 버번에 잔뜩 취한 손님들은 이미 차에서 뛰어내린 뒤였다. 로토는 스케이트보드가 그루터기에 부딪혀 부서져 있는 것과 아이들의 젖은 수영복이 풀밭에 뭉텅이로 놓여 있는 것을, 고드가 머리도 못 들 만큼 지쳐 떨어진 것을 보고야 자신의 생각이 부족했음을 깨달았다. 이를 어쩐담. 아침을 먹기 전에 로토가 우유를 사려고 식료품점으로 출발한 시점 이후로 마틸드는 혼자 남아 레이철의 세 아이를 돌봐야 했던 것이다. 그런데 로토에게, 라디오 프로그램에서 급하게 한 시간짜리 인터뷰를 해야 하는데 지금 당장 와줄 수 없겠느냐는 전화가 걸려왔다. 〈종말 신학〉이 성공을 거둔 뒤 요청받은 마지막 인터뷰였다. 이 작품은 피비 델마저 좋다고 했지만, 그는 마틸드에게 말했다. "윽, 그 글쟁이가 하는 칭찬은 혹평보다 더 나쁜데." 중요한 인터뷰였기 때문에 그는 서둘러 도시로 차를 몰았고, 라디오 전파를 타기에는 부담없는 파자마팬츠 차림으로 의젓하게 앉아 있다가, 여전히 눈부신 아침 햇살을 받으며 집을 향해 출발했다. 그러다가 보도를 함께 걸어가고 있는 새뮤얼과 아니와 마주친 것이다. 맙소사, 이게 얼마 만인가! 물론 그들은 함께 점심을 먹었다. 점심은 당연히 술자리로 이어졌고, 새뮤얼이 다니는 클럽에서 알게 된 남자를 그 술집에서 만났다. 방사선 전문의라든가 종양학자라든가 그런 사람이었는데, 그도 합석했다. 저녁 먹을 때가 되어 배가 고파지자 로토는 그들에게 같이 집에 가자고 제안했는데, 모두 잘 알고 있듯 마틸드의 요리 솜씨는 여신의 솜씨였고 그는 취했지만 운전을 못할 만큼 취하지는 않았기 때문이었다.

그는 아침부터 차 바닥에 굴러다니는 우유 냄새를 킁킁 맡았다. 아직 상하지는 않았을 것이다. 그가 집안으로 들어와보니, 새뮤얼이 마틸드의 두 팔에 페페 르 퓨*가 하듯 키스를 쪽쪽 해대고 있었고, 아니는 크리스마스 때 자신이 선물한 오래된 아르마냐크를 찾아 주류 수납장을 뒤지고 있었다. 의사는 스푼으로 비행기가 날아가는 것처럼 로토의 어린 여자 조카의 입으로 완두콩을 실어나르고 있었지만, 조카는 스푼을 경계하고 있었다. 로토는 마틸드를 구해주며 그녀에게 키스했다. 그녀가 굳은 미소를 지었다. "쌍둥이는?" 그가 묻자 그녀가 대답했다. "이 집에서 둘이 같이 자겠다고 동의한 유일한 장소에서 잠들었어. 당신 작업실." 그녀의 미소에는 원망이 담겨 있었을 것이다. 그가 말했다. "마틸드! 나 말고는 아무도 거기 올라갈 수 없어. 거긴 내가 일하는 공간이야!" 그러자 그녀가 그를 눈빛으로 관통시킬 만큼 날카롭게 쏘아보았고, 그는 뉘우치며 고개를 끄덕이고는 어린 조카를 안아올렸다. 그러고는 아이가 잠들 때 필요한 일들을 두 배로 빨리 도와준 뒤 다시 내려왔다.

손님들은 테라스에 앉아 만취 상태가 되어가고 있었다. 달이 벨벳 같은 푸른색을 배경으로 선명하게 떠올라 있었다. 마틸드는 파스타가 익는 동안 퀴진아트 믹서기에 허브를 넣고 규칙적으로 눌러대고 있었다. "미안해." 그가 그녀의 귓가에 속삭인 뒤 귓불을

---

* 워너브러더스 사가 만든 만화 시리즈 〈루니 툰〉에 등장하는 캐릭터로, 줄무늬 스컹크다.

가볍게 물었다. 오, 맛있어라, 어쩌면 그들은 한 번 할 수 있을 것이다. 아마 그녀도 하려고 하겠지? 하지만 그녀는 그를 밀어냈고, 그는 밖으로 나갔다. 지금은 남자 넷이 팬티만 입고 수영장에 들어가 물위에 누워 웃고 있었다. 마틸드는 모락모락 김이 나는 커다랗고 하얀 그릇을 두 손에 들고 바깥 테이블로 나왔다.

"내가 이혼한 뒤로……" 새뮤얼이 한입 가득 쑤셔넣은 파스타를 판돌 위에 줄줄 흘리며 말했다. "이렇게 재미있는 시간을 보낸 적이 없어." 약간 번질거리고 허리 쪽이 통통한 것이 그는 꼭 수달처럼 보였다. 아니도 그 점에서는 마찬가지였는데, 물론 그는 지금 가장 잘나가는 레스토랑의 주인이니 당연했다. 햇볕에 무참히 태운 그의 등은 군데군데 꺼뭇꺼뭇했다. 로토는 그에게 피부암에 대한 주의를 주고 싶었지만, 아니는 여자친구가 아주 많으니 누군가가 이미 주의를 줬을 터였다.

"불쌍한 얼리샤. 뭐야, 세번째 이혼?" 마틸드가 말했다. "세번째 스트라이크. 샘, 넌 아웃이야."

다른 남자들이 웃음을 터뜨렸고, 로토가 말했다. "이십대 초반에 붙었던 별명보다 더 나은데. 기억나? 원 볼 샘."

새뮤얼이 아무렇지 않은 듯 어깨를 으쓱했다. 예전의 자신감은 아직도 그의 안에서 잘 돌아가고 있었다. 의사가 흥미를 보이며 그를 쳐다보았다. "원 볼 샘?" 그가 말했다.

"고환에 암이 있었거든요." 새뮤얼이 말했다. "그건 결국 중요한 문제가 아니었어요. 원 볼로 자식을 넷이나 만들었으니까."

"나한테는 아름다운 볼이 두 개나 있지." 로토가 말했다. "그런데 자식은 하나도 없어."

잡담이 이어지는 동안 마틸드는 침묵을 지키다가 자기 접시를 들고 안으로 들어갔다. 로토는 아주 유명한 여자 배우가 약물을 과용한 이야기를 했고, 그러는 내내 베리 코블러* 굽는 냄새가 났다. 그는 기다리고 또 기다렸지만 마틸드는 밖으로 나오지 않았다. 마침내 그가 아내를 살펴보러 들어갔다.

마틸드는 부엌에서 등을 베란다 문 쪽으로 돌린 채, 설거지를 하는 게 아니라 뭔가를 듣고 있었다. 오, 저 앙증맞게 생긴 귀, 백금발이 그녀의 어깨를 살짝살짝 스쳤다. 라디오에서 편안하고 나지막한 소리가 흘러나오고 있었다. 그 또한 귀를 기울였는데, 익숙한 목소리에 가슴이 약간 두근거렸다. 누군가가 모음을 길게 늘이는 발음으로 이야기를 하고 있었는데, 그 목소리가 자신의 것임을 깨닫자 그의 두근거리던 심장은 날개를 치듯 철렁 내려앉았다. 오늘 아침에 녹음한 라디오 프로그램이었다. 어느 부분이지? 잘 기억나지 않았다. 오, 그렇지. 플로리다에서 보낸 외로운 유년 시절에 대한 이야기. 라디오로 듣는 그의 목소리는 불편할 정도로 친밀했다. 싱크홀에 깊이 빠져 있던 시기에 그가 어느 늪지로 갔다는 이야기였다. 어느 날 그의 다리에 거머리가 붙었다. 그는 같이 있어줄 존재가 너무도 간절했기에 그의 피를 빨아먹는 거머리를 그대로 붙여둔 채 집으로 돌아와 저녁을 먹었다. 그러는 내내 살에 붙어 있는 그 친구에게 위안을 받았다. 밤중에 그가 돌아눕다가 거머리가 뭉개져버렸고, 피가 너무 많이 나온 것을 보자 그는 사람을 죽인 듯한 죄의식을 느꼈다.

---

* 위에 밀가루 반죽을 씌운 과일 파이.

진행하는 여자가 웃었지만 반쯤 충격을 받은 웃음이었다. 마틸드가 손을 뻗어 라디오를 탁 껐다.

"M.?" 그가 말했다.

그녀가 숨을 들이마셨고, 숨을 다시 내쉴 때 그녀의 가슴팍이 푹 꺼지는 것을 그는 지켜보았다. "이건 당신 이야기가 아니잖아." 그녀가 말했다. 그러고는 돌아섰다. 얼굴에 미소는 없었다.

"당연히 내 이야기지." 그가 말했다. "생생히 기억나는걸." 그는 정말로 기억이 났다. 정말로 그랬다. 두 다리에 뜨거운 진흙이 느껴졌다. 피부에 작고 검은 거머리가 붙어 있는 것을 발견했을 때 처음에는 무서웠지만 그 감정은 점점 친근함으로 변했다.

"아니." 그녀가 말한 뒤 냉동실에서 아이스크림을, 오븐에서 코블러를 꺼내 그릇과 스푼을 챙겨 밖으로 나갔다.

그는 음식을 먹으면서 불편한 감정이 서서히 속에서 퍼져나가는 것을 느꼈다. 그가 친구들을 태워 보낼 차를 불렀다. 차가 떠날 때쯤 그는 마틸드의 말이 맞았음을 깨달았다.

마틸드가 한창 목욕중일 때 그는 욕실로 들어가 욕조 모서리에 앉았다. "정말 미안해." 그가 말했다.

그녀는 어깨를 으쓱한 뒤 세면대에 비누 거품을 뱉었다.

"객관적으로 보면 그냥 거머리 한 마리잖아." 그가 말했다. "거머리에 관한 이야기."

그녀가 거울에 비친 그를 바라보며 로션을 발랐다. 이쪽 손, 이어 저쪽 손에 바른 뒤 그녀가 말했다. "내 외로움이야. 당신의 외로움이 아니라. 당신한테는 늘 친구들이 있었어. 당신이 내 이야기를 훔쳐가서가 아니야. 당신이 내 친구를 훔쳐갔기 때문이야." 그러

고는 자조의 웃음을 웃었다. 그가 침대로 올라왔을 때 그녀 쪽 전
등은 이미 꺼져 있었고, 그가 그녀의 골반에, 이어 두 다리 사이에
손을 대고 그녀의 목에 키스한 뒤 "당신 게 내 거고, 내 게 당신 거
야" 하고 속삭였지만, 그녀는 모로 누운 채 이미 잠들어 있었다. 혹
은, 더 나쁜 경우라면, 잠든 척했다.

세이렌(미완성)

너무 많이 아팠다. 이 아픔 때문에 그녀는 죽을 것이다.
마틸드는 읽지도 않고 원고를 보관함에 집어넣었고, 짐을 옮기
는 사람들이 그걸 들고 갔다.

9

　장면: 갤러리. 동굴 같은 공간, 어둑하고, 금색을 입힌 자작나무들이 벽을 숲처럼 둘러쌌다. 스피커에서는 〈트리스탄과 이졸데〉가 흘러나온다. 갤러리의 네 모서리에는 전부 바가 있고, 그 바에서 해적 같은 무리가 술을 마신다. 모두 피에 굶주렸다. 받침돌 위에 세워진 조각물들이 푸른색 상향 조명을 받고 있다. 조각물은 강철로 주조된 크고 형태 없는 덩어리지만, 쳐다보고 있으면 겁에 질린 얼굴로 보이기 시작한다. 제목은 '끝'. 갤러리도 예술 작품도 뒤러의 묵시록 목판화를 연상시킨다. 작가는 내털리다. 사후에 유명해졌다. 그 장면 위로 승리를 거둔 듯 하얀 피부, 짧게 자른 머리의 그녀의 사진이 확대되어 걸려 있다.

　한가한 시간, 두 명의 바텐더. 한 사람은 청년, 또 한 사람은 중년이다. 둘 다 잘생겼다.

중년: ……너한테만 말하는 건데, 요즘 나는 맹세를 할 때 주스나 케일, 당근, 생강, 이런 걸 걸고 해.

청년: 저 사람은 누구예요? 방금 들어온, 스카프를 한 저 키 큰 남자요. 놀라운데요.

중년: (웃으며) 저 사람? 랜슬럿 새터화이트. 너도 누군지 알잖아.

청년: 그 극작가 말인가요? 오 세상에. 가서 인사해야겠다. 어쩌면 나한테 배역을 줄지도 모르잖아요. 누가 알아요. 오, 어쩜. 그가 이 공간의 모든 빛을 빨아들이는 것 같은데요, 안 그래요?

중년: 저 사람 젊었을 때를 봤어야 해. 반은 신이었지. 적어도 본인은 그렇게 생각했어.

청년: 저 사람 알아요? 팔 한번 만져봐도 돼요?

중년: 어느 여름인가, 그가 내 대역을 했어. 오래전 일이지. 센트럴파크에서 셰익스피어 연극을 올렸을 때였어. 우리는 퍼디넌드였어. 내 고향 말을 하는구나! 오, 이럴 수가! 나는 이 말을 하는 이들 중 지위가 가장 높은 사람이오,* 뭐 그런 거였지. 하지만 나는 그를 늘 다른 어떤 역할보다는 폴스타프로 생각했어. 아주 말이 많고. 뭣같이 오만하고. 하지만 연기로는 성공하지 못했지. 나도 잘 모르지만, 그에겐 뭔가 확실한 느낌이 없었어. 게다가 키는 너무 컸고, 살은 쪘다가 다시 빠져서 비쩍 말랐고. 좀 불쌍했어. 하지만 내가 하고 싶은 말은, 결

---

* 『템페스트』 1막 2장에 나오는 퍼디넌드의 대사.

국 그는 잘 풀렸다는 거야. 가끔은 나도 다른 길로 갔어야 하는 게 아닌가 생각해, 웅? 적당한 성공이 나를 적당히 밀어주다가, 가다 막히면 거기까지인 거고. 다 태워 없앤 뒤 새로운 걸 추구하는 게 더 나아. 글쎄, 잘은 모르지만. 내 말을 듣고 있지 않군.

청년: 죄송해요. 제가 좀. 그의 아내를 보세요. 정말 예쁜데요.

중년: 저 여자? 핏기 없이 파리한 안색에 뼈밖에 없는데. 내가 보기엔 흉측해. 하지만 로토를 만나보고 싶다면 저 여자를 통해야 할 거야.

청년: 흠. 제가 보기에 저 여자는 믿을 수 없을 만큼 아름다운데요. 로토가…… 바람을 피우지는 않나요?

중년: 저 사람은 두 가지 태도를 보여서 말이지. 말하기가 어려워. 상대가 한껏 달아오를 때까지 추근거려서 상대를 사랑에 빠지게 만들지만, 상대가 노골적인 관심을 보이면 완전 곤혹스러운 표정을 지어 보인단 말이야. 우리 모두가 당한 일이야.

청년: 당신도 당했나요?

중년: 그럼.

(그들은 슬금슬금 다가와 그들의 이야기를 듣고 있는 개구리 같은 남자를 본다. 그의 유리잔 안의 얼음이 잘그랑거린다)

콜리: 저기, 이봐요. 뭘 좀 해줬으면 하는데. 쉽게 백 달러를 버는 일인데. 하겠어요?

청년: 어떤 일인지에 따라서요.

콜리: 우연인 것처럼 하고, 새터화이트 부인에게 레드와인이 담긴 잔을 엎질러주기만 하면 돼요. 저 하얀 드레스 위로 정말로 엎지르는 거예요. 보너스, 그 일을 하는 동안 그의 주머니에 쪽지를 집어넣을 수 있을 만큼 새터화이트에게 가까이 다가갈 수 있다는 것. 그 일이 어디까지 흘러가는지 봅시다. 오디션 같은 걸 보러 오라고 당신한테 전화를 할지도 모르잖아요. 할 거죠?

청년: 오백.

콜리: 이백. 이 자리에 바텐더가 일곱은 더 있어요.

청년: 하기로 하죠. 펜 좀 빌려주세요. (그가 콜리의 만년필을 가져가 냅킨 위에 뭐라고 갈긴 뒤 냅킨을 자기 주머니에 찔러넣는다. 만년필을 본 뒤 그것도 찔러넣는다) 이거 정말 오싹한데요. (그가 웃고는, 와인잔을 쟁반에 올리고 빠른 속도로 멀어진다)

중년: 저놈이 랜슬럿한테 얼마나 점수를 따낼지 궁금한데요.

콜리: 0점도 안 되죠. 로토는 남자는 쳐다보지 않는데다 지긋지긋할 만큼 일부일처제를 따르는 사람이거든요. 하지만 지켜보는 건 재미있잖아요. (웃는다)

중년: 무슨 꿍꿍이인 거죠, 콜리?

콜리: 나한테 뭐라는 거예요? 당신은 나를 모를 텐데.

중년: 사실은 알아요. 1990년대에 나도 새터화이트가 연 파티에 갔었죠. 우리의 전성기 때 서로 대화도 나눴어요.

콜리: 오. 뭐, 그 파티에는 모두 갔으니까.

(유리가 깨지는 소리가 들리고, 사람들의 소리가 잠시 잦아든다)

중년: 마틸드가 품위 있게 대처하네요. 당연히 그럴 테죠. 얼음
여왕이니까. 소금과 탄산수를 들고 욕실로 가는군요. 그리
고 당신 말이 맞아요. 그 파티에는 모두 갔었죠. 그리고 모두
당신이 랜슬럿의 가장 친한 친구인 이유를 궁금해했어요.
당신은 아무짝에도 도움이 안 됐어요. 안 그래요? 당신은 아
주 불쾌한 사람이었어요.

콜리: 뭐, 로토를 알고 지낸 지가 가장 오래됐으니까. 로토가 여
드름 때문에 골머리를 앓던 비쩍 마른 플로리다 촌놈이던
시절부터 알았거든요. 누가 생각이나 했겠어요? 요즘 그는
유명해졌고, 나한테는 헬리콥터가 있어요. 하지만 보아하니
당신도 이것저것 섞은 자기만의 기술을 개발해서 뭔가를 이
뤘는데요. 그런 거죠, 뭐. 축하해요.

중년: 나는……

콜리: 아무튼 우리가 그 시절에 같이 휩쓸려 지냈다니 기쁘군요.
나는 할 일이 좀 있어서요. (갤러리의 가운데로 이동한다. 거기
서는 젊은 바텐더가 랜슬럿의 바지를 종이냅킨으로 닦고 있다)

랜슬럿: 아니, 됐어요. 정말로 괜찮아요. 내 바지에는 와인을 엎
지르지 않은 것 같아요. 아무튼 고마워요. 아니요. 제발 그만
해요. 제발. 그만. 그만.

청년: 부인에게 미안하다고 전해주세요, 새터화이트 씨. 청구서
꼭 보내주시고요.

에어리얼: 그건 안 될 말이지. 드레스는 내가 새걸로 사줄 거야.

자네는 자네 위치로 돌아가. (젊은 바텐더가 퇴장한다)

랜슬럿: 고마워요, 에어리얼. 마틸드 걱정은 하지 말아요. 오래된 드레스일 거예요. 하지만 여긴 굉장한데요. 이 모든 게요. 당신이 내 뇌 안을 정확히 복사해놓은 것 같아요. 사실 마틸드가 몸이 좋지 않다고 했지만, 이번이 내털리의 전시란 걸 알고 내가 억지로 끌고 온 거예요. 내털리는 대학 때 친구라서 오지 않을 수가 없었어요. 그 사고, 정말 비극적이에요. 당신이 이렇게 내털리를 명예롭게 만들어주니 기쁘네요. 솔직히 말씀드리자면, 예전에 온라인 데이트 회사에서 근무하게 되면서 급작스럽게 갤러리를 그만둔 것이 마틸드는 아직 좀 불편한가봐요.

에어리얼: 언젠가 마틸드가 나를 떠나리란 건 애초에 알고 있었어요. 내게 최고였던 여자들*은 다 그러니까요.

랜슬럿: 하지만 마틸드는 미술계를 그리워하는 것 같아요. 우리가 해외로 갈 때마다 미술관에 가자고 하니까요. 두 사람이 다시 연락하고 지내도 좋을 것 같은데요.

에어리얼: 예전 친구야 많으면 많을수록 좋지요. 그건 그렇고, 그쪽에 대한 이야기를 들었어요. 누가 그러던데, 엄청난 유산을 상속받았다고. 사실인가요?

랜슬럿: (숨을 훅 들이마신다) 어머니가 넉 달 전에 돌아가셨어요. 아니, 다섯 달 전. 사실이에요.

에어리얼: 유감이군요. 주제넘게 나서려고 했던 건 아니에요, 로

---

* 원문의 'best girl'에는 애인, 여자친구라는 뜻도 있다.

토. 어머니와의 사이가 소원했다고 들어서, 내가 깊이 생각
하지 않고 말했군요. 부디 용서하세요.

랜슬럿: 어머니와의 사이가 소원했던 건 맞아요. 몇십 년 동안 어
머니를 못 뵌걸요. 미안합니다. 왜 이러는지 나도 정말로 잘
모르겠지만 갑자기 눈물이 나려고 하네요. 다섯 달이 지났
는데. 나를 사랑하지도 않았던 어머니에 대한 슬픔을 극복
하기에 충분한 시간인데도 말이에요.

콜리: (가까이 다가온다) 어머니가 너를 사랑하지 않았다면, 어머
니가 사랑 없는 계집이었기 때문이지.

랜슬럿: 콜리, 어서 와! 이 친구는 기형에다 꼽추, 게다가 늙어빠
졌어. 얼굴은 못생겼고 몸매는 더 엉망, 어디 하나 멀쩡한 데
가 없어. 악독하고 비열하고 멍청하고 무뚝뚝하고 불친절하
지. 몸도 기형인데 마음은 더해.* 내 가장 친한 친구.

콜리: 잘난 셰익스피어는 네 똥구멍에나 찔러넣고 있어, 로토.
아, 지겨워 죽겠다고.

랜슬럿: 찰스, 나에 대한 충성심에 감사하오.**

에어리얼: 나는 그 방면에는 별로 쓸모가 없겠는데요. 셰익스피
어에 대해서는 무지해서 말이죠.

콜리: 오, 에어리얼. 좋은 시도였어요. 언제나 웃길 뻔하다 마는
게 탈이지만요.

에어리얼: 우리가 잘 아는 사이도 아닌데, 그 말 참 웃기네요, 찰

---

* 셰익스피어의 『실수연발』 4막 2장에 나오는 애드리아너의 대사.
** 셰익스피어의 『뜻대로 하세요』 1막 1장에 나오는 올리버의 대사.

스. 작년에 당신이 나한테 그림을 몇 점 구입하기는 했지만, 그 정도로는 내가 언제나 그랬다고 말하기에 충분치 않은 데요.

콜리: 당신하고 나요? 오, 아니에요. 우리는 오래된 친구 사이예요. 나는 당신을 오래전부터 알고 있었어요. 당신은 기억하지 못하겠지만, 나는 오래전에 시내에서 당신을 봤어요. 마틸드와 당신이 한 쌍이던 그 시절에요.

랜슬럿: (한참 잠자코 있다가) 한 쌍? 마틸드와 에어리얼이? 무슨 말이야?

콜리: 아차, 이 말은 하는 게 아니었나? 미안해. 아니, 뭐, 옛날이야기라서. 너희가 결혼한 지 백만 년은 됐으니까 해도 상관없겠지. 저기 카나페가 내 자제심을 잃게 만드네. 잠깐 실례. (쟁반을 든 웨이터를 쫓아간다)

랜슬럿: 한 쌍이요?

에어리얼: 뭐. 네. 마틸드와 제가 그렇고 그런 사이였던 걸…… 아는 줄 알았는데요.

랜슬럿: 그렇고 그런 사이?

에어리얼: 이 말이 도움이 될지 모르지만, 그건 순전히 비즈니스였어요. 적어도 마틸드한테는.

랜슬럿: 비즈니스? 당신은, 추측건대, 후견인이었나요? 오, 알겠어요. 갤러리를 말하는 거로군요. 내가 배우가 되려고 했던 그 시절이요. 대체로 잘 안 풀렸지만. 맞아요, 그건 사실이었어요. 그때 몇 년 동안 우리한테 경제적인 도움을 주셨죠, 감사하게도. 제가 고맙다는 말은 했던가요? (안심한 듯 웃는다)

에어리얼: 아니요, 음. 내가 아, 음, 애인이었어요. 남자친구. 우리는 합의를 했었어요. 미안해요. 좀 불편하군요. 당신과 마틸드 사이에는 아무 비밀도 없는 줄 알았어요. 모르는 줄 알았다면 이런 말은 하지 않았을 거예요.

랜슬럿: 비밀은. 없어요.

에어리얼: 물론 그렇겠죠. 어쩐다. 이 말이 도움이 될지 모르지만, 그뒤로는 아무 일 없었어요. 그리고 내가 마틸드한테 실연을 당한 거예요. 하지만 그 일을 잊은 지 백만 년은 지났어요. 그 문제는 중요하지 않아요.

랜슬럿: 잠깐. 잠깐, 잠깐, 잠깐, 잠깐, 잠깐, 잠깐.

에어리얼: (아주 오랫동안 말이 없다가 점점 동요된다) 이만 가봐야……

랜슬럿: (버럭 소리를 지른다) 거기 그대로 있어요. 마틸드가 벗은 걸 봤어요? 내 아내와 사랑을 나눴어요? 섹스? 섹스를 했어요?

에어리얼: 아주 오래전 일이에요. 그건 중요하지 않아요.

랜슬럿: 대답해요.

에어리얼: 했어요. 우리는 사 년 동안 그런 사이였어요. 잘 들어요, 로토. 이 일로 놀라게 한 것에 대해서는 미안해요. 하지만 지금은 당신과 마틸드 둘뿐이에요. 당신이 이겼고, 당신이 그녀를 차지했어요. 나는 졌고요. 이만 손님들한테 돌아가봐야겠어요. 이 일이 결국 별거 아니라고 말해줄 수는 없을 것 같아 보이네요. 나하고 얘기하고 싶으면 어디로 오면 되는지는 알고 있겠죠. (퇴장한다)

(랜슬럿은 외로운 명성의 지대에 홀로 서 있다. 사람들이 존경하는 눈빛으로 그를 둘러싸지만 가까이 다가오는 사람은 없다. 그의 얼굴은 조명을 받아 파랗다)

마틸드: (숨이 가쁘다. 와인에 얼룩진 드레스에서 얼룩이 빠진 자리가 동그랗게 비쳐 보인다) 여기 있네. 이만 갈까? 당신이 이 갤러리에 내 발을 다시 들여놓게 했다니 믿을 수가 없어. 맙소사, 여기 절대 오지 말았어야 했다는 걸 말해주는 표지 같아. 그나마 이 옷이 실크였던 게 행운이었어. 와인 얼룩이 거품처럼 사라졌거든…… 로토? 로토 새터화이트. 로토! 괜찮아? 응? 여보? (그의 얼굴을 만진다)

(그는 아주 높은 곳에서 내려다보듯 그녀를 본다)

마틸드: (목소리가 점점 작아진다) 여보?

10

해질녘. 파도가 밀어올린 소라고둥처럼 모래언덕 위에 서 있는 집. 바람을 맞으며 압정을 꽂아놓은 듯 서 있는 펠리컨. 팰머토 나무 아래에 보이는 땅거북.

로토는 창가에 서 있었다.

그가 있는 곳은 플로리다였다. 플로리다? 어머니의 집이었다. 어떻게 여기 오게 됐는지는 그도 전혀 알 수 없었다.

"엄마?" 그가 불렀다. 하지만 어머니가 죽은 지 여섯 달이 지났다.

이곳에서는 어머니의 냄새가 났다. 탤컴파우더와 장미 냄새. 친츠 꽃무늬 천과 야드로 자기 인형 위로 살포시 내려앉은 회색 먼지를 털어낸다. 그리고 흰곰팡이, 바다의 겨드랑이 냄새.

생각해보라, 로토. 마지막으로 기억나는 건 무엇인가. 집, 책상의 표면을 활주하는 달빛, 하늘에서 별을 뽑아내는 손가락뼈 같은 겨울나무. 흩어져 있는 종잇장들. 그의 발치에서 쌔근거리는 개.

아래충에는 잠든 아내, 베개에는 하얀 금발의 깃털 같은 머리카락. 그는 그녀의 어깨를 어루만진 뒤 작업실로 올라갔다. 손바닥에 그녀의 온기가 남아 있었다.

검은 거품이 서서히 일더니 그에게 되돌아왔다. 둘 사이의 심상치 않은 분위기. 두 사람의 위대한 사랑은 상해버렸다. 그가 얼마나 격분했던가. 분노가 그의 눈에 보이는 모든 것을 덮어버렸다.

지난 한 달 동안 그는 그녀 옆에 머물지 떠날지 사이의 가느다란 선 위에 서 있었다. 마음이 어느 쪽으로 향할지 모르면서 발을 붙이고 서 있는 건 몹시 지치는 일이었다.

그가 하는 일은 내러티브를 다루는 것이었다. 허술한 단어 하나가 작품 전체를 완전히 무너뜨릴 수도 있다는 사실을 그는 잘 알고 있었다. [착한 여자! 아름다운 여자! 사랑스러운 여자!] 이십 년 동안 그는 눈처럼 순수한 여자, 슬프고 외로운 여자를 만났다고 생각했다. 그는 그녀를 구원했다. 이 주 뒤에 그들은 결혼했다. 하지만 깊은 바다의 오징어처럼 그 이야기는 완전히 뒤집혀버렸다. 아내는 순수하지 않았다. 누군가의 정부였다. 돈을 위해 붙잡혀 있었다. 에어리얼에 의해. 그런 건 아무 의미 없었다. 그녀가 창녀였건, 랜슬럿이 오쟁이 진 사내였건, 그는 처음부터 충실했다.

[비극, 희극. 그건 오로지 관점의 문제다.]

창문을 통해 12월의 추위가 느껴졌다. 해가 지기까지 얼마나 오래 걸릴 것인가? 시간은 그가 품은 기대대로 움직이지 않고 있었다. 해변에는 사람 하나 없었다. 씩씩하게 걸어가는 노인들, 개를 산책시키는 사람들, 산책 나온 술 취한 사람들은 다 어디로 갔는가? 해질녘을 사랑하는 사람들, 로터스* 열매를 먹은 몽상가들은 다 어디에 있는가? 사라졌다. 모래는 말로 할 수 없을 만큼, 피부처럼 보드라웠다. 그는 두려움이 커지는 것을 느꼈다. 그는 집안에 도착해 전등 스위치를 켰다.

전등도 죽어 있었다. 어머니처럼 죽어 있었다.

전기도 들어오지 않았고, 전화도 불통이었다. 그는 아래를 내려다보았다. 그는 파자마 상의를 입고 있었다. 하지만 바지는 입고 있지 않았다. 이것이 도화선에 불을 붙였다. 그에게서 지지직거리는 소리가 들렸다. 그 안의 공포가 폭발했다.

그는 높은 데서 내려다보듯 자신이 그 작은 집을 통과해 달리는 모습을 지켜보았다. 그는 그릇장 안을 들여다보았다. 그리고 앤트 워넷이 죽은 뒤 비워진 샐리의 방으로 들어갔다.

그러는 동안 바깥에서는 해가 이울고 있었고, 그림자들은 날랜 양서류의 걸음으로 바다에서 슬금슬금 빠져나와 만으로 이동했다가 대서양 연안 내륙 대수로를 건너 세인트존스 강으로, 차가운 샘과 악어가 사는 늪지로, 저비용으로 개발하다가 딱하게도 소유권의 절반이 넘어간, 청록색으로 물때가 낀 분수로 퍼져나갔다. 그림자들은 또한 맹그로브나무 위로, 바다소들 위로, 노래를 끝내는 합창단처럼 하나씩 작고 단단한 입을 다무는, 바다에 나뒹구는 조개들 위로 퍼져나갔다. 그림자들은 만의 더 깊은 바다 속으로 뛰어들

---

* 그리스신화에 나오는 상상의 식물. 그 열매를 먹으면 이 세상의 괴로움을 잊고 즐거운 꿈을 꾼다고 한다.

어, 더욱 컴컴해진 물속에서 텍사스를 향해 넘실넘실 떠밀려갔다.

"씨팔, 도대체 무슨 일이 일어나고 있는 거지?" 그가 어두워지는 집을 향해 말했다. 그가 욕설을 내뱉은 건 이번이 처음이었다. 그 단어를 내뱉을 자격이 생긴 것 같았다. 집은 대답하지 않았다.

그는 어머니의 방문 앞에 서서 손전등을 휘둘렀다. 그가 무엇을 발견할지는 알 수 없었다. 샐리와 레이철은 거기 물건들이 쟁여져 있다고 말했었다. 늦은 밤에 흥청망청, 앤트워넷은 쇼핑 채널에서 눈에 들어오는 건 뭐든 사들였다. 로토가 옛날에 쓰던 방은 포장을 풀지도 않은 족욕기, 끈을 교체할 수 있는 손목시계 같은 것들이 잔뜩 쌓여 있었다. "오빠 방의 문을 열면 아메리칸 스타일의 소비지상주의 눈사태에 깔려 죽을걸." 레이철은 말했었다. 앤트워넷은 자기 자신을 위해서는 얼마 안 되는 푼돈을 쓰며 쓸데없는 물건만 사들인 것이었다.

"우리가 그 집을 깨끗이 치우는 게 좋으시겠어요?" 어머니가 돌아가신 날 아침에 통화하면서 그는 물었었다. 그들은 흐느껴 울면서도 꾹꾹 눌러가며 끝까지 해야 할 이야기를 다 했다. 샐리가 밤중에 물을 마시려고 일어났다가 거구의 앤트워넷이 바닥 한복판에 쓰러져 있는 걸 발견했다고 했다.

"됐어. 그냥 둬. 집은 결국 태워버릴 거니까." 샐리 고모가 어두운 목소리로 말했다. 그녀는 세계 여행을 하겠다는 계획을 발표했다. 그녀의 오빠가 그녀에게 남긴 돈도 있었다. 그 집에서 그대로 살 이유가 없었다.

"딴 건 몰라도 엄마는 동물 알레르기가 있었어요." 로토가 말했다. "고양이가 들어왔을지도 모르겠네요. 저 아래 해변까지 고양이 냄새가 지독해요."

"고양이들이 박스가 쓰러질 때 납작하게 깔려죽은 거야." 샐리가 말했다.

"이런! 납작해진 고양이들의 표본실인가. 꽃다발을 바쳐야겠어요. 고양이들은 액자에 넣어 벽에 걸고요. 메멘토 야옹이." 그가 말했다.

랜슬럿은 숨을 들이마신 뒤 어머니의 방문을 열었다.

깔끔했다. 꽃무늬 침대보. 물침대에서 물이 샜는지 바닥에 고리 모양의 갈색 얼룩이 있었다. 침대 머리판 위로 녹색 빛깔의 예수 십자가 상이 걸려 있었다. 오, 그녀의 슬픈 인생. 오, 그의 불쌍한 어머니. 베케트의 작품에서 빠져나온 무언가 같은. 제 어항 크기만큼 커진 금붕어처럼 몸집이 불어난 여자에게 유일한 탈출구는 뛰어오르는 마지막 도약뿐.

차가운 손이 로토의 가슴을 뚫고 지나갔다. 그리고 침실 테이블을 뚫고 어머니의 얼굴 반쪽이 솟아올라왔다. 안경 뒤의 커다란 눈, 한쪽 뺨, 절반의 입이 보였다.

그는 비명을 지르며 손전등을 내던졌다. 빛은 소용돌이처럼 두 바퀴를 돌았고, 유리는 쨍그랑 부서졌으며, 손전등은 침대 위에 가로놓인 채 로토의 눈을 환한 빛으로 찔렀다. 그는 흰색 표지의 일기장을 발견했다. 흩어진 동전들. 어머니의 안경. 유리컵. 틀림없이 그것들이 놓인 각도 때문에 착시가 일어난 것이었다. 하지만 그 형상이 앤트워넷이었음은 너무도 분명했고 더없이 확실했다. 오해의 여지가 없었다. 한쪽 눈만 보였을지라도. 그는 몸서리를 치며 어머니의 서랍을 뒤져 집으로 돌아갈 돈을 찾았고〔빈 약병들, 백 달러짜리 지폐 몇 장뿐〕다시 부엌으로 달아났다.

그는 창가에 서 있었다. 움직일 수가 없었다.

그의 등뒤에서 뭔가가 사각거리는 소리를 내며 들어왔다. 다가오는 움직임은 빠르고 확실했다. 그는 가만히 있었다. 얼굴이 그의 목 뒤쪽을 누르는 것이 느껴졌다. 그 얼굴이 차가운 숨을 내쉬었다. 휘몰아치는 시간 속에서 얼굴은 족히 수십 년은 되는 듯한 시간 동안 거기 그대로 있었다. 마침내 얼굴이 물러났다.

"거기 누구예요?" 그가 소리쳤지만 아무 대답도 들리지 않았다.

그가 어렵사리 유리문을 열자 집안에 회초리처럼 매서운 바람이 훅 불어들어왔다. 소리들이 되살아났다. 그는 발코니로 나가 난간에 몸을 기대고 세찬 바람 속에 머리를 내밀었다. 그리고 고개를 들었고, 그제야 세상이 왜 그렇게 멀리 떨어진 듯 느껴졌는지를 알 것 같았다.

하늘은 온통 기이한 색조로 출렁거렸다. 자줏빛이 감도는 검은색. 무대의상 디자이너라면 저런 색깔을 손에 넣기 위해 경쟁자를 칼로 찌를 수도 있을 것 같았다. 저런 색을 입으면 무대로 걸어나갈 때부터 권위가 서고 위대해 보일 것이다. 리어왕이든 오셀로든, 한 음절을 내뱉기도 전에.

하지만 가장 이상한 건 바다였다.

바다가 꼼짝도 하지 않았다. 파도는 어쩌나 느리게 물마루가 생기는지, 부서지는 순간을 보기도 어려웠다.

이 플로리다는 플로리다가 아니었다. 실제보다 더 낯설었다.

이것은 악몽이며 깨어날 수 없다고 그는 생각했고, 그때쯤은 거의 그렇다고 확신했다.

정신을 붙들고 있다가 놓기까지는 얼마나 순식간인지. 정신을 차리고 보니 그는 맨발로 판자가 깔린 산책로를 걷는 중이었다. 공포가 그의 어깨를 덮쳤다. 어둠 속으로 내려가, 땅 위로 폴짝폴짝 뛰며 몇 인치 높이에서 맴도는 작은 개구리들 속을 지나 덩굴과 팰머토나무와 뱀 구멍 천지인 모래언덕 위로 올라갔다. 모래가 발로 미끄러져내려와 그를 붙들어주었다. 그는 걸음을 옮기다 말고 멈춰 섰다. 숨을 들이마셨다. 그가 마법으로 불러낸 듯, 거기, 달이 은은한 빛을 뿜으며 내려다보고 있었다. 한 달에 한 번씩 원형의 틀 안에서 모양을 바꾸는, 늘 똑같지 않은 변덕스러운 달.

늘어서 있는 콘도미니엄과 저택들에는 당연히 불이 밝혀져 있어야 했지만 그렇지 않았다. 그는 더 유심히 쳐다보았다. 아니, 그것들은 커다란 손이 해안을 휙 쓸어버린 듯 사라지고 없었다.

"도와줘요!" 그가 거세게 불어오는 바람을 향해 소리질렀다.

"마틸드!" 그가 소리쳤다.

그가 소리쳐 부른 마틸드는 사랑이 처음 시작될 무렵의 마틸드, 대학 시절이 끝날 무렵의 마틸드, 후커 애비뉴의 골동품 가게 위층에 있는 그녀 방의 침대에서 섹스 없이 첫 주를 보내던 그 시절의 마틸드였다. 면도를 하지 않은 다리의 거친 느낌, 차가운 발, 살에서 나던 비릿한 금속성의 맛. 그녀는 대낮에 슬립 같은 옷을 입고 다녔고, 그녀가 지나가면 남자들이 짐승처럼 그녀를 돌아보았다. 그녀의 외로움은 그가 난파선을 타고 좌초한 섬이었다. 그녀의 침대에서 잠을 잔 둘째 날 로토가 눈을 뜨니 방의 어느 곳은 길어져 있고 어느 곳은 줄어 있었으며, 벽에는 특이한 형태로 분출한 것처럼 아롱거리는 회색 햇살이 가득 퍼져 있었다. 옆에는 낯선 여자가 있었다. 그의 안으로 두려움이 쏟아져들어왔다. 그후에도 그는 그의 침실이지만 완전히 그의 침실이 아닌 곳에서 눈을 떴을 때 옆에 전혀 모르는 여자가 잠들어 있는 경험을 여러 번 하게 된다. 처음 공포를 느낀 그날, 그는 밤중에 일어나 밖으로 나가 공포에 쫓기는 것처럼 달렸고, 새벽 무렵 골동품 가게 위 마틸드의 아파트로 뜨거운 커피를 들고 빠른 걸음으로 돌아와 커피에서 모락모락 올라오는 김으로 그녀를 깨웠다. 미소를 지어 보이는 마틸드를 보고서야 그는 비로소 긴장이 풀렸다. 새벽에, 마틸드가 그곳에 있었다. 그의 이상적인 조건에 맞춤으로 만들어진 듯한 이 완벽한 여자가. 〔로토가 그 공포에 귀를 기울였다면 다른 삶을 살았을 것이다. 명성도 얻지 못하고 희곡도 쓰지 못했겠지만, 평화, 편안함, 돈은 누렸을 것이다. 화려함은 없었겠지만 자식은 있었을 것이다. 어느 삶이 더 나은가? 우리가 말할 수는 없다.〕

그는 모래언덕에 한참을 앉아 있었다. 바람이 몹시 찼다. 바다는 너무도 기이했다. 저멀리, 텍사스 크기만한 쓰레기 빙산이 떠 있었다. 병, 플립플롭 슬리퍼, 포장 끈, 땅콩 모양 포장재, 깃털 스카프, 아기인형 머리, 가짜 속눈썹, 동물 모양 풍선, 자전거 타이어, 열쇠, 자동차 진흙받이, 재고가 된 책, 인슐린 주사기, 먹다 남은 음식물을 담은 봉지, 백팩, 항생제 병, 가발, 낚싯줄, 접근 금지 노란 띠, 죽은 물고기, 죽은 거북, 죽은 돌고래, 죽은 바닷새, 죽은 고래, 죽은 북극곰, 바글거리는 온갖 죽은 것들의 무리가 빙글빙글 돌았다.

발이 조개껍데기에 찔렸다. 파자마 상의가 사라졌다. 이런 악천후에 그가 입은 거라곤 속옷뿐이었다.

분노한 신이 그를 이곳에 데려다놓은 거라면 그는 신을 달래기 위해 전 재산이라도 바칠 것이다. (웃기는 소리! 돈은 바보한테나 주라지.) 그렇다면 자신이 이뤄낸 것을 바치겠다고, 그는 생각했다. 명성을. 희곡을. 음, 『세이렌』은 빼고. 아니, 새로 시작한 이 작품도 바칠 것이다. 그가 아끼는 이 최신작까지. 여자들의 묻혀 있던 본성에 대한 이 이야기가 자신의 최고작이 될 것임을 그는 직감했다. 『세이렌』까지 가져가라. 그의 작품을 가져가면 그는 겸허하고 평범한 삶을 살 것이다. 그 모두를 가져가되 그를 마틸드가 있는 집으로 돌아가게 하라.

그의 시야 언저리에서 불꽃이 번쩍였는데, 대체로는 편두통의 전조였다. 불꽃은 더 가까이 다가와 햇살 속으로, 햄린의 뒷마당에 있는 금귤나무 속으로 녹아들었다. 햇살이 수염틸란드시아를 비스듬히 통과했다. 잔디밭 한쪽 끝에 아메리카담쟁이덩굴이 무성했고, 덩굴 아래 조상들의 집은 나무를 갉아먹는 흰개미 백만 마리와 거대한 아가리를 벌린 허리케인의 위협을 받으며 플로리다의 흙으로 되돌아가고 있었다. 덩굴의 그림자 속에 마지막 남은 창문들이 어슴푸레 빛났다.

로토 뒤로 아버지가 지었으며 그가 죽은 뒤 일 년하고 하루 뒤에 어머니가 팔아버린 농장저택이 서 있었다. 그 집을 판 후 그들 모두는 슬프고 작은 비치하우스로 옮겨갔다. 이 혼란스러운 어린 시절의 세상 속에서 그의 아버지는 수영장 반대쪽에 서 있었다. 그가 로토를 부드러운 눈빛으로 바라보고 있었다.

"아빠." 로토가 속삭이듯 불렀다.

"아들아." 거웨인이 말했다. 오, 아버지의 사랑. 로토가 느껴본 가장 부드러운 사랑.

"도와주세요." 로토가 말했다.

"그럴 수 없구나." 거웨인이 말했다. "미안하다, 아들아. 어쩌면 엄마가 도와줄 수 있을 거야. 엄마는 영리한 사람이니까."

"엄마에겐 다양한 면이 있지만 영리하지는 않아요."

"말조심하거라." 거웨인이 말했다. "엄마가 너한테 어떻게 해줬는지 너는 아무것도 몰라."

"엄마는 해준 게 없어요. 엄마 자신 말고는 아무도 사랑하지 않았어요. 1980년대 이후로 엄마를 보지도 못했어요."

"아들아. 너는 지금 상황을 삐딱하게 보고 있어. 엄마는 너를 아주 많이 사랑했다."

수영장에 잔물결이 일었다. 로토는 안을 들여다보았다. 물은 탁했고 오크나무 잎에 뒤덮여 있어 녹갈색으로 보였다. 달걀 같은 하얀 것이 떠올랐다. 어머니의 이마였다. 어머니가 위를 올려다보며 미소를 지었다. 어머니는 젊고 아름다웠다. 어머니의 빨간 머리카락이 수면을 할짝거렸고, 금색 잎사귀가 그 머리카락과 뒤엉켰다. 어머니가 입에서 검은 물을 뱉어냈다.

"엄마." 그가 말했다. 고개를 들자 아버지는 사라지고 없었다. 오래된 아픔이 가슴 한복판에서 또다시 들고 일어났다.

"사랑하는 아들아," 그녀가 말했다. "여기서 뭘 하고 있니?"

"제가 어떻게 알아요." 그가 말했다. "그냥 집으로 돌아가고 싶어요."

"네 아내인 그 여자한테?" 그녀가 말했다. "마틸드. 나는 그애가 마음에 들었던 적이 없어. 하지만 내 생각이 틀렸더구나. 너는 죽을 때까지 이런 일들을 이해하지 못하겠지만."

"아니요. 어머니가 옳았어요." 그가 말했다. "아내는 거짓말쟁이예요."

"무슨 상관이니. 마틸드는 너를 사랑했어. 좋은 아내였지. 네가 아름답고 고요하게 살 수 있게 해줬잖아. 생활비도 벌었고. 너는 걱정이란 건 아예 하지 않았지."

"결혼한 지 이십삼 년째예요. 하지만 마틸드는 자기가 창녀였다는 말은 한 적이 없었어요. 간통한 여자였다는 말도. 둘 다였다는 말도. 구별하기 어렵네요. 말하지 않았다는 건 커다란 거짓말이에요."

"커다란 건 너의 자아지. 넌 그애한테 네가 유일한 남자가 아니었다는 사실이 끔찍이 싫은 거야. 이십삼 년 동안 네가 쓴 변기를 씻은 여자인데, 네가 옆에 없었을 때 그 여자가 살던 삶을 시기하다니."

"하지만 거짓말을 했어요." 그가 말했다.

"제발. 결혼이란 건 거짓말투성이야. 대체로는 친절한 거짓말이지만. 말하지 않는 거짓말 말이지. 날마다 배우자에 대한 생각을 입 밖에 내어 말한다면 결혼생활을 짓밟아 뭉개는 거나 마찬가지일 거야. 그애는 거짓말은 하지 않았단다. 그저 말하지 않았을 뿐이지."

우르르 쾅쾅. 햄린에 천둥이 쳤다. 태양은 빛을 잃었고, 하늘은 회색으로 보였다. 어머니는 턱이 탁한 물속에 잠겨 보이지 않을 만큼 가라앉았다.

"가지 마요." 그가 말했다.

"때가 됐어." 그녀가 말했다.

"저는 어떻게 집에 돌아가나요?"

그녀가 그의 얼굴을 어루만졌다. "불쌍한 우리 아들." 그렇게 말하고 그녀는 가라앉았다.

그는 아내에 대해 깊이 상상함으로써 그녀에게 돌아가려고 했다. 지금쯤 마틸드는 집에서 고드와 둘이 있을 것이다. 머리는 감지 않은 탓에 기름기가 흘러 색깔이 더 짙어지고 얼굴은 해쓱해졌을 것이다. 몸에서는 냄새가 나기 시작했을 것이다. 저녁식사 때는 버번을 마실 것이다. 벽난로 옆 좋아하는 의자에 앉은 채 잠들었을 것이고, 벽난로의 재는 차갑게 식었을 것이다. 로토가 언제든 돌아올 수 있게 베란다 문은 밤에도 열어놓았을 것이다. 잠들었을 때 그녀의 눈꺼풀은 매우 투명해, 물끄러미 들여다보면 그녀의 꿈이 머릿속에서 해파리처럼 맥박 치듯 돌아다니는 것도 볼 수 있겠다고, 그는 늘 생각했었다.

그는 그녀의 안으로 더 깊이 들어가고 싶었다. 작은 난쟁이가 되어 그녀의 누골淚骨에 앉아 로데오 카우보이처럼 몸을 흔들거리면서 그녀가 어떤 생각을 하는지 알아내고 싶었다. 하지만 오, 뻔한 내용일 것이다. 하루하루 같이 보낸 조용하고 친밀한 시간이 그에게 가르쳐주었다. 결혼생활의 패러독스, 즉 결코 누군가를 완전히 알 수는 없지만 누군가를 완전히 알고 있음을. 그는 그녀가 우스갯소리를 할 때 어떤 표현을 쓸지도 미리 감지했고, 추위를 느낄 때 그녀의 위팔에 소름이 돋는 것도 느꼈다.

그녀는 곧 깜짝 놀라며 잠을 깰 것이다. 절대 우는 법이 없는 그의 아내는 소리 내어 울 것이다. 손으로 얼굴을 가린 채, 어둠 속에서 그녀는 로토가 돌아오기를 기다릴 것이다.

달이 배꼽 같다. 물에 비친 달빛이 가느다란 머리카락의 긴 자취처럼 로토를 향해 곧장 다가온다.

달빛의 자취 위로 그를 향해 다가오는 건, 그가 마틸드 이전에 만났던 모든 여자들이다. 아주 많다. 알몸이다. 빛이 난다. 열다섯 살 때 그의 첫 상대였던, 머리를 풀어헤친 콜리의 누이 그웨니. 사립학교에 다니던 화려한 여자애들, 학생처장의 딸, 도시 여자들, 대학생들. 하드롤 빵처럼 큰, 주먹만한, 스포츠 양말에 넣은 스쿼시 공 같은, 황소 눈 같은, 통방울 눈 같은, 찻잔 같은, 생쥐 주둥이 같은, 진드기에 물린 자국 같은 모양의 젖가슴들. 그리고 배와 엉덩이. 로토에게는 모두 찬란하고 더없이 아름다웠다. 몇 명의 호리호리한 남자들, 그에게 연극을 가르쳐준 선생님. 〔시선을 돌려라.〕 그토록 많은 육체들! 수백은 될 것이다! 그들 속에 자신을 묻으리라. 이십삼 년 동안 마틸드에게 충실했다. 아무런 양심의 가책 없이, 그는 새로 깐 풀밭 위를 구르는 강아지들처럼 그 육체의 바다에서 자신의 몸을 굴릴 수 있었다.

아내는 그런 꼴을 당해도 쌌다. 그래야 공평해질 것이다. 복수를 마친 뒤 그녀에게 돌아가면 된다.

하지만 그는 그럴 수가 없었다. 그는 눈을 꾹 감고 손가락으로 귀를 막았다. 꼬리뼈가 모래에 단단하게 닿았다. 그의 피부 위로 그들이 깃털처럼 손가락을 스치며 지나가는 것이 느껴졌다. 마지막 사람이 지나간 뒤 그는 느리게 천까지 헤아렸다. 그런 뒤 고개를 드니, 멈췄던 물 위에 그려졌던 달빛의 자취는 물러나 있었고, 모래벌판에는 찢은 것처럼 길게 한 줄이 남아 있었다.

그는 마틸드에게 돌아가는 유일한 방법은 바다라고 결정했다. 헤엄을 쳐서 시간 속으로 되돌아갈 것이다.

그는 사각팬티를 벗고 바닷속으로 걸어들어갔다. 발이 물에 닿자 번개처럼 전기가 흘러나왔다. 그 빛이 바닷속 깊이 가지를 뻗어나아가다가 서서히 사라지는 것을 지켜보며 그는 전율을 느꼈다. 도약전도跳躍傳導. 그 현상이 사라질 때마다 그는 다시 밖으로 전기를 쏘아보냈다. 그는 숨을 들이마신 뒤 물속에 몸을 던져, 팔이 수면을 내려칠 때의 인광燐光을 즐기면서 헤엄치기 시작했다. 달이 그를 끌고 갔다. 육지의 과속방지턱처럼 파도의 물마루를 넘어야 했지만, 잔잔한 바다에서 수영하는 건 어렵지 않았다. 귓불의 따스함, 귓불의 차가움, 사라지지 않는 현기증. 그는 계속 팔을 휘저었고, 기분좋은 노곤함이 자신을 덮치는 것을 느꼈다. 그는 팔이 화끈거리고 폐에 소금이 들어갈 때까지, 그리고 그보다 조금 더 헤엄쳤다.

그는 움직이지 않는 물고기들이 떼를 이루어 지나가는 모습을 상상했다. 좌초되어 저 아래 금괴들이 스팽글 장식처럼 흩뿌려진 진흙에 처박힌 갤리언선*을 상상했다. 돌에 팬 도랑은 그랜드캐니언만큼 깊었고, 그는 그 위로 독수리처럼 물의 하늘을 날아간다. 이 협곡의 바닥에는 진흙의 강이 있어 끈적거리는 생물들이 느닷없이 이를 번득인다. 상상 속에서, 저 아래 거대한 바다 생물이 팔을 벌려 그를 잡으려고 하지만 미끄럽고 강한 그는 달아나버린다.

그는 몇 시간이고 수영했다. 며칠까지는 아니더라도, 몇 주까지는 아니더라도.

더이상은 불가능했다. 그는 멈췄다. 그리고 누운 자세로 물속으로 내려갔다. 그는 부드러운 솜 같은 새벽이 밤의 얼굴을 씻어내는 것을 보았다. 그는 그 하루를 먹어버릴 것처럼 입을 벌렸다. 그는 가라앉고 있었고, 가라앉는 동안 찬란하고 생생한 장면이 눈앞에 나타났다.

그는 아직 젖과 따스한 체온에 붙어사는, 어머니의 작은 폴립이었다. 해변에서 보내는 휴가. 창문은 열려 있었고, 저멀리 파도가 철썩거렸다. [앤트워넷은 영원히 바다와 결부된다. 손을 뻗은 자리에 있는 무엇이든 잡아서 집어삼킨 뒤 껍데기와 뼈만 뱉어내는 바다.] 그녀가 흥얼거렸다. 블라인드가 내려져 있어 그녀의 몸에 비친 햇살이 줄무늬로 보였다. 머리칼은 옆구리까지 아름답게 내려왔다. 그녀는 최근에 인어가 되었다. 부드럽고 하얗고 촉촉한 피부의 그녀는 지금도 인어다. 그녀가 어깨끈 하나를 천천히 내린다.

---

*16~17세기 유럽의 전형적인 외항용 범선.

끈은 어깨를, 이어 팔을 스쳐 내려온다. 반대쪽도 내린다. 지금은 가슴 쪽이 내려오고, 봉긋, 젖가슴이 드러난다. 치킨커틀릿처럼 은은한 분홍색, 그 아래 드러난 하얀 배는 모래로 빚은 빵 같다. 곱슬곱슬 풍성한 음모가 있는 음부가 드러나고, 원통 같은 하얀 다리 아래로 옷이 스르르 떨어진다. 그녀는 너무 말랐다. 아름다웠다. 수건들로 만든 둥지에서 작디작은 로토는 금빛 줄무늬를 두른 어머니를 주시하며 어렴풋이 눈치챘다. 그녀는 저기 있고, 그는 여기 있었다. 그들은 사실 연결되어 있지 않았다. 그건 그들이 둘이지, 하나가 아니라는 의미였다. 이 순간 이전은 길고 따스한 잠이었다. 처음에는 어둠 속이었고, 이어 서서히 환해졌다. 지금 그는 완전히 깨어났다. 이 끔찍한 분리는 응애 하고 울려퍼지는 비명소리와 함께 일어났다. 그녀가 백일몽에 빠져 있다가 깜짝 놀라 정신을 차렸다. 자장자장, 우리 아가, 그녀가 다가오면서 말했고, 자신의 서늘한 몸으로 그를 보듬어 안았다.

그녀는 어느 시점부터 그를 사랑하지 않았다. [그로서는 알 수가 없었다.] 그것은 그에게 평생의 슬픔이 되었다. 하지만 어쩌면 바로 그 순간에도 그녀는 그를 사랑하고 있었을 것이다.

그는 조난당한 사람처럼 바다 밑바닥에 가라앉을 때까지 둥둥 떠내려갔다. 모래의 뜰. 그가 눈을 떴다. 코는 수면 밑으로 내려갈락 말락했고, 마지막 달빛이 잠잠해진 파도의 끝을 타고 있었다. 그는 발을 내리며 물을 밀었고, 몸을 일으키자 물은 허벅지 높이였다.

그를 쫓아온 개처럼, 해안은 10피트 뒤로 물러나 있었다.

그날은 햇살이 구름 위를 비추면서 하루가 시작되었다. 태양이 거느린 황금 소떼. 적어도 그는 이렇게 위로받은 것이었다. 해변은 더없이 아름답게 펼쳐져 있었고, 모래언덕은 나뭇잎에 덮여 검게 보였다. 인간의 손길이 닿지 않은 곳. 밤 동안 역사는 그 껍질이 벗겨져 출발점으로 되돌아가 있었다.

예전에 그는 파도가 바다에 하는 작용을 수면이 뇌에 한다는 것을 읽은 적이 있었다. 잠은 뉴런망을 가로지르며 일련의 리듬을, 파도 같은 리듬을 촉발시킨다. 이 과정에서 필요 없는 것은 씻겨나가고 중요한 것은 남는다.

〔이게 뭔지는 이제 분명했다. 그의 집안 내력. 뇌에서 일어나는, 눈앞이 캄캄해지는 최후의 일제사격.〕

그는 집으로 돌아가고 싶은 마음이 간절했다. 마틸드에게로 돌아가고 싶었다. 무슨 잘못을 했건 그녀를 용서한다고 말하고 싶었다. 누구와 뭘 했건, 그녀의 과거가 무슨 상관이란 말인가? 그 모든 것은 지나간 일이다. 그 자신 또한 곧 지나간 일이 될 것이다.

그는 그녀의 과거 모습을 알았다면 더 좋았을 거라고 생각했다. 그는 그녀가 얼마나 눈부시게 아름다웠을지 생각했다.

희부연 황금빛만 비칠 뿐 해는 보이지 않았다. 조수가 해안으로 바짝 다가왔다. 어머니의 분홍색 집. 지붕 위에 검은 새 세 마리가 모여 앉아 있었다. 그는 늘 방금 섹스를 마친 듯한 바다 냄새를 사랑했다. 그는 물에서 나와 알몸으로 해변으로 올라갔고, 나무널을 깐 산책로를 지나 어머니의 집으로 돌아가 다시 발코니로 나갔다.

긴 세월 동안 그래온 듯, 그는 새벽빛 속에 서 있었다.

〔실패에 감긴 노래의 실이 다 풀렸다, 로토. 우리가 그대에게 마지막 남은 노래를 불러줄 것이다.〕

이 순간, 보라. 저멀리 한 사람이 보인다.

더 자세히 보자 손을 맞잡은 두 사람이다. 발목은 바다 거품에 잠겨 있다. 머리카락에 떠오르는 해가 일렁인다. 금발, 녹색 비키니. 키가 크고, 빛이 난다. 그들은 키스하고, 그의 수영팬티 안과 그녀의 비키니 상의 속에서 그들의 손이 서로를 탐한다. 그들을 지켜보면서 어느 누가 그런 청춘을 부러워하지 않고, 어느 누가 자신이 잃어버린 것을 애달파하지 않겠는가. 그들이 모래언덕을 올라오면서 그녀가 그의 가슴을 떠민다. 발코니에서 그들을 지켜보라. 숨을 멈추고, 그 한 쌍이 모래언덕에 둘러싸인 부드러운 모래밭에서 걸음을 멈추는 것을 지켜보라. 그녀가 그의 수영복을 끌어내린다. 그는 그녀의 수영복 상의를, 이어 하의를 벗긴다. 오, 그렇다, 너는 손과 무릎으로 기어 아내에게 돌아갈 것이다. 네 머리카락 속으로 들어오는 그녀의 손가락을 다시 한번 느끼기 위해 동쪽 해안선을 기어서 갈 것이다. 너는 그녀를 차지할 자격이 없다. 〔그렇다. 〔아니다.〕〕 너는 달아날 생각을 할 때조차 그 연인들이 떠올라 몸이 굳을 것이고, 그들이 새처럼 날개를 퍼덕여 수포가 생긴 듯한 하늘로 날아가버릴까봐 감히 움직이지조차 못할 것이다. 그들은 서로 더 가까이 다가가고, 이젠 어디가 시작이고 어디가 끝인지조차 알 수 없다. 머리칼 속에 들어가는 손, 온기 위의 온기, 모래 속에 파묻히고, 그녀의 빨개진 무릎이 세워지고, 그의 몸이 움직인다. 그 순간, 전혀 준비되어 있지 않던 기이한 일이 일어난다. 겹쳐지는 장면들. 이전에도 이 장면을 보았다. 목덜미에 그녀의 숨결을 느꼈고, 그녀의 아래에서 열기를, 당신의 등에서는 차고 눅눅한 하루를 느꼈다. 저항할 수 없이 휘덮는 힘, 순간을 건너 서로에게 다 다르는 느낌, 그리고 섹스는 절정에 다다른다[사정한다!]. 깨물어서 피가 나는 입술, 한 번의 포효를 동반한 마지막, 하늘로 솟구쳐 오르는 새들, 한쪽 귀의 움푹 파인 분홍색 귓바퀴 안엔 잔모래들. 물에 비친 태양은 톱니 달린 동전 같다. 얼굴을 하늘로 향한다. 부슬비가 내리는 건가? [그렇다.] 작은 가위가 탁 오므려 닫히는 소리. 아찔한 그 아름다움을 가슴에 새길 시간도 거의 없이, 그 순간이 왔다. 헤어짐의 순간이.

분노

FATES
AND
FURIES

1

어느 날 마틸드는 예전에 그들이 아주 행복한 시간을 보냈던 마을을 걷고 있었다. 뒤에서 청년들이 가득 탄 차가 달려오는 소리가 들렸다. 그들은 고래고래 음란한 말을 내뱉었다. 그녀더러 핥아달라고 하는 해부학적 기관. 그녀의 엉덩이에다 하고 싶다는 그것.

충격으로 그녀는 몸이 뜨거워지고 얼굴이 화끈거렸다. 마치 위스키를 텀블러로 쭉 들이켰을 때처럼.

그건 사실이지, 그녀는 생각했다. 내 엉덩이는 아직 완벽해.

하지만 차가 그녀의 얼굴과 나란해지자 청년들은 입을 다물었다. 옆을 스쳐지나는 그들의 창백한 얼굴이 그녀의 눈에 들어왔다. 그들은 속도를 높여 쌩하니 사라졌다.

이런 순간은 한 달 뒤 그녀가 보스턴 어느 거리에서 길을 건널 때 다시 찾아왔다. 누군가가 그녀의 이름을 불렀다. 작은 체구의 여자가 종종거리며 달려왔다. 마틸드는 그녀가 누군지 기억나지 않았다. 촉촉한 눈에 불그스름한 머리가 귀 주변까지 내려와 있었다. 배 쪽이 푸근해 보이는 걸 보면 아이를 키우는 여자였다. 전반적인 느낌으로 보건대, 릴리 퓰리처 옷을 입은 어린 여자아이 넷이 오페어*와 함께 집에 있을 것이다.

여자는 마틸드로부터 5피트 떨어진 지점에서 조그맣게 비명을 지르며 걸음을 멈추었다. 마틸드는 손을 뺨에 가져갔다. "나도 알아요." 그녀가 말했다. "많이 늙어 보이죠. 남편이 떠……"

그녀는 말을 마칠 수가 없었다.

"아니에요." 여자가 말했다. "여전히 우아한걸요. 그저 뭐랄까. 화가 많이 나 보여서요, 마틸드."

나중에 마틸드는 그 여자가 누군지 기억이 났다. 브리짓, 대학 동기. 그 기억이 떠오르자 약간의 죄의식이 가슴을 찔렀다. 하지만 그 이유는 시간이 덮어버렸다.

마틸드는 바람에 낙엽이 흩날리는 가운데 박새와 태양이 보도 위에서 추는 왈츠를 뚫어져라 바라보면서 숨을 골랐다. 그녀가 다시 고개를 들자 여자는 한 걸음 뒤로 물러섰다. 그리고 또 한 걸음.

마틸드가 천천히 말했다. "화요. 그럼요. 화를 감춘다고 더이상 무슨 소용이 있겠어요?"

그러고는 머리를 숙이고 서둘러 그 자리를 떴다.

---

* 외국 가정에 입주해 아이 돌보기 등 집안일을 하면서 약간의 보수를 받고 언어를 배우는 사람을 말한다.

몇십 년 뒤, 이제는 늙은 그녀가 사자 발 모양 굽이 달린 자기 욕조에 기분좋게 몸을 담그고 있는데, 문득 자신의 삶이 X자 모양으로 그려질 수 있겠다는 생각이 떠올랐다. 오리발처럼 벌어진 그녀의 발이 물에 비쳐 보였다.

겁에 질려 보낸 긴 유년기에서 시작된 삶은 중년에 격정적인 하나의 지점으로 모아졌다. 그리고 거기서부터 삶이 폭발해 다시 벌어졌다.

그녀는 두 발꿈치가 서로 닿지 않게 떼었다. 물그림자도 따라 움직였다.

그렇게 생각하자 그녀의 삶은 다른 형태였을 수도 있었음이 드러났다. 처음의 인생과 대등하지만 정반대인 삶. [복잡하다, 우리 마틸드. 그녀는 모순을 참아낼 수 있는 사람이다.]

이제 그녀의 삶의 형태는 이렇게 보였다. 흰색의 공간, 그보다 더 크거나 더 작은.

두 사람이 마흔여섯 살이 되었을 때, 마틸드의 남편이자 유명 극작가인 랜슬럿 새터화이트가 그녀의 곁을 떠났다.

그는 사이렌을 켜지 않은 구급차에 실려갔다. 그러니까, 그가 아니라, 그의 차가운 살덩이가.

마틸드는 그의 여동생 레이철에게 전화를 걸었다. 레이철은 비명을 지르고 또 지르다 마침내 멈추고 격앙된 목소리로 말했다. "마틸드, 우리가 갈게요. 꼼짝 말고 거기 있어요, 우리가 가요." 그의 고모 샐리는 여행중이라 연락처를 몰라서 샐리의 변호사에게 전화를 걸었다. 마틸드가 전화를 끊고 채 일 분도 되지 않아 샐리가 미얀마에서 전화를 걸어왔다. "마틸드," 그녀가 말했다. "기다려, 내가 갈게."

그녀는 남편의 가장 친한 친구에게 전화를 걸었다. "헬리콥터를 타고 갈게." 콜리가 말했다. "지금 바로."

그들은 곧 하늘에서 내려올 것이었다. 지금은 그녀 혼자였다. 그녀는 남편의 셔츠를 입고 목초지의 큰 돌 위에 서서 새벽빛이 서리에 부딪혀 프리즘 빛깔을 내는 것을 지켜보았다. 차가운 돌을 디딘 그녀의 발에 아픔이 느껴졌다. 한 달 남짓 뭔가가 남편을 괴롭혔다. 그는 어두운 얼굴로 집안을 서성였고 그녀를 좀처럼 쳐다보지 않았다. 그가 썰물 때의 조수潮水처럼 그녀에게서 빠져나가는 것 같았지만, 진짜 조수가 그렇듯 시간이 그를 되돌려줄 것임을 그녀는 알고 있었다. 타타타타 소리가 가까워지면서 바람이 일기 시작했지만, 그녀는 착륙하는 헬리콥터를 보기 위해 몸을 돌리지는 않았다. 대신 몸을 얼릴 듯이 차가운 바람의 힘에 맞섰다. 날개의 움직임이 느려졌고 그녀의 팔꿈치께에서 콜리의 목소리가 들렸다.

그녀가 그를 내려다보았다. 기괴한 몰골의 콜리, 너무 익어 즙이 흐르는 배처럼 돈이 많았고 그 돈이 그를 망쳐놓았다. 그는 운동복 셔츠와 바지를 입고 있었다. 그녀가 그를 깨운 모양이었다. 그는 그녀를 올려다보기 위해 손목을 꺾어 모자챙 밑에 갖다대야 했다.

"말도 안 돼." 그가 말했다. "날마다 운동도 했잖아. 가려면 피둥피둥 살찐 내가 먼저 갔어야지."

"그래." 그녀가 말했다. 그가 그녀를 끌어안을 것처럼 다가왔다. 그녀는 마지막으로 자신의 피부에 스며들었던 남편의 온기를 생각하며 말했다. "오지 마."

"안 가." 그가 말했다.

목초지는 날카로워져 있었다. "착륙하면서 당신이 거기 서 있는 걸 봤어." 그가 말했다. "내가 당신을 처음 만났을 때와 같은 나이로 보였어. 그때는 부서질 것처럼 보였지. 빛으로 가득했고."

"지금은 늙은 것 같아." 그녀가 말했다. 이제 겨우 마흔여섯이었다.

"나도 알아." 그가 말했다.

"당신은 몰라." 그녀가 말했다. "당신도 그를 사랑했지. 하지만 당신은 아내가 아니었잖아."

"아니었지. 하지만 나한텐 죽은 쌍둥이 누이가 있었어. 그웨니라고." 그는 고개를 돌리고 서늘한 목소리로 말했다. "열일곱 살에 자살했지."

콜리의 입이 실룩거렸다. 마틸드가 그의 어깨를 어루만졌다.

"당신은 그러면 안 돼." 그가 황급히 말했다. 그녀는 이 말을, 그녀의 슬픔이 그의 슬픔보다 더 크기 때문에 지금 위로를 받아야 할 사람은 그녀라는 의미로 받아들였다. 그녀는 슬픔이 질주하는 기차처럼 땅을 흔들면서 빠르게 달려오는 것을 느꼈지만, 아직 그 기차에 치이지는 않았다. 그때까지 아직 조금의 시간이 있었다. 그녀는 그를 달래줄 수 있었고, 결국 그녀가 가장 잘하는 게 그거였다. 아내의 역할.

"저런, 안타깝네." 그녀가 말했다. "로토는 그웨니가 자살했다는 말은 한 번도 하지 않았어."

"몰랐으니까. 로토는 사고로 죽은 줄 알았어." 콜리가 말했다. 겨울의 햇살이 가득한 목초지에서 이 말은 그녀에게 이상하게 들리지 않았다. 그후 여러 달 동안에도 그녀는 이상하다는 생각이 들지 않았는데, 이곳에 도사린 두려움이 그녀를 헤집어놓아, 아주 오랫동안 휘파람 소리를 내는 그 거센 힘 말고는 아무것도 느낄 수 없었기 때문이었다.

우리는 친구의 웃음소리를 다시는 들을 수 없다는 사실을, 이 정원이 영원히 닫혀버려 우리가 들어갈 수 없는 곳이 된다는 사실을 깨닫는다. 우리의 진정한 슬픔은 바로 그 순간에 시작된다.

앙투안 드 생텍쥐페리는 이렇게 말했다. 그 역시 사막에 추락했는데, 추락하기 직전만 해도 그에게는 온통 드넓고 푸른 하늘뿐이었다.

사람들은 어디 있어? 생텍쥐페리의 어린 왕자가 물었다. 사막은 좀 외로운데……

사람들 속에 있을 때 역시 외롭지, 뱀이 말했다.

잉어처럼, 사랑하는 사람들이 수면 위로 올라왔다가 그녀 얼굴 주변의 공기를 뻐끔뻐끔 들이마신 뒤 다시 깊이 가라앉았다.

그들은 그녀를 의자에 앉히고 담요를 덮어주었다. 개 고드가 그 밑에서 몸을 떨며 앉아 있었다.

이 사랑하는 사람들은 하루종일 고개를 숙여 그녀를 보다가 떠났다. 로토의 조카들은 슬금슬금 다가가 그녀의 무릎에 뺨을 갖다댔다. 음식이 그녀의 무릎에 놓였다가 치워졌다. 아이들은 긴 오후 내내 거기 앉아 있었다. 아이들은 동물적인 수준에서 이해했다. 그들에게 세상은 아직 새로운 곳, 언어로는 이해하기 어려운 곳이었다. 어느새 창문에 밤이 내렸다. 그녀는 앉아 있기만 했다. 그녀는 숨이 넘어가는 순간 남편이 어떤 생각을 했을지 생각했다. 어쩌면 번쩍이는 빛을. 어쩌면 바다를. 그는 늘 바다를 사랑했다. 그녀는 그가 그녀의 얼굴을 봤기를, 그것이 그의 얼굴로 다가가는 그녀의 젊은 날의 얼굴이었기를 바랐다. 로토의 여동생과 새뮤얼이 양쪽에서 각자의 어깨에 그녀의 팔을 하나씩 올린 채 아직 그의 냄새가 나는 침대로 그녀를 데려가 눕혔다. 그녀는 그의 베개에 얼굴을 묻었다. 그렇게 누워 있었다.

그녀는 아무것도 할 수가 없었다. 그녀의 몸 전체가 내면을 향했다. 마틸드는 주먹 크기만큼으로 줄어들어 있었다.

2

마틸드에게 슬픔은 익숙지 않은 것이 아니었다. 그 늙은 늑대는 이전에도 그녀의 집 주변에서 킁킁대며 어슬렁거렸다.

그녀에겐 아주 작은 아이일 때부터 그려온 자신에 대한 그림이 있었다.

그녀의 이름은 오렐리였다. 통통한 뺨, 금발머리. 브르타뉴 지방 어느 대가족의 유일한 아이. 앞머리에는 똑딱이핀을 꽂았고, 목에는 스카프를 둘렀고, 발목까지 오는 레이스 양말을 신었다. 조부모는 그녀에게 갈레트*와 사과주스, 바다소금을 넣은 캐러멜을 먹였다. 찬장에는 카망베르치즈가 숙성되고 있었다. 별 생각 없이 문을 열었다가는 냄새 때문에 기겁할 수도 있었다.

어머니는 낭트의 시장에서 생선을 팔았다. 푸른 밤에 일어나 도

----

* 프랑스에서 디저트나 간식으로 먹는 달콤한 과자.

시로 차를 몰고 갔다가 오전이 중반을 넘어설 무렵 집으로 돌아오곤 했다. 손은 부르트고 비늘이 묻어 번쩍거렸으며, 얼음을 만져서 뼛속까지 차가웠다. 얼굴은 섬세하게 생겼지만 교육은 전혀 받지 못했다. 그녀의 남편은 가죽 재킷과 앞머리를 잔뜩 세워올린 헤어스타일과 오토바이로 그녀에게 구애했다. 인생과 맞바꾼 건 그런 작은 것들이었지만, 그때는 그런 것들이 강력한 힘을 지닌 것처럼 보였다. 오렐리의 아버지는 석공이었고, 그의 집안은 열두 세대 동안 노트르담데랑드에 있는 같은 집에서 내리 살았다. 오렐리는 1968년 5월 혁명중에 잉태된 아이였다. 그녀의 부모는 급진적인 것과는 거리가 먼 사람들이었지만, 한껏 고조된 분위기에서 동물적인 방식 말고는 그 기분을 표현하는 방법을 몰랐다. 여자아이의 어머니가 임신 사실을 감추는 것이 더이상 불가능해지자 그녀는 머리에 오렌지꽃을 꽂고 남편과 결혼했고, 냉동실에 코코넛 케이크 조각을 넣어두었다.*

오렐리의 아버지는 과묵했고, 좋아하는 것이 몇 가지 있었다. 돌을 쌓아올리는 것, 차고에서 직접 만든 와인, 비비슈라는 이름의 사냥개, 블러드소시지를 암거래하여 2차대전 시기를 버텨낸 그의 어머니, 그리고 딸이었다. 딸은 응석받이로 자랐고, 늘 노래를 부르는 행복한 아이였다.

하지만 오렐리가 세 살 되던 해 새로 아기가 태어났다. 칭얼거리고 빽빽 울어대는 남자 아기. 담요로 싼 쪼글쪼글한 순무 같은 그

---

* 서양에서는 웨딩 케이크를 남겨 냉동실에 넣었다가 결혼 일주년을 기념하며 먹는 풍습이 있다.

아기는 사랑을 듬뿍 받았다. 오렐리는 의자 밑에서 지켜보며 속이 탔다.

아기가 배앓이를 하자 집안 여기저기가 토사물로 얼룩덜룩해졌다. 오렐리의 어머니는 정신이 나간 사람처럼 집안을 돌아다녔다. 고모 넷이 버터 냄새를 풍기며 도와주러 왔다. 그들은 속닥거리며 험담을 했고, 오렐리의 아버지는 버럭 화를 냈다. 그러자 고모들은 빗자루로 비비슈를 밖으로 내쫓았다.

마침내 기어다니기 시작했을 때 아기는 모든 것에 손을 댔고, 아버지는 계단 꼭대기에 문을 만들어야 했다. 아이들이 낮잠을 자는 시간에 오렐리의 어머니는 침대에서 울었다. 사는 게 너무 팍팍했다. 몸에서는 생선 냄새가 났다.

아기는 오렐리의 침대로 기어올라와 자기 엄지를 빨거나 오렐리의 머리카락을 잡고 돌리는 것을 가장 좋아했다. 코딱지가 콧구멍 안에 붙어 갸르릉거리는 소리가 났다. 밤에 오렐리는 자기 몸으로 아기를 침대 모서리로 천천히 밀어, 아기가 완전히 잠들면 돌아누워 굴러떨어지게 만들었다. 아기는 바닥에서 빽 울며 깨어났고, 오렐리는 어머니가 부리나케 달려와 통통 부은 벌건 손으로 아기를 안아올릴 때쯤 눈을 떴다. 그러면 어머니는 소곤소곤 나무란 뒤 아기를 다시 아기침대로 데려갔다.

여자아이가 네 살이 되고 아기 동생이 한 살이 되었을 때였다. 어느 오후 가족 모두가 할머니 집으로 저녁을 먹으러 갔다. 그 집은 집안 대대로 몇 세기에 걸쳐 살아온 집이었고, 할머니도 이웃

청년과 결혼하면서 그 집에서 살았다. 집과 이어져 있는 들판 전체가 할머니의 것이었다. 그 집은 여자아이가 사는 집보다 훨씬 좋았다. 침실도 더 컸고, 18세기에 돌로 지은 유제품 제조소가 본채에 딸려 있었다. 그날 아침에 거름을 뿌렸는지 우유에서 그 맛이 나는 것 같았다. 할머니는 그녀의 아들처럼 다부진 몸에 생김새가 또렷했고, 대부분의 남자들보다 키가 더 컸다. 입은 n자 모양으로 입가가 아래로 꺾여 있었다. 무릎 위쪽은 화강암처럼 단단했고, 누가 농담을 하다 결정적 한마디를 날리면 요란하게 한숨을 쉬어 김이 빠지게 하는 재주가 있었다.

아기는 낮잠 시간에 할머니의 침대에 눕혀졌고, 다른 사람들은 모두 바깥 오크나무 아래서 음식을 먹었다. 오렐리는 아래층에서 볼일을 보려고 변기에 앉아 있었다. 위층 할머니 방에서 동생이 혼자 깍깍거리면서 쿵쾅거리는 소리가 들렸다. 그녀는 팬티를 올려 입고, 난간 사이사이에 앉은 회색 먼지를 손가락에 묻히며 천천히 위층으로 올라갔다. 그녀는 벌꿀색으로 환한 통로에 서서 문 너머에서 동생이 내는 소리를 들었다. 아기는 혼자 노래를 부르며 침대 머리판을 발로 쿵쿵 찼다. 그녀는 방안에 있는 동생을 생각하며 살며시 웃었다. 그녀가 문을 열자 동생이 침대에서 내려와 그녀를 붙잡으려고 아장아장 문밖으로 걸어나왔다. 하지만 그녀는 자꾸 붙잡으려는 동생의 끈적끈적한 손을 피해 뒤로 물러섰다.

그녀는 손가락을 빨면서 동생이 그녀를 지나쳐 계단으로 걸어가는 것을 지켜보았다. 동생이 함박웃음을 지은 채 아장아장 걸어가면서 그녀를 보았다. 동생이 데이지 같은 손을 내밀었고, 그녀는 아기 동생이 굴러떨어지는 것을 지켜보았다.

병원에서 돌아온 오렐리의 부모는 말이 없었고 낯빛은 흙색이었다. 아기는 목이 부러졌다. 더 할 수 있는 것이 없었다.

어머니는 오렐리를 집에 데려가고 싶어했다. 늦은 시간이었고 울어서 아이의 얼굴이 퉁퉁 부어 있었지만, 아버지는 안 된다고 말했다. 아버지는 딸을 쳐다볼 수가 없었지만, 오렐리는 땀과 돌먼지로 뻣뻣해진 아버지의 바지 냄새를 맡으며 그의 무릎에 매달렸다. 아기가 떨어진 뒤 누군가가 오렐리를 계단 밑으로 끌고 내려왔고, 그때 그녀의 팔에 퍼런 멍이 들었다. 그녀가 그들에게 그 멍을 보여주었지만, 그들은 눈길을 주지 않았다.

부모님은 눈에 보이지는 않지만 지독히 무거운 뭔가를 함께 들고 있었다. 그들에게는 다른 뭔가를 들어올릴 힘이 남아 있지 않았고, 그들의 딸에 대해서도 마찬가지였다.

"오늘밤에는 이애를 여기 둬요." 어머니가 말했다. 사과 같은 빰에 눈썹이 아름다운 슬픈 얼굴이 여자아이에게 다가와 키스를 한 뒤 멀어졌다. 아버지는 해치백 자동차의 문을 세 번이나 쾅쾅쾅 닫았다. 그들은 차를 타고 떠났고, 비비슈가 뒷좌석의 차창으로 내다보았다. 어둠 속에서 미등이 깜박거리더니 이내 사라졌다.

아침에 오렐리는 조부모의 집에서 눈을 떴다. 할머니는 아래층에서 크레페를 만들고 있었다. 오렐리는 깨끗이 씻었다. 오전 내내 부모님은 오지 않았다. 그들은 오지 않았고, 영원히 오지 않았다.

이마에 받은 키스가 마지막으로 맡은 어머니의 냄새(랑방의 아르페주 향수, 그 아래 밴 대구 냄새)가 되었다. 그녀를 버리고 가는 아버지를 잡으려고 손을 뻗었을 때 스친 뻣뻣한 청바지가 아버지를 만진 마지막이 되었다.

그녀가 조부모에게 어머니와 아버지는 어디에 있느냐고 다섯번째로 애원하며 물은 뒤, 할머니는 더이상 대답하지 않았다.

문 앞에서 기다려도 그들이 오지 않았던 그 밤, 오렐리의 가슴속에서 무서운 분노가 솟구쳐올랐다. 그녀는 그 분노를 내보내려고 발길질을 하고 비명을 지르고 욕실에 있는 거울을 깨부쉈다. 부엌에 있는 유리잔도 하나씩 깨부쉈다. 고양이의 목을 주먹으로 때리고, 어둠 속으로 뛰쳐나가 할머니가 심어놓은 토마토를 손으로 뽑았다. 할머니는 손녀를 진정시키려고 처음에는 몇 시간 동안 안고 있었지만, 인내심이 바닥나자 술 달린 커튼 끈으로 아이를 침대에 묶어두었고, 끈은 너무 낡아 툭 끊어졌다.

세 차례나 할큄을 당해 할머니의 뺨에는 핏방울이 맺혔다. 켈콘. 디아블레스.* 할머니가 씩씩거렸다.

이런 시간이 얼마나 오래 이어졌는지는 말하기 어렵다. 네 살짜리 꼬마에게 시간이란 홍수 아니면 소용돌이였다. 어쩌면 몇 달이었을지도 모른다. 몇 년, 그것도 불가능하지는 않다. 그녀 안에서 어둠이 빙빙 돌다가 내려앉았다. 그녀 마음의 눈에서 부모님의 얼굴은 두 개의 얼룩으로 변했다. 아버지의 입술 위에 수염이 있었던가? 어머니의 머리색은 밝은 금발이었던가, 짙은 금발이었던가? 그녀는 자신이 태어난 농가의 냄새도 잊었고, 신발이 자갈을 밟을 때 나는 자그락 소리도 잊었고, 부엌에 불이 켜져도 계속 흘러들어

---

* '이런 머저리. 악마 같은 아이 같으니'라는 뜻의 프랑스어.

오던 황혼녘 햇살에 대해서도 잊었다. 늑대가 몸을 돌려 그녀의 가
슴속에 자리를 잡았고, 거기서 크르릉크르릉 소리를 냈다.

3

로토의 장례식에 참석한 사람들은 몇천 명에 달했다. 그녀는 그가 사랑받았다는 사실을, 모르는 사람들에게조차 사랑받았다는 사실을 잘 알고 있었다. 하지만 이렇게 많을 줄은 몰랐다. 그녀가 몰랐던 그 모든 사람들이 보도에 줄을 서서 훌쩍거리며 슬퍼했다. 오! 위대한 인간. 오! 부르주아 계층의 극작가. 검은 새들의 집회에 나타난 대장 까마귀처럼, 그녀는 번쩍거리는 검은 리무진 행렬의 맨 앞에 탔다. 남편은 사람들을 감동시켰고, 그렇게 감동을 선사하면서 또한 그들의 랜슬럿 새터화이트가 되었다. 그의 뭔가가 그들 안에 살아 있었다. 랜슬럿은 그녀의 것이 아니었다. 이제 그들의 것이었다.

이 눈물과 콧물의 홍수는 비위생적으로 느껴졌다. 그녀의 얼굴로 커피 냄새가 밴 숨결이 너무 많이 다가왔다. 향수 냄새는 너무 공격적이었다. 그녀는 향수를 싫어했다. 그건 청결하지 않은 위생

상태나 몸의 수치스러운 냄새를 가리기 위한 것이었다. 깨끗한 사람은 꽃향기 따위를 갈망하지 않았다.

매장이 끝난 뒤 그녀는 시골로 혼자 운전해 갔다. 리셉션이 준비되어 있었겠지만 그녀는 알지 못했다. 알았다 하더라도 그 사실 자체를 차단해버렸다. 어쨌거나 절대 가지 않았을 것이다. 사람들이라면 신물이 났다.

집안은 더웠다. 수영장이 윙크하듯 햇빛을 튕겨냈다. 부엌 바닥에는 검은 옷이 떨어져 있었다. 개는 제 방석에서 조그맣게 몸을 웅크렸고, 옆에서 쳐다보는 눈은 구슬 같았다. 짐승의 눈.

〔고드는 책상 아래서 푸르게 변해가는 로토의 맨발을 핥고, 핥고 또 핥았다. 그렇게 핥으면 그를 살려낼 수 있을 것처럼. 바보 같은 것.〕

그 순간 그녀는 자신이 몸에서 분리되어, 벗은 자기 몸을 아주 멀리에서 바라보는 듯한 묘한 느낌을 받았다.

햇살이 방안을 미끄러지다 소멸되었고, 이윽고 슬금슬금 밤이 밀려왔다. 이 분리된 그녀는, 감각이 마비된 그녀는 친구들이 집 뒤쪽 창문으로 다가오는 것을, 식탁 앞에 앉은 알몸의 그녀를 보고 흠칫 놀라는 것을, 시선을 돌린 채 유리창 너머에서 외치는 것을 지켜보았다. "들어가게 해줘, 마틸드. 들어가게 해줘." 알몸의 그녀는 끝까지 앉아 있었고, 그들은 버티다 결국 집으로 돌아갔다.

그녀는 침대에 알몸으로 앉아 감사합니다, 감사합니다, 이메일을 쓰다가, 컨트롤 C와 컨트롤 V를 기억해내고는 감사합니다를 복사하고 붙여넣기를 반복했다. 그녀는 손에 뜨거운 찻잔을 든 자신을 발견하고는 벌거벗은 마틸드에게 그녀의 사려 깊음에 대해 감사했고, 달빛 아래 수영장에 들어간 자신을 발견하고는 벌거벗은 마틸드의 심리 상태를 걱정했다. 알몸의 마틸드는 초인종 소리에는 신경쓰지 않았고, 존재하지 않는 열기를 찾다가 침대의 반대쪽 자리에서 잠이 깼다. 포치에서 음식이 썩어가도, 꽃들이 썩어가도 그대로 두었고, 개가 부엌 한복판에서 오줌을 눠도 지켜보았고, 건사료가 다 떨어지자 개에게 스크램블드에그를 만들어주고 로토가 만든 베지터블 칠리 남은 것을 먹이고, 개가 양념 때문에 따끔거리는 제 엉덩이를 빨갛게 될 때까지 핥는 것을 지켜보았다. 알몸의 마틸드는 문을 잠가둔 채 사랑하는 사람들이 집안을 들여다보며 "마틸드, 문 열어! 마틸드, 들어가게 해줘, 여기서 한 발짝도 움직이지 않을 거야, 마당에 텐트를 치고 버틸 거야" 하고 외치는 소리를 못 들은 척했다. 마지막으로 나타난 사람은 남편의 고모인 샐리였다. 실제로 샐리는 마틸드가 문을 열고 자신을 들여보내줄 때까지 마당에 텐트를 치고 버텼다. 샐리는 몇 달이라는 짧은 기간에 사랑하는 사람을 둘이나 잃었지만, 영롱한 보석 색깔의 타이 실크 드레스를 입고 머리를 블루블랙 색으로 염색해 슬픔을 공작새처럼 드러내기로 했다. 알몸의 마틸드는 매트리스 위에 쟁반이 나타나자 이불을 머리까지 뒤집어썼고, 다시 잠들 때까지 몸을 바들바들 떨었다. 쟁반, 잠, 욕실, 쟁반, 잠, 나쁜 생각, 끔찍한 기억, 낑낑거리는 고드, 쟁반, 잠. 이런 생활이 영원히 끝나지 않을 것처럼 이어졌다.

나는 여기 남아 추위에 떨며, 당신의 넓은 집에서 과부로 지내겠군요. 완벽한 아내였던 안드로마케*는 죽은 헥토르의 머리를 하얀 팔에 보듬어 안은 채 격분했다. 당신이 내게 남긴 건 쓰라린 마음과 분노뿐이에요. 당신은 침대에서 나를 향해 두 팔을 뻗으며 죽지 않았어요. 당신은 이 모든 슬픔의 시간에 기억할 달콤한 마지막 말조차 내게 남겨주지 않았어요.

안드로마케, 주 팡스 아 부!**

이런 생활이 영원히 끝나지 않을 것처럼 이어졌다. 다만 과부가 된 첫 주에 침대에 누운 그녀의 알몸을 둘둘 감싼 이불 속 어딘가에서 욕정이 어찌나 강렬하게 솟구치는지, 그녀는 숨이 막혀 질식할 것 같았다. 그녀에게 필요한 것은 섹스였다. 연속적인 섹스. 그녀는 무성영화에서처럼, 검은색과 흰색의 옷을 입은 남자들이 가두행진을 하듯 나타나 묵묵히 그녀에게 삽입하는 장면을 보았다. 그 모든 장면 위로 쟁쟁 울리는 오르간 음악. 오르간 음악이라니. 하!

전에도 욕망이 이토록 강렬했던 적이 몇 번 있었다. 로토와 보낸 첫해. 그리고 로토를 만나기 한참 전에 처음 섹스를 했던 그해. 로토는 줄곧 그녀의 꽃을 자신이 처음 땄다고 믿었지만 그녀는 그때 생리를 시작했고, 그뿐이었다. 그녀는 그가 그렇게 믿도록 내버려두었다. 그녀는 처녀가 아니었지만 로토 이전에 남자는 한 명뿐이었다. 이건 로토가 절대 알아낼 수 없는 비밀이었다. 그는 절대 이해해주지 않았을 것이다. 그의 에고티즘이 자기 이전의 다른 남자

---

* 그리스신화에서 테베 왕의 딸이며, 트로이 왕자 헥토르의 아내. 트로이전쟁에서 남편이 죽자 적장 네오프톨레모스의 노예가 되었다.
** '나는 당신을 생각해요'라는 뜻의 프랑스어.

를 용납하지 않았을 것이다. 그녀는 열일곱 살, 고등학생이던 자신을 떠올리며 움찔 놀랐다. 처음으로 성을 깨우친 그 주말 이후 그녀는 뭘 봐도 섹스가 떠올랐다. 도랑에서 자라는 돼지풀에 빛이 어른거릴 때도, 움직일 때 옷이 피부에 가칫하게 닿을 때도. 단어들이 누군가의 입을 떠날 때, 말이 되기 전의 단어들이 혀에 닿아 굴려지고 입술을 스칠 때도. 남자라는 존재가 갑자기 자기 안으로 들어와 지진을 일으켜 그녀의 피부에 그 여파를 퍼뜨린 느낌이었다. 그녀는 고등학교의 마지막 몇 주 동안 이 맛있는 소년들을 한 명씩 먹고 싶다는 생각을 하면서 걸어다녔다. 허락만 내려졌다면 그들 전체를 삼켜버렸을 것이다. 그녀는 그들과 마주치면 활짝 웃었고, 그들은 허둥대며 도망갔다. 그녀는 웃음을 터뜨렸지만 수치심을 느꼈다.

그런 건 전혀 중요하지 않았다. 그들이 결혼한 뒤로는 오로지 로토뿐이었다. 그녀는 충실했다. 그녀는 그 또한 그랬다고 거의 확신했다.

체리 과수원에 있는 작은 집, 더없이 쓸쓸한 과부생활이 이어지는 그 집에서 마틸드는 기억이 난 듯 더러운 침대에서 일어나 샤워를 했다. 어두운 욕실에서 옷을 입은 뒤 샐리 고모가 휘파람처럼 코를 고는 방 앞을 살금살금 지나갔다. 남편의 동생이 자는 그 옆방을 지나가는데 문이 열려 있었다. 레이철이 베개에 머리를 누인 채 그녀가 지나가는 것을 쳐다보았다. 어둠 속에서 페럿 같은 얼굴이 보였다. 삼각형 모양의 그 얼굴은 바짝 긴장한 채 떨고 있었다. 마틸드는 메르세데스에 올라탔다.

젖은 머리는 틀어올렸고 화장은 하지 않았지만, 상관없었다. 타운 세 개만큼 북쪽으로 가면 여피족들이 드나드는 술집이 있었고, 그 술집에는 슬픈 얼굴을 한 남자가 레드삭스 모자를 쓴 채 앉아 있었다. 그리고 1마일 떨어진 곳 길이 갈라지는 지점에 나무들이 몇 그루 모여 있었는데, 누가 지나가다 헤드라이트 불빛을 비쳤다면 거기 광고판에 찰싹 붙어 있는 나방 같은 그들의 모습을 보았을 것이다. 그녀는 오른다리로 서서 슬픈 얼굴을 한 레드삭스의 들썩거리는 엉덩이에 왼쪽 다리를 감은 채 "더 세게!" 하고 소리친다. 남자의 얼굴은 처음에는 집중한 표정이다가 곧 놀란 표정으로 바뀐다. 그녀가 계속 "더 세게! 더 빠르게! 이 바보 새끼!" 하고 외치는 가운데 그는 한동안 꿋꿋하게 계속하지만, 지금 그가 겁을 먹은 건 분명해 보인다. 마침내 그는 오르가슴에 다다른 척하며 자기 것을 빼낸 뒤 소변을 보러 가겠다거나 뭐 그런 말을 중얼거린다. 그가 허둥대며 도망가면서 나뭇잎 밟는 바스락 소리가 그녀의 귀에 들어온다.

마틸드가 다시 2층으로 올라왔을 때 레이철의 얼굴은 어둠 속에서 여전히 그녀를 쳐다보고 있었다. 부부의 스위트룸, 그 텅 빈 거대한 공간에 음란하게 놓여 있는 침대. 그녀가 나간 사이 새 시트가 깔려 있었다. 다시 침대에 올라가 눕자 서늘함과 함께 라벤더 향이 느껴졌고, 다리에 닿는 시트의 감촉이 그녀를 비난하는 듯했다.

거칠던 그의 초기 어느 작품이 처음으로 상연되던 밤, 그녀는 어둠 속에서 로토 옆에 앉아 있었다. 그녀는 그가 이뤄낸 것, 그리고 그의 웅장한 비전이 자기 눈앞에서 현실로 변한다는 사실에 몹시 감동한 나머지 그들 사이의 공간 너머로 몸을 기울여 그의 귀에서 입술까지 얼굴을 핥았다. 참을 수가 없었다.

마찬가지로, 레이철과 엘리자베스의 갓 태어난 딸을 안은 순간, 그녀는 아기의 순수함을 자기 것으로 만들고 싶은 열망이 너무 커서 그 꽉 쥔 작은 주먹을 자기 입안에 넣고 아기가 울음을 터뜨릴 때까지 가만히 있었다.

지금 이 과부의 욕망은 그것과는 정반대였다.

과부. 이 단어는 그 자체를 연소시킨다. 자기 자신을 연소시킨 실비아 플라스는 말했다.

4

그녀는 학생 식당에서 애플칩에 대한 공포에 사로잡혔다. 그래서 화장실로 쏜살같이 달려가 변기에 깐 종이커버 위에 얼어붙은 듯 한참을 앉아 있었다. 그녀가 대학 시절의 마지막날들을 보내던 때에 일어난 일이었다. 그전 한 달을, 그녀는 자기 앞에 가로놓인 심연 같은 미래를 두려워하며 보냈다. 태어난 후로 줄곧 한 새장을 벗어나면 다음 새장이 기다리고 있었지만, 이제 곧 그녀는 자유롭게 날아다닐 터였다. 하지만 그 광활한 허공을 생각하면 돌처럼 굳어졌다.

문이 열리고 두 여자가 들어와 랜슬럿 새터화이트가 얼마나 부자인지에 대해 떠들어댔다. "프린슬링 생수 알지?" 한 명이 말했다. "걔 엄마 거래. 걔 엄마가 억만장자라는 거 아냐."

"로토가? 정말?" 다른 한 명이 말했다. "젠장! 1학년 때 같이 잤는데. 그때 알았다면 좋았을걸."

여자들은 웃음을 터뜨렸고, 이어 먼저 여자가 말했다. "응, 그렇지. 걘 남창 같은 애잖아. 허드슨밸리에서 걔 물건을 안 본 사람은 나뿐일걸. 같은 여자랑 두 번은 안 잔다고 하던데."

"브리짓만 빼고. 그건 나도 이해가 안 돼. 걔 별로던데. 걔가 둘이 사귄다고 말하더라. 내 반응은, 진짜? 이거였지. 걘 꼭 어린이 도서관 사서처럼 생겼잖아. 멈추지 않는 폭풍우나 뭐 그런 거에 꽂혀 있는 애처럼."

"맞아, 브리짓이 로토와 데이트하는 건 빨판상어*가 상어랑 데이트하는 것과 같지 뭐."

여자들은 웃더니 그 자리를 떠났다.

마틸드는 그렇군, 하고 생각했다. 그리고 변기의 물을 내린 뒤 밖으로 나와 손을 씻었다. 그녀는 거울 속의 자신을 유심히 뜯어보았다. 그녀가 미소를 지었다. "할렐루야." 그녀가 거울 속 마틸드에게 소리 내어 말했고, 거울 속 마틸드, 하얗고 야윈 얼굴의 그녀는 아름다운 입술로 그 말을 되돌려주었다.

그녀는 최후의 일전을 치르겠다고 결심하며 주말마다 가던 도시로 가지 않았다. 그녀는 옷도 신경써서 입었다. 그날 밤 그녀는 자기 사냥감이 무대에 선 것을 보았고 깊은 인상을 받았다. 그는 아주 잘했다. 조증에 걸린 햄릿 같았다. 키가 엄청 컸지만 강아지 같은 활력을 보여주었다. 멀리서는 뺨의 여드름 흉터가 잘 보이지 않았고, 그가 뿜어내는 황금색 광채는 관객석까지 그 빛 안에 가두었다. 그는 닳을 대로 닳은 독백을 섹시하게 만들어 관객에게 새롭게

---

* 이름은 상어지만, 상어류와는 전혀 다른 어종이다.

전달했다. "그것이 소망할 수 있는 극치." 그가 해적 같은 미소를 지으며 말했다. 그녀는 객석에 앉은 관객 모두에게서 따끔따끔한 열기가 올라온다고 상상했다. 앞날이 밝아 보였다. 그녀는 통로 불빛으로 프로그램에 실린 그의 이름 전체를 읽었다. 랜슬럿 '로토' 새터화이트. 그리고 얼굴을 찡그렸다. 랜슬럿. 음. 그녀는 할 수 있을 것 같았다.

쫑파티는 브루털리즘* 양식으로 지은 기숙사에서 열렸다. 하지만 그녀는 그곳에 가본 적이 한 번도 없었다. 사 년 동안 그녀는 파티라는 것에 가본 적도, 친구를 사귄 적도 없었다. 그런 위험을 감수할 수가 없었다. 일찍 도착한 그녀는 비를 피해 포르티코 아래에서 담배를 피우고 있었다. 그녀는 브리짓이 나타나기를 기다렸다. 브리짓이 뚱한 표정의 여자 친구 세 명과 우산을 받쳐 쓰고 종종걸음을 치며 나타나자 마틸드도 그들을 따라 안으로 들어갔다.

브리짓을 친구들로부터 떼어놓기는 쉬웠다. 며칠 뒤에 신경생물학 기말시험이 있어서, 마틸드가 세로토닌 재흡수 억제제에 대한 질문을 하자 그걸로 다 해결되었다. 브리짓이 진지하게 설명하기 시작하자 친구들은 슬그머니 사라졌다. 마틸드는 브리짓의 잔을 보드카로 거의 다 채우고 쿨에이드는 조금만 넣었다.

브리짓은 우쭐해져서 마틸드에게 다른 말까지 했다. "어쩜!" 그녀가 말했다. "너는 데이트라곤 해본 적이 없다며! 다들 너에 대해 듣기는 했지만 너하고 말해본 사람은 없대. 너는 바사의 흰 고래 같아." 그러더니 얼굴을 붉히며 말했다. "가장 마르고 가장 예쁜

---

* 거대한 콘크리트나 철제 블록 등을 사용해 지은 1950~60년대의 건축 양식.

흰 고래." 그러고는 "어머나! 내가 어떤 의미로 말한 건지 알지?"
하고 덧붙였다. 브리짓은 불안하게 술을 마셨다. 마틸드가 술을 채
워주면 브리짓은 마셨고, 마틸드가 술을 채웠고, 브리짓은 마셨고,
잠시 후 브리짓은 계단에 먹은 것을 토했다. 사람들이 지나가면서
한마디씩 했다. "우웩!" 또는 "오, 맙소사, 브리짓." 혹은 "구역질
나, 더럽게도 취했네. 데리고 나가." 아까 그 친구들이 불려왔다.
그들이 그녀를 집으로 데려가는 모습을 마틸드는 높은 층계참에서
난간 사이로 지켜보았다.

　브리짓이 계단을 내려갈 때 계단을 올라오던 로토가 그녀와 마
주쳤다. 그는 "이런!" 하며 그녀의 어깨를 두드려주고 남은 계단을
올라와 파티장으로 들어갔다.

　마틸드는 높은 곳에 자리를 잡고 이 모든 광경을 지켜보았다.

　첫번째 문제는 해결되었다. 참 쉽게도.

　그녀는 서늘한 빗속에 서서 담배 두 대를 피우며 파티 소리에 귀
를 기울였다. 그녀는 노래 열 곡이 지날 때까지 기다렸다. 솔트 엔
페파의 음악이 흘러나올 때 그녀는 다시 안으로 들어가 계단을 올
라갔다. 그녀가 방을 가로질러 맞은편을 바라보았다.

　거기, 그가 술에 취해 창턱에 올라선 채 고래고래 소리를 질러대
고 있었다. 그녀는 그의 몸이 얼마나 탄탄한지에 깜짝 놀랐다. 그
는 어떤 여자가 가지고 있던 젤 아이마스크로 로인클로스처럼 거기
를 가리고 있었다. 머리에는 빈 생수병이 에이스 붕대로 감겨 있었
다. 품위는 없었지만, 맙소사, 아름다웠다. 그의 얼굴은 한때는 잘
생겼던 것처럼 묘한 분위기를 풍겼고, 지금도 멀리서 보면 잘생겨
보였다. 그녀는 이 순간 이전에는 옷을 입은 그의 모습만 보았기

때문에 그의 몸이 이렇게 완벽한지는 예상하지 못했다. 그녀는 사전에 여러 가지 계산을 했었다. 하지만 금세 달아오른 욕정으로 다리 아래가 녹아드는 이 기분은 전혀 계산에 포함되어 있지 않았다.

그녀는 그에게 고개를 들라고, 그녀를 쳐다보라고, 속으로 집요하게 외쳤다.

그가 고개를 들었다. 그리고 그녀를 보았다. 그의 얼굴이 잔잔해졌다. 그는 춤을 멈추었다. 그녀는 목의 털이 곤두서는 것을 느꼈다. 그는 사람들 속으로 뛰어내렸고, 가엾게도 뛰어내리면서 작은 여자아이를 쓰러뜨렸다. 그가 사람들을 헤치고 마틸드가 있는 곳까지 올라왔다. 그는 그녀보다 키가 더 컸다. 그녀의 키는 182센티미터, 하이힐을 신었으니 190센티미터가 되었다. 그녀보다 키가 큰 남자는 드물었다. 그녀는 자신의 키가 더 작다는 사실에 더 가냘픈 여자가 된 기분이 들었고, 그 예상치 못한 느낌이 좋았다. 그가 그녀의 손을 잡았다. 그가 한쪽 무릎을 꿇고 그녀를 올려다보며 외쳤다. "나와 결혼해줘!" 그녀는 어떻게 해야 할지 몰라 웃으면서 그를 내려다보고 말했다. "아니!"

그의 이야기 속에서―그는 아주 많은 파티, 아주 많은 저녁식사 자리에서 이 이야기를 하고 또 했고, 그녀는 그때마다 얼굴에 미소를 띠고 고개를 살짝 기울인 채 희미하게 웃으면서 들었다―그 순간 그녀는 "기꺼이"라고 대답했다. 그녀는 단 한 번도 그의 말을 바로잡아주지 않았다. 그가 그런 환상을 간직하며 살도록 내버려두지 않을 이유가 뭔가? 그것이 그를 행복하게 하는데. 그를 행복하게 할 수 있다면 그녀는 그것으로 좋았다. 기꺼이! 그 말은 그와 결혼하고 이 주 동안은 사실이 아니었지만, 그대로 둔다고 해될 것은 없었다.

로토는 그들의 만남을 '쿠 드 푸드르'*로 만들었다. 그는 타고난 이야기꾼이었다. 그는 현실을 재구성해 다른 진실을 만들어냈다. 하지만 그녀가 알고 있기로 그건 '쿠 드 푸트르'**였다. 그들의 결혼 생활을 줄곧 일관한 것은 섹스였다. 물론 처음에는 다른 몇 가지 문제가 있었고 나중에도 물론 다른 몇 가지 문제가 있었지만, 며칠 이 지나자 섹스에 관한 것이 주가 되었다. 그녀는 이전의 남자 문제를 정리할 때까지 섹스를 미루었고, 그 기다림이 두 사람을 더욱 활활 타오르게 만들었다. 그뒤로 오랫동안 생식기의 욕망이 다른 어떤 관심사보다 우위를 차지했다.

그때조차 그녀는 이 세상에 기꺼이, 같은 일은 없음을 잘 알고 있었다. 절대적인 것은 아무것도 없다. 신들이란 우리를 엿 먹이기 좋아하는 존재들일 뿐.

하지만 잠시나마 절대적인 행복이 있었음은 사실이다. 그것이 기꺼이였고, 그것이 그녀를 통째로 삼켜버렸다. 어느 어둑한 날, 바위 해안. 그녀는 작고 성가신 것들에서조차 기쁨을 느꼈다. 살을 무는 눈에놀이들, 뼛속까지 스며드는 추위, 포도를 썰듯 그녀의 엄지발가락을 찢어놓은 메인 해변의 날카로운 돌멩이. 그 때문에 그녀는 결혼식 날을 위해 빌렸던 그 집으로 절뚝거리며 돌아가야 했

---

* coup de foudre. '첫눈에 반한 사건'이라는 뜻의 프랑스어.

** coup de foutre. '섹스 사건'이라는 뜻의 프랑스어.

다. 그들은 스물두 살이었다. 세상은 가능성으로 충만했다. 지금보다 더 좋은 시절은 앞으로도 없을 것이었다. 신랑의 등에 올려놓은 그녀의 손은 따뜻했고, 그의 피부 아래로 근육이 움직이는 것이 느껴졌다. 조개껍데기가 그녀의 척추를 찔렀다. 그녀는 자신이 그를 완전히 집어삼킨 것처럼 느껴졌다. 남편과 아내로서 맺는 최초의 육체적 관계. 그녀는 아기 사슴을 삼키는 보아뱀을 상상했다.

그때 그에게 결점이 있었다 해도 그녀의 눈에는 보이지 않았다. 그녀가 이 세상에서 정말로 결점 없는 사람을 찾았다는 것, 어쩌면 그것이 사실일 수도 있었다. 설사 그녀가 그를 꿈꾸었다 하더라도 그를 차지하지 못할 수도 있었다. 순수하고 매력적이고 재미있고 충실한 사람. 돈도 많았다. 랜슬럿 새터화이트. 로토. 그날 아침 그들은 결혼한 사이였다. 그녀는 따끔따끔 살을 찌르는 짓궂은 모래에도 감사하는 마음을 느꼈다. 하지만 그녀는 이렇게 순수한 형태의 기쁨은 신뢰할 수가 없었다.

부부가 되어 치른 그들의 첫 관계는 너무 빨리 끝났다. 그가 그녀의 귓가에 대고 웃었고, 그녀는 그의 목에 대고 웃었다. 상관없었다. 분리된 자아들의 경계가 제거되었다. 그녀는 더이상 혼자가 아니었다. 가슴속에 감사의 마음이 북받쳤다. 그가 그녀를 일으켜 세웠고, 그들은 옷을 주워 입으려고 허리를 숙였다. 모래언덕 너머 바다가 박수를 보냈다. 주말 내내 그녀의 가슴속에는 기쁨이 가득했다.

한 번의 주말로 족했어야 했다. 그녀는 자격이 있는 만큼보다 훨씬 더 많이 누렸다. 하지만 그녀는 욕심이 많았다.

몰래 떠난 신혼여행에서 돌아오는 길, 도로에는 5월의 햇살이 눈부셨다. 로토, 늘 철부지로 살아갈 그가 차를 몰다가 감상적인 노래를 들으면서 울음을 터뜨렸다. 그녀는 그 순간 떠오르는 유일한 행동을 했다. 자신의 머리를 그의 무릎에 뉘었고, 어린 로토를 밖으로 끄집어내어 어른 로토가 울음을 멈추게 한 것이다. 세미트레일러가 그들을 추월하면서 찬성의 경적을 울렸다.

포킵시로 돌아가 그녀는 자신의 아파트 건물 앞에서 말했다. "자기에 관한 건 뭐든 다 알고 싶어. 자기 어머니와 고모, 여동생도 빨리 만나보고 싶어. 졸업식이 끝난 뒤에 플로리다로 가자. 자기 삶을 먹어버리고 싶어." 그녀는 이렇게 진지한 자신에 대해 조금 웃음이 나왔다. 오, 어머니가 있다는 건, 가족이 있다는 건! 그녀는 너무 오래 혼자 외로웠다. 그녀는 다정한 시어머니가 그녀를 온천에 며칠 데려간다거나 둘만 통하는 농담을 주고받는 장면을, "이걸 보니까 네 생각이 나서"라고 쓴 쪽지와 함께 작은 선물을 보내주는 장면을 상상했다.

하지만 좀 이상했다. 잠시 뒤에 로토는 주먹 쥔 손을 그의 입에 갖다대며 말했다. "M., 사랑하는 자기. 그 문제는 앞으로 천천히 해결하자."

그 순간 그녀의 핏속으로 한기가 흐르는 것 같았다. 이건 뭐지? 이 망설임은? 벌써 그녀를 창피하게 여기는 건가? 그녀 앞에 크라나흐의 목판 성상화가 떠올랐다. 아담과 이브, 길쭉한 허벅지, 작은 머리, 관절이 시린 커다란 발. 에덴동산에조차 뱀이 있었다는 건 사실이었다.

"사회학 기말 보고서를 써야 해." 그가 미안하다는 듯이 말했다. "기한까지 여섯 시간 남았어. 제출한 뒤에 우리가 먹을 저녁을 사올게. 사랑한다는 말로는 부족할 만큼 사랑해."

"나도." 그녀는 애써 두려움을 억누르며 차문을 닫았다.

그녀는 자신의 아파트로 올라갔다. 집안이 좁아진 것처럼, 이전의 작은 회색 삶만 가득한 것처럼 느껴졌다. 그녀는 뜨거운 목욕을 한 뒤 눈을 좀 붙이려고 거위털 이불을 덮고 침대에 누웠다. 전화벨이 울렸을 때 그녀는 깊은 잠에 빠져 있었다. 좋지 않은 일일 것이 분명했다. 이토록 집요하게 울리는 전화벨이 좋은 일일 리 없었다.

그녀는 마음을 다잡았다. "네?" 그녀가 말했다.

"음. 여보세요." 부드럽고 다정한 목소리였다. "아가씨가 내 며느리가 될 사람인지 알아보고 싶은데. 아가씨에 대해 아는 게 하나도 없어서 말이죠."

마틸드는 잠시 멍해졌다가 말했다. "새터화이트 부인. 드디어 부인과 이야기를 하게 되어 정말 기뻐요."

하지만 그 목소리는 말을 멈추지 않았다. "아들을 사랑하는 엄마라면 누구나 할 만한 일을 했다는 것부터 고백해야겠군요. 아가씨가 어떤 사람이고 어떤 집안의 딸인지 알아보려고 조사를 좀 했어요. 그 조사의 종착지가 좀 이상한 곳이더군요. 내가 들은 대로 아가씨는 예쁘더군요. 사진을 봤어요. 특히 그 브래지어 카탈로그 사진 말이죠. 젖가슴이 좀 작은 편이긴 했지만. 그런 걸 내보이도록 아가씨를 고용한 사람이 누구인지 궁금해지더군요. 솔직히 말해도 괜찮다면, 물에 빠진, 쥐 잡는 테리어 개처럼 나온, 십대 여자애들이 보는 잡지에 실린 그 광고는 내 보기엔 별로였어요. 맙소사. 공개적으로 그런 모습을 실으면서 돈을 준다는 게 좀 우스웠어요. 하지만 일부 사진에서는 아주 잘 나왔더군요. 예쁜 아가씨예요. 적어도 외모로는 우리 랜슬럿하고 잘 어울려요."

"감사합니다." 마틸드가 경계하며 말했다.

"하지만 교회에 다니지 않더군요. 솔직히 그래서 생각을 좀 해보게 됐어요. 집안에 이교도라니." 그녀가 말했다. "그 점이 마음에 걸려요. 그런데 더 마음에 걸리는 건 아가씨 삼촌에 대해 알아낸 사실인데, 삼촌이 어울리는 사람들 말이죠. 수상하기 짝이 없더군요. 누군가에 대해 정말로 알려고 하면 그 피붙이를 보면 되죠. 내가 알아낸 사실들이 마음에 차지 않는다는 말을 할 수밖에 없겠어요. 거기에 우리 아들처럼 착한 아이를 유혹해서 그렇게 단기간 연애하고 결혼까지 한 사람이 어떤 사람인지에 대한 두려움까지 보태야겠군요. 아주 위험한 사람이나 아주 계산적인 사람만이 그런 행동을 할 수 있어요. 이 모든 사실을 짜맞추니 아가씨와 내가 서로 눈을 마주보기는 어렵겠다는 확신이 들어요. 적어도 이번 인생에서는."

"저기," 마틸드가 말했다. "우리 관계는 이런 시어머니, 며느리 관계로 이미 기준을 세워놓으신 것 같은데요, 앤트워넷." 두 사람은 동시에 웃었다.

"새터화이트 부인이라고 불러주면 좋겠어요." 로토의 어머니가 말했다.

"그렇게 부를 수도 있겠지요. 하지만 그러지 않을 것 같아요." 마틸드가 말했다. "어머니라고 부르는 건 어떠세요?"

"어린 아가씨가 당돌하네." 앤트워넷이 말했다. "우리 랜슬럿은 마음이 여려서 그애와 결혼할 여자는 좀 강해야 할 거예요. 하지만 유감스럽게도 그 사람이 아가씨는 아닌 것 같아."

"이미 제가 그 사람인걸요." 마틸드가 말했다. "어떻게 해드리면 되죠? 뭘 원하세요?"

"문제는 아가씨가 뭘 원하느냐예요. 랜슬럿한테 돈이 많다는 건 알고 있을 거라고 생각되는데. 오, 당연히 알고 있겠지! 그러니까 결혼을 했을 테고. 고작 두 주 연애하고 그애를 정말로 사랑한다는 건 가당치 않아요, 그럴 만큼 사랑스러운 아이긴 하지만. 내가 아는 우리 아들은, 아직 아가씨한테 말은 안 했겠지만, 내가 숨을 쉬는 한 그리고 아가씨와 부부로 지내는 한 땡전 한푼 구경하지 못할 거예요. 둘이 그러고 난 뒤에 그애가 싱글거리며 어제 아침에 전화를 했을 때 그 문제에 대한 논의는 끝냈어요. 아가씨와 랜슬럿 둘 다 충동적이에요. 행동도 아직 어린애들 수준이고. 그리고 지금은 무일푼이죠. 지금 기분이 어떤지 궁금하네. 계획이 전부 수포로 돌아간 것에 대해선 정말 유감스럽게 생각해요."

마틸드는 자기도 모르게 숨이 턱 막혔다.

앤트워넷이 말을 이었다. "물론, 이 말은 이 모든 일을 무효화시킨다면 당신한테 훨씬 이로울 거라는 뜻이에요. 십만 달러로 합의를 보기로 하죠."

"하!" 마틸드가 말했다.

"아가씨, 원하는 액수를 말해요. 괜찮아요. 낮게 부를 순간은 아닌 것 같네. 말만 하면 그대로 될 거예요. 졸업하고 새 삶을 시작할 만큼 액수를 불러요. 입금은 오늘 오후에 될 거예요. 몇 가지 서류에 서명을 하고 떠나면 돼요. 우리 불쌍한 아이는 평화롭게 내버려두고. 난봉질을 하든 말든 그냥 내버려두면, 결국 참하고 예쁜 아가씨를 찾아 내가 있는 플로리다로 돌아올 거예요."

"흥미로운데요." 마틸드가 말했다. "일 년 내내 아들을 보러 오지 않는 엄마치고는 소유욕이 강하시네요."

"아가씨, 일 년 가까이 자기 뱃속에서 아기를 키우고, 아기 얼굴에서 남편과 자신의 얼굴을 보게 되면 아가씨도 당연히 소유욕이 생길 거예요. 그애는 내 핏줄이에요. 내가 그애를 만들었어요. 아가씨도 언젠가 알게 되겠죠."

"그런 일은 없을 거예요." 마틸드가 말했다.

"오십만 어때요? 싫어요? 백만이면 되겠어요?" 앤트워넷이 말했다. "지금 탄 배에서 내리기만 하면 돼요. 돈을 갖고 멀리 떠나요. 백만이면 뭐든 할 수 있어요. 여행을 떠나 외국 문화를 구경해요. 자기 사업을 시작해요. 그 재주를 더 돈 많은 남자한테 써봐요. 세상을 당신의 굴이라고 생각해요, 마틸드 요더. 이 기회가 아가씨의 진주를 탄생시킬 첫번째 모래알이 될 거예요."

"정말이지 여러 은유를 섞어 말씀하시는 재능이 뛰어나시네요." 마틸드가 말했다. "어쨌거나 그 점은 존경스러워요."

"지금 들은 말은 합의를 본 걸로 받아들이겠어요. 탁월한 선택이에요. 어리석지 않군요. 내가 내 변호사한테 연락을 할 거고, 몇 시간 뒤에 누가 서류를 들고 찾아갈 거예요."

"어머나." 마틸드가 부드럽게 말했다. "정말로, 정말로 굉장한데요."

"그래요, 아가씨. 이 협상을 받아들이는 게 현명한 거예요. 정말로 엄청난 목돈이 생기는 거죠."

"아뇨." 마틸드가 말했다. "생각해낸 방법이란 게 전부 아들을 자신에게서 멀찍이 떼어놓는 방법이란 사실이 정말로 굉장하다는 뜻이었어요. 이 일로 우리의 작은 게임이 시작될 거예요. 두고 보세요. 휴가 때, 생일 때, 부인이 병들었을 때, 그 모든 시간에 어떤 급한 일이 생겨 부인의 아들은 제 곁에 있어야 할 거예요. 저와 함께요. 부인이 아니라. 로토는 저를 선택할 거예요. 부인이 아니라. 어머니―로토가 어머니라고 하니까, 저도 그렇게 부를게요―가 사과하실 때까지, 억지로라도 저한테 다정하게 대해주실 때까지 어머니 아들을 두 번 다시 못 볼 줄 아세요."

그녀는 수화기를 살며시 내려놓은 뒤 코드를 뽑아버렸다. 그러고는 속이 비칠 만큼 땀에 흠뻑 젖은 티셔츠를 보고 다시 목욕을 했다. 며칠 뒤 그녀는 앤트워넷이 앞으로 꾸준히 보낼, 뾰족한 느낌표가 숱하게 찍힌 편지들 중 첫번째 편지를 받게 된다. 답장으로 마틸드는 로토와 자신이 함께 웃고 있는 사진을 보낸다. 로토와 마틸드가 수영장 가장자리에 앉아 있는 사진. 로토와 마틸드가 샌프란시스코에 놀러간 사진. 그들이 앞으로 살게 될 모든 집들의 문지방을 넘을 때 로토가 마틸드를 안아든 사진. 그날 저녁에 로토가 돌아왔을 때 그녀는 아무 말도 하지 않았다. 그들은 시트콤을 보았다. 함께 샤워를 했다. 그뒤에는 알몸으로 칼초네를 먹었다.

5

로토가 죽은 뒤, 시간은 스스로를 삼켜버렸다.

샐리는 극복하려는 노력이 부질없음을 깨달았다. 마틸드는 여전히 감각이 마비되어 있었다. 분노가 만든 힘의 장場*이 너무 강해서 아무도 뚫고 들어갈 수 없었다. 샐리는 다시 아시아로, 이번에는 일본으로 떠났다. 일 년쯤 후 마틸드의 분노가 누그러졌을 때 돌아오겠다고, 그녀는 말했다.

"내 분노는 언제까지나 그대로일 거예요." 마틸드가 말했다.

샐리는 메마른 갈색 손을 마틸드의 얼굴에 갖다댔지만 미소는 거의 짓지 않았다.

로토의 동생만이 오고 또 왔다. 소중하고 사랑스러운 레이철, 순수한 심장을 지닌 사람. "여기 애플파이를 가져왔어요." 레이철은

---

*SF 등에서 보이지 않는 힘이 작용하는 장애 구역을 말한다.

말했다. "여기 빵을 가져왔어요. 여기 국화예요. 여기 내 딸이에요, 안아줘요. 슬픔에 연고를 발라요." 레이철을 제외하면 모두 그녀에게 공간을 주었다. 시간을 주었다.

"맙소사. 마틸드가 그렇게 독한 여자인 줄 알았어?" 친구들은 마음에 상처를 입고 집으로 돌아가면서 말했다. "로토가 살아 있을 때는 그럴 거라고 짐작이나 했어? 마틸드가 우리한테 뭐라고 말했는지 믿어져?"

"악마 같은 것에 붙들린 거야." 그들은 말했다.

"슬픔에 붙들린 거지." 그들은 모두, 심각한 기분이 되어 뭐라도 안다는 듯이 말했다. 무언의 동의. 그러니까, 그녀가 품위 있고 우아하고 미소 짓는 그녀로 돌아올 때 그들도 다시 이곳을 찾을 것이다. 직접 찾아가는 대신 그들은 선물을 보냈다. 새뮤얼은 브로멜리아드 화분을 보냈다. 콜리는 탑을 쌓을 만큼 벨기에 초콜릿을 잔뜩 보냈다. 다니카는 개인 마사지사를 보냈지만 마틸드는 본 체 만 체 돌려보냈다. 아니는 와인 한 상자를 보냈다. 에어리얼은 캐시미어 소재의 검은 롱드레스를 보냈는데, 마틸드는 그 옷을 입고 며칠 동안 웅크린 채 지냈다. 옛 보스가 보낸 이 보드라운 선물이 유일하게 완벽한 선물이라니 신기한 일이었다.

어느 늦은 밤 마틸드는 곧게 뻗은 도로로 나왔다. 차는 최고급 메르세데스, 로토가 세상을 뜨기 직전에 구입한 것이었다. 로토의 어머니가 아들보다 반년 먼저 숨을 거두어 그들이 막대한 재산을 물려받은 터라 에어백이 부실한 십오 년 된 혼다 시빅을 모는 건

어리석게 느껴졌다. 그는 돈이라면 자신의 안락에 관한 문제일 때에만 관심이 있었고, 나머지 돈 걱정은 다른 사람들에게 넘겼다.

그녀는 가속페달을 꾹 밟았다. 반응이 제대로였다. 시속 80, 95, 110마일까지 쭉쭉 올라갔다.

라이트를 끄자 어둠이 백일몽처럼 그녀를 휘감았다.

달빛 없는 밤. 차는 동굴 벽을 스치며 헤엄치는 물고기처럼 미끈하게 달려나갔다. 한 생애가 가버렸고, 이어 그녀는 움직임 없이 어둠 속에 붙들려 있었다. 적요.

그녀가 모는 차가 터널식 배수로에 부딪힌 뒤 제방 경사면을 스치고 올라가 가시철망 울타리를 넘으면서 공중제비를 돈 것이었다. 차는 잠을 자고 있던 저지 젖소떼 속에 착지했다.

마틸드의 입에서 피가 흐르고 있었다. 혀를 거의 완전히 깨물 뻔했다. 그랬다 한들 상관없었다. 그녀는 요즘 누구와도 대화를 나누지 않았다. 대화를 나눈다면 마음이 아픈 게 아니었다.

그녀는 훅 밀려오는 비릿한 열기를 삼키며 엉금엉금 차에서 내렸다. 어린 젖소들은 이미 자리를 옮겨 바람막이용 보리수나무들 뒤에 몸을 숨긴 채 지켜보고 있었다. 하지만 한 마리는 아직 차 옆에 무릎을 꿇고 있었다. 마틸드가 그 자리로 가보니 젖소의 목이 있던 자리에 피가 철철 흐르고 있었다.

그녀는 풀밭에 피가 쏟아지는 장면을 한참 동안 바라보았다. 할 수 있는 일이 없었다.

할 수 있는 일이 없는데, 이제 어쩌지? 마틸드는 마흔여섯 살이었다. 사랑을 영원히 끝내기에는 너무 젊었다. 지금도 전성기였다. 예뻐 보였다. 성적 매력도 있었다. 그러나 지금 짝이 없었고, 영원히 그럴 것이었다.

우리가 여자들에 대해 듣는 이야기는 이런 것이 아니다.

여자들의 이야기는 사랑 이야기, 다른 남자에게 빠지는 이야기다. 혹은, 거기서 살짝 벗어난, 사랑에 빠지기를 바라지만 그러지 못하는 이야기. 혹은 사랑에 빠지는 도중에 혼자 남겨져 모든 것을 다 떠안는 이야기. 쥐약을 먹거나, 러시아 기차의 바퀴 밑에 몸을 던지는. 이보다 더 부드럽거나 가벼운 이야기도 위의 이야기들을 약간 수정한 것에 지나지 않는다. 보통 사람들에게라면, 부르주아라는 조성의 곡에서라면, 사랑 이야기는 이 세상 모든 착한 여자들에게 약속되는 노년기의 사랑을 의미한다. 둘이 늙어빠진 우스꽝스러운 몸으로 함께 목욕할 때 남편의 중풍 걸린 손이 아내의 말라 늘어진 젖에 비누칠을 하면 남편의 거기가 거품을 뚫으며 분홍색 잠망경처럼 발기한다. 굉장한데! 플라타너스 그늘 아래 절뚝거리며 긴 산책을 즐기고, 한 번의 곁눈질만으로도 이야기가 시작된다. 단어 하나면 충분하다. 개미탑, 그가 말하면, 마티니! 그녀가 말한다. 오래된 농담이 둘 사이에서 풍성하게 되살아난다. 터지는 웃음, 아름다운 반향음. 그들은 침침한 눈으로 다시 느릿느릿 돌아와 이른 저녁을 먹고, 손을 맞잡은 채 깜박깜박 졸면서 영화 한 편을 본다. 그들의 몸은 마디가 붉어진 막대에 양피지를 둘둘 감아놓은 것 같다. 한 명이 다른 한 명을 임종의 침상에 눕혀 치사량의 약을 먹이고, 사랑하는 사람의 마지막 숨과 함께 자신의 심장도 이 세상에서 멎어버려, 그다음날 죽는다. 오, 동지애. 오, 낭만적인 사랑. 오, 사랑의 완성. 한 여자가 사랑은 이렇게 흘러가는 것이라고 믿었다면 그녀를 용서하라. 그녀가 이런 결론에 이른 것은 그녀보다 더 큰 힘에 의해서였으니.

그녀는 모든 것을 이겨낸다! 당신에게 필요한 것은 오로지! 오색찬란한 그것뿐! 항복하라!

옥수수 알이 거위 목 안에 쑤셔넣어지듯 그들은 튈로 만든 드레스를 입을 나이가 되기도 전에 이 빌어먹을 사실을 삼켜버렸다.

옛날의 이야기는 이렇게 흘러간다. 여자는 자신의 회로를 완성하기 위해, 자신의 스위치를 올려 최대한의 빛을 밝히기 위해 다른 존재를 필요로 한다고.

〔반박이 뒤따를 것이다. 저 먼 수평선 너머처럼 먼, 인생의 황혼기에 접어든 팔십대의 그녀는 런던 집 거실에 외로이 앉아 차를 홀짝인다. 그녀는 낡은 지도 같은 자신의 손을 들어 쳐다보고, 이어 부자연스러운 이 아열대 세상에 귀화한 시민인 파란색의 작은 사랑앵무가 안을 들여다보는 창문 밖을 내다본다. 그 작은 파란색의 형체를 바라보다가 불현듯 모든 것이 선명해지고, 그녀는 자기 삶의 핵심에는 사랑이 있지 않았음을 깨닫는다. 물론 그 안에는 기막히게 멋진 사랑이 있었다. 열정과 마법. 로토, 그녀의 남편. 오, 그렇지. 그가 있었다. 그럼에도—그렇다!—그녀의 삶의 합은 그 사랑의 합보다 훨씬 더 컸음을 그녀는 깨닫는다.〕

하지만 지금 당장은 인색한 달빛이 찌그러진 차체와 암소의 살덩이와 차 유리를 비추고 있었고, 이곳에는 그녀의 깨물린 혀와 흥건한 피뿐이었다. 녹슨 쇠 맛이 나는, 뜨거운 홍수를 이룬 피. 그리고 '이제 어쩌지'라는 거대한 물음이 끝없이 펼쳐져 있었다.

6

그녀가 어린 소녀였던 시절의 어느 날, 키 작은 오렐리는 파란 여행가방을 들고 서 있었다. 머리는 뒤로 깔끔히 빗어넘겼다. 나이는 다섯 살이나 여섯 살이었을 것이다.

"넌 파리에 사는 할머니 댁에 가게 됐다." 키 큰 브르타뉴 할머니가 말했다. 파리 할머니에 대해서는 항상 쉬쉬하는 느낌, 당혹스러운 느낌이 있었다. 오렐리의 어머니는 한 번도 파리 할머니 이야기를 한 적이 없었다. 두 사람이 전화 통화를 한 적도 거의 없었다. 오렐리는 그 할머니를 만난 적이 없었다. 영명축일에 할머니로부터 예쁜 소포를 받은 적도 없었다.

그들은 기차간의 통로에 서 있었다. 할머니의 얼굴은 접힌 아래턱까지 일그러져 있었다. "친척 중에 널 받아주겠다는 사람은 네 엄마의 엄마뿐이구나." 그녀가 말했다.

"상관없어요." 오렐리가 말했다.

"물론 너야 그렇겠지." 브르타뉴 할머니가 말했다. 할머니는 샌드위치와 삶은 달걀, 따뜻한 우유를 담은 병, 쇼송오폼 두 개를 싸주고 코트에 핀으로 메모 한 장을 꽂아주었다. "자리에 꼼짝 말고 앉아 있어야 한다." 그녀가 말하고는 꺼칠한 얼굴로 오렐리의 뺨에 키스한 뒤 풀 먹인 손수건으로 붉어진 눈시울을 훔치며 떠났다.

기차가 기적을 울렸다. 오렐리가 아는 세상의 전부가 그녀의 발밑에서부터 멀어졌다. 마을이, 검은색과 흰색의 얼룩소들이, 닭들이, 고딕 양식의 거대한 교회가, 빵집이. 기차가 속력을 내자 그녀는 자신이 찾고 있던 것을 보았다. 저기 있었다. 섬광 같은 빛. 흰색 해치백 차가 주목나무 아래 세워져 있었다. 오, 감청색 옷을 입은 그녀의 어머니가 가슴께에 팔짱을 끼고 창백한 얼굴로 서 있었다. 머리[맞다, 백금발]에 스카프를 쓴 채 기차가 떠나는 것을 지켜보고 있었다. 입은 하얀 얼굴에 붉은 줄을 그어놓은 것 같았다. 드레스와 머리카락이 기차가 일으킨 바람에 팔락거려 퐁퐁 이는 거품 같았다. 그녀의 얼굴 표정에 어떤 변화가 일어났는지는 말하기 어려웠다. 이윽고 어머니는 사라져버렸다.

오렐리 맞은편에 한 남자가 앉아 그녀를 빤히 보았다. 윤기 나는 하얀 피부에 눈 밑의 불룩한 살은 처져 있었다. 그녀는 그를 피하려고 눈을 꼭 감았지만, 그녀가 쳐다볼 때마다 그는 그녀를 응시하고 있었다. 끔찍한 확신이 그녀를 덮쳤다. 그녀는 그 생각을 막으려 애썼고, 두 다리에 힘을 꾹 주었지만 소용없었다. 그녀는 소변을 참기 위해 두 손으로 배를 꾹 눌렀다.

남자가 앞으로 몸을 숙였다. "꼬마야," 그가 말했다. "내가 화장실까지 데려다줄게."

"싫어요." 그녀가 말했다.

그가 허리를 숙여 그녀를 잡으려 하자 그녀는 비명을 질렀다. 다른 쪽 구석에 앉은, 무릎에 개를 올려놓은 뚱뚱한 여자가 눈을 뜨더니 노려보았다. "조용히." 여자가 무서운 목소리로 나무랐다.

"화장실로 가자." 남자가 말했다. 그의 치아는 크기가 작고 많았다.

"싫어요." 오렐리는 이렇게 말하고 오줌을 싸버렸다. 오줌이 허벅지를 적시면서 맛있는 음식처럼 김이 모락모락 올라왔다. 남자가 "우웩!" 하고는 그 칸에서 나갔다. 오줌은 서서히 식었다. 기차가 덜컹덜컹 동쪽으로 달리는 몇 시간 동안 구석에 앉은 뚱뚱한 여자는 잠에 빠져 젤라틴처럼 굳어 있었고, 무릎 위의 개는 맛을 보는 듯 주변 공기를 게걸스레 킁킁거렸다.

어느새 기차가 역에 도착했다.

할머니가 그녀 앞에 나타났다. 할머니는 사과 같은 뺨에 눈썹이 짙었고, 오렐리의 어머니처럼 예쁜 여자였다. 어머니와 다른 점이라곤 눈가의 주름뿐이었다. 할머니는 놀라웠다. 옷은 화려하면서도 누더기처럼 낡았다. 향수를 뿌렸고, 우아한 손가락은 보드라운 스웨이드 주머니 안에 든 연필 같았다. 할머니는 허리를 숙여 오렐리가 가져온 꾸러미를 받아들더니 안을 들여다보았다. "오! 맛좋은 농가 음식이로구나." 그녀가 말했다. 아래쪽 앞니 하나가 빠져 있었는데, 그 때문에 웃으면 대시 부호를 그은 것처럼 보였다. "오늘밤에는 푸짐히 먹겠어." 그녀가 말했다.

오렐리가 일어서자 무릎에 젖은 얼룩이 드러났다. 할머니의 얼굴 위로 롤러 블라인드를 걷어올렸을 때처럼 거부감이 떠올랐다.

"따라오렴." 할머니는 대수롭지 않은 듯 말했고, 오렐리는 여행 가방을 들고 따라갔다. 걸으면서 오줌이 말랐고, 그 때문에 허벅지 가 쓸렸다.

집으로 돌아가는 길에 그들은 정육점에 들러 소시지를 달랑 한 개만 샀는데, 주인은 말은 하지 않았지만 속으로는 불만인 듯했다. 할머니가 여행가방을 받아들었고, 오렐리에게는 흰 종이에 싼 꾸 러미를 들게 했다. 그들이 건물의 육중한 파란색 문 앞에 이르렀을 땐 오렐리의 손에 붉은 기름기가 끈적하게 묻어 있었다.

할머니의 아파트는 깔끔했지만 가구가 별로 없었다. 아무것도 깔지 않은 나무 바닥은 잘 문질러져 피부처럼 매끈했다. 예전엔 그 림들을 걸어놓았는지, 다 바랜 시계꽃 무늬 벽지가 몇 부분만 그 림자처럼 짙었다. 실내라고 더 따뜻하지 않았고 그저 바람이 덜 불 뿐이었다. 오렐리가 떠는 것을 보더니 할머니가 말했다. "난방을 하려면 돈이 많이 들어." 할머니는 체온을 높이려면 오십 번을 뛰 라고 말했다. "뛰는 건 공짜거든!" 그녀가 말했다. 바닥에 세워놓 은 빗자루가 밑에서부터 타다다다 소리를 냈다.

그들은 식사를 했다. 할머니는 오렐리의 방을 보여주었다. 방은 침대랍시고 바닥에 퀼트 천 두 장을 깔아놓은 벽장이었다. 할머니 의 옷들이 침대 덮개처럼 나지막이 걸려 있어 할머니의 체취가 강 하게 났다. "밤에 벽장으로 옮겨줄 테니 그때까지는 내 침대에서 자렴." 할머니가 말했다. 오렐리는 할머니가 지켜보는 가운데 기도 를 했다.

할머니가 꼼꼼히 씻고 베이킹소다로 양치를 한 뒤 화장을 하고 향수를 뿌리는 동안 오렐리는 잠든 척했다. 할머니가 밖으로 나갔

다. 오렐리는 천장에 매달린 알전구의 둥그스름한 곡선을 쳐다보
았다. 오렐리는 자신이 벽장으로 옮겨지는 동안 잠을 깼다. 문이
닫혔다. 침실에서 남자의 목소리와 할머니의 목소리가 들렸고, 침
대가 삐걱거렸다. 다음날 오렐리는 하루종일 벽장 안에 머물러 있
어야 했고, 엄마의 옛날 만화책 『땡땡』 몇 권과 손전등이 주어졌다.
시간이 지나면서 그녀는 남자 세 명의 목소리를 구분할 수 있게 되
었다. 한 명은 파테*처럼 기름지고 살진 목소리, 또 한 명은 헬륨 가
스를 마신 듯 끽끽거리는 목소리, 또 한 명은 돌멩이가 섞인 듯 꺼
끌꺼끌한 목소리였다.

　할머니는 창턱에 잘 썩는 음식물을 놓아두었고, 이따금 비둘기
나 쥐가 와서 그걸 물고 갔다. 남자들은 왔다가 떠났다. 오렐리는
낯선 만화 속 세상에서 모험을 하는 공상에 빠졌고, 밖에서 들리는
소리는 무시해버렸고, 그러는 사이 스르르 잠이 들었다. 오렐리는
학교에 갔고, 청결함에서, 카트리지가 들어 있는 펜과 모눈종이,
정확한 철자법에서 기쁨을 느꼈다. 그녀는 학교에서 나눠주는 구
테**인 초콜릿을 채워넣은 마들렌과 파우치 우유도 좋아했다. 그녀
는 다른 아이들의 소란스러움을 사랑했고, 그들을 즐겁게 바라보
았다. 그렇게 육 년쯤 흘러갔다.

　봄에, 그녀의 열한번째 생일이 지난 뒤 오렐리는 집으로 돌아와
할머니가 벌거벗다시피 한 채 침대에 있는 것을 발견했다. 몸은 뻣
뻣했고 피부는 얼음장 같았다. 혀가 내밀어져 있었다. 목에는 무슨

---

* 다진 고기나 생선에 양념을 한 것으로 빵 등에 펴 발라 먹는다.
** '간식'이라는 뜻의 프랑스어.

자국이 있었는데, 키스 자국 같았다. 〔아니다.〕손톱 두 개가 뽑혀 그 손가락 끝에 피가 나 있었다.

오렐리는 천천히 계단을 내려갔다. 그 건물에 수위는 없었다. 오렐리는 거리로 내려가 모퉁이 청과물상으로 가서, 가게 주인이 모피 모자를 쓴 부인에게 아스파라거스를 저울에 달아주는 동안 부들부들 떨며 서 있었다. 그는 오렐리에게 잘해주었고 겨울에는 오렌지도 그냥 주었다. 둘만 남겨지자 그가 미소를 지으며 허리를 숙였고, 그녀는 자신이 본 것을 소곤소곤 말했고, 그의 얼굴이 굳어졌다. 그가 한달음에 달려갔다.

얼마 뒤, 그녀는 대서양을 건너는 비행기를 타게 되었다. 아래로는 새털 같은 구름이 떠 있었다. 바다는 주름이 졌다가 반반하게 펴지기를 반복했다. 베개 같은 이두근과 부드러운 손을 가진 낯선 사람이 오렐리 옆에 앉아 그녀가 잠들 때까지 머리를 쓰다듬어주었다. 눈을 떴을 때 그녀는 새로운 나라에 와 있었다.

바사의 프랑스어 교수들은 놀라워했다. "억양이 완벽해." 그들이 말했다.

"아, 네." 그녀가 대수롭지 않은 듯 말했다. "아마 전생에 프랑스 여자였나봐요."

이 새로운 세상에서 그녀는 미국인이었고, 미국인처럼 말했다. 그녀의 모국어는 표면 위로 올라오지 않았다. 하지만 식물의 뿌리가 보도에 깔린 돌을 밑에서 밀어올리듯 그녀의 프랑스어도 영어에 잔물결을 일으켰다. 이를테면 그녀가 "당신의 삶을 철로에서 달리게 하는 것, 로토. 그게 내 포르테야"라고 하면서 'forte'를 발음할 때, 그녀의 입에서 나오는 단어는 힘의 여성형이었다.* 그러면 로토는 그녀를 신기하게 쳐다보면서 미국식으로 "For-tay를 말하는 거야?" 하고 물었다.

'For-tay'는 없는 단어다. "물론 그거지." 그녀가 말했다.

혹은 두 언어 사이에 비슷해 보이지만 뜻이 다른 단어들이 있다. currently라고 하지 않고 actually라고 하는 경우**, mislead라고 하지 않고 abuse라고 하는 경우가 그랬다***. 연극이 처음 상연되는 날 밤, 로비에서 사람들이 로토에게 몰려오자 그녀는 말했다. "이 풍요**** 속에서는 숨을 쉴 수가 없어." 그녀가 의미한 건 인파crowd였겠지만 다시 생각해보면 그녀가 쓴 단어도 잘 맞아떨어졌다.

그녀는 영어가 유창했지만, 잘못 듣거나 잘못 알아듣는 일이 종종 있었다. 어른이 된 뒤로 그녀는 누구나 자신에게 가장 중요한 것—유언장, 출생증명서, 여권, 한 장만 있는 어린 시절의 사진—은 '안전 가정 금고'***** 라고 부르는 은행의 어떤 장소에 보관한다고

---

* 프랑스어로 fort는 '힘이 센'이라는 뜻의 형용사이며, 여성형은 forte다.

** actually는 프랑스어로 actuellement에 해당하는데, '현재' '지금'이라는 의미로 회화체에서 많이 쓰는 상투적인 부사로, '지금으로서는' '현실적으로' '사실은'의 뉘앙스가 내재되어 있어 영어의 actually라는 말과 혼동할 여지가 있다.

*** abuse에 해당하는 프랑스어 abuser는 '남용하다' 외에 영어의 mislead에 해당하는 '속이다'의 뜻을 포함한다.

**** 마틸드는 affluence라는 단어를 썼는데, 영어와 똑같은 철자의 프랑스어는 영어보다 더 광범위하게 인파, 군중, 과잉, 풍요, 쇄도 등의 의미를 모두 포함한다.

***** 원문은 safety posit box로, safety deposit box를 마틸드가 잘못 이해한 것이다. posit에는 '사실로 가정하다'라는 뜻이 있고, deposit은 '(안전한) 곳에 맡기다'라는 뜻이 있다. 흔히 말하는 안전 금고는 'safety deposit box'다.

믿었다. 정말 안전한지는 가설일 뿐으로 그 증명에 대해서는 두고
볼 일이지만.

7

차가 전복된 때 이후로 그녀의 혀는 아직 낫는 중이었다. 마틸드
는 거의 말을 하지 않았다. 혀가 아픈 건 사실이었지만 침묵이 곧
그녀가 되었다. 그녀가 말을 하면 그 말에는 경멸이 묻어나왔다.

밤중에는 나가서 남자들을 만났다. 요오드와 정향담배 냄새를
풍기는, 아직 수술복도 벗지 않은 의사. 솜털 같은 콧수염을 기른,
건조한 텍사스 평원의 외로운 기중기처럼 몇 시간이고 펌프질을
할 수 있을 것 같은, 스튜어트 주유소에서 휘발유를 파는 청년. 마
틸드와 로토가 아주 행복하게 살았던 작은 마을의 군수. 볼링장 주
인. 충격적일 만큼 침대보 문양이 꽃무늬 취향인 수줍은 이혼남.
본인이 자랑스레 가격을 알려주기를, 400달러짜리 부츠를 신은 카
우보이. 결혼식에서 색소폰을 부는 타운의 흑인 연주자.

그쯤 되자 그녀는 이름을 밝히지 않아도 될 만큼 유명인사가 돼
있었다. 학교의 교장, 사냥 캠프의 주인, 삼각근이 수류탄처럼 발

달한 크로스핏 트레이너. 그녀와 남편이 도시에서 알고 지낸 약간 유명한 시인. 그는 로토의 죽음을 슬퍼하며 순례지를 찾듯 충동적으로 그녀를 찾아왔다. 그녀의 거기 안에 그의 손가락 세 개가 들어오자 차가운 결혼반지가 느껴졌다.

그녀는 통학버스를 모는 뚱뚱하고 머리가 벗어진 남자도 만났다. 그가 원한 건 그저 그녀를 끌어안고 흐느끼는 것이었다.

"역겨워요." 그녀가 말했다. 그녀는 아직 브래지어를 한 채 모텔룸 한복판에 서 있었다. 그날 그녀는 수영장에서 면벨벳처럼 짧게 머리를 밀었다. 잘린 머리털이 익사한 뱀처럼 수면 위에 떠다녔다. "울음을 그쳐요." 그녀가 말했다.

"그칠 수가 없어요." 그가 말했다. "미안해요."

"미안하다고요?" 그녀가 말했다.

"당신은 그냥 너무 예뻐요." 그가 말했다. "나는 너무 외롭고요."

그녀는 침대 모서리에 무겁게 걸터앉았다. 이불 무늬는 정글 풍경이었다.

"무릎을 베도 될까요?" 그가 물었다.

"그래야 한다면." 그녀가 대답했다. 그가 뺨을 그녀의 허벅지에 올렸다. 그의 머리 무게를 버티기 위해 그녀는 기운을 차렸다. 그의 머리카락은 부드러웠고 무향의 비누 냄새가 났다. 이 유리한 자세에서, 아기돼지 같은 분홍색에 매끄러운 그의 피부는 아주 기분 좋게 느껴졌다.

"아내가 세상을 떠났어요." 그가 말할 때 입술이 달싹거려 그녀의 다리를 간질였다. "여섯 달 전에. 유방암으로."

"내 남편은 네 달 전에 죽었어요." 그녀가 말했다. "동맥류로."

잠시 침묵이 흘렀다. "내가 이겼네요." 그녀가 말했다.

그가 이 말의 의미를 생각하는 동안 그의 속눈썹이 그녀의 피부를 가볍게 스쳤다. "그러면 알겠군요?" 그가 말했다.

"알죠." 그녀가 말했다.

길 건너 신호등이 깜박이자 모텔 룸에도 빨간색이, 어둠이, 빨간색이, 다시 어둠이 채워졌다. "어떻게 살아요?" 그녀가 물었다.

"여자분들이 캐서롤 요리를 가져와요. 자식들이 날마다 전화를 하고요. 나는 불법 건물에서 살고 있어요. 다 부질없게 느껴져요." 그가 말했다.

"나는 자식이 없어요." 그녀가 말했다.

"안타깝네요." 그가 말했다.

"내 생각은 달라요. 그건 내가 내린 최고의 결정이었어요." 그녀가 말했다.

"당신은 어떻게 살아요?" 그가 물었다.

"넌더리나는 남자들과 골이 빌 정도로 섹스를 하면서요."

"오호!" 그가 말하고는 웃었다. "그렇게 하니 효과가 있던가요?"

"끔찍해요."

"그런데 왜 해요?"

그녀가 천천히 말했다. "남편은 내가 섹스를 한 두번째 남자였어요. 이십사 년 동안 남편에게 충실했어요. 내가 놓친 게 뭔지 알고 싶어서요."

"뭘 놓쳤던가요?" 그가 물었다.

"아무것도. 남자들은 섹스에는 완전히 끔찍해요. 내 남편만 빼고."

그녀는 생각했다. 뭐, 한두 번 놀라운 경험을 했지만, 대체로 그게 사실이었지.

그가 그녀의 무릎에서 달 같은 얼굴을 들었다. 그녀의 허벅지에 분홍색 자국이 축축하게 남았다. 그는 희망 어린 표정으로 그녀를 바라보았다. "나는 사랑을 나누는 데 아주 뛰어나다는 말을 들어요." 그가 말했다.

그녀가 머리 위로 드레스를 내려 입은 뒤 부츠 지퍼를 무릎까지 올렸다. "거기 당신은 기회를 놓쳤어요, 친구." 그녀가 말했다.

"가지 마요." 그가 말했다. "금방 끝낼게요."

"맙소사." 그녀가 말하고는 문손잡이를 잡았다.

그는 비통한 목소리로 말했다. "창녀로 즐기면서 살아요."

"당신은 불쌍하고 슬프고 왜소한 남자로군요." 그녀가 말하고는 뒤도 돌아보지 않고 나갔다.

마틸드가 할 수 있는 것은 없었다. 명멸하는 이미지 때문에 머리가 아팠다. 책을 읽어도 마음이 공허했다. 이야기가 전개되는 케케묵은 방식이 지긋지긋했다. 닳고닳은 길을 따라가는 내러티브, 익숙한 플롯의 덤불, 비대한 사회소설들. 그녀에게 필요한 것은 더 복잡하게 얽혀 있고 더 날카로운 것, 폭탄이 터지는 뭔가였다.

그녀는 와인을 진탕 마신 뒤 잠이 들었고, 눈을 떴을 때는 한밤중, 남편이 없는 차가운 침대 위였다. 그 순간 그녀는 남편이 그녀에 대해 알고 있었던 것이 하나도 없었다는 사실을 깨달았고, 그러자 실존적인 쓰라림이 느껴졌다.

나름의 원칙도 세웠고 요령도 부렸지만 그녀는 어느새 아내가 되어버렸다. 우리 모두 잘 알듯 아내란 눈에 띄지 않는 존재다. 결혼생활에서 밤의 요정 같은 존재. 시골에 있는 집, 도시에 있는 아파트, 세금, 강아지, 모든 걱정은 그녀의 몫이었다. 그는 마틸드가 그녀의 시간을 어떻게 쓰는지도 몰랐다. 자식이 있었으면 더 복잡해졌을 것이다. 없는 게 그나마 다행이었다. 또 이런 것도 있었다. 그가 쓴 많은 희곡들, 적어도 절반은 그녀가 밤중에 혼자 몰래 그의 방에 들어가 그가 쓴 것을 더 좋게 고쳐 쓴 거라는 사실. [다시 쓴 게 아니라 교정하고 윤문하여 더 빛나게 했다.] 그녀는 또한 그의 작업에 관련한 비즈니스를 맡았다. 그가 벌어들이는 모든 돈이 그의 선의와 게으름 때문에 증발해버릴 거라는 공포스러운 장면이 그녀의 눈앞에 그려졌기 때문이었다.

한번은 〈숲속의 집〉 프리뷰를 하는 동안 그 연극이 실패할 것 같은 위기감이 감돌았는데, 그때 극장 사무실은 그녀가 지키고 있었다. 늦은 오후, 비와 커피. 그녀는 대본 감독을 더없이 부드럽지만 혹독하게 혼냈고, 무릎에 힘이 풀린 그 불쌍한 남자는 선홍색 오토만 의자에 앉아 정신을 가다듬어야 했다. 그녀가 마무리하면서 통보했다. "해고예요."

그 남자는 일어서더니 달아났다.

그녀는 그림자 깔린 복도에 침울하게 서 있는 로토를 미처 보지 못했다.

"그러니까," 그가 말했다. "감독들이 배우들한테 당신을 만나라고 한 게 격려를 받으라는 의미가 아니었군. 나는 그게 늘 격려를 받으라는 말인 줄 알았거든. 마법의 쿠키바를 먹고 카페오레를 마시면서 당신 가슴에 기대 좀 울고 기분을 푸는 그런 거."

"다른 종류의 동기가 필요한 사람들도 있으니까." 그녀가 말했다. 그녀는 일어서서 이쪽저쪽 번갈아 목 근육을 풀었다.

"이 장면을 보지 못했다면 나는 믿지 못했을 거야." 그가 말했다.

"내가 그러지 않으면 좋겠어?" 그녀가 물었다. 어쨌거나 그녀는 계속 그렇게 할 것이다. 그러지 않으면 그들은 구빈원에 있게 될 테니까. 그러니 지금처럼 하되 그가 모르게 조용히 처리할 것이다.

그는 들어와 문을 잠갔다. "사실은 당신이 그러는 걸 보니 하고 싶어졌어." 그가 말했다. 그가 바짝 다가서며 말했다. "내 눈에는 그녀의 모습이, 말에 올라탄 채 천둥과 번개가 치는 한복판으로 뛰어들어갔다가 죽은 영웅의 시체를 안장에 싣고 나오는 발키리 처녀*로 보이거든." 그는 그녀를 안아올려 그녀의 다리를 자신의 골반에 감고는, 돌아서서 그녀의 등을 문짝에 밀어붙였다.

그가 어떤 구절을 인용한 건가? 그러든 말든. 그의 목소리에서 감탄이 가득 느껴졌다. 그녀는 눈을 감았다. "이랏, 달려라." 그녀가 말했다. 그는 그녀의 귓가에서 히힝 말 울음소리를 냈다.

그녀가 그에게 헌신만 한 건 아니었다. 또다른 그녀도 존재했다. 한 예를 든다면, 그녀가 자신을 숨긴 채―그는 밤중에 원고가 마법처럼 깔끔하게 정리된 줄 알았을 것이다―그의 원고를 통해서만 글을 쓴 것은 아니었다. 그녀는 혼자 간직했던 자신의 이야기를 직접 글로 썼다. 그것은 은밀하고 날카로운 대상들에 관한 글로,

---

* 북유럽 신화에서 오딘을 섬기는 여자들로, 전사한 영웅의 영혼을 발할라로 인도한다고 한다.

얼마간은 소설 같고 얼마간은 시 같았다. 출판은 익명으로 했다. 그녀는 거의 마흔이 다 되어, 그가 굴러떨어져 다쳤을 때 절망적인 심정으로 글을 쓰기 시작했는데, 그 기간에 그녀는 그가 그녀로부터 멀어지는 느낌을 받았다.

훨씬 좋지 않은, 또다른 일도 있었다. 그녀가 글을 쓰기 시작했던 그 기간에 그녀는 그를 떠났었다. 그는 자신의 일에 푹 파묻혔다. 그리고 그녀가 돌아왔더니 그는 그녀가 사라졌던 사실도 몰랐다.

그녀는 예술가 마을에 로토를 내려준 뒤 그곳을 둘러보았다. 그곳에선 고리버들 바구니에 점심식사를 담아 가져다주고, 숙소는 돌로 지은 독채 오두막을 주었다. 밤에는 촛불을 밝히고 웃음이 넘치는 긴 대화를 나눌 수 있었다. 천국이 있다면 이런 곳일 것이다. 그녀는 삐걱거리는 작은 침대에서 그의 몸 위에 올라앉으며 그의 얼굴을 감싸 잡았지만 그는 그녀를 돌아눕혔다. 그가 몸을 떨면서 헐떡이다 숨을 고르려고 머리를 그녀의 등에 댔을 때 그녀는 오싹한 한기를 느꼈다. 그녀는 그 전조를 웃어넘기고는 차를 몰고 돌아갔다. 몇 주 동안 그녀는 작은 시골집에서 고드와 둘이서만 지내야 했다.

처음에 그녀는 명랑했다. 불쌍한 남편은 힘든 여름을 보냈다. 비행기 계단에서 굴러떨어지는 사고가 일어나 몸의 반쪽을 다친 것이다. 그는 술을 너무 많이 마셨고, 새 작품에 대한 노력은 거의 하지 않았으며, 여러 달을 워크숍이나 연극 제작, 비즈니스 등에서 왕성한 활동을 하지 못하고 보내는 것에 대해 매우 슬퍼했다. 그녀는 집에서 그와 같이 지내며 그를 돌보는 것이, 컵케이크와 아이스 티를 갖다주거나 목욕을 시켜주는 등 그를 살뜰히 챙기며 사랑을 표현하는 것이 행복했다. 그의 생일에 그를 소 방목장에 있는 초라 한 오페라하우스로 데려갔을 때 몸을 앞으로 내민 채 오페라에 흠 뻑 취한 그의 모습을 보고는 정말 기뻤다. 그는 눈물을 글썽거렸 다. 공연중 휴식 시간에 한 여자가 유명인사를 봤다는 사실에 상기 되어 얼굴을 붉히며 인사를 하러 그에게 슬며시 다가왔을 때 그녀 는 비행운에 눈길을 주었다. 몸은 다쳤지만 로토의 표정은 밝았고 황홀감에 빠져 있었다. 그의 신체적, 정신적 기능이 모두 열심히 작동한 건 아주 오랜만의 일이었다.

그래서 회색 빛깔 11월에 그를 그곳에 데려다준 것도, 그를 계속 돌봐주다 그 일에서 몇 주 해방되는 것도 괜찮았다. 그는 젊은 작 곡가와 공동으로 오페라를 창작할 것이었다. 레오 센.

하지만 로토 없이 한 주가 지나기도 전에 그녀의 삶, 그녀의 집 은 텅 빈 것처럼 느껴졌다. 그녀는 끼니를 챙기는 것도 잊었고, 저 녁에는 캔째 참치를 먹었고, 침대에서 영화를 보며 너무 많은 시간 을 보냈다. 시간이 재깍재깍 흘러갔다. 하루하루 더 추워지고 더 어두워졌다. 어떤 날은 불도 켜지 않고 지나갔다. 햇살이 약한 오 전 여덟시에 눈을 떠서, 태양이 피 흘리듯 그 빛을 쏟아내는 네시 삼십분에 잠들었다. 그녀는 자신이 한 마리 곰이 된 것 같았다. 노 르웨이 곰. 남편의 전화는 하루 한 번에서 며칠에 한 번으로 물이 새듯 횟수가 줄었다. 비몽사몽간에 그녀는 불지옥 같은 악몽을 꾸 었고, 꿈속에서 로토는 더이상 그녀가 필요 없다며 그녀를 떠나겠 다고, 다른 여자를 사랑하게 됐다고 말했다. 몹시 속이 탄 그녀는 젊은 여자 시인을 상상했다. 그 여자는 가녀린 몸에 젊었고, 골반은 아기를 낳기에 딱 알맞은 암송아지 골반이었다. 게다가 마틸드로서는 절대 불가능한, 예술가로서 받아야 마땅한 존중을 받고 있었다. 로토는 마틸드와 이혼한 뒤 여리여리한 새 연인과 함께 도시의 아파트에서 살면서 섹스와 파티와 아기들 속에 파묻혀 지낼 것이다. 끝없이 태어날 아기들은 하나같이 그의 얼굴을 쏙 빼닮았을 것이다. 그녀는 상상 속의 시인이 거의 실제로 존재하는 인물인 것처럼 느껴졌다. 그녀는 너무 외로웠고, 외로움에 목이 멨다. 그녀는 전화를 하고 또 했지만 그는 한 번도 받지 않았다. 그가 전화하는 횟수는 더욱 줄었다. 지난주에는 딱 한 번만 했다. 그녀에게 변태적인 요구를 하지도 않았는데, 로토가 그러는 건 아주 이상한 일이어서 중성화수술이라도 받은 것 같았다.

애초에 둘은 추수감사절에 친구와 가족들을 초대해 시골집에서 같이 보낼 계획을 세웠지만 그는 그마저 건너뛰었다. 그녀는 파티를 취소해야 했고, 하루 전날 만든 펌킨 파이는 커스터드 부분만 먹은 뒤 가장자리는 래쿤들 먹으라고 창밖으로 던져버렸다. 통화를 하는 마틸드의 목소리는 흔들렸다. 로토의 목소리가 멀게 느껴졌다. 그는 그곳에서 12월 중순까지, 예정보다 더 오래 머물기로 했다고 말했다. 그녀는 날카롭게 쏘아붙이고 전화를 끊었다. 그가 세 번이나 전화를 했지만 그녀는 받지 않았다. 네번째로 전화가 걸려오면 받기로 결심했다. 그러고는 전화기 옆에서 기다렸지만 그의 전화는 다시 걸려오지 않았다.

그가 레오에 대해 말할 때 그의 말에서 두근거림이, 전율이 느껴졌다. 그 순간 불현듯 그녀는 그가 열병에 걸렸음을 감지했다. 그

380

녀의 혀 뒤쪽에 씁쓸한 맛이 남았다.

마틸드는 레오 센의 꿈을 꾸었다. 인터넷에 있는 몇 가지 신상 정보를 통해 그가 젊은 남자라는 것은 그녀도 알았다. 로토가 철저한 이성애자이긴 했지만—그의 손이 날마다 탐욕스럽게 그녀를 원하는 것을 보면 알 수 있었다—남편은 늘 육체보다는 육체 안에 담긴 인간의 광채를 좇아 붙잡는 것을 더 갈망했다. 남편의 일부는 늘 아름다움에 굶주려 있었다. 레오 센의 육체가 남편을 훔쳐가는 것은 불가능했다. 하지만 레오가 그 천재성으로 그녀를 밀어내고 남편의 사랑을 차지하는 것은 불가능하지 않았다. 그것이 더 문제였다. 꿈속에서 마틸드와 레오는 커다란 분홍색 케이크가 놓인 식탁 앞에 앉아 있었다. 마틸드는 배가 고팠지만 레오가 아주 조금씩 케이크를 먹고 있어서, 그녀는 케이크가 다 사라질 때까지 수줍게 웃으며 그가 먹는 것을 지켜볼 수밖에 없었다.

그녀는 부엌 식탁에 아주 오랫동안 앉아 있었고, 앉아 있는 매 순간 분노는 점점 커져 덩어리가 되었다가, 이어 암흑이 되었고, 점차 커졌다.

"로토를 보게 해줄게." 그녀가 고드에게 크게 말했다. 고드가 슬프게 꼬리를 흔들었다. 강아지도 로토가 그리웠던 것이다.

예약을 하는 데 십 분, 짐을 꾸리고 강아지를 맡길 준비를 하는 데 이십 분이 걸렸다. 그녀는 체리나무들 사이로 차를 몰아 출발했다. 마음을 굳게 먹고 백미러에 비치는 작고 하얀 집에는 눈길도 주지 않았다. 애견호텔에 맡길 때 고드는 몸을 떨었다. 마틸드는 공항으로 가는 내내, 그리고 비행기를 탄 뒤에도 계속 몸을 떨었고, 앰비언* 두 알을 먹고 나서야 떨림이 멈춰 태국까지 내리 잘수 있었다. 그녀는 몽롱한 정신으로 잠에서 깼고, 자는 내내 오줌을 참아서 요로감염 증상이 나타나려고 했다.

공항에서 나와 사람들이 바글거리고 열대 지방 특유의 지독한 냄새와 바람이 느껴지는 습한 거리로 들어서자 그녀는 다리가 후들거렸다.

방콕은 분홍색과 금색 빛깔로 휙휙 지나갔다. 가로등 아래는 사람들로 북적였다. 홀리데이 줄전구가 뱀처럼 나무에 감긴 채 관광객들을 따스하게 맞아주었다. 마틸드의 피부는 습기를 머금은 바람을 애타게 바랐지만, 바람은 늪지의 갈대와 진흙의 썩은 냄새를 싣고 오더니, 이젠 유칼립투스 냄새를 싣고 왔다. 그녀는 마음이 어수선해서 잠을 이룰 수 없었고, 호텔은 지나치게 위생적이었다. 그녀는 다시 어둠 속으로 나와 배회했다. 한 여자가 허리를 굽힌 채 뻣뻣한 빗자루로 보도를 쓸고 있었고, 담벼락 위에는 쥐 한 마리가 올라앉아 있었다. 마틸드는 진토닉의 쌉쌀한 맛을 혀에 느끼고 싶어 무작정 음악 소리를 좇아 건물 현관의 지붕 밑을 지나 나이트클럽 안으로 들어갔다. 아직 이른 밤이라 실내는 비어 있었다. 층층의 단이 만들어져 있었고, 발코니가 있었고, 밴드가 연주할 수 있도록 무대가 준비되어 있었다. 마틸드가 술잔을 집어올 때 여자 바텐더가 그녀의 손을 톡 쳤는데, 그 순간 피부에 따스함이 확 퍼지고 이어 유리잔의 차가운 감촉이 느껴졌다. 마틸드는 여자의 검

* 수면제의 일종.

고 풍성한 속눈썹이 만지고 싶어졌다. 누군가가 그녀 옆에 앉았는데, 티셔츠가 터질 것처럼 가슴이 발달하고 머리카락은 잘 익은 복숭아처럼 보송보송한 미국인 남자였다. 그의 옆에는 통통하고 잘 웃는 태국 여자가 앉아 있었다. 그의 목소리에서 배어나오는 친밀함을 보면 이미 그녀와 잔 것 같았다. 마틸드는 그가 하는 말을 잡아채서 주먹에 넣고 빙빙 돌리다가 그의 목구멍에 쑤셔넣고 싶었다. 그러는 대신 그녀는 그곳을 떠나 호텔로 돌아갔고, 잠을 이루지 못해 새벽까지 뒤척였다.

아침에 그녀는 피피 섬으로 가는 배를 탔다. 바람에 실려 온 소금기 때문에 입술이 짭조름했다. 거기 방갈로를 빌려놓았다. 로토가 텅 빈 집에 돌아올 것을 상상하며 한 달 치 돈을 냈다. 집에는 강아지도 없다. 그는 그녀를 찾아 집안을 샅샅이 뒤질 것이다. 그의 가슴속에는 두려움이 알처럼 부화할 것이다. 누군가가 그녀를 납치했나? 그녀가 서커스단과 함께 달아났나? 마틸드는 로토에 관한 한 요구하는 대로 선뜻선뜻 따라주어, 그녀의 유연한 몸이라면 곡예사는 할 수 있었을 것이다. 그녀의 호텔방은 흰색이었고 새김 장식이 된 목조 가구와 장식물로 가득했다. 탁자에 놓인 빨간 그릇에는 반질반질하게 닦은 낯선 과일이 들어 있었고, 침대에는 코끼리 모양으로 접은 수건이 두 장 있었다.

그녀가 프렌치도어를 열자 철썩거리는 바다가 보였고, 저 아래 해변에서 아이들이 외치는 소리가 들렸다. 그녀는 다른 사람들의 세균이 피부에 닿는 게 싫어서 침대에서 이불을 걷어냈다. 그런 뒤 침대에 드러누워 눈을 감았고, 그러자 오래된 유린의 흔적이 벗겨져나가는 것 같았다.

저녁 먹을 시간에 눈을 뜨자 유린의 흔적이 되살아났고, 그것은 날카로운 이빨로 그녀를 잘근잘근 씹어 그녀의 가슴속에 구멍을 남겼다.

그녀는 거울 앞에서 옷을 입고 립스틱을 바르며 울었다. 눈화장이 지워질 만큼 심하게 울었다. 그녀는 꽃과 반짝거리는 포크와 나이프가 놓인 테이블 앞에 혼자 앉았고, 친절한 사람들이 친절하게도 그녀 혼자 방해받지 않고 울 수 있도록 바다가 바라보이는 자리에 앉게 배려해주었다. 그녀는 음식은 한 입만 먹었지만 와인은 한 병을 다 비운 뒤 맨발로 모래사장을 걸어 방갈로로 돌아갔다.

그녀는 유일하게 일광욕을 한 날 흰색 비키니를 입었는데, 그동안 살이 너무 많이 빠져 자루를 걸친 것 같았다. 남자 종업원들이 그녀의 선글라스 아래로 눈물이 흘러내리는 것을 보고 부탁하지도 않았는데 차가운 과일주스를 갖다주었다. 그녀는 어깨에 물집이 잡힐 때까지 햇볕에 살을 태웠다.

다음날 아침 그녀가 잠을 깨니 창밖에 코끼리가 보였다. 코끼리는 사롱을 입은 젊고 날씬한 여자가 쥔 고삐에 이끌려 여자아이를 태운 채 느릿느릿 해변으로 가고 있었다. 밤이 되자 분노가 슬픔을 공격해 몰아냈다. 어제 햇볕을 많이 쬔 탓에 피부가 따끔거렸다. 그녀는 일어나 앉아 침대 맞은편 거울에 비친 자신의 얼굴을 보았다. 빨갛고 번개처럼 날카로웠으며 이미 결심이 굳은 표정이었다.

여기 익숙해질 대로 익숙해진 마틸드, 한 번도 싸움을 멈춘 적 없는 마틸드가 있었다. 그녀의 싸움은 조용하고 미묘한 전투였지만, 그녀는 늘 전사였다. 여자 시인은 상상의 인물이라고, 그녀는 되뇌었다. 레오라는 비쩍 마른 음악가는 남자니까 그녀의 적수가 되지 않는다. 그는 무력하다. 당연히 그녀가 우위다. 그녀는 어쩌자고 떠날 마음을 먹었던가.

태국에 도착하고 이틀 뒤 그녀를 실은 비행기가 이륙했고, 그녀는 다시 공중에 떠 있었다. 마음을 가라앉히는 데 엿새가 걸린 것이었다. 애견호텔에서 고드를 돌려받자 개는 그녀를 다시 본 게 너무 기쁜지 마틸드의 상반신에 코를 비벼댔다. 마틸드는 얼음장 같은 집으로, 가정으로 다시 돌아왔다. 출발하기 전에 귀찮아서 버리지 않고 두었던 쓰레기 냄새가 코를 찔렀다. 그녀는 짐은 나중에 풀기로 하고 2층 벽장 안에 가방만 올려놓은 뒤 전략을 짜기 위해 찻잔을 들고 식탁에 앉았다. 문제는 로토를 다시 그녀에게 데려오기 위해 무엇을 하느냐가 아니었다. 무엇을 하지 않느냐였다. 선택할 수 있는 것도 너무 많았고 가능성도 너무 많았다.

잠시 뒤 집 진입로에서 차 소리가 들렸다. 이어, 자갈을 밟고 걸어오는 절뚝거리는 소리가 들렸다.

남편이 문을 열고 들어왔다. 그녀는 그를 기다리게 했다.

그러고는 저만치 선 그를 멀찍이 떨어져서 바라보았다. 그는 떠났을 때보다 더 마르고 더 가늘어져 있었다. 깎아 만든 것 같았다. 그의 표정에서 뭔가가 엿보여 그녀는 보지 않으려고 시선을 떨구었다.

그가 냄새를 킁킁 맡았고, 그녀는 그가 집안에 떠도는 쓰레기 냄새와 냉랭한 한기에 대해 말하지 못하게 하려고 부엌 저편으로 달려가 그의 입을 자신의 입으로 막았다. 그가 무슨 말을 했다면 뭔가가 깨졌을 것이다. 그녀는 그에게 되돌아가지 못했을 것이다. 너무 오랜만이라 그 맛은 이상했고 질감은 고무 같았다. 익숙하지 않은 이 느낌은 충격이었다. 그의 안에서 뭔가가 살짝 움직였는데, 뭔가가 휘는 느낌이었다. 그가 뭐라고 말을 하려 했지만 그녀가 손으로 그의 입을 세게 눌렀다. 그 말이 빠져나오는 것을 막기 위해서라면 그의 입안에 손이라도 쑤셔넣었을 것이다. 그는 무슨 뜻인지 이해했다. 그는 웃으며 가방을 툭 떨어뜨린 뒤 그녀를 뒷걸음질치게 해 벽으로 밀었다. 그의 커다란 몸이 그녀를 눌렀다. 개가 그의 발치에서 낑낑거렸다. 그녀는 남편의 골반을 격렬하게 잡고 앞으로 끌어당긴 뒤 현관을 통과해 계단을 올라갔다.

그녀가 그를 힘껏 떠밀었고, 그는 침대에 털썩 나동그라졌다. 다친 왼쪽 부위에서 남은 통증이 찌르르 느껴졌다. 그가 어리둥절한 표정으로 그녀를 올려다보았고, 다시 뭐라고 말하려 했지만 이제 그녀는 손을 오므려 그의 입을 막으면서 고개를 저었다. 그러고는 자신의 신발과 바지를 벗은 뒤 그의 셔츠 단추를 풀고 바지를 벗겼다. 오, 그의 사각팬티 밴드 쪽에 구멍이 난 걸 보자 그녀는 가슴이 미어지는 것 같았다. 드러난 그의 하얀 가슴팍에 갈빗대가 도드라져 보였다. 엄청난 중압감을 견뎌낸 몸이었다. 그녀는 옷장에서 그의 타이 네 개를 가져왔다. 사립학교에 다니던 소년 시절에 착용하던 것으로 지금은 거의 매지 않았다. 그녀가 그의 손목을 침대 틀에 묶을 때 그는 웃었지만 그녀의 가슴은 아팠다. 죽을 것처럼 아팠다. 또하나의 타이는 눈가리개로 썼다. 그는 이상한 소리를 냈지만, 그녀는 네번째 타이로 입을 막았고 필요 이상으로 세게 잡아당겼다. 푸른색 실크가 그의 뺨을 꼭 조였다.

오랫동안 그의 몸 위에 쭈그려앉아 있으면서 그녀는 자신이 강해진 느낌을 받았다. 그녀는 셔츠를 벗지 않았는데, 햇볕에 타서 벗어진 피부를 감추기 위해서였다. 얼굴에 대해서는 자전거를 오래 탔다는 핑계로 둘러대면 될 것이었다. 그녀는 자신의 거기로 그의 거기 끝을 부드럽게, 마음 내키는 대로 스쳤다. 그는 닿을 때마다 흠칫 놀랐다. 눈도 제거되고 혀도 제거된 채 그는 긴 몸뚱이 하나로 축소되어 기대감에 차 있었다. 그가 입이 막힌 채 숨을 헐떡거리자 그녀는 그가 아프든 말든 그의 몸 위로 세게 엎어졌다. 그녀는 무엇을…… 생각했을까? 천에 댄 가위. 그 체위를 해본 건 아주 오래전이었다. 전혀 익숙하지 않았다. 그녀의 몸 밑에 있는 팽팽한 배는 크렘브륄레의 바삭거리는 위쪽 같았다. 그의 얼굴은 제약이 가해진 부분 때문에 벌겠다. 그는 입마개를 풀려는 듯 물고기처럼 입을 벙긋거렸고, 그녀가 그의 허리에 손톱을 더 깊게 박아 그의 살에는 초승달 같은 피가 맺혔다. 그의 등이 아치형으로 휘어 매트리스에서 떨어졌다. 목의 핏줄도 파랗게 불거졌다.

그는 그녀가 오르가슴에 이르기 전에 사정해버렸다. 그러니 그녀는 그 순간에 도달하지 못할 것이다. 하지만 상관없었다. 그녀는 어둠 속에서 뭔가를 향해 손을 뻗었고, 더듬더듬 그걸 붙잡아 다시 자신에게 가져온 것이었다. 그녀는 자신이 막았던 그의 말이 무엇이었을지 생각했다. 그 말은 압력 때문에 견딜 수 없어질 때까지 그의 가슴속에서 쌓이고 커질 터였다. 그녀는 눈가리개는 벗겼지만 재갈은 그대로 두었고, 자주색으로 멍든 그의 손목에 키스했다. 그는 그녀를 어리둥절하게 바라보았다. 실크에는 침 때문에 달걀 모양의 얼룩이 져 있었다. 그녀가 허리를 숙여 그의 양미간에 키스했다. 그는 그녀의 허리를 가볍게 잡았고, 그녀는 그가 무슨 일을 겪었는지에 대해 입을 다물 거라는 확신이 들 때까지 기다렸다가 입에 묶였던 마지막 타이를 풀어주었다. 그는 일어나 앉아 그녀의 턱 아래 맥박이 뛰는 곳에 키스했다. 그의 따스한 체온, 그녀가 그토록 그리워했던 그것. 그의 몸은 냄새의 팔레트 같았다. 그는 침묵을 존중해주었다. 그가 일어나 샤워를 하러 욕실로 갔고, 그녀는 파스타를 만들러 아래층으로 내려갔다. 푸타네스카.* 손톱을 찔러 넣은 건 그 욕망에 저항할 수 없어서였다.

그가 아래층으로 내려와 그녀가 낸 옆구리 상처를 보여주었다. "살쾡이 같은 여자." 그가 말했지만 지금 그녀를 바라보는 그의 눈빛에는 약간의 슬픔이 묻어 있었다.

이것이 끝이어야 했다. 하지만 끝이 아니었다. 그녀는 구글에서 레오 센을 계속 검색했다. 크리스마스 전주에 그 청년이 차가운 바다에서 익사했다는 끔찍한 기사가 화면에 나타났을 때 그녀는 깜짝 놀랐다. 그리고 잠시 후, 그녀의 가슴속에 뜨겁고 섬뜩한 승리의 감정이 솟구쳐올랐다. 그녀는 컴퓨터 화면에 비친 자신의 얼굴을 보지 않으려 고개를 돌렸다.

로토가 위층에서 새 작품의 집필에 몰두하고 있을 때 그녀는 스튜어트 주유소로 가서 신문을 사왔다. 그녀는 그 신문을 감춰뒀다가 크리스마스이브 아침에 앞문 근처 거울 앞에 놓아두었다. 그녀가 알기로 로토는 거기서 레이철과 그녀의 아내, 그리고 아이들을 기다릴 것이다. 그는 이런 명절을 좋아했는데, 그의 중심에 자리한 뜨겁고 유쾌한 기질과 잘 맞기 때문이었다. 그는 조바심을 치며 창

---

* 안초비, 케이퍼, 토마토와 같은 강렬한 맛을 지닌 재료로 만든 파스타 소스 푸타네스카는 '매춘부'를 의미하기도 한다.

문을 통해 시골 도로를 내다보다가 틀림없이 그 신문을 발견할 것이었다. 그때 그는 그녀가 지금 알게 된 이 사실을 알게 될 것이었다. 그가 휘파람 부는 소리가 들리자 그녀는 그를 지켜보려고 침실에서 나와 계단 맨 위에 섰다. 그는 거울 속에 비친 자신을 보며 미소를 지었고, 자신의 옆모습을 점검했다. 그리고 그의 손이 신문 위로 내려갔다. 그가 더 가까이 들여다보더니 읽기 시작했다. 그의 얼굴이 창백해지더니 그는 쓰러질 듯 탁자를 움켜잡았다. 뒤쪽 문이 열렸고 레이철과 엘리자베스가 티격태격 말다툼을 하며 부엌으로 들어왔다. 아이들은 신이 나서 빽빽 소리를 질러대고 있었다. 개는 곧 그들을 본다는 기쁨에 행복한 비명을 질러댔다. 그녀는 지금 당장은 신문에 대한 이야기를 꺼내지 않았다. 누가 옆에 있으면 그는 논쟁하거나 그 이야기를 입 밖에 내서 분위기를 망치지 않을 테고, 그 순간에 바로 말하지 않으면 아예 입을 다물 것이기 때문이었다. 로토는 거울을 통해 위를 올려다보았고, 마틸드가 그의 뒤로 계단에 서 있는 것을 보았다.

그녀는 자신을 보는 그를 내려다보았다. 그의 얼굴에 새로운 깨달음이 떠올랐다가 사라졌다. 그는 그녀 안에 존재하는 뭔가를 힐끗 보며 오싹한 두려움을 느꼈지만, 그것이 펼쳐지는 것은 보고 싶지 않았다.

그녀가 한 계단 아래로 내려왔다. "메리 크리스마스!" 그녀가 외쳤다. 그녀는 깨끗한 모습이었다. 소나무 향이 났다. 그녀가 내려왔다. 어린아이 같았다. 공기처럼 가벼웠다.

벨히 둥켈 히어! 결혼에 관한 베토벤의 오페라 〈피델리오〉에서 플로레스탄은 노래한다.

대부분의 오페라가 결혼을 다루는 것은 사실이다. 하지만 오페라 같다고 할 수 있는 결혼은 얼마 없다.

여기는 참으로 어둡구나! 플로레스탄이 노래한다.

새해 첫날은 그녀가 자신의 삶에서 신의 존재를 믿는 단 하루였다. [하!] 레이철과 엘리자베스와 아이들은 여전히 2층 손님방에서 잠들어 있었다. 마틸드는 스콘과 프리타타를 만들었다. 평생, 끝없이 남을 즐겁게 해주는 그녀의 긴 인생.

그녀가 텔레비전을 켰다. 검은색과 금색의 대혼란, 밤사이 불이 났다. 화면은 시트에 덮인 사람들의 몸을 보여주었다. 평원 위의 텐트처럼 가지런했다. 아치형 창문의 건물은 검게 탔고 지붕이 없어졌다. 누군가가 휴대전화로 찍은 화재 직전의 동영상이 화면에 나오고 있었는데, 무대에서는 밴드가 새해를 맞이하는 카운트다운을 하고 있었고, 폭죽은 불꽃을 뱉어내고 있었고, 사람들은 웃는 얼굴을 하고 있었다. 다시 건물 밖 모습이 화면에 나왔다. 부축을 받으며 구급차로 가는 사람들, 바닥에 드러누운 사람. 시커멓게 타거나 핑크색으로 익은, 완전히 파괴된 피부. 고기를 떠올리지 않을 수가 없었다. 마틸드는 메스꺼움이 서서히 차오르는 것을 느꼈다. 그녀가 아는 장소였다. 며칠 전 밤에 그곳에 갔었다. 잠긴 문을 밀치는 사람들, 질식시키는 연기, 비명소리. 높은 스툴에 앉아 있던 덩치 큰 미국 남자와 그 옆에 있던 나긋나긋한 여자. 속눈썹이 풍성했던 여자 바텐더, 마틸드의 피부에 닿은 그 차가운 손의 충격. 레이철이 맨 위 계단에 발을 디딘 소리를 듣고 마틸드는 텔레비전을 껐다. 그러고는 차가운 공기 속에서 평정을 되찾기 위해 고드를 데리고 얼른 뒷마당으로 나갔다.

그날 저녁, 식사를 하면서 레이철과 엘리자베스는 엘리자베스가 임신을 했다고 선언했다.

침대에서, 마틸드는 그녀가 피할 수 있었던 그 모든 것에 대해, 감사와 죄의식과 두려움이 뒤섞인 마음으로 울고 또 울었다. 로토는 그 울음이 그의 여동생은 자식이 많지만 지독히 불공평하게도 그들에게는 자식이 하나도 없기 때문이라고 생각했다. 나중에는 그도 그녀의 머리카락에 얼굴을 묻고 울었다. 벌어졌던 그들 사이에 다리가 놓였고, 그들은 다시 하나가 되었다.

8

공항에 들어서자 귀가 먹먹했다. 열한 살인 오렐리는 혼자 아무 것도 모른 채 이곳에 왔다. 마침내 그녀는 자기 이름이 적힌 종이를 들고 있는 남자를 보았고, 틀림없이 이 사람이 삼촌, 자신의 엄마보다 나이가 훨씬 많은 오빠일 거라는 생각에 안도감이 밀려왔다. 할머니는 입버릇처럼 위험한 철부지 시절에 낳은 자식이라고 말했다. 하지만 할머니는 늙었어도 그때와 마찬가지로 위험한 철부지였다. 남자는 호방하고 둥글둥글하게 생겼으며 얼굴색이 불그스름했다. 마음이 무척 따뜻한 사람 같았다. 보자마자 오렐리는 그가 마음에 들었다.

"아니야, 맘젤.*" 그가 말했다. "농 옹클.** 운전기사야."

---

* 마드무아젤을 의미한다.
** '삼촌이 아니야'라는 뜻. 운전기사는 중간중간 어법에 맞지 않는 프랑스어를 사용하고 있다.

그녀가 무슨 말인지 알아듣지 못하자 그가 차를 모는 시늉을 했다. 그녀는 실망감을 삼켰다.

"노 파를레 프랑세(프랑스어 못해)." 운전기사가 말했다. "불레 부 쿠셰 아베크 무아(나하고 같이 잘래요?) 빼고는."

그녀가 눈을 크게 깜빡이자, 그가 말했다. "아니, 아니, 아니, 아니, 아니. 노 부(너하고가 아니라). 엑스퀴제 무아(실례합니다). 노 불레 쿠셰 아베크 부(너하고 같이 자고 싶다는 뜻이 아니야)." 그의 얼굴은 더욱 붉어졌고, 차로 걸어가는 내내 낄낄거렸다.

그는 고속도로 휴게소에서 그녀에게 딸기 밀크셰이크를 사주었다. 너무 달짝지근해서 속이 니글거렸지만, 오렐리는 그의 친절을 생각해서 끝까지 다 마셨다. 그녀는 혹시라도 가죽 시트에 엎지를까봐 삼촌의 집에 도착할 때까지 그 컵을 조심스럽게 잡고 있었다.

차는 자갈이 깔린 진입로에 멈춰 섰다. 운전기사를 둔 남자가 살기에는 소박한 집이었다. 단단한 돌로 지어진, 완고하게 생긴 오래된 펜실베이니아 더치풍의 농가였다. 오래된 창문은 유리가 올록볼록해서 저멀리 보이는 풍경이 요상하게 보였다. 운전기사가 그녀의 가방을 방까지 올려다주었는데, 방 하나의 크기가 할머니의 파리 아파트의 두 배였다. 한쪽 벽에 그녀 혼자 쓰는 대리석 욕실이 있었다. 욕실에는 녹색 샤워 매트가 놓여 있었는데, 어찌나 두꺼운지 봄에 공원에 새로 깐 잔디 같았다. 오렐리는 당장에라도 그 위에 드러누워 며칠 동안 자고 싶었다.

운전기사는 부엌 냉장고에서 허연 치킨커틀릿, 감자 샐러드, 콩이 담긴 접시를 꺼내주고 편지 한 통을 건넸다. 삼촌의 편지로, 자신이 집에 돌아오면 그녀를 어떻게 만날 것인지 프랑스어로 쓴 것이었다. 그는 영어를 배우는 가장 좋은 방법은 텔레비전이라는 조언도 남겼다. 집에서 나가지 말라는 말도 적혀 있었다. 필요한 것은 목록을 적어주면 운전기사가 구입해 다음날 가져다줄 거라고 했다.

철자에 실수가 어찌나 많던지 그냥 봐 넘기기가 힘들었다.

운전기사가 문은 어떻게 잠그고 알람은 어떻게 켜는지 알려주었다. 그는 축 늘어진 얼굴에 걱정스러운 표정을 했지만 돌아가야 했다.

그녀는 텔레비전에 바싹 붙어 정전기가 일어나는 화면으로 몸을 덥히며 음식을 먹으면서 표범에 관한 알아들을 수 없는 프로그램을 보았다. 설거지를 마친 뒤 식기를 원래 있던 자리라고 추정되는 곳에 놓았고, 살금살금 계단을 올라갔다. 그러고는 방마다 문을 다 열어보았다. 하지만 그녀의 방만 빼고 모두 잠겨 있었다. 손, 얼굴, 발을 씻고 양치를 한 뒤 침대에 올라가 누웠다. 하지만 침대는 너무 컸고 방은 그림자들로 가득했다. 그녀는 이불과 베개를 빈 옷방으로 가져가 먼지 냄새 나는 카펫 위에서 잠이 들었다.

캄캄한 밤중에 그녀는 갑자기 눈을 떴다. 호리호리한 남자가 문쪽에서 그녀를 내려다보고 있었다. 커다란 눈과 사과 같은 뺨이 어딘지 모르게 할머니를 연상시켰다. 그의 귀는 박쥐 날개처럼 작고 하얬다. 그의 얼굴을 보자 연기 같은 세월을 뚫고 자신의 어머니가 떠올랐다.

"그러니까," 그가 프랑스어로 말했다. "네가 그 악마 같은 아이로구나." 그는 즐거워 보였지만 웃고 있지는 않았다.

그녀는 숨을 잘 쉴 수가 없었다. 그가 보여준 온화한 태도에도 불구하고, 처음부터 그가 아주 위험한 인물이라는 걸 알 수 있었다. 조심해야 한다. 속을 드러내서는 안 된다.

"나는 집에 거의 없단다." 삼촌이 말했다. "운전기사가 너를 데리고 가서 필요한 물품이나 식료품을 사줄 거다. 학교에 갈 때는 버스 정류장까지 데려다줄 거고, 거기서 통학버스를 타거라. 돌아올 때도 운전기사가 그리로 데리러 갈 거야. 네가 나를 볼 시간은 거의 없을 거다."

침묵을 지키는 건 더 좋지 않을 듯해 그녀는 조용히 고맙다고 말했다.

그가 그녀를 한동안 내려다보더니 말했다. "어머니는 나도 벽장에서 재웠지. 침대에서 자도록 노력해야 한다."

"그럴게요." 그녀가 작게 말했다. 그가 문을 닫았고, 그녀는 그가 복도를 돌아다니면서 이 방 저 방 열쇠를 돌려 문을 열었다 닫고 다시 잠그는 소리를 들었다. 그녀는 침묵이 자신을 채울 때까지 침묵의 소리에 귀를 기울이다, 이윽고 다시 잠이 들었다.

미국 학교에서 공부하는 첫 시간, 오렐리 앞에 앉은 남학생이 그녀를 돌아보며 속닥거렸다. "식스가 왜 세븐을 두려워하는 줄 알아? 세븐 에이트 나인이거든!"*

그녀는 못 알아들었다. "너 바보지?" 그가 말했다.

----

* seven eight nine이지만 eight을 발음이 같은 ate로 들으면 seven이 nine을 먹었다는 뜻이 된다.

점심은 알 수 없는 이름의 빵과 치즈였다. 우유에서 시큼한 냄새가 났다. 그녀는 운동장에 앉아 최대한 몸을 작게 웅크렸지만, 그녀는 나이에 비해 아주 큰 편이었다. 우스갯소리를 했던 남학생이 다른 남학생 셋과 함께 그녀 앞을 지나갔다.

"오럴리! 오럴리!"* 그들은 혀를 한쪽 볼에 밀어놓고 손으로 페니스를 넣었다 뺐다 하는 시늉을 했다.

그건 그녀도 알아들었다. 그녀는 선생을 찾아갔다. 흰머리가 듬성듬성하고 오전 내내 고등학교 때 배운 프랑스어 사투리로 그녀에게 말을 걸면서 뿌듯해하던 어린애 같고 벌레 같은 여자였다.

오렐리는, 오렐리가 자신의 이름이긴 하지만 파리에서는 아무도 그렇게 부르지 않는다고 가능한 한 천천히 말했다.

파리라는 지명을 말하자 선생의 얼굴이 밝아졌다. "농?(아니야?)" 그녀가 말했다. "에 케스크 세 르 농 크 부 프레페레?(그럼 어떤 이름으로 불러주면 좋겠니?)"

오렐리는 고민했다. 파리에서 같은 학교에 다닌 여학생이 떠올랐다. 오렐리보다 학년이 높았는데, 검은 머리를 찰랑찰랑 풀고 다녔고 키는 작았지만 강하고 앙칼진 데가 있었다. 신비롭고 멋있는 그 아이의 환심을 사려고 다른 여자애들 전부 베를랭고**니 방드 데시네***를 갖다 바쳤다. 그애는 화가 나면 입에서 채찍처럼 말이 쏟아져나왔다. 그애는 자신의 힘을 남용하지 않았다. 이름은 마틸드였다.

---

* orally, '입으로'라는 뜻. 여기서는 구강섹스를 의미한다.

** 과일과 박하 향이 나는 캔디.

*** 만화책을 말한다.

"마틸드." 오렐리가 말했다.

"마틸드." 선생이 말했다. "봉(좋아)."

그렇게 어느 날 갑자기 오렐리의 피부 위로 마틸드가 자라났다. 그애의 차분함이, 시원한 눈매가, 영리한 머리가 그녀 위로 겹쳐지는 것 같았다. 앞에 앉은 남학생이 돌아보며 구강섹스하는 시늉을 하자 그녀는 잽싸게 손을 날려 남자아이의 뺨 위로 혀를 세게 꼬집었다. 남학생은 눈물이 쏙 빠지게 비명을 질렀고, 선생이 돌아보았다. 하지만 마틸드는 차분히 앉아 있었고, 남학생만 소란을 피운 것에 대해 벌을 받았다. 그녀는 수업 시간 동안 그 아이의 한쪽 뺨에 포도 두 알 같은 자주색 멍이 드는 것을 지켜보았다. 그녀는 그걸 빨아먹고 싶었다.

로토와 마틸드가 그리니치빌리지의 지하층 아파트에서 생활하던 행복한 시절, 하지만 처참하게 가난했던〔그녀는 구멍난 양말을 신었고 점심식사는 햇볕과 물이었다〕 그 시절의 어느 파티에서였다. 크리스마스 줄전구 대신 벽에 레몬을 줄줄이 매달아놓고 술은 주스를 섞은 저렴한 보드카를 준비해 파티를 하던 중 마틸드가 뒤적뒤적 CD를 고르는데, 누군가가 오렐리, 하고 부르는 소리가 들렸다. 그녀는 대번에 절박하고 외롭고 혼란스러운 열한 살로 되돌아가 홱 뒤를 돌아보았다. 그렇게 외친 건 한껏 흥이 오른 남편이었다. 그게 좌약인 줄 모르고 약을 입으로 삼켰대! 친구들이 우우 소리를 질렀고, 여자들은 무슨 일인가 하고 손에 컵을 든 채 춤을 추며 그 옆을 지나갔다. 마틸드는 로봇이 된 기분으로 침실로 들어가, 침대 위에 엉켜 있는 세 사람의 몸에는 눈길도 주지 않고 그들을 지나쳐 걸어갔다. 그녀는 그 행위가 끝나면 그들이 침대 커버라도 갈아주기를 바랐다. 그녀는 삼나무 목재와 자기 살에 묻은 먼지 냄새가 나는 옷방으로 들어갔다. 그녀는 구두 사이에 자리를 잡았다. 그러고는 잠이 들었다. 몇 시간 뒤 로토가 문을 열고 들어오는 소리에 눈을 떴다. 그가 웃으며 그녀를 부드럽게 안아올려 침대로 옮겨주었다. 그녀는 매트리스에 깔았던 시트가 벗겨져 있는 것을 보고 마음이 놓였다. 마침내 그녀와 남편 둘뿐이었고, 그의 뜨겁고 탐욕스러운 손이 그녀의 목과 허벅지 위쪽을 만졌다. "좋아." 그녀가 말했다. 정말로 하고 싶은 건 아니었지만 상관없었다. 그의 몸의 무게가 그녀를 현재로 떠밀었다. 마틸드는 천천히 돌아왔다. 〔오렐리, 그 슬프고 외로운 소녀는 다시 사라졌다.〕

오렐리는 온화하고 온순했다. 한편 마틸드는 겉보기엔 평온했지만 속은 뜨겁게 들끓었다.

한번은 테더볼*을 하는데 같은 반 남학생 하나가 계속 이겼다. 그녀는 일부러 공으로 그의 얼굴을 세게 쳤고, 그는 쓰러지면서 아스팔트에 머리를 찧어 뇌진탕을 일으켰다. 또 한번은 한 무리의 여학생이 그녀의 이름을 부른 뒤 웃는 소리가 들렸다. 그녀는 때를 노렸다. 일주일 뒤 점심시간에 그녀는 그 여자애들 중 가장 인기 있는 아이 옆에 앉아 그 아이가 샌드위치를 크게 한입 베어물 때까지

---

* 기둥에 매단 공을 라켓으로 치고 받는 게임.

기다렸다가, 그 순간 테이블 밑에서 여자아이의 허벅지를 포크로 찔렀다. 아이가 비명을 지르기도 전에 먹은 것부터 튀어나왔고, 그 틈을 타 마틸드는 테이블 상판 지지대 밑에 포크를 숨겼다. 선생을 쳐다보며 큰 눈을 깜박거리자 그녀는 의심받지 않고 넘어갔다.

다른 아이들은 이제 두려운 얼굴로 그녀를 보았다. 마틸드는 구름에 올라탄 듯 하루하루 편하게 흘러보내며 차분히 아래를 내려다보았다. 지낼 곳은 펜실베이니아에 있는 삼촌 집이 유일했지만, 그 집은 냉랭하고 어두웠고 가정이라 할 수 없는 곳이었다. 그녀는 다른 삶을 살아가는 자신을 상상했다. 상상 속에서 그녀는 여섯 명의 여자형제와 집을 엉망으로 어질렀고, 라디오에서는 팝송이 시끄럽게 흘러나왔고, 매니큐어 냄새가 진동했고, 머리에는 실핀을 꽂아 허영을 부렸다. 밤에는 팝콘을 먹으며 게임을 했고, 싸울 때는 꽥꽥 소리를 질러댔다. 밤중에는 다른 침대에서도 말소리가 들렸다. 하지만 삼촌의 집에서 그녀를 반기는 유일한 소리는 텔레비전이 따뜻하게 윙윙거리는 소리뿐이었다. 그녀는 드라마 〈당신 눈동자에 어린 스타〉에 등장하는 인물들의 대사를 자신의 프랑스어 억양이 사라질 때까지 각각의 목소리로 따라 했다. 삼촌은 집에 있을 때가 없었다. 그녀는 잠긴 문들 뒤에 뭐가 있는지 궁금해서 애가 탔을까? 애가 탔다. 하지만 그렇다고 자물쇠를 따보지는 않았다. 〔그녀의 차분함은 이미 경이로운 수준이었다.〕 일요일에는 운전기사가 식료품점으로 데려가주었고, 쇼핑을 빨리 끝내고 시간이 남으면 강가에 있는 작은 공원에 데려갔다. 거기서 그녀는 오리들에게 식빵을 던져주었다.

그녀의 외로움은 어마어마하게 커서 잠긴 문들이 늘어선 어두운

2층 복도 전체가 그 외로움의 형태 같았다.

한번은 강에서 수영을 하는데 거머리 한 마리가 그녀의 허벅지 안쪽에 붙었다. 그 부위가 중요한 곳에 아주 가까워 그녀는 짜릿한 전율까지 느꼈고, 그래서 거머리를 거기 그대로 둔 채 며칠 동안 온종일 그 생각을 했다. 그것은 보이지 않는 친구였다. 샤워를 하는 중에 거머리가 떨어져 그 사실을 모른 채 밟아버렸고, 그녀는 울었다.

집에 오래 있지 않으려고, 그녀는 말을 하지 않아도 되고 제한된 시간 동안 집중된 활동을 하는 여러 학교 클럽에 가입했다. 수영을 했고, 체스 팀에 가입했고, 밴드부에 들어가 플루트도 배웠다. 그녀는 플루트는 절대적으로 품위가 떨어지는 악기라고 생각했지만 익히기는 쉬웠다.

세월이 지나 행복의 절정기에서 그녀는 그 외롭던 어린 소녀를 떠올린다. 그 소녀는 빌어먹게 얌전한 초롱꽃처럼 고개를 숙이고 다녔지만 내면에서는 폭풍우가 몰아치고 있었다. 그녀는 그 아이를 세게 때리고 싶을 것이다. 아니면 안아올려 눈을 가린 후 어디 안전한 곳으로 함께 달아나고 싶을 것이다.

그 대신 그녀는 열두 살이 되었을 때 삼촌에게 입양되었다. 그녀는 법원 심리에 참석하기 전날까지 삼촌의 속내를 모르고 있었다. 운전기사가 말해주었다.

그사이 운전기사는 살이 너무 많이 쪄서 배에 작은 배가 또하나 생긴 것 같았다. 그가 트렁크에 식료품을 실을 때면 그녀는 살이 접혀 베개 여러 개를 붙여놓은 듯한 그의 배에 불쑥 얼굴을 묻고 싶어졌다.

"입양된다니! 좋지 않아?" 운전기사가 말했다. "이제 또다른 곳으로 가야 할까봐 걱정할 필요가 없잖아, 맘젤. 이제 여기가 네 집이야."

그는 소녀의 표정을 살피면서 그녀의 정수리를 쓰다듬었고―그가 그녀의 몸을 만진 것이 이번이 처음이었을까?―"오, 파이 아가씨, 너무 심각하게 생각하지 마" 하고 말했다.

차를 타고 집으로 돌아가는 길에 그녀의 침묵은 그들이 스쳐지나는 들판과도 같았다. 얼음 고문을 당하고 찌르레기에게 시달린 고단한 들판.

차 안에서 운전기사가 말했다. "이제부터 너를 요더 양이라고 불러야겠구나."

"요더요?" 그녀가 말했다. "하지만 그건 우리 할머니의 성이 아닌데요."

백미러로 보는 운전기사의 눈빛이 점점 즐거워졌다. "사람들 말로는 삼촌이 그때 필라델피아에 도착한 뒤 처음 눈에 띈 걸로 성을 바꿨다고 하던데. 리딩 터미널 마켓, 거기였어. 요더 파이."

그 순간 그의 얼굴에 불안해하는 표정이 떠올랐다. 그가 말했다. "내가 말했다고 하지 않을 거지?"

"누구한테 말해요? 제가 대화하는 사람은 아저씨뿐인데요." 그녀가 말했다.

"착하기도 하지." 그가 말했다. "네가 내 마음을 아프게 하는구나. 정말로 그래."

열세 살이 되던 날, 마틸드는 아래층의 문 하나가 잠겨 있지 않고 조금 열려 있는 것을 발견했다. 삼촌이 그녀를 위해 일부러 열어놓고 간 것이었다. 자기 안의 굶주림이 기회를 얻자 그녀는 호기심을 억누를 수가 없었다. 그녀는 안으로 들어갔다. 서재였다. 가죽 카우치와 티파니 전등이 있었다. 나중에 일본의 옛날 춘화가 보관되어 있다는 사실을 알게 되는 유리 캐비닛을 제외하면, 키를 높이지 않아도 그 방에 있는 모든 책에 손이 닿았다. 책들은 좀 이상해 보였다. 오래된 양장본들이었는데, 비슷하게 도련되고 천으로 장정된 것이었음에도 불구하고 닥치는 대로 모아들인 인상이었다. 세상일에 대해 좀더 알게 되었을 때, 그녀는 이 책들이 야드 단위로 팔리며 대개는 장식 목적이라는 것을 알게 된다. 하지만 십대 초반의 힘들던 그 시절에는 그 책들이 더 다정한 빅토리아시대에서 일제사격으로 날아온 것 같았다. 그녀는 그 책들을 모조리 읽어치웠다. 그녀는 이언 매클래런과 앤서니 호프, 부스 타킹턴, 윈스턴 처칠(미국인), 메리 오거스타 워드, 프랜시스 호지슨 버넷의 작품에 통달해서 영작문 숙제를 할 때도 문장들이 점점 장식적이고 정교해졌다. 미국의 교육이란 게 그렇고 그렇다보니 선생들은 그녀의 로코코식 문장을 언어에 대한 천부적 재능의 증거라고 받아들였다. 하지만 실제로 그녀에게 그런 재능은 없었다. 그녀는 중학교 졸업반 때 영작문으로 탈 수 있는 상을 모두 휩쓸었다. 고등학교 때도 휩쓸었다. 열세번째 생일에 서재 문을 닫으면서, 그녀는 이런 속도라면 서른 살쯤에는 모든 방의 내용물에 대해 알게 되겠다고 생각했다.

한 달 뒤 삼촌이 어쩌다 실수로 방 하나를 잠그지 않고 갔다.

그녀가 원래 집에 있을 시간이 아니었다. 오후에 휴교를 했고—곧 무시무시한 눈보라가 불어닥칠 거라고 했다—운전기사가 있는 사무실로는 연락이 닿지 않았다. 어쨌거나 버스는 놓쳤다. 그래서 그녀는 얼어붙을 듯한 추위 속에서 걸어야 했던 것이다. 오 분을 걷자 맨무릎에 감각이 없어졌다. 마지막 2마일은 옆에서 불어오는 바람을 밀면서 걸어야 했고, 손을 펴서 흩날리는 눈을 막아야 했다.

돌로 지어진 그 집으로 돌아왔을 때 그녀는 열쇠를 돌릴 수도 없어서, 문 앞 계단에 웅크리고 앉아 브래지어 속에 손을 넣고 한동안 덥혀야 했다. 그때 집안에서, 서재가 있는 복도 끝에서 웅성거리는 소리가 들렸다. 그녀는 구두를 벗고 얼음덩이가 된 발로 살그머니 부엌으로 갔다. 조리대에 먹다 만 샌드위치가 놓여 있었다. 감자칩 한 봉지가 뜯긴 채 바비큐 그릴 모양의 내용물을 드러내놓고 있었다. 찻잔에는 태운 담배가 들어 있었는데, 4분의 1인치는 담뱃재였다. 창문으로 보이는 눈보라는 거의 검은색이었다.

그녀는 소리를 내지 않고 계단으로 가려 했지만, 가다 말고 걸음을 멈췄다. 층계참 아래 작은 방이 하나 있었는데, 지금까지 그 방이 열려 있는 것을 본 적이 없었다. 발걸음 소리가 들리자 그녀는 그 안으로 들어가 조용히 문을 닫았다. 천장 등이 켜져 있었다. 그녀는 불을 껐다. 그러고는 이상하게 생긴 말 머리 조각상 뒤에 웅크린 채 입을 막고 숨을 쉬었다. 발소리가 지나갔다. 남자들의 커다란 목소리, 그리고 발소리가 좀더 들렸다. 어둠 속에서 그녀는 몸이 덥혀지면서 개미들이 살을 물어뜯는 듯한 감각을 느꼈다.

커다란 현관문이 쾅 소리를 내며 닫힌 뒤 그녀는 기다리고 또 기다렸다. 하지만 그 집에는 그녀 혼자뿐 아무도 없다는 걸 느낄 수 있었다.

불을 켜자 조금 전까지만 해도 희미하게 보였던 것이 뚜렷해졌다. 벽을 따라, 옆으로 돌려 세워진 캔버스들과 작은 조각상들이 있었다. 그녀는 그림이 그려진 캔버스 하나를 들어올렸다. 무겁고 단단했다. 돌리다가 떨어뜨릴 뻔했다. 지금까지 이보다 더 완벽한 것은 보지 못했다. 전경의 아래쪽에 구불구불하게 그려진 흰색 말이 있고 푸른 로브를 입은 남자가 그 말을 타고 있다. 로브의 천이 진짜처럼 생생해서 그녀는 진짜가 아닌지 확인하려고 만져보기까지 했다. 그의 뒤로는 다른 남자들, 다른 말들, 험준한 절벽이 보였다. 푸른 하늘을 배경으로 아련하게 보이는 하얀 도시는 아주 완벽했고 뼈로 만들어진 듯했다.

그녀는 그 그림을 기억해두었다. 마침내 그녀는 그림을 내려놓고 스웨터를 벗어 머리와 옷에서 뚝뚝 흘러 떨어진 바닥의 눈 녹은 물을 닦았다. 그리고 방에서 나가 문을 닫았다. 문이 철컥 잠기는 소리가 들리자 가슴을 찌르는 듯한 상실감이 느껴졌다.

그녀는 계단을 올라갔고, 어둠 속에 누워 눈을 감고 그 그림을 다시 떠올렸다. 운전기사가 걱정스레 그녀를 부르며 들어오는 소리가 들리자 그녀는 창밖으로 손을 내밀어 두 손 가득 눈을 담아 머리에 끼얹은 뒤 부엌으로 달려갔다.

"오, 와 있었구나." 그가 털썩 주저앉으며 말했다. "우리는 그 눈보라에 너를 잃은 줄 알았어." 그가 정말로 그녀를 잃었다면 그도 위험해졌을 테니 그 걱정은 두 사람 모두에 대한 것이었을 것이다. 그러든 말든 상관없었다.

"방금 전에 돌아왔어요." 그녀가 몸을 부들거리며 말했고, 그는 그녀의 손을 잡고 얼마나 차가운지를 확인했다. 그러고는 그녀를 의자에 앉힌 뒤 남은 가루를 탈탈 털어 코코아를 타주고 초콜릿칩 쿠키도 주었다.

마틸드의 열네 살 생일에 삼촌은 그녀를 데리고 밖에서 저녁식사를 했다. 삼 년 동안 그들은 같이 식사를 한 적이 없었다. 그녀가 침실 문을 열자 침대 위에 비쩍 마른 여자를 거꾸로 던져놓은 듯한 빨간 드레스가 놓여 있었다. 그 옆에는 처음 신어보는 하이힐도 있었는데, 3인치 높이에 검은색이었다. 그녀가 천천히 옷을 입었다.

레스토랑은 따뜻했다. 농가를 개조한 곳이었는데, 삼촌 집과 별반 다르지 않았다. 벽난로에서는 불이 활활 타오르고 있었다. 금색 불빛 아래 삼촌은 아파 보였고, 피부는 반쯤 녹은 초의 수지 같았다. 그가 두 사람이 먹을 식사를 주문하는 동안, 그녀는 마음을 강철처럼 다져먹고 그를 살펴보았다. 시저 샐러드. 이어 필레미뇽이 나온 뒤 메추리알을 얹은 스테이크 타르타르가 나왔다. 곁들인 음식은 구운 감자와 아스파라거스였다. 와인은 코트뒤론을 마셨다. 마틸드는 텔레비전에서 축산업에 대한 고발 프로그램을 본 뒤로 채식만 하고 있었다. 소들은 고리에 걸려 산 채로 가죽이 벗겨졌고, 닭들은 좁은 공간에 빽빽하게 집어넣어져 다리가 부러지고 자기들이 싼 똥으로 범벅된 채 죽는 날까지 하루하루를 버텼다.

샐러드가 나오자 삼촌은 포크에 갈색 안초비를 빙빙 감으며, 침착하게 혼자 잘해낸 것에 대해 프랑스어로 그녀를 축하했다. 그는 씹지도 않고 삼켰다. 텔레비전에서 알게 된 사실에 의하면, 마치 상어처럼.

"선택의 여지가 없으니까요. 완전히 혼자 지냈잖아요." 마틸드가 말했다. 그녀는 속마음과 다른 이야기를 하며 입을 씰룩거리는 자신을 용납하고 싶지 않았다.

그가 포크를 내려놓고 그녀를 보았다. "오, 그러지 마라, 오렐리. 너는 얻어맞지도 않았고, 굶지도 않았어. 학교에도, 치과에도, 병원에도 보내줬잖니. 나는 하나도 누리지 못했던 것들이다. 멜로드라마처럼 과장하는구나. 이 상황은 『올리버 트위스트』와는 달라. 네가 광산에서 일한 것도 아니잖니. 나는 너한테 잘해줬다."

"구두약공장. 디킨스가 일했던 곳은 구두약공장이에요." 그녀가 말했다. 그러고는 영어로 말하기 시작했다. "아니요, 삼촌이 저한테 잘해주지 않았다는 말은 하지 않겠어요."

그는 모욕을 머리로 이해하기보다 느낌으로 더 잘 감지하는 사람이었다. "상관없다. 나는 네가 가질 수 있는 전부니까. 디아블레스, 너를 그렇게 부르더구나. 이 말은 해야겠다. 실망스럽게도 나는 네 악마성에 대한 증거는 보지 못했다. 너한테 악마성이 없거나, 모든 능수능란한 악마들이 그러듯 잘 숨기는 법을 배웠겠지."

"누구든 두려움 속에서 살다보면 악마가 모두 빠져나가는지도 모르죠." 그녀가 말했다. "공포에 의한 엑소시즘." 그녀는 물을 다 마신 뒤 와인을 유리잔 가득 채워 그것까지 다 비웠다.

"두려워할 만한 걸 네 눈으로 목격한 적은 없잖니." 그가 몸을 앞으로 숙이며 웃음을 지었다. "그런 걸 원한다면 그렇게 해줄 수도 있지만."

잠시 그녀는 숨을 멈추었다. 눈앞이 빙빙 도는 건 아마 와인 때문일 것이다. "사양하겠어요." 그녀가 말했다.

"뜻대로 하렴." 그가 말했다. 그는 샐러드를 다 먹은 뒤 입을 닦고 말했다. "네 엄마 아빠가 새 아기들을 낳았다는 말은 아무도 안 해줬겠구나. 새 아기들, 음. 상대적으로. 하나는 세 살, 또하나는 다섯 살이니까. 사내 녀석들이야. 너한테는 남동생들이 되겠지. 너한테 내 누이가 보내준 사진을 보여주려고 했는데 잃어버린 것 같구나."

〔이상하게도 어떤 대상이 누군가에게는 구체적인 아픔과 결부된다. 시저 샐러드는 영원히 질식할 것 같은 슬픔과 결부되었다.〕

그녀는 삼촌의 머리 위 한 지점을 바라보며 미소를 지었는데, 골동품인 기압계에 반딧불이의 불빛이 반사되었기 때문이었다. 그 빛은 그의 뾰족한 귀에서도 빛났다. 그녀는 아무 말도 하지 않았다.

필레미뇽이 나왔을 때 그가 말했다. "너 아주 키가 크구나. 말랐고. 특이하게 생겼는데 패셔너블한 느낌이 있어. 어쩌면 모델이 될 수도 있겠어. 그걸로 대학 학비를 벌 수도 있겠고."

그녀는 천천히, 심지어 한 모금씩 물을 마셨다.

"아," 그가 말했다. "내가 너를 대학까지 보내줄 거라고 생각했겠구나. 하지만 내 의무는 열여덟 살에서 끝나."

"보내주실 여력이 되잖아요." 그녀가 말했다.

"되지." 그가 말했다. "하지만 나는 네가 어떻게 할지 지켜보는 데 더 흥미가 있거든. 투쟁이 품성을 만드니까. 투쟁 없이는 품성도 없어. 일평생 나는 누구한테 뭘 받아본 적이 없다." 그가 말했다. "단 하나도. 내 힘으로 다 일궜지."

"그래서 지금 삼촌이 어떻게 됐는지 보세요." 그녀가 말했다.

그가 그녀를 보며 싱긋 웃었는데, 할머니를 닮은, 오래전 그녀의 어머니를 닮은 미소였다. 따스함이라곤 없는 그 웃음에 그녀는 소름이 돋았다. "말조심해라." 그가 말했다.

그녀의 접시에 놓인, 손도 대지 않은 고기가 흐려졌다가 다시 서서히 또렷해졌다. "왜 저를 미워하세요?" 그녀가 물었다.

"오, 얘야. 나는 너한테 어떤 감정도 없어." 그가 말했고, 그 말은 그가 지금껏 그녀에게 해준 가장 친절한 말이었다.

그는 판나코타*를 후룩후룩 먹었다. 입술 가운데 크림이 묻었다.

종업원이 계산서를 가져왔고, 한 남자가 삼촌에게 다가와 악수를 청한 뒤 그의 귀에 뭐라고 속삭였다. 마틸드는 다행히 다른 쪽을 보고 있었는데, 눈가로 입구에서 작은 움직임이 포착되어서였다. 흰 고양이가 식당 안으로 머리를 들이밀고 들어오더니, 그 탄력적인 몸을 앞발에 붙이고 앉아 장작더미만 뚫어져라 응시하고 있었다. 작은 호랑이, 사냥 본능. 한동안 꼼짝 않고 앉아 있는 고양이를 보고 있으니 그녀는 마음이 가라앉았다. 고양이가 살아 있다는 표시는 눈에 띌락 말락 씰룩이는 꼬리 끝뿐이었다. 그리고 잠시 후, 예고 없이 고양이가 날아올랐다. 어느새 고양이의 입에는 물렁한 회색 물체가 흐느적흐느적 매달려 있었다. 들쥐, 마틸드가 생각했다. 고양이는 자랑스럽게 꼬리를 치켜세운 채 총총 사라졌다. 그녀가 삼촌과 그의 친구를 돌아봤을 때 그들은 흥미롭다는 눈빛으로 그녀를 바라보고 있었다.

"드미트리 말로는 네가 그 고양이라는데. 그 고양이가 너라고." 삼촌이 말했다.

---

* 우유와 생크림을 끓여 젤라틴으로 굳힌 푸딩의 일종.

그렇지 않았다. 그녀는 고양이를 좋아했던 적이 없었다. 고양이는 분노가 가득한 동물 같았다. 하지만 그녀는 냅킨을 테이블에 올려놓았고, 이를 다 드러내며 활짝 웃었다.

9

그녀를 찾아오고 찾아오고 또 찾아오는 유일한 사람은 레이철이었다.

레이철이 수프와 포카치아를 만들어 오면 마틸드는 그걸 개에게 먹였다.

레이철은 혼자, 엘리자베스와 같이, 아이들과 같이 찾아왔다. 아이들은 고드가 지쳐 쓰러질 때까지 들판에서 개와 함께 놀았고, 고드의 털에 묻은 잔디나 나무딸기 잎을 일일이 떼어주었다. 그러고 나면 고드는 숨을 헉헉거리며 몇 시간 동안 늘어져 있었다.

"보고 싶지 않아." 어느 아침 레이철이 치즈 대니시와 신선한 주스를 들고 혼자 찾아왔을 때 마틸드가 소리쳤다. "가."

"나를 구박할 거면 얼마든지 해요." 레이철이 말했다. 그녀는 페이스트리를 매트에 내려놓고 다시 일어섰다. 어둑한 아침 햇살 속에서 레이철의 모습은 사나워 보였다. 그녀의 팔에는 소름 끼치는,

거미줄과 인어, 작은 순무 모양의 문신이 있었다. 신체 결박의 판타지나, 적어도 그 의미가 혼재된 은유 같았다. 이 집안 사람들은 비유를 엮는 재능이 뛰어났다. 레이철이 말했다. "나는 안 가요. 언니가 회복될 때까지 자꾸자꾸 올 거예요."

"경고하는 거야." 마틸드가 유리문을 통해 말했다. "나는 네가 아는 사람들 중에서 가장 나쁜 사람이야."

"그건 사실이 아니에요." 레이철이 말했다. "언니는 내가 만난 사람들 중에서 가장 친절하고 가장 관대한 사람이에요. 언니는 내게 자매나 같아요. 나는 언니를 사랑해요."

"하. 너는 나를 몰라." 마틸드가 말했다.

"알아요." 레이철은 말하고는 웃었다. 마틸드는 레이철이 오빠를 전혀 닮지 않았다는 사실에 줄곧 슬픔 같은 걸 느꼈었다. 로토는 크고 반짝거리는 사람이었다. 지금 그녀는 그의 여동생의 얼굴에서 로토의 얼굴에서 보이는 것과 같은 한쪽만 들어가는 보조개, 튼튼한 이를 보았다. 마틸드는 눈을 감아버렸고, 문을 잠갔다. 그럼에도 불구하고 레이철은 끊임없이 불안이 만들어내는 힘에 이끌려 마틸드를 찾아오고 또 찾아왔다.

그녀는 계속 풀하우스에서 잠이 들었다. 로토가 죽은 지 여섯 달이 지났고, 8월의 더위는 혹독했다. 그날 아침 그들의 오랜 친구인 새뮤얼이 코를 벌름거리며 항의하러 왔고, 그가 집 건물을 빙빙 돌며 그녀의 이름을 큰 소리로 부르는 동안 그녀는 그를 내버려둔 채 풀하우스 안에 있었다.

오, 가여운 새뮤얼! 그녀는 그 소리를 들으며 생각했다. 부패한 상원의원을 아버지로 둔 다정한 남자. 새뮤얼의 잇단 시련은 믿기 힘든 농담 같은 일이 되어버렸다. 음주운전, 이혼, 암, 삼십대에 집을 홀랑 태워버린 일. 일 년 전 어느 날 밤 새뮤얼이 영화를 보고 집으로 돌아가는 길에 어느 인종주의자가 그를 때려 뇌진탕을 일으킨 일도 있었다. 그는 아주 똑똑하지도 아주 용감하지도 않았지만, 불가사의한 자신감을 지니고 태어났다. 그와 비교하면 욥*도 불평꾼에 지나지 않았다.

그녀가 잠에서 깨어 보니 새뮤얼은 이미 가고 없었다. 그녀의 피부는 땀으로 번질거렸다. 입안이 사포나 타르처럼 깔깔했다. 그녀는 조리대에서 그녀가 먹어주기를 기다리는 베리와 마음만 먹었다면 이미 맛을 보았을 파이를 떠올렸다. 버터, 레몬 껍질, 여름철의 에센스, 소금. 다른 차 한 대가 자갈길로 진입하는 소리가 들렸다. 부엌에서 고드가 짖어댔다. 그녀는 누가 왔는지 침실에서 보려고, 지나치게 환한 풀밭을 가로질러 집안으로 들어간 뒤 계단을 올라갔다. 마틸드가 직접 꺾은 참나리꽃조차 땀을 흘리는 것 같았다.

한 청년이 비싸지 않은 작은 차에서 내렸다. 현대나 기아 차 같았다. 렌터카. 도시 청년. 청년이라, 음. 서른이나 그쯤 됐을 것이다. 오랜 시간을 혼자 지내는 동안 마틸드는 자신이 늙고 시들었다고 생각하게 되었다. 거울에 비친 자신이 뜻밖에도 젊은 모습이라 그녀는 깜짝 놀랐다.

청년이 팔을 흐느적거리며 진입로로 걸어오는 모습에는 뭔가 마

---

* 구약성서에 등장하는 인물로, 가혹한 시련을 견뎌내고 믿음을 굳게 지켰다.

틸드의 마음을 사로잡는 데가 있었다. 그는 중간 정도의 몸집에 검은 머리칼과 긴 속눈썹, 섬세한 턱을 지닌 잘생긴 사람이었다. 그녀의 가슴속에서 뭔가가 불편하게 소용돌이쳤다. 지난 몇 달 동안 그녀가 키메라 같은, 분노와 욕망의 기이한 짐승으로 인식하게 된 무언가였다. 그렇다면! 그 악령을 쫓아낼 수 있는 방법은 하나밖에 없었다! 그녀는 자신의 겨드랑이 냄새를 맡았다. 이 정도면 괜찮을 것이다.

마틸드는 청년이 문 앞으로 다가와 창문을 올려다보자 화들짝 놀랐다. 근래에 그녀는 로토의 흰색 티셔츠를 입기 시작했는데, 지금 땀을 많이 흘려 셔츠 속이 다 비쳐 보였고, 그 바람에 젖꼭지 두 개가 안녕, 인사를 하고 있었기 때문이었다. 그녀는 얼른 튜닉을 입고 아래로 내려가 청년에게 문을 열어주었다. 고드가 킁킁거리며 그의 구두 냄새를 맡았고, 그가 무릎을 꿇고 고드를 쓰다듬었다. 그러고는 마틸드와 악수를 하려고 일어섰다. 그의 끈끈한 손바닥에는 개털이 한 겹 얇게 묻어 있었다. 손을 잡으면서 그가 눈물을 터뜨렸다.

"아." 그녀가 말했다. "남편을 애도하는 또 한 명이로군요."

그녀의 남편, 실패한 배우들의 수호성인. 이 청년이 배우라는 사실은 이제 명백했다. 그는 지나치게 자신만만해 보였고, 관찰력이 깊고 총명해 보였다. 그런 사람들이 숱하게 찾아와 그 위대한 남자의 옷단이라도 만져보고 싶어했지만, 마틸드가 책과 원고를 제외하곤 거의 모든 것을 줘버리거나 불태워버려서 남은 옷단이 없었다. 남은 것은 그의 가정적인 껍질이 되어준 마틸드뿐이었다. 오래된 마누라.

"그분을 직접 알지는 못했어요. 하지만 제가 애도하는 한 명이라는 말은 맞겠네요." 청년이 얼굴을 닦으려고 고개를 돌리며 말했다. 다시 고개를 돌렸을 때는 부끄러운지 얼굴이 벌게져 있었다. "정말 유감입니다." 그가 말했다.

"아이스티 만들어둔 게 있어요." 마틸드가 자기도 모르게 말했다. "여기 흔들의자에 앉아 기다려요. 좀 가져올게요."

그녀가 돌아왔을 때 청년은 침착함을 되찾고 있었다. 땀 때문에 관자놀이에 흘러내린 머리가 곱슬거렸다. 그녀는 포치의 천장에 매달린 선풍기를 틀고 쟁반을 작은 테이블에 올려놓고는 자신은 레몬바를 먹었다. 그녀는 몇 달 동안 와인과 설탕만 먹었는데, 젠장, 그건 그녀가 유년기다운 유년기를 보내지 못했기 때문이었다. 더구나 애도란 게 뭔가. 섹스와 사탕으로 마음을 달래며 계속 떼를 쓰는 과정 아닌가?

그 청년―남자가 자신의 찻잔을 집어든 뒤 쟁반을 어루만졌다. 그녀가 런던의 고물가게에서 손에 넣은 것이었다. 그가 쟁반에 찍힌 문장을 만지며 소리 내어 읽었다. "농 상 드루아."* 그가 의자에서 벌떡 일어나다 무릎에 아이스티를 쏟았다. "세상에, 이건 셰익스피어 가문家門의……"

"진정해요." 그녀가 말했다. "빅토리아시대 거예요. 모조품. 그이도 정확히 똑같은 반응을 보였어요. 그는 옛날 셰익스피어 집안의 손을 타고 내려온 물건이 우리한테 있는 줄 알고 거의 오줌을 지릴 뻔했죠."

---

* Non sanz droict. '권리 없이 사용 불가'라는 뜻으로 셰익스피어 가문(家紋)의 표어.

"여러 해 동안 차를 몰고 여기로 오는 꿈을 꿨어요." 청년이 말했다. "그냥 인사만 하려고요. 그분이 저를 집안으로 초대하고, 같이 멋진 저녁식사를 하면서 끝없이 이야기를 나누는 순간을 꿈꿨어요. 우리가 누구보다 잘 지낼 거라는 걸 저는 늘 알고 있었어요, 그분과 저. 랜슬럿. 그리고 제가."

"친구들은 그이를 로토라고 불렀어요." 그녀가 말했다. "나는 마틸드예요."

"알고 있어요. 드래곤 와이프." 그가 말했다. "저는 랜드예요."

그녀가 아주 천천히 말했다. "지금 나를 드래곤 와이프라고 불렀나요?"

"오. 죄송해요. 제가 〈마법서〉와 〈애꾸눈 왕〉을 할 때 그 극단 배우 전부가 부인을 그렇게 불렀어요. 초연이 아니라 리바이벌 공연에서요. 그건 물론 아실 테지만요. 그때 부인이 그분을 지켜주셨잖아요. 제 날짜에 출연료가 나오게 하고, 사람들이 접근하는 걸 막고요. 부인은 그 모든 걸 해내면서도 표정은 더없이 온화했죠. 정말 존경할 만한 일이라고 생각했어요. 그러니까, 부인도 알고 있는 그런 농담인 줄 알았어요."

"아니요." 그녀가 말했다. "나는 그 농담은 알지 못하는데요."

"이런, 제가 실수했군요." 그가 말했다.

"실은 맞아요." 잠시 뒤 마틸드가 말했다. "불을 뿜을 수도 있었죠."

그녀는 로토를 생각했다. 말년에 그는 사자라는 별명을 얻었다. 화가 많이 나면 그는 포효할 수 있었다. 외모도 사자 같아졌다. 흰머리가 섞인 금발이 후광처럼 얼굴을 둘러쌌고, 광대뼈는 섬세하고 날카로웠다. 그의 소중한 대사를 엉망으로 만들어놓는 배우가 있으면 발끈해서 무대 위로 뛰어올라가기도 했고, 무대에서 그의 길쭉하고 사랑스러운 몸을 날렵하게 움직이면서 으르렁거리며 돌아다니기도 했다. 그는 치명적일 수 있었다. 사나워질 수도 있었다. 그 별명이 엉뚱한 건 아니었다. 하지만 오, 마틸드는 사자에 대해 알고 있었다. 수컷은 햇볕 속에 게으르게 누워 아름다운 자태로 빈둥거린다. 암컷은 그 사랑스러움에서 수컷에 한참 못 미치지만, 짐승을 죽여 가져오는 것은 암컷이었다.

청년은 땀을 흘리고 있었다. 그의 푸른색 옥스퍼드 셔츠는 겨드랑이 밑이 흥건하게 젖어 있었다. 그에게서 어떤 냄새가 났지만 정확히 말해서 불쾌한 냄새는 아니었다. 깨끗한 냄새였다. 그녀는 금어초가 자란 강둑 너머 강을 바라보며 재미있다고 생각했다. 어머니한테서는 찬 공기와 생선 비늘 냄새가 났고, 아버지한테서는 돌먼지와 개 냄새가 났다. 한 번도 만나본 적 없는 남편의 어머니한테서는, 비록 보내온 편지지나 봉투에서는 베이비파우더와 장미 향수 냄새가 났지만, 썩은 사과 냄새가 풍긴다고 상상했다. 샐리는 녹말과 삼나무 냄새. 죽은 할머니는 백단유 냄새. 삼촌은 스위스치즈 냄새. 사람들이 말해주기로, 그녀한테서는 마늘 냄새, 초크 냄새가, 혹은 아무 냄새도 나지 않았다. 로토는 목과 배에서는 장뇌처럼 깨끗한 냄새가, 겨드랑이에서는 전기를 통하게 한 동전 냄새가, 사타구니에서는 염소鹽素 냄새가 났다.

그녀가 마른침을 삼켰다. 그런 것들, 생각의 변두리에서만 관찰되는 그런 세세한 것들은 흘러가면 되돌아오지 않는다.

"랜드," 마틸드가 말했다. "당신 같은 청년에게는 구식 이름인데요."

"롤런드를 줄인 거예요." 청년이 말했다.

8월의 태양이 강 위로 시냇물처럼 흘러내리는 곳에 녹색 구름이 형성되고 있었다. 여전히 지독히 더웠고 새들도 지저귐을 멈추었다. 야생 고양이 한 마리가 발을 잽싸게 놀려 길 위로 휙 지나갔다. 곧 비가 올 것이다.

"그렇군요, 롤런드." 마틸드가 한숨을 억누르며 말했다. "하는 일은 뭔가요?"

랜드는 그녀가 이미 알고 있는 사실을 말했다. 배우라고. 드라마에서 작지만 꾸준히 등장하는 역할을 맡고 있고, 생활비는 번다고 했다. "〈당신 눈동자에 어린 스타〉라고 들어봤어요?" 그가 물었다. 그가 그녀를 희망에 찬 눈빛으로 보더니 곧 얼굴을 찡그렸다. "알겠어요." 그가 말했다. "드라마 취향은 아니군요. 저도 그래요. 돈벌이 수단이니까요. 하지만 도시로 오자마자 이 역할을 따냈어요. 십오 년 전, 사실상 그게 제가 시도한 첫 오디션이었어요. 벌이도 짭짤하고요. 촬영을 하지 않는 여름에는 연극도 할 수 있어요." 그가 어깨를 으쓱했다. "슈퍼스타는 아니지만, 일은 항상 있어요. 이것도 성공이라면 성공이죠."

"꾸준한 일이 있다는 게 얼마나 큰 이득인지는 말할 필요도 없죠." 그녀가 말했다. 그녀는 자신이 경솔하고 신의 없는 사람이 된 것 같았다. "로토가 배우였을 때는 그런 역할을 하나도 따내지 못했어요. 그렇게 여러 해를 보낸 뒤 돈이 들어오기 시작했을 때 로토도 엄청나게 안심이 됐을 거예요. 나는 똥줄 빠지게 일했죠. 그이는 글을 쓰기 시작했을 때까지 일 년에 기껏 7천 달러나 벌었을까요."

"글을 쓰기 시작한 게 천운이었군요." 랜드가 말했다. 그는 생일마다 하루 쉬면서 해변에 가 『샘』을 읽었다고 했다. 랜슬럿은 천재에 걸맞은 대우를 받지 못했다는 말도 했다.

"그이도 동의했을 거예요." 마틸드가 건조하게 말했다.

"하지만 나는 그분의 그런 점을 좋아해요. 그런 오만함." 랜드가 말했다.

"나도 그랬어요." 마틸드가 말했다.

하늘에는 블랙베리잼 같은 구름이 떠 있었고, 북쪽에서는 2단 냄비로 요리할 때처럼 희미한 천둥소리가 들렸다. 이곳에 앉아 있는 것 말고 그녀가 할 수 있는 건, 뒤에 있는 집 건물의 서늘한 그늘에서 심신을 추스르거나 창문을 통해 밖을 내다보는 것뿐이었다. 그녀는 의자에 못박힌 듯 앉아 있었다.

그녀는 이 청년이 마음에 들었다. 로토가 죽은 뒤로 만난 어느 누구보다 더, 엄청나게 마음에 들었다. 너무 달콤해서 그녀가 입을 벌리면 그냥 먹을 수도 있을 것 같았다. 그는 어딘지 모르게 편했고, 그녀가 남자다운 남자에게서 항상 좋아했던 미덕인 신사다움이 있었다.

"솔직히 말씀드리면 그분을 만나뵙고 싶었던 것만큼 부인도 만나뵙고 싶었어요." 랜드가 말했다.

"어째서죠?" 그녀가 물었다. 그러고는 얼굴을 붉혔다. 나한테 수작을 거는 건가? 불가능한 일은 아니었다.

"부인은 아직 풀어놓지 않은 이야기니까요." 그가 말했다. "미스터리."

"어떤 미스터리를 말하는 거죠?" 그녀가 물었다.

"그분이 평생을 같이하겠다고 선택한 여자." 랜드가 말했다. "그분에 대해서는 알기 쉬워요. 수없이 많은 인터뷰를 했고, 희곡도 그분이 썼잖아요. 그런 것들이 내면을 들여다볼 수 있는 작은 창문이 되어주죠. 하지만 부인은 뒤쪽 그림자에 숨어 있어요. 부인은 흥미로운 존재예요."

그들은 땀을 흘리며 말없이 포치에 앉아 있었고, 마틸드가 청년에게 "나는 흥미로운 존재가 아니에요"라고 말하기까지 한참인 듯한 시간이 흘렀다.

그녀는 자신이 흥미로운 존재라는 걸 알고 있었다.

"거짓말이 서투네요." 그가 말했다.

그녀는 그를 보면서 그가 침대에 있는 모습을 상상했다. 저 아름다운 손가락과 손톱 밑의 반들반들한 살, 핏줄이 불거진 목, 강인한 턱, 옷 아래로 분명히 느껴지는 멋진 몸, 섬세한 얼굴, 그것만 봐도 그가 섹스에 끝내줄 거라는 사실을 알 수 있었다.

"안으로 들어가요." 그녀가 말하면서 일어섰다.

그는 깜짝 놀라며 눈을 끔벅거렸다. 그러고는 일어서서 그녀가 먼저 들어가도록 문을 열어준 뒤 그녀를 따라 들어갔다.

그는 세심했고, 부드러워야 할 곳에서는 부드러웠으며, 그녀의 팔 아래에서는 강했다. 하지만 좀 이상한 느낌이 들었다. 그녀가 그보다 나이가 훨씬 많아서가 아니었다. 그녀는 어림잡아 열 살쯤 많을 거라고 생각했다. 많아야 열다섯. 그녀가 그를 정말로 모른다는 사실 때문도 아니었다. 지난 여섯 달 동안 같이 잔 사람들 중에 그녀가 정말로 잘 아는 사람은 없었다. 그녀가 그들에 대해 좋았던 건 바로 그들 각자의 사연을 모른다는 사실이었다. 두 사람은 욕실로 들어갔고, 그녀는 자기 뒤에 선, 광대뼈가 불거진 그의 얼굴을 물끄러미 바라보았다. 그의 한쪽 손은 그녀의 짧은 머리칼을 잡았고, 다른 손은 어깨를 잡았는데, 느낌은 굉장했지만 그녀는 집중할 수가 없었다.

"더이상은 안 되겠어요." 그가 말했다. 그의 몸은 땀범벅이 되어 번질번질했다.

"그만해요." 그녀가 말했고, 그는 신사답게 자신의 것을 빼내고 신음했다. 그녀의 꼬리뼈 위쪽 등이 뜨끈했다.

"좋았어요." 그녀가 말했다. "엄청 섹시한 포르노 영화처럼."

그가 웃더니 따뜻한 수건으로 그녀를 톡톡 닦아주었다. 창문으로 바람에 납작하게 누운 강가 덤불숲이 보였고, 거센 비가 드문드문 내리기 시작했다. "미안해요." 그가 말했다. "달리 어떻게 해야 할지를 몰라서. 그러니까, 부인을 임신시키고 싶지는 않았거든요."

그녀가 일어서서 팔을 머리 위로 뻗었다. "걱정 마요." 그녀가 말했다. "나는 나이가 많아요."

"그렇지 않아요." 그가 말했다.

"음. 나는 아이를 가질 수 없어요." 그녀가 말했다. 선택이었다는 말을 덧붙이지는 않았다. 그가 고개를 끄덕인 뒤 잠시 생각에 잠겼다. 그러더니 불쑥 "아이가 없는 이유가 그건가요?" 하고 물었다. 그러고는 얼굴을 붉히고 자신의 가슴 위로 팔짱을 끼며 말했다. "정말 죄송해요. 제가 무례했네요. 그냥 두 분이 왜 그랬는지 궁금했거든요. 두 분이 아이를 갖지 않은 이유가요."

"그래서예요." 그녀가 말했다.

"의학적인 이유인가요?" 그가 물었다. "자꾸 캐묻게 되네요. 질문이 불편하면 대답하지 않아도 돼요."

"더 젊었을 때 불임시술을 받았어요." 그의 침묵이 뾰족해졌다. 그녀가 말했다. "그이는 몰랐어요. 내가 아이를 가질 수 없는 몸이라고만 생각했어요. 말없이 고통스러워하면서 그는 스스로가 고귀하다고 느꼈을 거예요."

그녀는 어째서 이 청년에게 이 모든 사실을 털어놓고 있는가? 위험할 일이 없기 때문이었다. 로토는 죽었으니까. 이 비밀은 어느 누구도 해치지 않을 것이다. 게다가 그녀는 이 청년이 마음에 들었고, 그에게 뭔가를 주고 싶었다. 앞서 온 순례자들이 다른 것은 거의 다 가져가버렸다. 그녀는 그에게 숨은 동기가 있는 건 아닌지 의심했다. 어떤 시점에 이르면 기사를 쓰겠다거나, 책을 내겠다거나, 폭로를 하겠다고 말할지도 몰랐다. 그가 그 섹스, 그 폭풍우에 대해 쓴다면, 그녀는 절박하거나, 슬프거나, 절박하면서 슬픈 사람으로 그려질 것이다. 모두 정확했다. 그렇게 하라지.

"어째서 그분한테 말하지 않았나요?" 그가 물었다. 오, 귀여운 강아지, 그의 목소리는 남편을 대신해 상처를 입은 듯 들렸다.

"이 세상에서 내 유전자가 필요한 사람은 아무도 없을 테니까요." 그녀가 말했다.

랜드가 말했다. "하지만 그분의 유전자는요. 그러니까, 그 아이도 천재였을지 모르는데요."

마틸드가 욕실가운을 걸치며 자신의 짧은 머리를 손으로 쓱 만졌다. 그녀는 거울에 비친 자신을 보았고, 장밋빛으로 달아오른 자신의 모습에 감탄했다. 비가 지붕 위를 더욱 세차게 두드렸다. 그녀는 그 소리가, 비 내리는 회색빛 하루의 아늑한 느낌이 좋았다.

"로토는 아주 훌륭한 아빠가 됐을 거예요." 그녀가 말했다. "하지만 천재의 자식은 절대 천재가 아니죠."

"그건 그래요." 랜드가 말했다.

그녀가 그의 얼굴을 만지자 그가 움찔하더니 몸을 앞으로 숙여 그의 뺨을 그녀의 손에 내려놓았다. 귀여운 애완동물 같아, 그녀는 생각했다. "저녁을 만들어주고 싶은데." 그녀가 말했다.

"저녁이라면 기꺼이 먹어야죠." 그가 말했다.

"그런 뒤에 다시 섹스를 해주면 좋겠어요." 그녀가 말했다.

"섹스라면 기꺼이 다시 하지요." 그가 웃으며 말했다.

새벽녘에 그녀가 눈을 떴을 때 집안은 고요했고, 그녀는 랜드가 떠난 것을 알았다.

아쉽게 됐어. 그를 얼마 동안 내 곁에 둘 수도 있었는데, 그녀가 생각했다. 그를 풀보이*로 쓰는 것이다. 혹은 인간 유산소 운동기구로. 추방되었던 고드가 문 앞에서 낑낑거렸다. 마틸드가 밖으로 나가자 개는 안으로 들어와 침대 위로 펄쩍 뛰어올랐다.

부엌에 가보니 과일 샐러드가 만들어져 있었는데, 벌써 물이 많이 생겨 있었다. 그가 커피 한 주전자도 끓여놓고 갔는데 지금은 미지근했다. 푸른색 그릇에서는 텃밭에서 딴 푸릇한 토마토가 천천히 익어가고 있었고, 그 안에 그 사랑스러운 청년이 남긴 편지 봉투가 있었다. 마틸드는 그 편지에 손을 대지 않고 있다가 몇 주가 지나서야 펴본다. 푸른색 그릇 안에 빨간 토마토, 그 속에 흰색

---

* 부잣집 수영장을 청소하는 섹시한 남자.

봉투가 있는 것을 보면서 마틸드는 남편이 떠난 뒤로 처음으로 이 집에 다정하고 신사 같은 친구가 같이 있는 것 같은 기분을 느꼈다. 그녀 안의 뜨거운 뭔가가 식기 시작했고, 식으면서 담금질한 쇠처럼 강해졌다.

나를 행복하게 해줘, 프랑켄슈타인의 괴물은 자신을 만든 사람에게 간청했다. 그러면 나도 다시 도덕성을 되찾을 수 있을 거야.

10

　마틸드는 열여섯 살이었다. 눈을 뜨니 삼촌이 서성대며 그녀를 굽어보고 있었다. 그녀가 침대에서 자는 법을 익힌 뒤였다. 그가 말했다. "오렐리, 이건 중요한 이야기다. 아래층에 내려가지 마라." 그의 말이 끝난 뒤 텅 빈 정적 속에서 아래층에서 남자들의 웅성거리는 목소리, 고함지르는 소리, 음악 소리가 들렸다. 그의 얼굴은 무표정했지만, 뺨 색깔이 그가 흥분했음을 말해주었다. 누가 무슨 말을 해준 건 아니었지만, 삼촌이 나쁜 조직의 매니저 같은 것임을 깨닫기 시작하던 때였다. 그는 종종 필라델피아에 갔다. 커다랗고 투박한 초창기 휴대전화에 대고 쉬쉬대며 명령을 내렸고, 몇 주 동안 아무 설명 없이 사라졌다가, 원래 까무잡잡한 게 아니라면, 더 까무잡잡해져서 돌아왔다. 〔추위와 굶주림 때문에 가냘프게 우는 작은 소년이 아직 그 안에 남아 있었다. 살아남는 과정에서 만들어진 이런 좋지 않은 면이 그리 기분좋은 건 아니다.〕 그가 방에서 나가자, 그녀는 한동안 꼼짝 못하고 누워 있었다. 지금 소리치는 목소리들은 즐겁게 들리지 않았다. 그녀에겐 분노와 두려움으로 들렸다. 몸을 움직일 수 있게 되자 그녀는 벽에 붙여놓았던 카우치를 끌어냈고 카우치 뒤로 이불과 베개를 가져다놓은 뒤 벽과 카우치 사이에 누웠다. 그러고는 몸이 눕기에 꼭 알맞은 그 자리에서 그 자세로 붙박인 듯 바로 잠이 들었다. 그녀가 아는 한 밤중에는 아무도 방에 들어오지 않았다. 하지만 심상치 않은 분위기가 느껴졌고 자신이 뭔가를 가까스로 피한 것 같았다.

그녀는 십대를 쥐처럼 통과했다. 플루트와 수영과 책들, 말없이 할 수 있는 모든 예술 활동. 그녀는 삼촌이 그녀의 존재를 잊어버릴 만큼 자신을 아주 작게 만들었다.

고등학교 졸업반 때, 그녀는 대학 입학을 허가한다는 내용의 편지를 받았다. 일찌감치 그 학교 한 곳에만 지원했는데, 입학지원서에 있는 특이한 질문들이 아주 마음에 들어서였다. 한 사람의 운명을 결정하는 것은 이런 작은 것들이다. 하지만 며칠이 지나 학비를 낼 돈이 없다는 사실을 깨닫자, 휘파람 소리를 내며 타들어가는 큰불 같은 기쁨은 점점 사그라들어 잉걸불이 되었다. 학비를 내지 못하면 대학에 갈 수 없었다. 그렇게 간단한 문제였다.

그녀는 기차를 타고 도시로 갔다. 나중에 알게 되겠지만, 그런 것들이 그녀의 삶에 흉터를 남겼다.

토요일 급행. 그녀의 심장은 늑골 안에서 절박하게 노래했다. 플랫폼에서는 신문지가 바람에 날려 빙글빙글 천천히 돌고 있었다.

그녀는 삼촌이 열네번째 생일에 사준 빨간 드레스를 입었고, 발이 꼭 끼는 아픈 하이힐도 신었다. 금발머리를 땋아서 왕관처럼 틀어올렸다. 거울 속 그녀는 속눈썹은 이상해 보이고 입술은 너무 두툼해서 자신이 바라보는 각도에서는 전혀 예쁘지 않았지만, 다른 사람들은 그렇게 봐주지 않기를 바랐다. 조금 뒤 그녀는 지금은 알지 못하는 어떤 사실들 때문에 얼굴이 화끈거릴 것이다. 브래지어도 했어야 했고, 사춘기 이전 수준으로 음모도 손질했어야 했다. 사진도 가져왔어야 했다. 이 세상에 얼굴만 찍은 사진 같은 게 존재한다는 사실도 알았어야 했다.

열차간의 뒤쪽 좌석에서 한 남자가 열차에 오르는 그녀를 지켜보고 있었다. 상자에서 새로 꺼낸 물건을 보듯 그는 그녀의 몸이 움직이는 방식을, 위험스럽게 내밀어진 그녀의 턱을 미소를 띤 채 쳐다보았다. 시간이 좀 지난 뒤 그가 통로를 걸어와 그녀 맞은편에 앉았다. 그 칸에는 그들 말고는 아무도 없었다. 그녀는 그가 보는 것을 느끼고 무시할 수 있는 만큼 무시했지만, 고개를 들었을 때 그는 거기 있었다.

그가 웃었다. 그는 못생긴 마스티프종 개 같은 얼굴에 눈은 툭 튀어나오고 턱은 군살이 늘어져 있었다. 그리고 익살꾼의 눈썹에 이마는 높았는데, 그 때문에 그녀의 귀에 대고 소곤소곤 웃기는 이야기를 할 것처럼 친근한 악동의 느낌을 주었다. 그녀는 저도 모르게 몸을 앞으로 숙였다. 이것이 그의 효과일 터였다. 상대의 행동을 기분좋게 따라 하게 하고 대번에 생각이 서로 같음을 느끼게 하는 것, 그는 모든 파티에서 조용히 인기를 끄는 사람이었다. 말 한마디 하지 않아도 모두가 자신이 그와 마음이 잘 맞는 사람이라고 생각했다.

그가 그녀를 바라보았고, 그녀는 책을 읽는 척했다. 그녀의 머리에 불이 붙은 느낌이었다. 그가 몸을 앞으로 숙였다. 그리고 그녀의 무릎에 손을 얹더니 엄지로 그녀의 허벅지 안쪽 살을 부드럽게 만졌다. 그에게서 버베나나 코도반 가죽 같은 기분좋은 냄새가 났다.

그녀가 고개를 들었다. "저는 열여덟 살밖에 안 됐어요." 그녀가 말했다.

"더 좋지." 그가 말했다.

그녀는 일어섰다. 그러고는 후들거리는 다리로 화장실로 걸어가 기차가 쿨렁쿨렁 달리는 내내 두 팔로 자신의 몸을 붙잡고 펜 역이라는 차장의 안내가 나올 때까지 그곳에 앉아 있었다. 기차에서 내리자 그녀는 해방감을 느꼈고—도시에 온 것이다!—달리고 웃고 싶었다. 하지만 자신의 미래라고 생각한 그곳을 향해 바삐 걸어가다 문득 도넛가게의 유리를 쳐다보니, 기차의 그 남자가 10피트 뒤에서 그녀를 따라오고 있었다. 급할 것 없다는 태도였다. 그녀는 발꿈치 쪽이 화끈거렸고 물집 잡힌 것이 느껴졌다. 길에서 물집이 터지자 따뜻한 안도감이 밀려왔지만, 곧 따끔거리기 시작했다. 하지만 걸음을 멈추면 자존심이 상할 것 같았다.

그녀는 에이전시가 있는 건물에 이를 때까지 걸음을 멈추지 않았다. 예쁘고 불안해하는 어린 소녀들에게 익숙한 경비들이 그녀가 들어갈 수 있게 길을 내주었다.

그녀는 그 건물 안에 몇 시간을 있었다. 그 시간 동안 그는 길 건너 카페에서 양장본 책을 읽고 레모네이드를 마시며 기다렸다.

밖으로 나왔을 때 그녀는 뼈가 없어진 것 같은 기분이었고, 눈시울이 벌게져 있었다. 땋았던 머리는 계절답지 않은 열기 때문에 곱슬곱슬해져 있었다. 그는 비닐봉지와 책을 들고 다시 그녀를 따라왔고, 마침내 그녀가 절뚝거리기 시작하자 그녀 앞으로 나서며 커피를 마시자고 제안했다. 그녀는 전날 밤 이후로 먹은 게 없었다. 그녀가 손을 허리께에 올리고 빤히 쳐다보다가 오른쪽의 샌드위치 가게로 걸어가 카푸치노와 모차렐라 파니니를 주문했다. "포르카 마돈나."* 그가 말했다. "파니노. 단수로 말해야지."**

그녀가 계산대 여자를 돌아보며 말했다. "두 개 먹을 거예요. 파니니. 카푸치니 둘."

그가 껄껄 웃으며 돈을 냈다. 그녀는 천천히, 한 번 베어물 때마다 서른 번은 씹으면서 샌드위치를 먹었다. 그녀는 다른 곳은 다 쳐다보면서도 그는 보지 않았다. 카페인은 처음 마셔보는 것이었고, 손가락에 활력이 도는 것 같았다. 그녀는 급한 볼일이 있다며 남자를 쫓아버리기로 결심하고 에클레어와 카푸치노 한 잔을 더 주문했지만, 그는 아무 말도 없이 돈을 내더니 그녀가 먹는 것을 지켜보았다.

"안 먹어요?" 그녀가 물었다.

"많이 안 먹어." 그가 말했다. "어렸을 때 뚱뚱했거든."

그러자 그녀는 턱의 군살과 가냘픈 어깨가 부조화스러운 이 남자에게서 뚱뚱하고 슬픈 소년의 모습을 보았고, 그 순간 그녀 안의 묵직한 감정이 그에게로 옮겨가는 것이 느껴졌다.

---

* 이탈리아어로 '맙소사, 세상에' 정도의 의미로 쓰인다.
** 이탈리아어에서 '-o'로 끝나는 남성 단수형은 '-i'로 바꾸어 복수형을 만든다.

"나더러 10파운드는 빼야 한대요." 그녀가 말했다.

"너는 완벽해." 그가 말했다. "다리에서 뛰어내려야 할 사람들이네. 안 시켜준대?"

"10파운드를 뺀 뒤 사진을 보내주면 카탈로그부터 하게 해준대요. 그렇게 길을 닦아나가는 거죠."

그는 입가 쪽에 빨대를 문 채 그녀를 찬찬히 뜯어보았다. "하지만 너는 그게 별로 탐탁지 않구나. 너는 작게 시작하는 여자가 아니야." 그가 말했다. "너는 어린 여왕이지."

"아니에요." 그녀가 말했다. 그녀는 자신의 얼굴에 드러나려는 감정과 싸웠고, 그녀가 이겼다. 비가 세차게 내리기 시작했고, 뜨거운 보도 위로 굵은 빗방울이 투둑투둑 떨어졌다. 땅에서 불쾌한 냄새가 스멀스멀 피어오르는가 싶더니 곧 공기가 시원해졌다.

그녀가 후드득 내리는 빗소리에 귀를 기울이는데, 그가 허리를 숙여 손으로 그녀의 발을 잡더니 구두를 벗겼다. 그는 물집이 터져 피가 흐르는 발을 내려다보았다. 그러고는 얼음물에 종이냅킨을 적셔 그 자리에 대준 뒤, 비닐봉지에서 그녀가 에이전시에 있는 동안 약국에 들러서 사온 커다란 반창고 통과 연고를 꺼냈다. 발에 대한 처치를 끝낸 뒤 그는 발바닥 닿는 쪽이 올록볼록한 플라스틱 샤워샌들을 꺼냈다.

"알겠지." 그가 그녀의 발을 다시 땅에 내려주며 말했다. 그녀는 안도감이 밀려오며 눈물이 흐를 것 같았다. "내가 돌봐줄 수 있어." 그가 말했다. 그러고는 주머니에서 물티슈를 꺼내 꼼꼼히 손을 닦았다.

"알겠어요." 그녀가 말했다.

"우리는 친구가 될 수 있어. 너하고 나하고. 나는 미혼이야." 그가 말했다. "나는 여자들한테 잘해줘. 나는 어느 누구도 다치게 하지 않아. 잘 돌봐줄 거라고 약속할게. 그리고 나는 깨끗해."

물론 그는 깨끗했다. 손톱은 진주 같았다. 피부는 비누거품 같은 광택이 났다. 나중에 에이즈에 대해 알게 된 뒤에야 그녀는 그가 한 말의 뜻을 이해했다.

그녀는 눈을 감고 오래전의 마틸드, 파리 학교의 운동장에서 본 마틸드를 자기 몸에 더 바짝 끌어당겼다. 그러고는 눈을 뜬 뒤 느낌으로 립스틱을 발랐다. 그녀는 냅킨에 입술을 찍어낸 뒤 다리를 꼬며 말했다. "그러니까."

그가 묵직한 목소리로 말했다. "그러니까. 내 아파트로 가자. 저녁식사를 만들어줄게. 우리는……" 그의 눈썹이 하늘로 치솟았다. "……대화를 할 수 있어."

"저녁은 됐어요. 싫어요." 그녀가 말했다. 그는 그녀를 보며 어떻게 할지 생각했다.

"그렇다면 거래를 하자. 협상하는 거야. 오늘밤에 자고 가." 그가 말했다. "부모님을 설득할 수 있다면. 시내에서 학교 친구들을 만났다고 둘러대. 내가 친구 아버지인 것처럼 하면 통할 거야."

"부모님은 문제가 안 돼요." 그녀가 말했다. "나한테는 삼촌밖에 없어요. 삼촌은 신경쓰지 않고요."

"그러면 뭐가 문제지?" 그가 말했다.

"나는 싼 여자가 아니에요." 그녀가 말했다.

"좋아." 그가 뒤로 기댔다. 그녀는 그가 결코 분명히 드러내지 않은, 말 속에 숨겨진 어림없는 의도를 주먹으로 때려 납작하게 깔아뭉개고 싶었다. "말해봐. 네가 세상에서 가장 갖고 싶은 게 뭐지, 어린 여왕?"

그녀는 숨을 깊이 들이쉰 뒤 무릎이 떨리지 않도록 양 무릎을 힘주어 붙였다. "대학 등록금." 그녀가 말했다 "사 년 동안."

그가 두 손을 식탁 위에 납작하게 올리더니 날카로운 웃음을 터뜨렸다. "나는 핸드백을 생각하고 있었어. 하지만 너는 일정 기간 노예로 살겠다는 생각이구나?" 그가 말했다.

그녀가 생각했다. 오. [이렇게 어린데! 이렇게 사람을 놀라게 하다니.] 그러고는 다시 생각했다. 오, 안 될 거야, 비웃었잖아. 그녀는 성큼성큼 걸어나갔다. 불이 난 것처럼 얼굴이 화끈거렸다. 그가 문으로 걸어와 그녀 뒤에 섰다. 그러고는 자신의 정장 재킷을 그녀의 머리 위에 씌워주었고, 차양 아래에서 손짓으로 택시를 불렀다. 어쩌면 그는 솜사탕으로 만들어져 물에 젖으면 녹을지도 몰랐다.

그녀가 택시에 올라탔고 그도 허리를 숙여 타려 했지만, 그녀는 자리를 옆으로 옮겨주지 않아 그가 들어오지 못하게 했다. "이 문제에 대해 얘기해보자." 그가 말했다. "미안해. 너 때문에 많이 놀랐거든. 그래서 그런 거야."

"잊어버리세요." 그녀가 말했다.

"어떻게 잊어?" 그가 말했다. 그러고는 그녀의 턱밑을 부드럽게 만졌다. 그녀는 눈을 감고 자신의 머리를 그의 손바닥에 내려놓고 싶은 욕망과 싸워야 했다.

"수요일에 전화해." 그가 그녀의 손에 명함을 쥐여주며 말했고, 그녀는 이번에도 싫다고 말하고 싶었지만 그러지 않았다. 명함을 구겨버리지도 않았다. 그가 앞좌석의 운전기사에게 요금을 건넨 뒤 살며시 문을 닫았다. 나중에 기차에 탔을 때 차창에 비친 그녀의 얼굴은 창백했다. 그 얼굴이 펜실베이니아의 푸른 들판 위로 흘러갔다. 하지만 그녀는 깊은 생각에 빠져 자신의 얼굴도, 풍경도 보지 못했다.

　그녀는 다음 토요일에 다시 도시로 왔다. 전화 통화를 했고, 시험 삼아 해보면 어떻겠느냐는 다정한 제안을 받았다. 같은 빨간색 드레스, 같은 하이힐, 같은 머리 모양이었다. 시험 삼아? 그녀는 파리의 할머니를 생각했다. 할머니의 구겨진 우아함, 창턱에 뒹구는 쥐한테 갉아먹힌 치즈, 이글거리던 광적인 품위. 마틸드는 할머니의 벽장에서 바깥 소리를 들으면서 생각했었다. 절대. 나라면 절대. 차라리 죽고 말지.
　'절대'는 거짓말쟁이다. 그녀에게는 더 나은 방법이 없었고, 남은 시간도 얼마 없었다. 남자는 기차역 밖에서 기다리고 있었다. 그녀가 타운카*의 가죽 시트에 앉아 있는 동안 그는 그녀를 건드리지 않았다. 목캔디를 먹었는지 그에게서 그 향이 났다. 그녀의 눈은 말라 있었지만 세상이 뿌얘 보였다. 그녀의 목에 걸린 덩어리는 감당할 수 있는 크기보다 더 커져 있었다.
　그녀는 건물 수위를 똑바로 보지 않았지만 그녀의 기억 속에 그는 털이 많고 다부진 지중해 사람의 모습으로 남았다. 내부는 온통 매끈한 대리석이었다.

---

　* 운전석 쪽과 뒷좌석 쪽 사이에 유리 칸막이를 한 차.

"이름이 뭐지?" 그 은색 빛깔의 남자가 엘리베이터에서 말했다.

"마틸드." 그녀가 말했다. "당신은요?"

"에어리얼." 그가 말했다.

그녀는 엘리베이터의 붉은색, 흰색, 금색이 섞인 황동문에 반사된 자신의 모습을 보며 목소리를 낮게 깔고 말했다. "나는 처녀예요."

그가 가슴주머니에서 손수건을 꺼내 이마를 훔쳤다. "그렇지 않으리란 기대는 하지도 않았어." 그가 말하고는 장난처럼 깍듯이 허리를 숙인 뒤 문을 잡아주었고, 그녀는 아파트 안으로 들어갔다.

그가 그녀에게 차가운 탄산수 한 잔을 건넸다. 아파트는 어마어마하게 컸다. 적어도 그렇게 보였다. 두 벽면이 유리였다. 다른 벽들은 흰색이었고, 아른거리는 색깔들로 보이는 커다란 그림들이 걸려 있었다. 그가 정장 재킷을 벗어 걸어놓은 뒤 앉았다. 그리고 말했다. "편히 있어."

그녀는 고개를 끄덕인 뒤 창가로 가서 도시를 내다보았다.

시간이 얼마간 흐른 뒤 그가 말했다. "편히 있으라는 말은, 옷을 벗어달라는 뜻이었어."

그녀가 그에게서 돌아섰다. 구두를 벗었고, 지퍼를 내리자 드레스가 주르륵 미끄러져 발치에 떨어졌다. 그녀의 속옷은 검은색 면으로 된, 어린 소녀들이 입도록 재단된 것이었는데, 한 주 전에 에이전시 사람들이 미소를 머금은 것도 그 때문이었다. 그녀는 브래지어를 하지 않았다. 필요하지 않았다. 그녀는 팔을 등뒤로 한 채다시 돌아섰고, 그를 진지한 시선으로 바라보았다.

"다 벗어." 그가 말했고, 그녀는 천천히 속옷을 벗었다. 그는 그녀를 기다리게 하면서 한동안 쳐다보았다. "이제 돌아서봐." 그가 말했고, 그녀는 그렇게 했다. 바깥에서는 맞은편 건물들이 안개와 어둠에 가려 흐릿하게 보이다가, 불이 켜지자 우주를 떠도는 사각형들처럼 보였다.

그가 일어서서 다가올 때 그녀는 부들부들 떨고 있었다. 그가 그녀의 다리 사이를 만졌고 손끝이 촉촉이 젖은 것에 미소를 지었다.

그의 몸은 살이 많은 얼굴에 비해 너무 말랐고, 젖꼭지 주변의 갈색 살에 난 털과 배꼽에서 사타구니까지 화살표 모양으로 난 더 짙은 갈색 털을 제외하면 털이 거의 없었다. 그는 흰색 카우치에 누워, 그녀의 허벅지가 화끈거리고 부들부들 떨릴 때까지 그의 몸 위에 쭈그리고 앉아 있게 했다. 그러고는 그녀의 골반을 잡아 갑자기 아래로 끌어내렸고, 그녀의 얼굴에 떠오른 고통의 표정에 미소를 지었다.

"물속을 허우적거리며 걷는 것보다는 다이빙하는 편이 훨씬 쉽지." 그가 말했다. "레슨 원."

무엇이 그 순간 일어서서 옷을 입고 달아나려는 자신을 막았는지 그녀는 알 수가 없었다. 그 고통이 증오처럼 느껴졌다. 그녀는 수를 헤아리고, 어둠 속에서 황금색 불빛이 밝혀진 사각형의 유리창을 뚫어져라 바라보는 것으로 그 압박감을 견뎌냈다. 그가 그녀의 얼굴을 잡아 자기 얼굴로 거칠게 끌어당겼다. "아니," 그가 말했다. "나를 똑바로 볼래?" 그녀가 보았다. 방 구석에서 테크놀로지의 불빛이 흘러나왔다. 디지털시계가 그의 머리 옆쪽을 깜박거리는 아련한 녹색으로 바꿔놓았다. 그는 그녀가 움찔하는 순간을 기다리는 것 같았지만, 그녀는 그러지 않았다. 그녀는 자신의 얼굴을 돌로 만들어버릴 작정이었다. 압박감이 점점 커지다 폭발했고,

이어 안도감이 밀려오면서 압박감이 빠져나갔다. 그녀가 일어서자 다리는 뻐근하고 속은 홧홧했다.

그는 바나나를 얇게 썰어 그녀의 몸 위에 얹은 뒤 천천히 하나 씩 먹었다. 그것이 그의 저녁식사였다. "이 이상 먹으면 풍선처럼 살이 찌거든." 그가 말했다. 그녀에게는 길 건너 식당에서 그릴드 치즈 샌드위치와 프렌치프라이를 주문해주었다. 그러고는 그녀가 한 입 먹을 때마다 유심히 그녀의 입을 쳐다보았다. "케첩을 더 넣어." 그가 말했다. "손가락에 묻은 치즈는 빨아먹고."

아침에 그는 그녀를 꼼꼼히 씻겨준 뒤 몸을 가꾸는 법을 가르쳤다. 그러고는 뜨거운 목욕물에 몸을 담근 채 그녀가 티크 의자에 다리를 올리고 가르친 대로 하는 것을 지켜보았다.

그런 뒤에 그는 그녀를 크고 하얀 침대에 눕힌 뒤 무릎을 세우게 했다. 그가 두 여자가 등장하는 테이프를 틀자 벽에 장착된 텔레비전에서 빨간 머리와 검은 머리의 두 여자가 서로를 핥는 장면이 나왔다. "내가 지금 너한테 하려고 하는 행동을 처음부터 좋아한 사람은 아무도 없어." 그가 말했다. "제대로 해내려면 환상을 그려야 해. 그 환상 속에 머물러 있는 거지. 몇 번 해보면 알 수 있을 거야."

사랑스럽지 않은 그의 얼굴이 거기 있다는 건 끔찍했다. 그의 뜨거운 숨결, 꺼끌꺼끌한 수염. 그가 그녀를 보는 눈빛은 그녀에게 수치심을 불러일으켰다. 누가 이렇게 가까이 다가온 건 이번이 처음이었다. 그녀는 입술에 키스를 받아본 적도 없었다. 그녀는 얼굴을 베개로 가린 채 숨을 쉬면서 얼굴 없이 근육질에 빛나는 몸을 가진 젊은 남자를 떠올렸다. 길고 느린 파도가 그녀 안에서 커지는 느낌이 들었고, 곧 어마어마하게 커지고 어두워지더니 이윽고 그녀를 덮치며 부서졌다. 그녀는 베개로 입을 가린 채 비명을 질렀다.

그가 몸을 떼어내자 갑자기 하얀 빛이 홍수처럼 쏟아졌다. "어린 아가씨가 놀라운데." 그가 웃으며 말했다.

그녀는 그가 중국음식을 주문해 그 전부를 러그 위에서 다 먹으라고 시킬 때까지 자신이 중국음식을 싫어하는 줄도 몰랐다. 무슈두부, 찐 새우와 브로콜리, 마지막 남은 밥알까지 다 먹어야 했다. 그는 입도 대지 않았다. 그저 지켜보기만 했다. "집으로 돌아가야 하면 네가 다시 샤워를 한 뒤에 내가 기차역까지 데려다줄게." 그는 가고일같이 생긴 얼굴에도 불구하고 다정한 면이 있었다.

마틸드는 고개를 끄덕였다. 이미 세 번이나 대리석 샤워실에서 목욕을 한 뒤였다. 음식을 먹은 뒤에는 항상 샤워를 해야 했다. 그녀는 그라는 사람에 대해 알아가기 시작했다. "내일 학교 갈 시간에 맞춰 돌아가기만 하면 돼요." 그녀가 말했다.

"교복을 입고 다니니?" 그가 물었다.

"네." 그녀는 거짓말을 했다.

"오." 그가 나지막이 말했다. "다음 주말에는 교복을 입고 와."

그녀가 젓가락을 내려놓았다. "이미 결정했군요."

"네가 어느 대학에 가는지에 따라."

그녀는 어느 대학에 가는지 말했다. "너는 똑똑한 여자로구나." 그가 말했다. "거기 가게 됐다니 기쁜데."

"아마 그렇지 않을 텐데요." 그녀가 그의 아파트를 손짓으로 빙 둘러 가리키며 말했다. 그녀의 벗은 몸 위로 젖가슴에 밥알이 하나 떨어져 있었다. 그녀는 미소를 지었다가 다시 지웠다. 자신에게 유머 감각이 있다는 걸 그에게 알리지 않을 것이다.

그가 일어서서 문 쪽으로 걸어갔다. "좋아. 거래는 성사됐어." 그가 말했다. "금요일 오후부터 일요일 저녁까지 여기 와서 지내. 불필요한 질문을 피하기 위해 너를 내 대녀로 소개할 거야. 사 년 동안. 지금부터 시작해서. 여름에는 내 갤러리에서 인턴을 하도록 해. 네가 배워야 할 걸 내가 얼마나 잘 가르칠 수 있는지 나도 정말로 궁금하구나. 네 돈에 대한 설명이 필요하면 카탈로그 모델 일은 해도 좋아. 너는 피임을 해야 해. 우리가 함께 지내는 동안 어떤 무서운 것보다 성병을 피해야 할 테니, 너는 다른 사람은 남자건 여자건 만져서도, 눈길조차 줘서도 안 돼. 네가 다른 사람과 키스했다는 말이 들리면 그걸로 우리 관계는 끝이야."

"음란한 생각은 떠올리지도 않을 거예요." 그녀는 의식적으로 흑인의 성기를 떠올리며 말했다. "지금 어디 가요?" 그녀가 물었다.

"네 속옷과 브래지어를 사러. 그런 속옷을 입고 돌아다니는 건 수치스러운 일이야. 샤워를 하고 낮잠을 자도록 해. 몇 시간 뒤에 돌아올게."

그는 문 쪽으로 가다 말고 걸음을 멈추었다. 그가 돌아보았다. "마틸드." 그가 다정하게 말했다. "어쨌거나 이건 비즈니스란 걸 명심해. 그 이상이라고 생각하는 건 곤란해."

그녀가 처음으로 환하게 웃었다. "비즈니스." 그녀가 말했다. "어떤 감정도 일어나지 않을 거예요. 우리는 로봇 같은 사이예요."

"훌륭해." 그가 말하고는 문을 닫았다.

혼자 남은 그녀는 속이 메스껍고 머리가 어지러웠다. 그녀는 유리창에 비친 자신의 모습을 바라보았다. 저 너머 도시는 느리게 움

직이고 있었다. 그녀는 자신의 배와 가슴과 목을 만져보았다. 그리
고 손을 내려다보았다. 떨리고 있었다. 기차를 탔던 그 소녀보다
더 썩은 것도 아니었지만, 그럼에도 그녀는 유리창에 비친 마틸드
를 피해 고개를 돌려버렸다.

두 달이 지났다. 고등학교를 졸업한 뒤 그녀는 에어리얼의 아파
트로 옮겨갔다. 삼촌의 집에서 가지고 나올 건 거의 없었다. 책 몇
권, 빨간 드레스, 안경, 나쁜 아이가 되기 전에 찍은 모서리가 접힌
그녀의 사진—뺨이 통통하고 예쁜 프랑스 소녀. 그 전부가 학교
가방 안에 다 들어갔다. 운전기사가 화장실에 간 동안 그녀는 운전
석 밑에 편지를 남겼다. 겹겹이 접히는 그의 배와 턱을 보는 게 이
번이 마지막이라고 생각하면 눈물이 쏟아질 것 같아 차마 볼 수 없
었다. 그녀는 처음으로 삼촌의 서재 문을 노크했고, 그의 대답을
기다리지 않고 안으로 들어갔다. 그가 눈을 치떠 안경 너머로 그녀
를 쳐다보았다. 유리창을 통해 책상에 놓인 서류 위로 쐐기 모양의
햇살이 떨어졌다.

"지난 몇 년 동안 지낼 곳을 제공해주셔서 감사합니다." 그녀가
말했다.

"떠나려고?" 그가 프랑스어로 말했다. 그는 안경을 벗고 의자에
기대며 그녀를 쳐다보았다. "어디로 가니?"

"친구 집에요." 그녀가 말했다.

"거짓말." 그가 말했다.

"그래요." 그녀가 말했다. "저한테는 친구가 없어요. 그 사람을

보호자라고 해두죠."

그가 싱긋 웃었다. "네 모든 문제에 대한 효과적인 해결책이구나." 그가 말했다. "내가 바랐던 것과는 달리 더 육체적인 것일 수도 있겠지. 그래도 나는 놀라지 않을 거다. 어쨌거나 네가 자란 곳은 우리 어머니 집이니까."

"안녕히 계세요." 그녀가 말하고는 문을 향해 돌아섰다.

"솔직히," 그가 말했고, 그녀는 손잡이를 잡은 채 걸음을 멈추었다. "나는 네가 더 나은 길을 선택할 줄 알았다, 오렐리. 몇 년 일하다 옥스퍼드나 다른 데로 갈 줄 알았지. 네가 더 열심히 싸울 거라고 생각했었다. 좀더 나 같을 거라고. 내가 실망했다는 걸 인정할 수밖에 없구나."

그녀는 아무 말도 하지 않았다.

"대안이 전혀 없다면 여기서 음식과 잠자리는 제공된다는 사실은 알고 있어라. 가끔 들르렴. 네가 어떻게 변하는지 알고 싶으니까. 아주 독한 사람이 되거나 철저한 부르주아로 변하겠지. 세상을 집어삼키는 자가 되거나 여덟 아이의 엄마가 되거나."

"여덟 아이의 엄마가 되지는 않을 거예요." 그녀가 말했다. 이곳에 다시 찾아오지도 않을 것이다. 삼촌에게서 원하는 건 아무것도 없었다. 그녀는 마지막으로 그를 보았다. 날개 같은 아름다운 귀, 그의 얼굴을 거짓말쟁이로 보이게 만드는 둥근 뺨, 한쪽이 올라간 입. 그녀는 집안을 돌아다니며 조용히 그 집에 작별을 고했다. 층계참 아래 그녀가 다시 보기를 간절히 바라는 비밀의 걸작에, 잠긴 문이 늘어선 어두운 복도에, 커다란 오크나무로 만든 앞문에 마지막 인사를 했다. 그러고는 바깥 공기 속으로 들어섰다. 그녀가 이글거리는 하얀 햇빛 속에서 단단히 다져진 흙길 위를 달리기 시작했다. 다리를 번갈아 움직이며, 메노파교도의 들판을 어슬렁거리는 반추동물들에, 6월의 미풍에, 강둑에 자란 푸른색 야생 패랭이꽃에 안녕, 안녕, 작별인사를 했다. 이렇게 달려서 흘린 땀은 찬란한 땀이었다.

열아홉 살의 긴 여름. 혀와 숨으로 할 수 있는 것들. 라텍스의 맛, 오일로 닦은 가죽 냄새. 탱글우드*의 박스석. 그녀의 피가 전율했다. 잭슨 폴록이 물감을 흩뿌려 그린 그림 앞에서 그가 따스한 목소리로 귓가에 소곤거리자 그녀의 눈앞에 갑자기 찬란한 빛이 보였다. 무더위, 테라스에서 마시는 피스코사워**, 그가 문간에서 지켜보는 가운데 그녀의 젖꼭지 위에서 고통스럽게 천천히 녹아가는 얼음. 그는 그녀를 가르쳤다. 음식은 이렇게 썰고 와인은 이렇게 주문해야 해. 말을 전혀 하지 않고도 네가 상대의 말에 동의한다는 느낌을 주려면 이렇게 해야 해.

그의 눈가가 어딘지 모르게 부드러워졌지만 그녀는 모르는 척했다. "비즈니스." 샤워실 타일 바닥에 무릎을 댄 채 살갗이 홧홧한 가운데 그녀는 스스로에게 말했다. 그는 그녀의 머리카락 속에 손을 집어넣었다. 그녀에게 선물을 사다주었다. 팔찌, 얼굴을 화끈거리게 만드는 비디오, 끈 세 개와 레이스 조각에 다름없는 속옷 따

---

* 매사추세츠 주 서쪽에 있는 지역. 매년 여름 열리는 탱글우드 뮤직 페스티벌이 유명하다.
** 페루의 전통주 피스코로 만든 칵테일.

위를.

그리고 대학에 갔다. 그 시절은 그녀가 예상했던 것보다 훨씬 빨리 지나갔다. 강렬한 빛 같은 수업, 깜박거리는, 암울한 주말의 빛, 다시 강렬한 빛. 그녀는 수업을 들을 때는 정신을 집중했다. 친구는 사귀지 않았다. 에어리얼이 시간을 너무 많이 빼앗아갔다. 나머지 시간엔 공부를 해야 했다. 자신이 너무 굶주려 있어, 친구를 한 명이라도 사귀면 멈출 수 없을 것임을 그녀는 알고 있었다. 온화한 봄날에는 개나리가 햇볕에 망울을 틔우는 것이 눈가에서 느껴졌고, 그러면 그녀의 가슴은 반란을 일으켰다. 길을 걷다가 처음 만나는 남자와 자려면 쉽게 그럴 수도 있었겠지만, 그렇게 해서 얻게될 짜릿함보다는 잃는 것이 훨씬 더 많았다. 그녀는 다른 사람들이 서로 안거나 웃거나 저희끼리만 통하는 농담을 나누는 것을, 피가날 정도로 손톱을 물어뜯으면서 갈망의 눈빛으로 바라보았다. 금요일 오후가 되면 황혼에 물든 허드슨 강을 따라 기차를 타고 가면서 자신을 텅 비워냈다. 모델로 일하면서는 무심하게 비키니를 입을 수 있는 여자, 헤벌쭉 입을 벌린 세상 사람들에게 기꺼이 새 레이스 브래지어를 보여주는 그런 여자인 척했다. 가장 잘 나온 사진은 사진가들에게 물리적 폭력을 가하고 싶다고 생각하며 찍은 것들이었다. 그의 아파트에서는 입술을 깨물며 러그에 무릎을 대고있어야 했다. 그는 그녀의 등을 손으로 쓸어내렸고, 엉덩이 사이를 찌르며 들어왔다. 비즈니스, 그녀는 생각했다. 기차를 타고 다시대학으로, 1마일 달릴 때마다 시간이 쌓여갔다. 일 년, 이 년. 아파트와 갤러리에서 수족관 물고기처럼 여름을 보냈다. 그녀는 배웠다. 삼 년, 사 년.

4학년 봄. 그녀의 삶 전체가 그녀 앞에 놓여 있었다. 너무 환해서 똑바로 볼 수 없을 정도였다. 에어리얼은 어딘지 모르게 광적으로 변해 있었다. 레스토랑으로 데려가 네 시간이 걸리는 저녁식사를 하면서 그는 그녀에게 화장실에서 만나자고 했다. 일요일 아침에 눈을 뜨면 그가 그녀를 내려다보고 있었다. "나하고 일하자." 그녀가 그의 코카인을 흡입한 뒤 로스코*의 천재성에 대해 생각한 바를 완전한 에세이로 술술 풀어가자, 그는 둔해진 혀로 그렇게 말했다. "갤러리에서 나하고 일하자. 너를 잘 훈련시킬 거야. 그리고 뉴욕을 우리 손에 넣는 거야." "어쩌면요." 그녀가 유쾌하게 대답했다. 속으로는 어림도 없어, 라고 생각하면서. 비즈니스, 라고 생각하면서. 머지않아, 그녀는 다짐했다. 머지않아 자신은 마침내 해방될 거라고.

---

* 러시아 출신의 미국 화가. '색면 추상'이라 불리는 추상표현주의의 선구자.

11

오후 시간에는 그녀 혼자 지냈다. 아래층으로 내려왔더니 고드가 부엌에 깐 러그를 잘근잘근 씹어놓고 바닥에는 오줌을 잔뜩 싸놓은 채 호전적인 눈빛으로 그녀를 쳐다보고 있었다. 마틸드는 샤워를 한 뒤 흰색 드레스를 입었고, 머리에서 흘러내린 물이 러그에 뚝뚝 떨어지는데도 그대로 두었다. 그녀는 개를 제 집에 넣고 장난감과 사료를 비닐봉투에 담은 뒤 그 전부를 차에 실었다. 개가 차 뒤쪽에서 캉캉 짖다 잠잠해졌다.

그녀는 시내의 잡화점 밖에 서 있다가 마침내 어렴풋이 아는 가족을 보았다. 겨울에 집 앞 진입로에 쌓인 눈을 치우려고 그 집의 아버지를 고용한 적이 있었다. 얼굴은 소도둑처럼 생겼는데, 좀 느린 편이었던 것 같다. 그 집 어머니는 치과에서 접수원으로 일했다. 큰 덩치에 오종종한 상아색 이를 가진 여자였다. 그 집 아이들의 눈은 새끼 사슴의 눈처럼 참 예뻤다. 마틸드가 아이들의 눈높이로 무릎을 꿇고 말했다. "너희한테 내 개를 주고 싶은데."

소년이 손가락 세 개를 빨더니 고드를 보고는 고개를 끄덕끄덕했다. 소녀가 소곤거렸다. "아줌마 젖이 다 보여요."

"새터화이트 부인?" 여자가 말했다. 그녀의 눈이 마틸드의 머리위에서 깜박거렸다. 그 순간 마틸드는 자신의 옷차림이 부적절하다는 것을 깨달았다. 상아색 드레스, 디자이너가 만든 옷. 그 생각은 하지 못했다. 마틸드는 개를 그 집 남편의 품에 안겨주었다. "이름은 고드예요." 그녀가 말했다. 그 아내가 숨을 헉 내뱉더니 말했다. "새터화이트 부인!" 하지만 마틸드는 이미 자신의 차로 걸어가고 있었다. "쉿, 도나." 그 집 남편이 말하는 소리가 들렸다. "안됐잖아, 그냥 둬." 그녀는 차를 몰아 집으로 돌아왔다. 집이 텅 비어 메아리가 울렸다. 마틸드는 해방되었다. 이제 걱정할 것이 하나도 없었다.

아주 오래전 일이었다. 그날 하늘에서는 입으로 불어 만든 녹색 유리를 통과한 것 같은 햇살이 떨어졌다.

그때 그녀의 머리는 긴 금발이었고, 햇살을 받아 반짝였다. 앙상한 다리를 꼰 채 『문스톤』을 읽고 있었다. 그녀는 손톱 뿌리 쪽을 피가 날 정도로 물어뜯으며 자신의 남자친구를 생각했다. 가슴 설레는 사랑을 시작한 지 일주일, 그와 함께 있으면 온 세상이 환했다. 로토, 기차가 들어오면서 로토-로토-로토, 하고 말하는 것 같았다.

키가 작고 기름이 번질거리는 젊은 남자가 벤치에서 그녀를 지켜보고 있었지만 그녀는 그를 보지 못했다. 책을 읽고 있었고, 자신의 기쁨에 빠져 있어서였다. 오해가 없도록 말해두면, 아직 콜리를 만나기 전이었다. 마틸드와 로토가 서로를 발견한 뒤로, 로토는 조금이라도 남는 시간은 전부 그녀와 함께 보냈고, 그가 쓰던 기숙사 방은 유년 시절의 친구에게 넘겼다. 그 친구는 사실 그 학교의 학생이 아니었지만 강의를 훔쳐 듣고 있었다. 로토는 마틸드, 조정 연습, 수업 말고 다른 데 쓸 시간이 없었다.

하지만 콜리는 그녀에 대해 알고 있었다. 로토가 고개를 들어 마틸드를 보고 마틸드가 로토를 봤던 그 파티에 콜리도 갔었다. 그날 로토는 사람들을 헤치며 마틸드에게 다가갔다. 그때로부터 일주일 밖에 되지 않았다. 아직 심각한 관계일 리는 없다고, 콜리는 믿었다. 마른 몸매를 좋아하는 사람이라면 그 여자를 예쁘게 보겠지만, 로토가 스물두 살에 계집애 한 명한테 얽매여 살 거라고 그는 생각하지 않았다. 로토의 앞에는 평생 화려한 섹스가 기다리고 있었다. 콜리는 로토가 완벽한 외모의 남자였다면 지금 같은 성공은 거둘 수 없었을 거라고 확신했다. 피부는 나쁘고 이마는 넓고 코는 살짝 주먹코였지만, 그런 것들이 거의 여자처럼 예쁘장한 그의 얼굴을 어딘지 모르게 섹시하게 바꿔놓았다.

그리고 바로 어제, 콜리는 색종이 조각 같은 꽃잎이 흩날리는 체리나무 아래 로토와 함께 있는 마틸드를 보면서 가슴에서 공기가 빠져나가는 듯한 느낌을 받았다. 함께 있는 그들을 보라. 그들의 흰칠함을, 그들의 찬란함을. 그녀의 상처입은 하얀 얼굴에서, 지켜보기만 할 뿐 절대 웃음을 보이지 않던 그녀의 얼굴에서 미소가 떠나질 않고 있었다. 평생 서늘한 그림자 속에서 살다가 누군가에게 이끌려 햇볕에 들어선 듯했다. 그는 또 어떤가. 그의 들떠 있는 에너지 전체가 그녀에게 팽팽히 집중되어 있었다. 그녀는 그의 안에서 산만하게 퍼져버릴 위험이 있는 것을 날카롭게 벼려주었다. 그는 말을 하고 있는 그녀의 입술을 바라보다가 그녀의 턱을 살며시 잡고 속눈썹이 긴 눈을 감으며 그녀에게 키스했다. 그녀는 말을 하던 중이어서 입술을 움직이다 키스하는 그의 입술을 받게 되자 웃음을 터뜨렸다. 콜리는 두 사람이 확실히 서로 깊이 빠져 있음을 금세 알아차렸다. 그들 사이에는 뭔지 몰라도 격정적인 분위기가 감돌아서 지나가던 교수들도 입을 벌리고 그들을 쳐다보았다. 그 순간 콜리는 마틸드라는 위협이 실제 상황임을 깨달았다. 그 또한 굶주린 자였으므로 또다른 굶주린 자를 보면 대번에 느낌이 왔다. 집이 없어진 그는 로토를 집처럼 의지했다. 그런데 그녀가 그마저 빼앗아간 것이었다.

〔기차역에 갔던 이 토요일의 다음 토요일에 콜리는 로토의 침대에 쌓인 옷 무더기 아래 몸을 감춘 채 낮잠을 자고 있었는데, 로토가 어찌나 환하게 웃으며 들어오는지 콜리는 말을 해서 자신의 존재를 알릴 수 있었지만 입을 다물고 말았다. 몹시 들뜬 로토는 전화기를 들더니 플로리다의 뚱뚱한 돼지 같은 그의 어머니에게 전화를 걸었다. 몇 년 전에 거세해버리겠다며 콜리를 위협했던 그 여자. 둘은 정감 어린 농담을 주고받는다. 괴상한 모자지간이다. 이어, 로토가 어머니에게 결혼했다고 말한다. 결혼을 했다고! 하지만 그들은 아직 아기였다. 콜리는 충격을 받아 몸이 얼어붙었고, 로토가 다시 나갈 때까지 대화의 많은 부분을 놓쳤다. 사실일 리 없었다. 하지만 사실임을 그는 알고 있었다. 시간이 얼마간 흐른 뒤 그

는 옷 무더기 아래에서 비통하게 흐느꼈다. 가엾은 콜리.〕

하지만 그들이 결혼하기 전인 이날, 콜리가 그의 로토를 그 여자
로부터 구해낼 시간은 아직 있었다. 그가 여기 온 것도 그 때문이
었다. 그는 마틸드가 탄 다음에 기차에 올라탔고, 그녀의 뒤에 앉
았다. 그녀의 머리카락이 의자 등받이 틈으로 빠져나왔고, 그는 그
냄새를 맡았다. 로즈메리 향.

그녀는 펜 역에서 내렸고, 그는 그녀를 뒤쫓았다. 냄새나는 지하
에서 덥고 햇살이 비치는 지상으로 올라왔다. 그녀는 검은색 타운
카로 걸어갔고, 운전기사가 그녀에게 문을 열어주었고, 차가 그녀
를 삼켰다. 한낮 중심가의 교통 체증 덕에 콜리는 걸어서 차를 뒤
쫓을 수 있었지만 곧바로 비오듯 땀이 흘렀고 힘이 들어 가슴팍이
들썩거렸다. 차가 아르데코풍 건물 앞에 서자 그녀는 차에서 내려
그 안으로 들어갔다.

수위는 실버백 고릴라 같은 사람으로 제복을 입고 있었고 스태
튼 섬 억양을 썼다. 무뚝뚝하게 나가야 먹힐 사람이었다. 콜리가
말했다. "저 금발 여자는 누구예요?" 수위가 어깨를 으쓱했다. 콜
리가 10달러를 꺼내주었다. 수위가 말했다. "4층 B호의 여자친구
예요." 콜리가 그를 쳐다보았고, 수위가 손을 내밀자 콜리는 가진
전부인 마리화나를 건넸다. 수위가 씩 웃더니 말했다. "저 여자는
나이가 아주 어린데도 여기 드나든 지 벌써 여러 해가 됐죠. 뒷조
사를 하려고? 남자는 미술품 거래상이에요. 이름은 에어리얼 잉글
리시." 콜리는 기다렸지만 수위는 부드럽게 말했다. "이렇게 작은
꽁초로 캐낼 수 있는 건 이게 전부요. 이렇게 작은 꽁초로는."

나중에 콜리는 길 건너 식당의 창가에 앉아 기다렸다. 그는 지켜

보았다. 땀에 젖었던 셔츠는 말랐고, 여자 종업원도 뭘 주문하겠느냐고 묻기 지쳤는지 머그잔에 커피만 채워주고 갔다.

그림자가 길 건너 건물을 삼켰을 때 그는 거의 포기 상태가 되어, 그가 빌붙어 사는 대학 기숙사로 돌아갈 생각이었다. 몇 가지 방법이 있었다. 전화번호부에서 갤러리를 찾는다. 조사를 좀 한다. 하지만 그 순간 수위가 몸을 펴고 일어서서 활기차게 문을 열어주었고, 키메라 같은 그 남자가 밖으로 나왔다. 턱에는 군살이 늘어졌고 몸은 정장 안에 연기 한 줄기를 쏟아부은 것처럼 보였다. 움직이는 동작이나 말쑥한 차림새로 보건대 부자였다. 그의 뒤로 살아 있는 마네킹이 나타났다. 마틸드란 걸 대번에 알아보지는 못했다. 하이힐은 높았고, 교복 스커트는 가랑이를 겨우 가릴 정도였고, 머리는 높이 올려 묶였고, 화장은 너무 짙었다. (그녀가 계약을 사 년 이상으로 연장하자는 제안을 거부하자 에어리얼이 홧김에 이런 차림을 하게 한 것이었다. 그는 그녀를 알았고, 그만둘 때를 알았다.) 늘 잔잔하게 머금고 있던 미소가 보이지 않는 그녀의 얼굴은 방패 같으면서도 자석 같았다. 뭔가 버려진 건물처럼, 텅 비어 있었다. 그녀는 주변 세상을 의식하지 않는 듯 걸었고, 거즈면 셔츠 아래 젖꼭지가 비쳐 보였다.

그들이 길을 건너 식당으로 들어와 자신이 앉은 쪽으로 다가오는 것을 보자 콜리는 더럭 겁이 났다.

그들은 구석 칸막이 자리에 앉았다. 남자가 두 사람이 먹을 것을 주문했다. 자신에게는 에그화이트 그릭 오믈렛을, 그녀에게는 초콜릿 밀크셰이크를. 콜리는 크롬 냅킨꽂이에 거꾸로 비친 그들의 모습을 지켜보았다. 그녀는 아무것도 먹지 않고 허공만 응시했다.

콜리는 남자가 그녀의 귀에 대고 뭐라고 소곤거리는 것을, 그의 손이 그녀의 다리 사이 어두운 곳으로 사라지는 것을 보았다. 그녀는 내버려두었다. 수동적으로. 〔표면적으로는 그랬다. 실제로는 거기 아래에서 뜨겁게 달아오르는 것을 억누르고 있었다.〕

콜리는 망연자실했다. 그의 안에서 뭔가가 휙휙 빠르게 돌아가는 것이 느껴졌다. 로토를 위한 분노였다. 콜리 자신이 지켜내려고 그토록 노력했던 것을 잃는다는 두려움이었다. 그는 복잡한 심정으로 일어서서 다시 기차에 탔고, 황혼의 풍경을 통과하면서 타오를 듯 뜨거운 얼굴을 서늘한 유리창에 댔다. 마침내 바사로 돌아왔고, 로토의 침대에 쓰러졌다. 잠시 눈을 붙인 뒤 로토에게 그의 새 여자에 대해, 그 여자가 어떤 비밀을 지녔는지에 대해 알려줄 계획을 세울 것이었다. 창녀 같으니. 하지만 깊이 잠들어버렸다. 그는 휴게실에서 들리는 웃음소리, 텔레비전 소리에 잠을 깼다. 야광시계를 쳐다보니 자정이 지나 있었다.

그는 밖으로 나왔다가 너무 놀란 나머지 쓰러질 뻔했다. 유일한 설명은 마틸드가 쌍둥이라는 것이었다. 그가 도시로 쫓아갔던 여자는 엉뚱한 여자였다. 로토의 무릎에는 운동복을 입은 여자가 누워 있었고, 하나로 묶은 여자의 머리는 어수선하게 흩어져 있었다. 그녀는 귓가에 대고 속삭이는 로토의 말에 웃고 있었다. 그 모습이 그가 봤던 모습과는 너무 달라서, 그는 자신이 잘못 본 게 틀림없다고 생각했다. 꿈이었나? 먹다 만 팝오버 빵이 애플버터와 함께 테이블에 놓여 있었는데, 콜리는 그걸 슬쩍 가져가 먹을 뻔했다. 배가 몹시 고팠다.

"이봐." 로토가 우렁차게 불렀다. "콜리! 너 아직 우리"—그가 웃었다―"우리 마틸드 안 만나봤지. 내가 열렬히 사랑하는 여자야. 마틸드, 이쪽은 콜리, 내 가장 오랜 친구야."

"오!" 그녀가 말하고는 벌떡 일어나 콜리에게 다가가 그를 내려다보았다. "만나서 정말 반가워." 그녀가 말했다. "두 사람 이야기는 다 들었어." 그녀가 잠시 말을 멈추고 그를 가볍게 안았다. 그녀의 몸에서는 상아색 비누 냄새, 그리고 아하, 로즈메리 향 샴푸 냄새가 났다.

여러 해가 지난 뒤, 정원사가 펜트하우스의 파티오에 로즈메리를 심으려 했을 때 콜리는 그 식물을 30층 아래 보도로 던져버렸고, 버섯구름 같은 흙먼지를 일으키며 그것이 파열하는 것을 지켜보았다.

"당신, 본 적이 있어." 콜리가 말했다.

"안 보기가 어렵지. 182센티미터 키의 완벽한 몸매에 황홀한 다리." 로토가 말했다.

"아니," 콜리가 말했다. "오늘 봤어. 도시로 가는 기차에서. 틀림없이 그쪽이었던 것 같은데."

로토가 아주 약간 망설인 뒤 말했다. "다른 굉장한 미인을 봤겠지. 마틸드는 컴퓨터실에서 하루종일 프랑스문학 기말 보고서를 썼어. 그렇지, M.?"

마틸드가 웃자 눈이 가느스름해졌다. 콜리는 그들에게서 자신에 대한 차가운 태도를 느꼈다. "오전에는 쭉 그랬어." 그녀가 말했다. "하지만 빨리 끝냈어. 10페이지짜리였거든. 자기가 조정팀 사람들하고 점심을 먹을 때 나는 도시로 가서 메트로폴리탄에 갔어. 미술 작품에 대해 시를 쓰는 작문 과제가 있는데, 캠퍼스 미술관에 있는 모네의 〈수련〉은 다른 애들도 다 하는 거라 바보같이 그걸로 쓰고 싶지는 않아서. 사실 방금 돌아왔어. 그 사실을 일깨워줘서 고마워!" 그녀가 콜리에게 말했다. "기프트숍에서 로토에게 줄 선물을 샀거든."

그녀는 커다란 가방을 둔 곳으로 가서 책을 한 권 꺼냈다. 표지 그림은 샤갈의 작품이었다. 나중에 콜리가 그 책을 훔쳤을 때 알게 되는데, 그 책은 마틸드가 에어리얼의 아파트에서 마지막으로 나올 때 훔친 것이었다. 그녀는 마지막 수표를 받았다. 이제 그녀는 자유롭게 로토와 잘 수 있었다.

"장님으로 그려진 날개 달린 큐피드."* 로토가 읽었다. "셰익스피어에 영감을 받은 작품. 오." 그가 그녀의 턱에 키스하며 말했다. "완벽한 선물이야."

그녀가 콜리를 바라보았다. 또다른 눈빛이 희미하게 반짝이며 어둠을 꿰뚫었다. 이번에는 아마 그렇게 상냥한 눈빛은 아니었을 것이다.

좋아, 콜리는 생각했다. 내가 얼마나 끈질긴 사람인지 알게 될 거야. 전혀 예상치 못한 순간에 당신 삶을 날려버릴 테니까. 〔공평하다고 말할 밖에. 그녀가 그의 삶을 날려버렸으니.〕 그의 뇌 뒤쪽이 근질근질해지면서 계획이 서기 시작했다. 그는 그녀를 향해 웃고는, 어두워지는 유리창에 비친 자신을 보았다. 유리창에 비친 자신이 아주 달라 보인다는 사실이 좋았다. 실제보다 훨씬 더 마르고, 더 하얗고, 훨씬 더 흐릿해 보였다.

---

* 『한여름 밤의 꿈』 1막 1장 헬레나의 대사에서 따온 제목이다.

12

머그잔에 커피를 담아 와 그녀를 깨웠어야 할 남편이 그러지 않았다. 그들이 같은 지붕 아래 산 이래 그는 하루도 거르지 않고 우유를 탄 커피로 그녀를 깨웠다. 뭔가 이상했다. 그녀가 눈을 떠 보니 아침이 환히 밝아 있었다. 그녀의 가슴속은 심연이었다. 그녀는 캄캄한 밑바닥까지는 차마 들여다볼 수 없었다.

그녀는 꿈지럭거렸다. 세수를 했다. 개에게 말을 걸었지만 개는 마틸드를 두고 문 쪽으로 미친듯이 달려갔다. 커튼을 걷자 세상이 한겨울의 침울함 속에 깊이 잠겨 있었다. 그녀는 한참 동안 층계참을 내려다보았다.

빌어먹을 그날이 왔군, 그녀는 생각했다.

그가 나를 떠났어, 그녀는 생각했다. 그를 처음 본 순간부터 이 날이 올 걸 알고 있었어.

그녀는 어둑한 계단을 내려갔다. 부엌에 그는 없었다. 다락에 있는 그의 작업실로 올라가면서 그녀는 마음을 진정시키려고 나직이 중얼거렸다. 문을 열고 들어가자 책상 앞에 앉아 있는 그가 보였다. 안도감이 쏴아 밀려왔다. 그의 머리가 꺾여 있었다. 밤새 일을 하다 잠이 든 게 틀림없었다. 그녀는 그를 바라보았다. 사자 같은 머리칼, 회색 관자놀이, 위엄 있는 이마, 부드럽고 도톰한 입술.

하지만 그녀가 그의 몸에 손을 대자 피부가 미지근했다. 눈은 뜬 채였지만 거울처럼 비어 있었다. 이건 쉬고 있는 게 아니었다, 전혀 아니었다.

그녀는 그의 뒤로 비집고 들어가 의자 안에서 그의 몸에 자신의 몸을 밀착했다. 꼬리뼈에서 목덜미까지. 그의 셔츠 안에 손을 집어넣어 얇은 고무처럼 흐물흐물한 그의 뱃살을 만졌다. 손가락으로 그의 배꼽을 꾹 누르자 두번째 마디까지 손가락이 들어갔다. 그의 파자마 바지와 사각팬티 안으로 두 손을 집어넣었다. 아직 따뜻했다. 털실 같은 음모. 새틴 같은 그것의 앞부분이 손바닥에 초라하게 잡혔다.

한동안 그녀는 그를 끌어안고 있었다. 그렇게 그의 체온이 식어가는 것을 느꼈다. 그녀는 한 단어가 반복되어 말해지다 결국 모든 의미를 상실해버릴 때처럼, 그의 몸이 더는 그의 몸으로 인식되지 않을 때에야 일어섰다.

13

콜리가 수영장에서 몰래 마틸드를 기다리고 있었다. 그녀가 남편 없이 보낸 시간이 여섯 달하고 한 주가 되었다.

콜리는 그녀가 그의 차 소리를 듣고 풀하우스로 달아나 숨지 못하도록 1마일 떨어진 길가에 차를 세우고 걸어왔다.

그날 아침에 그녀는 온몸을 태우려고 비키니도 입지 않은 채였다. 그런다고 누구의 심기를 건드리겠는가? 까마귀들? 그녀의 몸은 시들고 사랑받지 못하는 과부의 몸뚱이였다. 하지만 여기, 콜리가 헛기침 소리를 내며 수영장 가장자리에 서 있었다. 그녀는 선글라스를 통해 그를 뚫어져라 본 뒤 손바닥으로 두 뺨을 닦았다.

키 작은 고블린 같은 남자. 한번은 파티에서 그가 그녀를 욕실로 밀어넣으려 했고, 그녀는 그를 밀어내기 위해 그의 고환 쪽을 무릎으로 쳐야 했다.

"맙소사, 콜리." 그녀가 말했다. 그녀는 팔을 휘저어 수영장 벽으로 다가왔고, 이어 밖으로 올라왔다. "나는 소박한 고독을 즐기지도 못해? 저기 수건 좀 줘." 그녀가 말했다. 그가 수건을 건넸지만 동작이 극도로 느려 보였다.

"고독에 빠지면 자살이 뒤따르지." 그가 말했다. "머리를 그렇게 하니 화학치료를 받는 환자 같은데. 아니면 머리숱이 좀 없거나."

"여긴 왜 왔어?" 그녀가 물었다.

"모두가 걱정하고 있어. 지난주에만 전화를 열 통이나 받았어. 다니카는 당신이 자살할 거라고 생각해."

"글쎄, 그렇다면 돌아가서 내가 살아 있다고 전하면 되겠네." 그녀가 말했다.

"그건 똑똑히 알겠어." 그가 싱긋 웃었다. "실물을 봤으니까. 운전을 해서 돌아가기에는 너무 배가 고픈데. 먹을 것 좀 주지."

그녀가 한숨을 쉬었다. "우리집에는 아이스크림밖에 없어." 그녀가 말했다. "피스타치오 아이스크림."

그는 그녀를 따라 부엌으로 들어갔고, 그녀가 아이스크림을 푸는 동안 그는 토마토가 담긴 푸른 그릇에 꽂혀 있는 편지에 손을 뻗었다. 그는 자신과 관련이 없는 것이라도 늘 집어드는 습관이 있었다. 한번은 마틸드가 자기 작업실로 들어갔는데 자신의 소설을 읽고 있는 그를 발견하고 붙잡은 적도 있었다. 아무 종이에나 휘갈겨 쓴 미숙하고 어설픈 소설이었다.

"손 떼." 지금 그녀가 말했다. "당신 게 아니잖아."

콜리가 아이스크림을 먹는 동안 그들은 베란다로 나가 따뜻한 돌 위에 앉아 있었다.

"내가 당신을 몰래 조사하고 다닌 역사가 긴 듯한데." 콜리가 말했다. 그는 트림을 한 뒤 스푼을 땅속에 박아넣었다.

그녀는 아주 오래전 어느 파티에서 그의 손이 그녀의 팔뚝을 잡았던 것을 떠올렸다. 그때 그의 얼굴에 떠올라 있던 욕망. 한번은 그녀의 귀에 혀를 밀어넣었던 적도 있었다. "그럼. 우리는 당신이 변태라는 걸 다 알고 있어." 그녀가 말했다.

"아니야, 아, 맞아. 하지만 아니야, 지금은 다른 얘길 하는 거야. 내가 예전에 당신을 뒤쫓았던 거 알아? 바사에 다닐 때. 아직 당신과 인사를 하지 않았을 때였어. 당신과 로토가 막 사귀기 시작했을 때였는데, 난 당신한테 뭔가 수상쩍은 구석이 있다는 걸 알았지. 그래서 도시까지 당신을 쫓아갔어."

마틸드는 말이 없어졌다.

"가장 친한 친구의 새 여자친구가 리무진에 타는 게 이상했지. 기억하는지 모르겠지만, 그때는 나도 몸이 좋았던 때라 계속 쫓아갔어. 당신이 차에서 내려 어떤 아파트 건물로 들어갔어. 나는 길 건너 식당에 앉아 지켜봤지. 그 식당은 기억하겠지."

"어떻게 잊어." 그녀가 말했다. "그리고 그때도 당신은 뚱뚱했어. 당신 몸은 좋았던 적이 없어, 콜."

"하. 어쨌거나 당신은 해괴한 옷차림을 하고 나왔어. 속이 비치는 셔츠, 반창고 같은 미니스커트. 당신하고 같이 나온 사람은 괴짜 같고 얼굴만 투실투실한 남자였는데, 그 남자가 당신 스커트 속으로 손을 집어넣었어. 나는 어라, 하고 생각했지. 내 친구 로토는 지구상에서 가장 좋은 사람이었어. 지랄같이 충실하고 다정하고, 나를 거둬 자기 방에서 같이 살게 해줬지. 로토는 내 가족보다 더 가족 같았어. 당시에 누가 그 사실을 알았을 것 같지는 않지만 로토는 진짜 빌어먹게 눈부신 천재였어. 그 자식한테는 뭔가가 있었지. 카리스마. 신사다움. 누구건 있는 그대로 받아들일 줄 아는 태도. 그런 사람은 흔치 않아, 안 그래? 다른 사람에 대한 평가는 절대, 절대 하지 않는 사람 말이야. 대부분의 사람들은 마음속에서 끊임없이 고약한 독백을 하고 있거든. 로토는 그러지 않았어. 오히려 상대를 좋게 생각했지. 로토한텐 그러는 편이 더 쉽거든. 게다가 로토는 나한테 정말 잘해줬어. 우리 가족은 죄다 가학적인 머저리들이라, 나는 고등학교 졸업반 때 학교를 그만두고 중간에 뛰쳐나왔어. 지구상에서 내게 한결같이 잘해준 사람은 로토가 유일했어. 내 나이 열일곱 살 때부터 로토는 나한테 집 같은 존재였어. 아무튼 여기 놀랍고 훌륭한 사람, 내가 아는 가장 좋은 사람이 있는데, 그의 여자친구라는 사람이 어떤 영감쟁이하고 자려고 몰래 뉴욕에 간다? 그래서 나는 내 가장 친한 친구한테 그 여자친구가 다른 놈하고 놀아나더라고 말해줄 작정을 하고 집에 돌아왔어. 어떤 종류의 인간이 그런 술수를 써서 로토를 유혹할까? 그러니까, 재미로 강아지의 목을 매달 인간이나 돈 보고 결혼하는 여자나 그러겠지. 아무튼 당신이 나보다 먼저 기숙사에 도착했어. 아니면 내가 잠이 들었든가. 기억이 안 나. 하지만 방에서 나오니 당신과 로토가 함께 있었고, 둘이 같이 있는 장면을 보니 로토한테 그 말을 하면 안 될 것 같더군. 아직은 때가 아니었어. 그때 로토는 정신을 차리지 못할 정도였으니까. 당신한테 흠뻑 빠져서 내가 무슨 말이라도 하면 걷어차일 사람은 당신이 아니라 내가 될 게 뻔했어."

그녀는 눈을 찌푸린 채 뜨거운 회색 돌 위로 기어가는 개미 군단에 시선을 주고 있었다.

그는 기다렸지만 그녀는 말할 생각이 없어 보였다. 그래서 그는 계속 말했다. "그래서 난 잠시 뒤로 물러나 때가 오기를 기다렸다가 아무도 예상하지 못하는 순간에 칼을 찔러넣겠다고 생각했지."

"이십사 년 동안. 그런데 그렇게 하기도 전에 로토가 죽어버렸군." 그녀가 부드럽게 말했다. "너무 안타까워. 비극이야."

"틀렸어." 그가 말했다.

그녀가 그를 보았다. 그녀의 몸은 발갛게 달아올라 있었고 땀을 흘리고 있었다. 그녀의 머릿속에 로토가 죽기 전 마지막 한 달이 되살아났다. 그는 침울했고, 말이 짧았다. 그녀 쪽을 바라볼 때는 멈칫거렸다. 그녀는 로토가 죽기 전에 그들이 마지막으로 콜리를 만났을 때를 곰곰이 되짚어보았다. 그 순간 갑자기 에어리얼의 갤러리에 갔던 날이 떠올랐다. 그날 밤 로토는 그녀를 끌고 내털리의 유작전 오프닝 행사에 갔었다. 비명을 지르는 얼굴을 형상화한 거대한 금속 조각 작품이 전시되어 있었고, 갤러리는 동화 속 숲처럼 온통 그림자와 어둠으로 꾸며져 있었다. 아마도 그녀는 그 일이 일어난 지 아주 오래됐으니 에어리얼의 일로는 위험한 게 없을 거라고 혼잣말을 했었을 것이다. 하지만 예쁘장하게 생긴 웨이터 청년이 그녀의 실크드레스에 레드와인을 엎질렀고, 그녀는 얼룩을 없애려고 서둘러 화장실로 갔다. 그녀가 돌아왔을 땐 그녀의 남편 대신 남편처럼 생긴 로봇이 있었다. 그녀를 봐도 웃지 않는 남자, 그녀를 흘끔거리며 말하는 남자, 나중에는 끓어오르는 분노를 삭이던 남자가. 잔이 쟁반에서 기울어지며 와인이 스커트에 지독히도 천천히 엎질러지기 전 그가 그녀의 이마에 부드럽게 키스한 순간과, 그녀가 다시 돌아온 순간 사이 어느 시점에 콜리가 그녀와 에어리얼의 계약 관계에 대해 모조리 폭로한 것이었다. 눈앞에서 세상이 깜빡거렸다.

콜리는 그녀가 상황을 파악한 것을 알아차리고는 웃으며 말했다. "내 물건은 늘 대기중이야, 베이비. 나는 오래 해."

"어째서?" 그녀가 말했다.

"당신이 그를 차지했으니까." 그의 대답은 너무 빨랐고 그의 목소리는 너무 거칠었다. 그는 코 위에서 안경을 이리저리 움직이더니 손깍지를 꼈다. "로토는 나한테 유일한 사람이었는데 당신이 채갔으니까. 게다가 당신은 그를 차지할 자격이 조금도 없는 나쁜 사람이니까."

"내가 물은 건," 그녀가 말했다. "어째서 지금이냐고? 왜 십 년 전이 아니라? 왜 이십 년 전이 아니라?"

"우리 옛친구가 여자 거길 얼마나 좋아하는지는 당신도 알고 나도 알아. 어떤 여자 것이든 다. 그리고 솔직히 말해서 당신 거기도 언젠가 늙는다는 걸 나는 늘 알고 있었지. 늘어지고 헐거워지고. 머지않아 폐경기도 닥칠 테고. 불쌍한 로토는 언제나 자식을 원했어. 당신을 치워버리면 그도 원하는 자식을 가질 수 있으니까. 우리 모두는 그가 원하는 것을 그에게 주고 싶었어. 안 그래?"

그녀는 스푼으로 그를 죽여버리지 않을 자신이 없었다. 그래서 일어서서 집안으로 들어갔고, 문을 잠갔다.

콜리가 자갈길로 걸어가는 것을 지켜본 뒤 몇 시간 동안 마틸드는 부엌에 앉아 있었다. 밤이 되어도 그녀는 불을 켜지 않았다. 저녁을 먹으면서 그녀는 오래전에 로토의 작품을 맡았던 연출자에게서 선물로 받은 와인을 꺼냈다. 터무니없이 비싸고 스모크 향이 나고 혀에 뒷맛이 남는 와인이었다. 한 병을 다 비우자 그녀는 일어서서 꼭대기 층에 있는 남편의 작업실로 올라갔다. 얼마나 오래 방치되어 있었는지 염좌 화분이 시커멓게 죽어 있었다. 책들은 큰 날개를 펼친 듯 사방에 널려 있었고, 종이는 여전히 책상 위에 흩어져 있었다.

그녀는 가죽의자에 앉아, 오랜 세월 남편의 무게가 만든 오목한 자리에 자신의 몸을 내려놓았다. 그녀는 머리를 뒤쪽 벽에 댔다. 그의 머리가 닿았던 그 자리도 반질거렸다. 그녀는 그가 상상에 빠져 아주 오랜 시간 꿈을 꾸었던 창문을 쳐다보았고, 그러자 그녀의 가슴속에 아릿한 어둠이 차올랐다. 그녀는 자신이 이 집의 크기만큼 거대해진 것 같았고, 달빛이 그녀에게 왕관을 씌워주는 것 같았다. 귓가에 바람 소리가 들렸다.

〔슬픔은 내면화된 고통, 영혼의 종기다. 분노는 에너지로서의 고통, 갑작스러운 분출이다.〕

이번엔 로토를 위해서였다. "그렇게 하면 재미있을 거야." 그녀가 빈집에 대고 소리 내어 말했다.

14

졸업식 날. 자주색 언덕, 강렬한 햇살. 행진이 너무 빨라 모두 숨을 헉헉대며 웃었다. 북적거리는 구경꾼들 사이로 콜리의 투실투실한 얼굴도 언뜻 보였다. 웃는 표정은 아니었다. 마틸드는 졸업한다는 소식을 삼촌에게 굳이 알리지 않았다. 운전기사라면 보고 싶었지만 그의 진짜 이름이 뭔지도 몰랐다. 도시로 마지막 걸음을 한뒤로는 에어리얼과 말을 나눈 적도 없었고, 마지막 집세를 끝으로계약은 끝났다. 그녀를 만나러 졸업식에 온 사람은 아무도 없었다. 뭐. 그녀도 누가 올 거라고 기대는 하지 않았다.

그들은 안뜰로 쏟아져들어가 긴 축사와 어느 코미디언의 말을 참고 들었지만, 그녀는 앞줄에 로토가 있었기 때문에 집중할 수가 없었다. 그녀는 그의 발그레한 귀를 보며 입안에 넣고 빨고 싶다는 생각을 하고 있었다. 그녀가 단상 위를 걸어갈 때는 예의상 치는 박수 소리가 들렸다. 로토가 단상 위를 걸어갈 때는 우레 같은 박수가 터져나왔다. "인기가 많은 건 참 끔찍한 거네." 나중에 색종이 조각처럼 모자를 날린 뒤 그들이 서로를 발견하고 키스를 나눌 때 그녀가 말했다.

짐을 꾸려서 나오기 전에 그들은 그의 기숙사 방에서 빠르게 한 번 했다. 단단한 오크나무 책상에 그녀의 꼬리뼈가 눌린 채 둘이 쉬쉬거리며 웃는데 문 두드리는 소리가 들렸다. "막 샤워를 할 참이야!" 그가 외쳤다. "섹스중이니까 밖에 있어."

"뭐?" 그의 어린 여동생 레이철이었다. 레이철의 목소리가 복도의 문손잡이 높이에서 들렸다.

"오, 젠장." 그가 작게 말했다. "잠시만 기다려." 그가 얼굴이 벌게져서 외쳤고, 마틸드는 웃지 않으려고 그의 어깨를 깨물었다.

레이철이 들어왔을 때 로토는 샤워를 하면서 떨어지는 찬물에 대고 소리를 질러댔고, 마틸드는 무릎을 꿇고 짐을 싸면서 그의 구두를 판지상자에 챙겨넣고 있었다. "안녕!" 그녀가 어린 소녀에게 말했다. 가여운 것, 소녀는 오빠의 눈부신 외모에 비하면 초라했다. 길고 좁은 코, 작은 턱, 양미간이 붙은 눈, 기타 줄처럼 뻣뻣한 회갈색 머리카락. 나이는 얼마나 됐을까? 아홉 살쯤. 레이철은 프릴 달린 예쁜 드레스를 입고 눈을 휘둥그레 뜬 채 숨을 헉 내쉬더니 말했다. "와! 언니 정말 예뻐요."

"나 벌써부터 네가 마음에 들어." 마틸드가 말한 뒤 일어섰다. 그러고는 레이철 쪽으로 걸어가 허리를 굽히고 소녀의 뺨에 키스했다. 그 순간 레이철은 욕실에서 수건을 두른 채 나오는 오빠를 보고 달려가 허리를 감싸안았다. 그의 어깨에 맺힌 물방울이 떨어졌고, 그는 "레이철! 레이치-레이!" 하고 외치며 웃음을 터뜨렸다.

레이철 뒤로 샐리 고모가 들어왔는데, 어린 소녀와 같은 유전자 풀에서 나왔는지 얼굴이 페럿 같았다. "어머, 어쩜." 샐리가 들어오다 마틸드를 보고 걸음을 멈추며 말했다. 높은 레이스 목선 위의 얼굴이 발그레해졌다. "네가 우리 조카의 짝이로구나. 이 녀석을 꼼짝 못하게 붙들 만큼 특별한 사람이 누군지 우리가 얼마나 궁금했는지. 지금 보니 알겠네. 만나서 반가워. 나는 샐리라고 부르면 돼."

로토가 문 쪽을 보더니 안색이 어두워졌다. "엄마는 화장실에 갔어요?" 그가 물었다. "아니면 아직 계단을 올라오는 중이에요?" 그는 어머니와 아내가 한 공간에 있게 되면 서로 사랑하게 될 거라고, 그건 유리창처럼 훤히 들여다보이는 사실이라고 생각했다. 오, 사랑스러운 남자.

마틸드는 어깨에 힘을 주고 턱을 내밀며 앤트워넷이 들어오기를 기다렸다. 시선을 교환하면서 상황을 판단할 것이다. 그날 아침 캠퍼스 우편함에 편지가 한 통 와 있었다. 편지에는 내가 너를 보지 않는다는 생각은 하지 마, 라고 쓰여 있었다. 이름은 쓰여 있지 않았지만 앤트워넷의 장미향이 났다. 마틸드는 그 편지를 구두상자에 보관했다. 앞으로 그 상자에는 그런 편지가 가득 쌓일 것이다.

하지만 샐리가 말했다. "아니. 미안하구나, 우리 아가. 엄마는 축하 인사만 전했어. 너한테 이걸 주라고 했어." 그러더니 봉투 하나를 건넸다. 유리창으로 들어오는 햇살에 수표가 비쳐 보였다. 거기적힌 글씨체는 엄마의 것이 아니라 샐리의 것이었다.

"오." 로토가 말했다.

"엄마는 너를 사랑한대." 샐리가 말했다.

"아무렴 그렇겠죠." 로토가 말하고는 고개를 돌렸다.

로토는 그의 스테이션왜건에 챙겨넣지 못한 것은 누구든 필요한 사람이 가져갈 수 있게 바깥에 내놓았다. 그는 가진 것이 얼마 없었고, 그에게 물욕이 없다는 점이 마틸드는 한결같이 좋았다. 그녀의 아파트 계약 기간이 한 주 남아서 일단 그의 짐을 거기 전부 옮겨놓은 뒤 그들은 샐리와 레이철과 함께 이른 저녁을 먹으러 갔다.

마틸드는 자신의 감정을 숨기기 위해 와인을 홀짝였다. 그녀는 이렇게 어느 가족의 일원으로 한자리에 앉았던 마지막 순간이 언제였는지 기억도 나지 않았다. 흰색 식탁보에 황동 샹들리에, 행복한 졸업생들과 즐거운 술잔치를 벌이는 부모들, 양치식물이 늘어선 이 아늑한 공간. 이처럼 평화롭고 잘 꾸며진 공간에서 보낸 기억은 말할 것도 없었다. 테이블 반대쪽에 나란히 앉은 로토와 샐리는 깔깔거리면서 서로 이야기를 먼저 하려고 야단이었다.

"네가 어릴 때 낡은 닭장 안에 관리자의 강아지를 데려가 무슨 짓을 벌이려고 했는지 내가 모르는 줄 알았지?" 그녀가 말하자, 그는 얼굴이 발그레해지면서 즐거움에 젖어 반짝반짝 빛났다. "밖으로 나왔을 때 쑤시고 찔러댄 게 캥겨서는 땀을 삐질삐질 흘리면서 된통 당한 얼굴이었잖아? 오, 아가, 넌 잊었는지 몰라도 나는 벽을 통해서도 훤히 볼 수 있어." 그러고는 레이철을 기억해내려는 듯 얼굴을 찡그렸지만 레이철은 그들 쪽은 아예 보지도 않고 있었다. 레이철이 마틸드를 보며 눈을 하도 빠르게 깜빡거려 마틸드는 아이의 눈꺼풀에 이상이 있는 건 아닌지 걱정이 되었다.

"목걸이가 예뻐요." 소녀가 소곤거렸다.

마틸드는 목에 손을 올려 목걸이를 만지작거렸다. 에어리얼이 지난 크리스마스 때 선물로 사준 것으로, 커다란 에메랄드가 박힌 금목걸이였다. 녹색이 그녀의 눈동자 색과 잘 어울릴 거라는 이유에서였다. 하지만 그녀의 눈동자 색은 시시각각 달라졌다. 그녀가 목에서 목걸이를 풀어 레이철의 목에 걸어주었다. "너한테 줄게."

그리니치빌리지의 지하층 아파트에서 살던 그 십 년 동안, 마틸드가 전화요금을 내기 위해 점심을 걸러야 했던 그 시절에도, 그녀는 1만 달러짜리 목걸이를 어린 소녀에게 충동적으로 선물했던 그 일을 생각하면 마음이 따스해졌다. 평생의 친구를 얻은 것치고는 싼 값이었다.

소녀는 눈이 휘둥그레지더니, 에메랄드 보석을 손에 쥐고 마틸드에게 머리를 기댔다.

마틸드가 고개를 들었고, 그 순간 몸이 굳어버렸다. 옆 테이블에 에어리얼이 있었다. 그는 손도 대지 않은 샐러드 너머로 그녀를 보고 있었는데, 입은 웃고 있었지만 눈은 비늘처럼 차가웠다.

그녀는 시선을 피하지 않았다. 얼굴의 긴장을 풀고, 에어리얼이 남자 종업원을 손짓으로 부를 때까지 그를 빤히 쳐다보았다. 그가 뭐라고 말하자 종업원이 급히 사라졌다.

"소름이 돋았어요." 레이철이 마틸드의 팔을 만지며 말했다. 종업원이 지나치게 마틸드에게 바짝 붙어 서서 최상급 샴페인 한 병을 땄다. 샐리가 딱딱하게 말했다. "이건 우리가 주문한 와인이 아닌데요." 종업원이 달래듯 말했다. "알고 있습니다. 어느 팬이 보내신 겁니다. 따라드려도 괜찮을까요?"

"이렇게 멋진 일이! 그럼요. 로토한테는 팬이 아주 많아요." 마틸드가 말했다. "햄릿을 한 뒤로 로토는 이 지역의 유명인사가 됐어요. 정말 굉장하죠."

"오, 나도 알아." 샐리가 말했다. 로토가 우쭐해서는 환하고 즐거운 웃음을 지으며 어느 친절한 사람이 샴페인을 보냈는지 알아내려고 이리저리 눈길을 주었다. 그의 기쁨은 그 위력이 엄청나서, 그의 시선이 누구에게 닿든 그 사람은 음식을 먹다 말고, 대화를 나누다 말고 고개를 들었고, 얼굴이 빨개지며 놀란 표정을 지었다. 거의 모두가 웃음으로 화답했다. 햇살이 금색 물결을 이루며 유리창으로 쏟아져들어오고, 나무 꼭대기가 바람에 바스락거리고, 거리에는 하루 일에서 풀려난 사람들이 북적북적 모여든 이 찬란한 초저녁에, 로토는 수십 명의 가슴속에 형언할 수 없는 환희의 불꽃을 피워올리고, 이미 들뜬 분위기의 이 공간을 한 번의 파도로 순식간에 더욱 밝게 만들었다. 동물자기動物磁氣*는 실재했다. 그 힘은 육체의 대류를 통해 퍼져나갔다. 에어리얼조차 웃음으로 답했다. 어떤 사람들은 얼굴에 놀란 미소를 그대로 띤 채 그가 다시 봐주기를 바라면서, 그가 누군지 궁금해하면서, 서서히 추측하는 표정을 짓기 시작했다. 이날, 이 세상에서 그는 특별한 사람이었기 때문이다.

"샴페인을 마시는 동안," 마틸드가 자신의 와인잔에서 작은 거품이 벼룩처럼 튀는 것을 바라보며 말했다. "로토와 제가 드릴 말씀이 있어요."

로토는 눈을 깜박이며 테이블 건너 마틸드를 바라보고는 싱긋 웃은 뒤 고모와 동생을 돌아보았다. "엄마가 이 순간을 함께하지 못해 유감이에요. 하지만 이 이야기를 더는 미룰 수 없을 것 같아요. 저희 결혼했어요." 그가 말했다. 그러고는 마틸드의 손에 키스

---

* 최면을 걸 때 시술자로부터 피술자에게 흐른다고 생각되는 가정의 액체 또는 힘.

했다. 그녀가 그를 보았다. 그녀 안에 따스한 열기가 파도처럼 밀려오고 또 밀려왔다. 그녀는 이 남자를 위해서라면 이 세상 무슨 일도 다 할 것이다.

뒤이어 시끌벅적한 감탄사가 쏟아졌다. 가까운 테이블에서 그들의 말을 엿듣고 있던 사람들 전부가 박수를 보냈고, 레이철은 행복의 눈물을 터뜨렸다. 샐리는 이 소식을 미리 알고 있었던 게 분명한데도 자기 얼굴 근처에서 손으로 부채질을 했다. 마틸드는 한참 동안 에어리얼을 눈으로 찾았다. 하지만 그는 이미 자리에서 일어선 뒤였고, 식당 문 밖으로 나가는 그의 호리호리한 감청색 등만 살짝 보이다 사라졌다. 그녀는 그에게서 벗어난 것이었다. 영원히, 그녀는 그렇게 생각했다. 시원한 바람이 그녀를 통과하는 것처럼 마음이 놓였다. 그녀는 와인잔을 내려놓고 재채기를 했다.

졸업식 일주일 뒤, 마틸드는 안마당 정원을 향해 난 여닫이창 너머로 단풍나무를 올려다보고 있었다. 바람이 불자 단풍나무가 작은 손처럼 잎사귀들을 꼼지락거렸다.

그녀는 이미 느낌이 왔다. 그토록 오랜 표류 끝에 이 아파트가 그녀의 진정한 첫 항구가 될 것이다. 그녀는 스물두 살이었다. 하지만 지독히 지쳐 있었다. 이곳에서 마침내 그녀는 안식을 얻을 수 있을 것이었다.

그녀는 자신의 어깨 뒤 오른쪽에 로토가 존재감을 드러내며 서 있는 것을 느꼈다. 그녀는 알고 있었다. 곧 그가 돌아보며 농담을 던질 것이고, 웃음을 터뜨리는 부동산 중개인의 목소리에는 처음으로 훈기가 깃들 것이다. 중개인 여자는 자기도 어쩔 수 없이, 이런 빈털터리 젊은이들에게 공을 들이는 것보다 더 이득이 되는 쪽이 있음을 알지만 이들에게 관심이 생길 것이다. 이들이 이곳으로 이사하는 날, 그녀는 키시 파이를 배달시킬 것이다. 이 동네에 올 일이 생기면 이들의 집에 들러 캔디를 선물로 줄 것이다. 오, 로토. 마틸드는 애정과 절망이 뒤섞인 심정으로 생각했다. 치명적인 매력의 소유자들이 대개 그렇듯 그의 가슴 한복판에도 구멍이 뚫려 있었다. 사람들이 그녀의 남편에 대해 가장 좋아하는 것도, 그에게 닿았다가 메아리로 되돌아오는 그들 자신의 목소리가 더없이 감미롭게 들린다는 점이었다.

마틸드는 바닥에서 밀랍 냄새를 맡았다. 복도에서는 이웃집 고양이가 가냘프게 울어댔다. 나뭇잎이 하늘을 부드럽게 간질였다. 이 장소에 깃든 다정함이 그녀의 가슴을 가득 채웠다.

그녀는, 안 돼, 그냥 떠나, 이렇게 다그치는, 자기 안의 작지만 시끄러운 마음을 내리눌러야 했다. 그녀는 이중 어떤 것도 받을 자격이 없었다. 슬프게 머리를 저으면서 좀더 두고 보자고 말해 이 모든 일을 날려버릴 수도 있었다. 그런다 하더라도 로토라는 문제는 여전히 남을 것이다. 결국, 그는, 그녀의 집이 된 것이었다.

때마침 농담, 그리고 웃음이 터져나왔다. 마틸드는 돌아보았다. 그녀의 남편이—맙소사, 오, 맙소사, 그녀의 평생의 반려자가—웃고 있었다. 그가 두 손을 들어 그녀의 턱을 감싸 잡고 엄지로 그녀의 눈썹을 쓸어 만졌다. "아내는 여기가 마음에 드나본데요." 그가 그렇게 말했을 때, 마틸드는 차마 말이 나오지 않아 고개만 끄덕였다.

이 화려한 가난 속에서, 여기 그들의 이 아파트에서 둘만 행복하게 살 수도 있을 것 같았다. 돈이 부족해 그들은 파우누스*처럼 몸이 말랐다. 돈이 부족해 그들의 아파트는 빈 공간이 많았다. 레이철의 선물—용돈을 모은 것—은 세 번의 파티와 여러 달 치의 집세, 그리고 식료품 비용으로 다 써버렸다. 행복은 허기를 채워주었으나 영양분은 공급해주지 못했다. 마틸드는 바텐더로도 일해보고 시에라클럽에서 여론조사도 해보았지만, 둘 다 잘해내지 못했다. 전구가 나갔다. 그래서 그녀가 레스토랑 야외 테이블에서 훔쳐온 초로 불을 밝혔고, 그들은 저녁 여덟시에 잠자리에 들었다. 그들은 원하는 대로 마음껏 먹으려고 친구들과 포트럭 파티를 했고, 그들이 남은 음식을 챙겨도 친구들은 누구 하나 신경쓰지 않았다. 10월이 되었고, 그들의 은행 계좌에 남은 돈은 34센트뿐. 마틸드는 에어리얼의 갤러리를 찾아갔다.

그는 갤러리 끝 벽에 걸린 엄청나게 큰 녹색 그림을 보고 있었다. 그녀가 "에어리얼" 하고 불렀다. 그는 그녀를 돌아보았지만 움직이지는 않았다.

비쩍 마르고 따분해 보이는 흑갈색 머리의 여자가 갤러리의 새 직원으로 일하고 있었다. 틀림없이 하버드 출신일 터였다. 특권 의식이 뿜어져나오는 그녀는 머리칼이 길고 찰랑거렸다. 나중에 알게 되겠지만 이 여자가 루앤이다. "약속은 하고 오셨나요?" 그녀가 물었다.

"아니요." 마틸드가 대답했다.

---

* 반인반양(半人半羊)의 숲의 신.

에어리얼은 가슴께에 팔짱을 낀 채 기다렸다.

"일자리가 필요해요." 그녀가 넓은 공간을 가로질러 그에게 소리쳤다.

"지금 사람을 구하고 있지 않은데요." 그 여자가 말했다. "죄송합니다!"

마틸드는 한참 동안 에어리얼을 바라보았고, 안내 데스크 여자가 날카롭게 쏘아붙였다. "실례합니다만, 여기는 개인 비즈니스 공간이에요. 가주시면 좋겠어요. 양해해주세요."

"양해했어요." 마틸드가 말했다.

"루앤, 가서 카푸치니 석 잔 좀 사 와요." 에어리얼이 말했다.

마틸드가 한숨을 쉬었다. 카푸치니. 여자가 나가면서 문을 쾅 닫았다.

"이쪽으로 오지." 에어리얼이 말했다. 마틸드는 그에게 다가가면서 자신과의 싸움을 했지만 그 속을 드러내지는 않았다. "마틸드," 그가 부드럽게 말했다. "내가 너한테 일자리에 대해 빚진 게 있던가?"

"나한테 빚진 거 아무것도 없어요." 그녀가 말했다. "그건 나도 알아요."

"나한테 그런 행동을 해놓고 어떻게 부탁을 할 수가 있지?"

"그런 행동?" 그녀가 말했다.

"배은망덕한 행동이라고 말해줘야겠군." 그가 말했다.

"에어리얼, 내가 고마워하지 않은 적은 없어요. 단지 계약을 다 채운 것뿐이에요. 당신이 늘 말한 대로, 그건 비즈니스였잖아요."

"비즈니스." 그가 말했다. 그의 얼굴은 시뻘겋게 달아올라 있었다. 그의 눈썹이 높이 치솟았다. "너는 졸업하기 이 주 전에 그 랜슬럿이란 작자와 결혼했어. 부부관계를 가졌다고 가정할 수밖에 없지. 그건 계약을 이행한 게 아니야."

"내가 당신을 만난 건 고등학교 졸업반 4월이었어요." 그녀가 말했다. "계산해보면, 내가 계약을 이 주나 더 연장해준 셈이죠."

그들은 미소를 지은 채 서로를 바라보았다. 그는 눈을 감고 한숨을 쉬었다. 그가 눈을 떴을 때는 눈이 촉촉하게 젖어 있었다. "비즈니스였다는 건 나도 알아. 하지만 넌 내 마음을 너무 아프게 했어." 그가 말했다. "내가 너한테 잘해주지 않은 건 아니잖아. 그렇게 떠나서는 연락도 없고. 그 때문에 많이 놀랐어, 마틸드."

"비즈니스였으니까요." 그녀가 또 한번 말했다.

그가 그녀를 위아래로 훑어보았다. 그녀가 신고 있는 이 아름다운 구두는 그가 사준 것이었지만 발가락 쪽이 다 닳아 있었다. 입고 있는 검은색 정장도 그가 사준 것이었다. 여름 이후로 그녀는 머리카락도 자르지 않았다. 그는 눈을 가느스름히 뜨고 고개를 한쪽으로 기울였다. "말랐구나. 돈이 필요한 거로군. 알겠어. 너는 그저 간청만 하면 돼." 그가 부드럽게 말했다.

"간청은 하지 않아요." 그녀가 말했다.

그가 웃었고, 아까의 그 샐쭉한 직원이 카푸치노를 올린 쟁반을 들고 발소리를 내며 돌아왔다. 에어리얼이 목소리를 낮추어 말했다. "내가 너한테 남은 애정이 있는 게 다행인 줄 알아, 마틸드." 그러고는 목소리를 키웠다. "루앤, 마틸드와 인사해. 내일 아침부터 우리와 함께 일할 거야."

"어머, 놀래라." 루앤이 말하고는 의자에 털썩 앉았다. 그녀는 뭔가를 감지하며 두 사람을 유심히 보았다.

"갤러리에 고용된 거예요." 그들이 천천히 정문을 향해 걸어갈 때 마틸드가 말했다. "당신한테가 아니라. 나는 출입금지 구역이에요."

에어리얼이 그녀를 보았다. 그와 그토록 오랜 세월을 보낸 그녀는 그의 속마음을 읽을 수 있었다. 두고 보자는.

"나한테 손만 대봐요." 그녀가 말했다. "그러면 떠날 거예요. 약속하죠."

나중에 그녀가 예순이 되고 에어리얼이 일흔셋이 되었을 때 그녀는 그가 병들었다는 소식을 듣는다. 그 소식을 어디서 들었는지는 그녀도 말할 수가 없었다. 어쩌면 하늘이 그녀의 귀에 대고 말해줬을지도. 공기로 전해졌거나. 그녀는 그가 췌장암에 걸렸다는 사실만 알았다. 암은 빠르고 맹렬하게 퍼졌다. 이 주 동안 그녀는 망설였고, 마침내 그를 만나러 갔다.

그는 자신의 아파트 바깥의 데크에 병원침대를 놓고 누워 있었다. 온통 구릿빛에 토피어리, 그리고 바라보이는 전망뿐이었다. 그녀는 눈이 휘둥그레져서 숨을 들이마셨다. 그는 뼈만 남은 살가죽이었다.

"새를 보는 게 좋아서." 그가 거친 목소리로 말했다. 그녀는 위쪽을 보았지만 새는 없었다.

"내 손을 잡아줘." 그가 말했다. 그녀는 그 손을 가만히 보기만 할 뿐 잡지 않았다. 그가 머리를 그녀 쪽으로 돌렸다. 턱살이 늘어졌다.

그녀는 기다렸다. 그녀가 그에게 미소를 지어 보였다. 눈가로 보이는 건물은 햇살에 깜짝 놀란 듯했다.

"아," 그가 말했다. 어떤 온기가 그의 얼굴에 흘러들어갔다. 거의 농담을 하는 듯한 표정이 되살아났다. "억지로 할 사람이 아니지."

"맞아요." 그녀가 말했다. 하지만 그녀는 속으로 생각했다. 오, 정말 악랄한 여자야, 너는. 안녕, 오랜만에 보는구나.

"제발," 그가 말했다. "마틸드. 죽어가는 남자의 찬 손을 잡아줘."

그러자 그녀는 두 손으로 그의 손을 잡아 자신의 가슴에 대고 그대로 가만히 있었다. 말할 필요가 없는 것은 말하지 않은 채로 두었다. 그는 잠이 들었고, 간호사가 화난 듯 발끝걸음으로 데크로 나왔다. 마틸드는 청결하고 고급스러운 아파트 안으로 들어갔다. 하지만 오래전 자신이 떠날 수 있는 시간이 올 때까지 일분일초를 헤아리며 독하게 쳐다보던 그 그림들, 독한 응시 덕에 너무도 잘 알고 있는 그 그림들 앞에서 오래 머물지는 않았다. 잠시 뒤 그녀는 서늘한 그림자들과, 건물들 사이로 쏟아지는 강렬하고 농밀한 오후 햇살을 통과했다. 걸음을 멈출 수가 없었다. 숨도 거의 쉴 수가 없었다. 다시 한번 그 겁먹은 망아지 같은 다리로 걷는다는 사실에, 다시 한번 어디로 가는지 모른다는 사실에 그녀는 기분이 너무 좋았다.

15

변호사가 고용해준 사설탐정은 마틸드의 기대와는 달랐다. 피곤에 찌들고 감정을 잘 드러내지 않는 위스키 통 같은 타입이 아니었다. 보드라운 머리칼을 가진 영국 할머니 타입도 아니었다. 마틸드는 독서가 자신에게 미친 영향력이 흥미롭게 느껴졌다. 미스 마플과 필립 말로를 너무 많이 접한 탓이었다.* 이 여자는 젊었고, 코가 손도끼처럼 생겼으며 머리는 섀기커트 스타일에 과산화수소로 탈색한 금발이었다. 가슴은 훤히 드러나 있었는데, 젖가슴의 불룩한 위쪽에 있는 돌고래가 깊게 파인 옷의 가슴선 아래로 뛰어들 것처럼 보였다. 귀걸이도 어마어마하게 컸다. 겉모습은 통통 튀었지만 주의깊은 관찰자였다.

---

* 미스 마플은 애거사 크리스티의 소설에 등장하는 할머니 탐정이고, 필립 말로는 레이먼드 챈들러의 소설 시리즈에 등장하는 하드보일드 탐정의 대명사다.

"윽." 마틸드는 그녀와 악수하면서 소리를 냈다. 의도한 건 아니었다. 혼자 지낸 시간이 너무 길어서 세세한 예의를 지키는 데 소홀했던 것이다. 콜리가 수영장에 잠복해 있다가 알몸의 그녀를 본 게 이틀 전이었다. 그들이 만난 곳은 브루클린 커피 로스터리의 안뜰이었고, 머리 위로 나뭇잎이 바람에 나부끼고 있었다.

하지만 젊은 여자는 기분 나빠하지 않았다. 오히려 웃었다. 여자는 콜리의 사진, 주소, 전화번호, 전화상으로 마틸드가 그 순간 떠올리고 말한 모든 내용이 들어 있는 서류철을 펼쳤다.

"얼마나 조사를 진행했는지 모르겠지만," 마틸드가 말했다. "그는 찰스 왓슨 펀드를 시작한 사람이에요. 그 투자증권회사 말이에요. 그 사실을 알아냈는지 모르겠네요. 이십 년쯤 전, 그가 한창 젊었을 때 시작했어요. 완전히 피라미드 방식이었을 게 거의 확실해요."

여자가 고개를 들었고, 얼굴에는 흥미의 불꽃이 튀었다. "혹시 투자자세요?" 그녀가 물었다. "이 조사를 하는 이유가 그건가요?"

"나는 그런 바보 얼간이가 아니에요." 마틸드가 말했다.

여자는 눈을 깜박이며 뒤로 기대앉았다. 마틸드가 말했다. "아무튼. 그 피라미드 회사를 캐내는 게 가야 할 길이에요. 그에 대한 증거도 필요하지만 나는 그 이상이 필요해요. 개인적인 것까지. 구할 수 있는 최악의 정보로. 그 남자를 삼 초만 만나도 얼마나 음흉하고 수상쩍은지 알 수 있을 거예요. 가능하면 있는 그대로의 사실을 알아내줘요. 골이 텅 비고 큼큼거리고 뚱뚱한 버러지 같은 놈이에요. 산 채로 그놈의 가죽을 벗겨버리고 싶어요." 그녀가 햇살처럼 웃었다.

여자가 마틸드를 골똘히 바라보더니 말했다. "나는 나름 유능해서 내가 맡을 사건은 내가 골라요."

"그 말을 들으니 기쁘군요." 마틸드가 말했다. "나도 머저리 같은 사람을 고용할 생각은 없으니까."

"이 사건을 맡는 게 망설여지는 이유가 딱 하나 있는데, 이 문제에 개인적인 원한이 개입된 것 같다는 점이에요." 여자가 말했다. "그러면 골치 아파지거든요."

"아, 뭐. 살인은 너무 간단하잖아요." 마틸드가 말했다.

여자가 싱긋 웃으며 말했다. "숙녀에게서 투지가 보이는 그런 순간을 나는 아주 좋아하죠."

"하지만 나는 숙녀가 아니에요." 마틸드는 이 야릇한 수작이 벌써 피곤해져서 자리에서 일어나려고 커피를 마저 비웠다.

마틸드가 일어서자 여자가 말했다. "잠깐만요." 그녀가 셔츠 소매에서 팔을 빼더니 깊이 파인 목선의 칼라가 뒤로 가도록 옷을 돌려 입었다. 그러자 그녀는 산뜻하고 전문적인 분위기로 바뀌었다. 섀기 가발을 벗으니 소년처럼 짧게 자른 갈색 머리가 드러났다. 귀걸이와 가짜 속눈썹도 떼어냈다. 그녀는 완전히 딴사람이 되었다. 진지하고 예리해 보였다. 수학과 친목 파티에 참석한 유일한 여자 대학원생처럼 보였다.

"제임스 본드 수준의 변장술이네요." 마틸드가 말했다. "기발해요. 대체로 이렇게 거래가 성사되는군요."

"대체로요." 여자 탐정이 말했다. 겸연쩍은 표정이었다.

"그 돌고래 문신은?" 마틸드가 물었다.

"어리석은 청춘을 보냈거든요." 여자가 말했다.

"어리석은 청춘을 보내지 않은 사람이 누가 있겠어요." 마틸드
가 말했다. "그래도 그때가 재미있었던 것 같아요." 그들은 꽃가루
가 떨어진 테이블을 사이에 두고 서로 미소를 지었다. "좋아요. 맡
아줘요." 마틸드가 말했다.

"잘한다는 수준 이상으로 잘할게요." 여자는 몸을 앞으로 숙여
마틸드의 손을 잡았고, 자신의 뜻이 명확히 전달될 때까지 한동안
그러고 있었다.

분노는 제 자양분, 제 저녁식사입니다.

그걸로 배를 채우다 결국 죽음을 맞겠지요.

셰익스피어의 『코리올레이너스』에서 볼룸니아가 말한다. 그
녀―강철 같고 통제하려 드는―는 코리올레이너스보다 훨씬 흥
미롭다.

슬퍼라, 그러나 어느 누구도 '볼룸니아'라는 제목의 연극은 보러
가지 않을 것이다.

16

창문을 통해 햇살이 은은하게 비쳐들었지만, 구름이 나직하게 깔린 날이었다.

그녀는 인터넷회사에 새로 취직했다. 이 데이트 사이트는 나중에 10억 달러에 팔린다. 그녀는 삼 년 동안 갤러리에서 일했다. 매일 아침 보도에서 심호흡을 하고는 눈을 감고 마음을 강철같이 다진 뒤 갤러리로 들어갔다. 하루종일 자신을 쳐다보는 에어리얼의 시선이 느껴졌다. 그녀는 맡은 일을 했다. 그녀의 업무는 예술가 관리였는데, 그들을 진정시키거나 생일 선물을 보내는 일이었다. "내가 키운 영재예요." 에어리얼은 그녀를 소개하면서 이렇게 말했다. "언젠가 마틸드가 전시회를 기획할 거예요." 그가 그렇게 말할 때마다 루앤의 얼굴이 일그러졌다. 그러던 어느 날이었다. 그날 산타페에서 신경과민의 예술가가 비행기를 타고 왔고, 에어리얼은 그와 오랜 저녁식사를 마친 뒤 함께 갤러리로 돌아왔다. 마틸드는 어두컴컴한 뒤쪽 사무실에서 전시회 카탈로그에 들어갈 내용을 작성하고 있었다. 그녀가 고개를 들었고, 그 순간 몸이 얼어붙었다. 에어리얼이 문가에 서서 그녀를 지켜보고 있었다. 그가 가까이, 더 가까이 다가왔다. 그는 그녀의 어깨에 손을 올리고 마사지를 하기 시작했다. 그리고 그녀의 등에 몸을 밀착시켰다. 끝날 때까지 한참을 기다리면서 그녀는 그의 저속한 취향에 희미한 실망감을 느꼈다. 프로타주*라니 뜻밖인데다 역겨웠다. 그녀가 일어서며 말했다. "내 일은 다 끝났어요." 그러고는 앞에서 지켜보고 있는 루앤을 지나쳐 걸어갔다. 그녀는 쓸 수 있는 휴가를 한꺼번에 다 쓴 뒤, 에어리얼에게 갤러리를 그만둔다는 말도 하지 않고 며칠 만에 새 직장을 찾았다.

하지만 오늘 아침 마틸드는 일에 집중할 수가 없었다. 그녀는 상사의 사무실로 가서 하루 휴가를 내겠다고 말했다. 상사는 안경 뒤로 눈살을 찌푸리며 못마땅한 듯 입술을 일그러뜨리고 그녀가 나가는 것을 지켜보았다.

공원의 단풍잎은 잎맥에 금을 입힌 듯 광택이 났다. 그녀는 넋이 나간 채 꽤 먼 거리를 걸었고, 집으로 돌아왔을 때는 무릎이 젤리가 된 것 같았다. 혀 뒤쪽에서 씁쓸한 맛이 났다. 그녀는 두려운 마음으로 수건 밑에 숨겨둔 20개들이 상자에서 테스트기 하나를 꺼냈다. 거기에 오줌을 눴다. 그리고 기다렸다. 날진Nalgene 물통에 물을 한 통 가득 부어 마셨다. 다시 하고, 다시 하고, 또다시 했다.

---

* 대상물 위에 놓은 종이를 연필 등으로 문질러 모양내는 기법이나 그 기법에 의한 작품, 또는 옷을 입은 채 몸을 남의 몸이나 물건에 문질러 성적 쾌감을 얻는 것.

할 때마다 인내심 많은 테스트기는 예스, 라고 말했다. 플러스 표시. 임신입니다! 그녀는 그 막대들을 봉지에 넣어, 가능한 한 쓰레기통 깊숙이 숨겨서 버렸다.

로토가 들어오는 소리가 들리자 그녀는 찬물에 눈을 헹궜다. "자기 왔어?" 그녀가 외쳤다. "오늘 어땠어?" 그가 오디션에 대해 시끄럽게 지껄여댔다. 광고에 나오는 보잘것없는 역할인데, 그가 원한 것도 아니었고 창피했다고, 하지만 거기서 1970년대 후반에 텔레비전에 나왔던 남자를 봤다고, 빳빳이 선 머리와 이상하게 생긴 귀가 특징이었는데, 기억나느냐고? 그녀는 얼굴을 닦고 손가락으로 머리카락을 빗은 뒤 독한 표정이 사라질 때까지 미소 짓는 연습을 했다. 그녀가 여전히 코트 차림으로 밖으로 나갔다. "피자 사러 갔다 올게." 그녀가 말했다. "지중해식 어때?" 그녀가 물었다. "좋지." 그가 대답했다. "내 골수까지 사무치도록 당신을 사랑해." "나도." 그녀가 등을 돌린 채 말했다.

그녀는 그들의 아파트 문을 닫고 윗집 여자의 아파트로 올라가는 계단에 기대앉아 팔짱을 낀 팔에 이마를 묻었다. 이제 그녀는 어떻게 해야 하지? 이제는 어떡해야 하지?

마틸드의 코에 강한 발냄새가 느껴졌다. 계단을 보니 그녀의 얼굴 옆으로 굵은 실로 깁은 낡은 자수 슬리퍼 한 켤레가 눈에 들어왔다.

윗집 여자 벳이었다. 그녀가 마틸드를 굽어보았다. "따라와요." 윗집 여자가 고지식한 영국식 영어로 말했다.

마틸드는 멍하니 늙은 여인을 따라 계단을 올라갔다. 고양이 한 마리가 작은 광대처럼 마틸드에게 풀쩍 뛰어올랐다. 마틸드는 실내를 보고 놀랐다. 구석구석 꼼꼼히 청소가 되어 있었고, 미드센추리 모던 양식*으로 꾸며져 있었다. 벽은 흰색 유광 페인트칠이 되어 있었다. 식탁에는 목련 잎사귀가 한 다발 있었는데, 윗면은 광채가 나는 진녹색이었고 밑면은 밝은 갈색이었다. 벽난로 선반에는 활활 타오르는 듯한 버건디색 국화가 세 송이 있었다. 모든 것이 예상 밖이었다.

"앉아요." 벳이 말했다. 마틸드는 앉았다. 벳이 발을 질질 끌며 사라졌다.

곧 늙은 여인이 돌아왔다. 뜨거운 캐모마일 차 한 잔과 LU 프티 에콜리에 쇼콜라 누아르. 마틸드가 맛을 보자, 그녀의 기억은 다시 파리의 학교 운동장으로, 나뭇잎을 통과해 먼지를 환히 비춰내던 햇살로, 펜에 넣은 새 카트리지가 톡 하고 열리는 소리로 돌아갔다.

"당신을 비난하지 않아요. 나도 아이를 바랐던 적이 없었으니까." 늙은 여인이 긴 코 아래로 마틸드를 내려다보며 말했다. 그녀의 입술에는 빵 부스러기가 묻어 있었다.

마틸드가 눈을 깜박였다.

"우리 한창때에는 아무것도 몰랐어요. 선택이 가능한 시절이 아니었잖아요. 질 세척을 리졸로 하던 시절이었으니까요. 얼마나 무지했던지. 우리 시절에는 문구점 위층에 칼날이 얇은 칼을 가진 여자가 살았어요. 끔찍하죠. 나는 죽고 싶었어요. 쉽게 죽을 수도 있었고. 하지만 나는 불임이라는 선물을 받았지요."

"맙소사," 마틸드가 말했다. "제가 소리 내서 말하고 있었나요?"

---

* 20세기 중반의 건축, 인테리어, 그래픽디자인 등에서 주로 보이는 모던한 디자인.

"아니요." 벳이 말했다.

"그런데 어떻게 아셨어요?" 마틸드가 말했다. "나 자신도 잘 몰랐던 일인데요."

"나한텐 초능력이 있거든." 벳이 말했다. "여자의 몸 움직임을 보면 알아요. 본인한테 기분좋은 소식이 아닌데도 그 말을 꺼내서 곤란해진 적이 여러 번 있었어요. 이번 경우는 대략 이 주 동안 분명히 보였지요."

그들은 긴 오후 내내 그곳에 앉아 있었다. 마틸드는 국화를 보았고, 미지근해진 뒤에야 차가 거기 있다는 사실을 떠올렸다.

"이런 말 해서 미안하지만," 벳이 말했다. "적어도 내가 보는 관점에서는 아이를 낳는 게 최악은 아니라는 말은 해줘야겠어요. 당신한테는 당신을 사랑해 마지않는 남편도 있고, 직장도 있고, 살 집도 있어요. 거의 서른이 다 되어 보이는데, 그만하면 나이도 들 만큼 들었고요. 집에 아이가 있다는 것도 최악은 아닐 거예요. 가끔은 내가 아기를 봐줄 수도 있어요. 스코틀랜드 할머니한테 배운 자장가를 가르쳐줄 수도 있고, '에니티 페니티 피케티 페그Eenity feenity fickety feg', 아니면 '아스 에 게드 우프 아 필드 오 넵스As eh gaed up a field o neeps'는 어때요?* 비스킷을 자꾸 줘서 아이를 응석받이로 만들 수도 있고. 물론 아이가 비스킷을 먹는 나이가 됐을 때 말예요. 최악은 아닐 거예요."

"최악일 거예요." 마틸드가 말했다. "이 세상에 올바른 일이 아닐 거예요. 아니면 그 아이에게. 게다가 저는 스물여섯밖에 안 됐

---

* 둘 다 스코틀랜드에서 전해 내려오는 동요 혹은 자장가.

어요."

"스물여섯!" 벳이 말했다. "사실상 자궁이 늙을 나이예요. 난자 기능도 점점 약해질 거고. 게다가 이봐요, 자기가 무슨 괴물이라도 임신한 줄 알아요? 히틀러 같은 아이? 저기. 정신 차려요. 유전자로 보면 당신은 복권에 당첨된 셈이에요."

"안 믿으시네요." 마틸드가 말했다. "하지만 제 아이들은 송곳니와 날카로운 발톱을 가지고 태어날 거예요."

벳이 그녀를 쳐다보았다. "제 건 잘 감추고 있지만요." 마틸드가 말했다.

"내가 판단할 입장은 아니군요." 벳이 말했다.

"그렇죠." 마틸드가 말했다.

"내가 도와줄게요." 벳이 말했다. "그렇게 속 끓이지 말아요. 내가 도와줄게요. 이 문제를 혼자 감당하게 두지는 않을게요."

"맙소사, 그걸 사오는 데 십억 년이 걸렸어." 그녀가 피자를 들고 들어오자 로토가 말했다. 그는 너무 배가 고파서 네 조각을 먹을 때까지 그녀는 쳐다보지도 않았다. 그때쯤 그녀의 마음은 이미 평정을 되찾았다.

밤중에 그녀는 어둠 속에 사는 생물들에 대한 꿈을 꾸었다. 은은한 진줏빛을 발하는 눈먼 벌레들이 꿈틀거리고, 푸른 핏줄 같은 것이 비치는 다모충은 눈보라처럼 떨어졌다. 미끌미끌, 뚝뚝 떨어졌다.

그녀는 예전부터 임신한 여자들이 싫었다. 애초에 트로이의 목마는 그들이었다.

인간 안에 또다른 인간이 들어 있을 수 있다는 사실은 생각조차 하기 싫었다. 분리된 사고를 하는 분리된 뇌가 하나 더 들어 있다 니. 한참 뒤, 마틸드는 식료품점에서 터질 듯이 배가 나온 여자가 높은 선반에서 아이스캔디를 꺼내려고 손을 뻗는 것을 쳐다보면 서, 통째로 삼킨 것도 아닌데 인간 안에 인간이 있는 게 어떤 느낌 일지를 상상해보았다. 애초에 파멸의 운명은 아니었던 인간. 그 여 자는 짜증이 난 듯 마틸드를 흘끗 보았다. 마틸드는 거인처럼 키가 커서 거기 손이 닿고도 남았다. 여자의 얼굴은 다시 마틸드가 임신 한 여자들에 대해 가장 싫어하는 표정으로 되돌아갔다. 스스로 성 녀라도 된 듯한 표정. "도움이 필요하세요?" 여자가 당밀처럼 달 짝지근한 표정으로 말을 붙였다. 마틸드는 휙 돌아서서 그 자리를 떠났다.

지금 그녀는 로토가 달콤한 숨을 쉬며 자고 있는 침대에서 일어 나 럼주 한 병을 들고 벳의 아파트로 올라갔다. 그녀가 문밖에 서 서 노크도 하지 않았는데 벳은 흐트러진 잠옷가운 차림에 굽슬굽 슬한 회색 머리를 내려뜨린 채 문을 열어주었다.

"들어가요." 그녀가 말했다. 그녀는 마틸드를 카우치에 앉히고 양모 담요를 덮어준 뒤 무릎에 고양이를 툭 내려놓았다. 마틸드의 오른손에는 은혜로운 럼주를 넣은 핫초콜릿을 쥐여주었다. 텔레비 전에서는 메릴린 먼로가 흑백으로 나왔다. 벳은 오토만 의자에 기 대 누워 코를 골았다. 마틸드는 로토가 깨기 전에 발끝걸음으로 집 으로 돌아갔고, 출근하는 사람처럼 옷을 입은 뒤 직장에 전화를 걸 어 병가를 냈다. 소파에서 가져온 쿠션 위에 앉은 벳이 고개를 꼿

꽃이 든 채 운전대를 잡고 그녀를 병원까지 데려다주었다.

[마틸드의 기도: 저를 파도가 되게 하소서. 파도가 될 수 없다면 바다 밑의 균열이 되게 하소서. 어둠 속에서 그 끔찍한 맨 처음의 틈이 되게 하소서.]

그뒤로 오랫동안 마틸드의 내면은 축축했다. 표면에서는 회색 진흙이 부스러졌다. 그녀가 조금이라도 후회한다는 의미는 아니었다. 간신히 위기를 모면한 상황이었다. 로토는 그녀로부터 멀리 떨어져, 그녀로서는 너무 힘들어 올라갈 수 없는 어떤 언덕의 정상에 있는 것 같았다. 그녀는 하루하루가 자신을 끌고 가는 대로 내버려두면서 자신의 삶 속을 걸어나갔다.

그러나 작은 기적들이 그녀를 소생시켰다. 황동 우편함에 들어 있는 로즈워터 마카롱이 든 파라핀지 봉투. 문간 계단에 놓인 양배추 머리 같은 푸른 수국. 계단을 지나갈 때 차갑고 주름진 손이 그녀의 두 뺨을 꼭 감싸주었다. 벳이 주는 작은 선물들. 어둠 속의 환한 빛들.

"힘든 결정이에요." 벳은 대기실에서 말했었다. "하지만 옳은 일이에요. 지금 느끼는 기분은 천천히 약해질 거예요." 그럴 것이었다.

마틸드가 스물여덟 살이 되었을 때 남편이 경찰 드라마의 대사 있는 작은 역을 맡게 되어 일주일 동안 로스앤젤레스에서 지냈다. 그녀는 불임수술을 예약했다.

"진심인가요?" 의사가 물었다. "지금은 젊은 나이라 나중에 마음이 바뀔지도 모르는데요. 시계가 언제 다시 재깍거릴지는 절대 알 수 없는 일이에요."

"내 시계는 고장났어요." 그녀가 말했다. 의사가 긴 부츠부터 금발의 머리 꼭대기까지 그녀를 훑어보았다. 당시 그녀는 고양이 눈처럼 보이게 아이라인을 눈꼬리에서 올라가게 그리고 다녔다. 그는 그녀가 어떤 사람인지 알겠다고 생각했고, 그녀를 겉멋만 든 여자로 믿었다. 의사가 고개를 끄덕인 뒤 무뚝뚝하게 고개를 돌렸다. 의사는 그녀의 난소에 작은 코일을 심었다. 그녀는 젤오를 먹으면서 만화를 봤고, 간호사가 도뇨관을 교체해주었다. 사실 그날 오후는 아주 기분이 좋았다.

그래야 한다면 또 할 것이다. 공포를 느끼지 않기 위해. 자신을 지키기 위해. 그래야 한다면, 하고 하고 하고 하고 하고 하고 하고 또 할 것이었다.

17

마틸드는 메트로폴리탄 박물관 계단에서 사설탐정을 만나기로
했지만 그 여자를 알아보지는 못했다. 그녀가 찾고 있는 사람은 이
주 전 브루클린의 커피 로스터리에서 만났던 여자였다. 곱슬곱슬한
머리에 돌고래 문신을 한 여자, 혹은 맵시 있고 날카로운 여자. 풍
채 좋은 가족 관광객, 캐시미어 같은 피부의 젊은 남자, 킬트 스커
트에 블레이저를 입고 뭔가를 잔뜩 넣은 백팩을 멘 찡그린 얼굴의
금발 여학생이 보였다. 그녀는 젊은 남자를 유심히 보다가 여학생
옆에 앉기로 했다. 여학생이 그녀를 돌아보며 윙크했다.

"놀래라." 마틸드가 말했다. "몸동작도 그렇고 전부. 비쩍 마른 다
리와 태도까지. 삼십 년 전의 내가 도플갱어로 나타난 줄 알았어요."

"잠복근무를 하다 와서요." 탐정이 말했다. "나는 이 일이 좋아요."

"어렸을 때 코스튬 박스를 들고 다니던 그런 소녀였군요, 허."
마틸드가 말했다.

탐정은 싱긋 웃었지만 슬픔이 밴 미소였다. 그녀가 잠시 제 나이로 보였다. "사실 나는 배우였어요." 그녀가 말했다. "젊은날의 메릴 스트립, 그런 배우가 되고 싶었죠."

마틸드가 아무 말 하지 않자 탐정이 말했다. "아, 네. 물론 저는 남편분이 누군지 알아요. 사실 그분을 직접 뵙기도 했죠. 어렸을 때 그분 작품에 출연했었거든요. 샌프란시스코 ACT 극장에서 〈마법서〉 워크숍을 했을 때였어요. 모두가 그분한테 반했죠. 나는 항상 오리의 관점에서 그분을 생각했어요. 오리와 물의 관계가 랜슬럿 새터화이트와 흄모의 관계와 같다고요. 그분은 그저 흄모의 넓은 연못에서 헤엄쳐 돌아다니고 싶어했지만 흄모가 그분을 감동시킬 만큼 흠뻑 적시지는 못했어요. 늘 겉돌다 흘러가버렸을 뿐."

"맞는 말 같네요." 마틸드가 말했다. "정말로 그이를 만나본 것 같군요."

"이 이야기는 안 하는 게 좋을지도 모르겠지만요," 여자가 말했다. "이제는 돌아가셨으니 크게 문제될 일도 없겠죠. 그분이 어떤 분이었는지는 누구보다 잘 알고 계실 테니까요. 배우들과 연출 팀이 일종의 내기를 했었어요. 누구든 연습하면서 뭐든 실수를 할 때마다 항아리에 25센트씩 넣기로 했어요. 그리고 누구든 랜슬럿을 처음 유혹하는 사람이 그 돈을 가져가기로 했죠. 남자든 여자든 가리지 않고요. 우리 열두 명 전부."

"누가 이겼어요?" 마틸드가 물었다. 그녀의 입가가 씰룩거렸다.

"불안해하지 마세요." 여자가 말했다. "아무도 이기지 못했으니까. 첫 공연을 하던 날 밤에 그 돈을 무대감독한테 줬어요. 그 집에 아기가 새로 태어났거든요." 여자가 백팩에서 서류철을 하나 꺼내 마틸드에게 건넸다. "개인사적 면에서는 아직 작업중이에요. 뭔가 있다는 건 확실하고, 그게 뭔지 찾아내기만 하면 돼요. 기다리는 동안, 돈을 주고 찰스 왓슨에서 정보를 빼왔어요. 수석 부사장. 자신을 고결한 내부고발자라고 생각하는 것 같지만 막대한 재산을 축적해서 롱아일랜드 부자 동네에 이미 집을 샀더군요. 신물나는 얘기죠. 이 서류철에 있는 건 표면을 긁어낸 부스러기 정도예요. 맙소사, 훨씬 깊어요."

마틸드는 건네받은 것을 읽었다. 고개를 들었을 때 거리엔 햇살이 환했다. "어쩜 이럴 수가." 그녀가 말했다.

"더 있어요." 탐정이 말했다. "엄청나던데요. 돈만 많은 역겨운 부자들이 얼마나 많을까요. 동기가 뭐였든 우리는 세상에 좋은 일을 하는 거예요."

"아, 네. 나는 늘 자축에 대해서는 조심하는 편이라서요." 마틸드가 말했다. "개인사적 정보를 건네받을 때 제대로 축하하기로 하죠."

"축하요? 우리 둘이 세인트레지스 스위트룸에서 샴페인을 마시면서요?" 탐정이 일어서며 물었다.

마틸드는 탐정의 튼튼한 맨다리와 좁은 골반, 금발의 이미지 아래 숨겨진 방심하지 않는 얼굴을 쳐다보았다. 그녀는 미소를 지었고, 유혹의 녹슨 메커니즘이 꿈틀거리기 시작하는 것을 느꼈다. 그녀는 여자와 해본 적이 없었다. 여자와 하면 아마 섹슈얼한 요가처럼 더 부드러울 것이고 억센 힘은 덜 느껴질 것이다. 적어도 새롭기는 할 것이다. 그녀가 말했다. "어쩌면. 어떤 걸 주느냐에 달렸겠죠."

탐정이 나지막이 휘파람을 불더니 말했다. "이제 일하러 가야겠어요."

　로토가 죽고 사 년 뒤, 쉰 살이 되었을 때 마틸드는 파리행 비행
기표를 샀다.
　비행기에서 내리니 세상이 너무 밝아 선글라스를 써야 했다. 그
렇게 했는데도 환한 빛이 그녀의 머릿속으로 들어와 고무공처럼
통통 튀어다녔다. 또한, 그녀는 자신이 돌아온 이곳의 냄새가 마음
을 헤집어놓았다는 사실을, 그 냄새 때문에 자꾸 눈물이 흐른다는
사실을 누구에게도 들키고 싶지 않았다.
　이곳에 오자 그녀는 다시 작아졌다. 이 언어에 갇히면 다시 보이
지 않는 존재가 될 수 있었다. 그녀는 게이트 바깥의 카페에서 마
음을 추슬렀다. 공항에서 종업원은 그녀 옆 테이블에 앉은 세련된
사람들을 돌아보면서는 어색한 발음의 영어로 얘기했지만, 그녀
에게는 에스프레소와 비닐봉지에 든 팽오쇼콜라를 갖다주면서 분
명한 프랑스어로 말했다. 값을 지불할 때가 되자 이 유로화 거래가
잘 이해되지 않았다. 그녀는 지갑을 뒤져 프랑을 찾았다.
　희뿌연 회색 빛깔의 한낮, 파리는 냄새로 그녀를 압도했다. 배기
가스, 오줌, 빵, 비둘기 똥, 먼지, 잎을 떨구는 플라타너스, 그리고
바람의 냄새.
　커다란 모공 때문에 코가 스펀지 같아 보이는 택시 운전기사가
백미러로 그녀를 한참 동안 보다가 괜찮은지 물었다. 그녀가 대답
하지 않자 그가 위로하듯 말했다. "여기서는 울어도 괜찮아요, 예
쁜 손님. 울고 싶은 만큼 울어요. 예쁜 여자가 우는 걸 지켜보는 건

고역이 아니거든요."

그녀는 호텔에서 샤워를 하고 옷을 갈아입은 뒤 흰색 메르세데스를 렌트해 도시를 빠져나갔다. 포효하며 흘러가는 차들의 강물이 그녀 안의 미국인을 위로해주었다.

원형 교차로가 점점 더 자주 나타났다. 길이 점점 더 좁아졌다. 마침내 흙길이 나왔다. 소, 트랙터, 그을음이 낀 회색 돌 같은 반쯤 버려진 마을들.

그녀의 마음속에 아주 크게 각인되었던 것들은 실제로 굉장히 작았다. 그 집의 치장벽토는 흰색으로 새 단장을 했고, 그 벽 위로 담쟁이덩굴이 기어오르고 있었다. 진입로에 새로 간 돌은 가장자리가 동글동글한 크림색 자갈이었다. 주목나무들이 자라 있었는데, 꼭대기 쪽이 개학 첫날의 남자애들 머리처럼 단정하게 깎여 있었다. 집 뒤쪽으로는 와인을 만드는 포도밭이 시선이 닿는 곳까지 멀리, 할머니의 옛 소 방목장 깊숙이까지 녹색으로 펼쳐져 있었다.

마틸드보다 나이가 좀 적어 보이는 남자가 진입로에서 모터사이클의 바퀴를 고치고 있었다. 바이크 재킷을 입었고 앞머리에 젤을 발라 닭벼슬처럼 세운 모습이었다. 마틸드는 그의 손가락에서 자신의 긴 손가락을 알아보았다. 그녀의 긴 목도. 왼쪽 귀 끝의 접힌 모양새가 똑같다는 사실도.

"아빠." 그녀가 소리 내어 말했지만, 아니었다. 이 남자는 너무 젊었다.

내민창으로 한 여자가 모습을 드러냈다. 약간 뚱뚱한 편에 눈빛이 흐릿하고, 오징어 먹물색으로 염색을 했지만 나이가 많아 보였다. 눈 아래쪽엔 아이라이너가 진했다. 그녀가 차 안에 앉은 마틸드를 내려다보았다. 그녀는 뭔가 씹고 있는 것처럼 주름이 잡힌 입을 오물거렸다. 커튼을 잡은 손은 평생을 차가운 생선 내장을 빼내면서 보낸 것처럼 벌겋고 거칠었다.

마틸드는 숙성중인 치즈가 가득 들어 있던 찬장을 기억해냈다. 냄새가 진동을 했던. 처음에는 눈앞이 캄캄해져 그녀는 그대로 차를 몰고 떠났다.

그 작은 마을의 성당은 당혹감을 안겨주었다. 기억으로는 굉장히 크고 흉측하게 지어진 고딕 양식의 건물이었는데, 지금 보니 조약돌로 지은 로마네스크 양식의 건물이었다. 타바(담뱃가게)에서는 닭똥이 묻은 달걀을 팔았다. 정오가 다 되었는데 불랑주리(빵가게)는 문이 닫혀 있었다. 그녀는 피자 테이크아웃 가게이기도 한 살롱에, 그리고 메리(시청)에 들어갔다.

시장이 자리에 앉자 마틸드는 자신이 뭘 원하는지 이야기했다. 시장은 눈을 어찌나 심하게 깜박거리는지 안경 안쪽에 검은 마스카라가 줄무늬처럼 묻어 있었다. "정말로 장담하시나요?" 그녀가 물었다. "그 집이라면 말이죠. 그 집안 사람들이 수백 년은 거기서 살았어요."

"저한테는 세상에서 단 하나뿐인 집이에요." 마틸드가 말했다. 브르타뉴 지방 억양이 금세 혀에 되살아났다. 암송아지처럼 튼튼하게, 들판의 바위처럼 견고하게.

"돈이 많이 들 텐데요." 시장이 말했다. "그 사람들, 정말 인색해요. 그 집안 말입니다. 지독한 구두쇠 집안이에요." 그녀가 입술을 오므리며 손끝으로 가슴 쪽을 문지르는 동작을 했다.*

"제가 그 집에서 행복하게 지내는 모습이 보이는 것 같아요." 마틸드가 말했다. "오직 그 집에서만. 여름에는 이 고장에 오고 싶어요. 차도 파는 작은 앤티크숍을 내고 싶은데, 그러면 관광객도 끌어들일 수 있을 거예요." 이 말에 시장의 표정이 좀 풀어졌다. 마틸드는 자기 변호사의 크림색 명함을 꺼내 테이블 위로 내밀었다. "사무적인 문제는 모두 이 사람을 통해주세요. 물론 오 퍼센트 수수료도 받으실 거예요."

"육." 시장이 말했다.

"칠로 하세요. 상관없어요. 그게 얼마건." 마틸드가 말했고, 시장이 고개를 끄덕였다. 마틸드가 일어서서 떠나며 말했다. "마법을 부려보세요."

그녀는 차를 운전하는 사람이 자기 아닌 다른 사람인 듯한 기분을 느끼며 파리로 돌아왔다. 마지막 식사를 한 지 스물네 시간이 지나 있었다. 마틸드는 라 클로즈리 데 릴라에서 혼자 테이블에 앉았다. 파리에서 가장 음식이 맛있는 곳은 아니었지만 가장 문학적인 레스토랑이었다. 그녀는 은색 실크 시스 드레스**를 입었고 머리는 뒤로 넘겼고 얼굴은 홍조를 띠어 예뻐 보였다.

종업원이 테이블로 오자 마틸드는 그저 이렇게만 말했다. "프랑스에 아주 오랜만에 왔어요. 환지통幻肢痛처럼 이곳 음식이 그리웠어요."

그의 갈색 눈동자에서 불꽃이 튀었다. 콧수염이 꼬리가 당겨진 쥐처럼 홱 올라갔다. "최고의 요리를 준비하겠습니다." 그가 장담

---

* 프랑스는 전통적인 가톨릭 국가로, 성호를 긋는 동작을 의미한다.
** 신체에 달라붙게 디자인된 드레스.

하듯 말했다.

"어울리는 와인도 부탁해요." 그녀가 말했다.

그는 짐짓 화를 내는 척했다. "물론입니다." 그가 말했다. "그러지 않으면 천벌을 받을 테니까요."

그가 그녀 앞에 샴페인을, 그리고 허브 마요네즈를 곁들인 작은 바닷가재를 내려놓자 그녀가 말했다. "고마워요." 그녀는 반쯤 눈을 감은 채 요리를 먹었다.

저녁 내내 로토가 테이블 맞은편에 앉아 함께 요리를 즐긴다는 것을 그녀는 알고 있었다. 그도 이 밤을, 그녀의 드레스를, 이 음식을, 이 와인을 좋아했을 것이다. 그녀의 안에서 거의 참을 수 없을 정도로 욕망이 솟구쳐올랐다. 고개를 들면 빈 의자뿐이라는 것은 그녀도 잘 알았다. 고개는 들지 않을 것이었다.

치즈를 먹고 나자 웨이터가 그녀에게 파스텔 색깔의 작은 과일 모양 마지팬을 한 접시 갖다주었고, 마틸드는 고개를 들고 미소를 지었다. "아 라 빅투아르."* 그녀가 말했다.

"아 라무르."** 그가 눈을 반짝이며 말했다.

그녀는 식사를 하는 동안 빠르고 가볍게 지나간 여름 폭풍우가 남기고 간 수증기가 피어오르는 자갈 보도를 걸어 천천히 호텔로 돌아왔다. 그녀의 그림자가 옆에서 보조를 맞추며 따라왔다. 그녀는 간신히 욕실까지 가서 트래버틴 대리석 욕조 모서리에 가만히 앉아 있다가 허리를 굽혀 먹은 것을 토했다.

---

* '승리를 위해'라는 뜻.
** '사랑을 위해'라는 뜻.

그녀는 비행기를 타고 체리 과수원에 있는 작고 하얀 집으로 돌아왔다. 프랑스에 있는 그 집을 구입하는 데는 몇 달이 걸렸다. 거래가 완료된 날—마틸드가 낼 수 있었던 액수로 보면 푼돈이었지만 명백히 그 집의 가치보다는 훨씬 더 비싼 값으로—그녀의 변호사가 샤토디켐 한 병을 보내왔다.

그녀는 그에게 전화를 걸었다. "아주 잘했어요, 클라우스." 그녀가 말했다.

"고맙습니다, 새터화이트 부인." 그가 말했다. "그 사람들…… 요구가 지나치더군요."

"오, 그들은 원래 요구가 지나친 사람들이에요." 그녀가 가볍게 말했다. "미안한 말이지만 부탁할 일이 더 있어요."

"여부가 있겠습니까. 제가 여기 있는 이유가 그건데요." 그가 말했다.

"그럼, 괜찮다면 그 집을 허물어주세요. 지붕에서 들보까지 모조리. 집 뒤에 있는 포도나무들도 뽑아주세요. 전부 다요. 오래된 집이라는 것도 알고, 이런저런 법에 위배된다는 것도 알지만, 아무도 뭘 하는지 알아차리지 못할 만큼 신속히 처리해주세요. 되도록 빨리요."

그는 아주 잠시 망설였을 뿐이었다. 그녀는 이 신중한 남자가 무척 좋았다. "원하시는 대로 하죠." 그가 말했다. 일주일 뒤 그가 보내온 사진에는 굴뚝이 있던 자리에는 하늘이 펼쳐져 있었고, 사백 년 된 돌벽이 있던 자리에서는 과수원이 훤히 보였다. 땅에는 흙이 망토처럼 매끈하게 펼쳐져 있었다.

시체라기보다는 시체가 묻혔던 장소를 보는 느낌이라고, 그녀는 생각했다.

그녀의 심장에 금이 가고 누수가 생겼다. 이번 일은 그녀를 위한 것이었다.

그녀는 클라우스에게 자기 차보다 훨씬 더 고급인 차를 선물했다. 이번에 그녀가 전화를 했을 때 그는 즐거운 목소리로 말했다. "다 처리됐습니다. 하지만 아우성이 적었다거나 분노가 적었다는 말씀은 못 드리겠네요. 눈물도 많았고요. 당장은 그 고장에 얼굴을 내밀지 않는 게 좋겠어요."

"아, 그래요." 그녀가 말했다. "그런 상황이 뭐 새로울 게 있겠어요."

그녀는 아무렇지 않은 듯이 말했다. 아무렇지 않은 듯. 하지만 자기 안에서 그 늙은 짐승이 뒤척이는 것을 느꼈다.

18

"당신은 진실을 말해야 한다는 생각을 병적으로 하는 것 같아." 언젠가 로토가 그렇게 말했고, 그녀는 웃으며 동의했다. 하지만 당시 그녀는 자기가 진실을 말하는지, 거짓을 말하는지에 대한 확신이 없었다.

그녀의 삶이 크게 베여나간 자리들은 남편에게 흰 공간으로 남았다. 그녀가 그에게 말하지 않은 것은 그녀가 말한 것과 산뜻한 균형을 이루었다. 하지만 세상에는 진실이 아닌 말과 진실이 아닌 침묵이 있었고, 마틸드는 절대 말하지 않음으로써 로토에게 거짓말을 한 것뿐이었다.

그녀는 이십대를 보내는 긴 기간 동안 자신이 생계를 책임진 것이 아무렇지 않았다는 말을 그에게 하지 않았다. 가난에 대해서도, 점심을 거른 것에 대해서도, 저녁식사로 쌀과 콩만 먹은 것에 대해서도, 가장 급한 청구서를 해결하기 위해 얼마 있지도 않은 계좌에서 돈을 빼서 써야 했던 것에 대해서도, 심지어 로토의 어린 여동생에게 돈을 받은 것에 대해서도 말하지 않았다. 로토의 여동생은 진실로 선한 몇 안 되는 사람들 중 하나였기 때문에 그 돈을 준 것이었다. 그가 마틸드의 희생이라고 생각하며 감사한 것에는 그의 여동생에게 진 빚도 있었다.

그녀의 마음에 걸렸던 것은 그녀가 결코 소리 내어 말하지 않았던 그것이었다. 바로 남편이 자신이 선택한 길을 더 잘 걸어가기를 그녀가 바랐다는 사실.

빗속에 줄을 서서 하염없이 기다리고. 안으로 들어가 겨우 몇 마디 독백을 하고 나오고. 집에 돌아와 전화기 옆에서 기다리지만 일을 주겠다는 전화는 오지 않고. 시무룩해지고, 술을 마시고, 파티를 하고. 점점 살이 찌고, 머리숱도 적어지고, 매력도 잃어갔다. 그렇게 한 해, 한 해, 또 한 해가 지났다.

지하층 아파트에서 지내던 마지막 겨울에 그녀는 햇빛이 비치는 것처럼 하려고, 스스로 기운을 내려고, 로토를 앉혀놓고 다정하게 진실을 말할 용기를 내려고 천장을 금색으로 칠했다. 그가 잘해낼 거라고 믿어 의심치 않지만, 그것만큼 잘할 거라고 생각되는 또다른 일을 찾아보는 것이 좋지 않겠느냐고. 계속 배우의 길을 밀어붙이는 일은 잘되지 않을 거라고.

그녀가 용기를 내기도 전에 그해의 마지막날이 다가왔다. 그는 평소처럼 술에 취했지만, 쓰러져 자는 대신 앉아서, 격앙된 감정으로, 수십 년 동안 마음에 담아두었던 것을 써내려갔다. 꼭두새벽에 일어나 그녀가 컴퓨터를 보고 처음 느꼈던 감정은 질투였다. 꾹꾹 눌러 참았지만 그녀는 그가 따돌림을 당하는 슬픈 열여섯 살 소녀의 예쁘장한 금발 아바타와 메신저로 채팅하는 것에 질투를 느끼고 있었다. 그녀는 그가 뭐라고 말했는지 보려고 노트북을 들었다. 하지만 그녀는 남편이 쓴 것이 희곡이라는 사실을 알고서, 그 안에 놀라움을 일으키는 뼈 같은 것들이 박혀 있다는 사실을 알고서 깜짝 놀랐다.

그녀는 노트북째 침실 옷방으로 가져가 열을 올려 작업했다. 교정하고, 압축하고, 대화를 깔끔히 정리하고, 장면을 재구성했다. 그는 잠에서 깼을 때 자기가 뭘 썼는지 기억하지 못했다. 그래서 그 전부를 그가 한 것으로 쉽게 넘겨버릴 수 있었다.

몇 달 뒤 『샘』의 집필이 끝났다. 글은 다듬어졌다. 밤에 로토가 잠들어 있는 동안 마틸드는 노트북을 들고 옷방으로 들어가서 읽고 또 읽었다. 좋은 작품이라는 것을 알 수 있었다.

그 희곡은 훌륭한 작품이고 나중에 그들의 삶을 바꿔놓는 작품이 되기는 하지만, 처음에는 읽어보겠다는 사람이 아무도 없었다. 로토는 원고를 들고 연출자들과 극장 감독들을 찾아다녔다. 그들은 그가 제본한 원고를 받아들였지만, 다시 전화를 걸어오는 사람은 없었다. 마틸드는 반짝반짝 되살아났던 남편이 다시 위축되는 것을 지켜보았다. 그 모습은 서서히 일어나는 조직의 괴사, 끊임없이 조금씩 흐르는 피처럼 느껴졌다.

앤트워넷이 보낸 편지 한 통의 형식에서 아이디어가 떠올랐다. 잡지에서 찢어낸, 한 판 메이헤런에 대한 짧은 기사가 동봉되어 있었다. 세상 사람들에게 자기가 그린 그림을 페르메이르의 그림이라고 믿게 만들었던 미술품 위조범. 하지만 그가 그린 예수의 얼굴은 하나같이 그 사기꾼의 얼굴을 하고 있었다. 앤트워넷은 X레이로 찍은 가짜 그림에 동그라미를 쳐놓았다. 거기 그려진 소녀의 유령 같은 동그란 얼굴을 뚫고 메이헤런이 그린 감흥 없는 17세기 그림이 보였다. 농가 안마당 장면, 오리들, 물뿌리개들. 조악한 밑칠 위에 그린 가짜 그림, 누가 생각나는데. 앤트위넷은 그렇게 썼었다.

어느 주말, 로토가 새뮤얼과 콜리와 함께 애디론댁 산맥으로 캠핑을 떠났을 때 마틸드는 도서관에 갔다. 그를 다른 곳에 보내려고 그녀가 계획을 세운 여행이었다. 그녀는 무거운 책에서 찾고 있던 도판을 발견했다. 전경에는 아름다운 흰말이 푸른색 로브를 입은 남자를 태우고 가고 있었다. 다른 말들을 탄 사람들의 얼굴은 혼란스러워 보이고, 언덕에는 하늘을 배경으로 아름다운 성이 서 있었다. 얀 반 에이크의 그림이라는 걸, 그녀는 오래전 대학에 다닐 때 알게 되었다. 강의 시간에 그 그림을 슬라이드로 봤을 때 심장이 멎는 줄 알았다.

그리고 삼촌 집에서 지낼 때 층계참 아래 작은 방에서, 그 그림을 집어들었던 순간을 생각했다. 그녀는 그 그림의 냄새도 맡았었다. 오래된 나무, 아마씨유, 그리고 시간의 냄새.

"1934년에 도난당했죠." 교수는 말했었다. "제단 뒤쪽을 장식하는 더 큰 그림의 한쪽 판입니다. 오래전에 파괴되었을 것으로 추정됩니다." 교수가 마우스를 클릭해 사라진 또다른 작품을 보여주었지만 그녀는 눈앞이 환하게 아른거렸을 뿐 아무것도 보이지 않았다.

도서관에서 그녀는 돈을 내고 컬러 복사를 했고, 컴퓨터로 편지 한 통을 썼다. 격식은 지키지 않았다. 모 농클*, 편지는 그렇게 시작했다.

그녀는 편지와 복사한 도판을 동봉해 우편으로 보냈다.

일주일 뒤, 그녀는 스파게티를 해 먹으려고 이것저것 섞어 페스토소스를 만들고 있었고, 로토는 카우치에 앉아 『사랑의 단상』을 물끄러미 내려다보고 있었다. 그의 눈은 초점이 풀려 있었고 입으로 숨을 쉬고 있었다.

전화벨이 울리자 그가 받았다. 그는 듣기만 했다. "오, 이렇게 감사할 데가." 그가 일어서며 말했다. "그럼요, 선생님. 그럼요, 선생님. 그럼요, 선생님. 물론입니다. 이보다 더 기쁜 일은 없을 거예요. 내일 아홉시, 알겠습니다. 오, 감사합니다. 감사합니다."

그녀가 김이 모락모락 나는 스푼을 손에 들고 돌아섰다. "무슨 전화야?" 그녀가 물었다.

그가 얼굴이 하얘져서는 자기 머리를 문질렀다. "도저히." 그는 말하고는 털썩 주저앉았다.

그녀가 다가가 그의 다리 사이에 서서 그의 어깨를 어루만졌다. "여보?" 그녀가 말했다. "뭐가 잘못됐어?"

"플레이라이츠 허라이즌스**야. 『샘』을 무대에 올리겠대. 어느 개인 투자자가 그 작품이 정말 마음에 든다면서 전액을 지원하겠다고 했대."

그가 그녀의 가슴에 이마를 묻고 울음을 터뜨렸다. 그녀는 자신의 표정을 숨기기 위해 그의 머리 뒤쪽 뻣뻣이 선 머리카락에 키스했다. 자신의 표정이 얼마나 독하고 냉혹할지 알고 있었기 때문이

---

* '나의 삼촌'이라는 뜻의 프랑스어.
** 오프브로드웨이 작품을 상연하는 극장으로, 뉴욕 웨스트 42번가에 위치해 있다. 동시대 미국 극작가, 작곡가, 작사가를 지원하기 위해 설립되었다.

었다.

　몇 년 뒤 로토가 극장에서 자신의 새 연극에 출연할 배우를 정하
는 일을 돕고 있을 때, 한 변호사가 그 극장으로 그녀에게 전화를
걸어왔다. 그녀는 귀기울여 들었다. 삼촌이 죽었다고[차문을 쇠지
레로 딴 차량 탈취 사건이었다], 변호사가 말했다. 삼촌의 돈은 빈
곤 모자 가정을 위해 쓰라고 남겨졌다. 하지만 일본의 오래된 춘화
컬렉션은 그녀에게 남겨졌다고 했다. 오렐리에게. 그녀가 말했다.
"그런데 나는 그쪽이 찾고 있는 사람이 아닌데요. 내 이름은 마틸
드예요." 그러고는 전화를 끊었다. 어쨌거나 그 책들은 그녀의 아
파트로 배달되었다. 그녀는 그걸 스트랜드 고서점으로 가져갔고,
거기서 받은 돈으로 로토에게 시계를 사주었다. 400피트 깊이에서
도 방수가 되는 시계였다.

　〈샘〉의 첫 공연이 있던 그날 밤, 마틸드는 어둠 속에서 로토와
함께 서 있었다.
　브로드웨이! 화려하기 그지없는 출발이었다! 그는 행운에 눈이
부셨다. 그녀는 그것이 진정한 행운이 아님을 알고 있었기에 그저
미소만 지었다.
　워크숍도 아주 훌륭하게 진행되었다. 그들은 미리엄 역에 토니
상을 받은 배우를 섭외했다. 감정 기복이 심하고 게으르고 늘 화를
끓이는 어머니 역할이었다. 아버지 맨프레드와 아들 핸스를 연기

하는 배우들은 그때는 인지도가 없었지만, 십 년 뒤에는 같은 제목의 영화에서 유명 스타가 되었다.

모르는 사람들 몇몇과 미적지근한 전위 예술가들 약간이 표를 샀다. 하지만 전날 오후, 마틸드는 감독과 머리를 맞대고 소곤거리면서 예매율이 참담할 만큼 낮다는 사실에 직면한 뒤 그날 오전과 오후 내내 전화기를 붙잡고 빈 좌석을 친구들로 메웠다. 관객은 시끌벅적했고 극장 분위기는 관객석 조명이 어둑해지기도 전에 이미 달아오르고 화기애애했다. 마지막 순간에 삼백 명의 충실한 친구들이 오직 호의 하나로 로토를 위해 나타났고, 그건 다른 누구도 아닌 로토이기에 가능한 일이었다. 그는 특별하게, 깊이 사랑받는 사람이었다.

이제 어둠 속에서 그녀는 남편이 몰입하면서 미묘하게 달라지는 것을 관찰했다. 지난 몇 달 동안 그는 걱정을 너무 많이 한 탓에 결혼했을 때의 마르고 키만 훌쩍 큰 청년의 모습으로 되돌아갔다. 막이 올랐다. 처음에 그녀는 그를 흥미롭게 바라보다가, 그가 입을 벙긋거리며 대사를 따라 하고 각각의 배우가 나오고 들어갈 때마다 얼굴을 찡그리는 것을 지켜보는 사이 경외심에 가까운 따뜻한 감정을 느끼게 되었다. 그가 하는 행동은 그림자들 속에서 펼쳐지는 일종의 원맨쇼가 되었다.

맨프레드가 죽는 장면에서 로토의 얼굴은 번질거리며 빛이 났다. 눈물이 아니라 땀 때문이라고, 그녀는 그렇게 믿기로 했다. 뭔지 말하기 어려웠다. 〔눈물이었다.〕

기립 박수가 터졌고, 등장한 배우 여덟 명이 무대 위로 불려나오고 나오고 또 나왔다. 로토에 대한 관객들의 큰 사랑 때문만이 아니었다. 그 연극이 바깥세상으로 나온 순간 마법처럼 각 부분이 잘 들어맞아 탄탄한 결과물을 만들어냈기 때문이었다. 로토가 무대 옆에서 걸어나왔을 때 관객석에서 환호성이 터졌다. 그 소리는 부탁을 받고 왔지만 표가 매진되어 연극을 보지 못한 친구들이 저희끼리 즉석 파티를 벌이고 있는 같은 블록 위쪽의 작은 술집에서도 들릴 정도였다.

흥분된 분위기는 밤새도록, 술집이 문을 닫을 시간을 넘겨서까지, 거리에는 택시도 다니지 않을 때까지 이어졌다. 그래서 마틸드와 로토는 집까지 걸어가기로 했고, 둘은 팔짱을 끼고 걸으며 온갖 잡다한 이야기를 나누었다. 지하철 환풍구가 뜨겁고 불쾌한 입김을 뿜어댔다. "지하의 신들." 그가 말했다. 그의 중심에 자리한 허세가 술기운에 풀려나왔지만, 그런 면마저 그녀는 멋있게 느껴졌다. 그런 건 영예를 감안하면 충분히 용납되는 일이었다. 밤이 깊어 밖에 나와 있는 사람은 거의 없었고, 이 순간 그들은 이 도시를 다 가진 기분이 들었다.

그녀는 그들 발밑의 모든 생명들을 생각했다. 그들은 부지불식간에 바글거리는 생명들 위를 지나가고 있었다. 그녀가 말했다. "지구상에 있는 모든 개미들을 합친 무게가 지구상에 사는 모든 인간들을 합친 무게와 같다는 거 알고 있었어?"

절대 과음하지 않는 그녀조차 조금 취해 있었다. 정말로 그랬다. 저녁에 긴장이 확 풀어진 것이었다. 막이 내리고 배경이 가려지면서, 그들의 미래를 막고 있던 엄청나게 큰 돌덩이가 스르르 굴러가버렸다.

"우리가 사라져도 개미는 남을 거야." 그가 말했다. 그는 휴대용

술병으로 술을 마셨다. 집에 다 왔을 때쯤 그는 잔뜩 취해 있었다. "개미와 해파리와 바퀴벌레. 그것들이 지구의 왕이 될 거야." 그는 그녀의 말을 재미있어했다. 그는 술에 취하는 일이 매우 잦았다. 불쌍한 그의 간. 그녀는 그의 몸속에 있을, 분홍색에 흉터가 남아, 그슬린 쥐 같을 간을 상상했다.

"이 지구를 차지할 자격은 우리보다 개미한테 더 있어." 그녀가 말했다. "우리는 우리가 받은 선물을 무모하게 다뤘어."

그는 미소를 띠며 위를 쳐다보았다. 하늘에 별은 없었다. 스모그가 아주 심했다. "우리 은하계에만 생명체가 자랄 수 있는 별이 수십억 개가 된다는 사실을 발견한 것도 불과 얼마 전이라는 거, 당신은 알았어?" 그는 자신이 가장 흉내를 잘 내는 칼 세이건의 말을 흉내냈다. "빌리언즈 앤드 빌리언즈!"*

그녀는 눈 뒤쪽이 따끔거렸지만, 어째서 그 말에 마음이 움직였는지는 설명할 수 없었다.

그는 그녀를 꿰뚫어보았고, 그리고 이해했다. 〔그는 그녀가 어떤 사람인지 알았다. 하지만 훗날 그가 그녀에 대해 몰랐던 사실이 원양선을 침몰시킬 만큼의 위력을 발휘한다. 어쨌거나 그는 그녀가 어떤 사람인지 알았다.〕 "우리는 여기 이 세상에서 외로운 존재야." 그가 말했다. "그건 사실이야. 하지만 우리만 그런 건 아니야."

---

* 미국의 천문학자 칼 세이건은 텔레비전 다큐멘터리 시리즈 〈코스모스〉의 해설자로 활동하기도 했다.

그가 세상을 떠난 뒤 안개 자욱한 공간에서, 시간이 존재하지 않는 지하세계의 슬픔 속에서 살아가던 때, 그녀는 인터넷으로 십억 년 뒤 우리 은하계에 일어날 일에 대한 동영상을 보았다. 우리 은하계는 안드로메다 은하계와 함께 엄청나게 느린 속도로 탱고를 춘다. 두 은하계 모두 팔을 뻗은 나선형 모양이다. 둘은 회전하는 몸처럼 서로를 향해 다가간다. 두 은하계는 가까워지면서 속도가 빨라지고, 푸른 불꽃과 새 별들을 바깥으로 튕겨 보낸다. 마침내 회전하는 두 몸체가 서로의 옆을 지나간다. 이어, 두 은하계는 갈망하듯 긴 팔을 뻗고, 떨어지기 직전에 손을 잡는다. 두 은하계는 회전하면서 다시 반대 방향으로 멀어지고, 다리가 엉키지만 결코 부딪치지는 않는다. 두번째로 회전하며 다가설 때는 서로 움켜잡고 살짝 부딪치고 키스한다. 두 은하계가 가장 가까워진 순간, 바로 한복판에서 엄청난 질량의 검은 구멍, 블랙홀이 열린다.

첫날 밤 공연이 성공적으로 끝나고 다음날 아침, 모든 것이 좋아 보이고 햇살도 달콤한 가능성을 머금고 내리쬘 때, 그녀는 신문과 빵을 사러 밖으로 나갔다. 팽오쇼콜라, 쇼송오폼, 크루아상을 샀고, 집으로 걸어 돌아오는 길에 맛이 기가 막힌 아몬드 비에누아즈리를 네 입 만에 다 먹었다. 천장을 금색으로 칠한 아늑한 지하 보금자리로 돌아와 그녀는 유리잔에 물을 따랐고, 그러는 동안 로토는 자다 깨어 헝클어진 머리 그대로 신문을 넘겨보았다. 그녀가 돌아보니 더없이 사랑스러운 그의 얼굴이 하얗게 질려 있었다. 그는 도무지 모르겠다는 표정으로 얼굴을 찡그렸고, 아랫니가 보일 정도로 아랫입술이 내려와 있었다. 어쩌면 그때까지 딱 한 번, 그가 아무 말이 없었던 때였을 것이다.

"이런." 그녀는 득달같이 달려가 그의 어깨 너머로 신문을 읽었다.

그녀가 다 읽은 뒤 말했다. "저 비평가는 남자 거기를 수북이 담아 내밀어도 다 먹어치울 여자야."

"말 좀 가려서 해, 여보." 그의 대꾸는 자동적으로 튀어나왔다.

"아니, 진심으로 하는 말이야." 마틸드가 말했다. "이름이 뭐랬지, 피비 델마. 그 여자는 뭐든 다 싫어해. 지난번에 공연한 스토파드의 연극도 싫어했어. 자기 탐닉적이라나. 수잰로리 파크스가 체호프처럼 쓰려고 했지만 실패했다는 말도 했는데, 웬 개소리야? 수잰로리 파크스는 체호프를 흉내낼 생각이 없거든, 쳇. 수잰로리 파크스처럼 되는 것도 얼마나 어려운데. 비평가가 되는 가장 단순한 기준은 바로 그거야. 한 작품을 그 자체의 관점에서 평가하는 것. 그 여자는 아무것도 모르면서 사람들을 깔아뭉개는 걸로 이름이나 알리려고 하는, 암캐 낯짝을 한 실패한 시인이나 같아. 오로지 혹평만 하잖아. 그런 비평에는 관심 가질 것 없어."

"응." 그가 말했지만 목소리가 너무 작았다. 일어서더니 힘없이 돌아선 그는 잠시 풀밭에 풀썩 드러누워 낮잠을 자려고 하는 키 크고 덩치 큰 개처럼 보였다. 그러고는 침실로 들어갔고 거위털 이불 속으로 파고들어가 그대로 누운 채 아무런 반응도 하지 않았다. 심지어 마틸드가 옷을 다 벗고 손과 무릎으로 기어 침실로 들어갔을 때에도, 매트리스 밑에 끼워 고정한 시트와 이불을 빼내고 이불 밑으로 발가락부터 그의 몸 위로 스르르 올라가 그의 목 쪽에서 머리를 짠 내밀었을 때에도 그의 몸은 기운 없이 늘어져 있고 눈은 감겨 있었다. 그는 어떤 반응도 보이지 않았다. 심지어 그녀가 그의 두 손을 잡아 그녀의 엉덩이를 잡게 했을 때에도 비참한 기분에 빠진 그의 두 손은 뼈 없는 손처럼 주르륵 미끄러질 뿐이었다.

그렇다면 핵무기급 처방을 써야 했다. 그녀는 혼자 웃었다. 오, 그녀는 이 불행한 남자를 얼마나 사랑했는가. 마틸드는 불쌍한 벳이 저세상으로 떠난 뒤 풀들이 제멋대로 자란 정원으로 나가 전화를 몇 통 했다. 그리고 오후 네시, 다니카와 팔짱을 낀 콜리가 초인종을 눌렀다. "키스 키스," 다니카가 마틸드의 귀 양쪽에 대고 소리를 지르더니 말했다. "젠장, 네가 미워, 너무 예쁘잖아." 이어서 레이철과 엘리자베스가 손목에 보란듯이 서로 한 짝인 순무 문신을 한 채 손을 잡고 들어왔는데, 그게 무슨 뜻인지 밝히는 것을 거부하면서 둘은 키득키득 웃기만 했다. 그리고 아니가 들어와 슬로 진 피즈*를 만들었고, 그다음으로 아기 띠로 가슴 쪽에서 아기를 안은 새뮤얼이 도착했다. 마틸드는 로토를 간신히 달래 근사한 푸른 버튼업 셔츠와 카키색 바지를 입힌 뒤 친구들이 있는 곳으로 데려갔다. 친구들이 한 명씩 다가와 로토를 끌어안으며 연극이 얼마나 훌륭했는지 진심으로 말해주자 그의 척추는 1인치씩 다시 꼿꼿해졌고, 얼굴엔 화색이 돌아왔다. 그는 장거리 주자들이 전해질 음료를 꿀꺽꿀꺽 마시듯 칭찬을 들이켰다.

피자가 도착하자 마틸드가 문을 열었다. 그녀가 레깅스에 속이 반쯤 비치는 상의를 입고 있었음에도 배달부의 시선은 방 한가운데에 있는 로토에게로 빨려들어갔다. 로토는 팔은 괴물 팔처럼 하

---

* 슬로 진을 베이스로 한 쌉쌀한 맛의 칵테일.

고 눈은 부릅뜬 채 지하철에서 강도를 만나 권총으로 뒤통수를 후려맞은 이야기를 하고 있었다. 그는 평소의 빛을 발산하고 있었다. 비틀거리는 시늉을 하면서 무릎을 꿇고 쓰러졌고, 피자 배달부는 마틸드가 돈을 건네도 아랑곳하지 않고 몸을 앞으로 쭉 뺀 채 그 장면을 지켜보았다.

문을 닫았을 때 콜리가 그녀 옆에 서 있었다. "한 시간 만에 돼지에서 사람으로 돌아왔군." 그가 말했다. "당신은 치르체의 정반대야."

그녀는 조용히 웃었다. 그가 키르케*를 현대 이탈리아 사람인 것처럼 치르체라고 발음해서였다. "오, 독학으로 어지간히 공부 좀 했네." 그녀가 말했다. "영어로는 서시라고 발음해."

그는 기분이 상한 것 같았지만 어깨를 으쓱했다. "내가 이 말을 하게 될 줄은 몰랐는데 당신은 로토한테 좋은 사람이야. 그래, 젠장!" 그러더니 플로리다의 공격적인 억양으로 바꾸어 말했다. "머리는 텅 비고 친구는 없고 금광이나 찾아다니는 줄 알았던 금발 모델이 실제로는 좋은 사람으로 판명이 났군. 누가 짐작이나 했겠어? 처음에 나는 당신이 돈이나 챙겨 튀려는 사람인 줄 알았지. 하지만 아니었어. 로토는 행운을 잡은 거였어." 콜리가 다시 평소 목소리로 돌아와 말했다. "로토가 뭔가 대단한 일을 해낸다면 그건 당신 덕일 거야."

그녀는 두 손에 뜨거운 피자를 들고서도 그 공간이 춥게 느껴졌

---

* 그리스신화에 나오는 마녀. 헬리오스의 딸로, 인간에게 마주(魔酒)를 먹이고 요술 지팡이로 때려 돼지로 만들었다고 한다.

다. 마틸드가 콜리의 시선을 맞받았다. "로토는 나 없이도 훌륭한 사람이 됐을 거야." 그녀가 말했다. 나머지 친구들은 카우치에 앉아 로토를 보며 웃고 있었지만, 레이철만은 부엌 조리대 쪽에서 팔꿈치를 엇갈려 잡은 채 마틸드를 보고 있었다.

"마녀여, 마법으로도 이걸 불러낼 수는 없었군요." 콜리가 말한 뒤 그녀에게서 피자 박스 하나를 가져가 뚜껑을 열었다. 그는 세 조각을 한꺼번에 잡아챈 뒤, 두 손으로 들고 먹기 위해 다시 그 박스를 다른 박스들 위에 내려놓았다. 그러고는 기름진 피자를 한입 가득 베어문 채 그녀를 보며 싱긋 웃었다.

로토가 자신에 대해 차츰 만족감과 안정감을 느끼기 시작하던 시절에도, 심지어 꾸준히 집필을 하고 그의 모든 희곡이 출판되고 전국 각지에서 그의 작품을 상연하는 극장이 서서히 늘어 그것만으로도 편안한 생활을 누릴 수 있게 된 시절에도, 그는 피비 델마라는 여자의 혹평에 괴로워했다.

〈감응유전Telegony〉이 상연되었을 때 로토는 마흔네 살이었다. 이 작품은 즉각적으로, 그리고 거의 모든 사람들에게 찬사를 받았다. 그의 머릿속에 이 아이디어의 씨앗을 심은 사람은 마틸드였다. 그것은 몇 년 전 콜리가 키르케를 언급했을 때 그녀의 머릿속에 심긴 것이었다. 내용은 키르케와 오디세우스의 아들 텔레고노스에 관한 것이었는데, 텔레고노스는 어머니와 함께 오디세우스에게 버림을 받고 아이아이에 섬의 깊은 숲속에 있는 큰 집에 살면서 어머니의 손에 길러지고, 마법에 걸린 호랑이와 돼지의 보호를 받는다.

모든 영웅이 그러하듯 그도 집을 떠나는데, 그때 마녀 어머니가 텔레고노스에게 독을 묻힌 삼지창을 준다. 그는 작은 배를 타고 이타카 섬으로 흘러가고, 거기서 오디세우스의 소를 훔치다가 아버지인 줄도 모르고 오디세우스와 끔찍한 싸움을 벌여 결국 그를 죽인다.

[텔레고노스는 오랫동안 고통 속에 살았던 오디세우스의 아내 페넬로페와 결혼했다. 오디세우스와의 사이에서 페넬로페가 낳은 아들인 텔레마쿠스는 결국 키르케와 결혼했다. 절반의 피를 나눈 형제들이 서로에게 의붓아버지가 되었다. 마틸드는 이런 내용을 읽을 때마다 신화는 나이 많은 여자들의 성적 매력을 지지하는 포효라고 생각했다.]

로토의 희곡은 감응유전이라는 19세기 발상에 대한 교묘한 긍정이기도 했다. 감응유전이란 용어는, 자식이 어머니의 옛 연인들의 유전적 특질을 물려받는다는 것을 뜻한다. 로토가 그려낸 텔레고노스는 키르케가 동물로 둔갑시킨 연인들의 특징을 물려받아 돼지의 코에, 늑대의 귀, 호랑이의 무늬를 가지고 있다. 이 인물은 무시무시한 마스크를 쓰고 등장하는데, 그 불변의 사실 덕에 부드러운 목소리에도 불구하고 그는 아주 강력한 존재로 비친다. 재미 삼아 텔레마쿠스에게도 가면을 씌우는데, 머리 전체를 둘러싸는 그 가면에는 스무 개의 다른 눈과 열 개의 다른 입과 코가 그려져 있다. 모두 오디세우스가 지중해를 정처 없이 떠돌던 시기에 페넬로페에게 구애했던 남자들의 눈 코 입을 나타내는 것이다.

이 모든 것의 공간적 배경은 오늘날의 텔류라이드*다. 이곳은 어

---

* 콜로라도 주에 위치한, 스키를 즐길 수 있는 고급 휴양지.

쨌거나 억만장자들을 수용할 수 있는, 민주사회의 폐단을 드러내는 지표가 되는 곳이다.

"랜슬럿 새터화이트는 유복한 집 출신 아니었나요? 이건 위선 아닙니까?" 인터미션 시간에 로비에서 한 남자가 의아해하며 물었다. "오, 아니에요. 아내와 결혼하면서 재산을 물려받지 못하게 됐대요. 알고 보면 비극적인 이야기죠." 한 여자가 지나가면서 말했다. 그 이야기는 입에서 입으로 바이러스처럼 퍼졌다. 마틸드와 로토의 이야기, 대하 서사 로맨스. 그는 가족을 잃고 추방당했고, 플로리다의 집으로 돌아갈 수 없게 되었다. 전부가 마틸드를 위해서였다. 마틸드에 대한 사랑 때문에.

오, 맙소사, 마틸드는 생각했다. 그 지극한 사랑! 그것만으로도 그녀는 마음이 불편했다. 하지만 그를 위해 그 이야기는 그대로 두었다.

그리고 얼마 후, 첫 상연을 하고 일주일쯤 뒤였을까, 두 달분의 예매까지 끝나 로토가 온갖 축하 이메일과 전화 속에 허우적거릴 때 한밤중에 그가 침대로 다가왔다. 그녀는 대번에 눈을 뜨고 물었다. "당신, 우는 거야?"

"울다니!" 그가 말했다. "절대 아니야. 내가 얼마나 남자다운데. 버번이 눈에 튀어서 그래."

"로토." 그녀가 말했다.

"사실은 부엌에서 양파를 썰었어. 어둠 속에서 비데일리아종 양파를 썰면 얼마나 기분이 좋은데."

그녀가 일어나 앉았다. "말해봐."

"피비 델마." 그가 말한 뒤 노트북을 건넸다. 희미한 어둠 속에서 그의 얼굴은 충격에 휩싸여 있었다.

마틸드가 읽더니 휘파람을 불듯 한숨을 내쉬었다. "그 여자, 뒤를 조심하는 게 좋을 거야." 그녀의 말투는 험악했다.

"그 여자도 자기 의견을 말할 권리는 있으니까."

"그 여자가? 아니야. 〈감응유전〉을 난도질하는 기사는 이것뿐일 거야. 그 여잔 미쳤어."

"진정해." 이렇게 말했지만 그는 그녀의 격분에서 위로를 받는 것 같았다. "어쩌면 그 여자 말도 일리가 있겠지. 내가 과대평가된 걸 수도 있고."

딱하기도 해라, 로토. 그는 자신을 반대하는 사람을 견디지 못했다.

"난 당신을 속속들이 알아." 마틸드가 말했다. "당신 작품에서 마침표가 어디 찍히고 생략 부호가 어디 찍혔는지도 다 알아. 당신이 작품을 썼을 때 나도 거기 같이 있었어. 나는 당신이 과대평가된 게 아니라고 이 세상 어느 누구보다도 더, 제 꾀에 자기가 넘어갈 그 곁멋 든 찰거머리 비평가보다 훨씬 더 분명히 말해줄 수 있어. 당신은 조금도 과대평가되지 않았어. 과대평가된 건 그 여자지. 그 여자가 다시는 글을 못 쓰게 손가락을 잘라버려야 해."

"욕은 안 해줘서 고마워." 로토가 말했다.

"그리고 그 여자, 하얗게 달궈진 쇠스랑으로 혼자 느릿느릿 자위나 하라지. 시커먼 쭈그렁 똥구멍으로." 마틸드가 말했다.

"아하," 그가 말했다. "네 재치는 달지만 시큼한 사과 같군. 아주 맵싸한 소스 같단 말이지."*

"눈 좀 붙여." 마틸드가 말했다. 그리고 그에게 키스했다. "새걸

써. 더 좋은 작품을 써봐. 당신의 성공이 그 여자한테는 엄청 불쾌한가봐. 분통이라도 터지나보지."

"나를 미워하는 사람은," 그가 슬프게 말했다. "이 세상에서 그 여자 하나뿐이야."

온 세상의 사랑을 바라는 이 광적인 태도는 무엇일까? 마틸드는 자신이 단 한 명의 사랑을 받을 가치도 없다고 생각했지만, 그는 모두의 사랑을 원하고 있었다. 그녀는 한숨을 꾹 눌러 참았다. "새 작품을 써. 그러면 그 여자도 생각을 바꾸겠지." 그녀는 늘 하던 대로 같은 말을 했다. 그리고 그는 늘 하던 대로 새 작품을 썼다.

---

* 『로미오와 줄리엣』 2막 4장에 나오는 머큐쇼의 대사.

19

마틸드는 언덕을 좀더 오래 달리기 시작했다. 두 시간, 세 시간.

로토가 살아 있을 때, 그가 다락 작업실로 올라가 한창 창작열에 몸달아 있을 때면 이따금 등장인물들의 대사를 각각의 목소리로 연기하면서 혼자 깔깔거리는 소리가 바깥 정원에서도 다 들렸다. 그러면 그녀는 다락으로 올라가 그의 행복으로 자신을 따뜻하게 덮히고 싶은 마음을 억누르기 위해 운동화를 신고 거리로 나서야 했다. 그녀는 건강한 몸을 갖는 것은 그 자체가 특권이라는 사실을 되새기며 달리고 또 달렸다.

하지만 로토가 떠난 뒤 그녀의 슬픔은 그녀의 몸속으로 퍼지기 시작했고, 과부가 되고 몇 달 뒤부터는 이따금 겨우 십여 마일쯤 달리다 멈추고 강둑에 한참 앉아 있어야 했다. 몸이 제 기능을 멈춰버린 듯했기 때문이다. 그녀는 일어섰고, 늙은 여자처럼 비틀거렸다. 비가 내리기 시작했고 옷이 흠뻑 젖었다. 머리카락이 이마와 귀에 들러붙었다. 그녀는 느릿느릿 집으로 돌아왔다.

그런데 마틸드의 부엌에 그 사설탐정이 들어와 있고 개수대 위의 불이 켜져 있었다. 바깥에는 10월의 어둑한 갈색 황혼이 내려앉고 있었다.

"혼자 알아서 들어온 거예요." 탐정이 말했다. "방금 전에 왔어요." 그녀는 몸에 붙는 블랙 드레스에 화장을 한 모습이었다. 그런 차림을 하니 예쁘지는 않지만 우아한 독일인처럼 보였다. 귀에는 8자 모양 귀걸이를 해서 머리를 움직일 때마다 무한無限*이 흔들거렸다.

"이런," 마틸드가 내뱉었다. 그러고는 운동화와 양말, 젖은 셔츠를 벗고 고드의 수건으로 머리를 닦았다. "내가 사는 곳을 아는 줄은 몰랐어요." 마틸드가 말했다.

탐정이 손을 내저으며 말했다. "나는 내 일에 유능하거든요. 우리를 위해 와인을 따라놨는데 기분 나빠하시지 않기를 바랄게요. 내가 당신의 오랜 친구 콜리 왓슨에 대해 알아낸 것을 보면 당신도 그러고 싶을 테니까요." 그녀는 혼자 즐거워하며 웃었다.

마틸드는 그녀가 내민 황색 서류 봉투를 받아들었고, 그들은 돌로 된 베란다로 나갔다. 쌀쌀한 푸른 언덕 위로 햇살이 물살처럼 흘러내리는 풍경이 보였다. 그들은 선 채로 마틸드가 몸을 바들바들 떨 때까지 말없이 그 광경을 바라보았다.

"나 때문에 당황했군요." 탐정이 말했다.

마틸드가 아주 부드러운 목소리로 말했다. "여기는 내 공간이에

---

* 무한대 기호 ∞은 무한을 상징한다.

요. 아무나 이곳에 들어오게 하지는 않죠. 여기 당신이 있는 게 나한테는 공격처럼 느껴졌어요."

"미안해요." 탐정이 말했다. "내가 대체 무슨 생각이었던 건지 모르겠네요. 우리 사이에 감정적인 교류가 있었다고 생각했어요. 가끔 상대에게 끌릴 때 내 감정을 너무 강하게 드러내거든요."

"당신이? 정말로?" 마틸드는 조금 누그러져서 와인을 한 모금 홀짝였다.

탐정은 미소를 짓더니 이를 드러내며 환히 웃었다. "잠시 뒤에는 지금보다 덜 화가 날 거예요. 재미있는 걸 찾아냈거든요. 당신의 친구에게 친구가 많다고만 말해두죠. 그것도 동시에요." 그녀가 마틸드에게 건넨 봉투를 향해 손짓한 뒤 고개를 돌렸다.

마틸드는 봉투 안에서 사진을 꺼냈다. 그토록 오래 알고 지낸 사람이 이렇게 꼼짝 못하게 걸려든 걸 보니 기분이 야릇했다. 네 장의 사진을 본 뒤 그녀는 몸서리를 쳤다. 추위 때문이 아니었다. 그녀는 단호한 태도로 모든 사진을 살펴보았다. "맡은 일을 훌륭히 해냈군요." 그녀가 말했다. "역겹네요."

"또한 돈이 많이 들었죠." 탐정이 말했다. "돈은 문제가 안 된다고 하신 말씀을 가감 없이 받아들였어요."

"그 말 그대로예요." 마틸드가 말했다.

탐정이 다가와 마틸드의 몸을 만졌다. "저기, 이 집에 들어와보고 놀랐어요. 완벽해요. 디테일 하나하나가. 하지만 돈이 아주 많은 사람치고는 아주 소박하네요. 빛과 면과 흰 벽뿐이에요. 거의 셰이커교도 스타일인데요."

"나는 수도사처럼 사니까요." 마틸드가 말했지만, 물론 그 의미는 그 이상이었다. 그녀는 한 손에는 와인잔을, 또 한 손에는 사진을 든 채 가슴께에서 팔짱을 끼고 있었다. 하지만 탐정은 물러서지 않았고, 마틸드에게 키스하려고 의자 팔걸이 너머로 몸을 기울였다. 그녀의 입술은 부드럽고 탐색적이었지만, 마틸드가 웃기만 할 뿐 키스를 받아주지 않자 그녀는 다시 의자에 앉으며 말했다. "뭐, 좋아요. 미안해요. 시도할 가치는 있었어요."

"미안해할 필요 없어요." 마틸드는 말하면서 여자의 팔뚝을 꽉 잡았다. "그런 오싹한 짓만은 하지 말아요."

로토와 마틸드가 참석했던 파티들을 목걸이처럼 한 줄로 꿰면 그들의 결혼생활을 미니어처처럼 볼 수 있다. 그녀는 해변에 내려가 있는 남편을 보며 미소 지었다. 해변에서는 남자들이 모형차 경주를 하고 있었다. 그는 소나무들 사이에 심긴 삼나무처럼 보였다. 숱이 빠져가는 그의 머리 위로 햇살이 비쳤다. 그의 웃음소리는 파도를 타고 흘러갔고, 신기하게도 천장에서부터 음악이 울려퍼졌다. 여자들은 그늘진 베란다에서 모히토를 마시고 남자들을 지켜보며 대화를 나눴다. 겨울이었고, 얼어붙을 듯 추운 날씨였다. 모두 하나같이 플리스 재킷을 입고 있었다. 그래도 그들은 신경쓰지 않는 척했다.

마틸드와 로토는 모르고 있었지만 이 파티는 거의 끝이었다.

콜리와 다니카가 햄프턴스에서 업그레이드된 생활을 시작하게 된 것을 축하하는 점심식사일 뿐이었다. 1만 제곱미터의 집에 입주 가정부, 요리사, 정원사까지. 바보짓이야, 마틸드는 생각했다. 이 친구들은 바보들이었다. 앤트워넷이 죽은 뒤 로토와 그녀는 이런 집을 몇 채든 살 수 있었다. 나중에 차를 타고 돌아가며 로토와 그녀는 자신들의 친구들이 어리석은 낭비를 한다며 비웃었다. 아버지가 저세상으로 떠나기 전 로토 역시 그런 환경에서 자랐지만, 두 사람 다 그런 것에는 요란한 과시 말고는 아무런 의미도 없다고 생각했다. 마틸드는 여전히 시골집과 도시 아파트를 직접 청소했고, 쓰레기도 직접 내다버렸고, 변기도 직접 고치고, 유리창도 고무롤러로 직접 닦고, 요금 청구서도 직접 다 냈다. 여전히 직접 요리와 설거지를 했고, 다음날 점심에는 남은 것을 먹었다.

사람의 육체에서 기본적인 욕구의 플러그를 뽑으면 그 사람은 유령과 다름없어진다.

그녀 주변의 이 여자들은 그런 유령 같았다. 얼굴 피부는 팽팽했다. 그들은 주방장이 만든 맛좋은 요리를 세 입 야금거리고는 배가 부르다고 선언했다. 백금과 다이아몬드를 주렁주렁 달고 다녔다. 그것들은 자아의 종기였다.

하지만 마틸드가 모르는 여자가 한 명 와 있었고, 이 여자는 다행히도 평범했다. 머리색이 흑갈색인 백인으로 얼굴에 주근깨가 있었지만 화장은 하지 않았다. 좋은 드레스를 입었지만 고급은 아니었다. 그녀의 얼굴에는 삐딱한 표정이 떠올라 있었다. 마틸드는 그녀 쪽으로 돌아앉았다.

마틸드가 목소리를 낮추어 말했다. "필라테스에 대해 한마디만 더 하면 돌아버릴 것 같아요."

여자가 조용히 웃더니 말했다. "미국의 커다란 선박이 침몰한다 해도 우리는 모두 플랭크 자세를 유지하고 있을 거예요."

그들은 책에 대해, 십대 소설로 가장한 본디지* 매뉴얼에 대해, 수고스럽게도 거리의 그래피티를 일일이 사진으로 찍고 엮어 펴낸 소설에 대해 이야기했다. 여자는 지금 트리베카에서 엄청난 인기를 끌고 있는, 새로 문을 연 채식 레스토랑이 흥미로운 장소라는 데는 동의했지만, 식사 전체가 선초크를 중심으로 구성되어 요리들이 다 비슷비슷하다고 말했다.

"다른 초크도 생각해볼 수 있을 텐데요. 예를 들면 아티**라든가." 마틸드가 말했다.

"거기선 아티arty한 것에 너무 신경을 많이 쓴 것 같아요." 여자가 말했다.

그들은 조금씩 걸음을 옮겨 계단 옆에 둘만 있게 되었다. "실례가 안 된다면," 마틸드가 말했다. "이름이 어떻게 되세요?"

여자가 숨을 꼴깍 삼켰다. 그러고는 한숨을 내쉬었다. 그녀가 마틸드의 손을 잡고 악수를 했다. "피비 델마예요." 그녀가 말했다.

"피비 델마," 마틸드가 그 이름을 다시 말했다. "어머나 세상에. 그 비평가."

"그 사람이에요." 그녀가 말했다.

"나는 마틸드 새터화이트라고 해요. 남편이 랜슬럿 새터화이트죠. 극작가. 바로 저기 있어요. 주변이 떠나갈 것처럼 웃어대는 덩치 크고 멍청해 보이는 남자요. 지난 십오 년간 당신이 저이의 희곡을 깔 만큼 깠잖아요."

---

* 성적 쾌감을 얻기 위해 밧줄이나 쇠사슬 등으로 몸을 묶는 것.
** 식재료인 아티초크(artichoke)를 말한다.

"알고 있었어요. 직업적인 위험이 뒤따르죠." 피비 델마가 말했다. "어쩌다보니 호통치는 친척 아줌마처럼 파티에 불쑥 나타나는 사람이 되더군요. 남자친구가 나를 여기 데려왔어요. 당신이 여기 올 줄은 몰랐고요. 알았다면 이렇게 나타나서 흥을 깨지는 않았을 거예요." 그녀는 정말 안타까워하는 것 같았다.

"늘 당신을 만나게 된다면 패대기를 쳐야지 생각했었어요." 마틸드가 말했다.

"그러지 않아줘서 고마워요." 피비가 말했다.

"음. 아직 그러지 않겠다고 확실히 마음먹은 건 아닌데요." 마틸드가 말했다.

피비가 마틸드의 어깨에 손을 얹었다. "고통을 줄 의도는 전혀 없어요. 내 직업인걸요. 댁의 남편을 진지하게 지켜보고 있어요. 지금보다 더 낫기를 바라는 거죠." 그녀의 목소리는 진지하고 다정했다.

"오, 그러지 말아요. 내 남편이 아픈 사람인 것처럼 말하는군요." 마틸드가 말했다.

"아프죠. 그레이트 아메리칸 아티스티티스Artistitis*." 피비 델마가 말했다. "늘 더 커지고. 더 요란해지고. 헤게모니의 가장 높은 지점에 올라가려고 떠밀고 다투고. 이 나라에서 남자들이 예술을 하겠다고 덤빌 때 걸리는 일종의 병이라고 생각하지 않아요? 말해봐요, 로토는 왜 전쟁에 대한 희곡을 썼죠? 전쟁에 대한 연극이 감정에 대한 연극보다 늘 더 큰 성공을 거두기 때문이에요. 규모는

---

* 접미사 '-itis'는 염증이나 병을 말하는데, 아티스트에 이 접미사를 붙인 것.

더 작더라도 소박한 작품이 글도 더 좋고 더 세련되고 더 재미있어요. 전쟁 이야기를 쓰면 상을 타죠. 하지만 댁의 남편의 목소리는 가장 조용하고 분명하게 말할 때 가장 큰 힘을 발휘해요."

그녀가 마틸드의 얼굴을 보더니 뒤로 한 걸음 물러서며 말했다. "후유."

"점심 드세요!" 다니카가 포치에 있는 커다란 황동 종을 울리며 외쳤다. 남자들이 모형차를 챙기고 담배를 비벼 끈 뒤 모래언덕을 터덜터덜 올라왔다. 카키색 바지는 무릎까지 말려올라가 있고 피부는 찬바람에 벌겋게 얼어 있었다. 식사가 뷔페식으로 차려져 있어서 그들은 음식을 접시에 잔뜩 쌓아 긴 식탁에 앉았다. 관목처럼 보이게 꾸며놓은 난로가 곳곳에서 열기를 뿜어냈다. 마틸드는 로토와 새뮤얼의 아내 사이에 앉았고, 새뮤얼의 아내는 휴대전화로 새로 태어난 아기—새뮤얼의 다섯번째 아이—의 사진을 그녀에게 보여주었다. "운동장에서 놀다가 이 하나가 빠졌어요. 요 귀여운 원숭이가요." 그녀가 말했다. "이제 겨우 세 살이에요."

식탁 끝에는 피비 델마가 말없이 한 남자의 말에 귀를 기울이고 있었는데, 남자의 목소리가 너무 커서 대화의 일부가 마틸드에게까지 들렸다. "오늘날 브로드웨이의 문제는 관광객을 대상으로 한다는 거예요…… 미국이 배출한 단 한 명의 위대한 극작가는 어거스트 윌슨…… 극장에 가지 않아요. 속물이나 아이다호 주 보이시에서 온 사람들이나 보러 가죠." 피비와 마틸드의 시선이 마주쳤고, 마틸드는 자신의 연어 스테이크를 내려다보며 웃었다. 맙소사, 그녀는 이 여자가 별로였으면 좋았을 거라고 생각했다. 그러면 훨씬 쉬웠을 것이다.

"당신이 대화를 나눈 그 여자, 누구야?" 로토가 차 안에서 물었다.

그녀가 남편을 보며 미소를 지은 뒤 그의 손마디에 키스했다. "이름은 못 들었어." 그녀가 말했다.

〈종말 신학〉이 처음 상연되었을 때 피비 델마는 그 작품을 호평했다.

그로부터 육 주 뒤에 로토는 죽는다.

나는 종종 '나와 한자리에 앉았던 천재들의 아내들'이라는 글을 쓸 거라고 말하곤 했다. 나는 그런 이들과 한자리에 앉았던 적이 많았다. 나는 진짜 천재인 천재들의, 아내가 아닌 아내들과 한자리에 앉았다. 나는 진짜 천재가 아닌 천재들의, 진짜 아내들과 한자리에 앉았다. (…) 요약하자면, 나는 많은 천재들의 많은 아내들과 아주 자주 아주 오래 한자리에 앉았다. 거트루드 스타인*이 그녀의 파트너 앨리스 B. 토클라스의 목소리를 빌려 쓴 글이다.** 스타인은 명백히 천재였다. 그리고 앨리스는 명백히 아내였다.

"그녀에 대한 기억을 빼면 나는 아무것도 아니다." 거트루드가 죽은 뒤 앨리스가 한 말이다.

---

* 20세기 초중반에 활동한 미국의 시인이자 소설가. 소설이나 시에서 대담한 언어 실험을 시도했다.

** 거트루드 스타인이 쓴 『앨리스 B. 토클라스 자서전』을 말한다. 두 사람은 레즈비언 커플로 유명했다.

마틸드의 메르세데스가 전복된 후 경찰관이 왔다. 그녀가 연극적인 효과를 위해 입을 벌리자 피가 흘러나왔다.

번쩍거리는 파란색 빨간색 불빛 때문에 경찰관은 병들어 보였다가, 건강해 보였다가, 다시 병들어 보였다. 그녀는 그의 얼굴이 거울인 듯 자신의 모습을 바라보았다. 그녀의 얼굴은 창백했고 짧게 자른 머리 때문에 야위어 보였고, 턱에는 피가 잔뜩 묻어 있었다. 피는 목에도, 손에도, 팔에도 묻어 있었다.

그녀가 손바닥을 들어올렸고, 거기에는 가시철망 울타리를 넘어 도로로 올라오면서 찢긴 상처가 나 있었다.

"성흔聖痕." 그녀는 가능한 한 혀를 움직이지 않고 말한 뒤 웃었다.

20

그녀는 거의 올바르게 처신했다. 처음에는 이랬다. 바사에서의 〈햄릿〉 공연이 끝나고 그녀의 마음이 로토에게 곧장 완전히 날아간 후인 그해 4월의 아침, 그녀의 핏속에서는 이미 사랑이 벌집처럼 붕붕거렸다.

그녀는 창밖 가로등이 저절로 꺼져 어둠이 희번덕이는 순간에 잠에서 깼다. 그녀는 아직 옷을 입고 있었고, 아랫도리에 숨길 수 없는 아릿한 감각은 없었다. 그렇다면 에어리얼과의 약속은 지킨 것이다. 로토와 아직 섹스는 하지 않았다. 위반한 건 전혀 없었다. 그녀는 이 매력적인 남자 옆에서 잠만 잔 것이었다. 그녀는 시트 아래를 보았다. 그는 알몸이었다. 그런데 어떻게.

로토는 두 주먹을 턱밑까지 올린 채 잠들어 있었고, 깨어 있을 때의 위트가 드러나지 않는 그 시간에도 꾸밈없어 보였다. 흉터가 남은 뺨. 숱이 많고 귀 주변에선 소용돌이처럼 곱슬거리는 머리칼,

속눈썹, 깎은 조각 같은 턱. 그녀는 지금껏 이렇게 순수한 사람은 만나본 적이 없었다. 그녀 주변에 존재했던 사람들은 거의 모두 부스러기만큼이라도 악함이 있었다. 그에게는 그런 것이 전혀 없었다. 전날 밤 창턱에 올라선 그를 봤을 때 그 사실을 알아차렸다. 그의 뒤에선 번개가 세상을 놀라게 하고 있었다. 그의 진지함, 몸에 밴 친절, 이런 것들은 그가 가진 특권에서 비롯한 혜택이었다. 전쟁은 아주 먼 곳의 이야기인 이 번영의 시대에, 남자로, 부자로, 백인으로, 미국인으로 태어난 자의 평화로운 잠. 이 남자는 태어난 순간부터 하고 싶은 걸 하면 된다는 말을 들었다. 그는 그저 시도만 하면 되었다. 엉망으로 만들고 또 엉망으로 만들어도, 모두 그가 제대로 해낼 때까지 기다릴 터였다.

그녀는 마땅히 분노가 치밀어야 했다. 하지만 그녀의 가슴속 어디에도 그를 향한 분노는 찾아볼 수 없었다. 그녀는 그의 아름다운 순수함에 낙인이 찍힐 때까지 자신의 몸을 그의 몸에 누르고 싶었다.

그녀의 귓가에서, 그동안 줄곧 몰아내려고 애썼던 목소리가 엄격하게, 떠나라고 말했다. 그에게 폐를 끼치지 말라고. 그녀는 결코 고분고분한 여자는 아니었지만, 그가 눈을 뜨고 자신이 거기 있는 걸 봤을 때의 타격이 얼마나 회복하기 어려울지를 생각한 뒤 그 목소리에 따랐다. 그녀는 옷을 입은 뒤 달아났다.

날은 아직 어두웠지만, 그녀는 괴로워하는 자신을 아무도 보지 못하게 재킷 칼라를 세워 뺨을 가렸다.

시내에, 어두컴컴하고 불빛이 그리 밝지 않은 으슥한 곳에 바사 학생 대부분은 절대 가까이 가지 않는 식당이 하나 있었다. 그녀가 이곳을 좋아하는 이유가 그것이었다. 기름때에 절고 냄새가 나는 그곳에는 살인자 분위기를 풍기는 요리사와 신경의 균형이 한쪽으로 치우친 듯한 여종업원이 있었는데, 요리사는 해시브라운을 으깰 때 마치 혐오하는 대상을 다루듯 했고, 여종업원은 의도한 게 아닌데도 머리를 한쪽 귀로 더 치우쳐 묶고 주문을 받을 때는 한쪽 눈동자가 천장을 향했다. 한쪽 손의 손톱은 길게 길렀고, 반대쪽 손톱은 짧게 깎은 대신 빨간 매니큐어를 칠했다.

마틸드는 평소 앉던 칸막이 자리에 앉았고, 메뉴판으로 얼굴을 가린 채 미소를 걷어냈다. 종업원은 한마디도 없이 그녀 앞에 블랙커피와 호밀빵 토스트, 그리고 눈물이 흐를 것을 미리 알았다는 듯 푸른 수가 놓인 작은 리넨 손수건을 내려놓았다. 그랬다. 마틸드는 오렐리로 살 때부터 울어본 적이 없었지만, 어쩌면 눈물이 흘러내릴지도 몰랐다. 종업원은 얼굴 한쪽을 찡그렸다가, 유황이나 지옥 같은 충격적인 말만 의도적으로 과장해서 들려주는 지지직거리는 라디오로 돌아갔다.

마틸드는 이대로 두면 삶이 어떻게 흘러갈지 알고 있었다. 그녀는 로토의 머릿속에 그 생각을 심어주기만 하면 그와 결혼하게 되리라는 것을 이미 알고 있었다. 문제는 그녀가 그를 곤경에 처하지 않게 할 수 있는지였다. 사실 그의 상대로는 다른 어떤 여자도 그녀보다는 나을 것 같았다.

그녀는 종업원이 카운터 아래 선반에 놓인 머그잔을 잡으려고 살인자 분위기의 요리사 뒤에서 몸을 이리저리 움직이는 것을 지켜보았다. 종업원이 요리사의 골반을 손으로 잡는 것이, 요리사가 자신의 엉덩이를 종업원의 몸에 부딪치는 것이 보였다. 그들끼리의 소소한 슬랩스틱 농담, 엉덩이 키스.

마틸드 앞에 놓인 커피와 토스트가 식어갔다. 그녀는 값을 지불하고 팁도 듬뿍 주었다. 그러고는 일어서서 시내로 걸어갔고, 카페 오로라에 들러 카놀리와 커피를 샀다. 그리고 로토의 방으로 돌아 갔다. 무슨 꿈—유니콘, 레프러콘*, 즐거운 숲속의 술잔치—을 꾸었는지는 몰라도 로토가 속눈썹을 살짝 떨며 잠에서 깨어나 그녀를 올려다봤을 때, 그녀는 아스피린 두 알과 물 한 잔, 그리고 사온 것을 들고 그의 옆에 앉아 있었다.

"오." 그가 말했다. "나는 자기가 실제로 존재하는 사람일 리 없다고 생각했어. 당신은 내가 꾼 최고의 꿈이라고만 생각했어."

"꿈이 아니야." 그녀가 말했다. "나는 실제로 존재해. 내가 여기 있잖아."

그는 자신의 뺨에 그녀의 손을 갖다댄 뒤 그 손에 가만히 기댔다. "나 지금 죽는 중인가봐." 그가 속삭였다.

"숙취가 심해서 그래. 게다가 우리는 태어나면서부터 죽어가." 그녀가 말했고 그가 웃었다. 그녀는 그의 따뜻하고 가칠한 뺨을 잡고 영원히 그만을 사랑하겠다고 다짐했다.

그러지 말았어야 했다. 그녀도 알고 있었다. 하지만 그에 대한 사랑은 새로운 것이었고, 그녀 자신에 대한 사랑은 낡은 것이었으며, 아주아주 오랫동안 그녀가 가진 것은 자기 자신밖에 없었다. 혼자 세상에 맞서는 건 지치는 일이었다. 그는 그녀의 인생길에서 꼭 적절한 시점에 나타났지만, 그의 입장에서는 나긋나긋하고 신앙심

---

*아일랜드 민화에 나오는 남자 모습의 작은 요정.

깊은 여자와 결혼하는 편이 더 좋을 것이었다. 그의 어머니 역시 그의 짝으로 그런 여자를 원한다는 사실을 그녀도 곧 알게 될 것이었다. 그 브리짓이라는 여자를 선택하면 모두가 행복해질 것이었다. 마틸드는 나긋나긋하지도, 신앙심이 깊지도 않았다. 하지만 그녀는 자기 안의 어두운 공간을 그에게 절대 들키지 않겠다고 혼자 맹세했다. 그녀 안에 살고 있는 악한 면은 절대 보여주지 않겠다고, 오로지 그녀의 큰 사랑과 빛만 알게 하겠다고. 그들이 함께한 삶의 시간 동안 그가 그렇게 알았을 거라고 그녀는 믿고 싶었다.

"졸업식이 끝난 뒤에 어쩌면 플로리다에 갈 수 있을지도 몰라." 로토가 그녀의 목덜미에 입을 대고 말했다.

그들이 결혼식을 올린 직후였다. 아마도 며칠 뒤였을 것이다. 그녀는 전화상으로 만난 앤트워넷을, 로토의 어머니가 내밀었던 보상금을 떠올렸다. 백만 달러. 제발. 잠시 그녀는 통화 내용을 그에게 전부 말해버릴까 고민하다가 그가 얼마나 상처를 받을지 생각했다. 그러자 그 말을 할 수가 없었다. 그녀는 그를 보호할 것이다. 어머니가 잔인하다고 믿는 것보다 벌을 주고 있다고 믿는 편이 그에게는 더 나았다. 미션 스타일*의 앤티크숍 위층인 마틸드의 아파트는 위로 번져올라가는 가로등 불빛 속에서 미묘하게 길어 보였다. "열다섯 살 이후로 집에 가지 않았어. 자기를 자랑하고 싶어. 내가 청소년이었을 때 범죄한 모든 장소에 자길 데려가고 싶어."

---

* 소박하고 무거운 느낌의 가구 스타일.

그가 낮은 목소리로 말했다.

"그런 단어는 없어." 그녀는 중얼거리듯 말한 뒤, 그가 자신의 말을 잊을 만큼 아주 오래 그에게 키스했다.

그리고 얼마 뒤. "자기," 그리니치빌리지에 은밀히 마련한 그들의 새 아파트에서, 오크 목재 바닥에 엎지른 물을 맨발로 종이타월을 밀어 닦으면서 그가 말했다. 집은 여전히 가구 한 점 없이 깨끗하게 반짝거렸다. "주말 동안 샐리 고모랑 엄마를 만나러 해변에 가면 어떨까 하는데. 자기가 얼룩덜룩 태운 자국을 드러낸 채 다니는 걸 보고 싶어."

"당연히 가야지." 마틸드가 말했다. "하지만 자기가 먼저 큰 배역을 따낼 때까지 기다리자. 자기도 성공한 영웅이 되어 돌아가고 싶잖아. 게다가 자기 어머니 덕분에 우리는 돈이 없어." 그가 미심쩍은 표정을 짓자 그녀가 다가가 그의 청바지 속으로 손을 집어넣으며 속삭였다. "자기가 여기 아래처럼 확실한 배역을 따서 돌아간다면 으스대며 돌아다닐 수 있을걸." 그가 그녀를 내려다보았다. 그리고 깍 소리를 질렀다.

그리고 얼마 뒤. "나, 계절성 정동장애*를 앓나봐." 진눈깨비에 거리가 백랍처럼 바뀌는 것을 지켜보면서, 보도를 스쳐 창문으로 들어오는 찬바람에 부들부들 떨며 로토가 투정하듯 말했다. "크리스마스에는 집에 돌아가 햇볕 좀 쬐자."

"오, 로토." 마틸드가 말했다. "무슨 돈으로? 방금 33달러와 동전 한 움큼으로 이번주에 먹을 식료품을 사왔어." 그녀의 눈이 좌

---

* 기분이 너무 좋거나 우울한 것이 주증상인 정신장애.

절감으로 촉촉하게 젖어들었다.

그가 어깨를 으쓱했다. "고모가 내줄 거야. 삼 초만 통화하면 해결돼."

"아무렴 그렇겠지." 그녀가 말했다. "하지만 누가 거저 주는 걸 받기에는 우린 자존심이 너무 강해. 안 그래?" 그녀는 자신이 지난주에 샐리에게 전화를 걸었고, 샐리가 두 달 치 월세와 전화요금까지 내주었다는 말은 굳이 하지 않았다.

그가 몸을 부르르 떨었다. "알았어." 그가 슬프게 말했다. 유리창에 비친, 어두워지는 자신의 얼굴을 바라보면서. "우리는 자존심이 아주 강해. 너무 강하지. 그렇지?"

그리고 얼마 뒤. "믿을 수가 없어." 로토가 침실에서 전화기를 들고 나오면서 말했다. 그는 매주 어머니와 샐리로부터 소식을 전해 들었는데, 방금 그 통화를 한 것이다. "우리가 결혼한 지 이 년이나 됐는데 당신이 아직 우리 엄마를 만나보지도 않았다니. 말도 안 돼."

"정말 말도 안 되지." 마틸드가 말했다. 앤트워넷이 갤러리로 보낸 편지 때문에 그녀는 아직 속이 쓰라렸다. 이번에는 아무 말도 적혀 있지 않았다. 고급 잡지에서 찢어낸 그림 한 장. 안드레아 첼레스티가 그린 〈예후의 징벌을 받는 이세벨〉, 창밖으로 내던져져 개들의 먹이가 된 여자. 봉투를 열어본 마틸드는 놀라서 웃음이 터졌다. 에어리얼이 그녀의 어깨 너머로 내려다보며 말했다. "그거. 오. 우리 취향은 아니지." 그녀는 이 편지를 생각하면서 머리에 썼던 손수건을 만졌다. 최근에 그녀는 웨지 스타일로 머리를 커트하고 묘한 느낌의 밝은 오렌지색으로 염색했다. 그녀는 갤러리의 대형 쓰레기통에서 건져내 아파트 벽에 기대놓았던 그림의 위치를 바꾸던 중이었다. 사랑하는 사람들이 죽고 한참 뒤에도, 육체의 굶주림이 가시고 한참 뒤에도 평생 놓지 않은, 마음을 흔들어놓는 푸른색. 그녀가 로토를 쳐다보며 말했다. "하지만 어머니가 나를 만나고 싶어하실지 아닐지 확신이 없네. 어머니는 당신이 나하고 결혼했다는 사실에 아직 화가 가라앉지 않아서 우리집엔 한 번도 안 오셨잖아."

그가 그녀를 안아 문에 올려붙였다. 그녀가 그의 허리에 두 다리를 감았다. "어머니도 누그러지시겠지. 시간을 두고 지켜보자." 그녀의 남편은 너무 투명해서 마틸드와 결혼한 것이 올바른 선택이었음을 보여주기만 하면 모든 일이 잘 풀릴 거라고 믿었다. 하지만 오, 이런, 그들에게는 그 돈이 필요했다.

"나한테는 엄마가 있어본 적이 없어." 그녀가 말했다. "어머니가 나를, 새로 생긴 딸을 보고 싶어하지 않으셔서 나도 마음이 아파. 당신 어머니를 마지막으로 본 게 언제야? 대학교 2학년 때? 어머니는 왜 당신을 보러 오지 않으셔? 빌어먹을 제노포비아*란 거지."

"아고라포비아**야." 그가 말했다. "그건 진짜 병이야, 마틸드."

"내가 말하려고 했던 게 그거야." 그녀가 말했다. 〔언제나 말하려고 했던 것만 말하는 그녀가.〕

그리고 얼마 뒤. "엄마가 올해 7월 4일 독립기념일을 함께 축하할 거면 비행기표를 보내주신대."

---

* 외국인혐오증.
** 광장공포증.

"오, 로토. 나도 가고 싶어." 마틸드가 페인트 붓을 내려놓고 벽을 향해 얼굴을 찡그리며 말했다. 그녀는 벽에 녹색이 감도는 묘한 감청색을 칠하는 중이었다. "하지만 기억하지? 갤러리에서 기획하는 큰 전시에 내 시간을 다 쏟아부어야 할 것 같아. 그렇지만 자기는 가도 좋아. 갔다 와! 내 걱정은 하지 말고."

"당신 없이?" 그가 말했다. "하지만 거기 가는 목적은 오로지 엄마가 자기를 사랑하도록 만드는 건데."

"다음에." 그녀는 그렇게 말하고는 페인트 붓을 들고 그의 코에 페인트를 살짝 묻혔고, 그가 그녀의 드러난 배에 얼굴을 비벼 흰 바탕에 희미한 도장을 남기자 웃음을 터뜨렸다.

그런 식이었다. 돈이 없거나, 돈이 있으면 그에게 배역이 주어졌다. 그가 맡은 배역이 없으면 그녀에게 정말로 시간을 쏟아부어야 하는 이런 큰 프로젝트가 생겼다. 갈 수가 없었다. 주말에 그의 여동생이 와서 지내기로 해서, 그들이 꼭 가기로 약속한 파티가 있어서. 그러니 앤트워넷이 그들을 보러 오는 게 더 쉽지 않을까? 그러니까, 어머니는 돈은 많고 직업은 없다. 어머니가 그들이 그렇게 간절히 보고 싶다면 그냥 비행기를 타고 오면 되지 않을까? 그들은 너무 바쁘고, 매 순간 매여 있고, 주말은 그들의 시간, 그들이 결혼한 이유를 기억하는 데 보내야 하는 소중한 시간이다! 그 여인이 조금의 노력이라도 기울였는가 하면 그것도 아니다. 로토의 대학 졸업식에도 오지 않았다. 그가 출연한 연극을 보러 온 적도 없고, 그가 직접 쓴 희곡이 처음으로 상연되는 날에도 오지 않았다. 그가. 직접. 썼는데도. 빌어먹을. 그 여인은 하물며 그들이 신혼생활을 시작한 그리니치빌리지의 코딱지만한 지하층 아파트에도 와보지 않았고, 엘리베이터는 없지만 약간 더 좋은 이 아파트로 이사한 뒤에도 와보지 않았다. 엉망진창이던 집을 마틸드가 손수 개조한, 체리나무들 가운데 자리한 마틸드의 기쁨인 시골집에도 와본 적이 없다. 그랬다. 광장공포증은 물론 지독히 힘든 것이다. 하지만 앤트워넷은 마틸드와 전화로 얘기를 나누고 싶어한 적도 없었다. 앤트워넷이 생일이나 크리스마스 때 꼬박꼬박 보내오는 선물도 실은 샐리가 보낸 것이 분명했다. 로토는 그것이 마틸드에게 얼마나 큰 상처가 되는지 모르는 걸까? 마틸드, 엄마도 가족도 없고, 그렇게 버려진 여자에게. 평생 사랑할 남자의 어머니가 자신을 거부한다는 사실을 안다는 건 얼마나 고통스러운 일인가.

로토는 혼자 갈 수도 있었다. 당연히 그랬다. 하지만 그들의 삶을 관리하는 건 항상 그녀였다. 그는 비행기표를 사본 적도, 차를 렌트해본 적도 없었다. 물론 거기에는 그가 스치기만 해도 금세 외면해버리는 더 아프고 더 어두운 이유가 있었다. 그가 그토록 오래 방치하여 지금은 생각조차 할 수 없이 거대해져버린 유예된 분노.

그들이 앤트워넷에게 컴퓨터를 사주어 일요일 통화가 영상으로 대치되자 다급함도 덜해졌다. 앤트워넷은 집밖으로 나가지 않고도 어두운 방에서 그 하얀 얼굴을 풍선처럼 띄울 수 있게 되었다. 십년 동안 일요일이면 로토의 목소리는 명랑하고 지나치게 또박또박 말하는 아이의 목소리로 바뀌었다. 어린 시절의 그는 아마 그랬을 것이다. 전화가 걸려오면 마틸드는 집에서 나가 있어야 했다.

한번은 로토가 영상통화를 하다가 평론이나 기사 같은 걸 가져와 어머니에게 읽어주려고 잠시 자리를 비웠는데, 달리기를 하러 나갔던 마틸드가 땀으로 뒤범벅이 되어 아무런 의심 없이 스포츠

브라 차림으로 들어왔다. 그녀는 뺨에 들러붙은 젖은 머리칼을 뒤로 넘기고는 폼롤러를 꺼낸 뒤 컴퓨터 쪽으로 등을 돌린 채 그 위에 모로 누워 무릎 쪽 장경인대가 풀어질 때까지 몸을 왔다갔다 움직였다. 반대쪽을 풀려고 돌아누웠을 때에야 그녀는 앤트워넷이 화면으로 지켜보고 있다는 것을 알았다. 카메라에 바짝 붙어 지켜보느라 앤트워넷의 이마는 엄청나게 커 보였고 턱은 화살표처럼 뾰족했고 입술은 립스틱을 빨갛게 그어놓은 것 같았다. 머리카락에 손가락을 집어넣은 채 어찌나 뚫어지게 응시하는지 마틸드는 움직일 수조차 없었다. 트랙터 한 대가 흙길로 달려왔다가 더 낮은 소리를 내며 사라졌다. 로토가 계단을 내려오는 소리를 듣고서야 마틸드는 일어서서 그 자리를 뜰 수 있었다. 그녀는 현관에서 그가 말하는 소리를 들었다. "엄마, 립스틱! 나한테 보여주려고 예쁘게 꾸몄네요." 그러자 어머니가 다정하고 부드러운 목소리로 대답했다. "내가 항상 예쁘지는 않았다는 뜻이로구나." 그러자 로토는 웃었고, 마틸드는 무릎에 힘이 풀리는 것을 느끼며 밖으로, 정원으로 달아났다.

그리고 얼마 뒤. 오, 여보, 울지 마. 이번에는 그들이 반드시 앤트워넷을 찾아가야 했다. 요즘 앤트워넷은 많이 아팠다. 이제 몸무게가 적어도 180킬로그램은 나갔고, 당뇨에 걸렸고, 너무 비대해져 침대에서 카우치로 어기적어기적 걸어가는 것 이상은 움직일 수 없었다. 당연히 그들이 가야 했다. 그들은 갈 것이었다. 〔이번에는 마틸드도 진심이었다.〕

하지만 그녀가 계획을 세우기도 전에 병든 앤트워넷이 밤중에 집으로, 마틸드에게 전화를 걸었다. 앤트워넷의 목소리는 너무 작아 잘 들리지도 않았다.

그녀가 말했다. "제발. 내 아들을 만나게 해줘. 랜슬럿을 여기로 보내줘."

항복. 마틸드는 그 기분을 음미하며 기다렸다. 앤트워넷은 한숨을 내쉬었고, 그 한숨에서 역정과 우월감을 느낀 마틸드는 말없이 전화를 끊었다. 로토가 다락 작업실에서 글을 쓰다가 아래층을 향해 소리를 질렀다. "누구야?" 마틸드가 계단 위를 향해 소리쳤다. "잘못 걸려온 전화."

"이 밤에?" 그가 말했다. "사람이 제일 문제라니까."

잘못 걸려온 전화. 그녀는 혼자 버번을 따라 마셨다. 그리고 욕실로 들어가 거울을 바라보았고, 붉어졌던 얼굴이 제 색으로 돌아오는 것을, 눈동자의 동공이 커다래져 이글거리는 것을 지켜보며 술을 마셨다.

그런데 그 순간, 손 하나가 그녀 안으로 쑥 들어와 폐를 움켜잡는 묘한 기분이 들었다. 꽉 쥐여 짜이는 느낌. "내가 뭘 하는 거지?" 그녀가 소리 내어 말했다. 내일. 그녀는 앤트워넷에게 전화를 걸어 말할 것이었다. 당연히 로토가 그곳에 간다고. 그는 어쨌거나 앤트워넷의 외아들이었다. 지금은 시간이 너무 늦었다. 내일 아침에 일어나면 가장 먼저 전화부터 할 것이다. 뭐, 가장 먼저라고 해도 자전거로 80마일을 달린 뒤에. 그는 그녀가 돌아왔을 때까지도 아직 일어나지 않았을 것이다. 그녀는 푹 자고 일어나, 밤이 푸르스름한 빛깔을 내며 새벽으로 넘어갈 무렵에 문밖을 나섰다. 찬란한 언덕을 빠르게 헤엄쳐 오르는 아침 안개, 열기를 식히는 보슬비, 축축한 공기를 태워 없애는 태양. 그녀는 물을 가지고 나오는 것을 깜박했다. 20마일만 달린 뒤 하는 수 없이 되돌아갔다. 시골 길을 활강해 그녀의 작고 하얀 집으로 돌아갔다.

그녀는 재빨리 안으로 들어갔고, 로토가 두 손으로 머리를 감싸 쥔 채 문간에 서 있는 것을 보았다. 그가 하얗게 질린, 혼이 빠진 얼굴로 그녀를 보았다. "엄마가 돌아가셨어." 그가 말했다. 그는 그때부터 한 시간 남짓 울 수조차 없었다.

"어머, 설마." 마틸드가 말했다. 그녀는 앤트워넷에 관한 한 죽음이 가능하다는 생각조차 해본 적이 없었다. 〔그들 사이에 존재하는 간극은 어마어마하게 컸고, 그 간극은 영원히 사라지지 않는다.〕 그녀는 남편에게 걸어갔고, 그는 땀이 흐른 그녀의 옆구리에 얼굴을 갖다댔다. 그녀는 그의 머리를 두 손으로 감싸 잡았다. 그러자 그녀 자신의 슬픔이 치밀었고, 관자놀이에 놀랍도록 날카로운 전류가 흘렀다. 이제 그녀는 누구와 싸워야 하는가? 이런 식이 되는 건 곤란했다.

대학에 다닐 때 마틸드는 에어리얼과 함께 밀워키에 간 적이 있었다.

그가 그곳에서 업무상 볼일이 있었다. 주말에 그녀는 그의 뜻대로 움직여야 하는 그의 것이었다. 그녀는 민박집 방의 내민창 창가에서 대부분의 시간을 벌벌 떨며 보냈다. 아래층에는 잘 닦은 놋쇠 제품과 스콘이 담긴 접시가 있었고, 빅토리아시대의 독신녀들이 그린 유화가 벽면을 가득 채우고 있었다. 그리고 벌름거리는 콧구멍으로 자신이 마틸드를 어떻게 생각하는지 말해주는 한 여자가 있었다.

바깥에는 밤중에 내린 눈이 허벅지 높이로 쌓여 있었다. 제설차가 거리에서 눈을 쓸어 보도 경계에 산더미처럼 쌓아놓았다. 손대지 않은 하얀색이 가득 쌓여 있는 풍경은 마음을 깊이 달래주는 데가 있었다.

마틸드는 길 저만치에서 자주색 줄무늬가 있는 빨간색 방한복을 입고 걸어오는 어린 소녀를 지켜보았다. 벙어리장갑을 꼈고, 아이가 쓰기에는 너무 큰 모자를 썼다. 소녀는 방향을 잃어버린 것처럼 돌아서고, 돌아서고, 또 돌아섰다. 소녀가 도로에서 자신을 가로막은 눈의 산을 기어오르기 시작했다. 하지만 아이는 너무 가녀렸다. 반쯤 올라가다 다시 쭈르륵 미끄러졌다. 소녀는 다시 시도했지만 눈 속에 발이 푹푹 파묻혔다. 마틸드는 매번 숨을 참았다가 소녀가 넘어질 때 다시 토해냈다. 그녀는 와인잔에 빠진 바퀴벌레가 매끄러운 표면을 기어오르는 장면을 상상했다.

마틸드가 길 건너 그 블록 전체를 차지하는, 1920년대 양식으로 꾸며진 벽돌 아파트 단지를 보니 서로 떨어진 세 집의 창문에서 세 여자가 어린 소녀의 버둥거리는 모습을 지켜보고 있었다.

마틸드는 소녀를 지켜보고 있는 세 여자를 보았다. 하나는 섹스를 하느라 상기된 채 드러난 어깨 너머로 방안에 있는 누군가를 보며 웃었다. 또하나는 나이가 지긋한 여자로 차를 마시고 있었다. 세번째는 혈색이 나쁘고 초췌해 보였는데, 앙상한 두 팔은 팔짱을 꼈고 입술은 앙다물고 있었다.

마침내 소녀는 지쳤는지 쭈르륵 미끄러져 얼굴을 눈 속에 파묻고 휴식을 취했다. 마틸드는 소녀가 울고 있다고 확신했다.

마틸드가 다시 고개를 들어보니, 팔짱을 꼈던 여자가 화난 표정으로 유리창과 추위와 눈을 관통해 이편의 그녀를 똑바로 보고 있었다. 자신이 보이지 않을 거라 확신했던 마틸드는 깜짝 놀랐다. 여자가 사라졌다. 그리고 여자는 트위드로 만든 얇은 실내복 차림으로 보도에 다시 나타났다. 그녀는 아파트 건물 앞에 쌓인 눈 속으로 몸을 내던진 뒤 길을 건넜고, 벙어리장갑을 낀 손으로 소녀를 잡아 눈의 산 위로 홀렁 던졌다. 그러고는 아이를 안고 길을 건넌 뒤 그 행동을 한번 더 반복했다. 집안으로 들어가는 엄마와 딸은 하얀 눈을 가루처럼 뒤집어쓰고 있었다.

그들이 사라지고 한참 뒤에도 마틸드는 그 여자를 생각했다. 그 여자는 어린 소녀가 넘어지고 넘어지고 또 넘어지는 것을 지켜보며 무슨 생각을 했을까. 어떤 분노가 심장을 그렇게 심하게 구겨놓았기에, 나가 도와줄 생각도 없이 오랫동안 아이가 버둥거리고 쓰러지고 우는 것을 지켜보기만 했을까. 엄마란 자식을 홀로 싸우도록 내버리는 존재라는 것을 마틸드는 몰랐던 적이 없었다.

그 순간 그녀는 인생이란 원뿔 모양이라는 생각이 들었다. 과거는 살아낸 이 순간이라는 날카로운 꼭짓점에서 더 확장된다. 삶의 경험을 더 많이 할수록 바닥은 더 넓어진다. 그리하여 처음에는 거의 보이지도 않던 상처와 배신이, 풍선에 그려진 작은 점이 풍선을 불면 서서히 커지듯 그렇게 팽창한다. 그 가녀린 아이에게 생긴 반점도 어른이 되면 더 심하게 일그러지고 어쩔 도리 없이 가장자리가 나달나달해지는 것이다.

엄마와 딸의 창문에 불이 켜졌다. 방안에는 소녀가 공책을 들고 앉아 있었다. 소녀의 작은 머리가 숙여졌다. 얼마간 시간이 흐른 뒤 엄마가 소녀 옆에 김이 모락모락 나는 컵을 내려놓았고, 소녀는 두 손으로 컵을 감싸 잡았다. 마틸드의 입에 잊고 있던 뜨거운 우유의 달짝지근하고 짭조름한 맛이 느껴졌다.

마틸드는, 어쩌면 내가 틀렸을지도 모른다고, 텅 빈 어둠의 거리 위로 떨어지는 눈송이를 지켜보며 생각했다. 아이가 거듭 실패하는 모습을 지켜보면서도 엄마가 도우러 나가지 않은 건 뭔가 이유가 있어서일지도 몰랐다. 마틸드가 이해하려 애쓰지만 헤아릴 수 없는 이유, 거대한 사랑 같은 것.

개를 떼어내 소박한 가정 안에서의 새로운 삶으로 떠밀었던 날, 마틸드는 한밤중에 깨어 바깥으로 나갔다. 하늘은 달빛 하나 없이 구름에 덮여 있었고, 수영장은 타르 구덩이 같았다. 여전히 바닥까지 내려오는 상아색 시스 드레스를 입은 채 그녀는 소리를 지르며 애타게 개를 찾았다.

"고드!" 그녀가 외쳤다. "고드!" 하지만 그녀에게 달려오는 개는 없었다. 어떤 소리도 들리지 않았고, 그저 달빛 없는 고요한 밤이 지켜보고 있을 뿐이었다. 그녀의 심장이 쿵쾅쿵쾅 뛰기 시작했다. 그녀는 안으로 들어가 다시 개를 불렀다. "고드? 고드?" 모든 벽장을, 침대 밑을 전부 살폈고, 부엌에도 가보았다. 개집이 사라진 것을 보고야 그녀는 자신이 무슨 짓을 했는지 떠올렸다.

마치 개가 그녀의 한 부분이 아니라는 듯 잘 모르는 사람들에게 개를 줘버린 것이었다.

날이 밝을 때까지 기다리기도 힘들었다. 어둠 가운데 생긴 오렌지색 금 하나로 하루가 시작되었을 때 그녀는 들판에 서 있는, 땅의 경사 때문에 층 높이가 다르게 지어진 집의 문을 두드렸다. 남편이 손가락을 입술에 대며 문을 열고 맨발로 나왔다. 그가 집안으로 몸을 기울여 휘파람을 한 번 불자 고드가 문 밖으로 뛰어나왔다. 목에는 자주색 리본이 매어 있었다. 고드는 낑낑거리며 그녀의 발을 핥어댔다. 그녀는 한참을 쭈그리고 앉아 자기 얼굴에 개를 대고 있다가 그 남편을 올려다보았다.

"미안합니다." 마틸드가 말했다. "아이들에게 미안하다고 전해주세요."

"사과는 안 하셔도 됩니다." 그가 말했다. "슬픈 일을 겪으셨잖아요. 나는 아내가 죽으면 집을 태워버릴 텐데요."

"다음에 할 일이 그거예요." 그녀가 말했고, 그는 미소를 띠지 않은 채 소리 내어 한 번 웃었다.

그가 개집과 장난감을 가지고 나와 그녀의 차에 전부 실어주었다. 그가 다시 나왔을 때는 아내와 함께였는데, 그의 아내는 서리 내린 잔디밭을 발끝걸음으로 걸어왔고 손에 김이 모락모락 나는 뭔가를 들고 있었다. 그녀는 웃는 것도 웃지 않는 것도 아닌 표정에 고단해 보였고, 머리는 헝클어져 있었다. 그녀가 블루베리 머핀을 차창 안으로 넣어주며 몸을 숙인 채 말했다. "한 대 패줘야 할지, 키스를 해줘야 할지 모르겠네요."

"내가 사는 게 이래요." 마틸드가 말했다.

여자는 몸을 돌려 휘휘 걸어갔다. 마틸드는 지켜보았고, 팬을 잡은 그녀의 손은 뜨거웠다.

그녀는 거울로 뒷좌석에 앉은 고드의 여우 같은 얼굴을, 그 아몬드처럼 생긴 눈을 보았다. "모두 나를 떠나지만, 너는 절대 그러면 안 돼." 그녀가 말했다.

개는 날카로운 이와 축축한 혀를 드러내며 하품했다.

그들이 함께한 마지막 해에 그녀는 아무 말 하지 않았지만, 에어리얼은 그녀가 강해지는 것을 느꼈을 것이다. 그들의 계약은 끝나가고 있었다. 그녀 앞에는 거의 고통스러울 만큼의 가능성을 지닌 세상이 펼쳐져 있었다. 그녀는 아직 한창 젊었다.

그녀는 대학을 졸업하고 에어리얼을 떠난 뒤 어떻게 살지에 대해 생각해놓은 게 있었다. 천장이 높은 원룸에서 살 것이다. 방은 부드러운 상아색으로 칠하고 바닥은 옅은 색으로 할 것이다. 옷은 검은색만 입고 사람들과 함께 하는 직업을 골라 친구를 만들 것이다. 그녀는 한 번도 친구다운 친구를 가져본 적이 없었다. 친구들끼리는 어떤 대화를 주고받는지도 잘 몰랐다. 밤마다 밖에 나가 저녁식사를 할 것이고, 주말에는 혼자 욕조에 몸을 담그고 책을 읽거나 와인을 마실 것이다. 그녀는 행복하게 나이들면서 혼자 지내겠지만, 사람들과 어울리고 싶을 때에는 그렇게 할 것이다.

다른 건 몰라도 같은 나이의 누군가와 섹스를 하고 싶었다. 그녀의 얼굴을 바라봐줄 누군가와.

3월, 그녀가 로토를 만나고 그가 그녀의 세상에 색깔을 입혀주기 직전의 어느 날이었다. 에어리얼의 아파트로 갔더니 그가 벌써부터 그녀를 기다리고 있었다. 그녀가 가방을 조심스럽게 내려놓았다. 그는 카우치 위에 거의 꼼짝하지 않고 앉아 있었다.

"뭘 먹고 싶어?" 그가 물었다. 그녀는 전날 밤부터 아무것도 먹지 않았다. 배가 고팠다.

"초밥." 그녀가 대답했지만, 결국 그건 현명하지 못한 대답이 되었다. 그녀는 다시는 초밥을 먹지 못하게 된다.

배달 청년이 왔을 때, 에어리얼은 그녀에게 옷을 벗은 채 문을 열고 돈을 지불하게 했다. 청년은 그녀를 보고는 거의 숨도 쉬지 못했다.

에어리얼이 스티로폼 용기를 받아 열었고, 간장과 고추냉이를 섞은 뒤 초밥 한 개를 집어 거기 찍었다. 그가 그 초밥을 부엌 타일 바닥 위에 내려놓았다. 그에 관한 모든 것이 그렇듯 바닥은 얼룩 하나 없이 깨끗했다.

"손과 무릎을 짚고 엎드려." 그가 이를 환히 드러내고 웃으며 말했다. "기어."

"손은 쓰지 말고." 그가 말했다. "입으로 물어 올려."

"이제 네가 만든 얼룩을 핥아." 그가 말했다.

쪽마루에 눌린 그녀의 손바닥과 무릎이 아팠다. 그녀는 이곳에 오면 손과 무릎을 짚은 채로도 걷잡을 수 없이 흥분하는 작고 뜨거운 그 부분이 싫었다. 더러운 계집. 그녀는 활활 타올랐다. 그녀는 맹세했다. 다른 남자를 위해서 기는 일은 절대 없을 거라고. 〔신들은 우리를 갖고 놀기를 좋아한다고, 나중에 마틸드는 말한다. 그녀는 누군가의 아내가 되었다.〕

"하나 더?" 에어리얼이 말했다. 그가 또하나를 소스에 찍어 20야드 떨어진 현관 끝에 놓았다. "기어." 그가 말했다. 그리고 웃었다.

wife라는 단어는 인도게르만 공통 조어의 weip에서 왔다.
weip는 돌리다, 비틀다, 둘러싸다라는 뜻이다.
또다른 어원으로 인도게르만 공통 조어 ghwibh가 있다.
ghwibh는 외음부라는 뜻이다. 혹은 수치심을 뜻한다.

21

탐정이 식료품점에 나타났다. 마틸드가 트렁크에 식료품을 넣고 운전석에 올라탔더니, 거기 그 여자가 무릎에 서류 상자를 올려놓은 채 기다리고 있었다. 스모키한 눈화장에 입술을 빨갛게 칠해서 섹시해 보였다.

"어머나!" 마틸드가 깜짝 놀라며 말했다. "소름 끼치는 행동은 하지 말라고 했잖아요."

여자가 웃었다. "이게 나를 나타내는 서명 같은데요." 그녀가 서류 상자를 가리키며 손짓했다. "짠. 다 모았어요. 그 머저리는 연방 감옥에서 절대 나오지 못할 거예요. 이 대박 사건을 언제 터뜨릴 생각이에요? 이 내용이 뉴스마다 보도되는 순간에 나도 팝콘을 먹으면서 지켜보고 싶거든요."

"1단계는 사생활 사진을 보여주는 거예요. 며칠 뒤에 시작해요." 마틸드가 말했다. "내가 가기로 한 파티가 있어요. 2단계로 가기 전에 먼저 약간 괴롭혀줄 생각이에요." 그녀는 차에 시동을 걸고 탐정을 집까지 데리고 왔다.

마틸드가 기대했던 것만큼 어색하지도, 섹시하지도 않았다. 그녀는 슬픔을 느꼈고, 샹들리에를 쳐다보며 그녀 안에서 익숙한 온기가 퍼지는 것을 느꼈다. 레즈비언이라면 전문적인 기술을 쓸 거라고 기대하겠지만 정말로 로토가 더 나았다. 오, 젠장, 그는 뭘 해도 어느 누구보다 나았다. 섹스에 대해서는 그가 그녀를 망쳐놓은 것이다. 정말이지 여기서 뭘 느껴야 하는가? 여자들끼리의 이런 소소한 침대 유희에는 2막이라는 게 있을 수 없었다. 그저 역할만 바꾼 1막의 앙갚음 같은 게 뒤따르고, 이어 짜릿한 전율 없이 뒤죽박죽의 대단원이 온다. 솔직히 그녀는 자신의 얼굴을 다른 여자의 일부에 박고 뭘 느껴야 하는지 전혀 알 수가 없었다. 그녀는 자신의 이마에서 오르가슴이 불꽃을 일으키도록 내버려두었고, 탐정이 시트 밖으로 빠져나오자 미소를 지었다.

"참……" 마틸드가 입을 열자 탐정이 말했다. "말하지 마요. 알겠어요. 분명히 알겠어요. 당신은 여자 취향은 아니네요."

"집중하지 않은 건 아니었어요." 마틸드가 말했다.

"거짓말." 여자가 말했다. 그녀는 검은 머리카락을 흔들어 버섯처럼 부풀렸다. "이게 더 좋은데요. 이제 우리는 친구가 될 수 있잖아요."

마틸드는 일어나 앉아, 다시 브래지어를 하는 여자를 쳐다보았다. "남편의 동생 말고 진정한 여자 친구는 없었던 것 같아요." 마틸드가 말했다.

"친구들이 전부 남자예요?" 여자가 물었다.

마틸드가 대답을 할 수 있기까지는 아주 오랜 시간이 걸렸다. "아니요." 여자가 마틸드를 잠시 바라보더니 몸을 앞으로 숙여 그녀의 이마에 엄마처럼 긴 키스를 해주었다.

로토의 대리인이 그녀에게 전화를 했다. 사업상의 문제를 다시 손댈 때가 되었다고, 그는 떨리는 목소리로 넌지시 말했다. 그는 그녀의 부드러운 독침에 찔린 적이 몇 번 있었다.

그녀가 한참 동안 말이 없자 그가 말했다. "여보세요? 여보세요?"

그녀는 웬만해선 연극은 뒷전으로 미루고 싶었다. 미지의 세상 속으로 뛰어들고 싶었다.

하지만 그녀는 전화기를 귀에 대고 있었다. 주위를 둘러보았다. 로토는 이 집에, 이 침대 위 그의 자리에 없었다. 다락의 작업실에도 없었다. 옷장 안 옷 속에도 없었다. 그들이 처음 신혼생활을 시작한 작은 지하 아파트에도 없었다. 몇 주 전 그녀는 그 집으로 가 여닫이창으로 안을 들여다보았는데, 모르는 사람의 자주색 카우치와 문손잡이를 향해 뛰어오르는 퍼그종 개밖에 보이지 않았다. 그녀가 늘 귀를 쫑긋 세우고 있어도 남편이 진입로로 들어와 차를 세울 리는 없었다. 자식은 없었다. 그러니 그의 얼굴이 더 작은 얼굴에서 반짝반짝 빛날 일도 없었다. 천국도, 지옥도 없었다. 그녀의 육신이 그녀를 떠난 뒤에도 구름 위에서, 불구덩이에서, 아스포델이 만발한 풀밭에서 그를 찾을 일은 없을 것이다. 로토가 조금이라도 보이는 곳은 그의 작품뿐이었다. 기적이란, 한 번에 몇 시간이라도 누군가의 영혼 전체를 다른 이의 육신 안에 심을 수 있는 능력이다. 그 모든 희곡은 로토의 조각들이었고, 그걸 다 합치면 일종의 전체가 만들어졌다.

그래서 그녀는 대리인에게 자신이 무엇을 하면 되는지 보내달라고 했다. 아무도 랜슬럿 새터화이트를 잊어서는 안 된다. 그의 희곡을 잊어서는 안 된다. 그의 작품 속에 있는 그의 작은 조각들을 잊어서는 안 된다.

과부가 된 지 여덟 달, 거의 그때까지도 마틸드는 걸음을 옮길 때마다 땅이 흔들리는 충격을 느꼈다. 그녀는 택시에서 내려 도시의 어두운 거리로 들어섰다. 말라깽이가 된 그녀는 남자처럼 머리를 짧게 치고 하얗게 탈색까지 했고, 은색 드레스를 입어 아마존 여전사 같았다. 양 손목에는 종을 달고 있었다. 그녀는 사람들이 그녀가 오는 소리를 듣기를 바랐다.

"이게 누구야." 마틸드가 아파트 문을 열고 들어가 시중드는 여자에게 코트를 건네는데, 다니카가 외치는 소리가 들렸다. "과부 생활이 더럽게 잘 어울리는데. 어쩜, 예쁘기도 해라."

다니카는 여태 예뻤던 적이 없지만, 지금은 보톡스 주사를 맞은 오렌지색 얼굴과 그 아래 요가로 만든 근육질 몸매로 그 사실을 감추고 있었다. 그녀는 살이 너무 없어서 가슴 중심에서 만나는 섬세한 갈빗대도 보일 것 같았다. 그녀가 건 목걸이는 중간급 간부의 연봉과 맞먹었다. 마틸드는 예전부터 루비가 싫었다. 적혈구를 말리고 닦아 광을 낸 것 같다고, 그녀는 생각했다.

"오," 마틸드가 말했다. "고마워." 다니카가 그녀에게 뺨을 맞대며 입맞추는 소리를 냈다.

다니카가 말했다. "맙소사. 내가 과부가 돼도 너 같은 외모를 유지한다는 보장만 있으면 콜리한테 끼니때마다 베이컨을 먹이겠어."

"어쩜 그런 끔찍한 소리를 하니." 마틸드가 말했다. 그러자 다니카의 검은 눈동자가 촉촉해졌다. "어머, 미안. 농담을 하려던 건데. 맙소사, 나 정말 못됐지. 늘 재를 뿌린다니까. 마티니를 너무 많이 마셨나봐, 이 드레스를 입겠다고 굶은데다. 마틸드, 미안. 내가 바보야. 울지 마."

"안 울어." 마틸드가 말하고는 자리를 옮겨 콜리의 손에서 진이 담긴 잔을 가져가 쭉 들이켰다. 그녀는 피아노 위에 다니카의 선물을 내려놓았다. 앤트워넷이—사실은 샐리가—몇 해 전 생일에 보내준 에르메스 스카프였는데, 여전히 고급스러운 오렌지색 박스에 포장된 그대로였다. "어머, 마음도 후하지!" 다니카가 말하고 마틸드의 뺨에 키스했다.

다니카는 다른 친구들을 맞으러 문 쪽으로 걸어갔다. 이전 시장 후보와 손톱에 셸락을 바른 그의 아내가 도착했다.

"아내를 용서해줘. 취해서 그래." 콜리가 말했다. 그는 어느새 슬그머니 다가와 있었다. 늘 그런 식이었다.

"그러네, 뭐, 안 그런 때가 있었나?" 마틸드가 말했다.

"정곡을 찔렀는걸. 그런 말을 들어도 싸지." 그가 말했다. "아내한테 인생은 힘들어. 자신을 하찮게 느끼니까 저런 순수 혈통의 사교계 여자들을 따라잡으려고 기를 쓰는 거고. 욕실로 가서 마음 좀 진정시킬래?"

"나는 평정심을 잃은 적이 없어." 마틸드가 말했다.

"맞는 말이지." 콜리가 말했다. "하지만 얼굴이, 뭐랄까, 낯설어 보여."

"음. 그건 내가 더이상 웃지 않기 때문이야." 마틸드가 말했다. "아주 오랫동안 사람들 앞에서는 항상 미소를 띠고 있었지. 왜 더 일찍 그만두지 않았는지 모르겠어. 이렇게 마음이 편한데."

그는 고통스러워 보였다. 그가 자신의 두 손을 맞잡으며 얼굴을 붉혔다. 그러고는 그녀의 얼굴을 흘끔 보며 말했다. "당신이 온다는 연락을 받고 놀랐어, 마틸드. 우리가 그런 대화를 나눈 뒤에 이렇게 성숙한 태도를 보여주다니. 내가 그런 사실을 폭로한 뒤에 말이야. 용서. 친절. 당신한테 그런 게 있는 줄 몰랐어."

"있잖아, 콜리. 나는 아주 화가 났어." 그녀가 말했다. "신발끈으로 당신을 목 졸라 죽이고 싶었지. 그 아이스크림 스푼으로 당신을 거의 죽일 뻔했어. 하지만 그 순간 당신 말이 터무니없는 소리라는 걸 깨달았어. 로토는 나를 결코 떠나지 않았을 거야. 그 사실은 내 뼛속 깊이 알 수 있어. 당신이 무슨 짓을 했건 우리에게 상처를 입힐 수는 없었을 거야. 우리가 지금까지 함께했던 삶은 당신이 무슨 짓을 해서 망칠 수 있는 그런 게 아니었어. 당신은 그저 작은 모기에 불과해, 콜리. 가렵긴 해도 독은 없지. 당신은 아무것도 아니라고 말해줄 가치조차 없어."

콜리는 뭔가 말하려다가, 그저 고단한 표정으로 한숨을 쉬었다.

"아무튼. 그런 일에도 불구하고 우리는 오랜 친구니까." 그녀가 그의 팔뚝을 움켜쥐며 말했다. "누구든 오랜 친구가 많기는 어렵지. 보고 싶었어. 둘 다. 다니카도."

그는 한참 동안 그녀를 보며 가만히 서 있었다. 마침내 그가 말했다. "당신은 늘 너무 친절했어, 마틸드. 우리는 당신의 그런 친절을 받을 자격이 없는 사람들이야." 그는 땀을 흘리고 있었다. 그가 돌아섰다. 그는 괴로워하는 것 같지도 않았고, 감동받은 것 같지도 않았다. 한동안 그녀는 커피테이블 위에 놓인 호화 장정의 책을 넘겨보았다. '장님으로 그려진 날개 달린 큐피드'라는 제목이었는데, 어딘지 모르게 낯익었다. 하지만 도판들이 다 섞여 있어 그녀는 알아차리지 못했다.

나중에 사람들 모두 저녁을 먹으러 거실을 지나갈 때, 마틸드는 몇 초 더 머물면서 콜리가 얼마 전 구입한 작은 크기의 렘브란트 그림을 구경하는 척했다. 렘브란트가 따분할 수 있다면 이 그림이 바로 그랬다. 고전적인 구성, 어두운 방안의 세 사람. 한 사람은 항아리에서 고약을 따르고 있고, 또 한 사람은 앉아 있고, 또 한 사람은 말을 하고 있다. 콜리한테 감각이 있다는 말은 누구도 못 할 것이었다. 그녀는 피아노로 돌아갔다. 그리고 핸드백에서 두번째 선물을, 연푸른색 종이로 싼 것을 꺼냈다. 얇았다. 봉투 크기였다. 이 선물에 카드는 넣지 않았지만, 그녀는 이것이 어떤 선물보다 최고의 선물이 될 거라고 확신했다. 온갖 낯선 육체들 사이에서 스트로브 조명을 받은 알몸의 콜리, 거의 예술이라 할 수 있었다.

다니카의 생일파티가 끝나고 다음날 정오, 마틸드는 기다리고 있었다. 그녀는 아침 식사실에서 파자마 차림으로 호사를 부리며 신문을 읽었다. 전화벨이 울리자마자 수화기를 집어들었다. 얼굴은 벌써 활짝 웃고 있었다.

"다니카가 떠났어." 콜리가 그 말을 뱉어냈다. "괴물 같은 낯짝을 한 씨팔년 같으니."

마틸드가 독서용 안경을 벗어 머리 위에 올렸다. 그러고는 먹던 팬케이크 한 조각을 고드에게 먹였다. "꼴좋은걸. 내 물건은 늘 대기중이야." 그녀가 말했다. "내 게임이 당신 게임보다 더 길 것 같은데. 다음에는 어떤 일이 벌어질지 두고 봐."

"당신을 죽여버릴 거야." 그가 말했다.

"그러지 못할걸. 나는 여덟 달 전에 이미 죽었거든." 그녀가 말했다. 그러고는 부드럽게 전화를 끊었다.

그녀는 부엌에 앉아 그 사건을 음미했다. 개는 제 침대에 앉아 있었고, 창문으로는 달빛이 흘러들어왔다. 아름다운 푸른 그릇에서는 여름날 텃밭에서 딴 토마토가 쭈글쭈글해진 채 흙내가 밴, 썩기 직전의 달콤한 냄새를 강렬하게 풍기고 있었다. 랜드가 써놓고 간 편지를 두 달 동안 거기 두었다. 그녀는 거기 무슨 내용이 있을 거라고 상상했을까. 어떤 말? 감사의 말? 섹시한 말? 도시로 그를 만나러 오라는 말? 그녀는 그가 굉장히 마음에 들었었다. 그에게 있는 뭔가가 그녀에겐 향유와 같았다. 그녀는 그를 만나러 가고, 트렌디한 강변 지역의 지나치게 고가인 그의 고층 아파트에서 하룻밤을 보내고, 어리석은 짓을 한 기분을 느끼며 새벽에 차를 몰아 집으로 돌아왔을지도 모른다. 한편 자신이 부드럽고 멋있는 사람이 된 기분도 들어 삼십 년 전 올드팝을 큰 소리로 따라 불렀을지도 모른다. 섹시하고 다시 젊어진 기분을 느끼면서.

그녀는 FBI 요원을 방금 만나고 돌아왔다. 다음번이 그와의 마지막 만남이었다. 그는 그녀가 말한 내용을 듣고는 군침을 흘렸다.

그 역겨운 콜리의 사진은 마법을 일으켰다. 〔세 달 뒤 다니카는 이혼해 어마어마한 부자가 된다.〕 내일 그녀는 땀을 많이 흘리고 구레나룻을 기른 작달만한 요원에게 정보를 보관한 상자를 건네기로 했지만, 오늘밤 그 상자는 부엌에서 그녀가 발을 올려놓는 발판으로 쓰였다. 그녀는 어둠 속에서 달빛을 받아 독버섯처럼 희미한 빛을 뿜는 그 상자를 가만히 내려다보았다.

그녀의 노트북에서는 프랑스 영화가 나오고 있었다. 그리고 손에는 말백 와인이 담긴 둥근 잔이 들려 있었다. 뭔가가 물릴 만큼 충족되어 이제는 잠잠했다. 그녀는 콜리가 곤두박질치며 추락하는 장면을 그려보고 있었다. 그가 경찰차로 떠밀려 들어갈 때 텔레비전 화면에 잡히는 그의 뚱뚱한 얼굴을 상상했다. 그가 얼마나 애처럼 보일지, 얼마나 당황한 표정일지.

초인종이 울렸다. 그녀가 문을 열자 레이철과 샐리가 서 있었다. 포치에 선 두 사람이 겹쳐 보이면서 그녀의 남편이 잠시 환하게 빛났다.

마틸드는 몇 번 숨을 쉴 동안 그들의 품에 안겨 있었고, 아주 오랜만에 처음으로 자기 몸의 무게가 덜어지는 것을 느꼈다.

그녀가 차가운 샴페인을 땄다. 〔그러지 않을 이유가 뭔가.〕

"축하할 일이라도 있어요?" 레이철이 물었다.

"아무렴." 마틸드가 말했다. 그녀는 샐리의 칼라가 약간 삐뚜름하고, 레이철의 손가락에 있는 반지가 반대로 돌려져 있는 것을 보았다. 불안했다. 무슨 일이 있는 것이었다. 하지만 그들은 아직 말하지 않았다. 그들은 앉아서 술을 마셨다. 레이철의 얼굴은 길고 야위어서 황혼녘에 바라보니 마치 거푸집에 수지樹脂를 넣어 뜬 것처럼 보였다. 샐리는 실크 재킷을 입고 머리를 멋있게 깎아서 세련돼 보였다. 마틸드는 세계 여행을 떠났던 샐리를 떠올리며 풍성함을 상상했다. 백조 모양으로 깎은 과일, 축축한 시트에서 뒹구는 연인들. 독신녀라는 단어는 그 뒤에 불타는 자유를 숨기고 있는데, 어째서 마틸드는 이전에 그 사실을 알아차리지 못했단 말인가?

레이철이 잔을 내려놓고 몸을 앞으로 숙였다. 에메랄드가 그녀의 쇄골 근처에서 느리게 세 번 부딪혔고, 허공에서 흔들림을 멈추자 희미한 광채가 뿜어져나왔다.

마틸드가 눈을 감고 말했다. "말해봐요."

샐리가 가방에서 크라프트지로 된 두꺼운 서류철을 꺼내 마틸드의 무릎에 놓았다. 마틸드는 검지로 귀퉁이를 들어올려 서류철을 펼쳤다. 가장 최근 것부터 가장 이전 것까지, 악의 갤러리. 심지어 대부분은 그녀에 관한 것도 아니었다. 가장 새것부터 가장 오래된 것까지, 모두 로토가 죽기 전의 것이었다. 마틸드가 비키니를 입고 태국의 해변에 있는, 이별에 실패했던 당시의 화질이 좋지 않은 사진. 마틸드가 거리 모퉁이에서 아니의 뺨에 키스하는 사진. 〔터무니없다. 그녀가 충실하지 않았다 치더라도 아니 또한 너무 끈적거렸다.〕 젊은 시절의 마틸드가 해쓱하고 해골처럼 마른 몸으로 낙태를 하러 병원에 들어가는 모습. 그녀의 삼촌에 대한 사실. 반짝거리는 생소한 종이들은 기밀문서에서 훔쳐낸 것으로, 1991년에 그가 저지른 것으로 여겨지는 범죄가 상세히 기술되어 있었다. 나중에 그녀는 이것을 소설처럼 읽을 것이었다. 마지막으로 파리의 할머니와, 카메라를 보고 사악하게 웃는 할머니에 대한 경찰 기록. 그 페이지에는 매춘부라는 단어가 작은 얼룩처럼 적혀 있었다.

여기에는 큰 공백들이 있었다. 그녀의 삶의 세포들이 레이스 뜨개질을 한 듯 듬성듬성 짜여 있었다. 다행히도 최악은 구멍으로 남아 있었다. 에어리얼. 불임수술, 자식을 원한 로토를 근거 없는 희망 속에서 살게 했던 것. 아주 오래전에 오렐리가 저질렀던 행위. 선하지 않은 그 모든 부분들은 차곡차곡 모여 마틸드의 그림자가 되었다.

마틸드는 그제야 숨을 돌리며 고개를 들었다. "제 뒷조사를 하셨나요?"

"아니. 앤트워넷이." 샐리가 유리잔에 이를 부딪치며 말했다. "처음부터 쭉."

"그동안 쭉이요?" 마틸드가 말했다. "작정하고 그랬군요." 가슴이 찔린 듯이 아팠다. 그동안 내내 마틸드는 앤트워넷의 머릿속에서 강렬하게 살아 있었던 것이다.

"엄마는 인내심이 대단한 사람이었어요." 레이철이 말했다.

마틸드는 서류를 덮고 톡톡 쳐서 종이를 다시 반듯하게 맞췄다. 그녀가 남은 샴페인을 각자의 잔에 똑같은 양으로 따랐다. 고개를 들자 샐리와 레이철 모두 얼굴을 기괴하게 부풀리고 있어 그녀는 깜짝 놀랐다. 그들은 같이 웃기 시작했다.

"마틸드는 우리가 자기한테 해를 끼칠 거라고 생각하나봐." 샐리가 말했다.

"다정한 M.," 레이철이 말했다. "우린 그러지 않아요."

샐리가 한숨을 쉬고 얼굴을 닦았다. "불안해하지 마. 우리는 너한테 해가 가지 않게 보호했어. 앤트워넷이 이걸 로토에게 보내려고 두 번 시도했었지. 한번은 삼촌 일이 터지고 네가 낙태를 했을 때, 또 한번은 네가 로토를 떠났을 때. 하지만 앤트워넷은 우편물을 진입로 끝에 있는 우편함에 놓고 돌아오는 사람이 나라는 사실을 간과했던 거야."

레이철이 웃었다. "엄마가 나한테 공증을 받아오라고 했던 유언장이 있었는데, 그건 유실됐어요. 신탁금에서 오빠의 몫은 침팬지 구조를 위해 기부하라고 되어 있었는데, 불쌍하고 배고픈 원숭이들이 바나나를 먹지 못하게 됐네요." 그녀는 어깨를 으쓱했다. "엄마의 실수였어요. 엄마는 유순하고 말 잘 듣는 사람이 그런 엄청난 배신을 할 거라곤 생각도 못했죠."

마틸드는 유리창에 비친 자기 얼굴을 보았지만, 아니, 그건 체리나무의 낮은 가지에 앉은 헛간올빼미였다.

마틸드는 마음을 가눌 수가 없었다. 전혀 예상하지 못한 바였다. 이 여인들. 이런 다정함. 그들의 눈빛이 어둑한 방안에서 반짝반짝 빛났다. 그들은 그녀를 보았다. 마틸드는 이유를 알 수 없었지만 그들이 그녀를 보고 있었고, 심지어 그녀를 여전히 사랑하고 있었다.

"한 가지 더 있어요." 레이철이 말했다. 너무 빨리 말해서 마틸드는 알아들으려면 집중해야 했다. "언니도 이건 모를 텐데. 엄마가 돌아가실 때까지는 우리도 몰랐어요. 그러니까 이건 완전히 충격이었어요. 우리도 뭔가 조치를 취하기 전에 이 문제를 처리하는 시간이 필요했어요. 다 정리된 뒤에 오빠한테 말할 작정이었어요. 하지만 오빠가." 그녀는 말을 다 맺지 못했다. 마틸드는 레이철의 얼굴이 슬로모션처럼 일그러지는 것을 보았다. 레이철이 비싸지 않은 코도반 가죽 장정의 사진 앨범을 건넸다. 마틸드는 앨범을 펼쳤다.

그 안은 혼란이었다. 깜짝 놀랄 만큼 낯익은 얼굴. 잘생긴 검은 머리의 청년이 웃고 있었다. 페이지를 넘길 때마다 얼굴은 점점 어려졌고, 마지막은 병원 포대기에 감싸인 빨갛고 쪼글쪼글한 아기의 사진이었다.

입양증명서.

출생증명서. 새터화이트, 롤런드. 1984년 7월 9일 출생. 모: 왓슨, 그웬돌린, 17세. 부: 새터화이트, 랜슬릿, 15세.

마틸드는 앨범을 툭 떨어뜨렸다.

〔그녀가 다 풀었다고 생각한 수수께끼가 끝없이 계속된다는 것이 밝혀진 것이다.〕

22

사실, 마틸드는 늘 주먹 쥔 손이었다. 로토에게만 편 손이었다.

그날 밤. 아직 썩어가는 토마토. 공기 중에는 샐리의 향수 냄새가 떠돌고 있었지만 샐리와 레이철은 위층 손님방에서 술에 취해 꿈을 꾸고 있었다. 창문으로 보이는 달은 크기가 줄어 있었다. 와인 한 병, 부엌 식탁, 코 고는 개. 마틸드 앞에 방대한 하얀 종이가 아이의 뺨처럼 쉽게 펼쳐져 있다. [거기에 써보라, 마틸드. 이해해보라.]

플로리다, 그녀가 썼다. 여름. 1980년대. 야외, 바다 위로 견딜수 없이 뜨거운 태양이 이글거렸다. 실내, 베이지색 카펫. 팝콘처럼 오돌토돌한 천장. 올리브색 부엌에 있는 냄비장갑은 외설적인 형태의 플로리다 지도를 가운데 놓고 왼쪽에 인어, 오른쪽에 로켓을 배치한 그림을 실크스크린으로 날염한 것이었다. 노거하이드 모조가죽 리클라이너. 텔레비전 화면에는 동물우화집 같은 현대 미국인의 삶이 휙휙 지나갔다. 뜨거운 동굴 같은 집에서 둘만이 표류하듯 지냈다. 소년과 소녀. 쌍둥이, 열다섯 살도 채 되지 않았다. 콜리라고 부르는 찰스와 그웨니라고 부르는 그웬돌린.

〔이상하다. 불러내는 건 어쩌면 이다지도 쉬운가. 꿈속의 아픔처럼. 너무 오래 상상해 거의 기억이 되어버린 삶. 경험해본 적 없는, 1980년대 이 중산층 미국인의 어린 시절.〕

소녀는 자기 방에서 입술에 바셀린을 발랐고 거울 속 얼굴은 뽀얀 입김의 꽃을 피웠다.

아버지가 집에 돌아왔을 때 소녀는 분홍색 파자마를 입고 나왔다. 곱슬곱슬한 머리는 두 갈래로 땋았다. 소녀는 아버지를 위해 남겨둔 저녁식사를 데웠다. 닭고기와 삶은 채소. 소녀는 하품을 하고 자는 척했다. 소년은 부엌에서 아버지와 함께 있으면서 누이의 침실 안에서 일어나는 변신을 상상했다. 제모를 해서 하얀 다리, 미니스커트, 짙게 화장한 눈. 누이는 소년이 알고 있던 것과는 아주 다른 낯선 사람이 되어 창문으로 빠져나가 밤 속으로 들어갔다.

밤 시간에 하는 이 변신은 두려움을 무릅쓴 것이 아니었다. 이 변신은 두렵기 때문에 하는 것이었다. 소녀는 열다섯 살치고는 몸집이 자그마해서 지나가는 남자아이 누구라도 그녀를 완력으로 내리누를 수 있을 것이었다. 이것이 미적분학을 다 뗀 소녀, 직접 만든 로봇으로 과학박람회에서 상을 받은 소녀의 반박이었다. 소녀는 몸을 떨면서 어두운 거리로 나섰고, 편의점으로 걸어가면서 스커트 밑 누구의 손도 닿지 않은 그곳에서 짜릿함을 느꼈다. 그녀는 그 느낌을 잠재우려고 편의점 안을 돌아다녔다. 버트 배커랙의 음악. 백반증에 걸린 듯 피부가 얼룩덜룩한 계산대 점원이 입을 벌린채 그녀를 바라보았다. 흰색 점프슈트를 입은 남자가 주머니 속 동전을 잘랑거리며 음료 매대 쪽에서 그녀를 지켜보았다. 저거 하나 줘요, 그가 주문했다. 빙빙 돌아가고 있는 기름진 핫도그를 달라는 말이었다. 바깥에서는 성난 나방이 들러붙은 불빛 아래 서너 명의 아이들이 스케이트보드를 획획 뒤집으며 타고 있었다. 소녀는 그들을 몰랐다. 소녀보다는 나이가 많은데, 대학생인지는 확실치가 않지만—기름기가 흐르는 머리, 멕시코 문양의 후드티—대학에 다닐 나이였다. 그녀는 공중전화 앞에 서서 손가락을 동전 구멍에 넣고 빼기를 반복하고 있었다. 동전이 없다, 동전이 없다, 동전이 없다. 천천히, 한 명이 다가왔다. 일자눈썹에 밝은 푸른색 눈동자.

그 유혹이 얼마나 오래 걸렸는지에 대해서는 논쟁의 여지가 있다. 여자가 영리할수록 이런 상황은 더 빠르게 결론이 난다. 지적이고 대담한 행위로서의 스스럼없는 육체적 행동. 쾌락을 위한 쾌락이 아니라, 실행으로서의 쾌락, 육체를 가진 자에 대한, 플루트 같은 육체에 대한, 쌓아올려진 기대에 대한 앙갚음. 당위에 대한 반역으로서의 섹스. [어디서 들어본 것 같은가? 그렇다. 지구상에서 이보다 더 흔한 이야기는 없다.]

거의 일 년 동안 손가락과 혀가 둔해졌다. 소녀는 창문으로 빠져나가 어둠 속으로 나섰다. 나서고 또 나섰다. 그리고 학교에 가고, 토론부에서 활동하고, 밴드부에서 연습했다. 갈빗대 아래가 공기에 노출된 고무풀처럼 서서히 굳기 시작했다. 몸은 머리가 반박하는 바를 알고 있었다. 그녀는 멍청하지 않았다. 그해 유행한 패션은 그녀에게 행운이었다. 무릎까지 내려오는, 큼직한 운동복 상의. 어머니는 크리스마스이브에 늦게 귀가했다. 소녀는 크리스마스 아침에 플란넬 잠옷가운을 입고 방에서 나왔고, 어머니는 노래를 부르며 돌아보았다. 그러고는 딸을, 딸의 허리 쪽이 불룩하게 나온 것을 보고 만들고 있던 몽키 브레드를 떨어뜨렸다.

소녀는 서늘한 장소로 끌려갔다. 다정하지 않은 사람은 아무도 없었다. 그녀의 안쪽은 긁어내졌다. 낮은 목소리들. 그녀가 밖으로 나왔을 때는 들어갔을 때와는 다른 사람이 되어 있었다.

[다른 이들의 삶은 파편들처럼 한데 모아진다. 하나의 분리된 이야기를 비추던 조명이 어둠 속에 머물러 있던 또하나의 이야기를 밝힐 수 있다. 뇌는 기적을 이룰 수 있다. 인간은 이야기를 만들어내는 피조물이다. 파편들은 제 힘으로 한데 모여 전체를 만든다.]

쌍둥이는 봄에 열여섯 살이 되었다. 소녀의 방은 문과 창문에 새 자물쇠가 달렸다. 갑자기 쌍둥이 소년의 키가 소녀보다 8센티미터는 더 커졌다. 소년은 얼빠진 그림자처럼 소녀를 쫓아다니기 시작했다. "모노폴리할까?" 어느 따분한 토요일 밤, 소녀가 소년이 있는 방을 질러 지나갈 때 소년이 말했다. "내 걱정은 그만하셔." 소녀가 말했다. 소녀는 학교 정문에서 어슬렁거리며 기다리는 스케이트보드 타는 남자애들에게도, 〈다크 크리스털〉을 같이 보면서 지피 팝*을 먹고 머리를 컬로 말자고 제안한, 유치원 때부터 알고 지낸 여자애들에게도 외출을 금지당했다고 중얼거려야 했다. 소녀는 쌍둥이 형제인 소년보다 늘 더 인기가 많았지만 곧 섹스의 냄

---

* 집에서 직접 튀겨 먹는 인스턴트 팝콘.

새가 그녀를 더럽혔다. 소녀에게는 이제 소년밖에 없었다. 그리고, 마이클.

　마이클은 잘생긴 일본인 혼혈로, 키가 크고 한쪽 눈만 가리게 멋을 부린 검은 머리카락 때문에 꿈을 꾸는 듯 보였다. 수업 시간에 그웨니는 남몰래 그의 손목 안쪽의 하얀 피부를 혀로 핥는 상상을 하며 시간을 보냈다. 마이클은 남자아이들을 꿈꾸었다. 그웨니는 그를 꿈꾸었다. 콜리는 마지못해 그를 받아들였다. 그녀의 쌍둥이 형제는 절대적인 것을 요구했다. 충실함, 넉넉함, 마이클이 줄 수 없는 것을. 하지만 마이클이 나눠준 마리화나에는 콜리도 긴장이 풀려 농담을 하고 웃기도 했다. 학기가 끝날 때까지 그렇게 흘러갔다. 소녀의 어머니는 주로 샌디에이고, 밀워키, 빙엄턴에 가 있었다. 그녀는 순회 간호사로, 날 때부터 허약해서 생명이 위태로운 아기들을 돌봤다.
　그들은 로토를 만났다. 키는 불편할 만큼 크고, 얼굴은 여드름으로 초토화되었고, 마음씨는 곱고 착했다. 여름이 그들 앞에 펼쳐져 있었다. 이런저런 약을 먹고 맥주를 마시고 본드를 흡입했다. 쌍둥이가 저녁을 먹으려고 집에 돌아가는 한은 이렇게 해도 별문제가 없었다. 그웨니가 무리의 중심이었다. 소년들은 그녀를 중심으로 위성처럼 돌았다.
　〔이 네 명이 어울린 기간은 아주 짧았다. 여름이 10월로 넘어가고 있었고, 그뒤로 모든 것이 바뀌었다.〕
　오래된 스페인 요새의 총안에 앉아 그들은 훔친 캔으로 아산화

질소를 흡입했다. 저 아래 관광객들이 떼지어 돌아다니는 세인트 오거스틴이 빛을 밝히고 있었다. 마이클은 카세트 플레이어로 음악을 틀어놓고 몸을 움직이며 일광욕을 했는데, 그의 몸은 황홀할 만큼 유연했다. 로토와 콜리는 평소처럼 대화에 깊이 빠져 있었다. 저 아래 바다는 빛을 깜박였다. 소녀는 그들이 자기를 봐주기를 바랐다. 소녀는 요새 가장자리에서 물구나무를 섰다. 40피트 아래로 떨어지면 죽음이었다. 예전에 그녀는 젖가슴과 함께 몸이 반역을 일으키기 전까지 체조를 했었다. 그녀가 균형을 유지했다. 위아래가 뒤집힌 채 푸른 하늘을 배경으로 소년들의 얼굴이 보였다. 쌍둥이 소년이 기겁하며 일어섰다. 소녀가 다리를 내렸다. 피가 머리로 쏠려 거의 기절할 뻔했지만, 가까스로 앉았다. 귓가에서 맥박이 너무 요란하게 뛰어 소녀는 쌍둥이 소년이 하는 말이 들리지 않았다. 소녀는 그저 손만 내저으며 말했다. "젠장, 진정해, 콜. 나도 내가 뭘 하는지는 알아."

로토가 웃었다. 로토를 돌아보는 마이클의 복근이 움직였다. 그웨니는 그 복근을 바라보았다.

10월 초의 어느 토요일, 그들은 해변에서 시간을 보냈다. 쌍둥이 남매의 아버지가 다시 소녀를 믿기 시작했거나, 소녀가 바른 길을 갈 수 있도록 콜리가 잡아줄 거라고 믿기 시작한 것이었다. 아버지는 그들의 어머니와 주말을 함께 보내려고 새크라멘토행 비행기를 타고 떠났다. 벌어진 입처럼 자유로운 이틀이 주어졌다. 그들은 하루종일 햇볕을 받으며 맥주를 마시다 뻗었고, 소녀가 눈을 떴을 때는 온몸이 까맣게 타 있었다. 해질 무렵 로토가 모래로 거대한 뭔가를 짓고 있었다. 이미 4피트 높이에 10피트 길이였고 바다 쪽을 향하고 있었다. 소녀는 머리가 멍한 채로 일어서며 그게 뭔지 물었다. 그가 대답했다. "나선형 방파제." 소녀가 물었다. "모래사장에?" 로토가 웃으며 대답했다. "그래서 이게 아름다운 거야." 그녀 안에서 하나의 순간이 터지면서 열리고 확장되었다. 그녀는 그를 보았다. 이런 건 이전에 본 적이 없었지만 여기에는 어떤 특별함이 있었다. 그게 뭔지 이해하기 위해 그녀는 그의 안으로 들어가는 터널을 파고 싶었다. 수줍음과 젊음 아래에 빛이 존재했다. 다정함이 존재했다. 그녀 안에서 오랜 허기가 불쑥 치밀어올랐다. 그의 일부를 자기 안에 넣고 그를 잠시 자신의 것으로 만들고 싶다는.

그러는 대신 그녀는 허리를 숙여 도왔고, 그들 모두 그를 도왔다. 오전이 한참 지나서야 그 일이 다 끝났고, 그들은 찬바람에 몸을 옹송그린 채 말없이 앉아 파도가 밀려와 그 전체를 집어삼키는 것을 지켜보았다. 모든 것이 변했다, 얼마간. 그들은 집으로 돌아갔다.

다음날은 일요일이었다. 싱크대 위에서 선라이즈 샌드위치를 먹었고, 달걀노른자가 터져 줄줄 흘렀다. 오후 세시까지 침대에 누워 뒹굴었다. 그녀가 뭘 좀 먹으려고 방에서 나왔을 때 콜리는 심하게 타서 얼굴에 물집이 잡혀 있었지만 싱글싱글 웃었다. "환각제를 좀 했어." 그가 말했다. 그날 밤 늦지 옆 폐가에서 열릴 파티를 버텨낼 유일한 방법이었다. 그 순간 그녀는 가슴을 찌르는 두려움을 느꼈다. "잘했네." 그녀가 별것 아니라는 듯 말했다. 그들은 버거를 가지고 다시 해변으로 갔다. 나선형 방파제 끝에 라이프가드 의자를 묻어두었는데, 그 의자가 파내져 치켜세운 가운뎃손가락처럼 똑바로 놓여 있었다. 그녀는 약을 하지 않았지만 남자들은 했다. 로토와 그녀 사이의 묘한 기류는 더욱 분명해졌다. 그가 그녀 가까이 섰다. 콜리가 라이프가드 의자 위에 별들을 배경으로 올라서서 럼주가 담긴 맥주잔을 쳐들고 소리를 질렀다. "우리는 신이다!" 그가 말했다. 오늘밤 그녀는 그 말을 믿었다. 그녀의 미래가 그 별들 중 하나에 차갑고 찬란하고 확실하게 걸려 있었다. 그녀는 세상이 허리를 숙일 뭔가를 할 것이다. 그녀는 그 사실을 알고 있었다. 그녀는 모닥불과 별빛 속에 빛나는 쌍둥이 형제를 바라보며 웃었고, 이어 콜리가 소리를 지르며 뛰어내렸다. 그는 목을 축 늘어뜨리고 어설픈 팔놀림을 하며 펠리컨처럼 허공에 한참 떠 있었다. 그가 땅에 발을 딛자 뼈 부러지는 소리가 났다. 곧이어 콜리의 비명이 들렸고, 그녀는 그의 머리를 잡았고 로토는 고모의 차를 가지러 달려갔다. 로토가 해변에 도착하자 마이클이 콜리를 안아올려 뒷좌석에 던져넣은 뒤 운전석에 올라탔고, 그웨니와 로토는 태우지도 않고 출발했다.

그들은 차의 미등이 경사로를 올라가 도로로 들어서는 것을 적막 가운데 지켜보았다. 콜리의 비명소리가 사라지자 바람 소리가 너무 시끄러웠다.

그녀는 아버지한테 얘기하러 갈 때 같이 가달라고 로토에게 부탁했고, 그는 물론 그렇게 해주겠다고 했다. (오, 저 다정하고 젊은 가슴이여.)

집으로 돌아온 그녀는 화장을 지우고 피어싱한 액세서리들을 빼고 머리를 두 갈래로 땋은 뒤 분홍색 운동복을 입었다. 꾸미지 않은 그녀의 모습을 보는 건 처음이었지만, 친절하게도 그는 웃음이 나오려는 걸 참았다. 그녀의 아버지가 탄 비행기는 일곱시에 도착했고, 일곱시 이십분이 되자 차를 대는 현관 지붕 아래 차가 들어와 섰다. 그가 문을 열고 들어왔고, 그의 입에서는 불만이 쏟아졌다. 쌍둥이의 어머니와 함께 보낸 주말이 즐겁지 않은 게 분명했다. 두 사람의 결혼생활은 실처럼 가늘었다. 로토는 이미 그녀의 아버지보다 몇 인치 더 컸지만 아버지가 들어서자 공간이 가득 메워졌다. 로토는 한 걸음 뒤로 물러섰다.

아버지의 얼굴에는 분노가 가득했다. "그웨니, 내가 말했지. 집에 남자를 들어서는 안 된다고. 이 녀석을 내보내라."

"아빠, 이애는 로토라고 하는데요. 콜리의 친구예요. 콜리가 어디서 뛰어내렸는데 다리가 부러지는 바람에 지금 병원에 있어요. 아빠한테 연락할 길이 없어서 그 말을 직접 전하려고 로토가 지금 막 왔어요. 죄송해요." 그녀가 말했다.

그녀의 아버지가 로토를 쳐다보았다. "찰스의 다리가 부러졌다고?" 그가 말했다.

"네, 그렇습니다." 로토가 말했다.

"술을 마신 건가? 약을 했나?" 아버지가 물었다.

"그건 아닙니다." 로토는 거짓말을 했다.

"그웨니도 있었나?" 아버지가 물었다.

그녀가 숨을 멈췄다. "아니요, 없었습니다." 그가 자연스럽게 대답했다. "그웨니는 학교 친구로 아는 것뿐입니다. 그웨니는 똑똑한 아이들하고 어울려요."

아버지가 그들을 보았다. 그리고 고개를 끄덕였다. 그가 차지했던 공간이 갑자기 줄어들었다.

"그웬돌린," 아버지가 말했다. "엄마한테 전화를 걸어라. 나는 병원에 가봐야겠다. 알려줘서 고맙네. 이제 가봐."

그녀가 로토를 힐끗 쳐다봤고 아버지의 차는 빠르게 빠져나갔
다. 다시 앞문으로 나왔을 때 그웨니는 미니스커트와 젖가슴 아래
부터 맨살이 드러나는 셔츠를 입었고, 얼굴엔 화장을 하고 있었다.
로토는 진달래 덤불에서 기다렸다. "빌어먹을 아빠," 그웨니가 말
했다. "이제 파티에 가자."

"너 문제아구나." 그가 감탄하며 말했다.

"너는 아무것도 몰라." 그녀가 말했다.

그들은 콜리의 자전거를 타고 달렸다. 그녀가 핸들바에 앉았고
로토는 페달을 밟았다. 캄캄한 도로의 터널을 지나고, 구슬프게 노
래하는 개구리들을 지나고, 늪에서 올라오는 썩은 냄새도 지났다.
그가 자전거를 세우고 그녀에게 그의 운동복 상의를 덮어주었다.
섬유 유연제 같은 좋은 냄새가 났다. 집에 있는 누군가가 그를 사
랑하는 것이다. 해안길에 이르자 로토가 페달 위에 올라섰고, 그녀
의 어깨에 머리를 내려놓았다. 그녀도 그에게 기댔다. 그녀는 여드
름의 습격에 유린된 그의 뺨에서 아스트린젠트 냄새를 맡았다. 폐
가에는 모닥불이 피워져 있었고, 자동차 헤드라이트들이 빨갛게
켜져 있었다. 이미 백 명은 와 있었고, 음악 소리는 귀가 먹먹해질
만큼 컸다. 그들은 나무 가시가 따갑게 일어난 판자벽에 등을 기
대고 선 채 거품이 대부분인 맥주를 마셨다. 그녀는 로토가 자기
를 보는 것을 느꼈다. 그녀는 모르는 척했다. 그가 무슨 말을 속삭
일 것처럼 그녀의 귀 쪽으로 다가왔는데, 그런데, 그가, 뭐지? 그녀
를 핥은 건가? 그것과는 별개의 충격이 그녀에게 느껴져서 그녀는
모닥불을 향해 나아갔다. "젠장, 뭐야." 그녀가 말하면서 누군가의

한쪽 어깨를 세게 쳤다. 머리가 쑥 올라왔는데, 입에 뭔가가 묻어 있었다. 마이클이었다. 그가 어떤 여자애의 금발머리에서 얼굴을 떼어냈다.

"오, 안녕, 그웨니." 마이클이 말했다. "로토, 내 친구가 왔네."

"젠장, 뭐야?" 그웨니가 다시 말했다. "지금 콜리하고 같이 있어야 하는 거 아니야?"

"오, 아니야." 마이클이 말했다. "너희 아버지가 왔을 때 나는 곧바로 나왔어. 그 꼰대 엄청 무섭던데. 얘가 날 태워줬어." 그가 말했다.

"나는 리지라고 해. 주말에는 병원에서 간호 자원봉사를 하거든." 그녀가 말했다. 그러고는 얼굴을 마이클의 가슴팍에 대고 비볐다.

"우와," 로토가 소곤거렸다. "대단하네."

그웨니가 로토의 손을 잡고 집안으로 이끌었다. 창턱에는 촛불이 타오르고, 벽에는 손전등에서 나오는 빛이 컵 모양으로 밝혀져 있었다. 누가 그 목적으로 여기에 끌어다놓은 매트리스 위에는 맨살이 드러난 엉덩이와 등과 팔다리가 광채를 뿜어냈다. 여러 방에서 들리는 음악 소리들이 뒤섞였다. 그녀는 그를 데리고 계단을 올라갔고, 창문을 통해 포치 지붕으로 나갔다. 그들은 쿵쾅거리는 파티 소리가 들리운 가운데 시원한 밤에 함께 앉아 있었지만, 보이는 것은 활활 타오르는 모닥불뿐이었다. 그들은 말없이 담배를 나눠 피웠고, 그녀는 자신의 얼굴을 쓱 닦은 뒤 그에게 키스했다. 그들의 이가 부딪쳤다. 어디 촌구석 출신인지는 몰라도 그는 자신이 살았던 곳에서 즐겼던 십대 파티에 대해 말하곤 했었다. 하지만 그녀는 그가 입과 혀로 정말로 무엇을 할 수 있는지 알 거라곤 기대하지 않았었다. 그런데 그는 정말로 알고 있었다. 그녀는 마리화나를 피우면서 예전의 황홀감을 느꼈다. 그녀는 그의 손을 잡아 자기 몸에 갖다댔고, 그의 손가락을 고무줄 아래 밀어넣어 자신이 얼마나 젖었는지 만져보게 했다. 그녀가 그를 밀어 반듯이 눕혔다. 그러고는 그의 다리에 올라타고 그의 페니스를 밖으로 꺼낸 뒤 그것이 커지는 것을 지켜보다가 자기 안에 집어넣었다. 그는 깜짝 놀라 숨이 턱 막혔고, 이어 그녀의 골반을 잡더니 정말로 하기 시작했다. 그녀가 눈을 감았다. 로토의 손이 그녀의 셔츠를 걷어올리더니 브래지어 컵을 아래로 내려 젖이 로켓처럼 튀어나오게 했다. 새로움, 황홀한 열기, 태양의 중심 같은 열기가 여기 존재했다. 그녀는 예전 어느 때에도 그런 열기를 느껴본 기억이 없었다. 그의 몸이 그녀에게 훅 쏠렸다가 떨어져나갔다. 그녀가 눈을 떴더니 그가 겁에 질린 얼굴로 지붕 위를 굴러 포치에서 떨어지고 있었다. 그녀가 주위를 둘러보니 창문 커튼에 불이 붙어 있었다. 그녀는 뛰어내렸고, 스커트가 휙 걷혀 올라갔다. 떨어질 때 그가 그녀 안에 남긴 것이 흘러나왔다.

〔이 죽은 소녀를, 이 죽은 소년을 소환해 성적으로 흥분시킨 뒤 섹스를 하게 하는 건 어딘가 잘못되었다.〕

유치장에서 그녀는 밤새 떨었다. 그녀가 집에 돌아왔을 때 어머니와 아버지는 침울하고 굳은 표정을 하고 있었다.

로토가 사라진 지 일주일이 되고, 이 주가 되고, 한 달이 되었다. 콜리는 그의 침실 테이블에서 로토의 어머니가 로토를 남학생 기숙학교에 보냈다는 내용의 편지 한 통을 발견했다. 불쌍한 놈. 그는 그웨니에게 말해주었지만 그의 누이는 이미 관심을 끊은 것 같았다. 파티에 참석했던 아이들, 소방관, 그리고 경찰관 모두 그웨니와 로토를 구경거리 원숭이처럼 지켜보았다. 학교 전체가 그녀가 남자하고 잔 걸 알게 되었다. 마침표. 그녀는 따돌림의 대상이 되었다. 마이클은 무슨 말을 해야 할지 알 수 없었다. 그는 슬그머니 그들을 떠나 다른 친구들을 찾았다. 그웨니는 입을 다물어버렸다.

봄이 되어 그녀의 상태를 더이상 모른 척할 수 없게 되자 쌍둥이 남매는 이웃의 차를 훔쳤다. 이웃의 잘못은 차에 열쇠를 꽂아놓은 것이었다. 그들은 진입로로 들어섰고, 사고야자와 풀밭, 막대 위에 올려진 작은 분홍색 우편함을 보며 생각에 잠겼다. 콜리가 실망하는 소리를 냈다. 그는 로토의 가족이 어마어마한 부자이기를 바랐지만 그래 보이지는 않았다. [그런 건 절대 알 수 없다.] 바닷가에서 자라는 옥스아이 데이지가 풀밭에 젖꼭지처럼 핀 채 그들을 비웃었다. 그들은 문을 두드렸다. 자그마하고 수수해 보이는 여자가 입을 꾹 다문 채 문을 열어주었다. "랜슬럿은 여기 없어." 그녀가 말했다. "너희도 아는 줄 알았는데."

"앤트워넷 아줌마를 만나러 왔어요." 콜리가 말했다. 그의 팔을 잡는 누이의 손이 느껴졌다.

"지금 장을 보러 나가는 중이었는데. 아무튼 들어오려면 들어와." 그녀가 말했다. "나는 샐리라고 해. 랜슬럿의 고모야."

그들이 아이스티를 마시고 사브레 쿠키를 집어먹으면서 기다린 지 십 분이 되었을 때 문이 열렸고, 한 여인이 방에서 나왔다. 키가 크고 당당해 보이고 풍만한 그녀는 머리를 공들여 틀어올린 모습이었다. 어딘지 깃털 같은 느낌이 났다. 거즈 같은 옷, 손을 움직이는 방식, 뭔가 상대를 무장해제시킬 것 같은 부드러움. "반가운 손님들이네." 그녀가 중얼거렸다. "손님이 올 거라곤 예상하지 못했거든."

콜리는 의자에 앉아 능글맞게 웃으며 그녀의 마음을 읽었지만, 그는 자신이 읽어낸 것이 싫었다.

그웨니는 앤트워넷의 눈이 자신을 향한 것을 보고 일부러 손을 비틀어 배가 보이게 했다.

앤트워넷의 얼굴에 종이가 타들어가는 듯한 표정이 떠올랐다. 그러더니 그녀가 환하게 웃었다. "우리 아들이 무슨 짓을 한 것 같구나. 여자를 좋아하는 애니까. 오, 이런."

콜리가 뭔가 말하려고 몸을 앞으로 숙이는데, 앤트워넷의 침실에서 기저귀를 차고 머리를 양갈래로 구름처럼 올려 묶은 꼬마가 아장아장 걸어나왔다. 그는 입을 다물었다. 앤트워넷이 아기를 무릎에 앉히더니 노래를 불러주었다. "안녕, 하고 인사해야지, 레이철!" 그러고는 아기의 포동포동한 손을 잡고 쌍둥이를 향해 흔들었다. 레이철은 주먹을 깨물면서 불안한 갈색 눈동자로 방문객들을 쳐다보았다.

"그래서 나한테서 바라는 게 뭐지?" 앤트워넷이 물었다. "너도 알겠지만 아이를 지우면 곧장 지옥에 가게 돼. 그런 돈은 줄 수 없구나."

"우리는 정의를 원해요." 콜리가 말했다.

"정의?" 앤트워넷이 온화한 목소리로 반문했다. "누구나 정의를 원하지. 세계 평화도. 유니콘들이 즐겁게 뛰노는 세상도 원하고. 정확히 뭘 말하는 거니, 꼬맹아?"

"한 번만 더 꼬맹이라고 불렀다간, 뚱뚱한 돼지 아줌마, 그 입에 주먹을 날려버리겠어, 젠장." 그가 말했다.

"욕은 영혼이 가난하단 걸 보여줄 뿐이야, 꼬맹아." 그녀가 말했다. "우리 아들은—그애의 순수한 가슴에 축복을—우리 아들은 절대 저속한 말은 하지 않을 거야."

"씨팔, 쭈그렁 마귀할멈." 그가 말했다.

"얘야." 앤트워넷이 더없이 부드러운 목소리로 말하면서 콜리가 자신에게 손대려는 것을 막으려고 그의 손에 자기 손을 올렸다. "네가 누이를 위해 싸우는 건 명예로운 일이지. 하지만 남자 구실을 못하게 식칼로 잘리지 않으려면 차에서 기다리는 게 좋을 거다. 네 누이와 나는 네가 없는 자리에서 합의를 볼 테니까."

콜리는 하얗게 질려 입을 벌리며 손을 폈지만 다시 입도 다물고 손도 오므렸다. 그러고는 문밖으로 걸어나가, 차창을 열고 차 안에서 라디오로 한 시간 동안 60년대 팝을 들었다.

앤트워넷과 그웨니 둘만 남았고, 두 사람은 레이철이 다시 침실로 아장아장 돌아갈 때까지 품위를 지키며 아기를 향해 웃어주었다. "이렇게 할까 하는데." 앤트워넷이 몸을 앞으로 숙이며 말했다. 그웨니는 일단 콜리와 부모에게 낙태를 했다고 말한다. 일주일 뒤에는 가출을 하겠지만, 실제로는 세인트오거스틴에 마련된 아파트로 갈 것이다. 앤트워넷의 변호사들이 다 알아서 준비해놓을 것이다. 그녀는 그 아파트에서 지내는 한은 보살핌을 받는다. 또한 입양 문제도 처리될 것이다. 아이를 낳은 뒤에는 병원에 아기를 두고 자신의 생활로 돌아가면 된다. 어느 누구에게도 발설해서는 안 되며, 그 약속을 어기면 다달이 받는 돈이 끊길 것이다.

〔사방에서 메아리가 친다. 뒤에서 조종당하는 것은 고통스러운 일이다. 돈이 가슴을 무참히 짓밟는다. 좋다. 상처를 손가락으로 꾹 눌러라. 끝까지 견뎌라.〕

소녀는 창문에 가로막혀 잘 들리지 않는 바다 소리에 귀를 기울였다. 레이철이 다시 방에서 나와 텔레비전 버튼을 누르더니 카펫에 앉아 엄지를 빨았다. 그웨니는 아기를 보며, 장미향과 베이비파우더 냄새를 풍기는 이 여자에게 상처를 입히고 싶다고 생각했다. 마침내 그웨니가 웃지 않는 얼굴로 앤트워넷을 쳐다보았다. "자기 손주도 인정하지 않겠다는 거군요?" 그웨니가 말했다.

"랜슬럿 앞에는 찬란한 미래가 있어." 그녀가 말했다. "이 일이 일어나면 그 찬란함이 줄어들지. 엄마가 할 일은 자식을 위해 가능한 모든 문을 열어주는 거야. 게다가 랜슬럿의 자식들이라면 받아줄 후보자도 있을 것 같고." 그녀가 잠시 말을 멈추고 다정한 미소를 지었다. "앞으로 태어날지 모르는 자식들 말이다."

그웨니의 뱃속에서 뱀 한 마리가 몸을 비틀었다. "좋아요." 그녀가 말했다.

〔이중 어느 정도가 추정한 것, 예측한 것일까? 모두 다 그렇다. 하나도 그렇지 않다. 당신은 그곳에 없었다. 하지만 당신이 앤트워넷을 안다면, 그 느긋하고 다정한 겉모습 아래 잔인하고 무자비한 성질이 숨어 있다는 것도 알 것이다. 그녀는 훗날 이런 말을 또 한번 하게 되겠지만, 두번째에는 명중하지 못한다. 오, 그렇다. 당신은 앤트워넷을 뼛속까지 알고 있다.〕

다시 차에 올랐다. 콜리는 차를 운전하면서 누이가 팔로 얼굴을 가리고 우는 모습에 속이 울렁거렸다. "지옥에나 가라고 말해주지 그랬어?" 그가 말했다. 그녀가 로토의 어머니라는 사실을 철저히 이용해 그 혹멧돼지 같은 여자의 전부를 요구하는 소송을 할 것이었다. 그 여자의 재산을 전부 뜯어내 평생 그 비치하우스에서 희희낙락 부자로 살면 될 것이었다.

그웨니가 팔을 내리며 말했다. "입을 다무는 대가로 돈을 받았어. 뭐라고 하지 마. 이미 계약서에 서명했으니까."

그는 더는 말하지 않았지만, 말하지 않는다는 사실 자체로 자신의 생각을 전달하려고 했다. 하지만 그녀는 아예 차단해버렸다. "그분이 좋았어." 말은 그렇게 했지만 전혀 진심이 아니었다.

그들은 부모의 집으로 돌아갔다. 달리 가고 싶은 곳이 없어서였다. 오크라와 치킨, 빵 박스에 넣어둔 옥수수빵, 주걱을 떨어뜨리고 팔을 벌리며 다가오는 어머니가 있는 곳. 그웨니는 버터스카치 푸딩을 먹으면서 임신했던 사실과 아이를 지운 사실을 동시에 선언했다. 그렇게 말한 건 콜리를 위해서였는데, 그래야 그가 얽혀들지 않을 것이기 때문이었다. 아버지는 이마를 식탁 모서리에 대고 그 자세로 울었다. 어머니는 말없이 서 있다가, 다음날 아침 일을 하러 비행기를 타고 엘패소로 떠났다. 그웨니가 가출한 척하기는 쉬웠다. 그녀는 작은 더플백에 짐을 꾸리고, 학교에 가 있어야 할 시간에 그녀를 데리러 온 차에 올라탔다. 그리고 연갈색 카펫과 플라스틱 머그잔이 있는 방 두 개짜리 아파트에 짐을 풀었다. 매주 한 번씩 간호사의 방문을 받았고, 문 앞에는 식료품이 놓였다. 텔레비전도 보고 싶은 만큼 볼 수 있었는데, 그건 전적으로 환영할 일이었다. 어디 옆에 책이 있다고 해도 읽지 못할 것 같았지만, 솔직히 터키색 분수와 빨간색으로 염색한 사이프러스 멀치*가 깔린

이 쓸쓸한 콘도 건물 전체에 책은 한 권도 없을 것 같았다.

아기는 섭취했다. 하루하루 그녀의 뼈에서, 그녀의 청춘에서 섭취했다. 그웨니는 조금만 먹었고 하루종일 토크쇼를 봤다. 로토에게, 한번은 추운 북쪽 지방으로 추방되어 불쌍하게 살고 있을 그에게 편지를 썼지만 반쯤 썼을 때 이미 거짓말이라 편지를 찢은 뒤 쓰레기통 커피 필터 밑에 숨겨서 버렸다. 욕조 안에 몸을 담그는 것만이 위로가 되었다.

그녀의 삶은 정지되어 있었다. 하지만 아기는 빨리감기를 한 듯 금세 태어났다. 그웨니는 몸에 마취를 했다. 한 편의 꿈 같았다. 개인 간호사가 병원에 와서 나머지 문제를 다 처리해주었다. 간호사가 아기를 그웨니의 품에 안겨주었지만 간호사가 병실에서 나가자마자 그녀는 아기를 바퀴 달린 아기 침대에 다시 내려놓았다. 그녀가 그러지 말아달라고 했지만 사람들은 아기를 데려갔다가도 자꾸만 다시 데려왔다. 그녀의 몸은 회복되었다. 젖가슴은 불어서 단단해졌다. 이틀이 지나고 사흘이 지났다. 컵에 든 초록색 젤오를 먹고 빵에 아메리칸치즈를 발라 먹었다. 어느 날 그녀는 서류에 서명을 했고, 아기는 가버렸다. 그녀의 더플백에는 현금이 가득 든 봉투가 들어 있었다. 그녀는 병원에서 퇴원했다. 7월의 맹렬한 더위가 그녀를 맞아주었다. 허무한 느낌 이상이었다.

그녀는 집까지 걸어갔다. 10마일이 넘는 거리였다. 안으로 들어가보니 콜리가 부엌에서 쿨에이드를 마시고 있었다. 그가 컵을 떨어뜨렸다. 그는 얼굴이 벌겋게 변하더니 부모님이 경찰에 신고를

---

* 토양 표면에 식물을 덮거나 다른 물질을 쌓아올린 층.

했다고, 아빠는 매일 밤새도록 거리를 샅샅이 살피며 다녔다고, 자신은 그녀가 강간당하는 악몽을 꾸었다고 소리를 질렀다. 그녀는 어깨를 으쓱한 뒤 더플백을 내려놓고 레크리에이션 룸으로 들어가 텔레비전을 켰다. 얼마간의 시간이 지난 뒤 콜리가 스크램블드에그와 토스트를 가지고 들어왔고, 옆에 앉아 그녀의 얼굴 위에서 햇살이 이동하는 것을 지켜보았다. 몇 주가 흘러갔다. 그녀의 몸은 머리와는 상관없이 움직였는데, 머리는 어디 다른 곳에, 다른 반구에 가 있었다. 저기 저 아래, 보이지 않는 뭔가에 걸린 닻이 그녀를 끌어당기고 있었다. 움직이려면 힘이 많이 들었다.

그녀의 부모는 그녀를 다정하게 대했다. 학교를 쉬게 하고 심리치료사에게 데려갔다. 뭘 하든 상관없었다. 그녀는 침대에 누워만 있었다. "그웨니," 콜리가 말했다. "너는 도움을 받아야 해." 소용없었다. 콜리는 그녀를 보지 않은 채 그녀의 손을 잡았다. 그녀가 당황하지 않도록 아주 부드럽게, 아주 살며시. 샤워도 하지 않은 채 몇 주가 지나갔다. 그녀는 피곤하다며 먹지도 않았다. "냄새가 나잖아." 콜리가 화를 내며 말했다. 너도 늘 냄새가 났어, 그녀는 속으로 생각했지만 말은 하지 않았다. 콜리는 너무 걱정이 되어 학교 가는 시간만 빼고 늘 집에 있었다. 아버지는 직장에서 일하는 시간에만 집을 비웠다. 둘 다 집을 비우는 시간, 즉 그녀 혼자 있어야 하는 시간은 고작 세 시간밖에 되지 않았다. 평소보다 좀더 기운을 차린 어느 날, 그녀는 약을 판다는 마이클의 이웃에게 전화를 걸었다. 그가 도착해서 보니 그녀는 머리가 엉켜 있고 소녀들이 입는 잠옷가운을 입고 있었다. 그는 약봉지를 건네기가 꺼려지는 듯했다. 그녀는 그의 손에 돈을 쥐여준 뒤, 그가 나가자마자 문을 쾅 닫았다. 그리고 매트리스 밑에 약봉지를 넣어두었다. 하루하루 똑같았다. 머리 위 선풍기 날개에는 먼지가 장식 술처럼 들러붙어 있었다. 그만하면 충분했다.

콜리는 그녀에게 꿍쳐둔 엑스터시를 보여주며 은밀히 말했었다. "세계 제패에 대한 내 꿈의 원정은 이걸로 시작될 거야." 그는 그날 광란의 파티에 가서 밤새 그걸 팔겠다고 말했었다. 그동안 그 웨니는 괜찮을까? "가." 그녀가 말했다. "돈을 벌어야지." 그는 떠났다. 아버지는 방에서 잠을 자고 있었다. 지금 그녀는 앤트워넷의 돈이 든 봉투를 콜리의 베개 밑에 놓고 가만히 생각에 잠겼다. 그러고는 그의 냄새나는 시트를 갈고 돈을 다시 베개 밑에 놓았다. 그녀는 자신의 매트리스 밑에서 약봉지를 꺼냈고 한 알을 삼킨 뒤 그 약의 효과가 나타나는 순간을 기다렸다. 그러고는 병 전체를 입 안에 털어넣고 우유를 마셨다. 고통은 배에서부터 시작되었다.

벌써 어질어질했다. 공기가 진흙탕처럼 변했다. 그녀는 침대 위에 풀썩 쓰러졌다. 아버지가 출근하는 소리가 어렴풋이 들렸다. 잠이 파도처럼 밀려와 그녀를 덮쳤다. 파도 속은 달콤하고 평화로웠다.

〔어서, 와인을 마시고 울면서 인생의 절반을 보내라, 성난 여인이여. 당신은 암흑 속에서 무엇이 당신을 따라오기를 바라는가? 오늘도 어김없이 창문을 통해 아침이 찾아오면 얼룩다람쥐 꿈을 꾸던 개가 침대에서 깨어난다. 부활 같은 건 없다. 그럼에도 어쨌거나 그런 일을 한 사람은, 그 불쌍한 소녀를 살려낸 건 당신이 아닌가? 이제 어떻게 할 생각인가? 여기 그 소녀는 당신 앞에 살아 있고, 앞으로도 영원히 살아 있겠지만, 당신의 사과 따윈 아무 의미도 없다.〕

콜리가 집에 돌아와보니 집안 분위기가 무겁고 고요했다. 뭔가가 잘못된 것이었다. 아버지는 일하러 갔고, 콜리는 콘서트 때문에 늦게 돌아왔다. 문 앞에 섰지만 아무 소리도 들리지 않았다. 그는 뛰어갔다. 그리고 피할 수 없었던 그 장면을 보았다. 그의 안에 있던 모든 것이 뒤집혔다. 그는 구급차를 기다렸고, 기다리면서 한 가지 계획을 떠올렸다. 여러 해가 걸릴 것이다. 그는 누이의 머리를 자신의 무릎에 올린 채 그대로 가만히 있었다. 멀리서 소리가 들렸다. 사이렌 소리가.

새벽녘, 엷고 하얀 안개가 저멀리까지 깔린다. 마틸드는 몸을 부들부들 떨었지만 추위 때문은 아니었다. 그녀는 그들이, 그 겁쟁이들이 불쌍했다. 그녀 또한 절망했었기 때문이다. 그녀 또한 어둠에 눈앞이 캄캄해져보았기 때문이다. 그러나 등을 돌려버리는 건 너무 쉽다. 그건 속이는 행위다. 한 움큼, 차가운 유리잔, 삼킨다. 의자를 발로 차서 넘어뜨리고, 목의 피부가 타는 듯 뜨거워진다. 한순간의 고통, 뒤따르는 고요. 그런 자신감 없는 행위는 비루하다. 그 전부를 견디는 편이 더 낫다. 오래, 느리게 타는 것이 더 낫다.

마틸드의 심장은 쓰디쓴 심장이다. 복수심에 불타고 신속하다.
[사실이다.]

마틸드의 심장은 다정한 심장이다. [사실이다.]

마틸드는 랜드의 멋진 등을 떠올렸다. 근육이 발달한 길쭉한 등, 톱니처럼 갈라진 섬세한 등뼈. 로토의 등도 그랬다. 입술, 광대뼈, 속눈썹, 다 똑같았다. 살아 있는 육신으로 나타난 영혼. 그녀는 그 청년에게 이 선물을 줄 수 있었다. 아버지나 어머니는 아니더라도, 한 핏줄인 삼촌을 선물로 줄 수 있었다. 어쨌거나 로토를 두번째로 잘 알았던 사람은 콜리였다. 그는 랜드에게 로토에 대해 말해줄 수 있었다. 소소한 일과 주워 모은 사실들로부터 한 인간을 불러내 랜드에게 보여줄 수 있었다. 인터뷰, 희곡, 과부와 보낸 짧은 시간 같은 것들. 그러나 마틸드는 자신의 마음이 얼마나 굳게 닫혀 있는지 잘 알고 있었다. 그녀는 그에게 자신의 몸을 보여주었을 뿐 진짜는 아무것도 보여주지 않았다. 콜리라면 그에게 그웨니를, 엄마라는 존재를 데려다줄 수 있었다. 마틸드는 랜드에게 살아 있는 뭔가를 남길 수 있었다. 랜드와 그의 삼촌에게 시간을 줄 수 있었다.

그녀가 일어섰다. 지난 몇 달 마음을 가볍게 만들어주던 것은 날아가버렸다. 지금 그녀의 뼈는 화강암으로 만들어진 듯했고, 피부는 그 위에 낡은 방수포를 씌워놓은 것 같았다. 팔에 콜리가 저지른 악행의 무게가 오롯이 느껴졌지만, 그녀는 상자를 집어들고 개수대 안에 내려놓았다.

그녀는 성냥을 켰고, 푸른 불꽃이 성냥개비를 먹어들어가는 것을 지켜보았다. 잠시 가벼움이 되살아나며 불을 불어 끄려는 숨이 입술 바로 뒤까지 왔지만—젠장, 콜리가 로토의 마지막 나날에 로토에게 한 짓, 그가 불러일으킨 의심을 생각하면 콜리는 최악의 벌을 받아야 마땅했다—뭔가가 그 숨을 막았다. [내면의 뭔가. 우리는 막지 않았다.] 불꽃이 그녀의 살에 닿기 직전에 그녀는 성냥을 상자에 떨어뜨렸다. 그녀는 종이가 타들어가는 것을 지켜보며 상실감을 느꼈고, 콜리에 대한 자신의 저주가 날름날름 연기가 되어 올라가는 것을 지켜보았다. 그녀는 손으로 직접 편지 한 통을 써서 두 남자에게 보낼 것이다. 랜드는 새로 찾은 삼촌에게 평생 날마다 전화를 걸 수 있다. 그는 그럴 것이다. 콜리는 자신의 바닷가 궁전에서 랜드의 결혼식을 올려줄 것이다. 콜리는 랜드의 자식들의 졸업식에 참석할 것이고, 그들에게 선물로 줄 포르셰를 몰고 갈 것이다. 랜드는 사랑받을 것이다.

"그건 아무것도 아닌 게 아니야." 그녀가 소리 내어 말했다.

개가 일어나 연기를 보며 컹 짖었다. 마틸드가 잿더미를 바라보다 눈을 들자, 그녀가 소환한 작고 어두운 소녀는 사라지고 없었다.

23

   몇십 년 뒤 마틸드의 집 다과실로 간병인 여자가 들어간다. 〔푸른색 그림이 벽에 걸려 있다. 젊고 사랑에 애태우는, 시원하면서 황혼에 물든 느낌.〕 여자는 마틸드가 조금이라도 먹는 유일한 음식인 케이크를 접시에 담아 들고 있다. 여자는 말을 할 것이다. 말을 하고 또 말을 할 것이다. 마틸드의 입술에 미소가 떠올라 있으므로. 하지만 그녀가 마틸드를 만지는 순간 늙은 마틸드는 이미 저세상 사람이라는 걸 알게 될 것이다. 호흡은 멎었다, 체온은 식어간다. 마틸드의 뇌에 인 마지막 불꽃은 그녀를 바다로, 거친 해변으로 데려간다. 저 아래 해안선에 한밤의 횃불처럼 불타오르는 사랑은 거의 보이지 않는다.

   한 시간 뒤 콜리는 그 소식을 듣고 비행기를 탔다. 오전이 중반에 이르렀을 때, 그는 마틸드의 런던 아파트 자물쇠를 딴 뒤 숨을 헐떡이며 둔한 걸음으로 그 안으로 들어갔다. 요즘 그는 가운데가 불룩한 난로처럼 살이 찌고 늙었다. 그는 그 모든 일을 거치며 쥐처럼, 해파리처럼, 바퀴벌레처럼 살아남았다. 그는 마틸드가 써서 출판했지만 빈 메아리뿐 찬사는 받지 못한 얇은 책 세 권을 집어 가방 안에 넣었다. 〔알라존, 에이런, 보몰로코스.* 영리하게 잘 썼지만 미묘한 맛이 없었다. 그의 집 방 하나에는 그 책의 재고가 박스째 바퀴벌레에 갉아먹히고 있었다.〕늙었지만 그는 언제나처럼 예리했다. 그가 버번을 따라놓았다가, 잔은 깜박 잊고 병째 다락으로 가져갔다. 그리고 색이 완전히 노래진『샘』의 초고를 찾아 랜슬럿 새터화이트의 귀중한 희곡 초고들이 잘 보관된 상자를 뒤지며 밤을 새울 것이다. 그 초고는 이 집 전체보다 값이 더 나갈 것이다. 그는 그것을 발견하지 못한다. 그 원고는 몇십 년 전 어느 새벽, 마틸드의 손을 떠난 뒤 더이상 다른 원고와 같은 곳에 있지 않았기 때문이다. 낯선 집에서 눈을 뜬 젊은 청년은 수치심과 분노를 느꼈고, 오줌을 누게 하려고 어두운 밖으로 개를 내보냈고, 불도 켜지 않은 채 과일 샐러드를 만들고 커피를 내린 뒤 그 원고를 훔쳐갔다. 그는 원고를 셔츠 밑에 슬쩍 집어넣고 체온으로 덥히며 운전해서 도시로 돌아갔다. 결국엔 아무 문제도 되지 않았다. 랜드가 어느 누구보다 확실한 소유권을 가진 사람이었다는 게 진실이었으니. 익어가는 토마토가 가득 담긴 커다란 푸른색 그릇에 꽂아놓고 간 편지에 그 원고를 훔쳐간다고 쓴 청년, 그는 오로지 한 사람만이 알고 있었던 진실을 뼛속에서 느낌으로 알았던 것이다.

---

* 작품에 등장하는 전형적인 인물 유형을 가리키는 용어로, 알라존은 자기를 실제 이상의 존재인 것처럼 가장하는 기만적인 인물을, 에이런은 자신을 비하하는 인물을, 보몰로코스는 어릿광대를 가리킨다.

과부가 된 지 이 년이 지났을 때 마틸드는 뉴저지로 랜드를 보러 갔다. 〈템페스트〉가 상연되고 있었다. 그는 캘리번이었다. 맡은 역할은 잘해냈지만, 슬프게도, 불꽃은 튀지 않았다. 천재의 아이들이 천재인 경우는 드물다, 등등. 그의 가장 큰 재능은 라텍스 뒤에 숨긴 잘생긴 얼굴이었다.

커튼콜이 끝난 뒤 그녀는 황혼의 거리로 나섰다. 그녀는 자신의 모습을 숨기지 않았다. 그럴 필요가 없다고 생각했다. 건강한 몸매에 머리도 예전처럼 길렀고 머리색은 자연스러운 옅은 갈색이었다. 그런데 우둘투둘 분장한 그가 극장 앞에서 담배를 피우고 있었다. 등에는 혹이 붙어 있었고 넝마를 뒤집어쓴 채였다. "어땠어요, 마틸드?" 그가 저녁을 먹으려고, 베이비시터에게 가려고, 술을 마시려고 우르르 밀려나오는 사람들을 사이에 두고 소리를 질렀다.

그가 그녀에게 지어 보인 표정이란. 맙소사. 마치 그녀의 암흑 같은 심장을 꿰뚫어본 뒤 자신이 본 것에 지긋지긋한 역겨움을 느낀 듯했다.

로토도 도덕적인 엄격함에 대해서는 똑같았다. 그녀가 한 모든 것을, 그녀가 정말로 어떤 사람이었는지를 로토가 알았다면, 그녀의 피부 밑에서 번쩍거리던 분노를 알았다면, 그가 파티에서 기분 좋게 취해 떠벌리는 이야기를 들으면서 그녀가 그 아름다운 입에서 나오는 말을 때때로 미워했다는 것을 로토가 알았다면, 그가 아무데서나 툭툭 벗어던지는 신발을, 순식간에 지나가는 타인의 예민한 감정을 대하던 그의 느긋한 방식을, 그들의 집이 세워진 화강

암 토대보다 더 무거운 그의 자아를 그녀가 불태워버리고 싶어한 것을 로토가 알았다면, 한때는 그녀의 것이었던 그의 몸을, 그 몸에서 나는 냄새를, 허리의 군살을, 이제는 뼈만 남았을 보기 흉한 몸의 털을 그녀가 이따금 싫어했던 것을 로토가 알았다면, 그는 그녀를 용서했을까? 오, 맙소사, 물론 그는 용서했을 것이다.

그녀는 걸음을 멈추고 가만히 있었다. 똑바로 서, 그녀가 스스로에게 말했다. 그러고는 불쌍한 랜드에게 지을 수 있는 가장 큰 웃음을 지어 보였다. "용기를 잃지 마요. 계속 정진해요!" 그녀가 말했다.

그녀는 밤을 뚫고 속력을 내서 그녀의 집으로, 그녀의 개에게로 돌아갔다. 달리는 내내 자꾸만 그의 얼굴이 떠올랐다. 잘생긴 사람이 가끔은 얼마나 못생겨 보일 수 있는가. 어쩌면 랜드는 그녀가 믿는 것보다 훨씬 더 나은 배우인지도 몰랐다. 확실히 로토보다는 더 나았다. 뭐, 그녀도 그게 뭘 말하는지 알고 있었다.

텅 빈 극장은 다른 어떤 텅 빈 공간보다 더 고요했다. 극장은 잠을 잘 때 소리와 빛과 움직임의 꿈을 꾼다. 거리로 통하는 문은 하나만 열려 있었고, 그녀는 그 문을 발견하자 얼어붙을 듯 차가운 바람 속으로 나갔다. 이 순간에도 새 뼈처럼 마른 다니카와 어여쁜 수재나는 지치도록 수다를 떨 것이고, 웨이터에게 가라고 손짓하면서 자신들을 바람맞힌 마틸드에 대해 금방이라도 험담을 시작할 것이다. 그럴 테면 그러라지. 그녀는 직장에서 일하는 내내 불안이 조금씩 커지는 것을 느꼈고, 로토가 문자 메시지에 답하지 않거나 집에 돌아오지 않을 때면 그를 찾으러 나갔다. 극장 입구에 〈게이시〉가 걸려 있었다. 그의 내면을 부식시킨 악에 관한 연극. 그녀는 어둠 속에서 손을 내밀고 발을 끌며, 희미하게 들리는 그의 목소리를 좇아 무대 뒤로 갔다. 불을 켜서 그녀가 거기 있다는 사실을 알리진 않을 것이었다. 마침내 그녀는 무대 한쪽 끝에 이르렀고, 물론, 그는 무대 위에 있었다. 그가 어두운 조명 아래서 말하고 있었다.

덕망 높은 주인어른, 불쌍하기도 하셔라.
관대한 마음 때문에 몰락하고 선한 마음 때문에 파멸하셨네.
기이하고 유별난 영혼을 타고났구나.
인간 최악의 죄가 착한 일을 많이 한 것이라면
어느 누가 그 선행의 절반이라도 베풀겠는가?
너그러움은 신에게는 어울리나 인간에게는 해를 입히는구나.

그녀는 그 장의 끝에 이르러서야 그 말이 어디서 나온 대사인지 알아차렸다. 『아테네의 타이먼』.* 그녀가 가장 좋아하지 않는 셰익스피어의 작품이었다. 그가 다음 장을 시작했다. 오. 그는 연극 한 편을 통째로 다 연기했다. 혼자서. 아무도 듣지 않는데도.
그녀는 어둠 속에서 들키지 않고 그—터무니없고 다정한 남자—에게 미소를 보낼 수 있었고, 그 미소가 횡격막에서 깜짝 놀랄 만큼 커지는 바람에 웃음을 참으려고 깊고 엄격한 호흡을 해야 했다. 큰 키로 무대를 활보하는 그의 모습이란. 연기의 피는 이렇

---

* 4막 2장에서 플레비어스의 대사.

게 수혈되어 옛 꿈의 생명을 빈사 상태로 유지시키고 있었다. 그녀가 죽었다고 생각한 오래전의 자아는 여전히 비밀스럽게 살아 있었다. 하지만 너무 연극 같았고, 너무 목소리가 컸다. 그는 자신이 생각하는 그런 배우는 아니었다.

그녀는 커튼의 검은 주름 속에 서 있었다. 연극을 다 끝내자 그는 허리를 굽혀 인사하고 또 인사했다. 그러고는 숨을 돌리고 다시 자신의 육신으로 돌아왔다. 그는 조명을 껐다. 그리고 휴대전화 플래시를 켰고, 그 불빛에 의지해 밖으로 나갔다. 그녀는 그 어두운 불빛이 그리는 원을 피하려고 조심했다. 그가 그녀의 옆으로 바짝 붙어 지나가자 그의 냄새가 훅 풍겼다. 땀냄새, 커피 냄새, 그라는 존재의 냄새, 그리고 어쩌면 그의 긴장을 풀어주었을 버번 냄새. 그녀는 문이 메아리를 울리며 닫힐 때까지 기다렸고, 감각으로 어둠을 더 빠르게 통과해 얼음장같이 추운 바깥으로 나간 뒤 얼른 택시를 잡아타고 그보다 먼저 집에 도착했다. 그는 그녀보다 겨우 몇 분 늦었을 뿐이지만, 그가 그녀의 목에 머리를 기대왔을 때 그녀는 그의 머리카락에서 겨울 냄새를 맡았다. 그녀가 그의 머리를 부드럽게 잡았고, 그의 은밀한 행복이 그의 안에서 움직이는 것을 느꼈다.

훗날 그녀는 필명으로 '볼룸니아'라는 제목의 희곡을 썼다. 그 작품은 오십 석짜리 극장에서 상연되었다. 그녀는 거기 자신의 전부를 쏟아부었다.

[아무도 오지 않았지만 그녀는 당연히 놀라지 않았다.]

24

아주 오래전, 그때 그녀는 아주 작은 꼬마였다. 그녀가 기억하는 것과 그 결과 사이에는 긴 어둠이 존재했다. 여기 벌어진 틈이 있었다. 네 살은 아직 아기다. 아기라는 이유로 아기를 나무란다면, 아기가 저지르는 실수를 했다고 아기를 나무란다면, 그건 너무 가혹한 것 같았다.

아마 그 틈은 거기 늘 있었을 것이다. 어쩌면 그것은 설명하는 과정에서 만들어졌겠지만, 그녀 안에는 줄곧 첫번째 이야기 밑에 두번째 이야기가 있었고, 두 이야기는 서로 그녀의 확신을 얻어내려고 끔찍한 침묵의 전투를 벌였다. 더 안 좋은 쪽의 이야기도 끈질겼지만, 그녀는 더 나은 쪽이 진짜 이야기라고 믿어야만 했다.

그녀는 네 살이었고, 동생이 할머니 집의 2층에서 놀고 있는 소리가 들렸다. 다른 가족들은 그날 아침 아빠가 총으로 쏴서 잡은 꿩 고기를 먹고 있었다. 창문으로 가족들이 나무 밑에 모여 있는 모습이 내다보였고, 테이블에는 바게트와 카술레, 그리고 와인이 차려져 있었다. 어머니의 장밋빛 얼굴이 뒤로 약간 젖혀져 피부 위로 햇볕이 가득 쏟아졌다. 아버지는 비비슈에게 꿩고기를 한 조각 주었다. n자 모양이라기보다는 대시 기호에 더 가까운 할머니의 입은 행복을 나타냈다. 바람이 올라가며 나뭇잎들을 사각사각 흔들었다. 공기 중에는 좋은 거름 냄새가 감돌았고, 디저트로 금방 구운 파르 브르통이 조리대 위에서 기다리고 있었다. 그녀는 볼일을 보려고 변기에 앉아 있었는데, 위에서 노래를 부르고 쿵쾅거리는 동생이 더 흥미를 끌었다. 동생은 자고 있어야 할 시간이었다. 못된 녀석, 안 잘 모양이었다.

여자아이는 손끝에 먼지를 묻히며 계단을 올라갔다.

그리고 그 방의 문을 열었다. 아기 동생이 여자아이를 보고 기분이 좋은지 깍깍거렸다. 이리 와, 여자아이가 말했다. 동생이 아장아장 밖으로 나왔다. 여자아이는 동생을 따라 계단으로 왔다. 슬리퍼를 신고 날마다 오르내려서 반짝반짝 닳은, 오래된 금빛 오크나무 계단.

동생이 계단 맨 위에 비틀비틀 서서 여자아이에게 손을 뻗었다. 물론 여자아이는 도와주려 했을 것이다. 동생이 여자아이에게 바짝 붙어 섰다. 하지만 여자아이는 동생의 손을 잡아주는 대신 동생의 몸이 닿은 쪽의 다리를 치워버렸다. 정말로 그럴 마음을 먹은 건 아니었다. 어쩌면 조금은 그런 마음이었을 것이다. 어쩌면 그랬을 것이다. 아기가 비틀거렸다. 이어, 여자아이는 아기가 천천히 계단을 굴러떨어지는 것을 지켜보았다. 머리통을 코코넛처럼 통통통 찧으며 바닥까지 굴렀다.

아기는 바닥에 매듭처럼 떨어져 움직이지 않았다. 던져진 빨래 같았다.

여자아이가 고개를 들자 아까는 보지 못했던 열 살 된 사촌언니가 2층 욕실 앞에서 입을 벌리고 서 있었다.

이 이야기는 나쁜 쪽이었다. 그뒤의 사건들이 그녀에게 이렇게 된 거라고 알려주었다. 이 이야기 또한 나머지 이야기처럼 사실이다. 두 이야기는 하나의 루프 안에서 동시에 재생된다.

하지만 마틸드는 이 이야기를 믿을 수 없었다. 다리를 치워버렸다는 건 틀림없이 나중에 끼워넣은 내용일 것이다. 믿을 수 없었지만 그녀 안에는 믿는 그녀가 존재했고, 그녀가 품은 이 모순은 그녀에게 모든 것의 근원이 되었다.

남은 것은 모두 사실이다. 그 일이 일어나기 전에 그녀는 많은 사랑을 받았다는 것. 나중에 그 사랑이 철회되었다는 것. 그녀가 동생을 밀었거나 밀지 않았거나 결과는 똑같았다는 것. 그녀는 용서받지 못했다는 것. 하지만 그때 그녀는 아주 어렸다. 그게 어떻게 가능했고, 부모는 어떻게 그럴 수 있었으며, 그녀는 어떻게 용서받지 못할 수 있었는가?

25

결혼은, 수학이었다. 더하기로 예측하겠지만, 그건 아니었다. 결혼은 지수指數였다.

길고 야윈 몸에 비해 너무 작은 정장을 입고서 초조해하는 이 남자. 허벅지를 살짝만 가린 녹색 레이스 드레스를 입고 귀 뒤에 흰색 장미꽃을 꽂은 이 여자. 맙소사, 너무 어렸다.

그들 앞에 서 있는 여자는 유니테리언교 목사로, 두피가 보일 만큼 바싹 깎은 회색 머리칼이 창문에 걸린 레이스 커튼을 통해 들어오는 솜뭉치 같은 햇살을 받아 반짝거렸다. 바깥에서는 포킵시가 깨어나고 있었다. 그들 뒤로 관리인 제복을 입은 한 남자가, 닥스훈트 한 마리를 데리고 있는 파자마를 입은 남자 옆에 서서 나지막이 울었다. 그들은 증인이다. 모두의 눈에서 빛이 난다. 누군가는 공기 중에 떠도는 사랑의 맛을 느낄 수 있을 것이다. 어쩌면 섹스의 맛인지도 모른다. 어쩌면 그때는 그게 그거였을지도.

"그렇게 하겠습니다." 신부가 말했다. "그렇게 하겠습니다." 신랑이 말했다. 그들은 그렇게 했고, 그렇게 할 것이었다.

우리 자식들은 엄청 예쁠 거야, 그가 그녀를 보며 생각했다.

집이 생겼어, 그녀가 그를 보며 생각했다.

"키스하세요." 결혼식을 집전하는 목사가 말했다. 그들은 그렇게 했고, 그렇게 할 것이었다.

이제 그들은 모두에게 감사하다고 말하며 웃었다. 서류에 서명을 했고 축하의 말이 건네졌다. 모두 이 아늑한 분위기의 고풍스러운 거실을 떠나기 싫어 잠시 그대로 서 있었다. 신혼부부가 수줍게 다시 한번 감사의 말을 전한 뒤 서늘한 아침 공기 속으로 문을 열고 나갔다. 그들은 장밋빛 얼굴로 웃었다. 그들은 각각 정수整數로 들어와, 제곱이 되어 나갔다.

그녀의 삶. 창가에는 잉꼬가 있다. 런던의 황혼 속에 남아 있는 푸른 한낮의 조각. 가장 치열했던 삶으로부터 한참의 세월이 지났다. 바위 해변의 한낮, 조수 웅덩이 안의 생물들. 집의 기둥에서 울리던 발소리에 귀를 기울이고 누가 들어오는지를 느낌으로 알던 그 모든 평범한 오후들.

진실은 이러하다. 그녀는 환한 조명 아래보다, 밝은 사건들보다, 소소한 일상에서 삶을 더 많이 발견했다. 텃밭의 흙을 수백 번 일구었는데도 매번 삽이 흙을 비집고 들어갈 때마다 기분좋게 느껴지는 이 행위, 이 잦은 동작, 압력을 가하고 흙이 풀어지면서 퍼지는 이 진한 냄새. 체리 과수원에 지어진 이 시골집에서 그녀가 발견하는 따스함을 설명해주는 것은 그런 것들이었다. 혹은 이런 것도 있다. 그들은 매일 같은 곳에서 눈을 뜨고, 남편은 커피 한 잔으로 그녀를 깨운다. 블랙커피에 넣은 크림은 아직 소용돌이처럼 빙빙 돈다. 거의 눈에 띄지 않는, 이런 다정함. 그는 집을 나서기 전에 그녀의 정수리에 키스한다. 그녀는 자기 안의 뭔가가 그를 만나려고 몸을 통과해 올라오는 것을 느낀다. 기념일이나 파티, 연극이 초연되는 밤, 다른 행사, 굉장한 섹스가 아니라, 이런 말없는 친밀함이 그들의 결혼생활을 이루었다.

어쨌거나 그 부분은 끝났다. 안타까운 일이다. 차를 마시며 따뜻해진 그녀의 손은 어린아이가 지저분한 손으로 가지고 노는 뜨개실 뭉치 같다. 수십 년의 세월이 흐르며 육신은 서서히 뒤틀리다가 한 번의 거대한 경련을 맞았다. 하지만 한때는 그녀에게도 섹시했던 시절, 섹시하지는 않더라도 시선을 끌 만큼 독특해 보이던 시절이 있었다. 이 깨끗한 창문을 통해 그녀는 지난날의 모든 것이 참좋았음을 깨달을 수 있었다. 후회는 없었다.

〔그건 사실이 아니잖아, 마틸드. 귓가에 소곤거리는 소리.〕

오. 맙소사. 그래, 한 가지가 있었다. 그것 하나만이 어슴푸레 떠올랐다. 한 가지 후회.

그건, 그녀의 일평생에서 아니, 라고 말했던 그 사실이었다. 처음부터 그녀는 극소수의 사람만 받아들였다. 처음 만난 그날 밤, 검은 빛 속에서 그녀를 올려다보는 그의 젊은 얼굴은 광채를 뿜어냈고, 그들의 주변에서는 육신들이 공기를 휘젓고 있었다. 그 순간 그녀 안에서 예기치 못한 날카로운 인식이 일어났다. 오, 이건, 그리고 아주 어렸을 때 이후로 평화를 몰랐던 그녀에게 갑자기 평화가 찾아왔다. 난데없이. 폭풍우 치는 캄캄한 캠퍼스 밖에서는 부서지듯 번개가 치고 건물 안에서는 열기와 노래와 섹스와 동물적인 두려움이 난무하는 이 놀라운 밤에. 그가 그녀를 보았고, 이어 펄쩍 뛰어내리더니 사람들을 헤치고 다가와 그녀의 손을 잡았다. 그 환한 청년이 그녀에게 안식처를 준 것이었다. 그가 선사한 것은 단지 천성이 즐거운 그의 본모습, 그를 형성한 과거, 그 아름다움으로 그녀를 감동시킨 맥동하는 따스한 몸, 응축된 채 기다리고 있다고 느꼈던 그녀의 미래만은 아니었다. 그는 어둠 속에서 자신이 들고 있던 횃불로 그녀를 비춰주었고, 그녀의 중심에 선한 본성이 존재한다는 사실을 눈부신 빛처럼 대번에 알아차렸다. 그 선물과 더불어 쓰라린 후회의 씨앗이, 실제 마틸드와 그가 그녀라고 믿었던 마틸드 사이의 메울 수 없는 간극이 뒤따랐다. 결국, 어떻게 보느냐의 문제다.

그녀는 자신이 다정한 마틸드, 선한 마틸드였기를 바랐다. 그가 믿었던 마틸드였기를. 그를 내려다보며 미소 짓고 있었기를. 결혼해줘, 그녀는 그 말 이상의 것을, 그 말 뒤에서 빙빙 돌아가는 세상의 소리를 들었을 것이다. 잠시 뜸들이지도, 망설이지도 않았을 것이다. 그녀는 웃었을 것이고, 처음으로 그의 얼굴을 만졌을 것이다. 손바닥에 그의 따스함을 느꼈을 것이다. 그래, 그녀는 말했을 것이다. 기꺼이.

먼저 클레이에게 감사한다. 내가 그를 처음 본 건 1997년이었다. 그는 길고 검은 머리를 하나로 묶은 채 애머스트 대학의 조정 팀 방에서 나왔고, 나는 넋이 나간 채 내 친구를 돌아보며 그와 결혼할 거라고 말했다. 결혼이 좋은 거란 생각도 하지 않았을 때였다. 이 책의 생명이 시작된 곳은 맥다월 예술가 마을이었다. 앤 카슨, 에번 S. 코널, 제인 가덤, 토마스 만, 윌리엄 셰익스피어의 도움을 받았다. 더 많지만 다 열거할 수는 없다. 내 에이전트인 빌 클레그와, 제이미 애튼버그, 케빈 A. 곤살레스, 엘리엇 홀트, 데이나 스피오타, 로라 판덴베르흐, 애슐리 워릭 등 훌륭한 친구들의 손을 거치면서 이 책은 이루 말할 수 없이 좋아졌다. 리버헤드 출판사에서 이 책에 (그리고 내게) 따뜻한 집을 제공해주었다. 그곳에서 근무하는 모든 직원에게 감사의 마음을 전한다. 특히 진 마틴과 세라 맥그래스는 변함없는 차분함과 날카로운 눈으로 교정을 봐주었다.

이 세상의 오류 검토자와 교열 담당자 모두에게 축복이 있기를. 이 책을 읽는 독자들에게 축복이 있기를. 우리가 이 일을 하는 한 모든 책을 읽는 독자들에게 축복이 있기를. 나는 베케트와 히스를 읽으면서 순수한 기쁨을 느꼈고, 절망의 순간에는 그들을 찾아가 머물렀지만, 내가 이 일을 할 수 있도록 자기 일은 자기가 알아서 한 사람들에 대해서도 같은 감정을 느꼈다. 이 책이 클레이로부터 시작했다면 그 끝 또한 그다. 길게 묶었던 그의 머리는 짧아졌고, 우리는 더 늙고 더 느려졌다. 나는 여전히 결혼에 대해서는 양가적인 마음이지만, 우리 결혼에서 믿을 수 없을 만큼 운이 좋았다.

조명을 비춰라

뭔가 큰 사건이 일어날 때는 거의 항상 배경이 먼저 변한다. 화창하던 하늘에 갑자기 마른번개가 치고, 오후 두시의 환한 대낮에 검은 어둠이 떨어진다. 눈보라가 새하얗게 휘몰아친다. 이런 배경적인 변화는 극적이고, 신화적이다. 막이 오르기 전도 마찬가지다. 컴컴해지고, 어둠을 향해 시선이 쏠린다. 자, 이제 준비됐니? 지금부터 심상치 않은 일이 일어날 거야(결국엔 심상한 일인지도 모르지만). 쉿, 조용히 해! 저기 누가 나타났잖아.

갑자기 커튼이 드리워지듯 하늘에서 부슬비가 자욱하게 내렸다. 끼룩끼룩 음을 고르던 바닷새들은 입을 다물고, 바다도 잠잠해졌다. 객석 조명처럼 바다를 비추던 빛은 회색으로 흐릿해졌다./ 두 사람이 해변으로 다가왔다.

로런 그로프의 세번째 장편소설이자 네번째 책인『운명과 분노』
는 이런 극적인 느낌, 신화적인 분위기로 시작한다. 이 책은 2015
년 '아마존 올해의 책 1위'로 선정되었고, 전미도서상과 전미도서
비평가협회상 최종 후보에 올랐다. 같은 해 12월 〈피플〉 지가 오
바마 전 대통령과 진행한 인터뷰 기사에는, 그가 2015년 가장 좋
아한 책으로 이 책을 꼽았다는 이야기도 실렸다. 그 사실을 알게
된 작가는 자신의 트위터에 "I just died, came back to life, read
again, died again. That's it, I retire"라고 남겼다고 한다. "까무
러쳤다 다시 살아났어. 다시 읽어보고는 다시 까무러쳤어. 그래,
이제 은퇴해도 되겠어." 이렇게 좀 호들갑스럽게?

 1978년생인 로런 그로프의 인터뷰 기사를 종합해보면, 솔직하
고(자신에 대해 별로 숨김이 없다), 수줍고(초등학교 3학년 때까지
가족 외의 다른 사람과 말해본 기억이 없으며, 그래서 처음에 사람
들과 연결된 것은 책을 통해서였다고 한다), 불안해하고, 아이디
어 많고, 해보고 싶은 것 많고(그녀의 또다른 소설『아르카디아』는
그녀가 아닌 다른 작가의 소설을 읽는 느낌마저 들고, 작가 자신도
한 가지 스타일에 머물려는 생각은 전혀 없어 보인다), 약간 호들
갑스러우면서도 조금은 소녀 같은 인물상이 그려진다.

 불안에 대해 말하자면, 작가는 어느 인터뷰에서 "나는 두려움에
의해 움직이는 사람이다. ……처음 쓸 때 완벽한 글이 되지 않을
까봐 두렵고 그래서 처음에는 일부러 엉망진창으로 글을 쓴다. 그
렇게 하지 않으면 한 문장만 붙들고 석 달을 보내면서 글은 쓰지
도 못할 테니까"라고 말했다.『운명과 분노』의 초고를 시작하면서
는 벽에 큰 종이를 붙여놓고, 일부러 자기 글씨를 못 알아보게 손

으로, 마틸드와 로토의 관점을 나누어 썼다고 한다. 게다가 『아르카디아』와 『운명과 분노』는 한 편을 끝내고 새로 한 편을 시작하는 방식이 아니라 동시에 작업하는 방식으로 써내려간 소설들이었는데, 그 이유 또한 실패할지 모르는 오직 한 가지에 여러 해 동안 모든 희망과 노력을 쏟아붓는 건 자신에게 두려운 마음을 일으키기 때문이라고 했다. 그런 수줍음과 불안이 그녀에게는 이런 대작을 만들어낸 힘이 되었던 것일까.

이 소설의 신화적이고 극적인 느낌은 제목에서부터 존재한다. 원제인 'Fates and Furies'는 '운명의 세 여신과 분노의 세 여신'을 말한다. 운명의 세 자매를 '모에라이'라고 부르는데, 이들 중 클로토는 운명의 실을 뽑고, 라케시스는 운명의 실을 감거나 짜고, 아트로포스는 운명의 실을 가위로 잘라 삶을 거두는 역할을 담당한다("[실패에 감긴 노래의 실이 다 풀렸다, 로토. 우리가 그대에게 마지막 남은 노래를 불러줄 것이다]"). 생生과 사死, 화禍와 복福을 담당한다고 하는 만큼 이 신들의 특별한 관심을 받는 자에게는 롤러코스터 같은 인생이 펼쳐질 것이다.

현대판 오디세이. 온갖 경험이 가득한 여정. 로토는 따뜻한 플로리다 주 햄린의 농장저택에서 신화적인 존재처럼 폭풍우가 몰아치는 가운데 태어나, 크레센트 비치의 레고 박스 같은 작은 분홍색 집으로 옮겨가고, 이어 "아침에 눈을 뜬 곳은 햇빛 찬란한 플로리다였지만, 같은 날 잠이 든 곳은 춥고 음울한 뉴햄프셔"와 같은 극적인 변화를 겪는다. 범블퍽 파이에서 모든 여자들이 자고 싶어하는 남자로 탈바꿈하고, 배우지만 배역을 못 따 아내에게 생계를 의

존해야 하는 한심한 남편에서 승승장구 성공을 거두는 유명한 극작가로 단숨에 도약한다. 게다가 지고지순한 아내를 둔 남편이었다가 아내의 밝혀진 과거에 심리적 와해를 경험하는 고뇌에 찬 남편이 되기도 한다.

로토가 살아남기 위해 빠져들었던 것이 연극인 만큼 그의 말, 그의 행동, 그의 사고, 그의 상상, 그의 모든 부분에는 연극적인 요소가 깃들어 있다. 툭하면 쏟아내는 셰익스피어 대사는 물론이거니와, 로토가 연극 심포지엄에서 일어난 사건 이후 천신만고 끝에 호텔로 돌아와 프런트 직원에게 "강도를 당했어요" 하고 말하는 장면이 있는데, 이야말로 연극에서나 볼 법한 서사적인 영웅의 한마디가 아닌가. 게다가 그는 무엇을 강탈당했는가! 열다섯 살에 가족으로부터 추방당하고 마흔여섯의 이른 나이에 세상을 마감하는 것까지, 그의 인생은 정말로 한 편의 오디세이라 할 만하다.

로런 그로프는 로토라는 인물을 통해 '특권'을 말하고 싶었다고 한다. 태어날 때부터 부자에다 백인인 남자, 키까지 크고 똑똑하다. 거기다 로토는 창작의 재능을 타고났다. 그런 '특권'을 타고났다고 해서 바닥을 치지 말라는 법은 없다. 운명의 신은 그를 바닥으로도 떨어뜨린다. 그것도 자주. 그렇지 않은 사람보다 어쩌면 더 자주("〔귀하게 자란 사람도 평범한 우리와 마찬가지로 강렬한 감정을 느낄 수 있다. 차이는 그들이 어떤 행동을 선택하는가다〕"). 로토의 회복은 빠르다. 조금만 추어올려주면 금방 괜찮아진다. 어느 절망의 순간에건, 그 절망이 얼마나 깊건 그렇다. 더욱이 사람들은 로토가 어려서부터 로토에게 위대한 사람이 될 운명을 타고났다고 말해주고, 로토 자신도 그렇게 믿었으며, 그에게 위기의 순간은 있었을지라도 그 믿음은 그의 가슴 한복판에 썩지 않는 씨앗처럼 자리잡고 있었다.

　분노의 여신들은 에리니에스라고 부른다. 대체로 세 명으로 알려져 있다. 알렉토, 티시포네, 메가이라가 그들이다. 흔히 괴물 같고 고약한 냄새가 나는 노파로 박쥐 날개에 피부색은 석탄처럼 까맣고 머리카락은 뱀이 치렁치렁 휘감은 모양새로 그려진다. 정의와 복수를 담당한다. 마틸드를 내려다보고 있는 신들이 바로 이 분노의 여신들이다.

　로토의 이야기가 연대기순으로 쓰였다면 마틸드의 이야기는 좀 들쑥날쑥하다. 마틸드의 이야기는 로토가 죽은 뒤 마틸드가 길거리에서 '화난' 표정으로 걷는 모습으로 시작된다. 거기서부터 마틸드의 이야기는 과거와 현재를 넘나들며 우리가 알지 못했던 또하나의 인생을 조명한다("〔……〕하지만, 지금 우리가 눈을 뗄 수 없는 쪽은 그다. 지금 빛나는 사람은 그다〕"). 앞서 우리는 로토에게만 시선을 고정시키고 그의 오디세이를 따라갔다. 그런데 그가 죽고 나자 그의 곁을 말없이 지켰던 사람, '아내'(아내라는 말 속에 담긴 시대적, 통념적 함의란! 작가는 "페미니스트가 자신의 삶을 온전히 살지 못하게 만드는 권력 구조를 인식하는 사람을 말하는 것이라면" 이 소설을 페미니즘 소설이라 부를 수 있다고 말했다)라는 존재가 비로소 보이는 것이다. 마틸드의 이야기는 한 남자와 한 여자가 만나 결혼하고 어느 한쪽이 죽을 때까지 이어나간 그들의 결혼 이야기의 또다른 관점 혹은 맥락을 보여준다. '비극, 희극도 관점의 문제'이고, 선과 악도 어떻게 보느냐의 문제이고, 두 사람이 필연적으로 얽히는 결혼도 결국엔 관점의 문제다. 남자와 여자, 혹은 권력 구조에서 비롯한 통념으로서의 남편의 역할과 아내의 역할, 혹은 서로 다른 배경을 가진 개인과 개인을 떼어보는 관점의 문제.

현재의 마틸드는 로토의 죽음 이후 깊이 침잠한 마틸드다. 로토와는 달리 마틸드의 회복 속도는 무척 느리고 자기 파괴적이다. 로토의 인생선이 기복은 심하나 단선적이라면 마틸드의 경우 두 개의 선이 그려지는 듯하다. 하나는 겉으로 드러나는 침착하고 차분한 얼음 같은 선, 또하나는 내면에서 펄펄 끓고 있는 분노와 복수의 선. 이렇듯 복잡한 마틸드에게는 과거 또한 두 개의 과거가 있다. 차가운 분노의 시작이었던 오렐리의 과거와 그 분노가 복수가 되어 자리잡는 마틸드의 과거. 이 과거들과 마틸드의 현재, 그리고 미래는 서로 이어지지 않고 어떤 계기들로 뚝뚝 끊어지는 느낌을 주지만, 그 생에 그어진 두 개의 선만큼은 줄기차게 이어져 있는 것 같다. 그리고 그 배경에 푸른색이 있다. 분노한 화가에 의해 버려진 작품 속의 푸른색, 황혼녘의 자살 같은 푸른색, 레이철이 여태 본 것 중 가장 어두운 푸른색. 어쩌면 그녀를 평생 지탱해준 것은 이 색깔의 힘인지도 모른다. 그래서 그녀는 로토에게만은 "편손"이었지만, 그럼에도 작곡가 레오 센의 일로는 로토에게조차 주먹을 쥐는 듯 보인다. 작가는 문학 속에 등장하는 많은 여주인공들과는 다른 여주인공을 그려내고 싶었다고 말한다. 안나 카레니나나 에마 보바리의 분노는 속으로 폭파되어 그들 자신을 파멸시키지만, 작가가 그리고 싶었던 것은 분노를 세상 밖으로 폭발시켜 내보내는 여주인공이었다고. 그리고 소설의 끝부분에 언급된 것처럼 아마도 '사랑이 삶의 핵심'은 아닌 여성, 작가는 또한 그런 여주인 공을 그려내고 싶었을 것이다.

로런 그로프는 애초에 이 책을 두 작품으로 나누어 구상했다고 한다. 그 두 작품은 한 편의 소설이 되었고, 두 사람은 '결혼'이라는 이름으로 묶였다. 두 사람은 그처럼 다르지만 그들을 묶어주는 핵심 이슈는 존재하는 것 같다. 그 이슈는 어쩌면 둘에게 공통된 결핍이었을지도 모른다. 그리고 그 결핍, 따라서 욕망은 '집'에 대한 것이었을 것이다. 집, 즉 가족을 갖는다는 것. 개인적으로 이 소설에서 가장 강렬했던 삽화로는 거머리 사건을, 결혼생활을 가장 아름답게 묘사한 문장으로는 "그들의 결혼생활은 쓰러졌다가 다시 일어섰고, 기지개를 켜고 허리에 손을 짚은 채 그들을 바라보고 있었다"를 꼽고 싶다.

한 가지 더 말하자면, 이 소설에서 신화적인 요소는 앞서 말한 부분뿐 아니라 소설 속의 희곡들, 그리스 연극의 코러스처럼 툭툭 끼어드는 대괄호 속의 문장에서도 찾아볼 수 있다. 작가가 말하기로 두 작품이 될 뻔했던 이 소설을 하나로 이어주는 역할을 했다는 이 코러스는 이 소설을 더욱 맛깔나게 해주고 이 소설, 아니 우리의 인생 전체를 통찰하는 목소리가 되어준다. 나는 즐거운 동반자처럼 이 코러스와 함께 그들의 이야기를 경험해나갔다.

로런 그로프는 소설 속에서 레오 센의 오페라 〈네로〉에 대한 로토의 감상을 이야기하면서 "한 편의 이야기라기보다는 심연에서 불쑥 모습을 드러낸 하나의 위대한 피조물이었다. 내러티브라기보다는 돌연 귓가에 밀어닥친 파도"라고 썼다. 그녀의 소설이, 어쩌면 우리의 삶 자체가 그런 위대한 피조물인지 모른다. 그리고 그 피조물, 그 생명체는 지금도 신화적인 이야기들로 가득한 자기만의 즐거운 모험을 즐기고 있는지도 모른다. 이제 로토와 마틸드를 비추던 조명을 다른 곳으로 돌려보자. 앤트워넷에게, 레이철에게, 콜리에게, 내털리에게. 당신에게, 나에게, 그리고 어쩌면 하나가 되었을 우리에게.

정연희

옮긴이 **정연희**

서울대학교 영어교육과를 졸업하고 미국 펜실베이니아 대학교에서 석사학위를 받았다. 전문 번역가로 활동하고 있으며, 옮긴 책으로 『플로리다』 『디어 라이프』 『착한 여자의 사랑』 『소녀와 여자들의 삶』 『다시, 올리브』 『내 이름은 루시 바턴』 『무엇이든 가능하다』 『오, 윌리엄!』 『에이미와 이저벨』 『그 겨울의 일주일』 『비와 별이 내리는 밤』 『엘리너 올리펀트는 완전 괜찮아』 『커먼웰스』 『더치 하우스』 『헬프』 『비둘기 재앙』 『사랑의 묘약』 『라운드 하우스』 『페인티드 드럼』 『안녕이라고 말할 때까지』 등이 있다.

문학동네 세계문학

운명과 분노

1판 1쇄 2017년 4월 5일 | 1판 16쇄 2023년 1월 26일

지은이 로런 그로프 | 옮긴이 정연희
기획·책임편집 이현자 | 편집 윤정민 이봄이랑 오동규 김지연 | 독자 모니터 김지혜
디자인 윤종윤 이원경 | 저작권 박지영 형소진 이영은 김하림
마케팅 정민호 이숙재 박치우 한민아 이민경 안남영 왕지경 김수현 정경주 김혜원
브랜딩 함유지 함근아 김희숙 고보미 박민재 박진희 정승민
제작 강신은 김동욱 임현식 | 제작처 영신사

펴낸곳 (주)문학동네 | 펴낸이 김소영
출판등록 1993년 10월 22일 제2003-000045호
주소 10881 경기도 파주시 회동길 210
전자우편 editor@munhak.com | 대표전화 031) 955-8888 | 팩스 031) 955-8855
문의전화 031) 955-3578(마케팅) 031) 955-2634(편집)
문학동네카페 http://cafe.naver.com/mhdn
인스타그램 @munhakdongne | 트위터 @munhakdongne
북클럽문학동네 http://bookclubmunhak.com

ISBN 978-89-546-4486-0 03840

잘못된 책은 구입하신 서점에서 교환해드립니다.
기타 교환 문의 031) 955-2661, 3580

www.munhak.com